Les tuques bleues

ii. Le règne de la canaille

De la même auteure

Romans

Les tuques bleues : Le charivari de la liberté (tome 1), Montréal, Fides, 2014.

Le pays insoumis : Les chevaliers de la croix (tome 1) et *Rue du Sang* (tome 2), Montréal, vlb éditeur, 2011 et 2012

Les accoucheuses : La fierté (tome 1), *La révolte* (tome 2) et *La déroute* (tome 3), Montréal, vlb éditeur, 2006 à 2008

Le lutin dans la pomme, Laval, Éditions Trois, 2004

Les amours fragiles, Montréal, Éditions Libre Expression, 2003

Biographies

Gratien Gélinas : La ferveur et le doute, Montréal, vlb éditeur, 2009 (réédition)

Marie Gérin-Lajoie : Conquérante de la liberté, Montréal, Éditions du Remue-Ménage, 2005

Études historiques

Gratien Gélinas, Les Fridolinades : Anthologie, recueil de textes, Éditions Typo, Montréal, 2014

Gratien Gélinas en images : Un p'tit comique à la stature de géant, Montréal, vlb éditeur, 2009

Les années pieuses, 1860-1970, Québec, Les Publications du Québec, collection Aux limites de la mémoire, 2007

Femmes de lumière : Les religieuses québécoises avant la Révolution tranquille, Montréal, Fides, 2007

Quartiers ouvriers d'autrefois, 1850-1950, Québec, Les Publications du Québec, collection Aux limites de la mémoire, 2004

De la vapeur au vélo : Le guide du canal de Lachine, Association les Mil Lieues et Parcs Canada, 1986

Récits biographiques

Justine Lacoste-Beaubien : Au secours des enfants malades, Montréal, collection Les Grandes Figures, XYZ éditeur, 2002

Gratien Gélinas : Du naïf Fridolin à l'ombrageux Tit-Coq, Montréal, collection Les Grandes Figures, XYZ éditeur, 2001

Nouvelle

Circonstances particulières (en collaboration), Québec, L'Instant même éditeur, 1998

Anne-Marie Sicotte

Les tuques bleues

II. Le règne de la canaille

roman

fides

Mise en pages: Marie-Josée Robidoux
Conception de la couverture: Gianni Caccia
En couverture: Robert Auchmuty Sproule, *View of the Esplanade and the Fortications of Quebec with Part of the Surrounding Country*. Mikan 3018287. Bibliothèque et Archives Canada.

Catalogage avant publication de Bibliothèque et Archives nationales du Québec et Bibliothèque et Archives Canada

Sicotte, Anne-Marie, 1962-

Les tuques bleues: roman

Sommaire: t. 2. Le règne de la canaille.

ISBN 978-2-7621-3949-5 [édition imprimée]
ISBN 978-2-7621-3950-1 [édition PDF]
ISBN 978-2-7621-3951-8 [édition ePub]

1. Québec (Province) – Histoire – 1791-1841 – Romans, nouvelles, etc. I. Sicotte, Anne-Marie, 1962-. Règne de la canaille. II. Titre. III. Titre: Le règne de la canaille.

PS8587.I238T86 2014   C843'.6   C2014-940494-8
PS9587.I238T86 2014

Dépôt légal: 3ᵉ trimestre 2015
Bibliothèque et Archives nationales du Québec
© Groupe Fides inc., 2015

La maison d'édition reconnaît l'aide financière du Gouvernement du Canada par l'entremise du Fonds du livre du Canada pour ses activités d'édition. La maison d'édition remercie de leur soutien financier le Conseil des Arts du Canada et la Société de développement des entreprises culturelles du Québec (SODEC). La maison d'édition bénéficie du Programme de crédit d'impôt pour l'édition de livres du Gouvernement du Québec, géré par la SODEC.

Imprimé au Canada en août 2015

Bas-Canada, district de Montréal

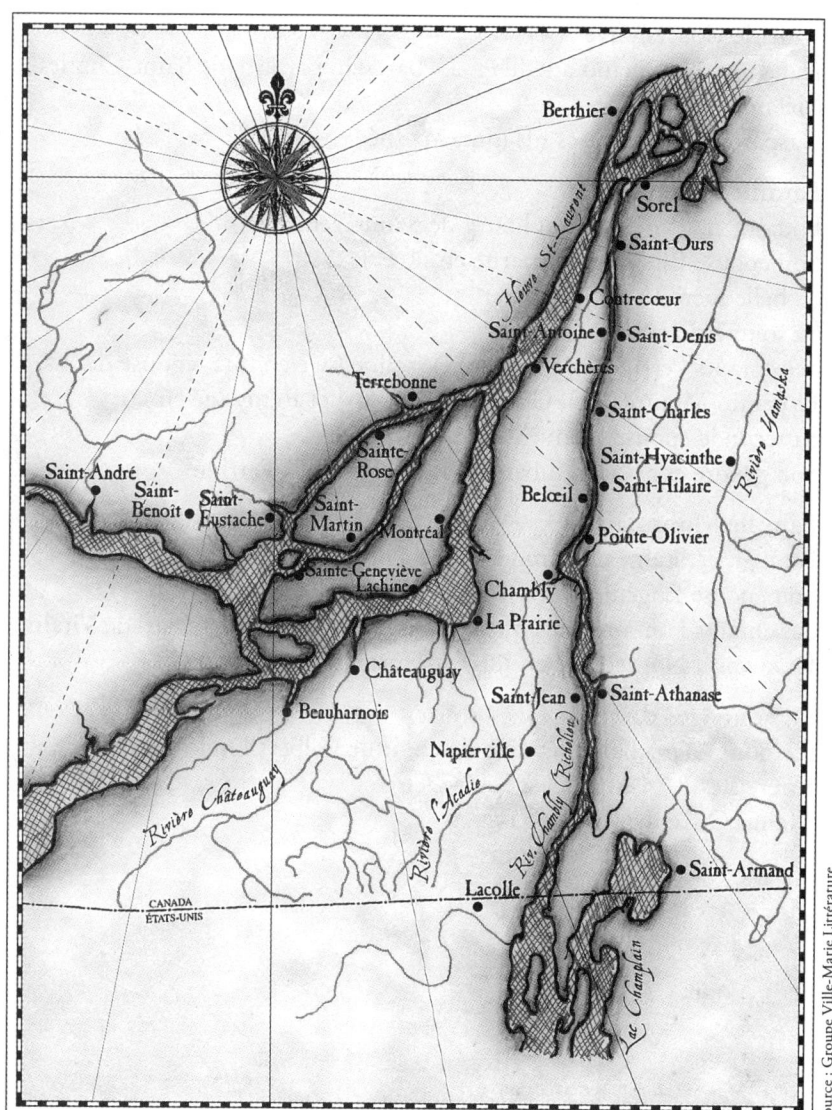

La série *Les tuques bleues* est ancrée dans la réalité historique du Bas-Canada pendant la première moitié du 19ᵉ siècle. Néanmoins, pour mieux servir la fiction, l'auteur a inventé une galerie de personnages dont voici les principaux.

Famille Cosseneuve
Jean-Juste, marchand au village Debartzch, paroisse de Saint-Charles
Mélanie, son épouse
Gaspard et Vincent, ses fils jumeaux (nés en 1814)

Famille Dudevoir
Uldaire, maître-potier au bourg de Saint-Denis
Son épouse Bibianne, disparue en 1832
Sa belle-mère Valentine Royer
Sa sœur Ériole Saint-Omer
Ses enfants Perrine (née en 1810), Vitaline (née en 1812, épouse de Florentin Montplaisir), Gilbert (né en 1815) et Rémy (né en 1817)
Sa seconde épouse Domitille
Son gendre et associé Aubain Morache, marié à Perrine

Famille Montplaisir
Paschat, capitaine de barque à voile au bourg de Saint-Denis
Son épouse Eugénie
Ses enfants Fontaine (né en 1803), Florentin (né en 1807, mari de Vitaline Dudevoir), Norbert (né en 1813) et Normande (née en 1815).

Personnages divers
Caroline Maréchepleau, amie de cœur de Gilbert Dudevoir
Estère Besse, institutrice à Saint-Denis
Alanus O'Reilly, sulpicien

I

À croupion devant la fenêtre aux carreaux givrés, Vitaline guette la barre du jour. Il y a un bon moment que la jeune femme de 25 ans s'est tirée de sa couche de fortune, installée à même le plancher de bois de la salle commune. Comme le prouvent les respirs apaisés qui lui parviennent, les autres dorment encore, et Vitaline fait tout en son pouvoir pour ne pas faire le moindre bruit. Elle-même a sombré dans un sommeil réparateur, comme si elle basculait dans un abîme de noirceur totale, dans une fosse où les rêves n'ont pas droit de cité.

En ce 4 décembre 1837, Vitaline a entrouvert les yeux bien avant l'aube, et depuis, elle se conforte: le pire du cataclysme est passé. La jeune femme ne peut imposer un frein aux larmes de soulagement qui s'échappent de ses yeux et glissent lentement le long de ses joues. Depuis deux jours, elle était en enfer. Même le trépas d'Olympe, sa fillette, pâlit en comparaison des 48 dernières heures, les plus éprouvantes de sa vie. Le village et la contrée environnante étaient livrés à une horde de pillards et de boutefeux!

Les réminiscences suscitent une telle douleur et une telle rage muette en Vitaline que, pour être capable d'endurer, elle est obligée de poser les genoux au sol et d'y laisser tomber son torse, dans une position repliée. Le corps expéditionnaire envoyé par sir John Colborne aurait été à la recherche des patriotes sur lesquels pesaient des mandats d'arrestation pour haute trahison? Il serait venu rétablir l'ordre dans un pays prétendument rebelle? Une ignoble menterie! Il a plutôt été chargé d'appliquer la méthode britannique: instaurer un climat de terreur en semant la destruction au passage, une démonstration de force autant démesurée qu'humiliante.

Le péril guettait la gent féminine. La maisonnette dans laquelle Vitaline et les dames de sa belle-famille ont trouvé refuge, à l'annonce de l'approche des habits rouges et de la populace fanatique, a été barricadée et constamment gardée par un trio d'hommes : le capitaine et son fils Norbert, respectivement beau-père et beau-frère de Vitaline, ainsi que leur hôte, un homme âgé qui les entretenait constamment de ses faits d'armes de la dernière guerre, celle de 1812. À peine ont-ils osé, un à la fois, sortir dans la cour pour aller prendre soin des bêtes, et toujours de nuit.

Quant au mari de Vitaline, il a servi d'agent de liaison dans le vaste monde. Puisque Florentin était parti effectuer des livraisons en barque à voile avec son père, lorsque a eu lieu la résistance du 23 novembre, nul ne pouvait lui reprocher d'avoir joué un rôle, même mineur, dans l'affaire. Hier soir, enhardi par le fait que leur voisinage immédiat semblait oublié des barbares, le jeune marin a profité de la noirceur hâtive pour aller aux nouvelles, pour donner du sens à tout ce qui avait été vu et entendu.

Ce que Vitaline a surtout vu, c'est la lueur de foyers d'incendie, surtout au bourg, mais l'horizon était parsemé, çà et là, de flammes qui montaient, de nuit comme de jour. Son pays subissait la loi du talion. Il fallait abattre les trop fiers, les patriotes, rosser ces hommes incapables de s'abaisser et de subir le joug d'une coterie de despotes ! Abattre ceux qui s'étaient insurgés contre des lois arbitraires taillées sur mesure pour servir la cause d'une aveugle répression. La *Province of Quebec* est désormais dirigée depuis le quartier général du commandement militaire, à Montréal. Une trâlée de fripouilles, trop heureuses de jouer à la guerre, répandent l'effroi dans les campagnes.

— Vitalette ! Tu te sens mal ?

Utilisant son surnom familier, sa belle-sœur l'a interpellée en chuchotant. Vitaline lève une main rassurante, puis elle se déplie avec lenteur. Elle n'avait pas remarqué, mais une faible lueur diurne éclaire la pièce, et les Montplaisir sont en train de se tirer de l'endormitoire. Elle voit la plantureuse Normande repousser sa couverture et s'asseoir sur son séant, puis son beau-frère Norbert se gratter le crâne, et enfin son mari Florentin bâiller à son aise, la mine encalmée par l'oubli des éprouvantes vicissitudes de leur existence.

Quant au capitaine Paschat et à son épouse, dame Eugénie, ils sont installés de l'autre côté du poêle à bois, et Vitaline ne peut mirer leur réveil. Leurs hôtes, un vieux couple de paysans dont la femme est une amie de sa belle-mère, se trouvent encore bien à l'abri derrière les parois du lit bateau, mais ils commencent à jaser à voix basse. Le doux ronronnement de leur voix fait un bien infini à Vitaline, qui se lève, les jambes engourdies par l'immobilité, et se rend à la fenêtre qui donne sur le chemin public pour jeter un œil sur l'extérieur.

Depuis son poste d'observation, elle voit la route marquée par le passage de rares attelages à patins, et au-delà, un paysage de champs labourés couverts d'une mince couche de neige. Au bout, le bourg de Saint-Denis et son église aux deux clochers. Hier soir, loin d'avoir les joues rougies par le froid hivernal lorsqu'il est rentré, Florentin était blême comme un spectre. Vitaline ne l'avait jamais vu autant chambardé par le désespoir.

Il a fallu un temps infini à son époux, lui qui bute déjà tant sur les mots, pour réussir à se déboutonner et à aligner des phrases un tant soit peu cohérentes. Un concitoyen croisé peu après sa sortie l'a prévenu que le commandant de l'expédition imposait un couvre-feu entre le coucher et le lever du soleil, et que les habits rouges avaient ordre d'arraisonner quiconque enfreignait cet ordre. Sauf que Florentin a vite fait de constater qu'il n'y avait que de rares factionnaires à leur poste. Le désordre était généralisé. Après avoir pillé les réserves de boissons, les conquérants se sont mis à festoyer.

Sidéré, Florentin s'est faufilé à travers les ruelles d'un village devenu territoire de jeu et de chasse, une localité naguère riante devenue proie de guerre. Il a vu qu'on avait forcé l'entrée des plus belles demeures et qu'on se servait librement de tout ce qu'elles recelaient. Il a vu le presbytère et le couvent transmués en hôtels pour sous-officiers, et l'église à l'huis béant, en dortoir à soldats. Il a vu l'auberge Mignault réduite en cendres, et l'auberge Mâsse remplie à craquer de membres du corps expéditionnaire en train de s'empiffrer et de téter la bouteille.

Le mari de Vitaline a appris que la déferlante comptait plus d'un millier d'hommes : des *volunteers* à cheval, huit compagnies de *regulars*, des artilleurs traînant trois canons et, pour couronner le tout, la traditionnelle horde de brigands. Incrédules, ses auditeurs l'ont cuisiné pour confirmer ce chiffre incroyable, au point que le narrateur a failli se fâcher noir. Norbert s'est exclamé :

— On a envoyé une légion pour écraser une souris. Ça me viraille les sangs à l'envers !

Il était paré à se précipiter de nouveau sur les chemins pour aller en découdre avec les envahisseurs. Les autres mâles de la maisonnée se plaçaient résolument à ses côtés ! Bien entendu, leur détermination s'est dissoute en même temps que s'évacuait leur fureur. Plus prosaïquement, ils ont convenu qu'il était grandement temps de sortir de leur tanière et de réaffirmer leurs droits sur leurs biens, leurs droits de citoyens britanniques, protégés par l'ordre constitutionnel le plus progressiste au monde.

Vitaline a profité du regain de fierté des hommes pour arracher à son mari la promesse de la laisser les accompagner. Ce matin, elle est donc obnubilée par une pensée : sortir de son refuge du rang de l'Amyot pour aller constater l'état de sa maison du chemin du Bord-de-l'eau. Peu après, elle quitte la maison en compagnie de Florentin et de son frère. Tous trois remontent le rang vers le cœur du bourg.

D'autres habitants font comme eux : quitter leur havre temporaire des concessions, où ils se sont abrités de la tempête, pour venir évaluer l'état des lieux. Parfois, le choc est rude. Le cochon et les poules ont été volés, parfois même le cheval. Les provisions d'hiver ne sont plus qu'un souvenir. Du linge et des effets ont été emportés. Les propriétaires sacrent d'abondance, et quelques femmes, parmi les plus impressionnables, sont dévastées par d'irrépressibles sanglots.

Ahuris, les trois jeunes gens font halte devant la propriété du jeune seigneur de Saint-Denis, Louis Fleury Deschambault. La maison, plutôt modeste pour une demeure seigneuriale, est un monceau de cendres ! Anéantie, Vitaline s'accroche aux bras de son mari et de son beau-frère, qui considèrent le terrifiant spectacle sans vraiment parvenir à y croire. Grâce à des badauds causant entre eux, ils apprennent que des sous-officiers sont venus pointer ladite maison aux soldats boutefeux qui les accompagnaient. Le seigneur, un Réformiste modéré contre lequel il ne pesait nul mandat d'arrestation, est puni pour son association commerciale avec le Dr Wolfred Nelson, celui que les fanatiques ont dans leur ligne de mire.

Vitaline tremble à la pensée du sort cruel auquel sera soumis ce dernier, et se blinde contre le spectacle qui l'attend à la jonction du chemin du Bord-de-l'eau. Néanmoins, elle chambranle sous le choc; même Florentin ne peut retenir un gémissement d'effroi. La maison du bon docteur n'est plus que ruines fumantes. Aux yeux des autorités, peu importe que l'épouse du Dr Nelson, ainsi que leurs plus jeunes enfants, soient laissés sans ressources… Surmontant enfin son ébranlement, Florentin prévient son cadet de se caparaçonner pour la suite, puis tous trois s'engagent dans le secteur où le combat entre le corps expéditionnaire et les patriotes a eu lieu, le 23 novembre, et où règne une désolation plus grande encore.

À leur gauche, la distillerie ayant appartenu au Dr Nelson a été rasée jusqu'au sol. Norbert, qui y travaillait, ne peut retenir un hoquet de souffrance, et son frère aîné le saisit à bras le corps pour lui prodiguer du réconfort. Cloué sur place par une stupéfaction mâtinée d'incrédulité, Norbert balbutie:

— Non… non, c'est pas possible… le fleuron… le fleuron du bourg…

Vitaline est persuadée de vivre un cauchemar. Elle voudrait tant s'en réveiller et retrouver son patelin comme avant, riant et prospère! Mais les brutes détestaient leur prospérité. Les brutes la voulaient pour eux seuls. Après avoir bu le whisky en attente d'être convoyé aux quatre coins du district, après s'être approprié tout ce qui pouvait avoir la moindre utilité ou la plus infime valeur, ils ont saccagé les mécanismes, les cuves, la chaufferie, puis ont bouté le feu à la distillerie.

Il fallait s'y attendre. L'état-major de l'armée de l'Empire britannique s'est vengé de l'outrage d'avoir été défié les armes à la main, en ordonnant de détruire non seulement tous les bâtiments appartenant aux chefs de la faction adverse, mais également ceux d'où provenaient les tirs. Malgré cela, Vitaline ne peut retenir un cri à la vue du bâtiment voisin, ou plutôt à la vue de son effrayante absence; il ne reste que les cheminées en pierres, noircies de boucane, qui se dressent encore vers le ciel. La magnifique demeure de la veuve Saint-Germain, ainsi que tous les bâtiments ayant servi à ses activités de chapelière, sont réduits à néant.

Secouée par un incoercible courroux, Vitaline s'écrie :

— Les écœurants ! Y avaient pas d'affaire à détruire la propriété d'une dame qui avait rien à voir avec... avec...

La voix rauque d'affliction, Florentin lui rappelle que c'est là, à l'étage et sous les combles, qu'étaient principalement postés les tirailleurs patriotes. Ulcérée, son épouse réplique :

— Pis? Si les tirailleurs avaient choisi d'occuper plutôt l'église, fais-moi pas accroire qu'en guise de rétorsion, la maison de Dieu aurait été rasée au sol? Jamais dans 100 ans!

Diablement essoufflée, Vitaline est obligée de se taire. Elle dort peu par les temps qui courent, elle ne mange quasiment pas, et ce qui la soutient, ce sont ses nerfs tendus à l'extrême. De toute façon, elle s'en voudrait de déverser sa rage sur ses proches. Les résistants patriotes n'ont pas pris position dans l'église, car ils avaient un bien meilleur endroit : le bâtiment imposant de la chapellerie, aux murs suffisamment épais pour les protéger des boulets de canon, et de surcroît idéalement placé à l'entrée du village. S'ils avaient pu lire l'avenir...

La jeune femme presse la main enmitainée de son mari, disant à son adresse :

— Je vous laisse aller chez nous. Moi, je préfère rester dans le village. Je veux voir.

D'un geste, elle désigne le bourg derrière elle. Frappé d'étonnement, Florentin rétorque :

— Fin... fin seule? J... j... j'aime mieux pas.

— Aucun danger, assure-t-elle. Vois, y a plein de monde.

— P... pour le sûr, mais...

— Je peux pas aller chez nous, ajoute-t-elle. J'ai trop peur. Nos affaires éventrées... disparues... j'ai trop peur, Florentin. Je préfère vous attendre par icitte.

Ne pouvant s'élever contre une telle défense, son mari réagit par une grimace d'impuissance. Norbert presse son frère aîné et lance :

— Viens, le temps file!

Vitaline regarde les deux hommes se diriger vers la maison de leur enfance, une modeste propriété en périphérie du bourg sur laquelle elle a pris pied il y a cinq ans, au moment de son mariage avec le jeune marin. Vitaline n'a pas été longue à s'y trouver mieux que chez elle. La simple maisonnette, séparée de la rivière Chambly par le chemin du Bord-de-l'eau, les modestes bâtiments de ferme et le vaste potager, tout cela lui convenait bien. Oui, malgré son statut de fille de maître-potier, elle se trouvait à l'aise en ces lieux, y compris sur la grève avec sa cale sèche, où la barque du capitaine Montplaisir hiverne.

La jeune femme combat un accès d'angoisse. Les barbares ont-ils épargné la barque? Oui, sans aucun doute. Mais le moulin à farine juste à côté de chez eux? Elle se dépeint dame Clariste, son débonnaire de mari et leurs grands enfants, acculés à la ruine parce que tout le grain livré pour être moulu a été emporté, que toute la fleur la plus fine a été répandue par terre, comme elle a vu ailleurs tout à l'heure. La détresse de Vitaline est à ce point vive qu'elle doit pirouetter sur ses talons et s'enfoncer à vive allure dans son village natal dans l'espoir de laisser l'insupportable sentiment derrière elle.

Vitaline est restée muette sur sa principale motivation à ne pas accompagner Florentin et son frère: retourner sur les lieux de son ultime rencontre avec Vincent, quatre jours plus tôt. Quatre jours uniquement? Elle a l'impression qu'une année infernale lui est passée sur le corps, la laissant rompue. Elle sait qu'elle ne reverra pas de sitôt le jeune arpenteur, puisqu'il a installé la plus grande distance possible entre Saint-Denis et lui, mais elle veut revoir l'endroit où ils se sont déclaré un attrait mutuel, puis se sont enfin aimés. Elle veut revoir le lieu de la scène qu'elle se rejoue infiniment en pensée et qui l'empêche de virer folle devant l'étendue des ravages.

Pour l'instant, ce sont plutôt les impitoyables dévastations qui lui sautent aux yeux. La maisonnette des vieilles sœurs Saint-Germain dévorée par les flammes, tout bonnement à cause du nom des propriétaires, identique à celui de la chapellerie. Celle des vieilles sœurs Dormicourt, qui avaient pourtant charitablement abrité et soigné quelques soldats et officiers de l'armée britannique après le combat du 23 novembre. Plus loin, l'auberge où s'activait Rosalie Bonnier, l'épouse de François Mignault.

En fin de compte, Vitaline fait halte à la place du Marché. La halle en bois, usée par les intempéries, n'a pas changé d'aspect. Les maisons sur le pourtour n'ont pas souffert d'autres choses que du pillage et de bris divers, y compris l'auberge Mâsse, naguère rendez-vous des tuques bleues de la paroisse. Le commandant du corps expéditionnaire, le colonel Gore, a épargné le superbe bâtiment de trois étages en pierres pour en faire son quartier-général.

Soudain, un soldat de l'armée britannique en sort, son uniforme écarlate dissimulé par son capot d'hiver. Traversée par un éclair d'effroi, Vitaline reste clouée sur place, mais le jeune habit rouge ne fait aucun cas de sa présence. Il bâille, exhalant pour finir un nuage de vapeur, puis s'éloigne, tournant le dos à la jeune femme. Cette dernière s'étonne du fait que c'est le premier qu'elle croise, puis elle songe avec mépris qu'il est encore tôt et qu'ils sont tous en train de cuver la boisson ingurgitée la veille. Vitaline s'apprête à repartir, lorsqu'un navrant spectacle attire son attention : le monument en l'honneur de Louis Marcoux, brisé, gît sur le sol.

Le cœur serré à faire mal, Vitaline s'en approche. Peut-être est-ce un accident. Un dommage collatéral. Un bref examen la convainc du contraire. L'obélisque était trop bien ancré sur son socle pour être aisément déplacé. Les fixations ont été cisaillées, la stèle a été renversée, puis détruite en morceaux ensuite éparpillés. L'inscription est désormais illisible. Vitaline la reconstitue en pensée. « Passant, rend hommage à la mémoire du patriote Louis Marcoux, tué à Sorel le 9 novembre 1834 en défendant la cause sacrée du Pays, âgé de 34 ans, ses dernières paroles : *VIVE LA PATRIE !* »

En un éclair, elle comprend qu'il s'agit d'une mesure de rétorsion exécutée de sang-froid. Les fanatiques de Sorel ont laissé libre cours à leur soif de châtier les fières tuques bleues ! Incapable de se retenir, Vitaline se laisse tomber à genoux sur la neige piétinée, souillée de crottin de cheval et de crachats gelés, pour s'abîmer dans une oraison en l'honneur de sa nation violentée et des êtres qui souffrent en conséquence.

Le son du clairon prend Gilbert Dudevoir complètement par surprise. Sur le point d'embarquer dans la frêle embarcation censée lui faire traverser la rivière parsemée de glaces flottantes, il fige, paniqué à l'idée de voir des habits rouges se rameuter et les prendre pour cible, son passeur et lui. Le jeune homme jette un œil sur ce dernier. L'homme âgé, qui en a vu bien d'autres, fait signe à son passager de grimper à bord. Comme Gilbert ne peut rien voir d'inusité du côté de Saint-Denis, il obéit promptement.

La traversée se fait sans encombre. Nul ordre de faire halte ne fend l'air... Gilbert saute à terre, puis donne un coup de main pour hisser le canot à moitié sur la grève. Son propriétaire se met en attente de passagers souhaitant faire le chemin inverse. Gilbert le salue, puis s'éloigne de quelques pas. Lui proviennent des bruits de brasse-corps et des ordres impérieux donnés en langue anglaise, mais de loin, de l'intérieur du bourg. Haussant les épaules, il renforce sa détermination. Il habite un pays libre et nul ne peut lui reprocher autre chose que le besoin viscéral de défendre sa nation malmenée par la caste de profiteurs à la tête du gouvernement exécutif de la *Province of Quebec*. Donc, il a parfaitement le droit de se trouver dans son village natal!

Résolument, il monte le sentier recouvert d'une neige bien battue, qui débouche sur le chemin du Bord-de-l'eau. Il manque de buter sur un cheval qui lui passe sous le nez, dont le cavalier porte son arme en bandoulière. Encore une fois, Gilbert combat un accès d'angoisse. Néanmoins, sa présence passant inaperçue, il boit la scène des yeux. Des cavaliers défilent nonchalamment, les paupières lourdes et le regard obstinément fixé vers l'avant. Ce sont les arrogants *volunteers* du Royal Montreal Cavalry, ce régiment d'élite que Colborne a enrégimenté comme police auxiliaire et dont les membres ont figuré dans toutes les échauffourées qui ont ponctué le mois de novembre.

Viennent ensuite les fantassins, qui semblent aussi peu réveillés que leurs prédécesseurs à cheval. Les soldats ont bien dû obéir à l'ordre de se rameuter, mais ils semblent dormir debout. La colonne passe devant Gilbert et d'autres habitants attirés par le branle-bas, et brin par brin, le jeune homme s'enténèbre. Ils ne sont rien de moins que plusieurs centaines! Depuis Montréal, il a vu un nombre élevé de troupes s'embarquer sur le *steamboat* en direction de Sorel, mais voir le village infesté par autant de *regulars*, voir son village occupé...

Ébranlé au point d'en avoir le tournis, Gilbert tente d'avaler sa salive pour dénouer sa gorge contractée, puis il inspire à fond pour reprendre contenance. Il note les accoutrements dépareillés de la soldatesque, rehaussés d'articles que le commissariat de l'armée n'a pas coutume de fournir. Certains hommes portent de magnifiques casques de fourrure flambant neufs ou d'extravagants hauts-de-forme, des bottes au cuir luisant ou des mocassins sauvages, somptueusement ornés, ainsi que des pièces diverses — bougrines, foulards et mitaines — fournies par l'industrie féminine locale.

De surcroît, plusieurs des officiers qui caracolent ont manifestement troqué leur cheval contre de plus fringants destriers, trouvés dans les écuries les mieux dotées du bourg. Gilbert suit du regard les panaches qui rehaussent les shakos, ces coiffures à visière que portent ordinairement les forces de Sa Majesté. Comme il a admiré cet appareillage, les quelques fois où il a assisté aux parades du Champ-de-Mars, à Montréal, alors qu'il était garçonnet! Astheure, la vue de l'ornement militaire ne suscite en lui qu'une montée de dégoût.

En queue de l'interminable cortège se trouvent les artilleurs, deux canons et leurs attelages, protégés par un détachement de soldatesque. Puis, fermant la marche, un groupement de *volunteers* en habits disparates, portant encore plus ostensiblement que les *regulars* le fruit de leurs rapines. Il s'agit de ceux qui, à l'heure actuelle, s'enrôlent en masse dans l'armée britannique comme auxiliaires, sur les ordres de sir John Colborne, pour assurer la sécurité des fidèles sujets de Sa Majesté en butte à d'imaginaires vexations infligées par les patriotes.

Égarouillé, Gilbert les regarde s'éloigner d'une allure poussive en direction du village voisin de Saint-Charles. Une brigade punitive aussi discrète qu'un éléphant dans un magasin de « pourceline »! Ceux qu'ils font mine de vouloir capturer auront le loisir de prendre la poudre d'escampette, si ce n'est déjà fait.

— Gilbert?

Il tressaille, puis pivote sur ses talons pour faire face à la mine incrédule de sa sœur Vitaline. Soulagé de la voir en un seul morceau, il la prend dans ses bras et l'étreint avec énergie. Elle pousse un gémissement, puis sans crier gare, elle se met à pleurer, cachant son visage contre la poitrine de son frère. Celui-ci tente de se protéger contre le flot impétueux de la douleur de sa sœur, mais c'est peine perdue. Sa gorge se serre, ses yeux se mouillent et, respirant fortement, il incline la tête contre celle de sa vis-à-vis, encapuchonnée. Après un temps, il réussit à murmurer :

— Là... Calme-toi. Le pire est passé.

Elle renifle fortement, et ses mains posées sur le dos de Gilbert se mettent à le tâter. Elle émet faiblement :

— Étrange… On dirait que t'es caparaçonné. Tu caches quoi sous ta bougrine ?

Gentiment, il la saisit par les épaules et la repousse à un pas de lui. Avec un clin d'œil complice, il répond à mi-voix :

— Secret d'État. Tu verras plus tard.

— Niaise-moi pas.

— Je t'expliquerai, promis. Mais parle-moi des autres.

Ce disant, Gilbert examine son aînée d'un regard scrutateur. Ses joues se sont creusées et son teint est blafard, note-t-il, mais autrement, elle ne semble pas avoir pâti de l'apogée de la terreur militaire. Il se repaît de ses prunelles foncées et de ses sourcils bien arqués, qui ressemblent tant à ceux de leur père. Il se repaît même de sa bouche généreuse, malgré les lèvres craquelées et exsangues, tant il est ravi de la revoir. Vitaline renseigne son frère : elle n'a pas revu leur parentèle du bourg depuis l'annonce de l'approche du corps expéditionnaire, mais en toute logique, le maître-potier Uldaire Dudevoir et sa seconde épouse devraient être en sécurité dans les concessions, de même que leur sœur Perrine et sa petite famille.

— Pis ton mari ?

Vitaline répond que la famille Montplaisir au grand complet est intacte. Gilbert l'interroge encore, désignant le corps expéditionnaire en train de disparaître de leur vue :

— Les troupes débarrassent le plancher ?

— Pas toutes. Une petite moitié reste icitte, avec un canon.

Gilbert ouvre grand ses yeux :

— Une petite moitié ? Saint épais, y en avait autant que la Grande Armée de Napoléon !

Vitaline laisse échapper un rire de dérision qui a pour effet de la soulager d'une partie de la chape de plomb qu'elle avait la sensation de porter. Elle mire son cadet avec un bonheur douloureux. Comme il est plaisant à voir ! Sa tuque d'un bleu royal laisse son front haut bien dégagé. Ses yeux aux cils bien ourlés pétillent, ses joues cramoisies irradient et le son de sa voix est comme du miel à ses oreilles ! Enfin, elle précise :

— Le colonel Gore s'en va reprendre possession du village Papineau…

Sans ménagement, Gilbert l'interrompt :

— Le village Debartzch. Trop risqué d'employer son nom patriote.

Vitaline combat une résurgence d'émotion. Le bourg voisin aura porté le nom du président de la Chambre d'Assemblée pendant une période autant brève que glorieuse... Se ressaisissant, elle poursuit : la soldatesque investira le lieu où certains hommes sous mandats d'arrestation pour haute trahison avaient trouvé refuge. À en croire la rumeur, elle se rendra ensuite à Saint-Hyacinthe pour capturer des patriotes en fuite, dont Louis-Joseph Papineau, sans doute abrité par sa sœur la seigneuresse, mais en réalité pour faire étalage de son incoercible puissance.

Fronçant ses sourcils broussailleux, Gilbert met abruptement fin à l'envolée oratoire de Vitaline avec une question impérieuse :

— Tu fais quoi par icitte, fin seule ?

— Je me promenais au hasard.

— T'as une idée du sort de Vincent ?

La jeune femme doit avaler sa salive pour réussir à répondre comme si elle entretenait son frère d'une connaissance quelconque :

— Je l'ai vu fuir. Vers les Eastern Townships, qu'y m'a dit. Y a figuré parmi ceux qui ont tiraillé depuis la maison Saint-Germain sur les troupes. Faudra que je te raconte. Y s'est passé tant de choses par icitte, tant d'imprévus pis de branle-bas !

La gorge serrée dans un étau, elle doit s'interrompre. Gilbert presse sa main un bref instant pour la réconforter, puis il précise :

— J'espère que Vincent sait que la route est guettée d'icitte aux frontières.

Chamboulée jusqu'au tréfonds de son être, Vitaline se contente de répliquer :

— J'allais par là. Tu viens ?

Ils se mettent en route et, à son tour, Vitaline questionne son frère :

— Tu viens d'arriver ?

— Oui. J'ai passé la nuit en face, pis j'ai traversé dès que possible.

— T'es venu diablement vite !

— J'étais rongé par l'inquiétude. J'ai vu les flammes...

D'une voix éraillée, il raconte qu'avant-hier soir, en cette calamiteuse soirée du 2 décembre, ils étaient des centaines à se tenir groupés, très haut sur le mont Royal. Une lueur jaune s'élevait à l'est, trouant la noirceur. Comme tous les spectateurs, Gilbert était tétanisé par le désespoir et l'affliction. Il imaginait très clairement l'essaim d'habits rouges et de *volunteers* répandant la destruction sur son passage. Alors, il s'est secoué, il a rallumé le fanal, puis il a dévalé le sentier qui serpente jusque dans les faubourgs. À quoi bon guetter un incendie qui a lieu à 30 milles de distance? À quoi bon se torturer de même? Mieux valait aller constater sur place.

— De surcroît, ajoute-t-il avec un soupçon de vanité, je suis en service commandé.

Il courbe sa haute taille vers sa sœur, pourtant grandelette, pour lui souffler un secret:

— Y a une nouvelle gazette patriote qui se publie à Montréal. *La Quotidienne*. M'sieur Lemaître m'a confié la mission de la répandre par icitte.

Vitaline se retient de justesse de pointer son doigt vers l'épaisseur qui se devine sous le capot de laine de son cadet. Elle balbutie plutôt:

— C'est ça que tu transportes?

Il acquiesce d'un signe de tête, puis il précise qu'il ne s'en délivrera que dans un endroit parfaitement sûr, et en présence d'hommes pouvant se charger, ensuite, de faire circuler les exemplaires avec une absolue discrétion. Le jeune homme se lance dans une tirade pour expliquer qu'il s'est présenté à l'imprimeur et rédacteur de *La Quotidienne* pour solliciter une place de typographe, car il a été remercié de son poste à l'école. En vérité, Gilbert exulte d'être éloigné des Sulpiciens, ces corneilles au froc noir, et surtout du supérieur Joseph-Vincent Quiblier, qui faisait tinter des admonestations autant grossières qu'enfiévrées aux oreilles du jeune instituteur.

Vitaline et son frère sont parvenus à la vaste demeure du Dr Chamard, là où Vincent logeait depuis le début de son apprentissage auprès d'un arpenteur du bourg. Une charrette à patins est stationnée près de l'huis béant. La jeune femme lutte contre un bouleversement de tout son être. Le propriétaire et sa famille seraient revenus de leur refuge aux concessions? Peut-être ont-ils des nouvelles de Vincent? Deux hommes sortent de la maison, la tuque enfoncée jusqu'aux yeux et le foulard remonté jusqu'au nez. Ils ont les bras chargés d'effets divers qu'ils déversent dans la charrette déjà pleine.

Vitaline se sent couler à pic, tandis que son frère lâche un sacre sonore entre ses dents. Des pillards! Ulcéré, Gilbert les interpelle pour vérifier, même si c'est hautement improbable, s'ils agissent sous la gouverne des propriétaires. L'un des faquins ne fait ni une ni deux: il vient à lui et lui place un couteau sous la gorge, lui intimant l'ordre de décamper. Sidérée par la brutalité de l'assaut, Vitaline voit rouge. Elle se précipite sur l'assaillant qu'elle repousse sans ménagement de ses bras tendus, puis elle profère d'une voix aiguë, fusillant la brute du regard:

— Tu penses que j'ai pas reconnu ta voix, maudit John Mason? Toutte le monde icitte saura que t'es un voleur, un bandit des grands chemins! Je te conseille de déguerpir vitement!

Soudain hors d'elle, elle crie:

— Décanille, parce que si les hommes te donnent pas un coup de pied au cul, c'est moi qui vas le faire drette là!

Des deux mains, Gilbert saisit sa sœur par les épaules. Il la sent vibrer de rage, trémuler de tout le corps. L'autre homme masqué fait signe à son compère qu'il vaudrait mieux disparaître. Sur ce, tous deux saisissent la bride du cheval pour le faire avancer. Au son des grelots, Vitaline se crispe et gueule encore:

— Le canasson, l'avez pris dans l'écurie du seigneur Deschambault?

Gilbert fait faire demi-tour à sa sœur, qu'il pousse en direction de la propriété du maître-potier Dudevoir et de sa seconde épouse, Domitille. Le courroux de Vitaline se conclut par un immense et tangible frisson. Elle est gelée!

C'est qui, Mason?

— L'ingénieur à la distillerie du Dr Nelson.

Gilbert accuse le coup. Il a croisé le faquin à plusieurs reprises dans le bourg, alors qu'il visitait sa parenté et ses amis, à l'automne.

— D'ingénieur à voleur?

Vitaline ne répond pas. Elle a trop peur de se mettre à claquer des dents. Son frère et elle cheminent au cœur de l'entrelacs de ruelles, dans le dense voisinage des artisans qui ont fait la prospérité du bourg. Soudain, la jeune femme pousse un cri étranglé. Deux maisonnettes situées côte à côte ne sont plus que braises fumantes, entourant la cheminée obscène dressée vers le ciel. Or, Marie-Nathalie, l'une des meilleures amies de jeunesse de Vitaline, habitait là depuis son mariage avec le potier François Garant.

Les deux jeunes Dudevoir font halte parmi les rares badauds. Seul le mari de Marie-Nathalie est sur place, errant parmi les décombres qui jonchent la cour, tandis que des proches tentent de l'empêcher de s'y aventurer trop avant. Son désespoir est palpable, au point que Vitaline ne peut le mirer sans se sentir faiblir. Gilbert se met à recueillir des nouvelles afin de donner du sens à ce qu'il voit. C'est à la maison voisine, celle d'un nommé Guillaume Dallaire, que le feu a été bouté. La bise a charrié une étincelle vers l'habitation de la famille Garant. Heureusement, les deux bâtisses étaient désertes au moment du drame.

L'informateur de Gilbert, un très vieil homme, ajoute placidement :

— Les rapports divergent. Le boutefeu était-y une machine rouge pleine de boisson ou un habitant qui a échappé sa pipe allumée ? Ça se savait que le Dallaire, y avait agi comme espion à l'assemblée de Saint-Charles.

Gilbert tombe des nues.

— Comme espion à la Confédération des Six-Comtés ? C'est quoi, l'affaire ? Toutte était public !

— Je sais ben. Les autorités le voyaient pas de même, ça a l'air. Fait que je te laisse juger, mon gars. Un soldat saoul ou un revanchard ?

Gilbert tire sa sœur par le manteau, et tous deux se remettent en route. Il demande :

— Y aura quelqu'un chez nous ?

D'après Vitaline, leur frère cadet Rémy est censé y monter la garde. La plupart des combattants ne craignent ni poursuites ni séjours en prison. Hormis la cohorte de députés réformistes et leurs intimes alliés visés par les mandats d'arrestation de la mi-novembre 1837, la mécanique de répression est mue tout particulièrement par les inimitiés revanchardes. Au pire, Rémy déploiera la plus sûre parade : il n'a fait qu'obéir aux ordres des officiers supérieurs de milice, comme il se devait.

Avec âpreté, Gilbert grommelle qu'après tout, c'est ce que les représentants des autorités constituées ont prétendu par la voix des papiers-nouvelles à leur solde : les habitants ignares étaient dominés par des démagogues souhaitant renverser le gouvernement pour s'élever eux-mêmes sur ses ruines. À l'instar d'enfants sous la coupe d'un paternel tyrannique, lesdits habitants ne peuvent être tenus responsables d'une insurrection qui leur a été littéralement dictée !

2

Progressant à découvert afin que Rémy ne les confonde pas avec des maraudeurs, Vitaline et Gilbert mettent le pied sur le terrain de leur enfance. Une fois la barrière franchie, ils font halte, scrutant la cour. Les déprédations leur sautent aux yeux. La porte de l'atelier bat au vent; des débris de pièces crues jonchent la neige aux alentours. Plus loin, le petit bâtiment de ferme semble avoir été forcé. Les poules, pour le sûr, auront été volées. Vitaline prie pour que la soldatesque n'ait pas trouvé le caveau à légumes, sur le côté de la maison.

La voix leur parvient depuis l'intérieur de la maison, à travers une croisée :

— C'est vous autres? C'est bel et bien vous autres?

— En chair et en os! gueule Gilbert, épanoui.

Un instant plus tard, la porte d'entrée s'ouvre à la volée et leur cadet Rémy fait son apparition. Dépenaillé, sa longue chevelure en broussailles, il les mire comme des survenants d'outre-tombe. Enfin, il tombe dans les bras de son aîné. Vitaline essuie une larme en buvant du regard les deux hommes enlacés. Exactement de la même taille que Gilbert, Rémy est cependant plus étroit d'épaules et plus mince de visage. Jeune, il était légèrement contrefait de naissance, mais en mûrissant, il s'est équilibré et son infirmité n'est plus qu'un mauvais souvenir.

Visiblement remué jusqu'au tréfonds de son être, Rémy finit par laisser aller Gilbert pour s'approcher de Vitaline et l'enserrer dans ses bras comme un étau. Enfin, le visage fendu jusqu'aux oreilles, il s'écrie :

— J'avais pas de nouvelles de quiconque ! De quoi avoir le pesant. Mais là, je me sens fichtrement mieux. Je revis !

Ce disant, Rémy saisit les nouveaux venus par les épaules pour les entraîner vers l'intérieur. Il ajoute :

— Fait un frette du diable, pis je suis après oublier mon devoir d'hôte !

Dès que la porte s'est refermée sur eux, Vitaline pousse un soupir d'aise causé par la plaisante chaleur ambiante. Elle jette un regard circulaire dans la pièce illuminée par les bas rayons solaires de décembre, puis elle s'enquiert :

— T'as pas quitté la place ?

— Hier, juste un brin alentour.

— Comment ça s'est passé ?

— J'ai failli déguerpir. Je voyais les brasiers tout partout. Je me disais que j'allais y passer… Mais non. Les machines rouges, fallait bien qu'y se ménagent des logis pis des garde-manger.

Vitaline ouvre de grands yeux :

— Icitte ?

— Non, y m'ont rien demandé. Crains pas qu'y sont venus fouiller partout dehors, par contre, mais j'ai pas eu besoin de leur ouvrir la maison. On est chanceux dans notre malheur. Le four, y était plein de pourcelines. Son père, Aubain pis m'sieur Amable s'apprêtaient à le partir. Mais les machines rouges l'ont pas ouvert.

À travers un carreau givré, Vitaline jette un œil sur le monumental ouvrage, un four conçu pour atteindre une très haute température. Depuis sa construction au moment du mariage de Vitaline, près de cinq ans plus tôt, son beau-frère Aubain se spécialise dans la fabrication des populaires pièces en grès, au moyen d'une glaise importée des États-Unis. Il produit des pourcelines réellement imperméables, contrairement aux glaises locales, qu'il faut glacer pour les étanchéifier.

— Rémy, j'ai besoin d'un coup de main.

Incommodé par l'épaisseur de gazettes qui ceint son torse, Gilbert s'est vitement débarrassé de sa bougrine. Son jeune frère vient à son aide pour dénouer son long foulard. Peu après, une centaine d'exemplaires de *La Quotidienne* gisent sur la table. À son cadet à la fois éberlué et ravi, Gilbert explique :

— M'sieur Lemaître a fouillé son atelier au grand complet pour ramasser ce trésor. Même les épreuves pis les imparfaits y sont. La première parution, celle du 30 novembre, s'est vendue comme des petits pains chauds.

Après un temps, frappé par une réminiscence, Gilbert ajoute :

— C'était le jour où les captifs de Saint-Charles débarquaient à Montréal. M'sieur Lemaître est pas responsable de la coïncidence, mais je vous assure que sa gazette a été consolante en masse.

Depuis la berçante où elle a pris place, Vitaline l'interroge :

— Tu disais qu'y va être ton futur patron ?

— Oui, si les ventes sont bonnes pis si les autorités viennent pas saisir les presses. M'sieur Lemaître veut me voir dès que je débarquerai à Montréal. Y a hâte que je lui raconte ce que j'ai vu pis entendu.

Vitaline le croit sur parole. Gilbert n'a jamais été vantard ni chasseur de chimères. Elle s'émerveille d'avoir un frère qui sera incessamment nouvelliste. Instituteur, c'était moins risqué, mais plus banal ! Un monde de possibilités s'ouvre à la jeune femme. Envoyer à Gilbert de discrètes missives pleines de renseignements sur l'état du pays… Elle se corrige aussitôt : le courrier est trop risqué par les temps qui courent, car les maîtres de poste sont des espions de l'Exécutif. De surcroît, les fouilles corporelles sont monnaie courante. Il faudra donc qu'elle fasse le voyage en ville ou qu'elle confie des messages verbaux à des proches qui s'y rendent.

Après avoir déposé devant Gilbert un breuvage réconfortant agrémenté d'un soupçon d'eau-de-vie, Rémy s'assoit à table, face à lui. Dès lors, un échange de vues s'enclenche, au cours duquel les récents événements sont ressassés. Gilbert est particulièrement curieux de la bataille du 23 novembre. Tant de fausses rumeurs ont circulé ! Rémy se lance dans une narration que Vitaline tâche de n'écouter que d'une seule oreille, car le souvenir du mouvement spontané de résistance à l'injustice remue une tempête d'émotions.

Ce jour-là, non seulement quelques centaines de Volontaires défenseurs assuraient la protection du Dr Nelson, mais la jeune femme tombait aussi dans les bras de Vincent. Tandis que ses concitoyens se transmuaient en rebelles, ainsi que le gouvernement de la colonie le souhaitait depuis des lustres afin de justifier sa répression, Vitaline s'engageait résolument sur la voie de sa passion amoureuse. En quelque sorte, elle a été deux fois rebelle. L'ordre établi, celui de son mariage avec Florentin, ne lui seyait plus; l'état de corruption endémique au sein de la Clique du Château lui convenait encore moins.

Au fil des parlures entre ses frères, le branle-bas dans le for intérieur de Vitaline s'apaise, pour laisser une prouvable fierté grandir en elle. Les conséquences du mouvement spontané d'insurrection devant l'injustice, avec son chapelet d'incendies, de rapines et de souillures, lui avaient fait oublier la grandeur et la noblesse de la journée de novembre où le bourg quasiment au grand complet, femmes et enfants compris, s'est soulevé comme un seul homme afin de jurer fidélité à des principes sacrés de liberté et de probité. Afin de défendre ces principes les armes à la main, si besoin était!

De tout cœur, Vitaline était avec ceux qui se défendaient contre la progression du corps expéditionnaire lancé depuis Sorel, et dont la mission était de capturer, comme de vils malfaiteurs, les patriotes sur lesquels pesaient des mandats d'arrestation. De mettre sous les fers, tels des bandits des grands chemins, des hommes dignes de respect! L'affront était intolérable, ce que le gouverneur et ses proches conseillers savaient mieux que quiconque.

Néanmoins, nulle résistance armée n'aurait eu lieu si l'avant-garde de la brigade militaire n'avait pas, à l'approche de Saint-Denis, couché en joue deux hommes qui passaient au loin, tuant l'un d'entre eux. Ces tirs étaient la plus éloquente des déclarations de guerre. Pas de quartier! Le colonel Gore, commandant du corps expéditionnaire, croyait-il que ces salves meurtrières suffiraient à répandre la terreur, avec l'objectif d'une soumission abjecte? Il semble que oui. Tant de fois, Vitaline a eu la preuve que les sectaires exaltés étaient aveuglés par leurs préjugés, au point d'en perdre la raison. Au point de déclencher une guerre civile…

Vitaline sursaute: des coups ébranlent la massive porte de bois. Tout à la fois, elle réalise qu'elle se trouve bien calée dans une berçante, en compagnie de ses frères, et qu'elle a somnolé tandis que Gilbert et Rémy jasaient. Depuis l'extérieur, un homme crie:

— Y a qu… quelqu'un? T'es là, V… V… Vitaline?

Rémy saute sur ses jambes pour aller à la fenêtre. Rassuré, il s'empresse vers la porte dont il fait gricher les barrures. Florentin et Norbert, auréolés d'un nuage de vapeur créé par le refroidissement de l'air chaud de la maison, mettent le pied dans la salle commune. Vitaline leur lance, même si elle sait qu'elle a été vue d'eux :

— Je suis là, inquiétez-vous pas.

Rémy leur tend une main cordiale.

— Ravi de vous revoir. Venez vous réchauffer un brin. Savez qu'on a un visiteur de la grand'ville ? Je le renseignais…

Reconnaissant Gilbert, les survenants lui adressent de chaleureuses salutations, puis Norbert se met à décrire l'état des lieux en direction de Sorel, au-delà des bâtiments — distillerie et chapellerie — qui ont abrité les résistants. Il escomptait le pire, car c'est le chemin du Bord-de-l'eau que les troupes ont parcouru pour fondre sur le village depuis Saint-Ours, mais les dégâts sont dans la limite du tolérable. Des vols, pour le sûr, autant dans leur maisonnette que dans les bâtiments de ferme, mais ce ne sont pas quelques poules ou autant de sacs de farine manquants qui vont les réduire à la famine. La barque à voile et ses gréments sont demeurés intouchés.

Vitaline n'est pas sans croire que le frère de Florentin diminue les pertes pour ne pas l'apeurer, mais elle reste coite. Elle verra bien. Il n'y a pas grand-chose auquel elle tienne comme à la prunelle de ses yeux. L'important, c'est qu'ils puissent passer l'hiver sans souffrir de la faim. Et puis, le sort l'a épargnée. Elle revoit la maison de Marie-Nathalie réduite en cendres… Certes, son ancienne amie sera épaulée dans son malheur par sa nombreuse parentèle. N'empêche, quelle épreuve !

Norbert tire de l'intérieur de sa bougrine un parchemin froissé et à moitié déchiré, qu'il exhibe aux autres.

— C'était apposé à la porte de l'église. La tête de m'sieur Papineau est mise à prix. Quatre mille piastres.

Vitaline est éberluée par ce montant astronomique. Rémy lui retire le document des mains pour en faire la lecture à haute voix.

— Récompense de 1000 livres. Attendu que, par information sous serment, il appert que Louis-Joseph Papineau est accusé du crime de haute trahison… attendu qu'il s'est retiré du lieu de sa résidence ordinaire, et qu'il y a raison de croire qu'il a fui la justice… attendu qu'il est expédient et nécessaire à la due administration de la justice et à la sécurité du gouvernement de Sa Majesté en cette province qu'un si grand crime ne reste pas impuni… Je, Archibald, comte de Gosford, de l'avis du Conseil exécutif pour cette province… commande à tous sujets affectionnés de Sa Majesté de découvrir, prendre et appréhender m'sieur Papineau… et l'amener devant un juge de paix désigné pour conserver la paix.

Un silence pesant s'ensuit. Le signal d'une impitoyable chasse à l'homme vient d'être lancé! Une discussion s'enclenche ensuite entre les quatre hommes au sujet d'une lettre que l'état-major militaire a interceptée. Écrite par un habitant de Saint-Denis réfugié dans le village d'en face, elle ferait état du lieu où le corps de l'officier Weir se trouve. En Vitaline, ce nom chasse tout relent d'endormitoire. À l'instar de bien d'autres, elle considérait le lieutenant du 32e régiment de Sa Majesté comme faisant partie, ni plus ni moins, de la vingtaine de trépassés pendant le combat du 23 novembre. Or, il semble que les autorités voient l'affaire tout autrement.

Ce que confirme Gilbert en sautant sur ses pieds. À Montréal, l'intensité des clameurs revanchardes des fanatiques lui laissait présager le pire! Le plus surprenant, c'est qu'ils se sont mis à accabler de leur rage un vieux capitaine de milice. Devenu l'ennemi public numéro un dans les papiers-nouvelles, François Jalbert a cru plus prudent de prendre la fuite avant l'arrivée du corps expéditionnaire, en compagnie du Dr Nelson et de quelques autres. Ce notable d'une soixantaine d'années, père de plus d'une vingtaine d'enfants nés de deux unions différentes, de surcroît grand-père à d'incalculables reprises, est un homme traqué!

Vitaline voit Florentin échanger un regard consterné avec Norbert, lequel interrompt Gilbert pour déclarer, la voix enrouée:

— On vient d'aller constater les dégâts à la propriété de Roy dit Dragon. Celle que m'sieur Jalbert lui avait cédée par donation.

Vitaline se lève avec lenteur. François Jalbert possède une propriété dans les concessions, dont il louait la majeure partie à un fermier, se réservant une chambre et l'utilisation d'une petite partie des bâtiments.

— Dragon a tout perdu. La récolte, son ménage… Le fermier a juste eu le temps de sortir une partie de ses affaires personnelles. Les bâtiments ont été consumés. Les habits rouges étaient enragés contre Jalbert. Dans l'espoir de le trouver, sont même allés chez sa fille, dame Laflamme.

Vitaline se sent pâlir. Elle ne la connaît pas personnellement, mais elle sait qu'elle habite dans le rang de l'Amyot, non loin de son refuge. Norbert conclut :

— À peine arrivés à Saint-Denis, avant-hier, les hommes de troupe affirmaient que tout ce qui appartenait à Jalbert devait être brûlé.

L'assertion est ponctuée d'un silence incrédule, puis Gilbert quémande des éclaircissements sur le trépas du lieutenant George Weir, que Rémy et Norbert s'empressent de lui fournir. Weir a été amené chez le Dr Wolfred Nelson durant la nuit du 22 au 23 novembre, peu avant que se propage la nouvelle de l'arrivée imminente du corps expéditionnaire. Vêtu en civil, l'officier a voulu masquer son appartenance, mais en vain. Il avait tout vu, y compris la nature de l'armement des patriotes du bourg : anciens sabres et instruments agraires tels faux et fourches ; impossible de le laisser repartir.

Au matin, les *regulars* ont tiré les premiers coups de fusil, et un vent de panique a balayé le village. Rémy fait état d'hommes ne sachant à quel saint se vouer et courant d'un bord à l'autre, de femmes en proie à la panique, d'appels pour rassembler les enfants, de chicanes, d'engueulades et de pleurs. Il a été jugé plus prudent de convoyer le lieutenant Weir jusqu'au camp de Saint-Charles, sous la garde de deux officiers de milice, le maître-potier Maillet et l'aubergiste Mignault.

À la sortie du village, Mr Weir s'est précipité en bas de la voiture. Il devait ignorer que Maillet le retenait par une *strappe* passée autour de sa taille ; autrement, son geste est inexplicable. Le maître-potier a bien été obligé de descendre à sa suite. Ulcéré par l'action de son prisonnier, qui avait promis de ne pas chercher à fuir, il s'est mis à donner des coups avec le plat de son sabre, à la fois sur les montants du chariot et sur la tête de l'officier britannique. Ce dernier n'a pas eu grand mal, car l'arme de Maillet, une antiquité, a vitement cassé en deux sous la force d'impact.

Sauf que la fureur du maître-potier a contagionné certains des hommes à proximité. Le boulanger Joseph Pratte, qui habitait juste en face, s'est précipité sur le prisonnier avec, en main, un gros sabre bien affilé. Il a frappé à coups redoublés, et nul, de crainte de subir une blessure, n'a osé s'interposer. Quand l'aubergiste Mignault, qui conduisait le chariot, a fini par survenir, le lieutenant Weir était lacéré à la tête, au cou et aux mains, car il avait tenté de parer les coups. Il se vidait de son sang et suppliait qu'on l'achève, ce qui aurait été alors fait d'un coup de fusil.

Après un temps, Vitaline prend la parole. Elle regrette le meurtre sordide dont elle ignorait jusqu'alors les détails, mais elle tient à faire remarquer qu'il est à classer dans la même catégorie que les hommes, *regulars* comme patriotes, qui ont perdu la vie au cours de l'affrontement armé. De surcroît, fait valoir Norbert, le 32e régiment s'en venait universellement détesté à cause de son soutien indéfectible aux actes arbitraires des autorités. Weir lui-même, avec ses hommes, gardait la traverse de Longueuil, le 17 novembre, lors de l'arrestation emblématique des patriotes Demaray et Davignon. La nuit précédant la bataille, tandis que le Dr Nelson l'interrogeait, le faquin s'est répandu en invectives contre les insurgés, qu'il traitait de bouchers.

— Aucune circonstance atténuante pour les ennemis du pays, précise Gilbert sourdement. Y s'en servent pour stimuler l'ardeur belliqueuse de leurs partisans. Si vous aviez entendu, comme moi, la rumeur prendre naissance, pis devenir clameur… Quand je suis parti, avant-hier, j'en pouvais plus. Les gazettes parlaient d'habitants sanguinaires donnant des coups de sabre au cadavre. De sa tête fichée au bout d'un pieu en trophée de guerre.

Envahi d'une noire colère, Gilbert martèle :

— Pis vous savez c'est qui, le fou furieux qui a répandu en ville l'horrifique racontar ? Simon Talon dit Lespérance.

Ouvrant de grands yeux, Vitaline s'exclame :

— Pas vrai ? Pas ce grichou ?

Le marchand de La Présentation, village à mi-chemin entre Saint-Charles et Saint-Hyacinthe, est non seulement réputé pour son goût des richesses et sa servilité envers les autorités constituées, mais aussi pour son comportement indécent envers la gent féminine : le moindre plaisant jupon qu'il voit virevolter à proximité lui fait perdre la tête.

— Je commence à croire que la pire plaie dans mon pays, s'exclame Gilbert, c'est pas la faction de *Britons* fanatiques, mais leurs serviteurs rampants : j'ai nommé les Chouayens parlant français !

Vibrant de fureur vengeresse, Gilbert détaille le fait d'armes de Lespérance. Prisonnier à Saint-Charles pendant les quelques jours entourant l'assaut au camp, le 25 novembre, il s'est garroché à Montréal à sa libération. Depuis, il est l'un des informateurs privilégiés des forcenés. Même s'il se trouvait à huit milles de distance, il a affirmé que le lieutenant Weir avait bel et bien été assassiné, et son corps, profané. Transmuant l'affirmation intempestive en parole d'oracle, la direction du *Herald* l'a imprimée noir sur blanc, puis a fait état d'un désir grandissant de vengeance — *deepest revenge* — contre ses cruels meurtriers.

Le Populaire, propriété des pires renégats de la colonie, a pourtant été obligé de nuancer en commentaire éditorial : Weir *aurait été tué par des révoltés*, mais ceux-ci n'ont pas commis d'atrocités, lesquelles *ne sont point familières au caractère même de nos plus fougueux habitants*. Néanmoins, le rédacteur du papier-nouvelles a cru bon donner ample publicité au récit de Lespérance. Forcé de suivre à Saint-Denis *les misérables qui commandaient* à Saint-Charles, celui-ci a vu, gisant devant une vieille maison basse, le corps d'un officier ; et on lui aurait dit qu'un sort identique attendait d'autres traîtres de même nature.

— Le corps d'un officier ? relève Rémy.

— Oui. Couvert de boue, mais qui semblait revêtu d'une redingote militaire.

Gilbert s'interrompt brusquement, puis reprend :

— Z'avez dit que... Weir était en civil ?

— Y portait un surtout craint-rien, couleur bleu foncé.

Si Lespérance dit vrai, intervient Florentin, c'est un autre militaire qu'il a vu. Mais vraisemblablement, il répand des faussetés à tour de bras. Gilbert gémit tout haut :

— Confusionnant en saudit, cette affaire !

— Y serait temps d'aller voir ce qui se passe sur la grève, lance Norbert.

Rémy craint de laisser la maison. Gilbert, lui, tient absolument à se rendre près de la rivière et promet à son cadet de revenir aussitôt que possible. Peu après, les quatre jeunes gens s'ébranlent vers la scène du crime, soit le chemin du Bord-de-l'eau, à la sortie du village, devant la maison du regretté Louis Bourdages, notaire et député. Il y a foule et ils ne peuvent même pas s'engager sur le chemin de traverse où, paraît-il, le corps de Weir aurait été traîné afin d'être enterré dans la cour de l'une des deux propriétés qui le flanquent.

Vitement, les survenants apprennent qu'avant même de faire irruption à Saint-Denis, deux jours plus tôt, les troupes connaissaient les principaux détails d'une affaire noircie à dessein par la faction intolérante de Montréal. Hier en fin de journée, le commandant Gore avait entrepris de faire creuser une fosse, là où la terre semblait fraîchement remuée ; mais alors, une lettre adressée à une notabilité du village lui était remise. Le jeune messager qui la transportait avait été remarqué par l'ingénieur Mason, lequel lui a aussitôt commandé d'aller remettre la missive aux autorités militaires.

Vitaline échange un regard stupéfait avec Gilbert. John Mason, encore ? À son mari et à son beau-frère, elle raconte la scène mirée plus tôt chez le Dr Chamard. Norbert explose de colère contre son collègue de travail à la distillerie. Depuis la destruction du bâtiment, celui-ci a viré son capot de bord, se muant en scélérat. Ou peut-être qu'il révèle enfin sa vraie nature à ses concitoyens ? À croire qu'il a pu être espion pour le compte des autorités constituées ! Chose certaine, il a quasiment pointé du doigt, aux habits rouges, les propriétés des rebelles à incendier ou à piller.

— Si j'avais des illusions sur l'art de la guerre, grommelle Gilbert, la réalité me les a ôtées drette là. La guerre est le métier le plus sordide de la Création. Une affaire de brutes. Je serais pas étonné que nos nobles officiers *britons* y reçoivent en catimini une quote-part du butin ramassé par les brigands.

Révulsée par l'idée, Vitaline se concentre sur la suite du récit recueilli de la foule qui les entoure. La missive remise au commandement militaire par l'intercession de Mason était signée Louis-Édouard Hubert, marchand de Saint-Denis réfugié dans sa belle-famille, à Saint-Antoine. Selon lui, le corps de l'officier disparu ne se trouvait pas dans une quelconque fosse, mais dans la rivière. En effet, un corps y a été retrouvé peu avant l'arrivée des jeunes gens, retenu au fond par de grosses pierres, et il a aussitôt été identifié par un sous-officier du 32e régiment qui se trouvait sur place. Prestement emmailloté dans un drap, puis gardé à l'abri des regards, le cadavre sera convoyé dès que possible à Montréal.

Norbert s'étonne à voix haute. Pourquoi tant d'égards, alors que les militaires trépassés à la suite des combats de Saint-Denis et de Saint-Charles ont été enterrés soit à Sorel, soit à Saint-Hilaire?

— Paraît même que de simples soldats ont été carrément jetés dans l'eau glacée de la Chambly! s'exclame-t-il.

Gilbert reste coi, mais il craint fort que les exaltés du chef-lieu du district veuillent faire de Weir un martyr. Les autorités manquent cruellement de héros à célébrer dans la sordide campagne militaire en train de se conclure par l'occupation des prétendus territoires insurgés.

Vitaline glisse son bras sous celui de Florentin, puis souffle à son oreille qu'elle commence à tricoler sur ses jambes. L'avant-midi a été diablement bien rempli. Sans tergiverser, son mari donne le signal du départ. Néanmoins, la petite troupe n'a pas fait dix pas que des cris d'outrage s'élèvent, ce qui la force à faire demi-tour pour mieux voir la raison du bredas. Favorisé par sa haute taille, Gilbert marmonne :

— Y se passe quelque chose chez m'sieur Thibaudeau.

— Le marchand? Quoi donc?

— Sa demeure est intacte, mais... à ce que je vois, elle a servi de cantonnement et... bien des affaires manquent...

— M'en fiche, réplique Vitaline en pivotant de nouveau sur ses talons pour se remettre en route. C'est en bonne partie de sa faute. C'est lui pis la gang de son genre qui ont donné la clef du village au corps expéditionnaire.

La talonnant, Florentin rétorque d'un ton irrité :

— Laisse faire. J'aime p... pas quand tu parles de même.

La jeune femme réagit en pilant net et en foudroyant son mari du regard. Trop facile pour lui d'intimer à son épouse légitime de se taire. Il escompte que cette dernière, le prenant en pitié à cause de sa difficulté à argumenter, se cantonnera dans le silence! Mais pas astheure. Les événements des dernières semaines ont fait perdre toute retenue à Vitaline. Lorsque, à l'orée de l'affrontement du 23 novembre, les militaires ont froidement abattu un jeune homme désarmé caracolant au loin, elle y a vu la plus éloquente des proclamations : la vie d'un patriote réformiste ne vaut pas davantage que celle d'un chien galeux!

Elle le savait, pourtant. Elle le savait depuis au moins la Rue du Sang, en 1832. Mais elle ne pouvait se résigner à croire que déjà, les clubistes complotaient la terreur militaire. Vitaline sent monter en elle une vague de désespoir. Si elle avait envisagé cette conséquence dans toute son horreur, elle aurait pu la contrer d'une manière ou d'une autre! Elle tâche de se calmer. Les hommes d'importance, eux, avaient compris. S'ils exhortaient leurs concitoyens, depuis le début de la décennie, à une patience souveraine, c'était pour éviter un bain de sang.

Faisant fi de l'incapacité de son mari à argumenter à cause de sa propension au bégaiement, Vitaline le prend à partie. Si le Dr Nelson et les tuques bleues réfugiées chez lui n'avaient pas été lâchement abandonnés à leur triste sort par une fraction appréciable des notables du village, le cours des événements aurait pris une tout autre allure. Plutôt que de se débander, l'armée patriote aurait vu ses effectifs gonfler jusqu'à ce qu'ils constituent une barrière infranchissable, même par un millier d'habits rouges armés jusqu'aux dents. Ce jour d'hui même aurait eu lieu une assemblée constituante, parlement provisoire reflétant pour vrai l'opinion du peuple. D'insignifiante province dévalisée et malmenée, le Bas-Canada se serait mué en pays en devenir.

Outré, Florentin réussit à faire valoir qu'il n'a rien à voir dans l'évolution des affaires publiques, car il était au service des marchands, en train de naviguer au loin avec son père. Vitaline réagit par une question de but en blanc:

— T'aurais faitte quoi, si t'avais été là? T'aurais joint les Volontaires défenseurs?

La mine enténébrée, il se drape derrière son orgueil pour ne pas répondre. Vitaline enchaîne:

— Ce que je veux, c'est que t'arrêtes de m'imposer ta vision des choses. Sinon, je vais finir par croire dur comme fer qu'au matin de la bataille, tu te serais rangé dans le camp des tièdes pis des couillons.

— Dis pas ça!

— Dans ce cas, ça suffit les leçons de ton bord itou, compris?

Vibrante d'indignation, Vitaline laisse Florentin en plan, et elle se remet à marcher à toute vitesse vers le rang de l'Amyot. C'est étrivant, à la fin! Dès qu'elle émet une opinion divergente de son mari, il la rembarre secquement, sous prétexte qu'elle divague et que les hommes d'importance étaient pleinement justifiés, pendant les derniers jours de novembre, d'abandonner une résistance qui allait leur attirer non seulement les foudres militaires, mais divines. Sauf que Vitaline ne peut supporter de voir des tuques bleues avouées endosser une vêture de Chouayen. D'accord, c'est un réflexe de survie, mais elle déteste ces pirouettes !

À LA TOMBÉE DU JOUR, LA FAMILLE MONTPLAISIR a repris possession de sa demeure du chemin du Bord-de-l'eau. Il était temps, afin de protéger ses quelques possessions des écumeurs ! Ces derniers s'attaquent principalement aux maisons de notables encore désertes, mais Dieu sait jusqu'à quelles extrémités ils se rendront dans leur frénésie de rapines. Plusieurs attelages à patins remplis de biens volés sont passés sur le chemin public en direction de Sorel.

Vitaline est traversée d'éclairs de rage qui la laissent, chaque fois, au bord de l'épuisement. Les pillards ne sont pas uniquement des étrangers. Parmi eux se trouvent des concitoyens — l'ingénieur Mason n'est pas le seul coupable — qui se laissent aller à leurs plus bas instincts avant de déguerpir pour de bon. Leurs chapardages, c'est comme une déclaration de culpabilité. Sans doute ces vendus figurent-ils parmi ceux qui ont épié leurs semblables afin de renseigner les autorités. L'avenir dira s'ils ont été espions, puis délateurs.

De tous les proches de Vitaline, Norbert est celui qui regrette le plus intensément de ne pas avoir su détecter les traîtres. À vrai dire, son beau-frère oscille entre des épisodes de léthargie et des éclats de colère ou de désespoir. L'annonce de l'arrivée du corps expéditionnaire, quatre jours plus tôt, a été un coup terrible pour la trâlée de jeunes hommes qui prenaient au sérieux leurs rôles de Volontaires défenseurs depuis le début de la répression. La mère de Norbert réagit et lance d'une voix tranchante :

— Prends sur toi, mon gars. Ça donne rien de te pâmer de même.

Vitaline hausse un sourcil. Dame Eugénie a été amplement compatissante ces dernières semaines, mais il semble que sa coupe déborde. Normande se charge à sa place de réconforter son grand frère. Comme elle a pris l'habitude de le faire, elle l'entoure de ses bras, passe sa main dans ses cheveux, puis appuie sa tête contre son épaule, et reste ainsi, silencieuse. Vitaline mire avec tendresse le couple formé par sa belle-sœur, petite et massive, et son beau-frère, mince et nerveux, en train de puiser dans l'affection tangible de sa cadette le courage de faire face aux événements.

La jeune femme ne réussit qu'à avaler trois bouchées d'un insipide brouet, puis elle grimpe sous les combles pour s'enfouir sous les couvertures. Contrairement à ses attentes, elle ne jouit aucunement de retrouver son espace, sa couche et sa relative tranquillité. Inlassablement, un panorama défile dans sa tête. Un panorama dans lequel les potentats de Montréal et leurs satellites, dans la capitale, s'agitent pour retirer le pouvoir des mains du gouverneur Archibald Gosford, afin de le remettre aux bourreaux écumant de rage.

Leur « père à tous » a émis une proclamation, le 29 novembre, enjoignant aux habitants dupés de tourner le dos à la poignée de traîtres ayant mis le pays à feu et à sang, et de se retirer dans leurs foyers, ce qui les mettrait à l'abri des brutalités. La proclamation de milord faisait valoir qu'un gouvernement puissant et miséricordieux préférait oublier les préjudices, plutôt que de les venger. Pour en être bien certaine, Vitaline a lu et relu la version originale : *a powerful and merciful government is more desirous to forget than to resent injuries; and that within that sanctuary you will experience no molestation.*

Cette assertion venait confirmer les promesses contenues dans un autre document officiel de même nature, soit l'Adresse des magistrats d'ascendance française du district. Bombardés de surcroît par les menaces de damnation éternelle du curé et de son vicaire, les résistants de Saint-Denis se sont éparpillés, laissant leurs compatriotes traqués à leur pénible sort. Lorsqu'elle y songe, Vitaline a les entrailles retournées par la honte. Où étaient passées les belles promesses des miliciens et de leurs capitaines, à l'effet qu'il fallait protéger les hommes en proie aux poursuites iniques, et advienne que pourra ?

D'une main, milord signait la proclamation du 29 novembre ; et de l'autre, il se cachait les yeux pour ne pas voir la terreur militaire en train de s'étendre aux confins du district de Montréal. Que dira-t-il en constatant les résultats de l'expédition militaire qui vient de ravager la rivière Chambly, contraires à sa promesse de ne soumettre les habitants repentants à *aucune persécution*? Sans doute rien du tout, car il est en train de se délester du gouvernement exécutif de la colonie au profit de l'état-major militaire. Leur «père à tous» déclare forfait.

Ne prédit-on pas l'imposition imminente de la loi martiale? En fait, non point une loi dans le sens strict du terme, mais un régime qui remet les pouvoirs de l'Exécutif — depuis le gouverneur jusqu'à l'assemblée des magistrats du district — au commandant des forces armées, censément pour réprimer un danger imminent pour la sûreté de l'État et de ses gouvernés. Un régime qui fait fi des lois ordinaires et de l'éventail de formalités censées protéger les citoyens de l'arbitraire. Une dictature. Un état de siège.

Se recroquevillant en chien de fusil, Vitaline appelle l'aimable figure de Vincent au secours. Où se trouve-t-il présentement, quatre jours après son départ? La région grouille de Loyaux avides de marquer un bon coup. D'accord, le jeune arpenteur n'est pas sous mandat d'arrestation, et nul ne sait, par là-bas, qu'il a participé activement à la dégelée du 23 novembre. Mais il pourrait être soumis à une fouille et à un interrogatoire en règle, peut-être même malmené, et un juge de paix soupçonneux pourrait décider de l'écrouer. Vision d'horreur pour Vitaline, qu'elle s'évertue en vain à chasser de sa cervelle surchauffée.

3

Lorsqu'elle met l'orteil dehors, le lendemain 5 décembre à la barre du jour, Vitaline a l'impression d'un déconcertant regain printanier. Un suroît balaie la contrée et l'enveloppe d'une tiédeur enchanteresse. L'hiver a fait une brève incursion au tournant du mois, mais le redoux subséquent a déjoué les pronostics. La jeune femme frissonne des pieds à la tête, puis elle s'immobilise à deux pas de la porte pour mieux s'ancrer dans le concret. Le tournis lui vient si vitement par les temps qui courent!

Elle pose la main sur le bois rugueux de la paroi extérieure de la maisonnette, et ce contact l'apaise et la réjouit tout à la fois. Comme elle aime la sensation au bout de ses doigts et contre sa paume! Soudain, une envie prend possession de son être au grand complet, celle de tripoter la matière et de lui donner forme. Elle en perd quasiment le nord... Si Vitaline s'écoutait, elle se précipiterait chez son père et s'installerait au tour à potier. Elle façonnerait une assiette large comme un lac, ou un bol profond comme un abysse, ou un vase haut comme un arbre des forêts d'antan. Après, elle détruirait la pièce de terre crue en se vautrant dedans comme dans un lit de bouette fraîche. Elle se couvrirait d'argile, même la chevelure, jusqu'à s'y fondre, jusqu'à s'y dissoudre!

Le besoin de succomber à ce plaisir est si pressant que pour y échapper, Vitaline s'oblige à se secouer et à boire des yeux les alentours familiers. Bien d'autres matières sont à sa portée. Elle peut jouer à l'infini avec les textures et les couleurs. Jeune fille, elle a façonné l'argile, puis elle s'est rabattue, après son mariage, sur des assemblages de végétaux divers, qu'elle collait ensuite pour former des compositions. Astheure, elle pourrait reproduire précisément la réalité. Saisir une plume ou un crayon, et s'en servir pour fixer sur papier les images parfois horrifiantes qui encombrent sa tête. Et ainsi s'en délivrer, ce qui lui ferait un bien infini.

Ragaillardie, la jeune femme inspire à fond, puis elle se consacre à l'ouvrage qu'elle a prévu accomplir. Il faut tout inspecter minutieusement pour faire le compte des dégâts, car il sera peut-être possible de se faire indemniser par le gouvernement pour les pertes subies. Déjà, les plus éprouvés ont commencé à dresser des inventaires, qu'ils feront ensuite certifier par des témoins et homologuer par des notaires. Les Montplaisir, eux, n'auront pas à s'astreindre à une démarche dont le coût, de toute façon, dépasserait le montant de leurs pertes.

Lorsque son beau-frère grimpe l'échelle pour venir la rejoindre, Vitaline est à l'étage du bâtiment de ferme, en train de constater de visu que la quantité de foin engrangé n'a pas baissé. Notant que le rouge est monté aux joues blêmes de Norbert, Vitaline le mire avec une affection toute filiale. Encore une fois, vu sa propension à admirer certaines pièces d'homme, elle se réjouit du fait que le frère cadet de Florentin ne soit pas attrayant une miette à ses yeux.

Joli jusqu'à être un brin efféminé, Norbert laisse Vitaline totalement indifférente. Elle préfère des traits plus accusés, une prestance comme celle de Vincent, la quintessence de la beauté mâle à ses yeux. À vrai dire, Norbert promène sa réputation de jolicœur à la grandeur de la paroisse. Ses parents lui tiennent la bride serrée, comme Vitaline a pu le constater, et le jeune homme sait qu'il doit se parer des écarts, au risque de voir sa liberté se réduire comme peau de chagrin.

Tentant de sourire, Norbert lui dit :

— On pourra tuer le cochon avant de faire nos Pâques. Y se porte comme un charme.

— Pour moi, y était déjà trop gras pour être charrié. Pour une fois, faudra remercier ta mère à genoux d'avoir été trop généreuse en restants de tablée.

Norbert accueille la remarque de Vitaline avec un air mi-figue, mi-raisin, puis ses traits se couvrent d'une expression gênée qui déstabilise sa belle-sœur. Norbert l'enjôleur n'a pas coutume d'être embarrassé de quoi que ce soit. Il barguigne, puis se jette à l'eau, gardant la voix très basse :

— Je vais partir à soir. Je vais tâcher de rejoindre l'armée patriote.

Le premier réflexe de Vitaline est de se boucher les oreilles. La résistance ne peut qu'essuyer des déconfitures. Contre l'essaim d'employés trop zélés d'un gouvernement autocrate, les pauvres patriotes ne font pas le poids ! Puis, elle réalise la portée de ce que Norbert vient de lui confier. Fronçant les sourcils, elle souffle :

— T'es fou raide ? Les autorités militaires achèvent de couvrir la province d'un réseau de collaborateurs armés et d'espions à la solde des services de renseignements.

— C'est pas une raison pour accepter la dégelée.

Sur un ton vindicatif, elle s'enquiert :

— Une armée patriote ? Où ça ?

Norbert réagit par une mine réjouie.

— Je suis pas au courant. Pis c'est tant mieux, parce que ça veut dire qu'on a encore une chance. Une contre-offensive se prépare en territoire américain. Pourquoi tu penses que les autorités surveillent la ligne du 45 de même ?

Prenant garde de ne pas hausser la voix, il continue sur sa lancée. Le plan échafaudé à la mi-novembre, celui qui prévoyait le renversement du gouvernement exécutif de la province et l'élection d'un nouveau par la mise sur pied d'une assemblée constituante, est encore réalisable. Un groupe de patriotes a été dépêché dans l'État du Vermont afin de procéder à des achats de matériel de combat et à du recrutement de miliciens ; plusieurs autres groupes les ont rejoints à intervalles réguliers. Le va-et-vient est constant entre la province et les États-Unis.

Les tuques bleues qui ont fui la rivière Chambly avant que l'armée ne s'y installe à demeure, y compris le Dr Nelson et les réfugiés du camp de Saint-Charles, avaient certainement dans l'idée de se joindre à la force qui s'organise. Vitaline se sent pâlir. Vincent aurait menti en lui disant qu'il allait se mettre au chaud et en sécurité chez ses amis des Eastern Townships ? Lui aussi envisageait une telle action ? Norbert conclut abruptement :

— Je t'en ai déjà trop dit. Ce que je veux, c'est que t'avertisses les parents après mon départ. Demain matin, mettons.

Vitaline réplique faiblement :
— Ta mère va pâtir. Ton père itou.
— J'y peux rien.
— Faut jouer de prudence.
— Pis éviter de se mettre les pieds dans les plats. Je vais faire frime que je vais chercher de l'ouvrage de l'autre bord de la ligne. Après toutte, j'ai perdu le mien...
— Personne doit savoir que tu travaillais à la distillerie du Dr Nelson.
— Je sais. Je suis pas tant niaiseux.

Peu à peu, Vitaline reprend contenance, car le panorama que brosse son vis-à-vis comporte une part de merveilleux. Voir les patriotes reprendre le terrain perdu à cause d'une improbable conjoncture, celle de la clémence de la saison qui a permis au commandant Colborne de faire aboutir ses préparatifs secrets, ce serait dans le domaine du possible ? Voir des centaines et des centaines de miliciens, bien armés pour une fois, repousser les habits rouges, désorganiser les *volunteers*, s'emparer des dépôts d'armes et de munitions, et enfin, délivrer peu à peu le territoire du joug des envahisseurs ?

— Tu diras aux autres, chuchote-t-elle. Tu leur diras qu'après avoir embrassé le sol, je les bécoterai tous l'un après l'autre.

Norbert émet un rire silencieux, puis il gratifie sa belle-sœur d'une accolade emportée, avant de rebrousser chemin. Lorsqu'elle se retrouve seule, Vitaline se laisse tomber à genoux dans le foin odorant. Elle a besoin de temps pour assimiler la nouvelle donne, pour la laisser se répandre dans son corps grâce au sang que son cœur propulse avec vigueur. Nuit et jour, dorénavant, Vitaline sera unie par un millier de liens au contingent de ses compatriotes qui, pour l'amour de la patrie et de la liberté, sont parés à risquer leurs vies.

M<small>ETTANT PIED SUR LE DÉBARCADÈRE</small> du faubourg Québec, Gilbert songe avec délices que ce soir, il se vautrera sur sa couche pour la nuit la plus réparatrice de son existence. Le jeune homme de 22 ans est dans un état de fatigue extrême. Hier soir, à Longueuil, il a failli ne pas dénicher d'endroit pour dormir, car les habitants étaient méfiants à l'extrême. L'aspect miraculeux de sa traversée du fleuve ne l'a même pas ému, contrairement aux autres passagers, qui s'épataient du fait que la plupart des cours d'eau, sauf les plus placides, soient encore libres de glace en ce 7 décembre.

Mais avant de dormir, Gilbert doit affronter une après-dînée bien remplie, et en tout premier, aller rendre compte de sa mission à son futur patron, l'imprimeur et nouvelliste de *La Quotidienne*. François Lemaître vient de débagager son atelier dans un bâtiment de la rue Craig, au bord de la petite rivière Saint-Pierre, au rez-de-chaussée de son domicile. Gilbert rive son attention sur le but à atteindre. Pour l'instant, il n'a pas le courage de regarder alentour pour prendre le pouls d'une cité marchande devenue la capitale de la faction sectaire. Il sait trop bien que rien de bon ne sortirait d'un tel exercice.

Cependant, la vue d'un portefaix trop peu bougriné suscite en lui un éclair de pitié et ranime son courage. C'est aussi et surtout pour eux-autres, les gagne-petit, que les patriotes se battent. Un court moment, Gilbert osbserve l'adolescent qui marche lentement, excessivement courbé pour faire le contrepoids à la charge suspendue, par des crochets, à des bretelles en cuir. Nul ne devrait avoir l'obligation de louer son dos aux voyageurs ou aux manufacturiers pour transporter une part de leurs fardeaux!

Gilbert grimpe la pente qui mène à la rue Notre-Dame, puis redescend celle qui conduit aux faubourgs du nord-est, sur les contreforts du mont Royal. Il arrive à une modeste maisonnette dont la grande fenêtre à carreaux, qui servait auparavant de présentoir à marchandises pour un épicier, est désormais ornée d'une gazette grande ouverte et d'un assortiment de quelques livres à vendre, puisque l'office est également une librairie.

Le futur journaliste pénètre dans la salle qui sert de réception, de bureau à Lemaître et, avec les vastes tables et les châssis, d'atelier de typographie. La presse à imprimer, elle, se trouve dans une salle attenante. Gilbert tombe sur le branle-bas de combat causé par les jeunes colporteurs qui se greyent des exemplaires à vendre, tandis que François, pièce d'homme âgée d'une quarantaine d'années, se sert de sa voix qui porte pour tenter de mettre de l'ordre.

Au passage, Gilbert saisit un exemplaire fraîchement imprimé. Après un soupir qui réveille plusieurs parties endolories de son corps, il s'installe à l'écart pour parcourir ce troisième numéro, daté d'aujourd'hui même, 7 décembre. L'ancien instituteur reconnaît divers textes qu'il a traduits avant de partir, dont la proclamation de lord Gosford du 29 novembre, qui semble déjà terriblement datée, puis s'intéresse aux commentaires éditoriaux écrits ce matin, tout juste avant de mettre sous presse.

Tout à l'heure, avant que Gilbert n'arrive à Montréal, le *steamboat John Bull* a débarqué une moitié des membres du corps expéditionnaire mené par le colonel Gore; l'autre moitié a été laissée à la rivière Chambly où, pour un temps indéterminé, les principaux villages seront pollués par la présence d'un quartier général militaire et de cantonnements logeant un nombre considérable d'habits rouges — trois centaines à Saint-Denis. À bord de la barque à vapeur se trouvaient également la dépouille du lieutenant George Weir de même qu'un prisonnier.

Tout soudain, les colporteurs déguerpissent. Gilbert profite de l'accalmie pour lancer à François Lemaître, en train de gratter son crâne dégarni :

— Je connais l'identité du prisonnier. Pierre Bourgeois, un aubergiste de mon village qui tient armurerie. Accusé d'avoir évalué l'état des fusils dans les jours précédant la bataille.

— Pourquoi lui seul ?

— Lui seul qu'on a arrêté ? Bourgeois avait hébergé chez lui cinq soldats blessés, que Gore avait laissés derrière lui au terme de la bataille du 23. On l'aura cueilli au passage... C'est de même que ça marche, les arrestations. Un funeste hasard ou une basse vengeance.

La mine interrogative, Gilbert saute du coq à l'âne en indiquant le feuillet entre ses mains :

— Z'êtes précautionneux par rapport à l'affaire Chartrand. Une brève allusion. Tandis que *Le Populaire* affirme que Chartrand aurait été froidement assassiné.

Lemaître réagit par une éloquente grimace :

— L'épisode reste nébuleux, même si les gazettes salariées prétendent détenir l'horrifique vérité. Faut marcher sur des œufs.

— J'ai pour mon dire que l'affaire s'apparente au cas du lieutenant britannique à Saint-Denis.

Gilbert fait part de ce qu'il a glané relativement au trépas du dénommé Weir. Après l'avoir écouté avec avidité, son patron hoche fortement la tête :

— Tu parles drette. Par son comportement, l'officier est quasiment responsable de sa mort. J'imagine qu'on pourra dire la même chose à propos de Chartrand. Dans un cas comme dans l'autre, les autorités transmuent en assassinat pur et simple ce qui est à classer dans le vaste champ des délits commis en temps de guerre.

Selon les gazettes à la solde des potentats de Montréal, les féroces patriotes ont envoyé les deux hommes à trépas avec une barbarie encore jamais vue dans le monde civilisé. Gilbert n'aurait jamais cru voir une assertion aussi risible imprimée noir sur blanc. Comme si le massacre des patriotes à Saint-Charles, comme si la Rue du Sang et toutes les ignominies du genre ne pesaient aucunement dans la balance, parce que les victimes étaient des moins que rien, de vulgaires enfants de la forêt!

Le 27 novembre, résume l'imprimeur, un dénommé Joseph Armand dit Chartrand trouvait la mort par balle dans un recoin boisé de la campagne, à la frontière des paroisses de Saint-Jean et de L'Acadie. Du moins, c'est la date mentionnée par le jeune homme qui est allé se livrer aux autorités, après s'être confessé du crime à son curé. Les gens du voisinage avaient ouï les coups de fusils, puis avaient repéré de loin le cadavre, mais ils n'ont pas osé, pendant plusieurs jours, assouvir leur curiosité. Ce sont une soixantaine de *volunteers* de Saint-Jean qui ont retrouvé le corps de celui qui était, depuis quelques jours, leur frère d'armes.

Depuis, ceux qui propagent allègrement le récit — un meurtre de sang-froid digne des barbares — dissimulent soigneusement certains faits cruciaux. Par exemple, les *volunteers* de Saint-Jean faisaient accroire qu'ils projetaient d'effectuer des raids pour brûler les propriétés patriotes des alentours. Mais surtout, il était notoire que Chartrand avait été payé pour infiltrer le camp de Saint-Charles; avant de fuir à l'approche du corps expéditionnaire, il aurait mis les deux mièvres canons patriotes hors d'usage.

— Sa mort est une vengeance, dit spontanément Gilbert. Deux jours après la mise à sac du camp par Wetherall et ses convulsionnaires, ça ne peut pas être une coïncidence.

Armand dit Chartrand était exécré dans la région, confirme le propriétaire de *La Quotidienne*. Avec une âpreté teintée de mélancolie, il ponctue son récit en déclarant qu'encore une fois, les méchants ne sont pas ceux que les autorités pointent du doigt. Sur ce, Lemaître presse son futur employé de narrer ses quelques jours dans la rivière Chambly.

À vive allure, le jeune homme décrit l'état navrant du village de Saint-Denis. Il détaille sa visite à celui qui a été son mentor et ami, David Bourdages. Le jeune arpenteur venait tout juste d'arriver, après s'être réfugié avec sa famille à Saint-Hyacinthe. David était dévasté par l'abjecte vengeance des autorités. Il se sentait terriblement coupable, car il s'était improvisé tirailleur d'élite lors de la bataille du 23 novembre. D'une fenêtre de la chapellerie Saint-Germain, il visait les habits rouges, tandis que deux assistants, dont son ancien clerc Vincent, rechargeaient l'arme à mesure.

La mine navrée, François interjette :

— Qui aurait pu s'imaginer que l'armée se comporterait comme en pays conquis de force, avec permission de semer l'épouvante ? Après tout, elle est censée défendre les Canadiens et leur territoire contre les agressions de l'extérieur. Pis Saint-Charles ?

Gilbert y a passé quelques heures, hier en fin de journée. L'endroit fourmillait d'habits rouges, au moins deux centaines en train de s'y cantonner pour l'hiver. Gilbert a pu vérifier ce qu'on lui avait dit à Saint-Denis : les plus ardentes tuques bleues ont été la cible de la vindicte des autorités, qui ont dépossédé ces hommes et leurs familles, près d'une vingtaine, en pillant et brûlant leurs propriétés. Deux magasins avec leurs grains et leurs provisions ont été réduits en cendres. L'église et le presbytère ont été dévalisés et profanés.

De loin, Gilbert a observé la demeure du seigneur Pierre-Dominique Debartzch, seul bâtiment de la propriété que l'armée n'a pas détruit, car des sous-officiers y logeaient. Il songeait à ses amis Alphonse Gauvin et Rodolphe DesRivières, qui avaient fait du domaine un camp retranché. Ainsi, ils pointaient du doigt le plus nocif renégat de la colonie. Celui qui a présidé à la naissance de la Confédération des Six Comtés, en 1832, et qui l'a nourrie de sa tangible indignation, pour la renier quatre ans plus tard. Celui qui a refusé de se présenter à ses compatriotes pour défendre sa conduite, le 23 octobre 1837, ouvrant toute grande la porte à la fronde qui s'est ensuivie au sein de la jeunesse.

Gilbert se ressaisit pour relater que même Saint-Marc, de l'autre côté de la rivière, n'a pas été épargné, prétendument parce que Louis-Joseph Papineau s'y serait caché après avoir fui Montréal, puis que des tirs auraient originé de l'endroit tandis que les habits rouges assaillaient le camp retranché. La superbe maison en pierres du député et seigneur Joseph-Toussaint Drolet, de même que les bâtiments attenants, ont été réduits en cendres. Saint-Charles a été le premier acte de la vengeance du commandement militaire, à la suite de la défaite du corps expéditionnaire à Saint-Denis, deux jours plus tôt.

— Surtout après l'abjecte terreur des tories, interjette François d'une voix enrouée.

Il poursuit sur sa lancée: les adeptes du sectarisme, d'ascendance britannique comme française, ont vraiment cru que l'heure des comptes avait sonné et que la *Province of Quebec* allait tomber sous la coupe de la «faction française», c'est-à-dire la majorité en Chambre d'Assemblée.

S'animant, François se remémore:

— Tu te souviens? Non, pas vraiment, parce que t'étais au litte après ta mésaventure... Tout soudain, nos tortionnaires s'imaginaient victimes d'une sanglante révolution. Y s'imaginaient pourchassés, dépossédés de leurs biens. Y voyaient déjà la guillotine s'élever... C'était risible. Sauf qu'en vérité, c'était tragique parce que la rétorsion est à la mesure de leur terreur abyssale. Saint-Charles, pis ensuite Saint-Denis une semaine plus tard. Le deuxième acte. Pis le troisième qui s'annonce...

François est incapable d'en dire davantage, mais Gilbert le comprend à demi-mot, et il combat un frisson de tout son être. Après avoir «pacifié» la rivière Chambly, l'armée va se déplacer vers le lac des Deux-Montagnes, là où se trouve désormais, aux yeux des autorités, le principal foyer d'insurrection armée. La glace est après prendre sur les rivières, et Colborne n'aura aucune difficulté à y faire marcher ses gens. L'imprimeur souffle:

— Sans doute que tu sais pas encore... Les Fils de la Liberté... Brown, tes amis Gauvin pis DesRivières... sont visés par deux autres proclamations du gouverneur. La *Gazette officielle* les a publicisées le 4, si mon souvenir est bon.

Gilbert écoute son patron, les entrailles nouées par l'angoisse. Après Louis-Joseph Papineau, dont la tête est mise à prix pour 1000 livres, 10 patriotes ont été ciblés, dont les députés élus Edmund O'Callaghan, Cyrille Côté, Joseph-Toussaint Drolet, Jean-Joseph Girouard, Édouard-Étienne Rodier et William-Henry Scott. Le prix de leur capture : moitié moins que pour leur illustre chef. Bien entendu, le Dr Wolfred Nelson figure dans la liste. Le plus étrivant, c'est qu'il n'est même pas poursuivi relativement au rôle de premier plan qu'il a joué dans la résistance de Saint-Denis ! Une troisième proclamation offre 100 livres pour la capture de 10 autres patriotes, dont les camarades de Gilbert.

Celui-ci se détourne, dévasté par l'acharnement des potentats corrumpus de l'Exécutif de la colonie envers ceux que le peuple a mandatés pour dénoncer leurs crimes et leurs brigandages. Ce qui a été refusé pour le meurtre de trois Canadiens lors de la Rue du Sang, pour celui d'un autre au champ de course en 1833, pour celui de Louis Marcoux encore lors de l'élection de novembre 1834, Gosford l'utilise astheure envers des hommes qui ont cru impératif de protéger l'ensemble de leurs concitoyens en protestant énergiquement contre les déprédations d'une caste de favoris avides et sans scrupules. Envers des hommes qui se sont révoltés contre un système inique de persécutions, contre un despotisme aveugle et sans âme qui se vêt, pour faire bonne figure, de l'habit de l'omnipotente Loi !

Les récents événements en font la preuve éclatante : depuis que le Bas-Canada est devenu partie de l'Empire britannique, les potentats exclusivistes du gouvernement local — le gouverneur et son Conseil exécutif, le Conseil législatif et les hauts fonctionnaires — ne rêvent que de dépouiller de leurs droits ancestraux les enfants du sol et leurs alliés immigrants. Ils convoitent richesses et terres… Pour mieux réussir dans leurs visées, ils ont mis leurs petits amis de l'état-major militaire à leur botte. Un appareillage gouvernemental au grand complet contre une nation, afin de la réduire à l'esclavage et à la misère !

— Pis la bataille, t'as appris quelque chose de neuf ?

Gilbert reprend contenance pour répondre à la question de François. Les combattants de Saint-Charles, comme ceux de Saint-Denis, n'ont pas eu d'autre choix que de s'opposer aux barbares qui venaient porter le fer et le feu. Les officiers anglais n'ont même pas pris la peine de faire envoyer une sommation, ni d'attendre que les principaux chefs se livrent d'eux-mêmes pour éviter le pire. Avançant vers Saint-Charles depuis Saint-Hilaire, le colonel Wetherall avait fait incendier plusieurs propriétés au passage, ce qui était la plus éloquente des déclarations de guerre et de meurtre.

Inexpérimentés, les combattants retranchés dans le camp ont attendu trop longtemps pour prendre la fuite. Sans doute ne pouvaient-ils concevoir le sort qui les attendait, c'est-à-dire d'être impitoyablement mis à mort. Blême à faire peur, François articule :

— C'est donc vrai... Le bruit s'était répandu.

Même agenouillés et demandant grâce, les résistants ont été fusillés ou transpercés de coups de baïonnette. Beaucoup ont été brûlés vifs dans les bâtiments où ils se cachaient. Probablement qu'on ne leur a même pas laissé le temps de se rendre avant de bouter le feu... Serrant les dents, Gilbert émet avec difficulté :

— L'enfer sur terre. Le feu partout. Les barils et les cornes à poudre qui explosent. Les porcs qui mangent les humains rôtis. Avant qu'un seul corps soit déplacé, les vainqueurs ont mandé le curé Demers de Saint-Denis par l'intercession du curé Blanchet. Y leur ont faitte faire la promenade, pis Demers en a été malade. Y a été renvoyé chez lui avec la mission de faire savoir aux combattants de Saint-Denis le sort qui les attendait. Le bourg serait rayé de la carte en moins de 24 heures, pis ses habitants, massacrés, qu'y lui ont dit, si y désarmaient pas. C'est ça qui explique la reddition de Saint-Denis pis toutte ce qui s'est ensuivi...

Le narrateur craque, incapable de retenir ses larmes. Un bras consolant se pose sur ses épaules. Gratifiant Gilbert d'une accolade autant brève que compatissante, François Lemaître murmure à son oreille :

— T'en as trop vu depuis une couple de jours. Ça va passer.

Pour reprendre contenance, Gilbert se campe devant le carreau sale d'une fenêtre. Le bas soleil d'hiver est descendu sur l'horizon. Lemaître voit juste : si la coupe de son chagrin déborde, c'est à cause des visions d'horreur et de la souffrance de ses proches qu'il engrange depuis son départ de la cité. Gilbert sort son mouchoir pour s'essuyer le visage, puis se moucher. Au même moment, un branle-bas se produit dans le corridor.

Gilbert pirouette pour voir un camelot entrer précipitamment dans la pièce. Tout rouge et le souffle court, le jeunet vocifère que la loi martiale a été proclamée dans le district de Montréal. En preuve, il exhibe un feuillet, soit le papier-nouvelles *Le Canadien*, de Québec, daté de la veille. Son patron se précipite pour le lui arracher. Lord Gosford a ratifié le document officiel deux jours plus tôt, le 5 décembre. François Lemaître lit à voix haute :

— *Attendu qu'il existe une conspiration traîtreusement formée par un nombre de personnes se disant faussement des patriotes, pour la subversion de l'autorité de Sa Majesté et la destruction de la Constitution et du gouvernement établi de ladite province…* Plusieurs autres « attendu » s'ensuivent. Ladite conspiration a éclaté en actes de rébellion ouverte. Des corps nombreux de traîtres armés se sont ouvertement organisés et font encore des attaques sur les forces de Sa Majesté. Ils ont commis *les excès et les cruautés les plus horribles…*

Gilbert reçoit la sentence hypocrite comme un coup de poignard en plein cœur. L'imposture est flagrante, terrifiante ! Le propriétaire de *La Quotidienne* en a perdu la voix. Il lève la tête et montre sa mine égarée à Gilbert, puis à son camelot, avant de reprendre :

— *Attendu que dans les parties du district où ladite conspiration n'a pas encore éclaté en rébellion ouverte, un grand nombre de telles personnes se disant ainsi des patriotes ont, pour l'exécution de leurs desseins pervers, concerté des moyens de violence ouverte et formé des arrangements publics pour lever et armer une force organisée et disciplinée, et pour l'avancement de leurs projets se sont fréquemment assemblés en nombres grands et inusités…* Je résume encore. Attendu que les efforts du pouvoir civil sont inefficaces et que les cours de justice ont virtuellement cessé par l'impossibilité de n'exécuter aucune prise de corps ou mandat d'arrêt… le gouverneur donne ordre au lieutenant-général sir John Colborne et aux autres officiers des forces de Sa Majesté…

François s'octroie une pause pour reprendre son respir.

— Je cite, *d'arrêter et punir toutes personnes agissant, aidant ou assistant de quelque manière que ce soit dans lesdites conspiration et rébellion maintenant existantes dans ledit district de Montréal et éclatées en attaques des plus audacieuses et des plus violentes sur les forces de Sa Majesté, suivant la* Loi martiale, *soit par la* Mort *ou autrement, tel qu'il leur semblera juste et expédient pour la répression de tous les rebelles dans ledit district.*

Fermant les yeux, François replie le feuillet et s'abîme dans le silence. La cervelle de Gilbert bourdonne de la terrible expression : punir par la mort ou autrement… La proclamation lui apparaît comme un monument de duplicité. La conclusion logique des actes récents des potentats de Montréal. Les fous furieux qui font régner l'anarchie depuis une demi-douzaine d'années sévissent encore. Ils touchent au but ultime de leurs machinations éhontées : obtenir une obéissance absolue aux lois, quelque incongrues ou iniques qu'elles soient, par un régime de coercition.

Le 27 novembre dernier, leur leader Peter McGill réunissait les plus furibonds des notables gratifiés par le gouverneur d'un brevet de juge de paix de Montréal, et leur soumettait des résolutions pour approbation. Elles affirmaient qu'une insurrection généralisée — *an extensive system of insurrection* — mettait en péril le gouvernement légitime et la sécurité de la cité, ainsi que celle des « loyaux sujets » à la grandeur du district de Montréal. La preuve : les coups de feu tirés sur les troupes de Sa Majesté en train d'arrêter les principaux rebelles, conformément aux ordres de l'Exécutif, sur la route menant de Longueuil à Chambly, le 17 novembre dernier.

Par la suite, les principaux officiers en loi du gouverneur — procureur et solliciteur généraux — ont ajouté leurs suppliques. Une mesure d'urgence était impérativement requise. Sans nul doute que Colborne et les membres de son état-major se sont joints à la chorale. Rien de mieux, en effet, pour affliger les patriotes de châtiments exemplaires. Les crimes reconnus comme capitaux par les lois ordinaires du pays — haute trahison, rébellion et menées séditieuses — seront appelés à être punis à la discrétion d'une cour présidée par des officiers de l'armée britannique. Ils accompliront sans remords ce à quoi se refusera un jury, aussi paqueté soit-il, car la preuve ne pourra pas soutenir des accusations de rébellion, et encore moins de haute trahison.

Une voix s'élève, celle du camelot, et avec un effort prodigieux, Gilbert reporte son attention sur le jeunet, en train de rappeler que les prisonniers pour crime contre l'État vont être remis cérémonieusement entre les mains d'une garde militaire. Jusque-là parqués dans un hangar de la Pointe à Callières, ils doivent se transporter à la prison commune, située à côté de la Maison d'audience, à la tête du Marché neuf. Les exaltés pourraient profiter du bref parcours pour accabler les prisonniers d'injures et leur cracher dessus.

La sombre perspective agit comme une décharge électrique sur Gilbert et son patron, qui se bougrinent hâtivement afin d'offrir la protection du nombre aux persécutés. Ce n'est pas symbolique, mais tangible : les enfiévrés savent qu'ils vont mettre le feu aux poudres s'ils exagèrent les sévices. À l'extérieur, le jeune nouvelliste reçoit l'air glacial comme un choc ardu à surmonter, mais il oublie son inconfort lorsque François fait remarquer :

— Hier, le *Herald* publiait un texte éditorial sous le couvert d'une correspondance. On s'indignait du manque d'égard du gouverneur envers la requête des magistrats du 27 novembre.

— Parole d'oracle ?

— Plutôt l'intention d'apeurer les faibles pour leur faire avaler sans sourciller le despotisme de l'Exécutif.

Tous deux font le point : une centaine d'hommes ont été en butte à des poursuites judiciaires depuis le commencement de la répression, le 16 novembre. Alors, sept membres des Fils de la Liberté se retrouvaient derrière les verrous, et peu après, quelques patriotes de Saint-Jean et de Saint-Athanase venaient les y rejoindre, accusés d'avoir poussé les habitants de là-bas à résister à la police auxiliaire. Par ailleurs, une douzaine de Montréalistes ont été écroués sans crier gare.

Gilbert et son patron font brusquement halte au bord du chemin, car le cortège approche. Encore incrédule, le premier tâche d'entrapercevoir le député Louis-Michel Viger et les avocats Côme-Séraphin Cherrier et Toussaint Peltier, encadrés par des habits rouges portant des mousquets. Arrêter le beau Viger uniquement parce qu'il est directeur de la Banque du Peuple et qu'à ce titre, on le soupçonne de financer l'achat d'armes de l'autre côté de la frontière ? C'est pourtant vrai ; Gilbert distingue ses traits harmonieux par-dessus les rangées de spectateurs. Son associé Jacob de Witt et l'un des employés de la banque avaient également été capturés, mais ils ont été relâchés peu après. Quant à Cherrier et à Peltier, ils y sont bel et bien, se drapant dans leur dignité malgré leur situation déshonorante.

Gilbert voit les prisonniers tenant feu et lieu à Montréal échanger œillades et gestes avec leurs proches. Des épouses avec leurs enfants, tout juste alertés, fendent la foule avec une ardeur désespérée, afin de se positionner au plus près. Selon les plus récents documents officiels, 52 hommes sont actuellement écroués pour offenses politiques. La plupart ont été capturés à Saint-Charles, dans la foulée du 25 novembre. Tous les jours depuis le commencement de décembre, des captifs sont conduits dans la cité.

Sur ce, une nouvelle se répand : d'autres prisonniers, amenés en ville depuis Saint-Jean par un détachement de *volunteers* et quelques soldats, viennent de débarquer du *steamboat* et sont en route vers la prison. Ils sont bientôt visibles, approchant de la Maison d'audience. Les informations se répandent comme des traînées de poudre : trois d'entre eux sont liés au meurtre présumé de Joseph Armand dit Chartrand. Par ailleurs, deux marchands, respectivement de Vaudreuil et de Saint-Jean-Baptiste, ont été arraisonnés tandis qu'ils cheminaient vers la frontière. Dans le groupe se trouve également Bonaventure Viger, qui aurait figuré en prééminence au coup d'éclat pour délivrer les prisonniers Demaray et Davignon, le 17 novembre.

Tous les regards convergent vers le jeune paysan dépenaillé, qui masque son accablement derrière un vernis de stoïcisme. Certains patriotes, traqués et malmenés par des exaltés dangereusement zélés, arrivent en piteux état. Le colonel de milice Robert Jones, vieil ennemi des patriotes de la rivière Chambly, s'est mis en chasse, soutenu par des *volunteers* de la région de la baie Missisquoi. Lorsqu'une récompense est promise, de dégradantes chasses à l'homme ont lieu, comme si celui-ci devenait une bête féroce.

Dans son état émotif précaire, Gilbert croit plus sage de détourner le regard et tombe sur l'un de ces *volunteers* dont la ville regorge par les temps qui courent. La plupart sont habillés et greyés de manière bigarrée, mais leur mise s'améliore à mesure qu'ils reçoivent leur accoutrement : un capot d'hiver, un couvre-chef arborant le signe de leur unité, et surtout, leur armement. À l'évidence, les commandes du commissariat ont été passées des mois auparavant. Le commandant en chef Colborne avait peaufiné sa stratégie, soit la mise sur pied d'une milice aux frais de la Couronne, et il n'attendait que le plus mince prétexte pour entrer en action.

Omniprésents dans la foule, les plus frénétiques font régner ce qu'ils croient être la loi. Gilbert a été bourrassé par ces *bullies* parce qu'il porte la vêture en étoffe du pays dont les patriotes font grand usage depuis l'été passé. Bon nombre de ces derniers ont dû remiser l'habillement au placard…

— *Look at this, sir.*

Surpris d'être ainsi interpellé, Gilbert se tourne vers un quidam en civil, très jeune et soigneusement vêtu, qui tient des objets dans le creux de sa main. Le premier est une horloge de poche délicatement ouvragée, et le second, une bague en or surmontée d'une pierre semi-précieuse. Toujours en langue anglaise, le vendeur commence à vanter la qualité de sa marchandise en excellent état, dont il consentirait à se départir à une fraction du coût d'objets neufs d'un tel calibre. L'acheteur éventuel les chérira comme des souvenirs de la guerre civile en Canada et de la ruine des rebelles.

Gilbert voit rouge. Des affaires dérobées à Saint-Denis ou ailleurs ! Il ne peut retenir un grand geste du bras pour envoyer revoler la marchandise, mais le vendeur, qui avait prévu la réaction de son vis-à-vis, l'esquive en reculant de quelques pas. François Lemaître vient se placer face à Gilbert. Accrochant son regard, il s'écrie :

— Une provocation ! Reste tranquille. Y veulent que tu te fâches pour te tomber dessus ensuite.

Malgré sa colère, Gilbert remarque les comparses du vendeur qui se sont rapprochés et qui attendent sa chute, comme des vautours. Son patron le force à pivoter et à s'éloigner en toute hâte par une rue transversale, tandis que leur parviennent des rires moqueurs. Dès qu'ils sont hors de vue, Gilbert s'arrête et, s'accotant au mur d'une maison, il se met à croupion, tête baissée, en proie à un malaise qui lui donne envie de dégobiller. Se plaçant debout à ses côtés, François pose la main sur son épaule, et reste immobile.

Gilbert redresse la tête pour embrasser le ciel bleu d'hiver d'un seul regard, puis il se relève lentement, donnant voix à son désespoir. Tenus en échec par tous les régiments du continent et surtout par les fanatiques enhardis greyés de positions d'autorité, les Canadiens devront rentrer dans leurs trous d'esclaves colonisés !

— Y en a une trâlée en exil, dit soudain son compagnon. Une trâlée de tuques bleues, je veux dire.

— Pis y en a encore plus en prison.

— On peut pas laisser un homme au cachot pendant des années sans procès.

Gilbert le contredit :

— On peut certainement. Ça s'est vu souvent en Canada.

— Le Parlement impérial laissera pas faire.

— Le Parlement impérial est dupé.

François lance soudainement :

— Vas-tu cesser de me chicaner de même ? La mère patrie acceptera pas longtemps de défrayer les coûts faramineux de la terreur militaire. Son Parlement se réunira dans une couple de mois. Les élus verront les grossières ficelles de la représentation qui se joue de l'autre bord de l'océan. Quand faut défendre son empire à coups de baïonnette, où est sa légitimité ?

Gilbert inspire une goulée d'air froid qui, étrangement, lui réchauffe l'intérieur. Il dit piteusement :

— J'irai mieux demain. Ou après-demain. C'est juste que là…

— Rentre chez toi. C'est un ordre. En me forçant à venir à ton secours, tu m'empêches de travailler.

Ce disant, son patron lui fait un chaleureux clin d'œil, puis il laisse négligemment tomber que Gilbert est désormais son employé régulier. Ce dernier prend un moment pour assimiler la nouvelle. Puis, tout ragaillardi, il gratifie son patron d'une franche poignée de main. Sur le ton de la confidence, François ajoute que le rythme de publication de sa gazette sera trois fois semaine, le lundi, le mercredi et le vendredi. Il en ira de même jusqu'au printemps, alors que la gazette devrait pouvoir être fidèle à son titre, soit une parution par jour.

— Fait que je t'attends à l'office dès que t'auras repris du poil de la bête, mon gars !

Après une tape sur l'épaule de son adjoint, François tourne les talons. Gilbert retourne au bureau pour quérir son barda, puis il vole jusqu'au faubourg Québec. Lorsqu'il entre dans la salle commune, la chaleur lui semble étouffante après la froidure du dehors. Il n'y a personne, mais un ronflement lui parvient depuis la chambrette de sa grand-mère. Gilbert se rembrunit. Même si elle a amplement dormi pendant la nuit, la vieille dame roupille des heures pendant le jour. Son petit-fils la comprend de sombrer dans l'oubli, mais il s'inquiète d'une torpeur qui pourrait s'apparenter à l'antichambre de la mort.

Désappointé de ne pouvoir partager la plaisante nouvelle de son embauche, le jeune homme défait son bagage, se lave et change de vêture. Affamé, il finit par dévorer l'équivalent d'un copieux souper. Lorsqu'il a terminé, une épaisse noirceur d'hiver est tombée à l'extérieur, et il se sent gagné par une irrésistible somnolence. Laissant son couvert en plan sur la table, il bourre le poêle, puis il monte à l'étage et s'affale sur l'étroite couche qui garnit sa chambrette.

4

Gilbert ouvre les yeux et aperçoit sa tante, penchée au-dessus de lui, le secouant mollement. C'est ainsi qu'il réalise que le jour est levé et qu'il a dormi 14 heures ; Ériole voulait être sûre, avant de partir travailler, que son neveu était en parfaite santé. Gilbert la rassure d'une voix pâteuse. Sur ce, il est obligé de se lever, à cause de sa vessie, pleine au point d'éclater. Sa tante tourne les talons, tandis que Gilbert enfile un pantalon par-dessus son caleçon de laine, puis une veste par-dessus sa chemise de nuit. Il glisse ses pieds dans d'épaisses pantoufles. Enfin, il dévale l'escalier et se rend dans la cuisine d'été, là où se trouve le pot de chambre pendant la froide saison, alors que la pièce est inutilisée.

Frissonnant, il retourne dans la salle commune, agrémentée d'une plaisante chaleur de feu de bois. Sa tante, qui gère un atelier de fabrication de matelas à quelques rues de là, termine de se bougriner. Gilbert saisit le pichet sur la table et remplit un gobelet d'eau fraîche, qu'il ingurgite d'un coup. Enfin, il s'empresse vers celle qu'il considère comme la plus aimante des mères pour la gratifier d'une franche accolade, et la soulève quasiment de terre.

Délivrant sa parente de son étreinte, le jeune homme recule d'un pas et la mire affectueusement, heureux du câlin qui a fait monter le rouge aux joues trop blêmes de sa tante. Les temps sont durs pour les femmes en général, et pour les Canadiennes en particulier. Gilbert a eu l'impression que les cheveux d'Ériole blanchissaient à vue d'œil, que ses épaules se voûtaient, que ses traits se tiraient et se creusaient à cause de l'inclémence du temps présent. Comme si la terreur militaire s'engraissait en volant sa force vitale ! Elle n'est plus svelte, mais maigre. Ses prunelles, de la même couleur que celles de Gilbert, un brun léger éclairci de paillettes d'or, ne reluisent plus.

En quelques mots, le jeune homme rassure sa tante sur le sort de leurs proches de Saint-Denis, en particulier sur celui de son père, le maître-potier Uldaire Dudevoir, qui se trouve à être son frère à elle. Sur ce, Gilbert promet à sa tante de passer à l'atelier ce matin pour lui donner un coup de main, comme il le fait très souvent depuis qu'il a perdu, un mois plus tôt, son poste d'instituteur. Particulièrement taciturne ces jours-ci, Ériole hoche à peine la tête avant de prendre son envol. Une voix s'élève dans la pièce:

— Pis moi? J'ai pas droit à un bec en pincettes?

Souriant, Gilbert pivote pour faire face à sa grand-mère, bien calée dans la berçante, au chaud près du poêle ronronnant.

— Z'êtes debout? Je vous avais pas aperçue.

Il fait tout en son pouvoir pour dissimuler à la vieille femme le choc qu'il reçoit en la voyant. Quelques jours de séparation ont suffi pour rendre évidents, à ses yeux, d'éprouvants changements. La mère de sa mère est devenue une aïeule. Elle n'a plus que la peau sur les os, sa chevelure s'éclaircit à faire peur, sa bouche tremblote comme ses mains et elle sent l'urine. La brutalité des temps l'a usée prématurément. Dame Valentine Royer n'est plus que l'ombre de celle qu'elle était lorsqu'elle a débagagé de Saint-Denis pour venir s'installer avec eux à Montréal, il y a quatre ans.

S'obligeant à la gaieté, Gilbert se rend jusqu'à elle et dit:

— Attendez que je répare ma bourde…

La vieille dame a droit à de doux baisers sur les joues. Se redressant, Gilbert bâille et s'étire jusqu'au plafond, sur lequel il pose les deux mains bien à plat en poussant un brin. Enfin, il remonte à l'étage pour terminer de s'habiller et pour ranger quelques affaires, puis il redescend déjeuner. Avec sa grand-mère, il jase de tout et de rien, car elle n'a plus aucun intérêt pour les affaires publiques et leurs vicissitudes. Il fait un peu de ménage, ponctué par l'évaluation du contenu du garde-manger, et il prend mentalement note des besoins à combler.

Sur ce, il se bougrine pour affronter l'extérieur. Il est hanté par l'idée du risque qu'il fait encourir à sa grand-mère en la laissant seule, mais il ne peut faire autrement. Le faubourg Québec foisonne de *volunteers* affairés, tandis que les habitants brillent par leur absence. Après une centaine de pas dans la rue Sainte-Marie, Gilbert a compris pourquoi : en ce 8 décembre, le lieutenant britannique mis à mort à Saint-Denis sera inhumé en grande pompe. Comme l'ont proclamé les gazettes à la solde des autorités pour fanatiser leurs lecteurs, le martyr ne mérite rien de moins !

Le jeune homme s'empresse vers l'atelier de sa tante. Comme de coutume autour du solstice d'hiver, l'activité y est réduite : seules quelques ouvrières cousent des enveloppes, qui seront éventuellement bourrées. Gilbert y passe deux heures, plongé dans les registres comptables, puis il tergiverse sur la suite des choses. Retourner s'encabaner pour éviter tout risque d'éventuelles rosseries ? Sauf qu'en digne nouvelliste, il se doit d'assister à l'enterrement de l'officier Weir.

Avant de partir, il met le grappin sur sa tante affairée pour l'informer de son statut de rédacteur adjoint à *La Quotidienne*. Il conclut sobrement :

— Je commence dès demain. J'aurai moins de temps pour vous, mais la paye sera bonne.

Ériole le mire avec appréhension, les yeux écarquillés. Elle souffle :

— Je pensais que… que ça arriverait pas de sitôt…

Brusquement, elle lui tourne le dos et s'éloigne prestement vers un recoin de l'atelier. Gilbert connaît la raison de son désarroi. Ériole a fait valoir à plusieurs reprises que ce type d'emploi est l'un des plus dangereux qui soit, à l'heure actuelle, pour la sûreté personnelle. Tout à son enthousiasme pour le métier, le jeune homme refuse ordinairement de se laisser décourager par l'anxiété de sa tante ; il en va de même astheure, tandis qu'il se vêt chaudement afin d'accomplir la mission qu'il s'est donnée.

Gilbert est surpris par l'ampleur de la marée d'hommes qui converge vers la demeure du décédé, à proximité des casernes du square Dalhousie. Sur ordre officieux, l'après-dînée est chômée, car quiconque n'obéit pas aux ordres des fanatiques en subit le contrecoup. Les contre-portes et les volets des commerces sont clos. Les habits rouges du 32e régiment forment une haie d'honneur dans l'allée qui mène au logis du défunt. Ils adoptent une étrange position : leurs bras, croisés, sont accotés sur les mousquets posés debouts, canon vers le sol et crosse vers le ciel.

Placé à l'écart, Gilbert voit le cortège se mettre en branle vers le cimetière militaire du chemin Papineau. Afin d'exalter la fibre belliqueuse des adeptes du sectarisme, ces ultra-tories dont la cité est infestée, l'enterrement a été transmué en exercice de propagande. Une soldatesque chargée de tirer les salves d'honneur ouvre la procession; elle est suivie par la fanfare jouant des airs funèbres, une douzaine de pleureurs et un ministre protestant. Tout ce beau monde précède le fourgon tiré par deux chevaux noirs parés d'aigrettes blanches. Sur le cercueil, recouvert d'un drap mortuaire tenu par six collègues officiers, sont posés le couvre-chef, le baudrier, la ceinture, le sabre et les épaulettes du trépassé.

Un cérémonial opulent honore un officier britannique pourtant mort sans gloire, et par sa très grande faute. Par contre, les soldats qui ont perdu la vie à Saint-Denis — près d'une centaine, paraît-il — ont été jetés à la rivière pendant l'action ou hâtivement portés en terre à Sorel. Trois jours plus tard, les sept *regulars* victimes de la bataille de Saint-Charles étaient inhumés discrètement dans une fosse commune, en bordure du chemin, dans les environs de Saint-Hilaire.

À l'ébahissement de Gilbert, le commandant en chef lui-même se trouve dans le cortège. Médusé, le jeune homme toise le roide militaire en capote d'hiver, dont le col entrouvert laisse voir les parements bigarrés et les médailles reluisantes qui ornent son uniforme des grands jours. La légende veut que sir John Colborne soit le portrait tout craché de l'un de ses célèbres concitoyens, le duc de Wellington: il est maigre et de haute taille, ses joues sont creuses, il a le front haut et sa tête est recouverte d'une courte chevelure quasiment blanche. Chose certaine, l'heure de sa retraite devrait avoir sonné depuis belle lurette. Colborne devait être fièrement désargenté pour se résigner à accepter de prolonger en Canada une interminable carrière en déclin.

Dans la procession funèbre, l'état-major et les officiers supérieurs des régiments de la garnison sont suivis par une portion notable de ceux qui précipitent le pays dans un abîme d'arbitraire et de tyrannie: quelques conseillers législatifs représentant l'Exécutif, de même que la plupart des juges de paix du district. Arborant fièrement les signes distinctifs de leur unité au sein de la milice salariée, des centaines de *volunteers* leur emboîtent le pas. Pour la première fois, Gilbert prend la pleine mesure de l'armée auxiliaire que le commandement militaire a cru bon de constituer pour la sûreté des colonies britanniques en Amérique.

Tout Canadien valide, y compris Gilbert, fait automatiquement partie de la milice du pays, une armée sédentaire dont les autorités pourraient avoir besoin pour protéger les frontières d'une attaque, comme en 1775 et en 1812. Or, depuis une dizaine d'années, lesdites autorités ont sciemment négligé l'organisation de la milice et l'entraînement des hommes. Les convulsionnaires ont la phobie de voir une armée stylée protéger les tuques bleues. Or, depuis la fin de l'été, c'est exactement ce qui se passait.

Éperonné par l'évidence, l'état-major a contrebouté sa terreur par la mise sur pied d'une armée de miliciens dont le statut, salaire y compris, est quasiment similaire à celui de la soldatesque qui, enrôlée en sol britannique, est déplacée au travers de l'Empire au gré des besoins. L'évidence terrasse Gilbert : le district de Montréal est défendu par une armée auxiliaire encore plus nombreuse que les *regulars*, parée à en découdre avec les tuques bleues au premier signal.

La Volunteer Militia aligne les fantassins, les artilleurs et les cavaliers du Royal Cavalry et du Queen's Light Dragoons, des vauriens qui ont répandu la terreur dans les campagnes le mois passé. Le panorama donne un sacré tournis si on y ajoute les régiments de *volunteers* en train de se garnir partout, le long de la frontière avec les États-Unis comme dans les comtés au nord et à l'ouest de l'isle de Montréal, là où se trouvent des concentrations de Loyaux avides de sauter sur l'occasion pour engranger richesses et puissance. Même dans la capitale, le Royal Quebec Volunteers !

Écœuré au point d'en avoir les entrailles retournées, Gilbert délaisse la procession funéraire. Il voudrait tant se conforter auprès de Caroline, celle qu'il a aimée et désirée comme un fou, mais qui ne souhaite qu'être sa meilleure amie. D'un prodigieux effort de volonté, il range son besoin dans un recoin de son être. Il verra Caroline dans deux jours, comme convenu. Il combat un désabusement qui le confine à la détresse. Comme il est ardu de conserver un semblant d'espoir par les temps qui courent ! Il serait si aisé, pour lui, de se laisser glisser dans une apathie qui le délivrerait des éprouvants soubresauts de sa sensibilité malmenée…

DES COUPS IMPÉRIEUX RÉSONNENT à la porte, ce qui rompt le morne silence dans lequel Gilbert et sa grand-mère se cantonnaient tout en soupant, au soir de l'imposante mise en terre du sous-officier érigé en martyr. De l'autre côté de l'huis, une voix aboie des ordres en anglais. Après un moment d'égarement, Gilbert retrouve son aplomb. Il escomptait la visite qui s'annonce. Depuis la proclamation de la loi martiale, les brutes se sont mises à l'œuvre et les foyers de la cité sont fouillés. Le comble du stupide. Qui, dans les circonstances, aurait une arme quelconque — arme à feu, sabre ou objet contondant — à domicile ?

Dame Royer a poussé un couinement d'appréhension. Gilbert la rassure d'une phrase, puis il va ouvrir. Une demi-douzaine de *volunteers* entrent de force dans la salle commune. Sans prendre garde de ne pas répandre de la neige souillée sur le plancher, ils avancent dans la pièce comme s'ils avaient mission d'en faire la conquête au nom de Sa Majesté, avec une expressive fatuité de sujets de l'empire le plus puissant du monde. Les malotrus sont greyés des pièces maîtresses de l'équipement militaire : le fusil à pierre et le baudrier, sorte de ceinture croisée de couleur pâle qui ceint leur torse et à laquelle la pochette à munitions est accrochée.

Gilbert bénit le ciel qu'Ériole ait prolongé sa journée de travail. De telles visites, ailleurs dans le voisinage, ont donné lieu à des scènes aberrantes : des sous-officiers, refusant de croire les protestations d'innocence, ont brouscaillé les personnes présentes, puis ont fouillé les lieux sans mettre de gants blancs. Comme s'ils devaient absolument exhiber à la face du monde entier les milliers d'armes que des habitants révoltés, selon eux, ne peuvent manquer de posséder.

Le jeune homme se campe devant celui qui semble le chef et déclare d'une voix forte :

— Bonsoir, m'sieur. Je peux faire quoi pour vous ?

D'une corporence insignifiante, le nez chaussé d'une fine paire de bésicles le faisant ressembler à un obscur gratte-papier, le quidam marmonne une abrupte salutation en langue anglaise. Il s'identifie comme étant lieutenant dans le bataillon du faubourg Québec, deuxième brigade volontaire. Celle qui, parmi les trois que contient la Volunteer Militia, aligne les formations de quartier qui se sont illustrées par leur ardeur revancharde lors de l'élection de 1834.

Soudain, Gilbert reconnaît son vis-à-vis. Depuis l'échauffourée du 6 novembre entre les Fils de la Liberté et les forcenés du camp ennemi, ce faquin est sorti de l'obscurité, comme si l'événement en question avait été un signal convenu d'avance. Ce soir-là, il a rameuté une troupe belliqueuse et s'est joint aux fanatiques qui ont battu le pavé de la cité pendant une bonne partie de la nuit, vociférant, lançant des pierres sur les domiciles patriotes et cherchant noise à quiconque se trouvait sur leur chemin. Depuis, le corps dans lequel le lieutenant figure s'arroge le droit de faire la loi dans les faubourgs.

En anglais, avec un tenace paroli des isles britanniques, le gratte-papier explique qu'il a mission de désarmer les habitants. À peine a-t-il terminé qu'une autre voix mâle s'élève à l'adresse de « *my lieutenant* », lui faisant respectueusement remarquer que leur auditeur entend peut-être mal la langue anglaise et qu'il serait opportun de traduire. Attiré par la voix familière, Gilbert tourne la tête vers un rondouillard jeune homme de petite taille, incontestablement irlandais, et dont les joues rebondies sont constellées de taches de rousseur. L'inconnu réagit à son regard par une crispation des arcades sourcilières que Gilbert interprète comme un avertissement : « Tiens ta langue ! »

Il le connaît ! Désespérément, Gilbert cherche son identité dans le brouillard de sa cervelle. Matthew Carroll ! Gilbert avait renoué un brin avec son ancien camarade du Petit Séminaire pendant l'élection de Montréal-Ouest de mai 1832, mais depuis, il n'a fait que croiser ce natif d'Irlande dans l'étal de boucherie qu'exploite son oncle au Marché neuf. À bien y penser, Matthew a disparu de l'endroit depuis des mois. A-t-il dégotté un meilleur emploi ?

Dans un sursaut d'impatience, le lieutenant en herbe donne ordre à Matthew de traduire la sommation. Après une salutation de la tête à dame Royer, celui-ci décline son identité, puis il déclare à Gilbert, en très bon français :

— Veuillez nous remettre les armes à feu en votre possession. Ordre du commandement militaire.

— Vous ferez chou blanc icitte. J'ai jamais eu d'arme à feu. Ma grand-mère pis ma tante encore moins. Vous trouverez rien.

Matthew réplique comme une litanie apprise par cœur :

— Des séditieux sur le point d'effectuer la révolution et de renverser le gouvernement légitime sont nécessairement armés en grand nombre.

— Z'avez une dénonciation contre moi ? Le moindre indice pour justifier vos prétentions ?

Le milicien n'a pas le temps de répondre, car son lieutenant a aboyé un ordre tranchant, celui de fouiller la maison et de vérifier la cour arrière, même si une bonne épaisseur de neige couvre le sol. Après un ultime regard entendu, Matthew imite ses acolytes. Gilbert ne se formalise pas de les voir se répandre dans les pièces, ouvrir les armoires et déplacer leur contenu sans ménagement, car il anticipait semblable traitement. Plus vite ils vont en finir, mieux ce sera.

Le jeune homme va se placer derrière sa grand-mère, toujours assise à table, et il pose des mains protectrices sur ses épaules. Soudain, il entend Matthew crier à son adresse :

— Hé, m'sieur le propriétaire ! Bougrinez-vous, bottez-vous pis venez avec moi !

Gilbert obéit en silence. Peu après, tenant haut une lanterne à la chandelle allumée, il précède Matthew dans la glaciale cuisine d'été. L'Irlandais marmonne :

— Y haïssent ça, fouiller le dehors. Fait qu'on sera tranquilles pour causer un brin. Reste proche pour que je puisse parler bas.

Matthew se met mollement à l'œuvre. Gilbert demande d'un ton feutré :

— Ta présence, un hasard ?

— Oui. Dans chaque unité, y placent un bilingue. T'as vu le rituel ? C'est de même chaque fois. Le lieutenant qui parle anglais d'abord, comme un niaiseux fini. Quand même, t'es fortuné. Mon chef est pas porté sur les insultes. J'en connais qui se vengent de rien trouver.

— T'as cru bon de t'enrôler…

Gilbert n'a pu masquer le mépris qui l'habite. Sur le même ton égal, le milicien rétorque :

— Pas le choix. Faut prouver son allégeance. Surtout nous autres, Irlandais catholiques.

Il se redresse pour passer à un autre recoin de la pièce. Tout en marchant, il laisse tomber :

— On aurait dû le prévoir. Nous autres, on aurait dû vous informer de ce qui pendait sous votre nez! On a vécu la même chose en Irlande au tournant du siècle. Les fauteurs de trouble qui brouillent les cartes pour justifier l'autoritarisme de l'Exécutif.

Il se plante devant la porte qui mène à la cour. En train de tomber, des flocons d'une neige épaisse et abondante éclairent la nuit.

— C'est affligeant comment on devient flâneux. Comment, une fois qu'on a une *job* pis une ébauche de reconnaissance sociale, on prend son trou. Si on s'y était tous mis, on l'aurait eu, notre gouvernement légitime. La province serait une république.

Rempli d'amertume, Gilbert rétorque:

— Arrête. Sujet trop sensible.

Avec la lanterne pour s'éclairer, Matthew descend les deux marches qui conduisent au sol, puis il parcourt vitement les sentiers tracés dans la neige. Lorsqu'il revient dans la cuisine d'été, il époussette ses épaules, avant de grommeler, avec une intense ironie:

— Comme si on allait creuser le sol gelé.

Dardant ses regards sur Gilbert, il dit encore:

— J'suis commis chez m'sieur Molson.

Celui-ci est propriétaire d'une brasserie à proximité, en plus d'être à la tête d'une flottille pour le transport fluvial.

— Dans le département des *steamboats*, précise Matthew. J'habite juste à côté, dans la ruelle entre la bâtisse et la grève, tu vois? Tu peux faire appel à moi en cas de besoin. Barguigne pas. Compris?

Gilbert acquiesce, puis tous deux retracent leurs pas vers la salle commune. Matthew avait vu juste: le lieutenant qui dirige la petite troupe de *volunteers* ne manifeste pas d'excès de zèle; il ne semble pas non plus avoir l'intention de les violenter de quelque manière que ce soit. Enfin, ses hommes et lui débarrassent le plancher, laissant dans leur sillage l'impression, pour Gilbert, d'une profanation. Le jeune homme conduit dame Royer à la berçante, où l'aïeule s'encalme et ferme les yeux.

Sur ce, Gilbert suit la trace des intrus pour effacer les signes de leur passage avant le retour de sa tante. Il en profite pour penser à Matthew et à leurs années de collège. Alors, le garçon était résolument du côté des Réformistes. Il en allait de même lorsque tous deux se sont côtoyés pendant les semaines précédant la Rue du Sang, et ensuite, lors de brèves rencontres sous le chapiteau du

Marché neuf. À l'évidence, Matthew est sincère en ce qui a trait à son enrôlement dans la Volunteer Militia. Les natifs du Royaume-Uni subissent une terreur militaire moins féroce que les Canadiens de langue française, mais une prouvable oppression quand même.

Le jour d'après, Gilbert se glisse dans la peau de nouvelliste pour *La Quotidienne*. Il faut dire qu'il s'est accoutumé au cours des deux dernières semaines… Son patron lui a ménagé une place de choix dans l'office, ainsi qu'il explique en lui faisant un clin d'œil : un pupitre placé à proximité de la porte d'entrée, afin d'accueillir les nombreux souscripteurs ou acheteurs de publicité ! Gilbert récompense François d'une grimace complice. Jusqu'à présent, vu le régime de coercition, l'imprimeur n'a guère été encombré de demandes, un état de choses qui ne pourrait durer trop longtemps sans conséquences funestes.

Gilbert n'avait pas eu grand temps pour faire réellement connaissance avec l'imprimeur réputé. Au *Libéral* de Québec depuis l'été passé, François a senti l'étau se refermer sur les gazettes indépendantes. En juillet, il a combattu à poings nus les forcenés qui voulaient mettre son établissement à sac ; en novembre, il a dû prendre ses jambes à son cou lorsqu'une trâlée de collaborateurs — deux journalistes et quelques membres du groupe de propriétaires — a été ciblée par une inquisition vexatoire qui en a mené plusieurs derrière les barreaux.

Un autre se serait découragé, mais pas François, indépendant de fortune et farouche défenseur de la liberté de presse. La méthode de vente de *La Quotidienne* est audacieuse : non par abonnement, ce qui est la coutume largement répandue, mais à l'exemplaire, au coût de quelques sous. Le succès a été au rendez-vous. C'était impératif, car le patron ne pourrait aucunement compter sur la publicité pour engranger des profits. Les firmes et les individus ne peuvent s'associer à la publication sans attirer les foudres des autorités.

Gilbert sent ses ailes se déployer auprès d'un esprit d'avant-garde comme celui de François. Après une hésitation, celui-ci se tire une chaise en face de son adjoint et y dépose son encombrante carcasse. Il s'enquiert :

— Je sais pas si tu sais… dans quoi tu t'embarques, mon gars ?

L'imprimeur s'est délesté de sa gouaille. Alerté par la fragilité apparente de son nouveau patron, Gilbert prend un moment avant de répondre :

— Me semble. Pourquoi, y a des choses que je devrais savoir ?

— T'as lu la dernière parution de *L'Ami du peuple* ?

— Non. J'étais absent pis j'ai pas pris la peine…

François tend le bras pour atteindre une extrémité du pupitre. Il agrippe un feuillet et le met sous le nez de Gilbert. Celui-ci l'ouvre ; François pointe, en page trois, l'article en question. La première phrase fait grimacer Gilbert. *Une espèce de Gazette avorton vient de paraître et nous croyons devoir appeler l'attention de l'autorité sur cette nouvelle publication…* Ahuri, il lève les yeux vers François, qui lâche :

— J'ai beau professer des principes même très vaguement libéraux, je suis dans la mire des autorités.

En quelque sorte, *L'Ami du peuple* est le porte-voix du gouvernement exécutif de la cité, c'est-à-dire le bureau de police et le commandement militaire. Ses menaces ne sont pas à prendre à la légère. Gilbert retourne à l'article. Après les insultes coutumières à l'adresse de François, il est écrit que *La Quotidienne* remplace *La Minerve* afin de *tromper le public et d'égarer les habitants*. Puis, le rédacteur, Alfred Rambau, cite un paragraphe dans le numéro inaugural de la nouvelle gazette, celui du 30 novembre.

Alors, la cité était encombrée de sorcières de rumeurs contradictoires. D'un côté, on disait que le colonel Wetherall avait massacré les combattants de Saint-Charles ; de l'autre, selon des personnes venues des environs de Saint-Denis, que le camp était encore en possession des insurgés. François rapportait : *On va jusqu'à dire que les troupes, épuisées par le froid et les fatigues, se trouvent entourées de nombreux ennemis et qu'elles sont dans l'impossibilité de revenir sur leurs pas.* Des propos que *L'Ami du peuple* censure comme visant à entraîner les habitants à tenter une nouvelle et plus forte résistance.

Son éditeur beurrait épais. *Il est impossible d'exprimer tout ce qu'il y a là-dedans d'atroce et de perfide. C'est vouloir pousser au crime et à la mort des malheureux trop crédules, en leur montrant des fantômes de réussite ; c'est un raffinement d'injustice dirigé contre le gouvernement, mais qui ne sera fatal qu'aux Canadiens assez sots pour tomber dans ce piège. Ce numéro de* La Quotidienne *sera peut-être cause de la mort de bien des Canadiens; nous considérons que ce début est suffisant pour justifier des mesures immédiates contre ce papier; dans le temps où nous vivons, il ne faut pas de demi-mesure.*

Chamboulé par un tel excès de cruauté, Gilbert est obligé de détourner le regard afin de reprendre contenance. Enfin, il souffle:

— Même des gazettes américaines ont cru pendant une journée ou deux à ladite version des faits, on l'a vu par après. Pis c'était vrai que les troupes étaient entourées de patriotes. Saint-Charles était anéanti, mais y restait une grande force à la Pointe-Olivier. Si les tuques bleues de Saint-Charles s'y étaient jointes, au lieu d'attendre d'être prises au piège...

— On peut spéculer longtemps sur le cours des choses. Chose certaine, la résistance aurait été encore possible par après. Brown pis plusieurs autres chefs y étaient. Y communiquaient par messagers avec les réfugiés qui attendaient de l'autre bord de la ligne. Fait que par icitte, on s'accrochait au moindre espoir.

Se penchant de nouveau, François pointe un entrefilet plus bas. Gilbert se résigne à lire: *... nous avons appris qu'un mandat d'arrestation a été décerné contre James Phelan, éditeur de* La Quotidienne. *M. Lemaître fera prudemment de se tenir sur ses gardes.*

Consterné, Gilbert s'exclame:

— M'sieur Phelan a été pris?

— Non. Y s'est trouvé une cachette pour y rester aussi longtemps que nécessaire, je l'escompte.

Gilbert se remémore l'allure du jeune avocat catholique, natif d'Irlande. Il a travaillé plus de deux années pour *La Minerve*. Lorsque son patron Ludger Duvernay a dû fuir outre-frontière, à la mi-novembre, c'est François qui a pris la responsabilité de l'imprimerie, tandis que James prenait celle de la rédaction. Le duo n'a pu publier qu'un seul numéro, celui du 20 novembre, avant que l'établissement et ses presses ne soient saisis sur ordre judiciaire, à la suite d'une poursuite hâtivement lancée par un vire-capot fameux nommé John Neilson.

Gilbert s'ébroue. Que de péripéties à assimiler par les temps qui courent! Enfin, la voix cassée, il s'enquiert:

— C'est James que... que vous auriez préféré embaucher à ma place?

François secoue vivement la tête.

— Y a sacré son camp dès que *La Minerve* a été a fauchée. Y anticipait une poursuite contre lui. T'as pas lu ma réplique à *L'Ami* dans le papier d'avant-hier. T'as pas eu le temps, avec l'affaire de la loi martiale. J'ai écrit que James a jamais été l'éditeur de *La Quotidienne*. Que si on m'haït à l'atelier de *L'Ami*, c'est que j'ai refusé une offre de le prendre en charge.

Ahuri, Gilbert s'exclame :

— Vous, à *L'Ami*? Z'étaient tombés sur la tête?

— Y voulaient m'acheter. J'ai préféré fonder *La Quotidienne* en me servant du matériel inutilisé du *Vindicator*. Dans le prochain numéro, je rappellerai que je suis propriétaire, imprimeur et principal rédacteur. Que je conduis ma feuille tout seul. Tout ça pour dire, mon gars…

François remue sur sa chaise, puis il conclut :

— C'est périlleux de travailler pour moi. Faut que t'en sois conscient pis que tu surveilles tes arrières. Pis t'as toujours le loisir de te raviser. Je veux pas de demi-mesure.

Gilbert fait signe qu'il a compris, avant de s'absorber dans l'ouvrage fourni par François. Épreuves à corriger pour les remettre, ensuite, au typographe et à son apprenti. Ultimes lectures et traductions. Soudain, la porte de l'office s'ouvre à la volée. Un camelot hors d'haleine lance une nouvelle, puis déguerpit aussi sec. François donne à Gilbert sa première assignation formelle et, peu après, celui-ci se hâte vers la berge du fleuve. Plusieurs dizaines de concitoyens y sont déjà, pointant du doigt l'isle Sainte-Hélène, dans le lit du fleuve, à quelques encablures.

Deux barques à voile sont amarrées au très modeste quai. Gilbert reconnaît leur silhouette familière : ce sont celles du jeune seigneur Louis-Fleury Deschambault, le principal partenaire du docteur dans la firme Wolfred Nelson & Company, distillatrice de whisky. Pleines de grain à être déchargé pour la distillerie, ces barques étaient à Saint-Denis au moment de l'arrivée du corps expéditionnaire mené par le colonel Gore, le 2 décembre. Même si Deschambault n'a pas pris part à la résistance du 23 novembre et que nul mandat d'arrestation pour haute trahison ne pesait sur lui, elles ont été saisies comme prises de guerre. Leur contenu, quelques milliers de boisseaux d'avoine et d'orge, vient d'être racheté à vil prix par le brasseur du faubourg Québec, John Molson.

Gilbert apprend que, de surcroît, 12 000 piastres en argent liquide ont été trouvées dans les coffres de la distillerie. Que la machine à vapeur encore à Saint-Denis, qui faisait l'orgueil du bon docteur, est à vendre pour une bouchée de pain. Le jeune homme est accablé. L'insurrection est un prétexte royal pour dépouiller les patriotes trop prospères. Il a appris que deux autres cargaisons de grain, appartenant à deux marchands de Belœil, se trouvaient également au quai de Saint-Denis. Les barques ont été descendues chez le seigneur de Saint-Ours, où leur contenu est désormais entreposé. Lesdits marchands peuvent bien courir après leurs avoirs! Les intérêts des fanatiques notoires sont sacrément bien servis, par les temps qui courent.

Gilbert retourne auprès de François. À peine s'est-il débougriné que ce dernier lui apprend que son ami Alphonse Gauvin, «colonel du camp de Saint-Charles», vient de débarquer d'un *steamboat*, le *Varennes*. Loi martiale oblige, les procédures légales coutumières à la Maison d'audience ont été omises: Alphonse a été conduit en prison. Gilbert balbutie:

— J'avais plus un seul ami en ville. C'était platte, mais j'aurais sacrément préféré que ça reste de même. Qu'Alphonse pis toutes les autres, y se retrouvent en sécurité derrière la ligne du 45.

Mais la zone frontalière est infestée de fous furieux. Les tuques bleues que Gilbert fréquentait ces dernières années, tels Alphonse et son ami intime Rodolphe DesRivières, ont fui Montréal à cause de la quasi-certitude d'être poursuivis pour haute trahison. Grâce aux espions et aux loyaux sujets, la présence des deux jeunes hommes à Saint-Charles était notoire, à l'instar de tous les faits et gestes de la résistance depuis ses débuts. Dans la foulée du massacre du 25 novembre, Alphonse a été fait prisonnier par des favoris du régime.

Gilbert évoque les traits familiers d'Alphonse, et un éclair de détresse le traverse de part en part. Aura-t-il une paillasse, des couvertes, de la nourriture décente? Les rumeurs vont bon train sur le dénuement des prisonniers politiques et sur les mauvais traitements dont on les afflige. Répression oblige, leurs conditions de détention sont décrites comme encore plus sévères que celles réservées aux criminels notoires. Ils sont traités comme des misérables ne méritant que la potence, et on leur donne une mièvre ration de pain et d'eau. Ils ne peuvent voir leur épouse ni même leurs enfants.

Un traitement inhumain et révoltant! Gilbert devra se renseigner auprès de membres de la famille d'Alphonse. C'est tout ce qu'il peut faire.

5

Gilbert a rendez-vous avec Caroline, au terme de la messe dominicale. Ni l'un ni l'autre n'ont coutume d'y assister, mais l'endroit est animé lorsque se répandent les fidèles en bon nombre. Toute expression de loyauté indéfectible doit nécessairement être cautionnée par des mœurs dévotieuses. Après leur rencontre impromptue du 30 novembre, alors que l'armée était de retour de son « triomphe » à Saint-Charles avec 32 prisonniers de guerre, Gilbert et sa jeune amie ont repris le cours d'une indéfectible amitié, agrémentée par une rencontre hebdomadaire fixée d'avance.

En chemin, Gilbert examine les vitrines débordantes d'articles de luxe. Lorsque la muraille en démence de l'ancienne église paroissiale a été démolie, les commerçants de la rue Saint-Paul, en contrebas, ont déplacé leurs boutiques stylées sur la place d'Armes, devenue un secteur *fashionable*, joyau au sein de l'écrin de la rue Notre-Dame. Gilbert, lui, ne voit le square à l'anglaise que comme le centre névralgique du fanatisme montréaliste. Depuis les assemblées de l'été, les forcenés se sont approprié l'endroit encombré d'enseignes en langue anglaise.

Adossée à l'un des piliers monumentaux de l'église, sa jeune amie l'attend, encapuchonnée jusqu'aux yeux pour se protéger de la bise. Son visage aux composantes contrastées témoigne de la dureté des temps. Ses yeux en amande aux iris foncés et ses épais sourcils de même couleur reposent dans un écrin de pâleur. Ni ses pommettes ni son nez bien typé ne rosissent sous l'assaut de la froidure. Ses lèvres pleines, surmontées d'un duvet dont Gilbert aimait la douceur sous ses doigts, sont sèches et décolorées.

Sans un mot, le jeune homme se penche pour déposer un baiser fraternel sur chacune des joues de l'ébraillée repentie, tandis qu'elle articule :

— J'ai pensé à toi pendant toute la semaine. J'avais tant hâte que tu me rapportes ce que t'as vu à Saint-Denis... T'es allé chez moi ?

— Chose promise, chose due. Ta mère et tes sœurs sont saines et sauves. Personne n'a même logé chez vous pendant l'occupation, alors leurs affaires sont quasiment intactes.

Caroline gratifie son ami d'une accolade qu'il voudrait éternelle. Lorsqu'elle le délivre, elle riposte avec un éclair de malice :

— Ma famille, sauvée des rapines par son dénuement ? Ça parle au diable.

Pour entreprendre la promenade, Gilbert offre son bras à Caroline et elle y glisse le sien, tout en garrochant une autre question :

— Pis ? C'était comment, là-bas ?

L'interpellé inspire l'air glacé pour se donner du courage et tenter de chasser la tristesse qui encombre son être.

— Toutte ce qu'on rapporte est vrai. Des représailles mille fois pires que l'offense présumée. J'ai compris une affaire. Tu sais comment les fous furieux se dédouanent de leur brutalité en l'assimilant à de justes représailles pour l'assassinat du lieutenant Weir ?

— Oh oui, je le sais fièrement trop !

— J'ai compris qu'y agitent l'effigie de Mr Weir pour... Au début, je croyais que c'était pour s'illusionner eux-mêmes, mais c'est les rendre plus innocents qu'y sont en réalité. Non, pour les autorités, le lieutenant Weir sert à abrier toutte le reste du voile de l'oubli. L'humiliante dégelée à Saint-Denis pis le 32e régiment décimé. Les trépassés jetés à la rivière. Greyés de pied en cap.

— C'est donc vrai ? Y se dit tellement d'affaires confondantes...

— J'ai de la misère... de la misère à te conter.

— Laisse faire, d'abord. Une autre fois. De toute façon, ça jase déjà en masse.

Après un soupir qui provient du tréfonds de son être, elle ajoute :

— Moi itou, j'ai le pesant. C'est lugubre à la maison. Les filles se rongent d'inquiétude.

Caroline fait allusion aux filles de joie qui logent à l'enseigne de Marguerite Lavictoire, tenancière d'une maison déréglée. L'ancienne dulcinée de Gilbert y gagne sa vie comme surintendante du groupe des ébraillées de l'établissement. Elle connaît intimement les aléas d'un métier abandonné deux ans plus tôt, alors qu'elle se retrouvait aux prises avec un monumental dégoût d'elle-même.

Soudain, la jeune femme pile net et fait face à Gilbert, sourcils froncés.

— C'est quoi l'affaire qui se passe dans la province voisine ? C'est le sujet de l'heure depuis qu'un client a fait allusion à des troubles par là-bas. À une attaque possible sur la capitale par les patriotes. Me semble que ça serait fou raide ?

— J'en sais pas grand-chose. Les papiers-nouvelles sont quasiment muets. Le *Toronto Correspondant and Advocate* et le *Cobourg Globe*, deux gazettes réformistes, ont cessé de paraître. Ce qui est épeurant en soi... Ce que j'en comprends, c'est qu'au début du mois, le gouverneur aurait émané un ordre général pour rameuter la milice chère à son cœur. Le prétexte : un rassemblement suivi d'une émeute dans les environs de la capitale.

Gilbert entraîne son amie à se remettre au pas. De vive voix, il confirme le sentiment d'incrédulité qu'elle a exprimé quelques instants plus tôt. En raison de l'état des forces en présence, la moindre manifestation d'indépendance sera sauvagement réprimée. Caroline émet une objection :

— Mais comment le gouverneur pourra, sans troupes réglées ?

Le jeune homme réprime un sourire las. Son amie a bien retenu la leçon, car tous deux en ont causé en long et en large le dimanche précédent, tout juste avant que Gilbert ne prenne son départ pour la rivière Chambly. En quête d'un dérivatif à leur angoisse, ils n'ont pu trouver mieux. En octobre, le commandant en chef Colborne a demandé au lieutenant-gouverneur du Haut-Canada, Francis Bond Head, s'il pouvait se priver de quelques régiments de troupes réglées, afin d'en garnir d'autant le Bas-Canada.

En réponse, Mr Head a insisté pour les envoyer *tous*, prétendant que les miliciens ordinaires allaient se précipiter pour défendre la province. Une menterie grosse comme le bras. En réalité, le gouverneur compte sur une phalange d'Orangistes. Interdits de séjour dans la mère patrie à cause d'excès de fanatisme, les sectaires protestants ont émigré là où rien ne les empêche de prospérer : l'Amérique britannique. L'Irlande du Nord y a dégorgé son lot d'hommes aveuglés par les préjugés.

Les autorités coloniales, c'est-à-dire le gouverneur et son Exécutif pourri jusqu'à la moelle, ont vitement enrôlé ces forcenés pour qu'ils deviennent leurs hommes de main et ainsi réprimer une éventuelle indignation populaire. Gilbert reprend la parole :

— François… je veux dire le patron de *La Quotidienne*… y entrevoit une machination ultra-tory. Écoute bien. Dès que les forces régulières ont déserté Toronto, M' Head a fait transférer les 4000 fusils de la citadelle sous les voûtes de l'hôtel de ville. Par l'entremise des gazettes, y s'est vanté haut et fort de pouvoir les faire garder uniquement par deux connétables. Nul n'oserait défier l'autorité de la corporation municipale, qu'y disait ! Selon François, c'est un piège tendu aux Réformistes.

— Pour qu'y tentent d'accaparer les armes ?

— J'imagine que ça leur tenterait. Fort peu d'entre eux doivent avoir des fusils en état de marche, comme icitte. Non, le piège est trop grossier. Sauf que ce premier piège, celui qui crève les yeux, y en masque un autre. Les nouvelles du coup de main du 17 novembre à Longueuil, puis de la dégelée de Saint-Denis une semaine plus tard, ont dû remonter le cours du Saint-Laurent toutes voiles dehors.

Le visage de Caroline s'éclaire, tandis qu'elle s'exclame, portant ses mains enmitainées à son cœur :

— Une insurrection armée couronnée de succès ! Là-bas, y ont dû penser comme nous autres. Comme moi, pendant deux jours, de si beaux jours…

Elle blêmit et se tait. C'est grâce à elle que Gilbert a pris la pleine mesure de l'incoercible sentiment d'espoir ressenti par ses concitoyens, dans la foulée de la résistance victorieuse à Saint-Denis. De leur extrême défiance devant l'accablante nouvelle du massacre de Saint-Charles. De leur acharnement à ne croire que les rapports qui les confortaient dans leur conviction. Et enfin, des abysses de leur chagrin devant l'évidence.

Pendant ce court laps de temps, fait valoir Gilbert, les convulsionnaires de Montréal vivaient un cheminement inverse. La panique de leurs comparses de Toronto n'a pas dû être belle à voir. Ont-ils saisi au bond la balle expertement lancée par leur organisateur en chef, le gouverneur Head ? C'est-à-dire manigancer pour faire accroire à une tentative de vol d'armes, afin de précipiter les Réformistes dans ce qui serait ensuite qualifié de rébellion pure et simple ? L'hypothèse est loin d'être farfelue, à en juger par ce que les furibonds du Bas-Canada ont été capables de fomenter.

Les forces libérales menées par celui qui est surnommé « le Papineau du Haut-Canada », William Lyon Mackenzie, risquaient certainement, elles itou, d'être emportées par la terreur militaire. Lors des élections de 1836, le gouverneur Head a gangrené la liberté électorale au point de chasser les Réformistes de la Chambre d'Assemblée. Il a fait comme Gosford en Bas-Canada : mépriser sciemment l'opinion publique, dans le but d'exaspérer le peuple. Comment ne pas croire, alors, qu'il était armé pour pousser son plan jusqu'au bout ?

À bout de nerfs, Gilbert inspire secquement. Caroline glisse un bras dans son dos et presse son flanc contre le sien en guise de consolation. Le jeune homme clôt les paupières pour mieux savourer l'instant, qui a pour effet d'alléger un brin son âme. Il commence à distinguer l'écueil dans lequel il risque de foncer dans un avenir rapproché : celui d'un sentiment trop vif pour être contenu en chaste amitié. Celui d'un désir qui se manifeste à brûle-pourpoint.

À cause d'autres promeneurs, Caroline doit mettre fin à l'étreinte et glisser de nouveau son bras sous celui de Gilbert. Ragaillardi, celui-ci fait part à son amie du changement majeur dans son existence depuis la veille. Son interlocutrice réagit par une mine effrayée. La mise à l'index des gazettes qui ne sont pas la voix du gouvernement est l'une des pièces maîtresses de la stratégie de répression ! Gilbert en convient, mais il ne peut refuser l'opportunité. S'il n'a pas pris les armes, il veut œuvrer en faveur de la liberté telle qu'elle devrait prévaloir dans tout régime démocratique.

Un long silence s'ensuit, au cours duquel Gilbert garde le regard fixé vers l'avant, sur un cap lointain, bien visible dans son imagination. Enfin, Caroline s'éclaircit la gorge. Sautant du coq à l'âne, elle s'enquiert avec difficulté :

— Pis la taverne, t'y es retourné ?

Elle fait allusion à l'établissement qui abritait le billard de Gilbert.

— Non. J'en avais trop plein les bras. Pour parler drette, je suis content sur un temps riche de plus avoir à mettre les pieds dans ce nid de vipères.

— C'est le moins qu'on puisse dire.

— J'espère que c'est pas de Gaspard que tu voulais me parler...

Jusqu'à présent, Gilbert repoussait farouchement la moindre songerie au sujet de son associé en affaires, qui a profité de la tourmente des dernières semaines pour s'approprier le billard. Une entente notariée est censée protéger Gilbert de ce vol pur et simple, mais pour l'heure, son associé peut agir comme si le billard lui appartenait en propre.

— Y me paiera sa traîtrise, jette Gilbert d'un ton grinçant. À l'heure actuelle, y bénéficie de protecteurs tout-puissants, mais le vent tournera.

Après s'être résolument rangé du côté des sectaires, Gaspard Cosseneuve a manipulé Gilbert, qu'il disait être son meilleur ami, comme un niaiseux fini. Encore pire : il n'a pas levé le petit doigt pour prévenir Gilbert d'une bastonnade qui aurait pu laisser des séquelles autrement plus graves qu'un nez à peine crochu.

— Par son intercession, marmonne Caroline, les frères Lavictoire vont envoyer des filles À la bouteille décoiffée pour racoler les clients.

Intérieurement, Gilbert maugrée contre le changement de nom de l'établissement. Certes, c'est moins offensant pour ceux qui s'arrogent le titre de maîtres de la colonie que Le Cabaretier patriote! Puis, le sens des propos de sa compagne l'atteint de plein fouet.

— Racoler? Tu veux dire, s'installer dans la taverne pour appâter?

Avec une éloquente grimace, elle répond:

— Paraît qu'Étienne serait partant pour l'échange de bons services. Les trois frères sont maintenant comme les doigts de la main. Y mènent leurs affaires pour s'avantager les uns les autres.

En clair, alcool et débauche feront dorénavant bon ménage. Gilbert s'ébahit encore du changement, aussi preste que radical. Le propriétaire de la taverne, Étienne Benêche dit Lavictoire, a viré comme une girouette sous le vent de terreur qui forcissait. Il a reviré une seconde fois son capot de bord, passant de fier-à-bras repenti à favori des sectaires de langue française. Il a réendossé sa vêture de brute patentée, celle dont ses frères Éloi et Barnabé, les patrons de la maison déréglée où travaille Caroline, ne s'étaient jamais départis.

— J'ai ouï-dire que la taverne est devenue le repaire des Volontaires loyaux canadiens-français, avec à leur tête Sabrevois de Bleury. C'est-y vrai ?

Pour toute réponse, l'ébraillée repentie hoche vigoureusement la tête. L'ultime conversation de Gilbert avec le renégat, le 19 novembre au soir, lui remonte en mémoire. Tout en cherchant à le transmuer en traître à sa patrie par des dépositions mensongères concernant les menées révolutionnaires des Fils de la Liberté, Bleury a fait allusion à un French Canadian Loyal Volunteer Corps chargé de protéger la cité pendant l'absence de la vaillante soldatesque, partie soumettre — ou plutôt ravager — les campagnes. Depuis sa constitution, ledit régiment a été incorporé à la troisième Brigade volontaire du district de Montréal.

— Les *Britons* forcenés l'ont en détestation, se réjouit Gilbert.

Il échafaude à voix haute. Laisser des Canadiens d'ascendance française s'enrégimenter équivaut à armer l'ennemi ! Pour le moins, à payer pour un mièvre bataillon de « Gosford Guards », c'est-à-dire d'hommes conciliants et incapables de traiter les patriotes avec la dureté qu'ils méritent. Il paraît que jamais le commandant Colborne n'autorisera qu'on les greye d'armes à feu.

— La taverne est le repaire de rien, conclut Gilbert. D'une chimère. Ce qui est à surveiller, c'est le Rifle Corps. Bleury est capitaine. Son ami Pierre-Édouard Leclère itou. On l'a vu dans toutes les expéditions militaires, à la rivière Chambly comme dans le nord.

Gilbert fait allusion à celui qui a été très actif pour faire déraper l'élection de 1832, laquelle s'est terminée dans un bain de sang. Inspecteur de police depuis 1830, Leclère règne sans partage sur cet empire grâce à l'appui des magistrats clubistes. La répression qui s'abat depuis l'an passé porte sa griffe. De surcroît, Leclère a des intérêts dans *L'Ami du peuple*. À une certaine époque, il en était le rédacteur.

— Bref, ces deux-là font la paire, crois-moi sur parole. Pis au haut commandement, y ont prouvé qu'y figurent à la tête des convulsionnaires. Depuis la défection de Bleury, des affaires tenues sous silence remontent à la surface. De ridicules « proclamations » en tant qu'officier de la milice d'élite. Même, à un banquet, une santé portée au 15ᵉ régiment.

Au rappel de la soldatesque qui a tiré sur leurs concitoyens lors de la Rue du Sang, Gilbert sent qu'un frisson parcourt son amie. Caroline avait déjà la susceptibilité à fleur de peau. Elle ressentait la moindre chiquenaude comme une énième de ces mornifles assenées depuis la Conquête. La terreur militaire attise son courroux à jamais… La jeune femme porte son regard au loin, sur des passants riant et blaguant entre eux en langue anglaise, puis elle souffle :

— Si on avait su… si on avait su que ce serait eux autres, nos pires détracteurs… tu te souviens, comment on escomptait qu'y se repentissent ? Leclère qui s'employait déjà en 32 à tirer dans les jambes du Dʳ Tracey… pis Bleury qui fait encore pire depuis 36…

— Comme accuser la Chambre d'Assemblée de torts, y compris de la fermeture des écoles, qui incombent au Conseil législatif et à la coterie de parvenus qui régentent la province. T'aurais fait quoi, si t'avais su ?

— J'en aurais fait mes clients, jette-t-elle farouchement, pis je les aurais empoisonnés.

Gilbert lance un éclat de rire vers le ciel. Il pile net pour saisir sa compagne dans ses bras et la serre à l'étouffer, se retenant de justesse de l'embrasser sur la bouche. Soudain marri contre lui-même, il la délivre et repart à marcher, puis il fait halte, confus de son mouvement d'humeur. Sa plaisante amie, silencieuse et réservée, se trouve bel et bien dans son sillage, préoccupée à le suivre. Gilbert la laisse se replacer à ses côtés, puis dicter le rythme de la promenade.

Enfin, il reprend le fil de leur discussion :

— Prélever une cote sur le salaire des filles… ensuite, les obliger à aller se vendre aux saoulons… Des maquereaux. Des proxénètes. Tu connais ce mot ? Y qualifie ceux qui profitent indûment du commerce de la chair.

— Éloi s'en vient vilain. Y force les ébraillées qui lui passent sous le nez.

Gilbert en reste pantois, tandis que la figure du fier-à-bras, qu'il a bien vu lors de l'échauffourée du 6 novembre, revient à l'avant-plan de son esprit. Le front buté et les lèvres serrées, Caroline semble être, aux yeux de son compagnon, l'incarnation même de la défiance. Il la force à s'arrêter et à lui faire face, avant de l'interroger :

— Forcer les ébraillées ? Pis toi, là-dedans ?

— Éloi agit pareil avec moi. Y s'imagine qu'y peut user de moi à sa convenance. À vrai dire, y me brouscaille un brin.

Le sang de Gilbert ne fait qu'un tour. Éloi veut la forcer à avoir des relations charnelles ! Les traits de Caroline se sont décomposés. Les yeux pleins d'eau, elle est démunie comme une enfant en détresse. Elle balbutie :

— Y me ramène constamment... à mon ancienne vie. Y me la met en pleine face, comme une taloche.

— Tu peux pas demeurer là. Eux autres, y oublient pas ce que t'as été auparavant. Tu pourrais retomber entre leurs pattes. Pis là, y se pourrait que tu y restes.

— Je pense comme toi. Faut que je quitte la maison déréglée. Ça s'en vient un terrain miné.

— Je t'offre un havre, déclare péremptoirement Gilbert. Comme si t'étais ma petite sœur.

Les yeux de Caroline s'emplissent d'eau. Elle lui saisit les mains pour les étreindre convulsivement, puis elle s'enquiert faiblement :

— Tu m'en fais... la promesse ?

Il hoche fermement la tête malgré tout ce qu'il lui en coûte, malgré l'adoration qu'il a eue pour elle et qui refuse de disparaître totalement. Malgré le sentiment d'amour exacerbé qui se tapit dans un recoin de son être et qu'il dissimulera à sa vue s'il surgit inopinément, au détour d'un sourire ou d'une mine plaisante. Caroline rive son regard à celui de Gilbert, comme si elle tentait de déchiffrer son âme. Troublé, celui-ci s'oblige à l'immobilité. À vue d'œil, une puissante émotion est en train de prendre possession de sa compagne. Elle souffle :

— J'ai trop besoin de... de la consolation que tu vas m'apporter, comme tu m'en apportais au début...

La gorge serrée, elle ne peut plus continuer. Il lui faut un bon moment pour reprendre le contrôle d'elle-même, puis pour proférer :

— Je me disais justement que... sans moi, tu passeras pas l'hiver.

Désarçonné par le changement de ton, Gilbert ne peut retenir une réplique moqueuse :

— Mon cas est si désespéré, docteur ?

— Des fois, t'es trop naïf. Tu vois pas la mauvaiseté qui va être désormais partout. J'ai peur que… tu réagisses avec violence pis que tu te fasses ramasser. Ou bedon que tu vires fou.

— Crains pas. Je vais m'y habituer, à la mauvaiseté.

— Quand même… j'aimerais mieux t'avoir à l'œil.

Il la regarde avec une mine sourcilleuse.

— À quoi tu veux en venir ? Je te suis pas.

— Quand je t'ai vu, tout à l'heure, ça m'a frappé en pleine face. Comme une gifle. Pis là, je rechigne à te quitter. D'un coup qu'y t'arrive malheur cette nuitte ? Ou demain matin ?

Gilbert reste coi. C'est une déclaration d'affection tangible qu'elle lui fait, à sa manière, un brin rêche. Il saisit sa main enmitainée pour la serrer convulsivement entre les siennes, puis il déclare péremptoirement :

— On s'en va ramasser tes affaires.

C'est avec un tenace sentiment d'irréalité que Gilbert suit Caroline jusqu'au populeux faubourg Saint-Laurent et son coin flambant, entre la vieille cité et le mont Royal. En ce mitan du jour, la maison déréglée de Marguerite Lavictoire est quasiment déserte et nul ne s'oppose à leur passage. De toute façon, Gilbert est déterminé à envoyer revoler même le plus imposant des quidams ! Même s'il importe de quitter l'endroit le plus vitement possible, à l'insu des frères Lavictoire, Caroline tient à se justifier à son estimable patronne.

La stratégie de s'en faire une complice tombe sous le sens, comme le réalise Gilbert en entendant le court échange de vues entre les femmes. La frêle Marguerite se désole d'une telle perte. Tournant l'affaire à la dérision, elle affirme qu'il lui faudra désormais engager des douairières pour agir comme cerbères des ébraillées. Elle assure à Caroline qu'elle mettra de côté ses autres biens trop massifs pour être emportés sur-le-champ. Tout au long du chemin, alors qu'ils se dirigent vers le domicile de Gilbert, celui-ci anticipe une catastrophe qui va chasser Caroline loin de lui, mais rien de ce genre ne se produit.

Il s'étonne de ne pas être davantage tourneboulé par le revirement de situation, pourtant diablement subit. En fait, en compagnie de Caroline, il se sent comme s'ils étaient depuis toujours des proches solidement amarrés l'un à l'autre. Il est suprêmement heureux, mais il est surtout dominé par l'impression que le casse-tête vient enfin de s'assembler comme par magie. Que sa vie, après tant d'années d'errance, vient de se mettre en place, à sa place, c'est-à-dire aux côtés de Caroline.

Ériole est dans la salle commune, en train de fricoter un sobre dîner. Gilbert lui présente sa compagne, que sa tante connaît déjà pour l'avoir engagée jadis comme ouvrière dans son atelier de matelas, à son arrivée à Montréal. Il conclut :

— Je mets Caroline sous nos bons soins. Faut qu'on l'héberge parce que… sa sécurité est pas garantie là où elle travaillait.

— Je suis pas difficile, se hâte de préciser la jeune femme. Juste une couverte au ras du poêle.

Émergeant de sa stupeur, Ériole dévisage Caroline, qui ajoute, le ton insistant :

— Je peux crécher ailleurs. Chez des connaissances.

— J'aimerais mieux pas, dit Gilbert. Je serais trop inquiet.

Après s'être raclé la gorge, la maîtresse de maison déclare :

— Pour le sûr, vous devez avoir l'estomac dans les talons. Je vous garde à manger, mamoiselle. Pis z'allez faire la lumière sur votre affaire. Envoye, Gilbert, remplis les assiettes.

— Caroline est de Saint-Denis, vous vous souvenez, ma tante ?

Sa curiosité piquée, dame Royer, assise dans la berçante, se tire de son demi-sommeil pour interpeller la survenante :

— Pour vrai ? Ton père s'appelle comment ?

— Maréchepleau le maçon. Je peux pas en faire étalage. Un moins-que-rien à la taloche facile.

— J'ai souvenance de ta mère comme d'une bonne personne, même si elle était un brin ratoureuse.

À la stupéfaction de Gilbert, son amie se déboutonne pendant le repas comme si elle se trouvait devant l'Ordonnateur du monde, au jour du Jugement dernier. Elle souhaite manifestement qu'Ériole l'accueille en toute connaissance de cause. Avec une candeur exemplaire, elle refait son parcours depuis son départ de Saint-Denis, six ans auparavant, sans toutefois faire allusion au fait que Gilbert a été son client. Au terme des confidences, Ériole se contente de se pencher vers la jeune femme au-dessus de la table et de lui prendre la main pour l'étreindre. Elle souffle, adoptant spontanément le tutoiement :

— Je te fais confiance. Pis encore plus à mon neveu. Ça fait que t'es bienvenue parmi nous.

— Je vais contribuer à mon entretien, promis.

Caroline se tourne vers Gilbert.

— Je t'en ai pas jasé encore, mais Étienne m'a offert une place. Je vais retourner comme barmaid à la taverne. Je lui avais fait part des... des manœuvres de son achalant de frère.

Contrarié de ne pas être l'unique sauveur de Caroline, Gilbert réplique vivement :

— Mauvaise idée. Éloi te poursuivra.

— Étienne m'a promis de le brider. Y a encore un bon fond, Étienne. Pour certaines affaires, y a le cœur à la bonne place.

Gilbert est envahi par l'image de l'homme costaud, ses traits harmonieux déparés d'un côté par une vilaine balafre et des cicatrices de vérole, mais embellis de l'autre côté par sa magnifique tuque d'un bleu royal qui lui sert d'étendard. Qui lui servait, se corrige Gilbert, car la tuque a disparu. Avec un sursaut d'orgueil mâle, il rétorque :

— Tu t'en viens dix fois plus savante que moi. J'ai plus guère de leçons à te donner... sauf une, peut-être. Ton ami est volage. Y s'est fait asticoter en masse au sujet de son annonce dans la gazette du 9 octobre. Ça riait de lui dans la taverne ! *J'avertis le public de ne rien avancer, en mon nom, à Marie-Angélique Beauchamp, ma femme, qui a quitté ma maison sans aucune cause légitime.*

Caroline se détourne en faisant un mouvement de recul et Gilbert s'exhorte au calme. Il est familier avec la parade involontaire, ce repli de tout son corps lorsqu'il hausse le ton sans raison prouvable, uniquement par jalousie ou par dépit. Mais son amie refuse de se cantonner dans un silence boudeur, contrairement à son habitude. Elle réplique, fusillant Gilbert du regard :

— Ma mère est obligée d'endurer un mari qu'elle déteste. On lui interdit d'en divorcer. Pis comme elle a des enfants qui comptent sur elle... J'appelle ça de l'esclavage, pis je vois pas d'autre possibilité que de prendre ses jambes à son cou. Pour le sûr, ma mère aurait fait pareil que la légitime d'Étienne, si elle avait pas eu d'enfants à charge.

L'assertion fait tomber un pesant silence dans la pièce. Caroline se trouble à vue d'œil et Gilbert, qui la connaît comme s'il l'avait tricotée, devine qu'elle est tenaillée par l'envie de prendre ses cliques et ses claques et de s'enfuir en courant. Soudain, Ériole a le visage fendu jusqu'aux oreilles et elle réagit à la déclaration de leur visiteuse par un éclat de gaieté :

— Tu parles drette, ma fille ! Plus souvent qu'autrement, la respectabilité pis les convenances, c'est juste une façade.

Avec une tendresse touchante, elle ajoute :

— Moi, j'ai détourné un homme marié du droit chemin.

Sur ce, son maintien devenu excessivement rigide, Ériole se lève brusquement de table. Gilbert prend sur lui d'éclairer Caroline sur l'identité de celui qui a été l'amoureux secret de sa tante. Manifestement, celle-ci le souhaite. Avec pudeur, son neveu brosse les contours d'une relation amorcée en 1832, puis interrompue soudainement par l'homme en question, trois ans plus tard. Néanmoins, les liens d'affection restent noués entre Ériole et lui. Tout juste avant de quitter Montréal, le 18 novembre dernier, le notaire Jobin est venu pour une ultime visite. Gilbert garde la suite pour lui, c'est-à-dire que sa tante a fait monter le survenant dans sa chambre. André a quitté la maison quelque part dans la nuit, sans bruit.

Caroline demande, sourcils froncés :

— Me semble que j'ai pas vu son nom dans la liste des hommes visés par les mandats d'arrestation ?

— Tu parles drette. Sauf qu'en tant que député, y a figuré dans plusieurs assemblées de protestation. À celle des trois comtés de l'isle de Montréal, le 15 mai, y a figuré parmi la liste des proposeurs et des secondeurs de résolutions. Pis les mesures qu'y vantait étaient affirmées, je t'en passe un papier. Ensuite, y a représenté le comité de vigilance de Sainte-Geneviève au Comité central et permanent du district. L'organe de la révolution, aux yeux des autorités, si tu te souviens bien. Pis y a renvoyé son brevet de juge de paix. *Je renonce à ce titre pour conserver celui d'homme libre...*

L'orgueilleuse assertion a fait le tour de la province. Gilbert rappelle à Caroline comment André est devenu son ami à lui, après avoir été un précieux soutien lors de l'épreuve de la Rue du Sang. Il ajoute avec un sourire tristement ironique :

— Depuis sa disparition, *Le Populaire* se charge aimablement de transmettre de ses nouvelles. Le 27 novembre, André était dans la paroisse des Cèdres, où il cherchait à organiser une bande. Deux jours plus tard, avec autant de superbe, le saudit rédacteur écrivait qu'y était *revenu de son voyage agitatif à Vaudreuil et Beauharnois*, mais trop tard pour *le blanchir de toute participation à la révolte.*

Gilbert n'a pas pu confirmer qu'André avait bel et bien reparu à Montréal. Au début de décembre, la gazette prétendait qu'il aurait pris son départ pour les comtés du Nord, afin de les soulever jusqu'à la rébellion. Encore une vile médisance. Désormais, Gilbert déteste de toute son âme les deux principaux rédacteurs du *Populaire*, Léon Gosselin et Hyacinthe Leblanc de Marconnay. Ne sont-ils que les valets des diables Debartzch et Bleury? Sans doute, mais ils se démènent avec une obséquiosité qui donne envie de dégobiller.

Chose certaine, si André se trouve dans la cité, il se tient à l'écart et à l'abri, désireux de ne pas attirer l'attention sur sa personne. Sur ce, Gilbert se tourne vers sa tante pour lancer:

— En matière de respectabilité, y a pas grand-monde qui pourrait vous en remontrer. Vous, au moins, vous faites pas frime d'être une sainte. Pis à moi itou, on a reproché une vie dissolue. Je vous ai jamais clairement expliqué mon lien avec Caroline...

Ce disant, il dirige vers l'ébraillée repentie un regard empreint d'affection.

— Ça fait longtemps, mon neveu, que je suis au parfum. André...

Chaque fois qu'elle prononce ce prénom, Ériole s'émeut au point d'en perdre quasiment le souffle. Faisant mine d'être offusqué, Gilbert lui vole le crachoir:

— André s'est ouvert la trappe pardevant vous?

Ériole fait demi-tour sur place, leur révélant sa mine égayée. Gratifiant Caroline d'un clin d'œil appuyé, elle fait diversion:

— Chose certaine, ma fille, tu fais souffler un vent de fraîcheur dans cette maison. Ça faisait une saudite escousse qu'on avait pas discutaillé de même. On s'en venait moroses en pas pour rire.

— Y a quand même de quoi, lâche Gilbert. Faudrait être inhumain pour avoir le cœur à des sparages de joie!

Ponctuant sa tirade de mimiques et de gesticulations grotesques, il réussit à dérider les femmes. Leurs rires, songe-t-il avec une intense nostalgie, lui rappellent le bon vieux temps... Les mélodieuses cascades font resurgir un air connu du tréfonds de sa mémoire, et il se met à chanter. Il a l'impression de remettre en marche un rouage vermoulu, et il doit éclaircir sa gorge des grichements qui l'encombrent. Néanmoins, lorsqu'il conclut le refrain, il a retrouvé sa puissance et son aisance:

— Ô! Mon pays, de la nature vraiment tu fus l'enfant chéri. Mais l'étranger, souvent parjure, en ton sein le trouble a nourri. Puissent enfin tous tes enfants se joindre, et valeureux, voler à ton secours. Car le beau jour déjà commence à poindre... Ô Canada, mon pays, mes amours!

Cependant, la liesse fait long feu. Tout en s'installant sur une couche de fortune dans la chambrette de grand-mère, Caroline presse Gilbert de questions. Durant la journée, plusieurs compagnies d'habits rouges, fortifiées par un détachement de la Royal Artillery, se sont ébranlées en direction du camp de base de Saint-Martin, paroisse qui occupe tout le côté ouest de l'isle Jésus. Dans leur sillage se trouvaient 70 traîneaux chargés de madriers, de provisions et de caisses de munitions.

Gilbert lui confirme qu'à leur arrivée, la force militaire censée «pacifier» les comtés de l'autre côté de la rivière des Mille Isles, au nord-ouest de l'isle Jésus, comptera un demi-millier de *regulars* et une demi-douzaine de canons. De surcroît, plusieurs centaines de *regulars* et un détachement du Royal Montreal Cavalry ont pris possession du pont Lachapelle, lequel relie Laval à Saint-Eustache, afin de maintenir un canal de communication avec le quartier général des opérations, à Saint-Martin.

— Depuis deux semaines, des fidèles et loyaux sujets de Sa Majesté des comtés de Deux-Montagnes et de Terrebonne viennent chercher refuge à Montréal.

— Plusieurs dizaines de familles en tout, renchérit Caroline. Leurs maisons auraient été pillées et saccagées. Les insurgés se fortifient et recrutent. Bref, leur vie serait menacée.

— La nouvelle de la dégelée de Saint-Denis leur était parvenue. Y croyaient entendre sonner le tocsin des représailles!

La tactique de prédilection des tyrans est de mettre sur le dos de leurs adversaires le chaos qu'ils suscitent eux-mêmes. Obéissant au mot d'ordre de l'Exécutif, les favoris du régime ont ridiculisé les plaintes des Réformistes du Bas-Canada au sujet de l'état endémique de corruption au sein du gouvernement colonial et impérial.

Depuis l'élection de 1827, ils secondent les potentats coloniaux en faisant régner un climat de violence et de peur dans leur localité.

— Fait qu'astheure, ajoute Gilbert avec une mine navrée, y qualifient leurs concitoyens patriotes de « horde agitative » remplie de brigands sanguinaires et de voleurs des grands chemins.

La plus récente menterie : Hortense Prévost née Globensky, la furieuse de Sainte-Scholastique, se dirigeait vers Montréal avec ses sœurs. Sous la direction du Dr Jean-Olivier Chénier et d'un jeune avocat de Montréal nommé Féréol Peltier, les rebelles les auraient entièrement dépouillées, même de leurs hardes. De mémoire, Gilbert cite le rédacteur furibond du *Populaire* :

— *Chénier ajouta qu'elles devaient se trouver bien heureuses de leur échapper vivantes.*

Toute pâle, son amie réplique :

— Une horrible médisance. J'en reviens pas de la rage de la Globensky contre Chénier pis les autres. Pour moi, y a une peine de cœur à la source.

Gilbert fait une mine éberluée. Caroline poursuit :

— Des amoureuses flouées peuvent devenir des harpies. Comme si elles perdaient la tête. J'imagine un tendre sentiment de jeunesse pour le docteur, qu'y aurait dédaigné…

— Moi, je vois surtout un manque à gagner pour son aubergiste de mari, le sieur Prévost. Un désir de chasser la concurrence. Quoi qu'il en soit, l'effroi des pauvres innocents chassés de leur logis est à la mesure, en vérité, des traitements cruels et injustes qu'y ont infligés aux patriotes. Pis y gueulent astheure : « Faut frapper un bon coup contre ces infâmes meneurs ! »

— Sans compter le pont de Sainte-Rose. Font des gorges chaudes du fait que les patriotes du côté nord de la rivière des Mille Isles l'auraient « coupé ».

— Le commandant des forces a une flopée de justifications pour la postérité.

— Le manège est pareil… désespérément pareil… à celui de la rivière Chambly.

Gilbert opine du chef. Le mois dernier, la Clique du Château a propagé des rumeurs de poursuites politiques. Une partie des victimes potentielles s'est réfugiée dans la rivière Chambly ; l'autre, par affinité ou par commodité, est montée au nord. Là-bas comme ailleurs, les miliciens patriotes ont offert leur protection aux hommes traqués par l'Exécutif. Comme dans le sud de la province, des camps hâtivement fortifiés ont été dressés à Saint-Eustache et à Saint-Benoît, situé une dizaine de milles à l'intérieur des terres.

— Semer l'effroi, dit le jeune homme. Provoquer puis guetter la formation du moindre rassemblement de protection. Pis après, clamer que ce sont des territoires insurgés pis qu'y faut sévir sans pitié contre les révolutionnaires. Dans les décisions au sommet du gouvernement civil comme de l'état-major militaire, on décèle une tactique qui relève en rien du hasard.

Sir John Colborne répète la méthode précédemment employée dans la rivière Chambly: prendre la seigneurie de la Rivière-du-Chêne en étau, depuis Saint-Martin au sud et depuis Carillon au nord. En septembre, ce dernier endroit s'est garni des fantassins du 24e régiment, déplacés depuis Kingston avec la permission du lieutenant-gouverneur du Haut-Canada. Le Carillon & St. Andrews Volunteers Corps, partie de l'armée auxiliaire à la solde du Trésor public, est fort d'un millier d'hommes connus pour leur ardeur belliqueuse: les miliciens de Gore, de Lachute, de Grenville et de Chatham, à l'extrémité nord du comté. Ceux qui ont tant malmené les patriotes lors de l'élection de 1834. De surcroît, de Coteau-du-Lac à Berthier, les *volunteers* se préparent partout à bloquer le passage aux habitants du nord lorsqu'ils fuiront. Même les Sauvages d'Oka montent la garde sur la grève de l'Ottawa.

Un pesant silence s'ensuit. L'horizon des affaires publiques est bouché par d'horribles nuages noirs comme chez le loup. Une campagne punitive d'envergure attend leurs concitoyens du côté nord de la rivière des Mille Isles. Enfin, un brin ravigoté par l'emménagement de Caroline, qu'il se sent désormais apte à traiter comme une aimable sœur, Gilbert souhaite la bonne nuit à la nouvelle venue et la laisse entre les mains attentionnées des dames de la maison.

6

Le jour suivant, lorsque Gilbert arrive à l'office, François Lemaître est au travail depuis le mitan de la nuit, comme le prouvent ses traits creusés de fatigue et son froc noirci par l'encre. Le survenant se transforme en homme à tout faire, répondant aux besoins du moment du côté des typographes ou des pressiers. Puis, le rythme s'encalme. L'essaim de colporteurs prend son envol avec les exemplaires de *La Quotidienne* fraîchement imprimés. François confie à son adjoint la tâche de glaner les nouvelles les plus récentes au sujet des événements qui ont pris une étrange tournure dans le Haut-Canada.

Assis à son pupitre, Gilbert se creuse la cervelle pour y ramener la situation dans la province voisine à l'avant-plan. Le lieutenant-gouverneur, Francis Bond Head, a envoyé les troupes réglées au Bas-Canada, affirmant pouvoir compter sur la milice ordinaire. Puis, il a fait transférer 4000 fusils dans la chambre forte de l'hôtel de ville, sous la garde de deux connétables. Un piège pour faire accroire, avec la complicité des Orangistes fanatiques de l'endroit, à une insurrection des Réformistes.

François remet à son adjoint les concurrents fraîchement imprimés. Peu après, enténébré, Gilbert convie son patron à un résumé de la situation. Selon les gazettes à la solde des autorités, William Lyon Mackenzie fomentait bel et bien une attaque à la mairie pour le 4 décembre pendant la nuit. La réaction des autorités a été immédiate. Un ordre général a obligé les miliciens à se rameuter à Toronto et lesdites armes à feu leur ont été distribuées généreusement.

Les rues ont été barricadées et les places de marché et autres bâtisses, mises en état de défense. Le 7 décembre, sir Francis en personne a pris la tête de la milice pour se porter à la rencontre des patriotes, quelques milles plus au nord, sur Yonge Street. Le résultat de la bataille : 25 tués et moult prisonniers du côté patriote. De l'autre, pas une égratignure. Après une grimace facétieuse, François jette :

— La Providence a soin de ceux qui font vœu d'être siens ! Y reste encore à savoir tous les détails de l'affaire, mais je me fais pas d'illusions. Des convulsionnaires qui font mine de passer par hasard au milieu des patriotes rassemblés, pis ensuite qui se rebiffent parce qu'y sont faits prisonniers...

— Ça s'apparente un brin à la délivrance de Demaray et Davignon sur le chemin Chambly.

— Un prouvable brin ! On peut glaner autre chose de consistant ?

Gilbert secoue la tête.

— Ça pue la partialité à plein nez. On est mieux d'attendre. Je peux aller casser la croûte ? J'ai l'estomac dans les talons.

François fait un signe affirmatif et Gilbert cavale jusqu'au point de vente de denrées le plus proche. C'est affairé à se sustenter qu'il ouït parler, par un quidam qui passe en coup de vent, du débarquement d'un contingent de prisonniers arrivant de Saint-Jean. Gilbert sent le courage lui manquer. Hier, près d'une trentaine d'hommes mis en geôle en novembre, originaires de la rivière Chambly, ont été remis en liberté sans condition. C'était pour être remplacé dès le lendemain par de meilleures prises ! Gilbert avale ses dernières bouchées et, à l'instar d'une forte proportion de ses concitoyens, il prend la direction du port.

Le rituel est bien rodé. Se gardant de la moindre expression de menace, les habitants viennent au plus près du cortège, afin d'opposer une barrière aux exaltés et à leur vindicte dégoulinante de morgue et de mépris. Cette fois-ci, le stratagème manque d'échouer. Les Montréalistes n'ont pu battre les fanatiques de vitesse et, au moment du débarquement, les 25 prisonniers enchaînés par deux ont été sifflés, puis on leur a craché au visage. Heureusement, quelques minutes plus tard, la faction enfiévrée était repoussée au second rang.

Un échange visuel s'établit entre les captifs et la foule compatissante, afin de leur insuffler du courage. Une partie des hommes aux arrêts ont figuré dans une affaire ayant eu lieu à un croisement de chemins nommé Moore's Corner. Près d'une semaine plus tôt, le 6 décembre en début de nuit, une centaine de patriotes canadiens et américains seraient entrés dans la province depuis le village de Swanton, au Vermont. Ils charriaient une modeste cargaison : une quarantaine d'armes, deux canons en mauvais état, de la poudre et des cartouches à balles. Étroitement surveillés, ils étaient attendus de pied ferme. Un piège avait été dressé sur leur passage.

D'autres captifs sont des hommes recherchés. Le cœur serré, Gilbert voit son camarade Rodolphe DesRivières, célébrissime pour sa participation au camp de Saint-Charles, de même que les patriotes émérites Siméon Marchesseault, Jean-Philippe Boucher-Belleville et Timothée Kimber. Tous ont été pris pendant leur fuite vers les États-Unis. Mais c'est sur la figure familière de François Jalbert, celui que les fanatiques désignent comme le meurtrier du lieutenant George Weir, que Gilbert concentre son attention. Il est chamboulé par la pitié. Quelle cruauté que d'infliger de tels tourments à un citoyen vénérable, jusque là blanc comme neige !

Pâles comme la mort, tous sont visiblement au bout de leurs forces. Les perdant de vue, Gilbert retourne à l'office de *La Quotidienne* pour relater leur arrivée à ses collègues. Puis, très las, il se remet mollement au travail, jusqu'à ce que François lui demande d'aller vérifier une surprenante nouvelle. Encore une fois, Gilbert se bougrine pour se joindre à la foule qui, malgré la brunante, scrute le *steamboat* à quai. Un capitaine vient de pulvériser tous les records. On l'avait chargé d'une mission à la limite de l'impossible : transporter de Québec à Montréal une partie du 83e régiment, censé se joindre à la campagne militaire au comté des Deux-Montagnes.

Le capitaine a cru bon de blinder la coque de son navire, à la proue, par une gaine protectrice qui porte des marques de chocs avec les glaces flottantes. Les roues à aubes latérales, elles, étaient à ce point abîmées que pour continuer à fonctionner, elles ont dû être sommairement rafistolées à Sorel. Gilbert est secoué par une rage silencieuse. Le commandant en chef a fait courir un risque important aux habits rouges qui se trouvaient à bord, celui de sombrer dans le fleuve. Qui plus est, Colborne oblige deux régiments à traverser à pied le Madawaska, contrée située entre le Nouveau-Brusnwick et la rive sud du Saint-Laurent, au mépris des dangers de l'hiver. Le roide militaire est victime d'une incurable folie de persécution!

Au vol, Gilbert glane une autre nouvelle. Il faut compter sur le hasard ou la rumeur publique pour s'édifier, car tous les Canadiens, même les patriotes modérés, ont été repoussés très loin des arcanes du pouvoir. Après un séjour de quelques heures dans la vieille prison, les prisonniers débarqués ce midi ont dû se remettre en route pour le Pied-du-Courant, nom donné au lieu de détention construit en périphérie du faubourg Québec, près du fleuve. On y parque désormais les prisonniers politiques, même si l'aménagement de la prison n'est pas tout à fait terminé, car celle de la rue Notre-Dame est pleine à ras bords.

AUTANT VITALINE SOUHAITAIT ARDEMMENT le retour de Vincent, autant elle s'est mise à supplier toutes les divinités de la terre de le tenir dans une cachette, à l'écart des délateurs, des *volunteers* et des habits rouges qui pullulent. Chaque jour, la bise charrie des nouvelles d'arrestations dans la rivière Chambly. Un forgeron de Saint-Denis nommé Modeste Roy a été appréhendé par un huissier du village d'en face. Pourquoi lui? Une basse vengeance de la part d'un favori de l'Exécutif, le marchand Perrin, qui avait cru bon de sacrer le camp à l'apogée de la résistance.

Le 22 novembre, le magasin du forcené, à Saint-Antoine, était gardé par le jeune Roy, sur ordre du Dr Nelson. Or, le forgeron a ensuite été l'un des combattants embusqués dans la maison Saint-Germain, tiraillant sur les mercenaires du corps expéditionnaire. S'il trahit ses camarades, dont Vincent? Ce serait l'hécatombe.

Parvient alors à Saint-Denis l'obsédante rumeur d'un affrontement entre patriotes et *volunteers,* du côté de la baie Missisquoi, et Vitaline doit y consacrer l'essentiel de ses pensées. Juste avant la frontière, une demi-douzaine de combattants seraient morts et autant d'autres, blessés! Imaginant son cadet Norbert transpercé de balles, dame Eugénie s'affole et Vitaline ne sait plus à quel saint se vouer pour lui apporter du réconfort.

L'arrivée de gazettes à la solde des autorités, le 12 décembre, permet sinon d'apaiser la mère éplorée, du moins d'entrevoir le nœud de l'affaire de Moore's Corner, six jours plus tôt. À l'aube du 6 décembre, des émissaires à cheval alertaient les lieutenants-colonels de milice des comtés frontaliers à l'est du lac Champlain ; la veille, l'un des participants à l'expédition pour introduire des armes aurait vendu la mèche. Le branle-bas de combat a été instantané. Depuis des lustres, un refrain archi-connu s'élève dans la région peuplée de *Britons* amarrés à la Couronne britannique, dont bon nombre d'anciens officiers de l'armée. Excitée à la rébellion, la population canadienne risque de commettre des outrages atroces sur eux, pourtant si doux et pacifiques !

Plusieurs centaines de *volunteers* ont donc convergé vers Philipsburg, chef-lieu du comté de Missisquoi. La chronique officielle prétend que par le plus grand des hasards, une cargaison d'armes était à proximité, conformément au vaste plan de défense de sir John Colborne de constituer une armée auxiliaire de miliciens salariés et greyés par l'intendance de l'armée britannique.

— Le commandant en chef de l'armée anglaise, lâche dame Eugénie sur un ton virulent, ça fait des mois qu'y se prépare en catimini. Pis ça fait des années qu'on nous ment en pleine face.

Le mari de Vitaline intervient pour donner son interprétation des faits, laquelle reçoit l'assentiment général. En haut lieu, on veut faire croire qu'une invasion massive de la province depuis les États-Unis est dans le domaine du probable. Ce qui justifie le déploiement des *volunteers* et de leur état-major le long de la frontière, aux frais du Trésor britannique, et le jeu d'échecs auquel se livre le commandant Colborne avec les régiments de *regulars* en territoire nord-américain.

L'échauffourée de Moore's Corner aurait pu se transmuer en hécatombe pour les gardiens du convoi clandestin, si un *volunteer* embusqué n'avait pas pressé trop tôt sur la gâchette. Le soldat de pacotille était, paraît-il, exaspéré par les patriotes qui avançaient en hurlant des insultes à l'adresse de potentiels ennemis ! Ce détail extravagant pour justifier l'incurie du *volunteer* a suscité, parmi les habitants de Saint-Denis, une risée de joie sardonique qui a fait grand bien.

Les patriotes ont pris la poudre d'escampette. Craignant de voir s'échapper leurs proies, les *volunteers* ont mitraillé au hasard, dans la noirceur, faisant quelques blessés, qu'ils ont ensuite faits prisonniers. Deux d'entre eux sont nommés : le jeune Robert Bouchette, de l'équipe du papier-nouvelles *Le Libéral* de Québec, qui avait passé une nuit à Saint-Denis à la mi-novembre, et le Dr Timothée Kimber, de Chambly, qui s'était réfugié chez le Dr Nelson. Il y aurait un trépassé : Julien Gagnon, patriote fameux du comté de L'Acadie.

Rendue extatique à cause de son soulagement, dame Eugénie se transmue en moulin à paroles. Mettant de côté toute retenue, elle s'exclame d'une voix sonore :

— Dire que l'affaire de Missisquoi, je l'avais ouïe à travers les branches, pis que j'avais pas osé transquestionner ! Je me défiais même de nos aimables voisins pis de mes chères amies ! Je faisais la sourde oreille aux bavasseuses. Pour agir de même, faut que les rouages tournent croche en masse !

Vitaline songe à quel point la terreur militaire, lorsqu'elle ne suscite plus l'épouvante qui paralyse, entretient un climat de crainte perpétuelle qui pervertit de façon prouvable les relations de bonne entente entre les gens. Normande, elle, vole le crachoir à sa mère :

— Un climat méfiant au possible est tombé sur nous autres comme une chape de plomb. C'est rendu que Saint-Denis est un village de garnison ! Des centaines de *regulars* pis leur état-major habitent par icitte à demeure !

— J'ai le frisson quand je croise un factionnaire au coin d'une rue.

Malgré la gravité des propos échangés, une allégresse tangible chasse la morosité. Vitaline s'en réjouit, car la maîtresse de maison lui battait froid. N'était-elle pas celle qui avait annoncé la nouvelle du départ de Norbert ? Vitaline est soulagée par le changement de climat, même si elle le supportait avec d'autant plus de résignation qu'il s'agissait d'un infime détail, comparé à l'horrifique marche des affaires publiques.

— Vous y croyez, vous autres, que c'est par adon que les armes étaient charriées depuis l'isle aux Noix pour greyer les *volunteers* ?

C'est Normande, surexcitée par la bonne nouvelle concernant son frère, qui a garroché la question. Vitaline ramène son esprit sur le guet-apens de Moore's Corner, qui occupe toutes leurs pensées depuis deux jours. Habituellement taciturne, le capitaine Montplaisir réagit avec diligence :

— Pantoutte. Les adons sont rares comme la merde de pape par les temps qui courent.

— Ce que je trouve encore plus bizarre, enchaîne Vitaline, c'est que deux centaines d'habits rouges se trouvaient à Philipsburg. Y venaient de livrer les armes à bon port. Pourtant, y sont pas intervenus. Ce sont les *volunteers* qui se sont énervé le poil des jambes.

— Faut pas chercher à comprendre, dit Normande en faisant un grand geste des bras. Toi, t'as de la misère à rester dans le flou, mais moi, j'en prends mon parti. Sans doute qu'on saura jamais le fin fond de l'affaire. J'aime autant mieux. Souvent, c'est laitte à faire peur. De la traîtrise à tour de bras! Ou autre chose d'encore plus pervers.

Chose certaine, interjette Florentin avec son bégaiement coutumier, un groupe de patriotes a bel et bien tenté d'introduire de l'armement. Qui pourrait croire que toute l'affaire serait un coup monté, une mise en scène permettant aux fidèles sujets de Sa Majesté de prouver leur loyauté? La tentative indique que les réfugiés de l'autre bord de la ligne ne restent pas les bras croisés, et qu'ils croient encore possible une révolution par la force. À leur décharge, ils ne pouvaient se douter de la célérité avec laquelle les ennemis du pays se fortifient. Secrètement, l'armée auxiliaire s'organise depuis l'automne. Astheure que la loi martiale est en force, son degré élaboré de préparation s'affiche au grand jour.

Le jeune homme est interrompu par une volée de coups à la porte. Tout le monde sursaute, puis la maîtresse de maison balbutie avec effroi:

— Paschat, t'as oublié de tuer les chandelles!

C'est la lubie la plus récente de son épouse. Non seulement il faut économiser l'éclairage, car le pillage entraînera forcément une disette, mais des carreaux éclairés constituent une cible idéale pour les forcenés qui pullulent. Enhardis par la terreur militaire, les valets de l'Exécutif semblent parés à châtier quiconque s'est mis, naguère, en travers de leur chemin! Florentin saute sur ses pieds pour se rendre à la porte. En même temps, une voix familière gueule à travers l'huis:

— C'est moi, Norbert! Débarrez, ventrebleu!

Plus que tout, le juron familier persuade son frère aîné, qui se précipite pour obtempérer. Peu après, un Norbert visiblement fourbu se retrouve dans les bras de sa mère; ils sont tous deux au sein d'un cercle étroit formé par les autres membres de la famille. Vitaline, elle, s'occupe de son compagnon, un très jeune homme encore plus dépenaillé que son beau-frère. Elle s'enquiert de son prénom, soit Alexis, puis l'invite à se débougriner un brin, à s'asseoir et à se désaltérer.

Normande et sa mère ne peuvent retenir des exclamations effrayées, car Norbert est blessé au cou. Une balle l'a effleuré. Bientôt, il est assis à table avec son compère, tandis que dame Eugénie retire le pansement souillé. Vitaline jette un œil sur la plaie. Bénigne, la coupure entourée d'une brûlure a néanmoins mauvaise allure, avec ses rougeurs inquiétantes et ses suppurations. La jeune femme suggère à sa belle-mère :

— Un catapleume d'argile? Savez comment ça désinfecte...

Caressant la chevelure souillée de son fils, dame Eugénie réagit par un vigoureux hochement de tête. Pendant que Normande pose des assiettées bien garnies devant les survenants, Vitaline prépare le mélange en humidifiant un morceau d'argile concassée. Le capitaine Montplaisir et Florentin ont pris place à table, face aux arrivants, et les contemplent sans mot dire. Entre deux bouchées, Norbert répond d'avance aux questions qui leur brûlent manifestement les lèvres :

— On dira rien. C'est plus sécuritaire pour vous autres.

Normande donne voix à son dépit :

— T'es pas sérieux? Tu vas nous priver de contes mirifiques?

— Ce serait pas mirifique. Juste sordide.

— On s'est fendu le cœur en deux à ton sujet, ça fait qu'on aimerait ça être récompensés un brin...

Le compagnon de Norbert intervient :

— Un jour, mamoiselle, je vous conterai. Si vous voulez, je vous promets que je reviendrai.

Son ton un brin contraint n'échappe à personne, et surtout pas à Normande, qui lui jette un regard curieux. Interrompant sa tâche, Vitaline pivote sur elle-même pour faire de même. Alexis n'est pas très grand, mais bâti, et sans doute qu'il était plutôt rondouillard avant que l'âpreté des temps ne fasse son œuvre. Même s'il tâche de ne pas trop le montrer, il trouve Normande plaisante. Cette dernière s'éclaircit la gorge, puis elle laisse tomber :

— Que vous me contiez vos mésaventures, ça me conviendrait. Vous habitez dans les alentours ?

Il pose une franche œillade sur elle.

— À moins d'une journée de marche. Espérez-moi.

S'empourprant, Normande esquisse un sourire et, enfin, se détourne. Vitaline sent une onde de joie la parcourir. L'échange était empreint d'une délicatesse suffisamment touchante pour les transporter dans une bulle hors du monde réel… De sa voix éraillée, Norbert annonce que son ami repartira demain à la nuit tombée, et que tous deux sont dans l'urgente nécessité de se récurer au grand complet.

Un bredas s'ensuit. Une fois que les bassines sont parées, Vitaline et sa belle-sœur sont envoyées sous les combles, car les survenants vont se dénuder pour se laver à grande eau. Pendant l'opération, ni l'une ni l'autre ne parle. Leur attention est tournée vers les parlures à bâtons rompus au rez-de-chaussée, grâce auxquelles le vieux couple informe les jeunes hommes des récents événements qui se sont déroulés dans le coin.

— M'sieur Amiot a été arraisonné en pleine nuit à son domicile par un connétable qui s'enrichira de 100 livres.

— Le député du comté de Verchères ?

— Oui. Y devait ignorer que sa tête était mise à prix comme celle du président de notre Chambre d'Assemblée.

Dame Eugénie poursuit sa relation. Si le vénérable représentant est poursuivi, c'est qu'il a proposé une résolution lors d'une assemblée tenue pour protester contre les Résolutions Russell — dans son cas, celle du 15 mai, à Saint-Marc. En août, il s'est fait retirer son brevet de major de milice, ce qui a nourri son indignation et l'a entraîné à participer à l'assemblée de la Confédération des Six Comtés, le 23 octobre.

— Ventrebleu. Son sort était scellé ! Y a une soixantaine d'années, le pauvre ?

— À peu près.

— Les autorités de la colonie se fichent de ceux qui ont pris les armes pour résister à l'oppresseur, dit le capitaine Montplaisir à son tour. T'es fortuné, mon gars. Les despotes sont juste obsédés par deux douzaines de tuques bleues, qu'y poursuivent depuis la mi-novembre.

— Des poursuites aggravées au début de ce mois-ci par les trois proclamations annonçant des récompenses pour leur capture. Ça fend le cœur.

Enfin, les deux hommes sont vêtus de frais, et les jeunes femmes peuvent redescendre. Normande beurre le cou de son frère avec de la bouette d'argile. Ses gestes sont empreints de tendresse. Puis, elle recouvre le tout d'une épaisse guenille à pansement.

Vitaline a apporté en bas tout ce dont Florentin et elle auront besoin pour dormir, car les survenants vont occuper la chambrette du haut, à l'abri des indiscrets. Tombant de fatigue, Norbert et son ami ne mettent guère longtemps à grimper le raide escalier. Peu après, comme il se fait tard, l'heure du couvre-feu sonne. Le capitaine et son épouse se retirent derrière les parois de leur lit bateau. Normande déploie son banc-lit sous l'œil rêveur de sa belle-sœur. Il faudrait redonner de l'éclat à la couleur bleu qui recouvre les larges et longues planches.

Florentin étend les peaux de bêtes autour du poêle, là où Vitaline et lui s'allongent ensuite. La jeune femme laisse la noirceur et le silence l'environner, tout en évoquant la soirée en pensée. Soudain, Florentin souffle :

— Tu c… crois qu'y se sont battus ?
— À Moore's Corner ? Pour le sûr.

Son mari avoue qu'il trouve l'obligation au secret particulièrement irritante. Il n'aura pas de repos tant qu'il n'aura pas tiré les vers du nez de son cadet ! L'image de Vincent s'impose à Vitaline, et elle ne peut s'empêcher de répliquer :

— Moi, j'aurais aimé qu'y nous rassurent. Peut-être qu'y avait d'autres hommes de Saint-Denis avec eux. Des gens qu'on connaît pis qui ont peut-être pâti.

— Je t'en ferai p… p… part, crains pas. Pour le reste…

Les détails de l'affaire qu'il réussira à arracher à Norbert, il les gardera pour lui. Que Vitaline se le tienne pour dit ! Envahie d'un besoin subit, la jeune femme tâtonne de la main et finit par agripper celle de Florentin, qu'elle serre à lui faire mal. Retournant la pression, il murmure :

— Ça va aller. La vie va se renmieuter. Dors, Vitalette.

Sa voix charriait une telle douceur ! Vitaline sent sa gorge se serrer, puis les larmes monter à ses yeux. Fermant les paupières, elle laisse l'accès d'émotion se dissiper brin par brin. À certains moments, elle se sent seule au monde, obnubilée par la certitude que son mari, drapé dans son bon droit et dans sa vision parfois étriquée des choses, se trouve à des milliers de lieues d'elle. À d'autres moments, elle voit le fossé entre eux rapetisser à vue d'œil, et tout soudain, un Florentin plein de sollicitude se tient au plus près, paré à venir à son secours. Elle le retrouve comme il était pendant la période bénie, celle d'avant le trépas de leur petite Olympe. Reluisant de confiance et porté à s'abandonner.

Vitaline extirpe sa main de celle de son mari, puis avec précaution, elle s'installe sur le côté au plus près de lui, sa tête tout contre son épaule. Elle pose sa main sur son avant-bras, elle pousse un soupir d'aise et, enfin, elle souhaite une bonne nuit à son homme. Aux confins de son être, elle repousse l'image de Vincent, revenue la hanter. Elle l'adore, mais pour l'instant, elle ne veut plus soupirer après qui que ce soit, elle ne veut plus se désoler pour quoi que ce soit. Seulement habiter son fragile confort.

7

Au matin du 13 décembre, lorsque Gilbert est en route pour l'atelier de *La Quotidienne*, ce ne sont plus les captifs écroués la veille qui figurent au cœur des parlures, mais un cataclysme annoncé. L'expression, remplie d'amertume, vole de bouche en bouche : « Le bon Dieu est du côté des tyrans ! » L'automne tardif a permis au commandant Colborne de déployer vitement son armée d'habits rouges et de miliciens salariés sur la rive sud du fleuve. L'arrivée en force de l'hiver, depuis quelques jours, lui permet astheure de faire traverser les cours d'eau gelés à ses troupes. Celles-ci s'ébranlent donc vers les comtés du Nord.

Pendant un bon moment, incapable d'en croire ses oreilles, Gilbert fait du surplace parmi ses concitoyens. Enfin, il se décide : tournant sur ses talons, il retrace ses pas en courant et rentre chez lui en coup de vent. Ériole tressaute de surprise, mais il n'en a cure. Il s'écrie :

— Accourez ! Paraît que le restant des *regulars* s'avance vers le lac des Deux-Montagnes !

— Là, sur-le-champ ?

— Écoutez le tambour : y vient juste de partir.

Gilbert retient son respir et, en effet, le son s'insinue dans la salle commune. Tandis que sa tante reste figée, le jeune homme se précipite vers la chambrette du bas-côté pour réveiller Caroline. À peine l'a-t-il croisée depuis son embagement, car elle travaille à la taverne depuis l'après-dînée jusqu'au mitan de la nuit. Ce qui ne lui plaît guère... Sans ménagement, il la secoue, et dès qu'elle entrouvre un œil, il l'informe de la tournure des événements.

Une dizaine de minutes plus tard, Gilbert et les deux femmes s'élancent vers la froidure, laissant grand-mère dormir tout son saoul. Ils n'ont qu'un court chemin à parcourir pour se rendre aux baraquements du square Dalhousie, à l'orée du faubourg Québec. La foule est déjà très dense, mais tous trois finissent par s'insinuer dans une trouée. Là, ils mirent un spectacle à couper le souffle. Dans l'aube pâle d'hiver, les casernes dégorgent des centaines et des centaines de soldats, greyés d'un casque de fourrure, d'un ample manteau long et d'un accoutrement de marche.

Les spectateurs apprennent qu'il s'agit d'hommes du 1st Royal Scots, qui s'est « distingué » le long de la rivière Chambly, ainsi que d'hommes des 32e et 83e régiments de Sa Majesté. En tout, se murmure-t-il, plus d'un millier de fantassins, obligés d'emprunter deux chemins différents pour se rendre vitement au même point.

— L'artillerie et l'intendance sont déjà là-bas, dit Gilbert à mi-voix. Z'avez souvenance ? Les traîneaux qui sont partis y a trois jours, avec un demi-millier de soudards. Si on additionne ceux qui sont en branle astheure...

Il en perd la voix. Le chiffre est faramineux ! C'est littéralement impossible. Ce faquin de Colborne ne peut sérieusement croire qu'une telle force soit indispensable pour briser la résistance ? Blême à faire peur, Ériole se pend après la bougrine de son neveu et s'écrie nerveusement :

— Ramène-moi chez nous. T'aurais pas dû me traîner icitte. Je suis pas capable d'endurer ça !

Instantanément, Caroline la prend en charge. Après avoir glissé son bras sous celui d'Ériole, l'ébraillée repentie l'entraîne à s'éloigner au plus vite, tout en disant :

— Ça suffit, les claques en pleine face, c'est-y pas, m'dame ? Je compatis tout plein avec vous. Moi itou, je suis à la veille de m'enfouir la tête dans la neige...

Penaud, Gilbert suit derrière. Faisant halte, Caroline se tourne à demi pour lui lancer un brin secquement :

— Tu peux rester. Tu viendras nous informer. Je m'occupe de ta tante. Envoye, décanille !

Saisi par l'admonestation, le jeune homme pile net et regarde les deux femmes s'éloigner, bien accrochées l'une à l'autre. Enfin, mû par son courroux, il retourne se fondre parmi la foule qui accompagne la tête du formidable corps. Ériole et Caroline préfèrent rester plongées dans l'ignorance? À leur guise, mais pas lui! Après une bonne marche, il tourne la tête et reste saisi par le contraste, d'une singulière beauté, entre la colonne étincelante de couleurs variées et la neige d'une blancheur immaculée. Ainsi, la troupe semble décuplée, alignant trompeusement des dizaines de milliers de *regulars*!

La queue du cortège se met en route deux bonnes heures après la tête, car aux troupes réglées se sont joints les *volunteers* de la compagnie des Carabiniers, ainsi qu'une ahurissante filée d'attelages à patins sous la gouverne de la Royal Artillery. L'arsenal charrié donne le tournis: six canons sur roues tirés chacun par un cheval, ainsi qu'une quantité énorme de poudre, de boulets et de tout le matériel indispensable pour prendre d'assaut une place forte.

Gilbert apprend que les artilleurs transportent même de l'équipement jugé controversé: des fusées dites à la Congreve, ou *rockets* dans le jargon britannique. Propulsés depuis une rampe de lancement, ces projectiles bourrés d'explosif ont une portée deux fois plus grande que les boulets, c'est-à-dire plus d'un mille, mais ils sont beaucoup moins précis. De quoi donner des sueurs froides aux habitants de là-bas.

Peu après le mitan du jour, le commandant Colborne fait sensation en se mettant en route à cheval, entouré par ses deux fils, qui font office d'aides de camp, plusieurs membres de son état-major et un corps nombreux de la Volunteer Cavalry. Le chef des forces armées britanniques lui-même en campagne, comme aux beaux jours des guerres napoléoniennes en Europe? Plus tard, Gilbert se retrouve dans l'atelier de *La Quotidienne*, en train de composer au moyen des caractères de plomb ce que François Lemaître a écrit à toute vitesse: *Nous supposons bien que de tels appareils ne sont point faites sans être bien informés des forces des rebelles, et que tant de précautions ne seraient pas prises si le nombre des habitants que l'on se prépare à combattre n'était considérable.* Termes mesurés qui sont la plus belle litote que Gilbert ait jamais vue!

Relisant le long paragraphe, le typographe en herbe grimace en apercevant une erreur: «tels appareils» au lieu de «telles préparations». Le métier est dix fois plus ardu que celui d'instituteur! La faute restera là. Son patron fait composer le papier-nouvelles au fur et à mesure pendant les jours qui précèdent l'impression, et le temps leur est chèrement compté. Le cinquième numéro de *La Quotidienne* a été imprimé hier pour être vendu ce matin, et le sixième ne mettra guère longtemps à sortir, vu les péripéties qui s'entrechoquent les unes aux autres.

Gilbert se pardonne d'être distrait. À plusieurs reprises, François a dérangé son apprenti dans son travail pour partager sa fureur. Le propriétaire de la gazette patriote s'échauffe rarement, mais quand il le fait, l'éclat est impressionnant. C'est qu'une quantité appréciable de civils se sont amarrés aux basques du corps expéditionnaire afin d'assister au spectacle et, vraisemblablement, d'en profiter à l'excès.

— Des voyeurs, des furibonds possédés du démon !

Une voix féminine interrompt François :

— Le Dr Nelson est capturé !

Ahuri, il se tourne vers la gentille fille d'auberge qui vient de garrocher la phrase au travers de l'huis entrouvert de l'office. Gilbert relève d'une voix forte :

— Lequel ? Robert ?

— Non point. Celui de Saint-Denis. On lui a mis le grappin dessus !

Séance tenante, François se bougrine pour aller aux nouvelles. Gilbert se meurt de partir avec lui, mais l'ouvrage abonde et, de surcroît, son patron est mieux placé que lui pour s'informer.

L'heure qui s'écoule paraît un siècle au jeune homme. Enfin, François resurgit, le casque de fourrure de travers. Hors d'haleine, il confirme :

— En même temps que deux hommes qui le guidaient vers la frontière... Wolfred Nelson a été mis derrière les barreaux... du Pied-du-Courant. Un groupe d'hommes de la Pointe-Claire, y compris le franc patriote Dr Valois, l'y suit de près.

Combattant une amère déception, Gilbert n'écoute plus. Le héros de son village natal n'aurait pas dû se faire arraisonner bêtement de même. Il comptait sur lui pour diriger la résistance depuis l'autre côté de la ligne du 45 ! De fort méchante humeur, François met la clef sous la porte et Gilbert se précipite chez lui pour s'encabaner. L'absence de Caroline le navre. Il aurait voulu non seulement s'assurer qu'elle ne lui tient pas rigueur pour ce matin, mais aussi bavarder avec elle.

Au mitan de la nuit, Gilbert se tire d'un sommeil houleux ; il a l'impression de se retrouver en 1834, pendant les violences de l'élection générale, alors qu'une horde de *bullies* excités, biceps saillants et bâtons aux mains, semait l'effroi. Il se met à l'écoute. Il n'a pas rêvé : des bruits de pas et des éclats de voix parlant anglais se font entendre à l'extérieur. Il perçoit même la cloche d'alarme ! Son tinton, rendu discret par la distance, frappe Gilbert de plein fouet.

Prévoyant le pire, le jeune homme saute du lit pour aller vérifier les barrures. Qu'Ériole ne se réveille pas, c'est un vrai miracle ! En bas, il tombe sur Caroline, en train de se débougriner. Fort animée, elle raconte qu'elle a dû se résoudre à raser les murs et à rentrer par la porte arrière, celle de la cuisine d'été.

— Des piquets ratissent les rues pis les entrées de la vieille cité ont été barricadées. Par chance, j'avais pas à y passer pour revenir par icitte !

Elle récapitule les récents événements. En soirée, un cavalier est arrivé en ville au galop. L'homme a forcé le passage à la porte Ouest de la ville, à proximité de la brasserie Dow. Si aucune des quatre sentinelles ne lui a tiré dessus, c'est qu'elles avaient reconnu son casque en peau de castor, emblématique du Lachine Cavalry. À un train d'enfer, le survenant a parcouru la vieille rue Saint-Joseph, puis Notre-Dame, semant sur son passage la terreur chez les habitants endormis. Enfin, il a fait halte devant le corps de garde de la Maison d'audience pour livrer son message. Sa monture et lui étaient au bord de la syncope. Il avait parcouru huit milles en une demi-heure !

Gilbert ouvre de grands yeux.

— Pourquoi une telle hâte ?

— Paraît que les *volunteers* de Lachine anticipaient une attaque en provenance de Saint-Eustache pour voler un millier de fusils entreposés chez eux. L'armement se trouvait là, en attente d'être charroyé vers le comté de Beauharnois.

Brusquement, Caroline lève le doigt :

— Écoute !

Un lointain cri de ralliement leur parvient :

— *To arms! The rebels are at hand! Every man to his post!*

Gilbert échange un regard entendu avec son amie. Voilà donc la source des cliquetis, des chocs et des fers à cheval, un énervant brouhaha d'hommes se rameutant, tout en lâchant des exclamations parfois d'excitation, parfois de peur. La garnison de Montréal, soit une partie du 24ᵉ régiment et la quasi-entièreté de l'armée auxiliaire, doit se rassembler comme un seul homme afin de protéger la cité. *Double quick!* Au même moment, un bataillon passe à pas redoublés dans la rue Sainte-Marie.

— Le moment est venu, tu crois? Les patriotes profitent de l'éloignement des habits rouges pour enclencher la révolution?

Gilbert reçoit la question de Caroline comme un coup de fouet qui le galvanise. Impulsivement, il saisit la jeune femme à bras le corps et l'étreint en la soulevant de terre. Il lui plaque un baiser sur la joue, puis il la dépose en déclarant à voix basse:

— Tes mots m'enchantent. Me propulsent au septième ciel. Si ça pouvait s'avérer…

Caroline se tortille et il la délivre de l'étau de ses bras. Elle recule d'un pas et dit, fronçant les sourcils:

— Le Champ-de-Mars était couvert de belliqueux. Des milliers. Une partie s'est ébranlée vers Lachine. Les nôtres feront difficilement contrepoids.

Gilbert est terrassé par une incommensurable désillusion. Un poids insupportable qui l'attire vers les entrailles de la Terre… Il frissonne et se détourne, puis se rend au poêle pour y rajouter du bois. Lorsqu'il se redresse, Caroline s'est assise sur une chaise droite près de la table et elle en a placé une autre tout près, pour lui. La désignant, elle lui enjoint de venir s'asseoir.

— Je serais mieux de retourner me coucher, émet-il faiblement.

— Viens t'assire. C'est un ordre.

Gilbert obéit. Dès qu'il a pris place, il sent les mains de son amie se nouer autour de son bras et le presser fortement. Approchant son corps du sien, elle appuie la tête contre son épaule. Elle murmure:

— Je veux te remercier encore de m'abriter. Je suis bien icitte. Tes parentes sont aimables.

— Grand bien t'en fasse. Pis ton travail de barmaid?

— Endurable, mais guère payant. Pas de clients. Pis tu sais quoi? J'ai vu ton Gaspard hier.

— C'est pas mon Gaspard.

— En tout cas, j'ai croisé ce faquin. Y avait la fale basse. Je pense pas que la roulette cliquette.

Égayé, Gilbert renchérit :

— La roulette cliquette au ralenti ?

— Pantoutte, je dirais. La roulette cliquette pas pantoutte.

Elle pouffe de rire, Gilbert l'imite, et bientôt, ils sont aux prises avec un interminable fou rire qu'ils tentent, par divers moyens du plus haut comique, de ne pas rendre trop sonore. Enfin, tous deux s'encalment. Caroline s'essuie les yeux sur l'épaule de Gilbert tandis qu'il se mouche, puis le silence retombe. Après un temps, la jeune femme murmure :

— Pendant une longue escousse, j'ai cru... j'ai cru que plus jamais je serais capable de convoiter un mâle.

Gilbert suspend son respir. Elle est en veine de confidences et pour rien au monde, il ne voudrait l'interrompre.

— C'est pas à cause de toi. Juste à cause des autres, ceux que j'ai dû endurer... Je me sentais souillée. Souillée pour vrai, comme... polluée par en dedans. C'était pas une affaire de péché, comme on a voulu me faire accroire chez les Filles repenties, mais plutôt... Faut que je me pardonne. Je sais pas si tu comprends ? Que je me dise que j'ai fait mon gros possible, dans les circonstances. Que si j'ai faitte des erreurs, c'était de bonne foi.

Caroline pousse un lent soupir, puis elle ajoute :

— C'est en jasant avec les autres filles que ça m'est venu. J'étais indulgente envers elles. Faut bien que je le sois avec moi itou...

Elle s'avance pour embrasser Gilbert doucement sur la joue, puis elle reprend :

— Bonne nuitte. Réveille-moi pas trop tôt, si possible.

— Promis. Je m'ennuie de jaser avec toi. Nos horaires sont mal amanchés.

Pour toute réponse, elle flatte sa joue du doigt, puis elle se lève et s'éloigne. Gilbert ne bouge pas, jonglant avec ses dires. Son amie doit se pardonner à elle-même ? Laver son honneur, en quelque sorte ? Il n'avait jamais pensé à cet aspect de la question. Et pourtant, ça tombe sous le sens. Il en tire un apaisement singulier, comme si sa pensée s'extirpait du bredas des affaires publiques pour se concentrer sur un objet autant intime que fondamental. Dès qu'il pose la tête sur son oreiller, il plonge dans un sommeil sans rêves.

L<small>E</small> <small>BRANLE-BAS</small> <small>DE</small> <small>COMBAT</small> parmi les *volunteers* s'avère un immense coup d'épée dans l'eau. Comme quoi à Lachine, comme à Pointe-Claire où le vent de panique s'est levé en tout premier, on prend des vessies pour des lanternes. Pour ne pas trop faire mauvaise figure, deux hommes ont été arrêtés, ce 14 décembre. L'un est aussitôt libéré sous caution. Quant à l'autre, sujet loyal connu, il en est quitte pour une atteinte à sa dignité.

L'épisode sombre dans l'oubli, car toutes les pensées sont dirigées vers le lac des Deux-Montagnes. L'équipe de *La Quotidienne* guette la parution des gazettes à la solde des autorités, en lien constant avec les forces de l'ordre. Dans un Extraordinaire, *The Herald* annonce, sur la foi d'une lettre express reçue du commandant des forces, que les troupes se sont ébranlées à l'aube : le corps principal prenait la direction des environs de Sainte-Rose, là où la glace avait suffisamment pris, tandis qu'un bataillon de *volunteers* artilleurs galopait vers l'est, du côté sud de la rivière des Mille Isles, pour se rendre en face du village de Saint-Eustache.

Imprimé au mitan de l'après-dînée, ledit *Herald* mentionne que tout juste avant de mettre sous presse, un témoin relatait la présence d'une dense fumée au-dessus du village. À mesure que la nuit tombe, une clameur se répand à travers la ville. Toute position surélevée, même le Champ-de-Mars qui surplombe à peine le faubourg Saint-Laurent, permet d'apercevoir la réverbération de l'incendie en question ! La nuit est glaciale, mais très claire, illuminée par une lune quasiment pleine.

Gilbert va s'insérer dans la file de ses concitoyens qui grimpe le flanc nord-ouest du mont Royal. Raidi de tout son être, il observe la clarté jaune, étonnamment vive, du chef-lieu de la Rivière-du-Chêne en feu. Ses voisins spéculent, le ton nerveux :

— La neige se transforme en mare liquide autour d'un foyer d'incendie, c'est-y pas ?

— Oui, ça décuple la lueur par réflexion de la flambe.

Gilbert refuse obstinément de se dépeindre l'infortune des habitants. Il se persuade qu'ils se seront mis à l'abri des violences, loin dans les concessions. Les femmes, surtout, se cantonneront derrière les portes close, pour échapper aux goujats qui infestent les corps expéditionnaires !

Ce n'est que sur le chemin du retour que Gilbert cède à sa détresse. Il n'a pas le choix : pour réussir à passer au travers, il doit trouver consolation auprès de Caroline. Pour cela, il doit pénétrer dans un nid de vipères. Après avoir descendu la *Main* du faubourg Saint-Laurent, il laisse ses pas dévirer vers La Gauchetière. Il lève la tête vers le panonceau flambant neuf suspendu au-dessus de l'entrée, et qui griche sous la bise. Il mire la façade de la taverne sans vie, puis les alentours désertés, et enfin, il pénètre dans l'établissement d'un seul élan.

Il fige : la salle est quasiment déserte, mais Gaspard s'y trouve, plongé en parlure avec Patrick Cuvillier. Gilbert boit son ancien associé du regard. Les traits de Gaspard sont excessivement rigides, comme s'il luttait avec lui-même pour rester impassible. Il ne reste plus aucune trace de sa grâce d'antan. Gilbert est frappé par tout ce que ladite grâce contenait d'artificiel et d'arrangé. Astheure, Gaspard est un jeune homme prématurément vieilli par les excès. L'harmonie des traits de son visage rond ne compte pour rien à côté de son teint brouillé, de sa bouche au rictus quasi perpétuel, des cernes sous ses yeux, de ses paupières lourdes…

— De la visite rare !

Gilbert tressaille. C'est Pat qui s'est exclamé ainsi, de façon exagérément joviale. Délaissant Gaspard, il approche, les bras largement ouverts.

— Tu reprends enfin tes sens, mon gars ? Tu viens faire amende honorable ?

Une pensée frappe le survenant de plein fouet. Comment côtoyer de telles brutes sans déchoir dans les bas-fonds à ses propres yeux ? Après avoir avalé sa salive pour humidifier sa gorge archi-sèche, Gilbert émet :

— Saint-Eustache brûle. Je viens quérir Caroline.

Désarçonné, Pat reste sans voix, puis il réplique enfin :

— La barmaid ? Elle est dans l'arrière-boutique. Tu lui veux quoi ?

— Laisse-moi t'expliquer…

Gaspard vient de s'interposer. Mielleux, il poursuit, les yeux fixés sur Gilbert, qui tâche de l'ignorer en gardant son regard amarré à celui de Pat :

— Notre ami ci-présent la convoite depuis des lustres. Y s'imagine qu'on peut transmuer une ébraillée en dame du monde.

Ingénu, Pat s'étonne :

— Caroline, une ébraillée ? J'étais pas au courant.

— Elle est repentie pour de bon, précise Gilbert avec un filet de voix. Je te saurais gré d'aller la quérir pour moi.

Pat glisse un regard vers Gaspard, mais comme ce dernier ne réagit pas, il obtempère. Dès qu'il a tourné le dos, Gilbert condescend à mirer son associé dans le blanc des yeux. Sans masquer son prodigieux mépris, Gilbert répète :

— Saint-Eustache brûle. Belle prise d'une valeureuse guerre, c'est-y pas ?

— Étrive-moi pas. J'ai de quoi te mettre à genoux.

— Ta rapine sur mon billard, c'est pas assez pour toi ?

— T'as choisi ton camp. T'en subis les conséquences.

— T'as vu les dégâts par chez nous ? Non, pour le sûr, tu restes cantonné icitte, dans ton cercle de renégats patentés. Essaye d'imaginer ce qui se passe dans le Nord à soir. Toutte ça, c'est à cause de toi pis ta trâlée d'écœurants de Chouayens.

Gaspard disparaît à la vue de son vis-à-vis parce qu'un homme vient de s'interposer entre eux deux. À peine Gilbert a-t-il reconnu Étienne Lavictoire, propriétaire de l'établissement, que ce dernier le saisit par les bras, puis l'oblige à pivoter sur place et à se diriger vers la sortie. Derrière lui, Étienne articule à voix basse :

— Caroline suit. Reste tranquille. On sort. Je veux pas que les convulsionnaires rappliquent pis te tapent dessus. Le saudit Pat est allé les rameuter. C'est de même que ça marche astheure. Y font appel aux cogneurs à tout propos.

Gilbert demande :

— T'es là, Caroline ?

Pour le rassurer, elle répond d'une voix sonore. Tous trois sortent dans la nuit glaciale. Gilbert commence à se tortiller, mais celui qui lui colle aux basques resserre son emprise et son ton se fait menaçant :

— Je te délivre juste si tu m'obéis au doigt et à l'œil. On s'en va chez moi.

— Je m'enfuirai pas, promis.

Étienne laisse retomber les bras. Au même moment, Caroline entoure le torse de Gilbert. Accotant sa tête contre sa poitrine, elle murmure :

— C'est si pire à la Rivière-du-Chêne ?

Étienne force le couple enlacé à se séparer pour qu'il reprenne sa marche. Gilbert répond mécaniquement :

— Le *Courier* de tout à l'heure contenait le rapport d'un homme qui revenait de l'isle Jésus. L'informateur avait conversé avec un autre qui avait quitté Saint-Eustache en fin d'après-dînée. La canonnade a débuté ce midi. Le couvent a brûlé le premier. Un grand nombre d'autres bâtiments ont été contagionnés par les flammes. Les hommes qui restaient dans le camp ont fait des offres de soumission pis de trêve, mais le tyran Colborne les a rejetées en mettant des conditions inacceptables. Pis...

La voix de Gilbert s'altère.

— Je vais dire comme c'était écrit. En anglais. S'cusez mon paroli. *The slaughter of the rebels was tremendous.*

Caroline souffle :

— Un énorme massacre... c'est pas Dieu possible...

Étienne crèche dans une maison à deux étages située à mi-chemin entre Vitré et La Gauchetière, où le commerce d'un tailleur occupe le rez-de-chaussée. Tous trois prennent pied dans un modeste logement qui sent l'abandon. Ce qui fait surgir une réminiscence dans la cervelle de Gilbert : l'avis, dans *La Minerve*, dans lequel Étienne se déclarait non responsable des dettes contractées par son épouse en fuite...

Gilbert scrute enfin, à la lumière des chandelles en train d'être allumées, celui qui a été son ami, mais qui a sauté à pieds joints dans le camp des traîtres. Malgré les cicatrices de petite vérole qui déparent ses traits, Étienne est plaisant à regarder. Ses iris d'un bleu superbe reluisent dans la semi-pénombre. Il retire sa tuque fade, révélant une courte couette blonde, puis il va à une armoire et en tire un autre couvre-chef dont il se coiffe. La célèbre tuque de laine bleue! Ahuri, Gilbert le toise. Après un rire, Étienne déclare :

— Je dors avec. Je l'aime trop. Reste pas de même, débougrine-toi.

Peu après, ils sont assis autour de la table, et leur hôte remplit des gobelets de bière. Il boit quelques gorgées, puis il accroche le regard de Gilbert et articule, détachant soigneusement les mots :

— Y a une affaire qu'y faut que je te dise. Une seule, pis après, je suis obligé de me la fermer. Faut pas te fier aux apparences. Pour conserver ma place au soleil, j'ai pris le parti de m'astreindre aux atermoiements indispensables. Un commerce se gère de proche. Faut que je reste sur place pis que je voie à toutte, y compris la tenue de livres. Autrement, j'ouvre la porte toute grande aux escroqueries. Pour le reste, qui vivra verra. On se comprend ?

Le tavernier insinue qu'il est encore patriote dans l'âme et que, s'il laisse son commerce à l'usage du clan mené par le seigneur Pierre-Dominique Debartzch et le député Sabrevois de Bleury, c'est pour éviter de tout perdre. Gilbert tourne la tête vers Caroline, manifestement déstabilisée, comme lui. Revenant à son interlocuteur, Gilbert réplique froidement :

— Comme tu dis. Qui vivra verra.

— Je te demande pas de me croire sur parole. Je te demande, par contre, de fuir la taverne comme la peste. Sinon, tu vas te faire rentrer dedans comme l'autre fois. Si tu y mets les pieds, c'est que tu fais partie de leur *gang*. Les autres sont impitoyablement chassés. Pis astheure, Caroline, tu vas quitter mon service. Y vont se méfier de toi.

Gilbert réagit en faisant une grimace de désarroi.

— S'cuse-moi. S'cusez-moi touttes les deux. Je me mets les pieds dans les plats pis je vous entraîne avec… Fallait que je te voie, Caroline. J'avais besoin de ton aide pour passer au travers de… de…

— D'un moment abominable, conclut Étienne à sa place. T'as rien à te faire pardonner. Juste d'être normalement constitué. Ça me fait du bien. À force de me tenir avec des forcenés insensibles aux atrocités, ça finit par déteindre sur moi. Sur ce…

Il vide le fond de son gobelet, puis il se dresse sur ses jambes.

— Faut que j'y retourne. Pouvez rester icitte autant que vous voulez. Sortez par-derrière, la porte se barre toute seule.

De sa main, Étienne serre vigoureusement l'avant-bras de Gilbert, qui met de côté toute considération pour lui rendre la pareille. Le tavernier lâche :

— Tu connais mon repaire désormais, pis je te veux aucun mal, au contraire. Garde ça en mémoire.

Il se rebougrine hâtivement, puis il sort, claquant la porte derrière lui. Il descend l'escalier. Caroline dit :

— Je suis pas marrie pantoutte de rendre mon tablier. Ça jouait trop dur. Y auraient fini par savoir ce qu'on est l'un pour l'autre.

À vrai dire… j'escomptais un peu que ta tante, elle me reprenne à son atelier de matelas.

Gilbert lui glisse un regard étonné.

— Tu m'en apprends une bonne. Moi qui croyais que tu voulais plus jamais y mettre les pieds!

— C'est ça que ça prend, des fois. Aller voir ailleurs, pis se rendre compte que c'était pas si pire à la première place.

Soudain, Gilbert est frappé par l'existence cloisonnée de son ancienne flamme. Lui-même ne pourrait jamais, en tant que mâle, accepter que sa propre liberté soit si restreinte, si circonscrite. Comme si Caroline était prédestinée, de par son sexe, à passer d'un cloître à l'autre, au moyen d'une roue tournant sans fin : l'atelier de matelas, la maison déréglée, la salle d'auberge, avec un saut à l'asile des Filles repenties, et puis retour à la case départ… Il souligne enfin :

— La fabrication de matelas, ça te convient guère. Mais la supervision d'atelier… ou même la comptabilité… tu commences à te débrouiller avec les chiffres, me semble?

Les joues de Caroline rosissent un brin.

— Tu crois que je pourrais?

— Je vais voir avec ma tante. Peut-être que ta présence suffirait pour la convaincre de garder son commerce ouvert. Elle songe sérieusement à fermer. La fatigue, le moral à terre… Mais si tu la secondes, ça pourrait changer la donne.

Le sourire fendu jusqu'aux oreilles, Caroline vient prendre la main de Gilbert et la serre fortement. Il murmure, la considérant avec tendresse :

— T'avais raison. Comme tu m'as dit l'autre fois, je perds mes moyens pardevant la mauvaiseté. Sans toi pour m'induquer pis me servir d'ange gardien, je ferais dur en masse.

— J'ai pas le goût pantoutte d'être comme ta sœur.

Ne pouvant en croire ses oreilles, Gilbert contemple la jeune femme avec un mélange d'incrédulité et de stupéfaction. Sans crier gare, elle se lève et lui tend la main pour le forcer à se lever. Le mirant avec une sorte de férocité, elle le pousse contre le mur, puis elle s'accote sur lui de tout son long, et enfin, elle glisse les mains jusqu'à ses fesses, dans lesquelles elle plante ses doigts. En même temps, elle pose ses lèvres sur celles de Gilbert, les mordillant tout d'abord, les léchant ensuite, et enfin, explorant sans aucune retenue sa bouche avec sa langue.

Tout aussi brusquement, elle rompt le contact. Le regardant dans le blanc des yeux, elle dit :

— Ça m'est revenu. L'appétence pour toi. Même hier, j'étais pas parée, mais astheure…

Gilbert est appâté jusqu'à la limite du supportable, comme lorsque sa concupiscence atteignait des sommets douloureux. Quasiment chaque soir, dans sa chambre, il était obligé, s'il voulait trouver un semblant de repos, de jouer du poignet. Sauf qu'un autre sentiment tout-puissant croît au même rythme que son désir. Il est littéralement déchiré en deux par un refus obstiné qui s'ancre dans sa peur viscérale d'être encore le dindon de la farce, d'être malmené par la créature imprévisible qui se tient, frissonnante, entre ses bras.

Certes, Caroline n'est plus une ébraillée au cœur sec, mais une malade en rémission. Son repentir est-il sincère? Sera-t-il durable? Malgré sa bonne volonté, ne restera-t-elle pas marquée au fer rouge pour le restant de ses jours? Gilbert refuse de retomber dans l'abîme de sa convoitise d'antan. Tout, plutôt que de se retrouver à lutter contre une inclination que Caroline aurait brièvement nourrie! Et pourtant, comme il jouirait de la baiser, comme il s'ennuie d'avance de sa chaleur amoureuse et de la consolation qu'il aurait pu y puiser…

Pendant un moment, il jongle avec l'idée de jouir d'elle tout son saoul, ne serait-ce qu'une seule fois. La tentation le submerge au point que ses bras amorcent le mouvement d'aller saisir Caroline à bras-le-corps. Mais s'il agissait ainsi, il ne pourrait se défaire du sentiment d'appartenir à la large confrérie de ses anciens clients, un sentiment détestable contre lequel il a dû se battre longtemps. Gilbert a beau chercher une issue satisfaisante pour lui comme pour Caroline, il fait face à un ahurissant cul-de-sac. Sa réticence viscérale en forme de sauve-qui-peut jugule son désir, ce qui n'est pas peu dire.

Avec l'impression de commettre un sacrilège, il détourne le regard et repousse la jeune femme. Il s'écarte du mur de quelques pas, puis il s'octroie une pause, et enfin, il se retourne pour faire face à Caroline. La vue du visage défait de celle qui a été sa dulcinée, où des larmes perlent à ses yeux, lui donne un sacré choc.

Nouant les mains derrière son dos, il inspire profondément pour se donner du courage, puis il souffle :

— Je peux pas. C'est plus fort que moi : je peux pas. T'as pas idée, Caroline, de la misère que j'ai eue à me priver de toi.

— Tu m'as déjà conté, réplique-t-elle avec dureté. Donne-toi pas cette peine.

— J'ai frôlé le précipice trop longtemps. Pis là, astheure, je suis pas capable de l'approcher.

Elle soutient son regard un long moment. Brusquement, elle fait un pas de côté et elle assèche ses pleurs du revers de sa manche. Lui jetant une œillade de défi, elle déclare farouchement :

— Tu devrais me faire confiance. Tu vas t'en repentir.

Mû par un accès de colère, Gilbert franchit la distance qui les sépare et saisit Caroline par le poignet, qu'il serre fortement.

— Les menaces pis le chantage, c'est interdit entre nous. Si c'est de même que tu marches astheure, t'es mieux de sacrer ton camp, pis de plus jamais te retrouver en travers de mon chemin.

Estomaquée, elle reste clouée sur place. Impérieux, il accroît la pression sur son poignet :

— Faut que j'obéisse comme un chien battu quand tu me repousses, pis que j'obéisse comme un chien trop bien dressé quand tu me veux ?

— C'est pas ça…

— Je sais. Je voulais te faire assavoir que moi itou, je peux jouer à la vierge offensée, pis que ça sert à rien, sinon à faire mal à l'autre.

Il lâche son bras et, moins âprement, il ajoute :

— Je t'ai ouvert ma maison. C'est parce que je te fais totalement confiance.

— Correct. S'cuse-moi.

— Laisse-moi parler pis écoute-moi bien. Pour m'arracher à toi, j'ai fait un pas de géant par en arrière. C'est un mal pour un bien, parce que d'une certaine manière, j'y ai gagné au change. Je suis revenu vers toi par un autre chemin pis t'es devenue ma plus chère amie. Du moins, c'est mon sentiment. Je me trompe ?

Elle secoue la tête. Il poursuit :

— Y a deux mois… même pas, juste un mois et demi, alors que les fanatiques boutaient le feu aux étoupes dans les rues de

Montréal… j'ai cru avoir ta permission pour te lutiner, pis tu m'as repoussé. Ça m'a pas empêché de te conserver toute mon estime.

En posant un regard franc sur Gilbert, elle dit :

— Pis c'est pareil pour moi. S'cuse-moi encore.

— Là, on s'en va chez nous, parce que je suis diablement fatigué. On va marcher ensemble comme les meilleurs amis du monde. On s'entend ?

— Oui. J'ai saisi la leçon. Arrête de déblatérer comme un maître d'école.

Un brin moqueuse, la remarque tire à Gilbert l'esquisse d'un sourire. Ravie de l'avoir déridé, Caroline va à lui et se hausse pour l'embrasser délicatement sur la joue. Tous deux, se faisant dos, entreprennent de se bougriner en vue d'affronter l'épaisse nuit de décembre, une nuit déchirée vers l'ouest, comme ils s'en souviennent trop bien, par une lueur d'enfer, celle du brasier en train de ravager le riant village de Saint-Eustache.

8

Quelques heures plus tard, la confirmation par l'état-major de la destruction du village de Saint-Eustache, est relayée par *The Herald*. Au bord de la rivière des Mille Isles, le manoir seigneurial et l'ensemble conventuel ont été réduits en cendres. Ensuite, les flammes ont remonté la rivière du Chêne, ravageant un voisinage abritant une vile populace, comme l'écrit *The Montreal Gazette* avec son mépris ordinaire — *rebels of the lower order*. Ce papier-nouvelles dresse une liste terrifiante, incroyablement précise, d'une soixantaine de propriétés rayées de la carte. Celles de Dorion, de Lauzon, de Masson, de Danis, de Robillard, de Spénard...

Au mitan du jour, une lueur d'incendie s'élève depuis Saint-Benoît, là où le corps expéditionnaire en provenance de Carillon devait se joindre à celui qui était en route depuis Saint-Martin. Certes, la destruction des propriétés des chefs de la résistance, en particulier celle du notaire Jean-Joseph Girouard, était écrite dans le ciel. Sauf que Gilbert est pris aux tripes par un terrible pressentiment. Les vœux des convulsionnaires ont-ils été exaucés au-delà de leurs espérances ?

Les gazettes à la solde des autorités prétendaient qu'au Grand-Brûlé, le roide commandant en chef n'affronterait point *quelques rebelles retranchés en rase campagne ou s'éparpillant en bandes dans différentes directions*, comme dans la rivière Chambly, mais un groupe nombreux fortifié par les difficultés naturelles du terrain. On décrivait une formidable légion de rebelles, armés de pied en cap. En vérité, les prophètes de malheur délivraient aux ennemis des patriotes, ces Écossais fanatiques du nord du comté, un passeport bardé de tampons. Un passeport autorisant les violences, les appropriations et le saccage.

Sir John Colborne et sa garde rapprochée font leur entrée dans la cité le lendemain matin, 16 décembre 1837. Dans leur sillage, notamment grâce au *Morning Courier*, une effrayante nouvelle se répand comme une traînée de poudre. Hier matin, des feux ont été délibérément allumés dans bon nombre de bâtiments — *a number of the principal buildings were fired*. En très peu de temps, le village au grand complet était la proie des flammes. Une destruction totale.

À n'en pas douter, le corps expéditionnaire a reçu carte blanche. Les guerres sont toujours le théâtre de tels débordements, que les autorités font mine de déplorer par la suite. Une règle barbare, non écrite, mais universellement connue. Brutaliser, piller et dépouiller les vaincus, dont des femmes, des enfants et des personnes âgées qui s'étaient cru en sûreté. Pour couronner l'ouvrage de guerre, détruire de fond en comble, ne serait-ce que pour effacer les preuves des outrages. Gilbert se battrait. Dire que du haut du mont Royal, alors qu'il mirait l'incendie de Saint-Eustache, il se figurait que l'autorité militaire finirait par entendre raison! Au contraire, depuis des mois, Colborne peaufine une campagne militaire digne d'un couillon, digne d'un exalté sectaire.

— Un voyage éclair à Saint-Eustache, mon gars, ça te dirait?

Ne pouvant en croire ses oreilles, Gilbert se tire de son éprouvante songerie. L'éditeur de *La Quotidienne* lui fait bel et bien ladite proposition. Mettre le pied dans un village dévasté et en ruine? Gilbert n'avait pas prévu se transmuer en nouvelliste de guerre. Sa visite à Saint-Charles lui suffit amplement... En même temps, seul un niaiseux patenté raterait une telle occasion. Voilà pourquoi, en fin de journée, Gilbert se retrouve dans la calèche à patins la plus rapide que François Lemaître a pu dégoter.

Ils évitent soigneusement la route suivie par le corps expéditionnaire, c'est-à-dire le chemin de la poste: une ligne quasi droite depuis la cité jusqu'à la rivière qui sépare l'isle de Montréal de l'isle Jésus, puis la traversée à L'Abord-à-Plouffe, et enfin, le chemin royal de Saint-Martin jusqu'au village du même nom, là où le quartier général de l'armée britannique avait été établi. Gilbert et son patron empruntent plutôt, vers l'ouest, la côte des Neiges jusqu'à la côte de Vertu, puis le chemin public qui longe la rivière des Prairies.

Grâce à l'intense lueur de la pleine lune, ils pourraient quasiment filer jusqu'au but de leur voyage, mais François fait halte à l'endroit où commence le chemin qui leur permettra, demain à la barre du jour, d'emprunter le pont de glace à proximité d'un chapelet d'isles dont la plus grande est l'isle Bizard. C'est à une lointaine connaissance, un simple agriculteur du coin du nom d'Arsène Tougas, que l'éditeur de *La Quotidienne* demande le gîte pour la nuit, moyennant une rétribution de quelques piastres.

Manifestement honorés de la visite, les membres de la famille nombreuse — le grand-père veuf, l'épouse et sa trâlée — se fendent en quatre pour plaire aux survenants. Gilbert et son patron ont droit à un fricot confortatif, et la parlure dérive immanquablement vers le comté du Lac-des-Deux-Montagnes. Le maître des lieux tente de tirer les vers du nez de François. S'en va-t-il, oui ou non, enquêter sur les massacres et les saccages? À la fin, François est bien obligé d'acquiescer. L'aveu cause un changement radical d'atmosphère, qui se charge d'un mélange de désarroi et de colère.

Comme si une digue cédait brusquement, les commentaires se mettent à fuser au sujet de Saint-Eustache. À défaut de prendre des notes, ce qu'il fera tout à l'heure pour ne rien oublier, Gilbert s'oblige à demeurer concentré de façon exemplaire. Le grand-père part le bal en retirant sa pipe de sa bouche, puis en déclarant avec une telle force qu'il est parfaitement compréhensible, malgré sa bouche édentée :

— Tu parles d'une manière retorse de faire la guerre! Ça m'étonne pas que nos gens soient battus à plate couture. Y vient un tas de monde terrible qui se braque à un quart de lieue du village pour bombarder l'église, les maisons et bouter le feu à la grandeur, avec un paquet de canons abominables!

— Tandis que nos gens, poursuit Mme Tougas, y avaient juste une poignée de méchants fusils chargés avec du plomb trop petit pour tuer tenseulement une dinde. Fait que c'était comme un coup d'épée dans l'eau.

— J'en ai vu des batailles du temps que j'étais jeune, reprend l'aïeul, mais c'était pas conduit comme astheure, on se battait franchement, pis ceux qui gagnaient avaient pas honte d'avouer qu'y s'étaient mis dix contre un pis qu'y avaient battu des hommes privés de moyens de défense!

— Moi, j'ai passé un sacré boutte de temps à espionner, déclare un garçon d'une douzaine d'années.

Son père passe une main affectueuse dans sa chevelure avant de lui dire, en lui faisant un clin d'œil :

— Sans vous autres, les imberbes, on ferait dur en masse. Z'êtes nos yeux pis nos oreilles !

François s'adresse au garçon, prénommé Jean-Jean :

— Conte-moi ce que t'as vu. Ça m'intéresse prodigieusement. Pis commence par le commencement. Le camp armé, par exemple, y avait l'air de quoi ?

— Je l'ai pas vu personnellement passeque c'est quand même à une couple d'heures de cheval, pis sa mère, elle voulait pas que j'aille jusque-là. Sauf que j'ai ouï-dire en masse. Y avait pas de retranchements ni de fortifications, c'était juste que les hommes traqués avaient investi des propriétés pour s'y retrancher. Le couvent vide pour commencer, pis les résidences des seigneurs…

— Le manoir Dumont, précise Arsène Tougas, pis celui du seigneur Laviolette. Pis une couple d'autres maisons, c'est-y pas, mon gars ? Le notaire Globensky pis son frère Hubert, le marchand.

— Celle du notaire Bellefeuille itou. Du Dr Bowie. Les magasins de m'sieur Mitchell pis de m'sieur Gentle ont été visités…

— Leurs propriétaires s'étaient enfuis à Montréal ?

Hochant la tête, le jeune narrateur ajoute :

— On y a volé des provisions pis du matériel, c'est toutte.

Sa mère intervient de nouveau pour dire :

— Y leur était rien arrivé pantoutte, à ces belles propriétés, quand les patriotes ont fui le village à l'arrivée des troupes. Juste leurs victuailles mangées pis leurs boissons bues.

— Si je comprends bien, reprend François, les hommes du camp de Saint-Eustache ont été pris par surprise ?

— Comme nous autres. On savait que le commandant en chef…

— Un brûlot, déclare le grand-père. Un saudit brûlot !

Gilbert ne peut retenir un sourire. L'association d'idées est percutante, et il se promet de la retenir. Dans l'art de la guerre, un brûlot est un navire bourré de combustibles afin d'incendier d'autres bâtiments, ceux du camp ennemi ; mais le mot désigne également la mouche dont la piqûre cause une sensation de brûlure et qui infeste les contrées nordiques. Qualifier Colborne de brûlot, c'est une insulte royale pleinement méritée!

Mme Tougas enchaîne d'une voix surexcitée:

— Ce faquin de commandant en chef, y transportait avec lui une potence afin de pendre quiconque lui opposerait la plus infime résistance!

Gilbert tourne un regard stupéfait vers son patron.

— C'est vrai?

— Je l'ai pas vue moi-même, mais la rumeur courait à Montréal itou. Ce qui est prouvable, par contre, c'est que mister Colborne, y disait à tout venant qu'y ferait fesser les fuyards se trouvant en travers de son chemin. La légende veut qu'y transportait un coffre avec trois douzaines de fouettes à neuf queues.

Après un temps, Arsène Tougas se lance dans une relation que tous, même sa fillette de cinq ans, écoutent avec avidité. Il était notoire que les militaires avaient installé leur quartier général dans le village de Saint-Martin, sur l'isle Jésus, et que l'endroit se garnissait de troupes. Mais jusqu'à ce que le gigantissime corps expéditionnaire s'ébranle depuis les cantonnements de Montréal, nul n'aurait pu prévoir un tel retournement de situation. Les réfugiés à Saint-Eustache croyaient avoir le temps de fuir à l'approche d'une force semblable à celles qui avaient été envoyées dans la rivière Chambly.

Le maître des lieux reprend son respir, puis il avale une gorgée du breuvage dans un gobelet posé sur la table, avant de reprendre le fil de son récit. Pendant la nuit du 13 au 14 décembre, nul factionnaire ou messager n'est venu avertir les patriotes retranchés à Saint-Eustache du danger qui les menaçait. Gilbert échange un regard entendu avec son patron: ce seul fait détruit toutes les faussetés répandues sur l'amplitude de l'organisation des insurgés. Au matin, selon M. Tougas, les *volunteers* ont été entraperçus sur la pointe d'en face dudit village, de l'autre côté de la rivière. Déjà, depuis des jours, des cavaliers et des fantassins occupaient l'endroit, au nord-ouest de l'isle Jésus.

Le narrateur pousse un interminable soupir, avant de poursuivre:

— Les tuques bleues de Saint-Eustache se sont contentées d'envoyer un courrier à cheval sur la Grande-Côte.

Constatant la perplexité de Gilbert, Jean-Jean précise, s'aidant d'amples gestes :

— Le chemin qui longe le côté nord de la rivière des Prairies.

— C'est lui qui a vu la route couverte, sur des milles de distance, par le corps d'armée du brûlot Colborne, pis qui est revenu à bride abattue pour sonner l'alarme. Y pouvait guère se trouver plus d'un millier de combattants au village à ce moment-là…

— Mais pour le sûr, conclut le grand-père, la majeure partie a pris ses jambes à son cou. On en a vu passer une trâlée icitte. Les yeux exorbités comme s'y avaient vu le démon en personne !

Sa belle-fille prend la parole à son tour :

— Pis là, le sapré Henry Mount s'est mis en action. Vous le connaissez pas, vous autres. Un furibond qui crèche à Sainte-Anne, pas très loin d'icitte. Y a rameuté ses damnés Volontaires qui ont mis la main au collet d'un ou deux fuyards. Des prises agrémentées d'une huitaine de tuques bleues. À l'heure où on se parle, sont en prison en ville.

— C'est eux autres que vous avez vus tout à l'heure en ville, patron ?

François acquiesce. Gilbert se permet d'ironiser :

— Par après, les gazettes se gargariseront de l'exploit héroïque de mister Mount. On connaît la chanson.

Reprenant le crachoir, Arsène Tougas affirme que seul le Dr Chénier, parmi les tuques bleues sous mandat d'arrestation pour haute trahison, a eu la témérité de rester au camp de Saint-Eustache. Au mieux, 200 hommes sont restés à ses côtés. Dès que l'avant-garde de l'armée s'est trouvée suffisamment proche, les artilleurs ont déployé leur appareillage. Les roquettes ont fendu l'air, puis les boulets de canon pareillement, ouvrant la voie à l'infanterie et aux mitrailleurs qui suivaient. Encerclés au nord par l'armée déployée, et au sud par des centaines de *volunteers* sur la glace, le Dr Chénier et ses braves camarades ont pris refuge dans le couvent et le presbytère, pour finalement se cantonner dans l'église.

Un pesant silence s'ensuit, car leur hôte est trop ému pour continuer sa relation. Le grand-père prend la relève d'une voix qui tremblote :

— Le commandant en chef, le saudit brûlot, avait décidé que les flammes les chasseraient, pis qu'après, ses tirailleurs les abattraient.

Parce que ça s'est passé de même. Les pauvres sortaient, mais du moment qu'y se montraient, une décharge les fauchait. Paraît que des machines rouges moins inhumaines que les autres auraient voulu en sauver une couple. Sauf que les autres soudards auraient pas barguigné à leur enfiler une balle ou une baïonnette à travers le corps, tant y étaient déterminés à enlever la vie aux rebelles.

Mme Tougas s'est mise à sangloter. À sa vue, les plus jeunes de ses enfants l'imitent. Les hommes ont les yeux rougis et humides, comme Gilbert qui ne se gêne pas pour se tamponner avec son mouchoir. Se redressant, François adresse un maigre sourire aux membres de la tablée, puis il profère d'une voix rauque :

— Les autorités feront accroire que le brûlot a tenté de parlementer. Qu'y a fait savoir aux rebelles qu'y pourraient avoir la vie sauve en se rendant pis en livrant leurs chefs. Que ses émissaires ont reçu un tir nourri pour toute réponse.

— Pas créyable pantoutte! s'exclame le grand-père.

— Je suis d'accord, vu le déroulement des événements. Colborne a juste pas perdu son temps en palabres.

— Pareil pour Wetherall à Saint-Charles, confirme Gilbert. Y fait courir la fable qu'un porteur de message a été envoyé. Sauf qu'y lui a même pas laissé le temps de remplir sa mission avant de donner l'ordre du massacre!

L'adolescent se jette subitement dans la mêlée :

— Même que le saudit brûlot, y a ignoré les supplications de cessez-le-feu! C'est de même, toutte le monde le sait!

— Y voulait que les chefs lui soient livrés sur un plateau d'argent, précise son père. Sauf que ceux qui restaient ont pas voulu trahir le Dr Chénier. C'est la moindre des choses, me semble? Un chef de guerre peut comprendre, me semble?

Frappé par la détresse croissante du maître des lieux, François fait un geste d'apaisement. Un silence s'ensuit, au cours duquel Gilbert sent son cœur battre la chamade, comme trop souvent par les temps qui courent. François inspire profondément, puis il souffle :

— Je pense que les *Britons*, y nous considèrent comme une sous-race. Comme des esclaves qu'on peut écraser, à moins qu'y obéissent au doigt et à l'œil. Sur ce...

Il se lève et esquisse un salut cérémonial en direction de leur hôte et de son épouse.

— Je vous souhaite la bonne nuit, messieurs-dames. Mon ami et moi, on devra se tirer du litte avant le chant du coq. Un gros merci pour votre accueil pis vos informations. Je vais en tirer le meilleur parti possible.

Le jour suivant, la noirceur est à peine trouée par l'aube naissante lorsque la calèche à patins dans laquelle Gilbert et son patron sont assis descend sur le pont de glace qui réunit l'isle de Montréal à l'isle Jésus. Le jeune homme se dit qu'il aurait été plus sage d'attendre une plus vive lumière du jour avant de se mettre en chemin, car des obstacles inopinés peuvent toujours se présenter au cours de la traversée d'un chenal. Par contre, comme il fait un froid de canard depuis une douzaine de jours, la glace est solide à souhait.

Bientôt, au chaud sous la couverte de fourrure, Gilbert regarde la contrée défiler. Au bout d'un certain temps, certainement moins de deux heures, François fait arrêter l'attelage au bord de la rivière des Mille Isles, sur une pointe de terre qui s'y avance. Là se trouve le débarcadère de la traverse, pendant la belle saison. En face, au confluent de la petite rivière du Chêne, apparaît les ruines de Saint-Eustache, d'où s'élèvent des volutes de boucane.

Gilbert enregistre les détails du panorama fantomatique, aux allures de vision irréelle. L'église n'est plus qu'une carcasse de pierres sans toit, et son clocher, de l'autre côté du corps principal, ne semble plus qu'une tour brinquebalante. Du modeste couvent qui flanque la droite du temple, Gilbert ne voit qu'un mur tenant debout par miracle. L'imposant manoir du seigneur Dumont, encore plus à droite, est lui aussi un squelette de maçonnerie. Immédiatement, Gilbert apprécie sa valeur en tant que château-fort. Une position qui domine la rivière, un rez-de-chaussée très haut surmonté de deux étages, moult fenêtres sur toutes les faces…

À gauche de l'église, de l'autre côté de l'embouchure de la rivière du Chêne, se trouvent les ruines d'une vaste demeure. Après un temps, François articule :

— La maison du Dr Chénier. J'y suis venu une fois, y a plusieurs années. Pour le sûr, son épouse pis ses enfants s'étaient réfugiés ailleurs.

Sa voix meurt, et Gilbert évoque la personne de Jean-Olivier Chénier, patriote mû par un tel idéal qu'il n'a pu se résoudre à laisser la mécanique de l'oppression le broyer. Le *Herald* a annoncé la destruction de sa propriété ; *L'Ami du peuple*, que le pauvre a trouvé la mort dans le cimetière, nouvelle qui reste à confirmer. François tend le bras vers le pont de glace de la rivière des Mille Isles, un peu à leur droite. Il est bordé de sapins coupés, comme à l'habitude. En faisant la moue, l'imprimeur de *La Quotidienne* dit :

— On pourrait aller par là, mais je préfère aller par là.

Et son bras revient vers la gauche pour pointer l'échancrure de la rivière du Chêne. Il n'y aura aucun danger, comme le prouvent les nombreuses traces de pas ou de patins qui parsèment l'étendue de glace. C'est à pied, tenant le cheval par la bride, que les survenants traversent. En plein milieu, ils croisent un attelage à patins venant en sens inverse. La boîte de la berline déborde d'objets divers que retient une bâche hâtivement installée. Gilbert sent son cœur se serrer. Comme sur la rivière Chambly, les pillards sont à l'œuvre.

Dès que l'attelage est suffisamment loin, François dit entre ses dents :

— T'as reconnu le conducteur ?

— Non point… C'était qui ?

— Un Montréaliste. Un de ces *amateurs* qui suivaient le corps d'armée, comme écrivaient si plaisamment les gazettes salariées. Comme si y allaient mirer une course de chevaux ou une régate en rivière ! Je te gage que c'est son deuxième voyage, à ce faquin. Je te gage qu'y est en train de redécorer l'intérieur de son foyer.

François se tait, pilant net. Ses yeux se sont écarquillés, et Gilbert suit la direction de son regard, rivé à un point au pied de l'écore. Il sent ses entrailles se tordre. Ce qu'il avait pris pour un billot de bois est le cadavre d'un homme grotesquement contorsionné. Gilbert est obligé de détourner la vue. À sa grande surprise, lui qui s'en venait mécréant ne peut faire autrement que de marmonner une ancienne patenôtre pour recommander l'âme du défunt au Créateur.

François, lui, va s'accroupir près de la dépouille. Il informe son adjoint que le mort n'était pas tout jeune, et qu'à première vue, il a été non seulement mitraillé, mais criblé de coups de baïonnette. Enfin, il se relève et pivote lentement sur lui-même pour jeter un large regard circulaire sur les alentours. Son visage s'altère brin par brin. Il souffle :

— Y en a d'autres. Des morts sans vêture. Là, pis là…

Gilbert se résout à suivre la direction de la main levée de François. Éparpillés sur la vaste étendue de glace, une huitaine de masses informes. Le propriétaire de *La Quotidienne* dénombre les cadavres ; à une ou deux reprises, il va même se pencher au-dessus d'eux. Le timbre éraillé, il dit à l'intention de Gilbert :

— Une dizaine. Sans compter ceux qui sont cachés dans le bois. Ça me dépasse. Les écumeurs les ont déshabillés une fois morts ! Spoliés même de leurs sous-vêtements ! J'en reviens pas...

Enfin, les deux hommes guident le cheval pour la montée de l'écore de la rivière des Mille Isles. Un affligeant spectacle les attend sur le chemin bien battu où ils débouchent finalement. La plupart des fermettes en direction du bourg ont été incendiées. Celles qui ont survécu aux boutefeux semblent abandonnées de leurs occupants, les contrevents hermétiquement clos, mais la porte d'entrée forcée et grande ouverte prouve que les pillards ont sévi. C'est à en brailler.

Pour trouver quelqu'un paré à abriter et à soigner leur cheval pendant les heures qui vont suivre, tous deux doivent prendre la direction opposée, celle qui conduit jusqu'à la Mission du lac des Deux-Montagnes sous autorité sulpicienne. Le mont au pied duquel elle se blottit se devine au loin. Enfin, leur canasson bien au chaud, Gilbert et son patron retracent leurs pas. Soudain, entre deux maisons calcinées, leur apparaît le cadavre d'un homme recroquevillé. Sur le bord du chemin, il est quasi nu, vêtu uniquement d'un caleçon long.

Laissant le trépassé derrière eux, les deux visiteurs arrivent à un croisement, là où une ruelle conduit à l'unique propriété qui borde la pointe de terre sur le flanc ouest de la rivière du Chêne, celle du Dr Chénier. Gilbert et son patron pénètrent ensuite dans un boisé. D'autres dépouilles leur sautent aux yeux. Cette fois-ci, Gilbert se conditionne à revêtir mentalement sa tenue de nouvelliste de guerre. Quittant le chemin, ils arpentent le sol piétiné de la parcelle de forêt. Des traces d'escarmouche se voient partout. Des indices laissent croire que des victimes ont déjà été enlevées. Quatre cadavres s'y trouvent encore, dont un qui a été volé de ses vêtements jusqu'à être flambant nu.

L'indécence de sa position — l'homme est écartelé, ses attributs sexuels en évidence — ajoute à l'horreur de la scène. Dans une explosion de fureur, Gilbert s'écrie :

— Coudonc, c'est quoi qu'y font, leurs proches ? Laisser les trépassés dans une position de même, c'est… c'est abominable !

Avec une extrême dureté, son patron réplique :

— Ça prouve qu'une horde de bêtes a déferlé icitte. Pire que des bêtes, parce que les bêtes sont pas tant cruelles. Pire que les Sauvages d'avant la chrétienté. Des barbares en habits. Leur barbarie, y font toutte pour la cacher, mais quand elle jaillit, c'est une explosion volcanique.

François inspire profondément, puis il ajoute avec un brin de douceur :

— Le *Courier* d'hier l'écrivait : 40 hommes ont été tués en fuyant vers les bois. Sans doute que ces hommes habitaient d'autres paroisses. Leurs proches osent pas venir. C'est pas moi qui vais leur jeter la pierre. Viens, on repart.

Gilbert obéit, mais reste obnubilé par une vision qui lui semble apparentée aux horreurs de l'enfer et aux souffrances réservées aux pécheurs. À la sortie du bois, le pont qui franchit la rivière du Chêne se présente à eux. Au-delà, l'ensemble conventuel. L'odeur de rôti et de calciné les saisit à la gorge. Il n'a pas neigé depuis trois jours et tout est noir, comme si une gigantesque bombe avait répandu de la cendre partout, à l'infini.

Les deux hommes font halte au bord de la route, examinant la façade de l'église où se distinguent les creux formés par l'impact des boulets de canon. François souffle :

— L'assaut a dû être terrible. Ce que j'en ai compris, c'est que pendant le tir de *rockets* depuis la Grande-Côte, les troupes se sont déployées pour encercler le village derrière nous. Soit que les patriotes qui restaient se jetaient dans les bras de leurs agresseurs, soit qu'y se réfugiaient dans l'église. T'as su ce qui est advenu de ceux qui ont privilégié la seconde option…

— Impitoyablement massacrés, dit Gilbert sur le même ton.

Il désigne la rivière des Mille Isles, au-delà de l'église :

— Pis par-derrière ?

La question à peine formulée, il se frappe le front :

— Les *volunteers*, pour le sûr. Nos hôtes l'ont conté hier.

— Ça faisait une semaine qu'y occupaient la rive de l'isle Jésus. Armés jusqu'aux dents. Depuis la loi martiale, y pouvaient toutte faire. Toutte, même l'ignominieux.

Des bribes du texte de la loi, lue et relue, reviennent à la mémoire de Gilbert. *Attendu qu'il existe dans le district de Montréal une conspiration traîtreusement formée pour la subversion de l'autorité de Sa Majesté et la destruction de la Constitution et du gouvernement établi… que des corps nombreux de traîtres armés ont fait et font encore des attaques sur les forces de Sa Majesté, et ont commis les excès et les cruautés les plus horribles… seront punies toutes personnes agissant, aidant ou assistant en quelque manière que ce soit dans la conspiration et la rébellion éclatées en attaques des plus audacieuses et des plus violentes sur les forces de Sa Majesté, conformément à la loi martiale, soit par la mort ou autrement, tel qu'il semblera juste et expédient pour la répression de tous les rebelles.*

Parcouru d'un puissant frisson, Gilbert enfonce sa tuque sur sa tête, puis resserre son écharpe autour de son cou. Il fait un froid polaire! Il s'est bougriné comme s'il partait en expédition au pays des aurores boréales. Il emboîte le pas à son patron parti vers le domaine seigneurial, là où même les arbres, environnés de débris, sont réduits à l'état de squelettes charbonneux. Le jeune homme songe à la fameuse lignée des Lambert-Dumont. Depuis des décennies, ils menaient leurs censitaires à la trique. Ils tenaient dur comme fer à les rendre serviles et rampants devant les autorités constituées, c'est-à-dire eux-mêmes. Pourtant, l'histoire ne retiendra pas le rôle de ces semeurs de zizanie. L'histoire, écrite et validée par le pouvoir en place, jettera la responsabilité pleine et entière du désastre sur les pseudo-rebelles.

Voyant François s'introduire à l'intérieur du manoir seigneurial par le carré de la porte, Gilbert s'empresse de le rejoindre. Environnés du nordet qui soulève parfois une fine poussière de cendre, ils se fraient un chemin parmi les débris du toit écroulé. Les pièces sont étonnamment vides, car ce qui n'avait pas été détruit par le feu a été volé par la suite. Gilbert voit son patron revenir subitement vers lui, blême à faire peur. Dans la cuisine, il a vu deux cadavres à moitié dévorés par les flammes. Un spectacle qu'il ne recommande à personne…

Quelques minutes plus tard, Gilbert tombe inopinément sur une scène semblable. Son patron et lui sont ressortis du manoir pour longer le couvent jusqu'à l'église, où ils n'osent cependant pénétrer, car l'intérieur fume encore et les pans de murs encore debout constituent un réel danger. Scrutant les débris de la toiture écroulée au travers des ouvertures, Gilbert aperçoit un corps tout noir et comme à moitié dissout, rongé par un acide. Il remarque les vertèbres noircies.

Sur le point de dégobiller, le jeune homme est obligé de se soustraire à la vue du spectacle obscène. Il s'éloigne vers le chœur de l'église, du côté de la rivière des Mille Isles, laissant la bise l'environner, comme si elle avait le pouvoir de le laver des souillures. François vient le rejoindre et se contente de dire qu'il a vu plusieurs trépassés dans le petit bâtiment qui sert de charnier. Dans leur champ de vision se trouve le cimetière ; François part subitement à longues enjambées dans cette direction. À son corps défendant, Gilbert le suit. Dès qu'il voit une victime affalée entre deux tombes, il retraite comme s'il avait le diable aux trousses.

Il a compté dix cadavres, précise François lorsqu'il revient auprès de son engagé, la plupart flambants nus et livrés à la voracité des bêtes errantes. Certains ont des membres arrachés par un boulet ; d'autres sont littéralement criblés de balles après avoir failli, à l'évidence, être dévorés vifs par les flammes. Ç'en est trop : Gilbert est en proie à un haut-le-cœur qui l'oblige à se laisser tomber à genoux dans la neige pour rendre le contenu de son estomac. Lorsqu'il se relève, secoué mais soulagé, son patron est à l'écart, en train de fumer la pipe. Gilbert avale plusieurs gorgées d'eau de sa gourde pour se désaltérer et se débarrasser du mauvais goût. Enfin, tous deux quittent le terrain de la fabrique pour pénétrer dans le village.

9

Gilbert et son patron progressent en direction du cœur de Saint-Eustache, empruntant la Grand'Rue, qui suit le côté nord-est de la rivière du Chêne. Tout le secteur n'est plus qu'un champ de cendres et de débris, avec les cheminées comme des index vengeurs tendus vers le ciel. Frappé par la dévastation, Gilbert est terrassé par un sentiment d'horreur. François l'est encore davantage, lui qui a déjà parcouru l'artère animée, bordée de maisonnettes riantes, d'auberges, de tavernes et de commerces variés.

L'endroit est loin d'être désert. Plusieurs attelages vont et viennent. Des quidams affairés marchent sans un regard de côté. À la première intersection, les deux nouvellistes tournent à droite. Au croisement suivant, ils font halte. Une cinquantaine de maisonnettes, habitées par des familles d'artisans, de journaliers et d'engagés d'ascendance française ont disparu de la surface de la terre. Les dépendances et leurs animaux itou. Un cauchemar.

Tels des vautours cherchant le plus infime butin, quelques silhouettes, courbées et masquées, errent parmi les décombres. Révulsé, Gilbert aperçoit, dans plusieurs recoins épargnés par les flammes, des corps à la peau bleuie par le froid. Des hommes tués de sang-froid par les soudards, puis dévêtus et laissés gisant sur place. Subitement, Gilbert est tourmenté par l'envie cuisante de courir vers ces hommes qui doivent souffrir d'être ainsi exposés à la vue, pour se dépouiller de sa bougrine et d'en recouvrir ces pauvres hères. Il se retient, mais combien il lui en coûte!

La mort dans l'âme, François et son adjoint retournent sur leurs pas vers la Grand'Rue, dans laquelle ils se réengagent. Du côté de la rivière, la propriété d'un ultra-Chouayen, le marchand Hubert Globensky, a été épargnée par les flammes. Un peu malmenée, elle se dresse quand même encore, fin seule parmi les ruines environnantes. À mi-voix, François répond à l'interrogation de Gilbert avant même que ce dernier l'ait formulée :

— Quand on connaît l'art de la guerre... Non, plus jamais j'emploierai cette saudite expression. Quand on connaît les méthodes éprouvées que les despotes emploient pour imposer leur loi, on comprend vite. Regarde...

Il fait demi-tour et Gilbert l'imite : la façade de l'église se trouve exactement dans leur champ de vision, environ deux centaines de verges plus bas. François estime que le commandant en chef a fait placer ses canons à peu près à l'endroit où ils se trouvent actuellement. Pour éliminer le risque que des patriotes ne s'embusquent dans les maisons donnant sur la rue, d'où ils auraient pu faire feu sur ses artilleurs et sur ses canonniers, Colborne a donné l'ordre d'incendier la plupart d'entre elles. Les hauts gradés du village l'ont cependant exhorté à épargner celles de ses alliés, dont le magasin Globensky.

Pivotant sur ses talons pour indiquer de son bras tendu le secteur à sa gauche, là où Gilbert et lui ont fait une brève incursion quelques instants plus tôt, François continue de spéculer à voix haute :

— Les troupes avaient ordre de conquérir le territoire prétendument occupé par les insurgés en contournant le village par le nord, puis en progressant au travers des secteurs habités, dont celui-là. Elles ont dû emprunter une rue parallèle au chemin principal. Voilà pourquoi le feu a été bouté à ce lot de propriétés : pour chasser d'éventuels patriotes embusqués.

Morose, l'imprimeur reprend la remontée de la Grand'Rue, et Gilbert l'imite. Les lieux épargnés par l'incendie ont un aspect quasiment normal. Au croisement suivant, un factionnaire les arraisonne.

— Halte-là ! La procédure est formelle. Identifiez-vous.

Le *volunteer* porte un baudrier de couleur claire qui se croise sur son torse, une cartouchière et un mousquet. Gilbert est stupéfait de l'entendre parler français, puis il se souvient que la situation qui prévaut dans les campagnes diffère de celle de Montréal, où seuls des *Britons* sont admis dans l'armée auxiliaire. François pose sur l'importun un regard dédaigneux, puis il réplique :

— La procédure ? Établie par qui, la procédure ?

— Par l'état-major.

— Le commandant en chef pis son état-major ont déguerpi.

— L'état-major du comté, je veux dire.

— Je vois... Vous voulez dire ces colonels pis ces majors de milice qui ont détalé à Montréal parce qu'y prédisaient l'écroulement de l'Empire. Qui ont laissé le corps expéditionnaire faire le sale travail à leur place. Ça doit jouer dur depuis le carnage, c'est-y pas, jeune homme ? Les prétendues impuissantes victimes de la violence rebelle se métamorphosent en malappris pis en bandits des grands chemins...

Hissant à deux mains son mousquet jusque-là appuyé au sol, le factionnaire jette secquement :

— Si vous refusez de vous identifier, je vous amène pardevant mon supérieur.

— Vraiment ? Je serais pas contre. Gênez-vous pas...

Le jeune *volunteer* barguigne, hésitant à prendre son vis-à-vis au sérieux. Enfin, il place son fusil sur son épaule, puis il précise à Gilbert et à son patron qu'ils doivent le suivre. À défaut, il les pourchassera, conformément aux ordres. Il ne spécifie pas qu'il tirera si besoin est, mais la menace est implicite. Obnubilé par un sentiment d'irréalité, Gilbert se place dans le sillage du factionnaire. À côté de lui, François se retient de ne pas rigoler, et son employé se mord l'intérieur des joues. La bonne humeur de son patron est d'autant plus contagieuse qu'elle lui procure un bien fou, un abandonnement suprêmement apprécié !

Le jeune factionnaire remonte la Grand'Rue, qui s'incurve vers la gauche. Leur marche est ralentie lorsqu'un groupe de *volunteers* bigarrés se bute quasiment à eux après avoir quitté une auberge, The Anderson Inn. Les faquins tricolent un brin et s'exclament entre eux en langue anglaise. Un nom, prononcé à maintes reprises tandis qu'ils s'éloignent prestement, ressort de leurs incompréhensibles parlures : celui du Dr Chénier.

Intrigué, François retient leur gardien, qui se remettait en route, pour lui demander de quoi il retourne. Subitement envahi d'un vif malaise, le factionnaire répond avec un filet de voix :

— Le cadavre de M. Chénier est à l'hôpital. On peut aller le voir.

François jette un bref coup d'œil à l'établissement, puis il pousse l'interrogatoire :

— Les blessés se trouvent là ?

Leur gardien hoche la tête. Fronçant les sourcils, François insiste :

— Pis le cadavre du pauvre Chénier itou ? Vous dites qu'on peut aller le voir ? Pourquoi donc ?

— Juste pour... le voir. Constater son trépas.

Sur ce, il les contraint à se remettre en route, le ton bourrassier et le geste impérieux. Quelques pâtés de maisons plus loin, il s'arrête devant une modeste demeure située du côté de la rivière du Chêne. Le gardien en fonction à côté de la porte échange un signe de connivence avec son camarade, lequel monte les deux marches du perron, ouvre l'huis tout grand, puis se tasse sur le côté pour faire passer ses captifs avant lui.

Par contraste, l'intérieur semble plongé dans l'obscurité et Gilbert, obligé de se diriger vers ce qui lui semble la porte d'un cachot, est tenaillé par une envie de sauve-qui-peut. Malgré tout, il avance dans ce qu'il reconnaît comme une salle commune, parfaitement normale au premier coup d'œil. Puis, Gilbert enregistre le barda d'équipement militaire entassé dans un recoin. Près d'un mur, un homme est assis sur une chaise droite, les mains liées l'une à l'autre. Deux quidams, debout à l'autre extrémité, confèrent entre eux.

Le factionnaire effectue ce qui est une parodie de salut militaire, puis il lance à travers la pièce :

— Des récalcitrants. Refus de s'identifier.

Les deux hommes, âgés d'une quarantaine d'années, viennent à eux. Celui qui est chauve pose une question abrupte :

— Une arme sur eux ?

Le factionnaire réagit par une moue confuse. Avec un soupir résigné, son chef lui ordonne :

— Fouille-les.

À terme, Gilbert a été dépouillé de son porte-monnaie quasiment vide, de sa gourde et de son canif ; François, lui, a diligemment extirpé de sous son manteau son porte-billets, fort peu garni lui itou, et quelques semblables objets de survie. Sur ce, l'homme chauve renvoie le factionnaire à son poste. Dès que celui-ci a quitté la pièce, il aboie :

— Qui êtes-vous ? Faites quoi par icitte ?

François laisse passer un temps, puis il répond avec une gentillesse excessive :

— À qui ai-je l'honneur ?

C'est son acolyte, un homme bien en chair doté d'une abondante tignasse grisonnante, qui se charge des présentations. Désignant son comparse, il dit sans aménité :

— Capitaine Basile Choquette, deuxième compagnie du Saint-Eustache Loyal Volunteers.

Ce dernier fait un très léger signe de tête à l'adresse de François. Son subalterne se présente ensuite, d'un ton aigre : Eustache Cheval dit Saint-Jacques, enseigne dans la 1re compagnie du même corps. Accusant le coup, Gilbert scrute le faquin à la barbe mal taillée et aux yeux injectés de sang. Voici donc l'individu notoire qui, depuis six mois, se prête aux manigances visant à prouver que les Loyaux du comté sont en butte aux vexations et aux violences de leurs voisins réformistes. Voici donc l'un de ceux qui n'ont pas hésité à exagérer les sévices, peut-être même à les inventionner, afin de fournir des affidavits grâce auxquels les autorités pouvaient justifier l'envoi de forces policières !

— François Lemaître, imprimeur de *La Quotidienne*. Enchanté, messieurs. À mes côtés se trouve Gilbert Dudevoir, mon employé. Nous sommes des *reporters* en mission. D'ailleurs, j'aimerais fièrement en profiter pour recueillir votre témoignage. Vous-même, m'sieur Cheval, z'avez figuré dans les affrontements, je présume ?

— J'étais du côté de la rivière des Mille Isles, répond l'interpellé en s'empourprant d'orgueil. Je sers sous le capitaine Globensky.

— Z'étiez aux premières loges ?

— Garanti ! Avec une couple de mes fils pis de mes neveux. Je vous assure qu'on a gratifié les rebelles d'une telle salve qu'y ont pas eu le choix de prendre leurs jambes à leur cou ! On s'était positionnés…

— Ferme-toi la trappe, Cheval !

Dans un accès de fureur, le capitaine Choquette s'est interposé. Un brin radouci, il sermonne son subalterne :

— Ta propension à bavasser va te jouer de vilains tours. L'Exécutif fait valoir que les gazettes patriotes sèment la sédition à tout vent pis qu'y faut les faire taire. T'es bouché ou quoi ? M'sieur Lemaître est l'éditeur de *La Quotidienne*! La réincarnation de *La Minerve*!

L'enseigne Cheval tourne la tête vers François, affichant une mine ulcérée. Pour la millième fois, ce dernier s'impose de fournir une brève explication :

— J'ai rien à voir avec l'équipe de *La Minerve*. Je fais juste mon métier dans mon petit coin. Pis vous, c'est quoi, le vôtre ? Arrêter quiconque a le malheur de pas figurer dans vos rangs ?

Du bredas à la porte empêche l'imprimeur de poursuivre. Pivotant, Gilbert voit un homme trébucher à l'intérieur, les mains liées en avant de lui. Il est suivi par deux *volunteers* qui le tiennent par le bras. L'un de ces derniers, qui se nomme Sutherland, fait rapport en langue anglaise : leur prisonnier a été trouvé caché dans une grange sur la route qui monte à la Mission d'Oka. Après avoir ordonné à son collègue Cheval de surveiller Gilbert et son patron, le capitaine Choquette se rend à la table, où se trouvent des feuilles éparses, et il s'assoit. Pendant ce temps, les gardes entraînent leur captif à lui faire face, de l'autre côté du meuble.

Un interrogatoire en règle s'ensuit. L'homme est obligé de décliner son nom, son âge et son domicile, puis il est sommé de se justifier : s'il se soustrayait aux recherches, c'est nécessairement parce qu'il est un rebelle.

— Non point pantoutte, répond-il d'une voix cassée. Je me cachais passeque peu importe, z'écrouez toutte le monde. Toutte ceux qui étaient pas activement pour vous autres sont contre vous autres. Fait que je voulais éviter d'être pogné.

— T'es allé au camp ?

Le prisonnier secoue la tête. Le capitaine Choquette profère :

— On le saura bien assez tôt. On a nos informateurs. Gare à toi si tu nous contes des menteries. En attendant, on te met à l'ombre. Emmenez-le, vous autres.

Incrédule, Gilbert regarde le trio effectuer une retraite vers la porte. Il entend François demander très secquement à l'inquisiteur :

— Z'avez un brevet des autorités pour tenir tribunal ?

— Pas besoin. C'est nous qu'on fait la loi. Fallait prendre la situation en mains, tandis que l'armée désertait le village. Fallait leur montrer, aux rebelles, que c'était nous autres les plus forts!

— J'ai soif! Pis j'ai envie de pisser!

L'homme assis dans un coin vient de gueuler. Choquette riposte avec violence :

— Ferme-la! On s'occupera de toi quand ça nous chantera.

— C'est pas moi, d'abord, qui va ramasser le dégât par terre.

L'assertion fait réfléchir Choquette. Après un temps et un soupir exaspéré, celui-ci se dresse sur ses pieds pour ordonner à l'enseigne Eustache Cheval dit Saint-Jacques :

— Amène-le dehors.

L'intimé obtempère. François capte l'attention du capitaine Choquette en disant fortement :

— Astheure que vous savez que ni mon employé ni moi, on a mis les pieds par icitte depuis des lustres... pas vrai, Gilbert?

Ce dernier hoche vigoureusement la tête. Le nouvelliste reprend :

— Z'avez aucune raison de nous détenir. Mes affaires, je vous prie. Pis celles de mon engagé itou.

Choquette, irrité, réagit en faisant une grimace. Enfin, se disant sans doute qu'il a d'autres chats à fouetter, il se saisit des objets en question, qu'il remet à leurs propriétaires. Tournant les talons, François franchit à larges enjambées la distance qui le sépare de la porte, et Gilbert le suit à la trace comme si sa vie en dépendait. À son vif soulagement, nulle injonction ne résonne. À ce moment, l'enseigne Cheval rentre, poussant le prisonnier devant lui. Gilbert tire sa gourde de sa poche et l'offre au pauvre homme. Ne faisant ni une ni deux, l'homme s'en empare et boit plusieurs gorgées. Puis, souriant de reconnaissance, il la remet à Gilbert.

Dans l'instant qui suit, celui-ci se retrouve à l'air libre, inhalant l'air glacial comme s'il s'agissait du plus capiteux des parfums. Faisant une mine éberluée, François souffle :

— Eh ben, mon gars... On a vu l'arbitraire dans toute sa mesquinerie! Viens, on s'en va à l'auberge devenue hôpital. L'affaire de Chénier, ça me chicote en masse.

Tous deux s'élancent vers l'établissement dont ils distinguent déjà le panonceau oscillant sous la bise. La propriété est ceinturée par une haute clôture de bois. Gilbert et son patron se retrouvent dans la cour avant, où il règne un étonnant désordre. Quelques cadavres éparpillés d'un bout à l'autre du terrain leur sautent aux yeux. François pousse la porte de l'auberge du dénommé Anderson. Une senteur nauséabonde les prend à la gorge. Gilbert bénit le ciel d'avoir déjà vidé son estomac!

Grâce au bas soleil d'hiver qui éclaire la pièce, la salle publique se révèle à sa vue. Les tables et les chaises ont été entassées pêle-mêle d'un côté. De l'autre côté se trouvent, étendus à même le plancher, les patriotes blessés. Balayant la rangée de gisants du regard, Gilbert en compte exactement 10, leur bougrine d'hiver leur servant de couverte. Quelques moribonds, totalement inertes, ont le visage déjà marqué par la fixité blême du trépas; mais plusieurs autres scrutent les arrivants, jaugeant s'ils doivent se méfier d'eux ou, au contraire, leur quémander de l'aide.

Au fond de la pièce se trouve le comptoir du bar, sur lequel repose la forme caractéristique d'un cadavre recouvert d'un drap souillé. Le cœur de Gilbert fait un bond douloureux dans sa poitrine. Le Dr Jean-Olivier Chénier? Non, ce serait trop choquant, malséant! François a aperçu la dépouille et, la démarche hésitante, il se dirige vers elle. C'est de là, comprend Gilbert, qu'origine l'odeur de décomposition qui encombre la pièce. Il sait d'avance qu'il n'aura pas le courage d'approcher davantage. Il a trop peur de demeurer hanté par les traits du martyr jusqu'à la fin de ses jours.

Se détournant, Gilbert revient près des blessés. L'un se hisse sur ses avant-bras et l'interpelle avec une voix caverneuse:

— À boire, par pitié!

Gilbert combat un frisson de répulsion, car l'homme porte des traces affreuses de brûlures sur un côté du visage et du cou. Se ressaisissant, Gilbert extirpe sa gourde à moitié vide de l'intérieur de sa bougrine. Pendant les minutes qui suivent, il abreuve quatre blessés. Ils puent les blessures mal soignées en voie de s'infecter, l'urine et les excréments. Gilbert questionne celui qui, le premier, s'est adressé à lui.

— Qui vous soigne?

— Quelques dames du village. Font leur possible.

— Elles vous donnent à manger?

— Un brin. Les provisions que l'état-major avait laissées pour nous autres en partant, elles ont été volées.

— Comment ça se fait que vous êtes encore icitte ?

— Passeque y a personne pour nous transporter ailleurs.

L'homme est trop heureux d'expliquer qu'il vient de Saint-Jérôme et que ses proches ignorent ce qu'il advient de lui. Gilbert compatit :

— Bien des habitants terrorisés osent pas encore réintégrer leur domicile du village. J'imagine que ceux des autres paroisses s'aventurent encore moins dans les alentours.

— Tu parles drette, mon gars. Les milliers de vauriens qui se sont succédé par icitte depuis le massacre d'y a trois jours veulent juste tirer profit de la situation. Mettre le grappin sur un trésor de guerre...

Le blessé suspend son torrent de paroles, car François est en train de s'agenouiller à côté de Gilbert. À vrai dire, en panne d'équilibre et quasi suffoqué, il se laisse tomber. Avec une déroutante tendresse, l'interlocuteur de Gilbert reprend, à l'adresse de l'imprimeur au visage hagard :

— Ça paraît que z'êtes du bon bord. Vous voyez un homme profané dans sa dignité, pas juste un traître mis dans le même enclos que les bêtes immondes, comme font nos ennemis. Ça fait du bien en maudit.

Pétrifié, Gilbert encourage le blessé à en dire davantage. Après avoir été transporté dans l'auberge, Chénier a eu la poitrine ouverte par quelques-uns des chirurgiens du corps d'armée. Ils ont extirpé son cœur qui, par après, a été fiché au bout d'une pique et promené à travers le village par des Loyaux ivres de joie en raison de leur trop facile victoire. Incapable d'en croire ses oreilles, Gilbert tourne les yeux vers son patron :

— C'est vrai ? Vous l'avez vu ?

François hoche la tête : l'organe en question a bel et bien été extrait, comme il vient de le constater.

— Après la sordide opération, poursuit le blessé d'un ton monocorde, le trépassé a été transporté lui itou d'un boutte à l'autre du village, avant d'être redéposé sur le comptoir du bar où y languit depuis.

Révulsé, Gilbert doit clore les paupières un court instant. Après un temps, rouvrant les yeux, il questionne encore l'habitant de Saint-Jérôme :

— Z'étiez dans l'église, à la toute fin ?

Leur interlocuteur acquiesce, les traits subitement altérés par un puissant accès d'émotion. Sa parole est un impétueux ruisselet :

— Y avait ben peu de monde à l'intérieur de la bâtisse quand je m'en suis échappé en sautant par une croisée, de très haut. Les flammes me lichaient les jambes. À peine j'avais atterri au sol qu'une nuée d'assiégeants fondait sur moi.

Il aurait été brutalement mis à mort, à l'instar de tous ceux qui ont fui leur ultime refuge devant la progression des flammes, mais une voix s'est élevée, implorant qu'on l'épargne.

— Sans doute un *volunteer* du coin, une lointaine connaissance qui a eu pitié de moi. J'ai même pas vu son visage, passeque j'étais en train de perdre la carte.

Le gisant demande à ses auditeurs s'ils tiennent à voir ses plaies. L'offre est déclinée. Les brûlures à son visage sont suffisamment éloquentes. Quand le Dr Chénier a sauté, dit encore le blessé, il s'est cassé une jambe. Il a été impitoyablement assassiné, crucifié sur place par les baïonnettes, lui que les criailleurs désignaient comme le plus dangereux rebelle de la région. Alors qu'il n'avait fait que dénoncer, avec un singulier courage, les malversations et les abus de pouvoir des sectaires forcenés de son comté.

L'homme souffrant se laisse retomber sur le dos. Manifestement, il lutte autant contre la douleur physique que contre un incommensurable chagrin... Une voix s'élève d'un peu plus loin :

— De grâce, plaidez notre cause. On va tous crever icitte.

François répond d'une voix ferme :

— Promis. Je retourne à Montréal à soir. Je vais assiéger les autorités en votre faveur.

Assommé par la succession de scènes atroces rencontrées depuis leur arrivée, François décide, une fois émergé de l'auberge, de retourner à la ferme où se trouve leur attelage. Dans le court laps de temps que son employé et lui mettent à sortir du village ravagé, d'éprouvants tableaux se présentent encore à leurs yeux. D'incessantes rapines. Encore pis : deux familles qui reviennent, l'une après l'autre, d'un court exil dans les concessions.

La première fait face à un monceau de ruines, ce qui tire des plaintes déchirantes de la poitrine des désespérés. Quant à la seconde, elle est impitoyablement repoussée de son domicile, qui a été investi par un clan loyal ayant perdu son logis au passage de l'incendie. Le nouveau maître des lieux, dans un raffinement de barbarie, gueule en anglais, pour mieux marquer son point, que les Canadiens ne méritent rien d'autre que la potence! Gilbert accélère le pas. Il est sur le point de perdre le contrôle de lui-même. Rouer le faquin de coups, ou à défaut, hurler sa colère à la face du monde!

Après un séjour d'une douzaine d'heures au creux de sa couche, Gilbert repousse enfin les épaisseurs de couvertes surmontées d'une courtepointe. Il a le sentiment d'avoir galéré, de revenir du plus ténébreux des empires… Après s'être étiré, réveillant plusieurs endroits douloureux de son corps, il amarre son regard aux carreaux givrés de son étroite fenêtre. En ce lundi 18 décembre en fin d'avant-dînée, le temps est encore au beau fixe. Il aurait préféré une tempête de neige. Du blanc laiteux pour purifier l'Univers et son âme de toute urgence.

Deux voix féminines proviennent d'en bas; il y a un bon moment que Gilbert les écoute. Une demi-heure plus tôt, il a entendu sa jeune amie se lever. Depuis, Caroline questionne dame Royer, qui ne se fait pas prier pour conter des épisodes de sa vie passée à Saint-Denis. À la mémoire de Gilbert remonte soudain la scène dans le modeste logis de l'aubergiste Étienne Lavictoire. Jusque-là, il a tout fait pour s'empêcher de songer à Caroline. Astheure, il est obligé de reconnaître qu'il a froidement repoussé une femme adorable qui s'offrait à lui.

Il y a quatre jours, il semblait à Gilbert que sa vie même dépendait de sa promptitude à mâter impitoyablement le désir qui jaillissait en lui pour l'ébraillée repentie; ce matin, le jeune homme se trouve fêlé de la cervelle. Mais peu importe. L'épisode se perd dans les méandres de jadis, car depuis, Gilbert a miré la cruauté et la férocité dans le blanc des yeux. Il a vu les résultats d'un carnage perpétré par une meute de fanatiques en proie aux plus violentes fièvres; il a vu les résultats d'une tuerie ordonnée depuis le faîte de l'État. L'évidence le terrasse d'autant plus qu'elle donne à moult épisodes passés de nouvelles couleurs horrifiques.

Une fois vêtu, le jeune homme descend l'escalier avec l'impression de marcher à côté de ses mocassins. Lorsqu'il débouche dans la salle commune, un pesant silence et deux paires d'yeux rivés sur lui l'accueillent. Visiblement, Ériole a déjà quitté pour l'atelier. Il gratifie Caroline, assise à table, de l'ébauche d'un sourire. Puis, il se penche au-dessus de son aïeule afin de poser ses lèvres sur chacune de ses joues parcheminées. Il s'informe de sa santé, l'écoutant benoîtement lui raconter, ensuite, quelques bagatelles des jours passés.

Enfin, Gilbert se tourne décisivement vers Caroline. Il la trouve croquable ainsi, la chevelure encore éparse et les traits ensommeillés. Elle répond à la salutation en écarquillant un brin les yeux, puis en s'écriant :

— T'es revenu sain et sauf? Ta tante était pétrie d'inquiétude. Moi itou. Hier, les machines rouges ont ramené tout plein de prisonniers des Deux-Montagnes. Plus d'une centaine, je les ai vus de mes yeux vus! Y faisaient pitié, c'était effrayant.

Gilbert précise, la voix pâteuse :

— Quand on est arrivés à Saint-Eustache, François pis moi, l'armée avait déjà évacué le village avec les hommes capturés pendant le combat. Pendant la boucherie, je veux dire. Paraît qu'y avaient passé la nuit du 14 au 15 décembre dans une grange, sans bouger, sans manger pis même sans boire.

— Pis toi, t'as faim?

Ramené à son estomac qui gargouille, il hoche la tête. Il n'a quasiment rien avalé depuis hier au matin. Caroline se lève pour lui servir un bol du ragoût consistant, tenu au chaud sur le poêle, puis pour lui trancher du pain et lui couper un bout de fromage fermier. Pendant ce temps, Gilbert ingurgite deux gobelets d'eau fraîche coup sur coup. Il s'attable pour se sustenter. Charmé par le goût d'une suavité sans pareille, il complimente Caroline. Elle en rosit, mais reste coite, se contentant de lui jeter des œillades discrètes.

Une fois qu'il a terminé, il fait signe à sa jeune amie de venir prendre place face à lui, de l'autre côté de la table. Lorsqu'elle est assise, il tend le bras, main ouverte, et elle vient y placer la sienne. Il l'étreint fortement, touché par le spectacle de leurs 10 doigts enchevêtrés, et il souffle :

— S'cuse-moi pour l'autre soir.

Il l'entend respirer lourdement. Enfin, elle dit sur le même ton :

— Oublie ça. J'aurais jamais dû. Moi, je veux trop faire plaisir au monde à qui je dois une faveur.

Surpris, il relève la tête pour la mirer dans le blanc des yeux. Si elle s'est jetée dans ses bras, c'est uniquement pour payer sa dette envers lui ? Il ne peut se résoudre à la croire. Il ne peut se résoudre à franchir des années à rebours pour se retrouver tel qu'il était alors, luttant pour l'amour d'une ébraillée qui, elle, se donnait à lui par pure abnégation. Les joues cramoisies, Caroline détourne le regard. Se redressant, Gilbert désengage sa main et ramène son bras à lui. Après un temps, il dit d'une voix sans timbre :

— Faut que je parte. François veut publier une édition demain, fait que j'ai du travail par-dessus la tête.

— Exigeant, ton patron...

— J'en changerais pas pour tout l'or du monde. Ça va, ton travail chez ma tante ?

Elle répond par un signe vague. Gilbert se lève, manquant de renverser sa chaise, envahi de la tête aux pieds par une froidure qui s'insinue dans les moindres recoins de son être.

10

L'embellie suscitée au sein de la famille Montplaisir par le retour de Norbert, qui guérit aisément de sa blessure au cou, a été de courte durée. Un trou dans les nuages, une subite accalmie en plein milieu d'un océan enténébré par la tempête... Jour après jour, les habitants de la paroisse de Saint-Denis voguent sur une mer agitée de rouleaux serrés les uns contre les autres, une mer agitée par un déferlement aux lames vicieuses, qui ne cherchent qu'à envoyer le moindre esquif par le fond.

Et encore, ils sont fortunés dans l'épreuve, car en quelque sorte, l'occupation par l'armée anglaise adoucit un brin leur sort. Quasiment chaque fois qu'elle croise un factionnaire ou un patrouilleur, Vitaline s'étonne de l'aménité qui adoucit son expression. Depuis leur arrivée, les *regulars* témoignent d'une amabilité tangible envers les habitants. Eux et leurs officiers, étrangers à la région, n'ont pas d'intérêt personnel à sévir. De surcroît, le major en charge à Saint-Denis est un Irlandais catholique, ce qui le rend un tantinet moins forcené que les autres.

En réalité, les communautés les plus éprouvées sont celles où les potentats locaux, juges de paix ou officiers de milice, tirent profit de la disparition du régime constitutionnel démocratique pour se muer en tyrans. Leur propension à brouscailler et à imposer leurs vues n'a plus de frein! À la grandeur de la rivière Chambly, les Bureaucrates se déchaînent, mus par une fureur vengeresse.

De l'autre bord de la rivière, le marchand Firmin Perrin ne s'est pas contenté de faire arrêter le jeune forgeron de Saint-Denis ayant fait le guet dans son magasin occupé par les patriotes, la veille du feu. Deux patriotes de Saint-Ours ont été écroués sous prétexte qu'ils auraient participé à la réquisition d'une goélette chargée de grain appartenant à Perrin, laquelle aurait été vidée de sa cargaison après avoir été remontée à Saint-Denis sur l'ordre du Dr Nelson.

De son côté, le marchand Simon Talon dit Lespérance s'est mis à l'œuvre dès son retour au village de La Présentation, situé à mi-chemin entre Saint-Charles et Saint-Hyacinthe. Ce n'est pas pour rien qu'il avait été fait prisonnier dans le manoir du seigneur renégat. Une vraie bombe ambulante! Sa traque se modèle sur son obsession de la gent féminine. De crédibles ouï-dire s'accumulent sur le dos du satyre. S'il convoite une femme, Lespérance fait écrouer le mari et même le fils adulte, afin d'avoir une emprise sur celle qui devient une épouse ou une mère éplorée.

À cause d'un marchand nommé William Chaffers, dont la renommée de triste sire s'étend de jour en jour, les habitants du village de Saint-Césaire, dans l'arrière-pays de Saint-Mathias, ne sont guère mieux lotis. Semeur de zizanie avant la terreur militaire, Chaffers s'active depuis à envoyer ses concitoyens en prison. Là-bas, les prétendus Loyaux se sont mis à l'œuvre dès le début de décembre. Alors, regroupés au sein d'une compagnie de milice, ils parcouraient leur coin de pays dans le but de désarmer les habitants.

Ensuite, ils ont astreint ceux-ci à assister à une assemblée dégoulinante de ce pseudo-loyalisme dont se réclament ceux qui sont incapables de gagner, par leurs seules qualités, la confiance de leurs semblables. Une Adresse de loyauté à la reine Victoria a été présentée pour signature, comme quasiment partout ailleurs au pays, puis le curé s'est obligé à une interminable exhortation sur l'impérieux devoir incombant aux sentinelles de Dieu, évêques comme curés; il a averti les fidèles qui renient leurs obligations envers la puissance souveraine que leur salut éternel court un réel danger. Vitaline remercie le ciel de lui épargner l'épreuve d'un sermon répugnant. Elle aurait été incapable de l'endurer!

Tous ces faits déplorables pâlissent en comparaison de la nouvelle qui se confirme concernant les résultats tragiques de la campagne militaire dans les comtés du Nord. Tout un chacun avait scrupule à prendre pour argent comptant la rumeur persistante d'un cruel et injustifiable châtiment. *The Montreal Gazette*, oracle du gouvernement militaire, livre le premier récit solidement documenté, ensuite enrichi par *Le Populaire* du 18 décembre. Rassemblant tout son courage, Vitaline en effectue la lecture à voix haute en faveur de sa belle-famille et de plusieurs familles du voisinage.

À Saint-Denis, l'officier en charge de l'expédition militaire du 2 décembre, le colonel Gore, avait ordonné aux habits rouges sous ses ordres d'empêcher le feu de se répandre aux propriétés des éminents loyaux sujets de Sa Majesté. L'élément destructeur avait donc été gardé sous un contrôle relatif, même si ensuite, des *volunteers* enfiévrés ont bouté le feu à quelques riches propriétés après les avoir pillées de fond en comble, tandis que leurs officiers supérieurs détournaient le regard.

Saint-Eustache a subi dix fois pire. Vitaline croyait ne plus avoir la capacité de s'émouvoir, mais l'effroyable relation l'affecte au point de lui tirer des larmes de désespoir. Le chef-lieu du comté des Deux-Montagnes a subi le déferlement de deux milliers de *regulars* et de *volunteers*, tous greyés de l'accoutrement complet, y compris fusil et cartouches, fournis par le commissariat de l'armée anglaise. Une horde à laquelle le chef de l'expédition, sir John Colborne en personne, a donné entière licence en n'interdisant rien…

Le papier-nouvelles donne d'insoutenables détails. L'église en feu menaçait de s'écrouler sur ceux qui l'occupaient; ces pauvres résistants ont été abattus dès qu'ils en sortaient, et parmi eux le Dr Chénicr, blessé par le coup de feu d'un carabinier, puis rachevé par les habits rouges. Parmi les fuyards, sur la glace, *le carnage fut grand* à cause des *volunteers* et des soldats du 83e régiment qui épaulaient… Manifestement, les ordres étaient d'en envoyer autant que possible dans l'autre monde. Si possible, dans l'enfer des mécréants!

Deux centaines de patriotes auraient été tués. Une vingtaine de corps ont été trouvés au cimetière et dans le jardin du couvent; 40 autres dans les alentours. Enfin, une quantité de gens, impossible à déterminer, a péri dans les bâtiments embrasés.

— *Nous avons vu le D^r O'Doherty, de Saint-Eustache, qui nous a assuré avoir compté plus de 50 corps dans les décombres de l'église seulement; mais il fallait être homme de l'art pour pouvoir les distinguer; c'étaient de petits tas de cendres, au milieu desquels il existait un fragment d'os, seul indice d'un corps humain, et le docteur nous a assuré qu'il devait s'en trouver encore d'autres, en dessous.*

Révulsée au point d'en perdre la voix, Vitaline s'octroie une pause. Elle jette un coup d'œil à ceux et celles qui font cercle autour d'elle. Quelques femmes et même un homme, le meunier voisin, pleurent en silence. Les autres sont terrassés par l'horreur. La jeune femme sait d'avance que bien peu commenteront ce récit, contrairement à la tradition. Finie, l'époque bénie de la spontanéité et du franc-parler. Dorénavant, il faut demeurer sur son quant-à-soi, même en présence d'amis de toujours, car la mauvaiseté surgit là où on l'attend le moins.

Enfin, Vitaline reprend sa lecture:

— *Le village présentait le coup d'œil le plus affligeant: presque toutes les propriétés des Loyaux avaient été pillées par les révoltés; les meubles en avaient été brisés, les provisions saccagées…*

— Les propriétés loyales saccagées par les révoltés? J'en doute fort!

C'est Norbert qui n'a pu se retenir. Les autres sautent dans la brèche ouverte. L'opinion est unanime: vu le déroulement des événements, les déprédations ont plutôt été commises par les malappris, *volunteers* ou non, à qui le corps expéditionnaire ouvrait la voie. Vitaline se détend un brin, heureuse de retrouver l'atmosphère bon enfant de jadis. Dès qu'un silence relatif revient, elle poursuit:

— *Les troupes exécutèrent la peine du talion sur les maisons des insurgés; le mobilier se donnait pour rien; des poches de farine furent vendues pour trois chelins, et il n'est pas possible de se faire une idée de la confusion qui régnait.*

La lectrice passe à la deuxième et ultime étape de la campagne militaire, soit la relation effarante de la « pacification » du Grand-Brûlé. L'éditeur du *Populaire* ne laisse planer aucune ambiguïté. Deux fois, la première avant de quitter Saint-Eustache, et la seconde alors qu'il était en route, sir John Colborne a reçu la visite d'habitants hissant le drapeau blanc en signe de soumission. Ils avaient eu connaissance de la proclamation officielle émise la veille au soir, à Saint-Eustache, voulant qu'un pardon inconditionnel serait accordé à ceux qui viendraient déposer leurs armes aux pieds du commandant en chef, à condition qu'ils ne soient pas sous accusation du crime d'insurrection.

Vitaline doit s'interrompre, car une risée caustique s'élève dans son auditoire.

— Y aurait fallu qu'y puissent avoir l'heure juste ! Les trois quarts des habitants du Bas-Canada sont passibles du crime de haute trahison !

— Tu parles drette ! Si on a clamé une fois « justice au peuple ! », on est suspect d'emblée.

— Comme si y avait moyen de savoir combien de *warrants* ont été émis pis surtout c'est qui qu'y visent...

— Pourtant, les habitants sont venus se rendre pareil, souligne Vitaline. C'est dire comment y craignaient le pire.

Elle enchaîne avec sa relation. Traître à sa proclamation de la veille, mais fidèle à sa réputation de tyran insensible, le bonhomme brûlot a fait prisonniers tous ceux qui venaient à lui portant le drapeau de miséricorde et les a placés à l'arrière de sa colonne. Chacun peut imaginer leur misère morale : humiliation, rage, douleur... Le document officiel de pardon inconditionnel était comme de raison un piège, même si *Le Populaire* n'en pipe mot.

— Y est également notoire, même si la gazette le publicise pas, précise Vitaline, que le brûlot a repris la route, refusant de modifier son plan de campagne. Au passage, y a fait bouter le feu aux domiciles et aux dépendances de patriotes fichés par les autorités, depuis des mois, comme les meneurs de la résistance.

Suivi de sa horde de combattants, John Colborne a investi Saint-Benoît au moment précis où la colonne en marche depuis Carillon faisait son entrée. Environ 250 habitants s'alignaient en rang, exhibant plusieurs drapeaux blancs pour signifier leur volonté de signer une trêve. Implacable, le chef suprême des armées a *donné l'ordre de brûler tout le village ; ce qui fut accompli, après que le pillage eut lieu*. L'aveu du *Populaire* est d'autant plus épouvantable qu'il est fait secquement, en peu de mots !

Hébétée, Vitaline replie le feuillet et le dépose sur son giron. Après un long moment d'un pesant silence, les visiteurs partent les uns après les autres, à la suite d'une vague salutation. La porte à peine refermée sur le dernier groupe, dame Eugénie souffle à l'adresse de sa bru :

— Tu me jures, Vitalette ? Tu me le jures sur la tête de ta mère disparue ? Ce que tu viens de nous conter, c'est la pure vérité ?

— Écrit noir sur blanc par la rédaction du *Populaire*.

— Pourquoi y affirmeraient une chose pareille, s'ébahit Normande, si c'était controuvé ?

— Pour nous faire pâtir. Sont capables du pire. Toutte pour nous rendre misérables.

— À ce p… point ? réplique Florentin. Ça se peut juste pas.

— Certain que ça se pourrait ! Z'avez oublié leurs menteries grosses comme le bras ? L'été passé, dans le Nord, le diable était aux vaches pis au crin de cheval ! L'été passé, pour calomnier des gens aimables, un torchon de même parlait de tentatives d'assassinats pis d'incendies !

— Pour le sûr, concède Norbert, faut généralement se défier du *Populaire*. Rien à son épreuve, ni canulars ni affabulations. La manière dont le charivari à Rosalie-la-Poule a été rapporté donnait frette dans le dos. Pis on parle pas du reste…

Vitaline fait remarquer que depuis une couple de semaines, un changement d'attitude prouvable de la part des rédacteurs se manifeste. Un repli effrayé se devine. Calmer un jeu en train de se muer en tragédie en bonne partie par leur faute à eux, qui ont bouté le feu aux étoupes… Assis à côté de son épouse, le dos raide comme un bâton et les traits figés, le capitaine Montplaisir prend la parole à son tour :

— Faut rester sceptique en rapport aux détails, mais à mon sens, les grandes lignes des événements sont créyables, passeque y a juste un fou furieux pour inventionner semblables cochonneries.

Les traits de dame Eugénie se sont décomposés. Tournée vers son mari, elle lance, suppliante :

— Paschat… emmène-moi ailleurs. Ben loin. Paschat ! Je veux partir en voyage. On va greyer la barque, pis on va naviguer jusqu'au paradis terrestre. Paraît que ça existe, des contrées de même. Où toutte le monde s'aime pis où les arbres produisent des fruits en abondance. Paschat, je t'en prie !

Son ton laisse percevoir une dangereuse surexcitation. Incapable de répondre à sa détresse, son mari fait une grimace douloureuse. Sautant sur ses pieds, Vitaline se précipite vers sa belle-mère pour la saisir par les épaules et la forcer à la regarder. Elle articule :

— C'est une plaisante idée que vous avez là. Sauf qu'y faut attendre la belle saison. Pis vous fortifier contre le mal de mer. Savez comme vous êtes fragile. Pour l'instant, une sieste, ça vous dirait ?

Je vous conduis à votre litte. Venez, dame Eugénie, accotez-vous sur moi. Je suis forte, vous savez. Pas de crainte à avoir.

— Je serais pas contre de m'allonger, avoue sa belle-mère en se mettant debout. Pour le sûr, j'ai un sacré tournis.

— On peut voyager en masse dans ses rêves, lui lance Norbert avec l'énergie du désespoir. Dormez bien, sa mère, pis longtemps.

Les jours suivants, malgré la tempête de neige qui s'abat sur la contrée, Vitaline s'astreint à plusieurs allées et venues entre sa maison et le village, afin de lire soigneusement les gazettes à la solde des autorités. Les membres de sa belle-famille ne veulent rien entendre des élucubrations, même les officielles, car elles donnent envie de dégobiller, mais la jeune femme, elle, surmonte sa répugnance viscérale. Elle veut comprendre la manière dont un régime despotique travestit la réalité !

L'information filtre au compte-gouttes. Après les premiers rapports à chaud, les gazettes tirent un voile épais sur le saccage inconcevable de Saint-Benoît, chapitre honteux de l'expédition du Nord. Les rares allusions au pillage à grande échelle et à l'état réel des forces en présence — ni fortifications ni canons patriotes — sont immanquablement suivies d'un chapelet de justifications. Seuls les suppôts de Papineau, ainsi que déchiffre Vitaline dans *L'Ami du peuple*, sont responsables du massacre de quelques centaines d'habitants, de la destruction de deux villages et de la ruine d'un grand nombre d'individus.

Le rédacteur dudit papier-nouvelles alimente le racontar pourtant éculé d'habitants crédules et dupés. Il prétend avoir entendu, de la bouche même des Loyaux du comté du Lac-des-Deux-Montagnes, *des récits qui font frissonner et qui surpassent presque les horreurs commises en France en 1793*. Qui plus est, une vingtaine de « factieux » auraient fait accroire dans le Nord que les patriotes de Saint-Denis avaient tué plus d'un millier de soldats et pris six canons. Vitaline est secouée par l'indignation. Comme si une telle manipulation des esprits était humainement possible !

Quant au *Populaire*, il fait étalage de renseignements prouvant l'impérieuse nécessité de détruire la bande d'insurgés. Le plan des chefs, bien à l'abri dans leurs camps fortifiés : recruter en masse pour grossir leurs rangs. Puis, une fois les glaces prises, désarmer les Loyaux du comté voisin d'Argenteuil. Enfin, lancer leur armée vers Montréal au moment où s'ébranlerait l'armée révolutionnaire recrutée aux États-Unis grâce aux réfugiés de l'autre côté de la ligne. Grâce au soulèvement généralisé des tuques bleues de la rivière Chambly, une légion innombrable et invincible aurait pris le chef-lieu du district en tenailles *soit par surprise, soit de vive force*.

Le rédacteur du *Populaire* se désâme pour disculper le commandement militaire. Des cruautés inouïes auraient été exercées. *Les listes de proscriptions étaient dressées à l'avance; les exécutions se seraient faites sans jugements et nous n'étions pas les derniers à être inscrits pour le plus cruel supplice.* Éberluée, Vitaline relit le passage une demi-douzaine de fois. Des mises à mort? Le rédacteur du *Populaire* parmi les premières victimes? Un délire de persécution monumental!

Au point, d'ailleurs, que l'écrivailleur se sent obligé de préciser que ces mensonges grossiers *pouvaient produire effet sur des hommes qui ne raisonnent point toujours et qui, du reste, ignoraient le véritable état de choses. On nous trompe souvent sur des événements qui se passent au milieu de nous, il n'est donc pas extraordinaire qu'on puisse abuser quelques habitants simples sur des faits dont ils ne peuvent deviner l'absurdité.* À Vitaline, l'explication est un aveu involontaire. Les véritables dupés, ou du moins ceux qui font mine de l'être, ne sont pas les habitants, mais ceux qui fréquentent les franges du pouvoir. En premier lieu, ceux qui publient des torche-culs.

Plus que tout, Vitaline tient à prendre connaissance de l'édition la plus récente de *La Quotidienne*. Sous un mirifique ciel azuré qui souligne la blancheur de la neige toute fraîche, elle se rend au bourg, ce jour-là, dans le but de mettre le grappin sur son frère, zélé diffuseur de la gazette patriote. Invariablement, Rémy reste en possession d'un exemplaire qu'il conserve précieusement sur lui; tout un chacun l'arrête, en pleine rue ou ailleurs, pour parcourir le feuillet ou se le faire lire. Même les mamoiselles l'interpellent, ce dont Rémy se réjouit de l'aube au brun. Si la jeune fille lui plaît, il étire la parlure jusqu'à l'extrême limite du convenable.

C'est avec une aversion grandissante que Vitaline fréquente les Dudevoir. Son arrivée suscite invariablement un bredas rempli d'exclamations trop expansives de la part de sa sœur et de sa belle-mère, suivies d'un très bref échange à bâtons rompus. Sur ce, ces dames se déclarent trop affairées et prennent la poudre d'escampette. Il ne reste généralement que l'un ou l'autre des très jeunes fils de Perrine pour tenir compagnie à la visiteuse. Rémy ne rêve que de partir. Vitaline craint fort que si les patriotes exilés lancent un appel, il y répondra. Norbert de même.

En vérité, leur père et leur beau-frère se sont transmués en rabat-joie, et leurs épouses renchérissent en matière de dénigrement de la cause patriote. À entendre Domitille et Perrine, les griefs dont la majorité des députés et leurs électeurs se plaignent depuis des années se résument à pas grand-chose. Il n'y a pas eu de Rue du Sang, pas de Salomon Barbeau transpercé dans le dos, pas de Louis Marcoux tiré à bout portant. Si les deux dames condescendent à reconnaître ces assassinats, c'est en faisant valoir que les meurtriers ne faisaient que réagir à des provocations réitérées.

En vérité, les maîtres-potiers et leurs tendres moitiés sont obsédés par la réussite sociale. Dans une perspective égoïste, ils sont parés à rogner la réalité pour la confiner dans un cadre étroit. Ce qui nuit à leur prospérité personnelle est forcément mauvais. Dieu sait comment les derniers mois ont été nuisibles, hormis pour les forcenés enrichis par le pillage et la rapine! Vitaline savait déjà que les biens matériels constituent un esclavage, car les gens bradent les principes de justice et de liberté pour les conserver. Mais à ce point, c'est à la limite de l'endurable.

Vitaline débusque son jeune frère, qui doit quand même s'astreindre à mériter son gîte et son couvert, dans la cave où pourrit la terre glaise jusqu'au printemps. Trop content d'une pause, Rémy suit Vitaline dans la salle commune. Exhibant *La Quotidienne*, il partage avec elle son émotion :

— Ça me donne l'impression de côtoyer Gilbert. Pis c'est le seul papier-nouvelles réellement fiable. Même *Le Canadien* de Québec est suspect depuis que son éditeur a viré son capot de bord.

Rémy désigne un paragraphe à Vitaline :

— T'as vu? On écrit que le tirage de *La Quotidienne* répond pas à la demande. Une sacrée bonne chose pour Gilbert. T'as eu de ses nouvelles?

Vitaline secoue la tête. Rémy réagit avec une moue de regret.

— Moi non plus. Va falloir que je fasse un saut par là-bas.

Elle ouvre de grands yeux.

— À Montréal ? J'aimerais y aller itou. Ça fait tellement longtemps…

Volubile, Rémy lui communique quelques faits nouveaux concernant les comtés du Nord.

— T'as su pour m'sieur Girod ?

Il fait allusion à l'ancien militaire d'origine suisse, notoirement patriote, que les exaltés ont métamorphosé en général de l'armée du lac des Deux-Montagnes. Vitaline se remémore un homme de petite taille, mais preste et vigoureux, et d'un tempérament sanguin et impulsif. Son frère explique qu'il tentait de quitter le district sous la loi martiale, mais qu'il a été dénoncé par un quidam reluquant la généreuse récompense de 500 livres pour sa capture. Rémy parcourt l'article de *La Quotidienne* :

— *Les autorités envoyèrent immédiatement à sa recherche, mais au moment où ils allaient se saisir de lui il se brûla la cervelle, et par-là ne leur laissa qu'un cadavre sans vie qu'ils mirent sur une traîne et qu'ils emmenèrent en ville. Il fallait qu'il fût emporté mort ou vif, car il a été logé dans la vieille prison…*

Ahurie, Vitaline balbutie :

— Son cadavre, mis au cachot ? Comme si on voulait le soustraire aux regards ?

La mine enténébrée, Rémy acquiesce d'un hochement de tête. Chose certaine, l'enquête a été placée sous la responsabilité du Dr Arnoldi, fanatique tout juste revenu de Saint-Eustache avec un considérable butin de guerre. Son verdict, mort par suicide, a été confirmé par une cour du coroner expéditive. Vitaline frissonne. Le droit canonique refuse une sépulture chrétienne à ceux qui portent atteinte à leur vie, à moins qu'ils soient qualifiés d'irresponsables. La voix éteinte, Rémy confirme que Girod a subi une mise en terre infamante : déposé dans une fosse au nord-ouest du faubourg Saint-Laurent, au croisement du chemin en haut de la côte à Baron. Un pieu a été enfoncé à travers son corps jusque dans le sol.

Les *Britons* cachent des âmes noires sous leurs habits stylés ! Impulsivement, Vitaline se signe, en marmonnant une patenôtre pour recommander l'âme du défunt au Créateur. Rémy, lui, émet un chapelet de phrases vibrantes de colère.

— Un zélé furibond a pu loger une balle dans la cervelle de Girod. Y peut avoir plusieurs blessures par balles, pis les autorités veulent le cacher! Pis tu sais quoi? Bleury pis sa compagnie de Carabiniers ont figuré partout dans la triste affaire.

L'information tire instantanément Vitaline de son hébétude.

— Bleury, son ennemi juré?

— Lui pis ses hommes étaient en chasse. Paraît que Bleury gueulait en partant: «Faut le prendre vif pis le faire crever à petit feu en le roulant dans un tonneau garni de clous!» Y s'est fait battre de vitesse par une autre gang dans laquelle figurait le délateur de Girod. En fin de compte, c'est sur Bleury pis ses hommes qu'est retombé le pénible devoir d'escorter le cadavre pour la mise en terre.

— Chénier pis Girod l'un à la suite de l'autre, souffle Vitaline, ça plombe l'âme. Je crois que je vais rentrer. J'en ai assez pour une couple de jours au moins…

La jeune femme retraite vers son domicile. Elle s'imprègne du panorama empreint de pureté. Elle l'aspire et le gobe, combattant l'envie de s'y vautrer, afin de s'en gorger jusqu'au tréfonds de son être. À son arrivée, elle voit que son mari et son beau-frère sont plongés dans une vive discussion. Ils sont dehors, auprès de l'abri à la mode sauvage que Norbert était en train d'ériger. Vitaline sait de quoi il retourne. Florentin craint pour leur sécurité si son frère et lui dorment autour d'un feu ouvert lorsque la température extérieure le permet. Il faut s'encabaner pour survivre à la désolation. Il veut convaincre Norbert de remettre le projet coutumier à plus tard, mais celui-ci rechigne à entendre raison.

Après un soupir de fatigue, Vitaline entre dans la maison. À quelques jours de la Noël, rien ne va comme de coutume. Pour les habitants, il n'y a pas de convoi de denrées jusqu'aux marchés de Montréal. Il n'y aura pas de veillée festive avec un plantureux repas, de la musique et des danses jusqu'à l'aube. Fontaine est venu dès que possible aux nouvelles. Le frère aîné de Florentin, qui habite un village de l'arrière-pays nommé Rougemont, leur a offert le gîte en cas d'urgence, mais il a spécifié qu'une réception était hors de question en ces temps de misère.

Pour le restant de la journée, Vitaline traîne une extrême lassitude. Ce qu'elle a appris tout à l'heure grâce à Rémy et à *La Quotidienne* tournoie dans sa cervelle. Elle voudrait dormir tout son saoul. Elle voudrait qu'une bienfaisante amnésie la transporte ailleurs que dans un monde pollué par les forcenés et les furibonds, ailleurs que dans un monde ravagé par les maltraitances et les sévices. Gentiment, lors d'un tête-à-tête dans la salle commune, son mari finit par s'enquérir de ce qui lui plombe ainsi l'humeur.

Chamboulée par la sollicitude dans sa voix et par sa mine préoccupée, Vitaline pile net pour lui transmettre les troublantes informations au sujet d'Amury Girod et du Dr Chénier. Debout face à elle, Florentin est à ce point attentif que, ouvrant tout grand les digues, elle fulmine au sujet de l'attitude détestable des Dudevoir. Leur absence totale de dignité la révolte au plus haut point! Pour mieux pencher du côté du pouvoir, ils renient leurs anciennes allégeances... Vitaline laisse sa voix mourir. Florentin s'est prouvablement raidi. Soudain, elle se souvient. Lui itou renvoie la balle des excès aux tuques bleues. Lui itou leur reproche une grandissime part de responsabilité en ce qui concerne la répression militaire!

— Je p... préfère, bégaye-t-il, laisser le sujet tranquille.

Doucement, sans une miette d'agressivité, Vitaline fait valoir :

— Je croyais que je pouvais me confier à toi.

Loin de l'amadouer, l'assertion semble ajouter aux affres de Florentin, qui ne peut retenir une vive grimace de contrariété. La flamme de la crainte s'allume au plus creux de Vitaline, mais elle s'y est accoutumée. Depuis des semaines, elle est hantée par une peur constante. En comparaison, celle que lui inspire son mari n'est rien! Elle guette la réaction de Florentin. Elle veut comprendre pourquoi il tolère si difficilement les divergences avec son épouse. Les critiques. Comme son mari reste muet, elle dit paisiblement :

— Le sujet reste là, entre nous deux, même si on l'évite. Je crois même que plus on l'ignore, plus y grossit. Comme nos griefs à nous autres, Canadiens, envers la mère patrie. Le gouvernement impérial a faitte mine que c'était de la bouette. Y a faitte mine de rien voir. Pis tu vois où ça nous a menés?

— J'haïs ça qu... qu... quand tu fais la fière!

Florentin a haussé le ton. Irascible, il trépigne sur place, la foudroyant du regard. Tout aussi subitement, il s'encalme, les yeux écarquillés, comme pris au revers par une intense surprise. Les entrailles serrées par l'appréhension, Vitaline l'observe posément. Elle croit deviner la source de son malaise, ce qui l'émeut. Dans son soubresaut d'humeur, Florentin voit une réplique, en miniature, de celui de l'Exécutif de la colonie. Il voit sa propension à bâillonner son épouse et il l'associe à la manière dont la phalange de despotes a réussi à réduire l'opposition légitime au silence. Il a honte de lui.

Bouleversée, Vitaline essuie les larmes qui perlent au bord de ses cils. Impulsivement, Florentin s'avance pour saisir sa tendre moitié à bras-le-corps et, respirant lourdement, la serrer farouchement. La jeune femme, les jambes flageolantes, n'a pas d'autre choix que de s'appesantir contre son torse. Comme l'existence est escarpée, par les temps qui courent, comme elle est ardue à gravir! Dans un chuchotement, son mari fait état de son malaise causé par le différend entre eux deux. Il trébuche sur quasiment chacun des mots, mais il tient à affirmer qu'il n'est pas un vire-capot. Tout bonnement, il regrette que les insurgés aient joué avec le feu à la manière d'enfants s'amusant à battre le briquet.

Tout ce temps, Vitaline a écouté son mari avec une patience d'ange, même s'il se donne la part trop belle. Il a plutôt joué au pisse-vinaigre! Lorsqu'il a fini, elle quitte le havre de ses bras et recule de quelques pas. Enfin, tâchant de garder un calme exemplaire, elle le contreboute. Les insurgés auraient allumé un pétard, pour s'enfuir, en panique, avant l'explosion incontrôlable? Non point. Le fond du sac, c'est qu'ils ont été trop confiants. Comment imaginer que pour conserver sa prééminence, un aréopage de despotes mettrait les éloquents Réformistes à genoux, et un pays, à feu et à sang? Il faut soi-même être capable d'une telle monstruosité pour arriver à l'envisager.

Vitaline s'octroie une pause pour jauger l'effet de ses paroles sur Florentin. Il se sent brouscaillé, comme le prouvent le pli sur son front et la crispation de sa bouche, mais il reste immobile. Son épouse ajoute qu'en rétrospective, il est fichument aisé de jeter l'opprobre sur Thomas Storrow Brown et son incapacité à organiser la résistance à Saint-Charles et dans les alentours. Sauf qu'en réalité, le fait d'avoir laissé un jeune étranger à la paroisse s'arroger le commandement ne trahit qu'une chose: ses camarades jugeaient farfelue l'éventualité d'un affrontement avec un corps expéditionnaire greyé pour rosser une horde d'ennemis jurés.

Éberlué, Florentin fixe Vitaline. Il réplique enfin:

— Tu t… t… t'en viens savante en masse.

Elle sourit légèrement. Le reproche n'est pas neuf, mais son mari y mettait une acrimonie qui, astheure, brille par son absence.

— Je jongle, répond-elle. Je me parle à moi-même. Pour le sûr, tu le fais itou…

— Certain. Facile de rum… ruminer. Sauf q… q… que nos pensées prennent des di… directions di… di… différentes.

— Tu cherches à te conforter dans tes idées. Moi itou. C'est normal. Faut juste… éviter de se cantonner dans son retranchement.

Après un temps, Florentin demande à Vitaline, le ton très bas, si elle veut bien monter dans leur chambre, s'étendre à ses côtés et lui conter ce qu'elle a vécu pendant la résistance de Saint-Denis, alors qu'il effectuait une livraison par bateau en compagnie de son père. Et même ce qu'elle a vécu en sa présence, puisque tous deux ne voient pas les choses d'un œil identique… Amadouée par sa prévenance inhabituelle, Vitaline accepte, précisant que la relation s'étendra vraisemblablement sur plus d'une jasette.

Florentin déclare qu'une tisane très chaude leur fera grand bien. Il lui ordonne d'aller se coucher, affirmant qu'il lui portera le souverain *breuvage*. Vitaline réagit par une mine éberluée, ce qui fait rire son époux comme un bossu. Déridée, elle procède à ses ablutions, puis elle grimpe l'escalier. Elle entend le canard craquer sur le poêle, tout en laissant fuser la vapeur d'eau bouillante, puis dame Eugénie grimper entre les parois du lit bateau, revenue d'une courte veillée chez une voisine, et enfin le capitaine Montplaisir rentrer de l'extérieur avec ses deux autres enfants, conversant à mi-voix.

Pendant un bon moment, la jeune femme craint que son mari ne se laisse absorber par l'échange de vues, mais il surgit bientôt, portant deux gigantesques tasses. Leur parlure à la lueur d'une chandelle dure plusieurs heures. Vitaline croyait tomber vitement de fatigue, mais un élan d'énergie la maintient parfaitement éveillée. Elle se délecte de l'harmonie qui règne entre son mari et elle, au fur et à mesure des réminiscences. Leurs divergences, en vérité, sont bien peu de chose. Des conceptions toutes faites qui colorent la lecture des événements. Pour la première fois, Vitaline se permet même de nommer Vincent comme l'un des combattants. Rapportant la teneur de quelques-uns de leurs entretiens, elle en retire un bien fou, comme si son amoureux secret se tenait au plus près d'elle, dans la quasi-noirceur.

Lorsque Florentin saisit sa main, Vitaline ne peut s'empêcher de lui caresser les doigts. Lorsqu'il se tourne vers elle pour lui toucher l'épaule de son autre main, elle ferme les yeux et s'abandonne. Elle veut la paix. L'amour. L'exaltation des sens. Le retour à l'époque bénie d'avant leur petite Olympe, alors qu'un patient apprivoisement avait permis au désir de fleurir entre eux deux.

Soudain, les traits mignons de la fillette, tout sourire, s'imposent à Vitaline comme jamais depuis son trépas, près d'un an auparavant. Bouleversée, elle souffle à Florentin, en train de parcourir de la main son corps au complet :

— Tu sais quoi ? Ma peur est disparue. Je veux bien devenir grosse à nouveau.

Les paupières toujours closes, elle ajoute :

— Olympe vient de me faire signe. Elle veut un frérot ou une sœurette.

S'immobilisant, son mari murmure, le timbre altéré par l'émotion :

— Toi itou, tu lui causes par en dedans ?

— Souvent. J'y peux rien, c'est de même. Elle se cache dans un recoin de moi, pis elle surgit comme un diable sort de sa boîte.

Vitaline sent Florentin qui l'attire, et elle se coule entre ses bras, s'accolant de tout son long à lui. Il respire lourdement, et après un temps, il réussit à émettre :

— Tant de chagrin... J'ai eu tant de chagrin...

— Je sais. Z'étiez si beaux à voir ensemble...

Pourtant endurant à la souffrance, comme la plupart des mâles, Florentin est déchiré par un âpre sanglot. Étreignant son mari, Vitaline lui donne le temps de répandre ses larmes. C'est la première fois qu'il lâche prise devant elle. Il aurait dû le faire bien avant. Elle comprend que sa peine, trop longtemps refoulée, n'est pas uniquement due à la perte de leur fillette, mais également au spectacle de sa nation dévastée. Il pleure les massacres et les violences, et aussi son sentiment d'impuissance, sa pénible obligation de ravaler sa juste indignation et de réprimer un besoin viscéral de contrebouter l'injustice.

Lorsqu'il commence à montrer des signes d'apaisement, elle dit doucement :

— Faut que t'arrêtes de te méfier de moi. Faut que tu me fasses confiance. Tu veux pas m'importuner, je sais. Tu te disais que je pâtissais déjà trop... Mais c'est pas de même que ça marche entre des époux. En me cachant ta douleur, tu caches le reste. Tu te caparaçonnes. Pis moi, je me sens esseulée. Triste.

Il balbutie :

— S'cuse-moi. C'est le contraire que je souhaite.

Pour toute réponse, Vitaline pose les lèvres sur sa joue, dont elle savoure le goût salé. Parfois, l'accord entre deux êtres est si ardu... Florentin se met à caresser son épouse et à l'embrasser avec la fougue d'un mâle privé de contentement depuis des lustres, mais avec une prévenance exacerbée par la commotion qui vient de se produire à l'intérieur de lui. Aussi lutine-t-il Vitaline avec un débordement d'affection qui, au ravissement de celle-ci, décuple la sensation provoquée par chacun de ses gestes, jusqu'à leur conférer une exquise âpreté.

11

Marchant dans la direction de son domicile du faubourg Québec, Gilbert est plongé dans un ébahissement perpétuel. En ce 2 janvier 1838, l'hiver a été chassé par un redoux subit, et l'air est parfumé des senteurs enivrantes du dégel du sol, mais du crottin de cheval itou. Tout à l'heure, le jeune homme a miré un fleuve totalement libre de glace, d'une rive à l'autre. Instinctivement, il a cherché du regard les bateaux à vapeur qui effectuent les traversées, pour se souvenir qu'ils sont dans un lieu d'hivernage, bien à l'abri.

Astheure, la noirceur est tombée, l'heure du souper est survenue et Gilbert pousse l'huis en priant pour que les trois dames qui cohabitent avec lui soient de retour de leurs sorties quotidiennes. Il est exaucé: non seulement sa grand-mère est debout en plein milieu de la salle commune, ce qui est un miracle, mais en plus, Ériole et Caroline s'activent comme de coutume. Refermant derrière lui, Gilbert s'écrie:

— Bonsoir, belles et bonnes amies! Z'êtes parées pour votre étrenne du jour de l'An?

Se tournant vers lui, Caroline joint ses mains l'une contre l'autre en signe d'allégresse.

— Oh oui! Je meurs d'envie, m'sieur, de vous ouïr.

— Je vous avertis, réplique-t-il théâtralement. Le porteur aime être inondé de remerciements, mais y accepte juste l'argent dur en forme de sous.

— Je garantis pas que vous serez couvert de cennes de la tête aux pieds, répond Ériole, mais je devrais pouvoir mettre une ou deux piécettes au creux de votre paume.

— Dans ce cas, tirez-vous une bûche tandis que je me prépare.

Peu après, Gilbert se campe face aux trois femmes, placées en demi-cercle. Le feuillet du papier-nouvelles en mains, il déclare :

— Comme c'est aujourd'hui le jour de l'An… je sais, c'était hier, mais une couple d'ouvriers étaient partis pour les réjouissances et les visites obligées.

— C'est vrai, interjette sa tante, j'ai tendance à oublier que c'est rendu que tu travailles pour une véritable entreprise de presse. Une armée d'apprentis typographes pis imprimeurs.

— Exagérez pas. Rien qu'une couple. Je suis pas marri de pouvoir délaisser la typographie. Je peux procéder ?

Sans attendre de réponse, il se met à réciter le poème imprimé en première page :

— *Salut, amis de mon pays ! Fidèles au mot* d'en avant, *attaquons nos caves et nos futailles, et couvrons le champ de bataille d'un tas de bouchons et de flacons.*

— « En avant » comme les Fils de la Liberté ? s'épate Caroline. C'est trop drôle !

— *Nous n'sommes pas des buveurs de sang, ni des pillards, ni des brûlards. Vive le whisky, vive le vin blanc qui coule à flots dans la rivière ; buvons du cidre et de la bière, et l'Canadien s'en trouvera bien.*

— Comme dans le temps de l'encouragement aux industries locales, soupire Ériole avec nostalgie.

— *Mais en ce jour de fête, amis, dans nos ébats n'oublions pas le sort de nos frères chéris, ni l'porteur de* La Quotidienne *qui, pour deux sous, trois fois la semaine, nous réjouit de ses On-dit. Jaloux de not' petit papier, un malotru, le sot* Popu, *voudrait pourtant le déchirer ; mais il a beau faire, c'te bête, jamais les cornes de sa tête ni de son front le perceront !*

Sur ce point final qu'il a quasiment gueulé, Gilbert s'incline sous les applaudissements nourris agrémentés d'éclats de rire, puis il avance d'un pas en tendant la main comme s'il quêtait une obole. Ériole lui donne une gentille tape :

— Ton salaire, ce sera un bon fricot, correct ?

Après une ultime révérence, Gilbert met fin à la représentation. Ils s'attablent tous les quatre. Après quelques bouchées, Caroline lance au nouvelliste :

— La chicane est encore pognée entre le *Popu* pis vous autres ?

— Plus que jamais. L'ennemi refuse de désarmer. Y est jaloux de notre succès.

— J'ai peur que ça finisse mal. Les autorités fourbissent leurs armes en vue d'un tir groupé !

Caroline fait allusion à l'entrefilet qui a mis le feu aux poudres, le 28 décembre. Désormais, la jeune femme se régale d'une section de *La Quotidienne* qui s'est acquis une popularité instantanée : les « on-dit ». Sous le couvert du badinage, François glisse de précieuses informations. Ainsi, il a révélé que l'Institut sulpicien a *souscrit plusieurs centaines de louis pour habiller et équiper une partie de l'expédition dirigée contre les gens du Nord*, c'est-à-dire plusieurs régiments de *volunteers*.

Le paragraphe s'achevait comme suit : *on assure que ce n'est ni la générosité ni des motifs de sympathie ou de charité qui ont porté les Messieurs à faire cette largesse*. Gilbert suppose que François est informé par quelque ami dissimulé sous une carapace de loyalisme. Chose certaine, l'Institut sulpicien avait tout intérêt à réduire à néant l'influence réformiste au Lac-des-Deux-Montagnes, comté voisin de sa seigneurie de la Mission d'Oka. Les Messieurs détestent les empêcheurs de spolier en rond.

Gilbert profite de la brèche ouverte pour expliquer :

— François détient un autre renseignement, trop hasardeux pour être imprimé. Le supérieur de l'Institut aurait indiqué à l'état-major une route secondaire afin que la grande armée évite les rebelles, que l'on disait parés à guerroyer le long du chemin le plus direct et le mieux balisé.

Encouragé par les mines éberluées de Caroline et d'Ériole, le jeune homme précise que Joseph-Vincent Quiblier aurait tracé ladite route sur une carte géographique. Sauf qu'il est périlleux d'attaquer ouvertement la réputation des seigneurs de l'isle de Montréal et de quelques autres parcelles environnantes, comme Gilbert l'a bien compris lorsqu'il était étudiant à leur collège, puis instituteur dans une école partiellement financée par eux. Soudain rieuse, Caroline rappelle la manière dont la réaction aux insinuations de *La Quotidienne* s'est manifestée. Un marguillier bureaucrate s'est installé sur le parvis de l'église Notre-Dame pour pourfendre la gazette patriote !

Gilbert saute sur l'occasion pour brandir le feuillet imprimé ce jour d'hui :

— François s'en moque ! Écoutez ça. *On dit que dimanche dernier, au sortir de la messe, un nigaud éleva la voix et croassa fort sur le compte de* La Quotidienne. *On dit aussi qu'entre autres niaiseries, il régala la foule qui s'était assemblée autour de lui et le huait sans cesse, du discours suivant : « ceux qui encouragent ce journal n'ont pas plus de religion que la boue de mes souliers » et qu'enfin il fallait l'écraser.* « *Comme une* FRAMBOISE ! », *reprit un plaisant en lui pesant sur la tête.*

Ériole éclate d'un rire tonitruant. L'allusion est claire comme de l'eau de roche : le nigaud n'est nul autre qu'Alexis Laframboise, marchand trop bien gourmé qui soigne ses accointances avec les puissants *Britons* fanatiques de la cité marchande. Depuis la Rue du Sang, il est célèbre pour faire partie d'un aréopage de Canadiens industrieux qui étaient soutenus dans leurs entreprises par la masse de leurs concitoyens, mais qui sont astheure méprisés pour s'être vendus au despotisme et à leurs prophètes de malheur.

Gilbert poursuit :

— Pis plus loin : *Pourquoi les Framboises sont-elles si méchantes à cette saison de l'année ? Parce que pour se conserver saines il faut qu'elles soient au moins imbibées d'un peu d'esprit.* Vous la comprenez ? Comme esprit-de-vin ou esprit-de-bois…

— Ou même souffle de Dieu, précise Ériole. Comme Esprit saint.

— Un triple sens ? Décidément, François a l'esprit plus vif que je croyais.

Égayé, Gilbert déclare à l'adresse de Caroline :

— Tu te souviens de ta farce de l'autre jour sur les *volunteers* ? Mon patron l'a trouvée tant bonne qu'y l'a imprimée noir sur blanc.

Le rouge monte aux joues de sa jeune amie, qui réussit tout juste à émettre :

— Pour vrai ? C'est où ?

Gilbert pose le feuillet sous les yeux de l'ancienne ébraillée et lui désigne l'entrefilet. Elle le déchiffre lentement, à voix haute, le visage fendu jusqu'aux oreilles :

— *Pourquoi est-il si difficile de distinguer les… les…* Misère, c'est quoi ce mot ?

— « TaireslonVo. » Volontaires à l'envers. François fait tout son possible pour contourner les accusations de libelle diffamatoire.

— *Pourquoi est-il si difficile de distinguer les taireslonVo d'avec leur froc ? Parce que souvent les uns sont gris et les autres gris.*

Même si elle a entendu la saillie à maintes reprises, Ériole glousse encore.

— Gris de bougrine comme de boisson... plaisant en masse !

— Attends que je mire un Volontaire entre quat'z'yeux.

Toute gaieté envolée, Caroline parle d'un ton grinçant.

— M'a y parler dans le casque. Ça serait gentil qu'y fassent attention avec leurs armes. Je suis à la veille de pogner les nerfs à force de les entendre décharger à tout venant quand y terminent leur service.

Gilbert ne peut retenir un sourire de dérision.

— Y va te traiter de femmelette ! C'est à la dure qu'y faut apprendre la vaillantise anglaise.

— Sont venus tout à l'heure.

Grand-mère sort de son mutisme pour faire état d'une visite des *volunteers*, plus tôt dans la journée, et l'assertion est accueillie par un silence catastrophé. Gilbert réfléchit à toute vitesse. Une seconde fouille pour débusquer des armes ? Les juges de paix clubistes mettent en œuvre une mesure récemment adoptée en assemblée : chaque quartier de la ville et des faubourgs est placé sous la supervision de deux d'entre eux, chargés de mettre sous scellés jusqu'à une date indéterminée les armes à feu appartenant à la population civile. Seuls les *volunteers* dûment enrégimentés ont le droit d'en posséder.

Gilbert questionne âprement son aïeule :

— Z'avez répondu à la porte ? Z'êtes pas supposée ouvrir quand vous êtes fin seule !

Comme si elle relatait une veillée avec des voisines, dame Royer répond prosaïquement :

— Les visiteurs étaient pas en quête d'armes, mais de la plus célèbre tuque bleue de la colonie.

C'est-à-dire Louis-Joseph Papineau. Caroline en tombe des nues :

— Lui-même en personne ? Mais c'est notoire qu'y est en sécurité de l'autre côté de la ligne !

— Quand on met un pays en état de siège, rouspète Ériole, faut cultiver les apparences. Y vous ont malmenée, grand-mère ?

— Pantoutte. Pis sont guère restés longtemps.

Gilbert pressent que son camarade de collège, Matthew Carroll, était de l'équipée. Un ange gardien veille sur eux pour les protéger d'écarts de conduite. La troupe de *volunteers* aurait pu exiger d'avoir accès aux lieux en pleine nuit. Ils auraient pu, comme ils le font souvent lorsqu'il n'y a que des dames présentes, déchirer les tapis ou les courtepointes avec leurs sabres.

— Je serais pas surprise qu'y aient commis des larcins, ronchonne Caroline. Faudra faire l'éventaire.

— Faites *l'inventaire* si vous voulez, jette Ériole dans un sursaut d'impatience, mais ça donnera rien de se plaindre s'y manque des affaires.

Encombré par une sourde colère, Gilbert s'écrie :

— Les fouilles à domicile concernant m'sieur Papineau, c'est le comble de la niaiserie. Touttes ceux qui sont reliés à lui, de près comme de loin, ont été inspectés plusieurs fois. Pis sans mettre de gants blancs, je peux vous l'assurer. Viger-au-grand-nez, au moins deux fois. Je le sais parce que François le connaît bien. Pis la seigneuresse Dessaulles, combien de fois, vous pensez ? La police de Saint-Hyacinthe a juste elle dans sa ligne de mire.

Gilbert fait allusion à Rosalie, la sœur de Louis-Joseph Papineau. Sans ménagement, le nouvelliste se lève et commence à débarrasser la table. Puis, n'y tenant plus, il explose :

— Dire qu'on est obligés d'endurer un régime de terreur rien de moins qu'illégal pis inconstitutionnel. Ça me dépasse ! Un régime de terreur qui est juste une permission pour les convulsionnaires de nous piller pis de nous humilier !

Sa tante réagit aux emportements de son neveu avec une placidité exemplaire, comme elle a pris coutume de le faire. Gilbert se détourne pour verser de l'eau très chaude depuis un chaudron dans une bassine à vaisselle. Dame Royer souhaite aller se coucher pour la nuit ; Ériole lui apporte son aide. Dès qu'elles se sont éloignées, Caroline vient se placer tout à côté de Gilbert. Elle dit :

— Je peux laver, si tu veux. Tu rangeras. Ça va te faire du bien de te promener de long en large.

Après avoir redéposé le chaudron sur le poêle, Gilbert fait face à la jeune femme pour déclarer fortement :

— J'en ai assez que ma tante veuille juste me faire assavoir que je parle trop fort pis que je m'énerve.

— Faut la comprendre. Faut nous comprendre, nous les femmes. Des fois, à défaut de diriger votre colère au bon endroit, vous la déversez sur nous autres. Pis c'est ardu à supporter.

Gilbert reste coi. Il est si pire que ça ? Depuis son retour du voyage éclair à Saint-Eustache, il a conscience de sa tendance à se hisser sur ses ergots, mais il se croyait aisément excusable… Caroline s'installe pour laver la vaisselle. Elle interroge son ami :

— Des nouvelles au sujet de la requête des avocats ? Ça m'intéresse. J'aimerais que tu m'expliques.

Péniblement, Gilbert ramène sa pensée sur le sujet de l'heure. William Walker et James Stuart ont comparu devant les juges de la Cour du banc de la reine. Soulignant les aspects éminemment discutables de la loi martiale, ils plaidaient pour la remise en liberté, par ordonnance d'habeas corpus, de Côme-Séraphin Cherrier et de Toussaint Peltier, leurs clients jetés au cachot un mois plus tôt sous accusation de haute trahison. Écroués uniquement pour avoir activement participé à quelques assemblées anticoercitives de l'été 1837.

Gilbert répond à la question de Caroline en faisant remarquer :

— Que Stuart pis Walker s'élèvent astheure contre l'esprit d'exclusion et d'intolérance qui préside au régime de terreur est diablement réjouissant. Jusqu'à l'été passé, Walker était membre actif de la Montreal Constitutional Association.

— Candidat bureaucrate aux dernières élections générales, enchaîne la laveuse de vaisselle, y a fait jouer tous les rouages de l'intimidation pour gagner.

— Quant à Stuart, qui a pourchassé les patriotes en tant que procureur général à l'époque Dalhousie, la Chambre d'Assemblée l'a mis en accusation…

Les sourcils froncés, Caroline coupe la parole à Gilbert :

— Pour les deux avocats, c'est pas un coup d'épée dans l'eau que de faire semblable représentation ? La loi martiale va forcément cesser. Toute résistance armée a pris fin, même le commandant en chef l'a proclamé le mois passé !

— Y veulent faire œuvre d'édification. Tu sais comme moi que les juges doivent surtout pas leur poste à leurs compétences légales. La requête a été déboutée par les juges. La loi martiale est légalement proclamée et établie dans le district de Montréal. Les circonstances le nécessitaient: le pouvoir civil et l'autorité judiciaire avaient été vaincus.

Faisant appel à son plus beau paroli anglais, Gilbert déclame de mémoire:

— *The first and highest prerogative and duty of the Crown is the protection of those who maintain their allegiance against the enemies of order and peace. To repress by arms any insurrection or rebellion to which the civil power cannot be successfully opposed, is therefore a legitimate exercice of the royal authority; and in the attainment of this object, the proclamation of martial law becomes indispensable.*

Égayé par la mine éberluée de son auditrice, il redescend de son piédestal imaginaire pour lui fournir la traduction sommaire, effectuée pour le compte de *La Quotidienne* et qui encombre encore sa cervelle.

— L'apanage suprême de l'autorité royale est de protéger les fidèles sujets. Or, le représentant de la Couronne a jugé indispensable de proclamer la loi martiale.

Néanmoins, Gilbert rappelle qu'en théorie, selon la loi criminelle anglaise, seule la législature a le droit de décréter l'impérieuse nécessité d'imposer un régime extraordinaire; une semblable mesure en temps de paix serait illégale au Royaume-Uni. S'appuyant sur l'opinion de son patron de *La Quotidienne*, Gilbert soumet à sa jeune amie la plus crédible hypothèse concernant la suite des choses. La loi martiale perdurera afin de laisser les prisonniers derrière les barreaux le plus longtemps possible. À cause de la quantité d'arrestations vengeresses à la grandeur du district, l'examen de la preuve s'avère une entreprise titanesque. Mais surtout, les forcenés voudront faire ratifier une loi empêchant le retour du balancier, c'est-à-dire des poursuites contre les bourreaux de la part des prisonniers, après leur libération.

Frappée d'étonnement, Caroline ânonne:

— Une loi contre les poursuites? Je comprends pas.

— La plus grande crainte des forcenés, c'est d'avoir à répondre de leurs actes. Des actes qui leur mériteraient, comme tu sais, de sévères sanctions. Y ont brutalisé des gens, volé et incendié leurs biens…

— Pis humilié des dames!

Gilbert acquiesce sobrement. La relation a créé une onde de choc: à Saint-Benoît, le 15 décembre, les furieux ont obligé les épouses et la famille immédiate de trois patriotes en vue à se dénuder quasi entièrement, avant de les jeter dehors et de bouter le feu à leur domicile. Pour empêcher les habitants de leur offrir le gîte, on menaçait ceux-ci de toute la pléiade des châtiments loyaux. Heureusement, quelques-uns ont bravé la défense et ouvert tout grand leurs portes aux infortunées.

— Donc, reprend Gilbert, les forcenés tiennent mordicus à se blanchir d'avance. C'est toujours de même. Y a plein d'exemples dans l'histoire.

— Tu veux dire qu'y seront jamais inquiétés?

— Jamais.

Ahurie par une telle perspective, Caroline reste figée sur place. Combattant l'envie de la prendre dans ses bras pour la consoler, Gilbert se détourne pour dire:

— J'ai ressenti la même chose. Ça… ça écœure, y a pas d'autre mot.

Là-dessus, Ériole survient. S'emparant du feuillet de *La Quotidienne* qui traînait sur la table, elle prend place dans la berçante délaissée par dame Royer, tout en s'enquérant à haute voix:

— Du neuf au sujet du Dr Chénier?

La tuque bleue de Saint-Eustache est le sujet de quasiment toutes les parlures depuis une quinzaine de jours. C'est *La Quotidienne* qui, la première, a révélé que son corps avait passé plusieurs jours exposé à l'auberge Anderson. Comme l'a écrit François, il était *mutilé horriblement, il était fendu en quatre, et son cœur avait été extrait de sa poitrine, c'était un spectacle horrible et répugnant pour l'humanité*. Ensuite, *L'Ami du peuple* a publié une correspondance confirmant qu'un médecin des troupes avait mis le cœur dans un plat pour l'exposer aux yeux de la multitude. Une sentinelle à la porte disait à ceux qui entraient: «Venez voir le cœur d'un traître!»

Il est bien connu que les *Britons* se régalent de punir ce crime en retirant leur cœur aux morts par pendaison. Mais le Dr Chénier, un homme si droit, un Réformiste animé des principes les plus purs?

Ce raffinement de barbarie est impensable. Par la suite, *L'Ami du peuple* s'est rétracté d'avoir insinué que les troupes avaient exécuté la loi martiale sur le cadavre d'un homme dont les actions étaient un aveu de culpabilité, mais qui n'avait pas été jugé selon les règles.

Si le chirurgien a pratiqué une autopsie, c'est que la balle principale ne paraissait pas avoir causé la mort de Chénier, ainsi qu'il l'a spécifié lui-même dans une lettre publiée par *L'Ami*. La risible parade a suscité bien des rires gras et bien des commentaires méprisants. Une autopsie sur le cadavre d'un rebelle, dans le feu de l'action, au sein d'un village en proie aux flammes ? Une incommensurable niaiserie !

Gilbert reporte son attention sur sa tante, qui se régale de quelques farces. Le propriétaire de *La Quotidienne* a non seulement inauguré une rubrique de « on-dit », mais une autre intitulée « les pourquoi et les parce que ».

— *Pourquoi les Fils de la Liberté ont-ils été dispersés ? Parce qu'on a cru qu'y voulaient se saisir de leur mère. Pourquoi garde-t-on la prison avec autant de soin ? Parce que l'on y a enfermé presque tout l'esprit contenu dans Montréal.*

Chaque fois qu'il mire quiconque en train de se gausser, Gilbert est épaté. Son patron sait-il à quel point la dose d'humour noir qu'il distille dans les pages de sa gazette est essentielle à la bonne santé morale des patriotes du district ? Certes, il offre à son lectorat ce dont il a lui-même urgemment besoin. Néanmoins, observant sa tante et Caroline qui rigolent en chœur, Gilbert se promet de le rappeler à François. Sans cet exutoire, la désespérance collective atteindrait peut-être un point de non-retour. Avec ce qu'il nomme ses turlupinaderies, l'imprimeur et nouvelliste mérite d'être considéré comme l'un des héros de sa patrie !

12

Chaque jour qui passe, la menace s'intensifie. François a ouï-dire d'un mandat d'arrêt contre lui. Une farce en forme d'attrape ? Gilbert est dûment averti : si son patron est emprisonné, la publication de *La Quotidienne* est suspendue. *Que deviendraient les valets si Lemaître était encagé ?* Pour le sûr, sans François, l'échafaudage s'écroule… Au moment de son embauche, Gilbert s'attendait à des vicissitudes, mais jamais il n'aurait cru qu'un nouvelliste honnête serait à ce point conspué par la faction sectaire. Il faut dire que François manie la goguenardise avec un art consommé.

Si les gazettes concurrentes sont prophétiques, l'orage gronde. Selon *L'Ami du peuple*, le *papier révolutionnaire* bénéficie d'un financement occulte pour aligner les menteries, et ses vues *sont évidemment anti-religieuses et anti-loyales*. Il finira comme *La Minerve*, et son propriétaire *ferait mieux d'aller rejoindre son ami Duvernay* ! Même la *Quebec Gazette* conseille au plus fanatique magistrat de la capitale, Robert Symes, de se saisir de *La Quotidienne* et de sa presse. Une allusion au rôle que ce faquin a joué dans la mise à sac du *Libéral*, où François travaillait auparavant.

Gilbert courbe le dos tout en poursuivant son travail de premier lecteur des papiers-nouvelles du clan ennemi. Une épreuve qui confine au martyre ! Pour édifier son patron, il résume verbalement le compte rendu soigneusement distordu de l'année 1837 livré par *Le Populaire*. Comme de coutume, le président de la Chambre d'Assemblée est la tête de Turc de son rédacteur à la solde du seigneur Debartzch et de son allié Bleury. Pour bien comprendre le genre de propagande qui se diffuse jusqu'à Londres, Gilbert décortique l'article et ses grossiers excès de langage.

— M'sieur Papineau convoitait *le gouvernement suprême de la colonie.* Y aspirait à renverser le Conseil législatif pour le garnir de ses créatures, espérant prendre les rênes du pouvoir législatif et *forcer l'Exécutif à courber sous sa main de fer.* Dans ce but, m'sieur Papineau a entretenu les dissensions entre la représentation populaire et les deux autres corps institués par la Constitution, les Conseils législatif et exécutif, pis y a hâté un soulèvement qu'y aurait pourtant préféré repousser de quelques années.

Un grognement indistinct de François force Gilbert à relever les yeux de sa lecture. Après une grimace, l'imprimeur lui fait signe de poursuivre, s'affalant encore davantage sur sa chaise comme pour échapper à l'assaut des grossièretés.

— Plusieurs admirateurs du tribun ont ouvert les yeux grâce à lord Gosford. Par son équité naturelle, le *sage administrateur* a porté de rudes coups *au colosse canadien.* Maints hommes honorables, des hommes d'influence qui auraient pu contribuer à ses succès, *se sont alors détachés du char du génie du mal.*

— Notre président, un génie du mal ?

— Rien de moins. Dès lors, m'sieur Papineau pouvait juste compter *sur quelques aveugles, sur les fanatiques, sur une poignée de jeunes gens et sur toute la canaille qu'il pourrait encore tromper.*

Malgré ce qu'il lui en coûte, Gilbert aligne les faussetés sans se démonter. Depuis des années, le Comité central et permanent du district de Montréal s'affichait comme *un gouvernement mixte au milieu du gouvernement réel du pays,* et ses antennes locales *travaillaient activement à démoraliser la population, à lui ôter tout respect pour la religion et ses ministres, à souffler les antipathies nationales, à tromper la candeur des habitants.* Pendant ce temps, lord Gosford attendait avec patience le seul remède efficace : *obliger les mutins à rentrer dans le devoir* grâce aux Résolutions Russell de février 1837.

— Écoutez bien la suite, dit Gilbert à son patron assis face à lui. *Papineau en rugit de rage, car tous ses plans allaient être détruits : l'argent allait circuler parmi le peuple, l'industrie en serait vivifiée, les travaux reprendraient, et ce peuple abusé allait enfin s'apercevoir qu'il était plus facile de marcher sans le concours de ses mandataires, qu'avec les continuelles plaintes qu'ils faisaient contre le gouvernement.*

François réagit par une grimace de douleur, comme si son adjoint l'avait giflé. Il lâche avec amertume :

— Horrifique. Je suis tout crispé par en dedans. Ça se peut pas, écrire de telles obscénités.

Imperturbable, Gilbert conclut :

— M'sieur Papineau vérifie si la population est mûre pour la révolution. Il décrit les Résolutions Russell *comme un acte de vol et de tyrannie*, tablant sur l'innocence de ses auditeurs pour les endoctriner. Le *génie du mal* recommande la contrebande et la révolte contre les douanes, comme moyen le plus propre à susciter une commotion. En clair, selon *Le Populaire*, m'sieur Papineau fait tout son possible pour que le gouvernement porte des accusations de haute trahison contre *l'une ou l'autre de ses marionnettes qui s'exposent à son profit sur la place publique*, dans le but de provoquer une révolte des habitants.

Chamboulé des pieds à la tête, Gilbert abaisse le feuillet et déclare :

— C'est d'une mauvaiseté sans nom contre m'sieur Papineau. Y a un niaiseux patenté qui pourrait le croire ?

— Icitte, non. Ceux qui le prétendent font frime. Mais de l'autre bord de l'océan… toutte sera bon pour justifier la répression.

Gilbert accélère son résumé. Pendant les assemblées anticoercitives, Papineau joue le premier rôle et se pose *en instigateur principal de la révolte*. Il étend son influence au district de Québec et au comté de Bellechasse, y faisant croire *que plusieurs comtés d'en bas étaient prêts à entrer dans la croisade*. Les mandataires du peuple auraient pu éviter l'exécution des Résolutions Russell lors de la session législative d'août 1837, mais Papineau convainc ses collègues de poursuivre la grève parlementaire jusqu'au redressement des griefs.

Dès lors, il croit *qu'il peut tout oser*. La domination britannique est si douce que les perturbateurs ont d'amples facilités pour se livrer aux excès, au nom du peuple, sans craindre une répression. *C'est à cet ordre des choses qu'il faut attribuer la facilité que Papineau eut à organiser en partie sa sédition. Dans tout autre pays du monde, l'Exécutif eût été armé de moyens préventifs qui eussent arrêté le désordre à temps et eussent épargné les horreurs dont nous avons été témoins.*

— Me dis pas que c'est écrit de même? demande François, ébahi.

— Textuellement.

— Pas croyable. Chaque fois, je m'imagine que le *Popu* a atteint les bas-fonds. Le comble de l'affabulation. Mais non, le pire est à venir.

— J'en reviens pas comment Déberge cultive la haine de m'sieur Papineau. D'après vous, c'est-y vraiment ça qu'y a dans le cœur? Une haine qui le ferait se réjouir de voir m'sieur Papineau pendu au bout d'une corde?

— On dirait. Peut-être itou que c'est uniquement de la niaiserie pure. Depuis sa création, le *Popu* ressasse la même rengaine: les habitants sont dupés par Papineau, un tyran sous son enveloppe de démocrate. Astheure, au vu des événements, faut pousser la logique jusqu'au point de rupture.

— Jusqu'à paraître fou à lier. La caboche fêlée de part en part.

— T'achèves ta relation? On a déjà gaspillé trop de temps.

Gilbert se replonge dans la gazette.

— En octobre 1837, au lac des Deux-Montagnes, *d'aveuglés perturbateurs* soulèvent le peuple en soutenant l'élection de magistrats et d'officiers de milice, puis en formant des bandes d'insurgés instruits dans l'art militaire. M'sieur Papineau sanctionne ces mesures par sa présence à l'assemblée de la Confédération des Six Comtés. Pendant ce temps, *une bande d'enfants perdus et de jeunes gens aux mœurs élevése, mais fanatisés*, forment l'association des Fils de la Liberté pour porter les premiers coups lorsque sonnera l'heure de la révolution. *Papineau n'eût pas honte de perdre l'avenir de son propre fils, en le plaçant dans les rangs de cette jeunesse insensée: il ressemblait à ce chef de brigands qui, ayant mis toute pudeur de côté, élève ses enfants dans l'espoir de les voir figurer sur le même échafaud que lui-même.*

Après une pause, le lecteur souffle:

— Ça fait une couple de fois que je lis ce passage, mais ça me scie encore.

— Moi itou. Poursuis.

— L'échauffourée du 6 novembre entre les Fils de la Liberté pis le Doric Club met en marche un mouvement impossible à arrêter. Les imprudents perdent leur liberté. On remonte aux chefs du complot qui cherchent refuge là où ils espèrent implanter le siège d'une révolte qui, déjà, *s'avortait d'elle-même par la précipitation de son éclat.*

Gilbert replie le feuillet, puis il essuie son front baigné de sueur. Il grommelle :

— *Le Populaire* est néfaste pour la santé. Des germes délétères me contagionnent.

François lâche un rire grinçant. Remuant sa carcasse de colosse, il déclare :

— Si on y ajoute ceux propagés par *L'Ami du peuple,* notre race va s'éteindre incessamment ! Bougre de bougre de bagoulard ! Ça me viraille les sangs. Toutte ce dont la terreur militaire est responsable — violence, pillages, incendiarisme, meurtres, sacrilèges — est mis sur le dos des « rebelles ». Des tyrans cruels une fois qu'y sont au pouvoir. Si la révolte avait réussi, les constitutionnels auraient subi le sort du lieutenant Weir et de l'espion Chartrand. Pis que dire de leurs infâmes doctrines au sujet de la religion ? En cas de victoire, ses ministres et ses amis fidèles auraient mangé toute une volée !

— *L'exemple de quatre villages détruits apprend au peuple ce qu'il doit attendre des révolutions.*

Émise avec force par Gilbert, la phrase d'une révoltante dureté résonne dans l'office désert, puis revient comme une flèche à la pointe trempée dans du venin. Après un temps, le jeune homme ajoute :

— Le *Herald* itou, y fait pas dans la dentelle. C'est surtout pas pour mettre un frein aux déprédations des fous furieux de son parti qu'on a récemment envoyé des troupes cantonner à Saint-Eustache. Non, c'est juste parce que les habitants sont encouragés à la rébellion par la clémence des autorités, c'est-à-dire la remise en liberté d'une saudite trâlée d'hommes capturés par là-bas !

— Pis une autre perle : *La conduite des révolutionnaires canadiens a été celle des révolutionnaires français de 1792 et 1793 et s'ils ont laissé leurs modèles en arrière, c'est que les moyens d'exécution leur ont manqué.* J'en suis malade, Gilbert. Si je pouvais me permettre de les contrebouter, je leur donnerais une sacrée leçon !

À ce moment précis, un homme d'une quarantaine d'années fait irruption depuis l'extérieur comme un taureau dans l'arène. L'intrus brandit le feuillet de *La Quotidienne* en rugissant :

— C'est qui le cave ? C'est qui le cave qui médit contre moi ?

Très calme, François se lève et s'avance à quelques pas de lui. Il s'incline quasi imperceptiblement :

— Lemaître, propriétaire et imprimeur, pour vous servir.

Le survenant réagit par un prouvable mouvement de recul. Gilbert s'attendait à cette réaction. Il s'amuse encore du sursaut des brutes qui n'ont jamais vu François et qui, mirant son équarriture, comprennent subitement que leurs chances sont nulles au brasse-corps. Le survenant gueule néanmoins, désignant l'exemplaire froissé :

— C'est de moi dont vous parlez, pis je pourrais vous poursuivre à la barre pour libelle !

— Vraiment ? Vous faites allusion à quoi ?

L'homme remonte le feuillet à la hauteur de ses yeux et se met à lire très lentement, en détachant ses mots. Instantanément, Gilbert comprend qu'il ne sait pas lire et qu'il récite par cœur un paragraphe qu'il fait mine de déchiffrer.

— *On dit qu'un nommé Crevier vient de se couvrir d'ignominie en venant déposer contre son beau-père et son beau-frère, Lussier père et fils, qui ont été aussitôt pris et emprisonnés. Nous n'avons pas le courage d'en dire davantage. Ce serait salir nos colonnes que de nous occuper d'un être qui, pour de l'argent, attire sur sa tête la malédiction de Dieu et des hommes.*

Pendant l'interminable laïus, Gilbert a fait le point sur l'affaire. Jean-Baptiste Lussier, l'un des capitaines de milice chargés de reconduire l'officier George Weir à Saint-Charles, a été arrêté à Saint-Denis. Apprenant que Lussier était derrière les verrous, Crevier a informé les autorités que son fils Louis, réputé pour s'être trouvé parmi le groupe d'habitants entourant la calèche d'où Weir venait de sauter, était caché dans une maison de la côte des Neiges.

— J'ai faitte erreur ?

Gilbert tressaille : François s'est mis à interroger Crevier dès qu'il a terminé sa pénible pseudo-lecture.

— Vous n'avez pas fait déposition ?

Un échange instructif s'ensuit. D'emblée, Crevier proclame qu'il n'est pas le beau-frère d'un Lussier ; en conséquence, François s'excuse de l'erreur et promet de rectifier le tir. Ensuite, le survenant reproche amèrement à l'imprimeur d'avoir donné publicité à un geste dont il refuse obstinément de nier la paternité. Vitement, le nouvelliste éconduit le plaignant sans ménagement.

Les jours suivants, l'homme continue de vitupérer publiquement, mais François ne se préoccupe pas de l'écho lointain qu'il en reçoit. Pendant ce temps, *Le Populaire* enfonce des clous dans le cercueil de la prouvable faute du clan Lussier. Selon lui, le lieutenant Weir gisait dans la boue, encore vivant, lorsque le vieux Lussier a crié à son fils Louis de l'achever. Ce dernier l'a couché en joue avec son fusil. Gilbert a coutume de voir les convulsionnaires reconnaître ses concitoyens criminellement coupables, même en l'absence de tout procès. Il a coutume des vociférations risibles des gazettes. Parmi tant d'autres, *L'Ami* a écrit : *Les annales des plus sanglantes révolutions offrent à peine d'exemples de meurtres aussi odieux et commis avec autant de sang-froid sur des hommes sans armes et inoffensifs.*

Par contre, ce qui met Gilbert sur les dents, c'est la façon dont les autorités constituées mènent ouvertement le bal. D'abord, le gouverneur a émis une proclamation offrant 500 livres pour la capture des présumés assassins de Weir — mais seulement 300 livres pour ceux de Joseph Armand dit Chartrand, ce qui prouve qu'un *Briton* vaut davantage qu'un Canadien. Donc, Crevier a flairé une bonne affaire. Tant qu'à faire, la demi-douzaine de *volunteers* chargés de l'arrestation se sont saisis de l'autre fils Lussier, prénommé Séraphin, même s'il ne peut être accusé d'autre chose que d'avoir accueilli dans son auberge du faubourg Saint-Antoine plusieurs réunions des Fils de la Liberté.

À la suite de la mise à prix des têtes, Colborne a promulgué un ordre général de milice. Après avoir remercié l'entièreté de l'armée salariée pour sa serviabilité sur la rivière Chambly, le commandant en chef en est venu à la véritable raison d'être du document : rendre un verdict au sujet du trépas du sous-officier Weir, comme si un tribunal militaire avait déjà siégé. Afin de prouver que les assassins figuraient parmi *the most brutally savage of their race*, le vieux brûlot a fait ample publicité au rapport horriblement détaillé du chirurgien militaire ayant fait l'examen du corps retiré de la rivière. Le même médecin qui, peu après, charcutait Chénier pour lui retirer son cœur.

Et après, l'on voudrait que les hommes pointés du doigt par les autorités attendent benoîtement d'être cueillis comme des fruits mûrs ? Se dépeignant le vénérable Jean-Baptise Lussier, petit et frêle, soumis aux rudesses de la prison du district, Gilbert sent son cœur se serrer à l'excès. Dans la parution suivante de *La Quotidienne*, celle du 9 janvier, François persiste et signe : *On dit que Crevier a dit qu'il en crèverait plutôt à la peine, mais qu'il nous ferait contredire ce que nous avons dit de son abominable action. Nous pouvons assurer Crevier qu'il peut crever quand bon lui semblera ; car nous n'en démordrons pas. La visite que nous avons eue de cet individu ne nous a rien prouvé de son innocence, mais au contraire, nous a pleinement convaincu qu'il n'était qu'un vrai* innocent *!*

Ce soir-là, tandis que Gilbert retourne nonchalamment à son domicile dans la noirceur hivernale, un quidam fait halte devant lui, lui présentant son dos, ce qui l'oblige à piler net. Sur le coup, le jeune nouvelliste est pris de panique. Vient-on l'arrêter ou pis, le rouer de coups ? L'intrus lance par-dessus son épaule :

— C'est Matthew. Crains rien. Faut que tu me suives. Je t'en supplie, dis rien, pis suis-moi. Ta sécurité personnelle est en jeu.

Il se met à marcher et Gilbert, après un moment d'égarement, emboîte le pas à son ami irlandais. Il a totalement confiance en lui depuis la visite des *volunteers*, un mois plus tôt. Plutôt que de filer vers le faubourg Québec, les deux jeunes gens font demi-tour, direction ouest. Longeant la vieille cité, ils traversent plusieurs faubourgs : Saint-Laurent, Saint-Antoine, Sainte-Anne… Matthew guide Gilbert dans le dédale d'un voisinage que les anciens collégiens connaissent intimement, celui où l'Institut sulpicien a installé son établissement d'enseignement. Mais ce n'est pas de ce côté qu'ils se rendent.

Gilbert voit la masse informe d'une église plongée dans la noirceur, qu'il identifie comme l'ancienne chapelle convertie en lieu de culte pour les Irlandais catholiques. Matthew et lui empruntent une ruelle, puis entrent dans une maison de bonnes dimensions. Dans l'entrée, une chandelle est allumée. Matthew n'y reste pas. Après avoir fait trois pas dans un étroit corridor, il crie, en anglais :

— M'sieur O'Reilly, nous v'là, sains et saufs !

Gilbert accuse le coup. O'Reilly ? Au collège, il y avait un régent de ce nom. Depuis une pièce attenante, un homme en soutane noire apparaît sous leurs yeux, portant un fanal. Celui qui se tient sous le froc et le chapeau à rebord, le teint pâle, est bel et bien Alanus O'Reilly! Ce dernier reste de marbre malgré la mine réjouie de Gilbert. Après avoir examiné posément les survenants, il leur fait signe de le suivre et rebrousse chemin vers l'endroit d'où il venait.

Gilbert met le pied dans un petit salon chaleureux, dont l'âtre crépite d'un bon feu de bois. Ayant posé le fanal sur une table basse, O'Reilly revient près de lui. Après un léger clin d'œil complice, il dit plaisamment, en excellent français :

— Enchanté de te revoir, mon gars. Je suis ton parcours de loin, mais j'avais pas eu le plaisir de te contempler en chair et en os. T'as prospéré, mon fendant !

Astheure, Gilbert dépasse son ancien régent de dortoir d'une bonne tête. Rieur, ce dernier se permet de gratifier son vis-à-vis d'une brève accolade. Lorsqu'il délivre son ancien pupille, son émotion est palpable. Gilbert balbutie :

— Je suis ravi moi itou. Je vous croyais esclave du travail clérical dans un obscur bureau.

Ce disant, Gilbert évoque en pensée le vieux bâtiment qui flanque l'église Notre-Dame, à la fois presbytère de l'immense paroisse de l'isle de Montréal et maison mère de l'Institut sulpicien. Le prêtre O'Reilly répond :

— En octobre de l'an passé, m'sieur le supérieur m'a fait venir ici, auprès des catholiques irlandais. Tu te souviens comment ça bardait…

— Les convulsionnaires crevaient de trouille à l'idée que les Irlandais se joignent aux Canadiens dans leur résistance au despotisme. Pour faire jouer à plein les rouages de l'intimidation, y ont fait appel aux Messieurs.

Gilbert n'ose pas formuler la conclusion logique de sa tirade à voix haute. Les Sulpiciens, de concert avec les autorités constituées, ont exigé le respect absolu d'une règle de conduite insensée, celle qui donne aux monarques le droit divin de mal gouverner.

— On m'a nommé vicaire de la desserte irlandaise. Adjoint de Mr Phelan. Débougrine-toi, Gilbert, pis mets-toi à l'aise. Matt pis moi, on te doit une explication.

Un moment plus tard, les trois hommes sont installés devant l'âtre. Gilbert apprend que si son camarade de collège est venu à lui, c'est qu'il avait appris, grâce à ses accointances dans les régiments de *volunteers*, que le propriétaire de *La Quotidienne* était sur le point d'être mis aux arrêts. Gilbert bondit de son siège :

— Arrêté ? Faut aller le prévenir sur-le-champ !

Matthew le force à se rasseoir.

— Je peux rien faire pour lui. Je peux pas t'expliquer précisément, mais si je m'arrange pour tirer ton patron de leurs griffes, y vont savoir que c'est moi le délateur.

Consterné, le journaliste obéit sans mot dire. Son ami ajoute que, par contre, il pouvait parer à l'arrestation de l'adjoint du rédacteur et propriétaire. En fait, Matthew ignore si un mandat a été lancé contre Gilbert. À vrai dire, il en doute fort, mais il a préféré demander au vicaire O'Reilly de lui offrir un asile pour la nuit, au cas où. L'alibi est tout trouvé : deux anciens amis en pleines retrouvailles. Demain matin, la lumière sera faite sur le sort qui était réservé à Gilbert.

D'une voix blanche, ce dernier fait allusion à sa tante ; Matthew répond qu'elle est déjà au courant. Sur ce, l'Irlandais se dresse sur ses jambes. S'il ne peut mettre François à l'abri, il peut quand même rester dans les parages pour venir à son secours si des violences se produisent. Quelques secondes plus tard, il a disparu. Aussitôt, O'Reilly fait dévirer la parlure, souhaitant savoir ce qui s'est passé d'important dans la vie de son vis-à-vis depuis sa sortie du collège, au moment du charivari de novembre 1830, alors que le Petit Séminaire était balayé par un esprit frondeur d'étudiants révoltés par l'iniquité.

Retrouvant brin par brin son aplomb, Gilbert fait état de son débagagement de Saint-Denis à Montréal et de ses années passées comme instituteur dans une école primaire du faubourg Québec. Il raconte comment le supérieur des Sulpiciens s'arrogeait le droit de transmettre certaines notions pour le moins discutables. À partir des élections de 1834, Joseph-Vincent Quiblier s'est mis à cracher des anathèmes contre les Réformistes patriotes. Gilbert termine sa relation :

— Le point de rupture s'est produit y a deux mois. Votre supérieur a exigé de moi une déposition mensongère en rapport avec l'affrontement entre les Fils de la Liberté et le Doric Club, le 6 novembre.

Invitant son ancien pupille à partager un frugal souper, Alanus O'Reilly revisite sommairement sa vie passée au bénéfice de son invité. Tout en mangeant, le jeune homme observe la mise soignée, la maigre silhouette et les cernes sous les yeux de son compagnon de table. Il se remémore un régent enjoué et permissif, mais qui semble devenu un très sobre vicaire. O'Reilly devait forcément succomber à l'atmosphère délétère de son ordre religieux, pour qui la religion est une ascèse. Sans doute l'a-t-on convaincu que son penchant pour la sodomie était diabolique et qu'il devait impérativement s'en débarrasser pour plaire à l'Ordonnateur du monde!

Il est tard lorsque Matthew revient de son expédition. Les nouvelles sont mauvaises. Rue Craig, l'office de *La Quotidienne* a été envahi par une dizaine de *volunteers* qui fouillaient les lieux pour mettre la main sur d'éventuels documents incriminants. C'étaient des membres du Montreal Rifle Corps, le régiment qui compte l'officier Sabrevois de Bleury, l'un des patrons du *Populaire*, en son sein. Inévitablement, la presse et le matériel d'impression seront saisis.

François, qui habite à l'étage avec son épouse, a été menotté et conduit au corps de garde. Matthew l'a vu en train de marcher dans la neige, en pantoufles et en robe de chambre, entre deux rangées d'exaltés brandissant leurs baïonnettes. Gilbert est rongé par l'inquiétude. Certes, François ne risque rien d'autre que d'être enfermé dans une cellule de prison aux murs suintant une humidité glaciale, mais connaissant son tempérament combatif... Le vicaire O'Reilly décrète qu'il est temps d'aller dormir, et Matthew s'éclipse de nouveau.

Le jour suivant, Gilbert croise O'Reilly de loin en loin. C'est une domestique, une vieille Irlandaise fort peu loquace, qui s'occupe de lui. Matthew vient le délivrer en fin d'avant-dînée avec une excellente nouvelle : nul ne se soucie de son sort. François se retrouve bel et bien derrière les barreaux, mais l'acte d'accusation le concernant brille par son absence. Nul besoin de respecter les formalités par les temps qui courent. Chose certaine, son persécuteur — le négociant Alexis Laframboise — a pu compter sur de vieux amis Chouayens, c'est-à-dire Bleury et quelques autres.

Matthew détale comme un lapin pour retourner à l'ouvrage chez Molson. Gilbert réussit tout juste à exprimer sa reconnaissance au vicaire O'Reilly, diablement affairé. C'est une fois dehors que Gilbert est frappé par l'incongruité de sa situation. Celui-là même qui l'a protégé est membre du même ordre religieux que ceux qui accablent son patron! Tout le monde sait que l'Institut sulpicien finance *L'Ami du peuple, de l'ordre et des lois*. Si son rédacteur se répand en menaces à l'adresse du propriétaire de *La Quotidienne*, c'est en bonne partie parce que la jeune gazette récolte un succès populaire dont son aînée est jalouse.

L'expérience a prouvé à Gilbert que les directeurs de l'Institut sulpicien tiennent mordicus à conserver leur influence séculaire, pour ne pas dire leur omnipotence, sur le développement de la colonie. Les Messieurs l'ont prouvé au centuple: ils abhorrent la « tyrannie de la majorité ». Pour l'abattre, ils marchent main dans la main avec les membres des deux principaux foyers décisionnels du district, soit le commandement militaire et les magistrats réunis en corps. De surcroît, ils courtisent sans vergogne le gouvernement exécutif, en la personne du gouverneur et de ses principaux conseillers. Et pourtant, par amitié, le sulpicien O'Reilly s'est constitué le protecteur de Gilbert…

À Mme Lemaître, il faut plusieurs jours pour obtenir la permission d'échanger avec le prisonnier des missives, pourtant impitoyablement censurées. Et elle ne doit même pas songer à le visiter. L'épouse de François, qui appartient à la bonne société d'origine britannique de Québec, remue ciel et terre, mais en vain. Grâce à l'intercession de personnages haut placés, quelques prisonniers ont des privilèges, ce qui ne sera manifestement pas le cas du propriétaire de *La Quotidienne*. Sa tendre moitié doit se contenter de lui faire parvenir des colis bien garnis, en croisant les doigts pour qu'ils se rendent intacts jusqu'à lui.

Du jour au lendemain, Gilbert se retrouve désœuvré. Se mettre en quête d'une autre position équivaut à gravir une vertigineuse montagne. Écrivain public? Il y avait songé en 1833, tout juste avant son embauche comme instituteur par les Sulpiciens. Quant à publier une offre de services dans *Le Populaire* ou *L'Ami du peuple*, les responsables de l'incarcération de François… Impossible! Sur ce, une risée d'excitation souffle sur la ville. Le drapeau américain flotte au faîte de l'église paroissiale de LaPrairie, de l'autre côté du fleuve!

Le temps de le dire, les Montréalistes accourent en foule jusqu'au fleuve pour tâcher d'y voir quelque chose. Leur déception est à la mesure de leur folle attente, celle d'une armée révolutionnaire venue depuis l'autre côté de la ligne pour délivrer le Bas-Canada du joug de l'oppresseur. Puis, d'autres fables éclatent comme des baudruches trop gonflées. Louis-Joseph Papineau faisant le voyage en montgolfière depuis la frontière ! La prise imminente de Montréal ! Ce qui fait détaler une trentaine de familles craignant la vengeance ou les rigueurs d'un siège.

Sur ce, les catastrophes naturelles font oublier tout le reste. Une douceur printanière fait fondre l'épaisse couche de glace et de neige que la bise et les tempêtes avaient installée. Le long du fleuve, une risée d'effroi se lève. Les bâtiments du faubourg Sainte-Anne sont envahis par les eaux à telle vitesse que leurs occupants, animaux compris, doivent se réfugier à l'étage supérieur. La rue Saint-Paul devient navigable. La potasse entreposée pour inspection est une perte totale !

Lorsque le pire est passé, les dames de la maisonnée évacuent leur angoisse par des parlures enfiévrées. Jamais, de mémoire d'humain, le temps n'a-t-il été aussi changeant ; et jamais, itou, n'a-t-il semblé obéir si obligeamment aux désirs des despotes qui font régner la terreur militaire. À tout propos, Ériole et Caroline pilent net, le balai à la main ou le panier de patates au creux des bras, pour partager leurs envahissantes pensées. Gilbert s'amuse de leurs échanges emportés :

— L'automne passé, la froidure a tant tardé à s'installer que les autorités ont pu déployer les troupes avec célérité. Même l'impétueux Saint-Laurent s'est fait doux comme un agneau !

— Ensuite, le nordet a permis à deux milliers de soldats salariés de fondre sur les comtés du Nord.

— Depuis le début de l'année, le manège se poursuit : un redoux, la froidure, un autre redoux...

— Astheure, les gazettes à la solde des autorités se pètent les bretelles. Les rebelles cantonnés de l'autre côté de la ligne pourront pas procéder à une invasion du Bas-Canada. Le terrain est difficilement arpentable !

— Les fantassins en raquettes se déplacent si les cours d'eau sont gelés, rétorque encore Caroline. Sinon, les rapides sont des obstacles quasiment infranchissables.

Pour ramener un brin de calme dans la salle commune, Gilbert lance :

— Encore faudrait-il que ce soit dans les plans des patriotes réfugiés. Faut absolument pas se fier aux rumeurs.

La fondation d'une nouvelle gazette patriote de langue française, *Le Courrier canadien*, distrait Gilbert des énervantes affaires publiques. Le jeune homme gigue entre méfiance et attirance. L'empressement à combler le vide laissé par *La Quotidienne* l'indispose fièrement. Certes, l'imprimeur et le propriétaire figuraient dans l'équipe de *La Minerve*, mais ils se vantent de l'appui tangible de Denis-Benjamin Viger. Or, la conduite de celui-ci depuis novembre passé, notamment au sein de l'assemblée des juges de paix du district de Montréal, n'est plus une garantie de moralité patriote.

Le texte éditorial du numéro inaugural, le 30 janvier, entraîne Gilbert à se tenir loin du *Courrier canadien*. Trop de basses flatteries à l'adresse de Gosford, *sincère pacificateur* se méritant *l'estime de la plupart des gens de bien* à cause de *ses bonnes intentions et de son caractère franc et honnête*. Gilbert a une tout autre opinion de celui qui s'apprête à retourner au Royaume-Uni : il a été envoyé en Canada pour mettre à exécution un plan conçu d'avance, comme la suite des choses le prouve d'éclatante manière.

13

Le traîneau portant Vitaline et son amie Estère Besse file sur la rivière gelée, voie royale pour circuler entre les diverses localités qui la bordent. Des attelages de toutes sortes la sillonnent de l'aube au brun, de la plus élégante carriole jusqu'aux traînes tirées par des chiens que les jeunots adorent manœuvrer. Les deux jeunes femmes se régalent d'autant plus du spectacle qu'elles ont bien cru en être privées pour la saison hivernale, ainsi qu'elles se le font remarquer l'une à l'autre. Un peu partout dans le district, d'impressionnantes inondations ont causé des sueurs froides aux riverains!

Pourtant, dès le retour de la froidure, à la fin de janvier, la placide rivière Chambly a gelé dur et les diligences à patins ont recommencé à assurer les déplacements entre Sorel et Chambly. Estère est venue proposer à Vitaline une visite à Saint-Charles. Tous les mâles de sa connaissance y avaient déjà fait un saut, a-t-elle fait valoir, et ils rechignaient astheure à y retourner. Vitaline a été appâtée. L'amitié refleurit entre elle et son ancienne amie de couvent. Elles s'étaient côtoyées le jour même de la bataille de Saint-Denis. Puis, Estère l'institutrice est venue chez les Montplaisir pour la visite du jour de l'An. Vitaline lui a rendu la pareille…

Pour l'équipée de ce jour d'hui, elles auraient pu quémander une place à l'un ou l'autre des hommes du bourg qui comptaient voyager vers le sud, mais elles ont préféré le service public. Il y a plusieurs exploitants, car la demande est forte, et Vitaline et Estère ont choisi le moins onéreux, de surcroît le moins rapide. Pelotonnées sous les fourrures, elles n'en ont cure. Tout d'abord, le froid n'est pas coupant, et puis, elles ont amplement le loisir d'admirer le panorama qui défile, d'une blancheur resplendissante, notant les constructions nouvelles ou les améliorations, tel ce moulin à vent doté d'une aile flambant neuve ou cette maison de ferme substantiellement agrandie. Pour un brin, elles se croiraient en train de remonter le cours du passé jusqu'à des temps plus heureux.

Le virage vers le village de Saint-Charles, ponctué d'un cahot, les ramène brutalement à la réalité. D'un élan qui faiblit à peine, les chevaux tirent la diligence vers le haut de l'écore, jusqu'à l'auberge qui sert de relais aux voyageurs. Les deux jeunes femmes s'octroient un bon quart d'heure pour se réchauffer, pour grignoter une partie du repas qui se trouve dans leur besace et pour passer aux latrines. Enfin, elles se mettent en marche le long du chemin du Bord-de-l'eau, ruban de maisonnettes dont le noyau s'est constitué à la jonction du Grand Rang qui mène à Saint-Hyacinthe.

Comme à Saint-Denis, le voisinage, percé d'une demi-douzaine de ruelles, est parsemé d'échoppes d'artisans et de forges, de moulins à carder ou à moudre la farine, de magasins, de brasseries et d'auberges, d'une boulangerie et d'une beurrerie-fromagerie, et même d'une briqueterie, type de fabrique que les amies n'ont encore jamais vu. Même si le bâtiment est quelconque, sauf pour ses briques d'un très beau rouge, elles l'examinent avec la minutie d'inspectrices patentées.

Devant la maison de l'huissier et instituteur Siméon Marchesseault, monceau de ruines recouvert de neige, elles restent immobiles et silencieuses. Vitaline se projette en pensée jusqu'à Montréal et ses trois prisons, ancienne, neuve et temporaire. Après un lent respir, elle dit à mi-voix à l'adresse de sa compagne :

— Depuis deux semaines, le procureur général Charles Ogden préside une sorte de commission d'enquête chargée d'examiner les prisonniers d'État. Jusqu'à présent, on s'est contenté de faire un tri sommaire parmi les centaines d'agriculteurs, d'artisans et de journaliers injustement écroués, pis d'en libérer un certain nombre. Mais y arrivera quoi aux autres, ces dizaines de notables et la demi-douzaine de députés dont le nombre arrête pas d'augmenter ?

Estère réagit par une grimace d'impuissance, avant de déplorer l'impitoyable célérité avec laquelle les connétables et huissiers, secondés par un groupe de *volunteers* parés à faire étalage de force en cas de besoin, patrouillent dans le district. Vitaline hoche lugubrement la tête. Alexandre Comeau, policier de Montréal, acquiert au fil des semaines la réputation d'un redoutable chasseur de têtes. Un de ses collègues nommé Amable Loiselle, tristement célèbre pour son rôle d'agent provocateur pendant l'élection de 1832, rivalise d'ardeur avec lui.

Vitaline glisse son bras sous celui d'Estère, puis entraîne son amie à se diriger vers le principal objet de leur visite : la propriété du seigneur Debartzch, située à quelques encablures de là, de l'autre côté des bâtiments conventuels. Le regard de Vitaline tombe sur deux soldats ayant entrepris de traverser le chemin à une certaine distance, puis sur un trio de promeneurs qui surgit derrière, venant dans leur direction. Soudain, la jeune femme a le cœur qui bat la chamade ; ses sens sont tourneboulés. Plissant les yeux, elle se force à détailler la dame richement attifée, qui lui est inconnue, puis les deux hommes chaudement bougrinés qui l'encadrent.

Vitaline pile net. Vincent ! Son Vincent, fils du marchand Cosseneuve de Saint-Charles, mais dont elle oublie constamment la filiation à cause de son dédain pour, comme il lui a déjà dit, « son géniteur pis sa bourgeoise » ! Vitaline sent les yeux d'Estère, surprise par sa réaction, se poser d'abord sur elle, puis suivre la direction de son regard. Après un temps, son amie marmonne :

— On dirait Vincent, l'ancien clerc de m'sieur David. Ça me fait penser qu'y a disparu du village depuis l'échauffourée. Tu le reconnais toi itou ?

La paisible repartie a permis à Vitaline de se ressaisir un brin. Tentant d'affermir sa voix, elle souffle :

— Pour moi, y s'agit plutôt de son besson. Celui qui se prénomme Gaspard. Un coquin dont y vaut mieux fuir la compagnie.

— Y va te reconnaître ?

— Notre unique rencontre remonte à sept années révolues. Pour le sûr, y m'a effacée de sa mémoire.

— Alors, on a juste à continuer benoîtement notre chemin. À faire comme si de rien n'était...

Le fils Cosseneuve effleure Vitaline du regard pour la première fois, et ses traits se métamorphosent en raison d'une puissante émotion, un mélange d'émoi et de félicité qui bouleverse la jeune femme. C'est bel et bien Vincent ! Ébranlée jusqu'à en avoir les jambes tricolantes, elle doit se servir de l'appui du bras d'Estère pour se raffermir. Celle-ci murmure :

— Y t'avait fait des misères, ce faraud ?

Vitaline inspire à fond, puis elle exhale longuement, ce qui lui permet de répondre enfin :

— Un brin. Mais tu sais quoi ? C'est pas Gaspard, mais plutôt Vincent. Je le reconnais à un détail…

— Ah bon ? Toutte s'arrange, alors. On va pouvoir faire jasette.

Vitaline a la cervelle qui surchauffe. Comment peut-il justifier sa présence ici, s'il n'a pas jugé sage de reparaître à Saint-Denis ? Il aurait eu le culot de la laisser sans nouvelles, tout en se prélassant chez ses parents ? Une bise glaçante se répand à l'intérieur de la jeune femme. La mine qu'il vient de faire en découvrant sa présence, et qu'il a remplacée par une expression soigneusement contrôlée, n'était qu'une parade. Rendue à quatre pas de lui, Vitaline s'immobilise, incapable d'approcher davantage.

Pendant ce temps, Vincent dit quelque chose à ses parents en désignant les deux amies, puis il délaisse le couple pour venir à elles. Tendant à Estère sa main enmitainée, il déclare avec allégresse :

— Mamoiselle Besse ! Enchanté de vous revoir.

Vitaline se repaît du son de sa voix. Elle avait de la misère à se le remémorer ! Ayant conclu l'échange de civilités avec Estère, Vincent se tourne vers sa voisine. Sous la caresse des yeux énamourés de son amoureux secret, Vitaline s'épanouit comme fleur au soleil. Se gardant de tout empressement suspect, il saisit sa main entre les siennes, puis s'avance pour poser ses lèvres fraîches sur l'une de ses joues. Ensuite, il passe à l'autre joue, prenant soin d'entremêler son souffle avec le sien au passage, pendant une fraction de seconde.

Enfin, il se redresse et se tourne vers ses parents pour procéder aux présentations.

— Je compatis à votre sort, dit soudain Mme Cosseneuve en les couvant tour à tour du regard. Votre paroisse n'a pas autant souffert que la nôtre, mais ce n'est pas une raison pour ne pas partager vos souffrances. Vous êtes venues contempler les dégâts ? C'est un véritable cortège à la queue leu leu qui s'est formé pour faire pèlerinage jusqu'ici. Les farceurs du coin disent qu'on pourra betôt élever un temple expiatoire pis demander une obole pour sa visite. Chose certaine, ça pourrait générer des fonds pour les réparations.

Vitaline hausse un sourcil. La dame a le ton ampoulé et le débit impétueux! Posant la main sur le bras de sa mère, Vincent lui dit:

— Je vous rejoindrai chez le notaire. Continuez sans moi.

— Ne manquez pas d'aller jeter un œil à l'église, reprend-elle comme si de rien n'était. Le commandant s'en est servi comme hôpital et comme morgue. La sacristie a servi de cantonnement. Ces impies ont fait main basse sur tous nos trésors, même ceux que le curé conservait au presbytère! Les patènes, le dessous de l'ostensoir avec ses chaînettes, les burettes et leur assiette, le petit Christ avec les bras de la croix, le porte-Dieu et la boîte aux saintes huiles. Même les reliques de la vraie croix et de la couronne d'épines auxquelles messire Blanchette tenait plus que toutte ont été volées. Pauvre de lui, écroué comme un rénégat, comme un rebelle...

— Toutte le plaisir était pour nous, intervient M. Cosseneuve en s'inclinant légèrement. Sur ce, nous avons rendez-vous. Viens, Mélanie. On s'y rend sur-le-champ.

Sans ménagement, il entraîne son épouse. Vincent lance dans leur dos:

— En fait, ma présence est superflue. On se reverra plus tard!

Par un hochement de tête, son père fait signe qu'il a compris. Revenant aux deux jeunes femmes, Vincent dit, l'air désolé:

— S'cusez-la. Elle rempire.

— Je la comprends de s'en faire pour messire Blanchette, déclare plaisamment Estère. Y s'est rendu dans le camp juste pour placer les combattants sous la protection de la Sainte Vierge, pis les autorités en font un crime de sédition!

La gratifiant d'un sourire, Vincent laisse tomber:

— Je suis persuadé, mamoiselle Besse, que vous l'encouragez de vos prières. J'ai souvenance que vous êtes dévotieuse. Mais vous devez être tannées de piétiner dans le frette. Vraiment, vous venez par icitte en touristes?

C'est Vitaline qu'il couve du regard en posant la question, et l'interpellée répond:

— Oui, juste pour voir le lieu de l'action. Toutte le monde était déjà venu, sauf nous.

Elle s'égaie un brin, ajoutant avec malice:

— À vrai dire, ça m'était complètement sorti de la tête, que t'étais originaire d'icitte. À mes yeux, t'appartenais en entier à

Saint-Denis. Pis comme t'as fait assavoir que t'allais te cacher dans les Eastern Townships...

— J'y suis bel et bien allé, dit-il précipitamment. Mais vitement, j'ai compris mon erreur. Ça grouillait de *volunteers* exaltés. Comme si je mettais pied en territoire ennemi! Fait que j'ai accouru me mettre sous la protection de mon père, un indéfectible Chouayen. J'ai pas été long à me rendre compte que les combattants de mon genre risquaient à peu près rien.

— Le procureur général est enseveli sous les poursuites de nature quasiment privée, confirme Vitaline, le sourire fendu jusqu'aux oreilles.

— Pis mister Ogden semble pas enclin à porter d'accusations reliées à la résistance à Saint-Denis. Y devrait faire enquête, ce qui mettrait les faits réels à l'avant-plan.

En faisant une grimace d'excuse, Vincent conclut sa défense:

— Faut pas que t'oublies, Vitaline, que je suis sans toit à Saint-Denis. Chamard m'a foutu dehors.

— Une sage décision. Tu sais que le forcené colonel Jones, de Sorel, l'a obligé à comparaître pour affirmer son allégeance? À défaut, le docteur aurait été envoyé en prison pour haute trahison.

— *I do sincerely promise and swear*, récite soudain Estère, *that I will be faithful and bear true alligiance to Her Majesty our Lady the Queen Victoria, so help me God.*

Le serment requis de Charmard et d'autres notables patriotes a fait le tour de la contrée. Comme s'ils étaient en attente d'un procès au tribunal, rapporte fiévreusement Vitaline, certains d'entre eux doivent fournir des garanties monétaires et même se rapporter à un juge de paix à intervalles réguliers. L'assignation s'est avérée être un piège pour l'aubergiste François-Toussaint Mignault, l'un des capitaines de milice chargés de reconduire le lieutenant Weir à Saint-Charles. À peine avait-il mis le pied chez Jones pour l'assermentation qu'il a été arraisonné, puis conduit dans une cellule des baraquements en attendant son transfert à Montréal!

Vincent l'interrompt d'un ton apaisant:

— Je suis au courant. Désâme-toi pas de même. Venez, mesdames. Je vous emmène au théâtre des opérations, pis ensuite chez moi pour vous réchauffer un brin.

S'insinuant entre elles, il les prend chacune par le bras et les entraîne à se mettre en branle. Estère s'écrie :

— Y était temps de ranimer mon sang en train de geler dans mes veines !

En quelques enjambées, tous trois sont parvenus à la limite du bourg, là où se trouve l'emplacement du marché estival. C'est là, dans le champ, qu'a eu lieu l'assemblée de la Confédération des Six Comtés, en octobre de l'an passé. Pétrissant discrètement le bras de Vitaline, le jeune homme rappelle à quel point le spectacle était grandiose. Une estrade superbement décorée, une marée humaine, des vivats et des chants… Vitaline s'alanguit. Même à travers les épaisseurs d'étoffe, elle sent la chaleur de sa main. Elle flotte dans une bulle de béatitude. Se retrouver en compagnie de son amoureux secret, sans avoir prévu ni désiré ce moment, lui paraît un cadeau mirifique !

Après quelques minutes d'une vigoureuse marche, ils parviennent à l'endroit où un ruisseau provenant de l'arrière-pays se déverse dans la rivière. Désignant la Chambly, Vincent spéficie qu'il habite de ce côté. Vitaline découvre une élégante propriété ceinturée d'une clôture de perches. Elle discerne des bâtiments de ferme en bordure du chemin public, des ormes et des chênes majestueux et, en retrait, la vaste demeure en pièce sur pièce, agrémentée d'une galerie à la balustrade artistiquement ouvragée.

Vincent leur fait franchir le ponceau qui traverse le ruisseau. Ils font halte devant la modeste église paroissiale. Au premier coup d'œil, celle-ci ne semble pas avoir souffert, mais Vitaline repère les fenêtres aux carreaux fracassés et les portes endommagées.

— Deux boulets ont crevé la voûte, dit sourdement Vincent, mais sans faire grands dommages. Par contre, comme vous a dit ma mère, les escamoteurs ont fait des ravages dans la sacristie pis le presbytère. Le curé avait plus rien à se mettre sur le dos. Sa nièce pis ses serviteurs non plus. Rien à manger, même plus d'ustensiles. On a volé sa calèche et ses deux charrettes. Si messire Blanchette avait laissé ses chevaux dans l'étable, y les aurait perdus.

Estère se signe, puis elle émet d'une voix grêle :

— Pis les profanations ?

— Faire trotter des chevaux dans l'église. Y faire boucherie. Se servir de la sacristie comme latrines. Je vous avoue, mamoiselle, que ce genre d'outrages me dérange guère. Je suis un mécréant. Même que pour parler drette, ça m'aurait pas fait un pli de voir le clergé perdre ses possessions au grand complet. Le voir redevenir pauvre et humble, comme ça devrait. Demandez-moi pas de le plaindre.

Vincent ne peut retenir sa hargne. Posant une main sur son avant-bras, Vitaline le force à le mirer dans les yeux :

— Estère voulait juste un rapport circonstancié.

Puisant du courage dans le regard échangé avec Vitaline, il tâche de se calmer. Enfin, tout contrit, il se tourne vers Estère.

— Mes apologies. J'endure mal l'épiscopat pis sa manière de nous taper sur la tête. Deux mandements l'un après l'autre !

Estère ne peut faire autrement que d'acquiescer timidement. Même ceux et celles qui ont l'accoutumance de se fier aveuglément à l'autorité des évêques du monde chrétien, le souverain pontife à leur tête, partagent l'opinion de Vincent. Tout juste avant l'expédition militaire dans le comté des Deux-Montagnes, l'archevêque de Québec a rappelé que l'Écriture sainte et la tradition des pères et docteurs de l'Église enseignent la soumission due aux puissances établies par Dieu dans l'ordre civil. Résister aux premières, c'était enfreindre la volonté expresse du second et s'exposer à sa vengeance.

Puis, l'évêque de Montréal a cru bon d'y aller d'un enseignement dont les curés ont fait lecture publique. Comme il faut paraître ardent catholique par les temps qui courent, Vitaline et sa belle-famille se trouvaient alors dans la nef de l'église paroissiale. Mgr Lartigue semblait furieusement irrité de l'insubordination de ses ouailles envers son « mandement politique » du 24 octobre 1837, et il s'est permis des excès de langage qui ont atterré tous les fidèles.

À ouïr les phrases blessantes comme des projectiles tangibles, que le curé Demers prononçait à regret, beaucoup n'ont pu retenir leur chagrin, y compris bien des hommes endurcis, dont Norbert et même Florentin, qui avaient la larme à l'œil. Vitaline ajoute, la voix éteinte :

— Je braillais. Pis Estère itou, je gage.

— J'aurais aimé, mesdames, être présent pour vous offrir un peu de consolation.

Ce disant, Vincent invite ses compagnes à repartir, et de nouveau il serre puissamment le bras de Vitaline. Cette dernière savoure la sensation, tandis qu'Estère se permet enfin d'ajouter son grain de sel :

— J'ai pas apprécié que les patriotes soient qualifiés de responsables de tous les attentats. Pis monseigneur s'est permis des menteries dont y aurait dû se garder comme de la peste. Au moyen de menaces allant jusqu'à la mort, les officiers de milice élus par le peuple auraient forcé les habitants à prendre les armes et à marcher contre la soldatesque !

Encore scandalisée par les épouvantables calomnies, Vitaline enchaîne avec un filet de voix :

— Monseigneur rejette le blâme en entier sur les « propagandistes de la rébellion ». Les violences des *regulars* pis des forcenés enrôlés par le bonhomme brûlot ? L'agitation illégale seule en est responsable.

— Y a fallu que j'apprenne un passage par cœur pour y croire, glisse Vincent. Autrement, je pouvais pas.

Avec une douleur palpable, il se met à réciter :

— *Ils ont montré ce qu'était la liberté qu'ils vous promettaient lorsqu'ils ont dépouillé vos granges et vos maisons, qu'ils ont enlevé vos bestiaux et vous ont réduits à la dernière pauvreté afin de se gorger de butin dans leurs camps, où ils démoralisaient notre jeunesse en l'entretenant dans un état habituel d'ivrognerie pour étourdir ses remords. Ils ont fait voir ce qu'ils entendaient par libéralité, quand ils ont massacré de sang-froid, non en bataille rangée, mais avec toute l'atrocité de l'assaillant, des hommes qui n'avaient d'autres torts à leurs yeux que de ne pas partager leurs opinions politiques.*

Estère profère avec obstination :

— Mais de quel massacre y parle ? Y a pas un loyal sujet qui a perdu la vie !

— Sauf le lieutenant Weir pis l'espion Chartrand. C'est d'eux autres qu'y parle. Y cautionne la chasse aux prétendus meurtriers. J'aurais jamais cru voir Lartigue si faible. Un homme du genre de ceux qui, pour plaire à leurs nouveaux maîtres, deviennent plus furibonds qu'eux.

Les trois jeunes gens sont parvenus au domaine du seigneur Debartzch, du côté de la rivière. Tout près de la route, il y a un modeste mais solide bâtiment que Vincent décrit comme le manoir primitif, converti en écurie.

— C'est du grand style, commente Vitaline à mi-voix. Qui peut se permettre, en Bas-Canada, une écurie en pierres ? Vraiment, ce Déberge, y avait de la classe !

Le manoir seigneurial, vaste demeure magnifiquement lambrissée, paraît intact. Mais Vincent décrit un saccage intensif par les troupes, qui ont brisé les meubles et réduit en cendres les livres, les registres et les quelques papiers laissés par le propriétaire lorsqu'il a quitté hâtivement la place, effrayé par la grogne populaire. Pivotant sur lui-même, Vincent trace la ligne imaginaire des retranchements, un vaste demi-cercle depuis la rivière jusque sur la terre domaniale de l'autre côté du chemin public, mièvre tranchée garnie de pieux de bois.

À grand renfort de gestes, Vincent recrée les faits saillants de la bataille au bénéfice de ses auditrices. Son récit soigné prouve qu'il l'a fréquemment répété :

— Ce 25 novembre, une horde d'un demi-millier de soldats et de mercenaires avance vers le camp, incendiant maisons et granges, grillant vifs les animaux qui s'y trouvaient. Le commandant Wetherall ordonne à un jeune Canadien trouvé caché dans une maison d'aller transmettre un message au camp : la paix à condition de livrer les chefs. Le messager à peine arrivé dans le camp, une boucane s'élève depuis la maison où y se trouvait une couple de minutes auparavant. Elle était descendue en flammes par les troupes ! Sa jeune sœur s'y trouvait itou, cachée dans la cave. Elle a péri.

Vincent s'octroie une pause. Horrifiée, Vitaline n'a aucune peine à imaginer les sentiments du messager et des patriotes du camp. D'une voix sourde, leur compagnon reprend :

— Ceux qui avaient des armes à feu, environ 150, livrent un combat suicidaire derrière les fortifications pour affronter le gros des troupes et les boulets des artilleurs, tandis qu'un détachement est envoyé dans le petit bois de la terre domaniale, de l'autre côté du chemin public.

— C'est là qu'on se rend compte, interjette Vitaline avec diligence, que l'un des deux canons patriotes avait été mis hors d'usage par l'espion Chartrand.

— Tandis que l'autre canon s'est montré vaillant, ajoute Estère. Sa mitraille renverse une quinzaine de soldats, pis quelques chevaux.

La suite est nébuleuse, selon Vincent. Thomas Storrow Brown abandonne-t-il ses compagnons qui demeurent encore dans le camp ou quitte-t-il le camp au moment du sauve-qui-peut?

— Les gazettes salariées font des gorges chaudes de sa couillonnerie, mais au fond, la question a aucune espèce d'importance. Ce qu'on doit comprendre, c'est qu'au moment où le corps expéditionnaire «l'emporte», y reste au camp juste les morts et les blessés incapables de se mouvoir. Qui sont massacrés sur place. Un à un, méthodiquement.

Pour mieux s'approprier la relation, qui s'avère la mieux ordonnée et la plus sensée de toutes celles entendues auparavant, Vitaline prend le temps d'examiner minutieusement le théâtre des opérations. Ce faisant, elle tombe sur la demeure incendiée de Joseph-Toussaint Drolet, seigneur de Saint-Marc, de l'autre côté de la rivière. Le député de Verchères se tenait caché quelque part dans les concessions en compagnie d'un notable patriote de Saint-Charles, le Dr François Chicou-Duvert. Se fiant à l'ordre général de milice de Colborne du 19 décembre, qui promettait entière protection à ceux qui rentraient dans leurs foyers, ils se sont rendus aux autorités quelques jours avant le Nouvel An. Mais six semaines plus tard, ils moisissent encore au cachot.

Un frisson fait trémuler Vitaline sur place. Vincent s'écrie:

— Ça nous prend un remontant. Suivez-moi, pis que ça saute!

Une fois rendu chez lui, le jeune homme ne fait pas monter à ses invitées l'escalier menant à la galerie qui ceinture l'étage, mais il les dirige plutôt vers une porte latérale qui mène au rez-de-chaussée, construit à ras de terre; ils pénètrent donc dans une vaste cuisine au plafond bas. L'endroit est désert, mais chaleureux dans tous les sens du terme, et c'est avec un gigantissime sentiment de gratitude que Vitaline se débougrine et s'installe au ras du poêle à bois qui trône en plein centre de la pièce.

Elle se régale à la vue de Vincent, débarrassé de son épaisse tuque, du foulard qui était enroulé autour de son cou et du capot de laine. Il n'a guère changé, hormis peut-être une dureté nouvelle sur son visage dont les joues, naguère d'une belle rondeur, se sont creusées. Elle se repaît de son équarriture mâle révélée par sa chemise usée et son pantalon à bretelles. De sa tignasse ondulée amarrée en queue de cheval. De son sourire qui, amplifié par une mâchoire d'une largeur généreuse, lui fend littéralement le visage jusqu'aux oreilles dès qu'il pose les yeux sur elle…

Vitaline s'encalme comme si la risée désarçonnante qui soufflait jusqu'alors sur sa vie venait d'être remplacée par une délicate brise chargée de senteurs capiteuses. Comme si, soudain, elle se trouvait dans un jardin luxuriant, après avoir longtemps marché dans une contrée ravagée par la guerre. Elle écoute Estère échanger les plus récentes nouvelles de Saint-Denis avec leur hôte. Ce dernier révèle qu'il ne s'est rendu qu'une seule fois au bourg voisin depuis son arrivée à Saint-Charles, et que c'était quasiment en secret, pour prendre le pouls de la place et visiter ses plus proches camarades. Il escomptait y retourner incessamment.

Leur hôte interroge Vitaline sur ses frères. Apprenant l'occupation de Gilbert, il se tourmente aussitôt sur son sort, le propriétaire de *La Quotidienne* ayant été mis derrière les barreaux. Vitaline le rassure :

— Les employés ont pas été inquiétés. Par contre, y se préoccupent énormément de leur patron. Gilbert nous l'a conté lui-même, parce qu'y a profité de son chômage forcé pour faire un saut à Saint-Denis. Même tante Ériole voudrait bien offrir des matelas, mais la direction de la prison est corrompue jusqu'à la moelle.

— Par chance, enchaîne Estère, quelques saintes dames, dont la mère du jeune Gauvin emprisonné, cuisinent pour leur bénéfice. D'autres cousent pis tricotent.

Après avoir préparé une tisane bouillante parfumée d'un soupçon de whisky, Vincent sort des victuailles. Sur ce, les jeunes femmes étalent celles qu'elles transportaient, et enfin, tous trois s'attablent pour le repas de midi. Dès que le pic de sa faim est calmé, Vitaline est envahie d'une impatience qui fait courir son sang dans ses veines. Elle voudrait tant être seule avec Vincent! Certes, elle ne pourra s'astreindre à le quitter avant de l'avoir palpé sous tous ses angles, couvert de baisers…

À l'évidence, son amoureux secret est en proie aux mêmes sentiments, car il ne tient pas en place, tout en décochant de fréquentes œillades à Vitaline. Soudain, il pile net, et Vitaline en comprend aussitôt la raison : s'étant assise dans une berçante pour digérer à son aise, Estère n'a pu retenir un bâillement, vaincue par la froidure et le whisky. Ses paupières s'alourdissent… Silencieusement,

Vincent s'assoit à table. De son côté, Vitaline s'installe sur un autre siège aux côtés de son amie, faisant mine de s'offrir un moment d'abandonnement.

L'instant d'après, Estère laisse échapper un léger ronflement. Sans bruit, Vitaline tourne la tête pour la contempler. Elle est mignonne, en train de s'enfoncer dans l'endormitoire. Vitaline croise les yeux de Vincent, qui a redressé le dos. Enfin, elle ose laisser fleurir sur ses traits tout l'amour qu'elle ressent pour lui, cet amour qui a profité du désordre pour se déclarer, mais qui a eu si peu le temps de grandir.

En réaction, Vincent s'illumine et lui adresse un sourire énamouré. De la tête, il lui indique l'escalier qui, au fond de la pièce, monte à l'étage. Vitaline jette un ultime coup d'œil à Estère, puis elle se lève tranquillement. Si les craquements de bois ne la réveillent pas, c'est qu'elle est partie pour une bonne sieste. Avec précaution, Vitaline marche vers l'endroit indiqué, Vincent sur ses talons. Avant de disparaître, tous deux s'assurent qu'Estère roupille encore, puis Vitaline monte les premières marches en colimaçon et se retrouve entre les parois d'une cage d'escalier plongée dans une semi-noirceur.

À mi-chemin, alors que l'escalier s'élance, très droit, vers l'autre tournant qui mène à l'étage, Vincent la retient par la taille et, se tournant vers lui, elle se glisse entre ses bras. Tandis qu'il l'étreint, elle souffle :

— La maison est vide ?

— Notre servante est partie pour la journée. Pis on entendra mes parents survenir ou Estère bouger.

Se calant contre lui, elle dit encore :

— Me suis ennuyée de toi…

— Moi itou, même si j'ai pas trop vu le temps passer. Je suis allé d'un bord pis de l'autre de la rivière Chambly. Je voulais voir. Les garnisons… la Pointe-Olivier… le boisé où l'assassinat de Chartrand se serait passé…

Il se hisse sur la pointe des pieds, car Vitaline est plus haute que lui d'une marche, pour poser précautionneusement ses lèvres sur celles de sa blonde. Amusée par sa circonspection, elle mordille la lèvre inférieure de son soupirant, puis la lèche sans retenue. Vincent réagit comme s'il venait de recevoir le signal tant attendu, et Vitaline s'adosse à la paroi pour mieux répondre à ses caresses empressées. Elle est affamée autant que lui. Comme l'hommage que rend Florentin à son épouse pâlit en comparaison de la fougue de Vincent! Une fougue dépourvue du moindre calcul, et qui le transmue tantôt en garçonnet rieur, tantôt en mâle dont la virilité aiguisée ne lui fait pourtant jamais oublier le contentement de la créature qu'il lutine.

Malgré les épaisseurs d'étoffe, Vitaline a l'impression d'être peau à peau avec Vincent, tant les sensations qu'il lui procure sont exquises et intenses. Il la dévore, puis la flaire, puis la goûte, puis la pétrit et la frotte partout. Sans crier gare, il s'arrache à elle et recule jusqu'à s'adosser à l'autre paroi. Dans le silence à peine troué par leurs respirations pantelantes, un craquement parvient à Vitaline depuis la cuisine d'en bas. Elle entend Estère marmonner :

— Mais où c'est qu'y sont partis, ces deux-là?

Vitaline se retient de pouffer de rire. Une impressionnante bosse distend le pantalon de Vincent. Elle ne peut s'empêcher d'avancer un doigt pour la toucher. Lui faisant les gros yeux, il emprisonne sa main, puis l'en écarte. D'un seul élan, Vitaline se précipite sur lui et l'embrasse à pleine bouche, poussant sa langue le plus creux possible. Aussi brusquement, elle se sépare de lui. Après avoir passé la main sur ses cheveux attachés en tresse, puis avoir lissé son corsage, elle fait craquer les marches comme si elle descendait l'escalier au complet.

Enfin, elle dégringole la hauteur de ce qui la sépare de la cuisine et fait irruption dans la pièce. Gaiement, elle lance :

— T'es réveillée? Vincent m'a faitte visiter le haut. Y devrait survenir incessamment...

— Ça fait du bien de piquer un somme. Sauf que là, faut rentrer. On s'est suffisamment imposées.

— Bien d'accord avec toi. On ramasse.

Se détournant, Vitaline se rebougrine avec d'autant plus d'empressement qu'elle craint d'avoir un air louche. L'air d'une femme envahie par la concupiscence. Tout à l'heure, pendant qu'Estère sera aux latrines, elle conviendra d'un rendez-vous avec Vincent. Elle commettra un péché? Foutaises. Une invention bien commode des pères de l'Église que ce devoir de soumission à l'autorité hiérarchique tel qu'établi par Dieu, devoir qui s'applique également dans la relation matrimoniale. En réalité, du cousu main pour la pérennité d'une fructueuse domination des hommes sur la gent féminine, à l'instar de celle des privilégiés sur le peuple!

14

Le temps de le dire, Gilbert s'est retrouvé fiévreusement affairé dans l'atelier d'Ériole, en train de préparer une soumission pour un important contrat de paillasses. Le nouvelliste en chômage forcé tâche de faire fi des sorcières de rumeurs tourbillonnantes et des mouvements de troupes, constants depuis quelques semaines. Les convulsionnaires se démènent pour obtenir un surcroît de protection. La garde montréaliste a été renforcée et l'autorité militaire a ordonné des travaux de fortification. Des arrestations de masse ont même été évoquées.

De coutume, tout Grand Jury visite les prisons du district, pour ensuite émettre des recommandations. En janvier, le commandement militaire a interdit aux membres de celui de la Cour des sessions de quartier la visite des secteurs réservés aux prisonniers politiques. Qu'à cela ne tienne : le Grand Jury a supplié par écrit de prendre en prompte et sérieuse considération leur horrifique situation. En conséquence, les autorités carcérales ne peuvent plus faire mine d'ignorer le fait que la plupart des hommes écroués dorment à même la planche la plus molle du plancher.

Puisque les amis du régime ont été victimes des récentes inondations, les chances d'Ériole d'obtenir le contrat, en partie ou en totalité, sont meilleures que jamais. Gilbert s'est mis diligemment au travail. Ce qui nuit davantage à sa concentration, c'est que forcément, sa nouvelle occupation remet à l'avant-plan de sa mémoire le discours d'ouverture d'Austin Cuvillier, président du Grand Jury de la Cour des sessions de quartier, à l'orée des récentes assises.

Cuvillier forme, avec l'inspecteur de police Leclère, le duo de renégats le plus solidement patenté de la colonie, redoutable pour son alliance avec les ultra-tories d'un côté et le pouvoir religieux de l'autre. Dans sa harangue, Cuvillier a donc prié ses collègues du jury de contrer la dégradation morale ayant conduit à la révolte armée en persuadant les habitants de la sollicitude paternelle du gouvernement britannique. Or, les hommes appelés sur le Grand Jury, pourtant serviles et déférents, n'ont pas abondé dans son sens.

Au contraire, dans leur représentation en corps à la fermeture du tribunal, ils ont fait montre d'une indépendance d'esprit qui est à la mesure de l'indignation générale. Ils ont même affiché une *forte teinte de radicalisme*, a déploré *L'Ami du peuple* par écrit. D'emblée, ils ont sollicité la tenue d'une enquête au sujet de *la justice rétributive* dans les comtés au nord de Montréal. En butte à la méchanceté *d'une certaine classe de personnes*, les habitants patriotes désertaient leurs demeures, allant jusqu'à s'expatrier.

Ensuite, ils ont contredit leur président. Cuvillier avait déclaré que les démagogues politiques, par l'entremise des presses factieuses, avaient attaqué le trône et l'autel? Ses collègues du Grand Jury ont répondu que si la presse devait être restreinte, c'était dans les bornes requises pour la *due administration de la justice et le bien public*. Ils ont réprouvé la destruction inexpliquée du *Vindicator*, le 6 novembre 1837, ainsi que l'anarchie et la confusion délibérément provoquées par deux papiers-nouvelles de langue anglaise, qui dénoncent des individus qui ne sont pas officiellement accusés et qui vont *jusqu'à menacer d'extermination la partie la plus nombreuse de leurs co-sujets*.

Se remémorant l'accusation envers le *Herald* et la *Gazette*, Gilbert sent une joie sauvage l'envahir, au point qu'il doit prendre le temps de retrouver son calme avant de reprendre ses calculs de coûts et bénéfices. Qui est moralement plus fautif, se sont demandé les jurés : ceux dont la raison est sous l'empire de la passion au point de commettre le crime, ou ceux qui, de sang-froid, accumulent les tortures propres à exciter leurs victimes désignées? Les membres du Grand Jury ont même déploré la poursuite contre *La Quotidienne*. Ils ont déclaré que les lois ne peuvent davantage être violées au cri de «*constitutionalism*» qu'à celui de «démocratie»!

Un matin, Gilbert est distrait des préparatifs de la future soumission par une nouvelle colportée par une des ouvrières qui vient d'arriver à l'ouvrage. Ce jour d'hui 4 février, plusieurs centaines de miliciens appartenant au Glengarry Highlanders font leur entrée en ville. L'assertion suscite un émoi généralisé dans l'atelier. Les Montagnards écossais, célèbre régiment né dans la mère patrie, ne se trouvaient pas en corps parmi la soldatesque qui a ravagé Saint-Benoît, mais c'est tout comme !

Gilbert profite d'un moment de silence pour lancer à la cantonade :

— Le bonhomme brûlot a requis leur présence à la frontière des États-Unis. Y aurait ouï dire d'une seconde tentative d'invasion de la part d'une armée républicaine formée en partie de réfugiés canadiens. La première étant celle qui s'est conclue par la déroute de Moore's Corner, le 6 décembre de l'an passé.

Ses auditrices étant avides de son savoir, le nouvelliste en partage quelques bribes. Les premiers Highlanders ont émigré en territoire américain, dans la région des rivières Mohawk et Hudson. Après l'indépendance, en 1783, ils ont préféré venir dans la colonie britannique du Canada, portant fièrement l'Union Jack en guise d'étendard. Les autorités leur avaient réservé, dans le Haut-Canada, la vaste contrée en forme de pointe, entre le Saint-Laurent et l'Ottawa, qui borde la frontière avec le Bas-Canada. Prestement, les colons ont formé le régiment d'élite du Glengarry Highlanders.

Faisant un vaste geste du bras, Gilbert précise :

— Comme une barrière entre nous autres, Réformistes parlant français, et les autres, Réformistes parlant anglais de la région de Toronto. Comme une formidable défense.

Après une grimace ponctuée d'un soupir, il dit encore :

— Depuis, les *Britons* de là-bas ont essaimé chez nous, dans les comtés des Deux-Montagnes et d'Ottawa. En tant que tel, y appartiennent pas au Glengarry Highlanders, sauf qu'y sont autant sectaires et belliqueux. Pis c'est eux autres qui ont figuré en proéminence au sac de Saint-Benoît. Y tenaient enfin leur vengeance pour leur défaite aux dernières élections.

Caroline, qui se tient au milieu des ouvrières, lance d'un ton goguenard :

— Une nouvelle tentative d'invasion ? Si les renseignements du bonhomme brûlot sont aussi fiables que pour la prise imminente de Montréal, c'est prendre des vessies pour des lanternes !

Les saillies fusent allègrement, ce qui détend l'atmosphère. Certains membres de la faction sectaire, habitant en périphérie, sont à ce point transportés par la frayeur qu'ils imaginent constamment les révolutionnaires en possession de Montréal. Depuis le recoin qui sert de rangement, où elle fourrageait, Ériole se redresse et ironise à son tour, les mains sur les hanches :

— Y avaient assisté à l'assaut et aux fusillades, qu'y prétendaient. Le pavillon américain flottait sur l'église de la paroisse !

— La stratégie du commandant en chef consiste à toujours agir en fonction du pire, répond Gilbert. Ça prouve qu'y a acheté ses galons au lieu de les mériter.

— On reste icitte tranquilles, décrète sa tante subitement. Pas question d'honorer ces faquins de notre présence.

LE JOUR D'APRÈS, Ériole a viré son capot de bord, car loin de diminuer, le cortège de miliciens du Glengarry entrant dans la cité augmente. Les puissantes sonneries de cloches sont incessantes. Traditionnellement, les Highlanders avertissent les gens des alentours de leur arrivée. Où que ce soit : au marché, au parlement ou sur le champ de bataille. La circulation coutumière est impossible, paraît-il, sur le chemin qui provient des Tanneries. Deux régiments ont été réquisitionnés, ce qui totalise environ 700 combattants et nécessite l'emploi de deux centaines de traînes.

En conséquence, Gilbert et ses parentes vont jeter un coup d'œil à ce qui fait jaser tout Montréal. Tous trois sont familiers avec la fameuse traîne dite double, longue d'une douzaine de pieds et large de cinq, qui permet de charroyer des denrées destinées à la vente aux Montréalistes, la semaine précédant Noël. Immanquablement, l'arrivée de la première cause une risée d'excitation semblable à celle occasionnée par le canot arrivant des pays d'en haut, au printemps !

Caroline a les yeux brillants de gourmandise et Gilbert devine la teneur de ses pensées. Hélas ! Les boîtes des attelages à patins ne contiennent ni tonnelets de beurre, ni fromages, ni volailles, ni viande de porcelet, hormis pour la consommation personnelle des miliciens. Ni même des mitaines ou des bas tricotés. Les hommes ayant franchi 75 milles depuis la région de Glengarry, dans le Haut-Canada, se dirigent vers les baraquements temporaires de la Pointe-à-Callières, plutôt que l'une ou l'autre des nombreuses auberges écossaises pourvues d'immenses étables qui parsèment l'ouest de la cité.

Gilbert est familier avec la tenue et les manières des Highlanders, mais ils lui sont autant étrangers que s'ils provenaient directement d'Écosse et d'un clan exclusiviste aux mœurs farouches. Ils n'ont pas eu, cette année, à atteler une paire de bœufs ou de chevaux ni à monter aux camps de bûcherons. Pour se faire de l'argent comptant, ils ont préféré s'enrôler dans l'armée auxiliaire aux frais de la Couronne. À leur passage, l'expression de joie des furibonds est à la hauteur de l'effroi ressenti à l'idée de la venue d'une armée républicaine.

— *Brave Highland blood! True Highland loyalty, God save King George!*

Caroline marmonne :

— Le roi George ? Sont en retard dans les nouvelles...

— *Praise the land of the mountain and the flood! Praise the land where a Fingal fought!*

— *Canada, land of mighty lakes and noble rivers, land of boundless prairies and far stretching forests, what other land can compare with this our country, this Canada of ours?*

— Le lyrisme anglo-saxon, grommelle Caroline, ça me donne de l'urticaire. Pis en plus, avec leur damné paroli, j'en comprends pas goutte.

Un puissant sentiment fait frissonner Gilbert des pieds à la tête. Non point un éclair d'aversion ou une flambée de détestation, mais quelque chose de plus tenace. Une haine froide. Une rage glaciale. Devant ces mâles portant les signes flagrants de leur appartenance ancestrale, ces mâles qui se font un orgueil de ne pas se mêler au groupe qui forme la majorité, qui dédaignent sa langue et ses plaisantes coutumes, Gilbert a une envie de meurtre. Ce sont leurs frères et leurs cousins, sinon eux-mêmes, qui ont mis les comtés du Nord à feu et à sang. Qui sont allés jusqu'à menacer les femmes et les impotents de leurs sabres tranchants.

Ériole s'exclame :

— Tinton du diable! Y en a combien, de traînes? On dirait que ça finira jamais…

— On sacre notre camp. Venez, j'suis plus capable.

Ce disant, Gilbert tourne les talons et s'élance en direction de la fabrique de matelas et de paillasses. C'est de lui qu'il a peur. De lui et de l'exécration qui lui tourneboule les sens.

Sans difficulté, Ériole est choisie pour livrer aux trois prisons de Montréal la moitié de la commande de matelas. Les affaires reprennent toutes voiles dehors à l'atelier, ce qui exige la présence soutenue de Gilbert, qui n'a pas son pareil pour l'écriture et la comptabilité. Il en va de même pour Caroline, qui excelle dans la gestion des fournisseurs et des autres partenaires commerciaux. Ces derniers craquent pour son ingénuité! De surcroît, en tant que maîtresse d'atelier, elle est heureuse comme un poisson dans l'eau, et les ouvrières l'adorent.

Gilbert en est importuné. D'une certaine manière, il est jaloux des marques d'attention envers sa jeune amie. Il la fréquente trop, ce qui nuit à la paix de son esprit! Souvent, en fin d'après-dînée, Caroline vient lui faire un brin de jasette. Ce jour-là, son visage arbore un air à la fois concentré et mystérieux, tandis qu'elle se perche sur un coin du pupitre où il prend place, puis se penche pour dire à mi-voix:

— T'as vu? Jean-Baptiste Joannette a été arrêté vendredi soir.

Gilbert hausse un sourcil, puis réplique sans interrompre ses calculs comptables:

— Non, j'ai pas vu. Je suis pas dans le secret des dieux.

— C'était écrit dans les gazettes.

— Je suis tanné des gazettes.

Caroline ne peut retenir un gloussement débordant de scepticisme. Sa lassitude, si elle est vraie, ne durera qu'un temps! Gilbert se mord la lèvre inférieure pour ne pas sourire, tandis que son amie reprend:

— Joannette était caché sous son plancher. Une place y était ménagée pour sa paillasse.

Ahuri, Gilbert la toise:

— Qui c'est qui écrit c't'affaire-là?

— Le *Popu*.

— J'en crois pas un mot, s'exclame-t-il avec irritation. Se sachant pourchassé, Joannette serait resté benoîtement chez lui? Une menterie éhontée. La gang du *Popu* inventionne des attrapes à tour de bras. Y veulent augmenter sa culpabilité. Tu sais comment y dénoncent n'importe qui, et par-dessus toutte, leurs concurrents commerciaux. Pour le sûr, y ont attisé avec soin la colère du marchand Laframboise contre François…

— Ça se peut. Énarve-toi pas de même.

Gilbert prend conscience de la manière dont il agitait son crayon dans les airs. Le déposant, il s'adosse à sa chaise, plaçant ses mains croisées derrière sa tête. Si Caroline s'intéresse tant au sort de Joannette, ancien fier-à-bras salarié du temps de l'élection de 1832, c'est que son arrestation ponctue une chaîne d'événements, selon elle, troublante. Tout a commencé le 5 janvier, alors que la brasserie du fanatique John Molson était rasée par les flammes, ainsi que tout son contenu, dont la cargaison de grain volée au seigneur de Saint-Denis, puis rachetée à vil prix. Une main criminelle? Une vengeance que la moindre tuque bleue rêverait d'accomplir? Farine du diable retourne en son! Ladite saillie, François l'avait incluse dans sa *Quotidienne*.

Deux semaines plus tard, Barnabé, le frère d'Étienne Lavictoire le tavernier, était retrouvé mort. Caroline a eu beau interroger quelques ébraillées, nulle n'avait de détails à lui fournir. Ce silence rarissime lui a mis la puce à l'oreille. Le casse-tête s'est complexifié avec l'ajout d'une troisième pièce. S'obligeant à la gentillesse, Gilbert demande à son amie de lui rappeler les plus récents événements, ce que Caroline fait avec diligence.

— Le 3 février en début de soirée, un *Briton* d'ascendance juive subissait une bastonnade. Le *Morning Courier* l'a déclaré mort pour aggraver le cas. Joannette a été identifié comme l'un des agresseurs.

— L'autre se nommait Jean-Baptiste Desjardins, ça me revient. Une fructueuse chasse à l'homme s'est ensuivie.

— Joannette pis Desjardins étaient intimes avec les frères Lavictoire, surtout avec Barnabé. Je me souviens de les avoir vus fréquemment dans la maison déréglée de leur sœur Marguerite. J'ai eu connaissance de… de…

— Maintes activités illicites, termine Gilbert à sa place.

— Pour couronner toutte, la victime de la bastonnade est secrétaire et trésorier de la Société d'assurance mutuelle contre le feu pour le comté de Montréal. La réclamation des associés Molson pour l'incendie de leur brasserie était sur le point d'être discutée en assemblée générale.

Gilbert trouve le fil conducteur plutôt ténu, mais Caroline ne veut pas en démordre. Barnabé a été le boutefeu à la brasserie, en raison de quoi la loi du talion a été appliquée contre lui et il a perdu la vie. Le cruel châtiment a été suivi par une réplique, soit l'attentat sur l'officier de la société d'assurance. Gilbert contrebouté :

— Me semble que Joannette pis son acolyte, y se seraient arrangés pour pas se faire reconnaître de la victime. Sont experts là-dedans. J'assume plutôt que les autorités les ont choisis comme boucs émissaires.

Caroline s'assombrit, et son vis-à-vis ne peut s'empêcher de s'en désoler intérieurement. Il la trouvait fièrement plus plaisante quand elle reluisait d'animation, un instant plus tôt. Gilbert convient avec elle qu'il est fichument tentant de croire à la fureur vengeresse du monde interlope. Qui donc peut redresser l'honneur bafoué des Canadiens, sinon les anciens *bullies* qui comprennent parfaitement les méthodes de la gueusaille qui mène la colonie à la trique ? Néanmoins, sans doute que les véritables agresseurs du *Briton* de race juive n'étaient pas Canadiens.

— Tu sais comment les intolérants sectaires nous mettent toutes les ignominies sur le dos…

Sur ce, Gilbert adresse à son amie un sourire d'excuse, puis il commence à mettre de l'ordre dans ses papiers, car il se fait tard. Peu après, il s'esquive de l'atelier. En ce 13 février, il a une visite à effectuer avant de rentrer pour le souper, un outrageant ouï-dire à confirmer avant que la noirceur ne tombe. Après s'être chaudement bougriné en réaction au froid polaire qui s'est finalement installé pour conclure l'hiver, il quitte l'étage du bâtiment, dévale l'escalier extérieur et se retrouve rue Sainte-Marie, qu'il parcourt jusqu'au square Dalhousie.

Franchissant l'esplanade, Gilbert ne peut chasser de pénibles réminiscences, celles des revues militaires qui ont lieu à répétition ici même, à quelques encablures de chez lui. Fin janvier, il a vu une force réunissant tout ce que la ville compte de soldats salariés, y compris ces fendants de *volunteers* dont la vanité est gonflée comme une baudruche. Plusieurs milliers de faquins, tous de langue anglaise, à quelques exceptions près. L'étalage n'a qu'un but : la coercition exercée sur la population civile. Une prouvable armée d'occupation !

Gilbert se retrouve dans la vieille cité, rue Notre-Dame. La rumeur veut que les anciens écriteaux du plus prestigieux square aient disparu. Faisant irruption sur la place d'Armes, il tombe en arrêt devant la maison qui forme le coin. Levant la tête, il sent une bouffée de colère l'envahir tout entier. Abasourdi, il pirouette sur lui-même et constate qu'il ne reste plus rien des anciennes indications datant de 1833, au moment de l'éphémère conseil de ville. On veut lui donner le nom de « Doric Square », en l'honneur des plus vicieux fauteurs de trouble que la colonie ait jamais portés en son sein !

Près d'un mois plus tôt, des plaisantins ont changé les panonceaux de la rue Saint-Charles-Borromée, la rebaptisant Markham Street. L'officier britannique s'étant « illustré » à Saint-Denis était honoré d'une rue à son nom ! Sur le coup, les Montréalistes ont cru qu'il s'agissait d'une badinerie. Puis, la faction belliqueuse a renommé « Victoria » le chemin Papineau, baptisé en l'honneur du père du président de la Chambre d'Assemblée. Une lubie, espérait-on, qui serait de courte durée. Mais voilà que les fous furieux récidivent.

Gilbert bute sur un individu qui lui fait dos et qu'il manque de renverser. Tout en réassurant son équilibre, l'homme réagit par un chapelet de sacres, puis se tourne vers le nouvelliste au chômage en tricolant un brin. Gilbert pile net. Le timbre de voix de ce poivrot à la prononciation relâchée lui est familier. Voyant le faciès du quidam, Gilbert retient sa respiration. C'est avec Léon Gosselin, rédacteur du *Populaire*, qu'il a fait collision. Ses favoris bruns et son collier de barbe ne sont plus soigneusement taillés comme auparavant, mais embrousaillés. Son visage aux traits quelconques porte les stigmates d'excès de boisson et de nuits d'insomnie répétées. Sa tuque est crasseuse.

Gosselin s'encalme et jette à Gilbert un regard pénétrant. Puis, comme si les vapeurs d'alcool s'étaient dissipées comme par magie, il jette sourdement :

— Je te connais, toi… T'es qui ?

— Dudevoir. Employé de François Lemaître à la rédaction de *La Quotidienne*.

Son interlocuteur accuse le coup, reculant d'un pas comme s'il craignait une torgnole. Gilbert reste immobile, les traits contractés par le ressentiment et le mépris. Léon finit par dire, d'une voix blanche :

— Je vois qu'on se comprend parfaitement. Tu sais que mon collègue Marconnay s'est désâmé pour faire valoir que le *Popu* pouvait pas endurer de concurrence. C'est à cause de nous autres que ton patron est derrière les barreaux. Laframboise a fait appel à ses alliés haut placés. Toutte du monde qui jouissait de voir disparaître un feuillet infamant comme *La Quotidienne*. Une maudite belle gang d'influents qui peuvent faire bouger les forces de l'ordre pis l'appareil judiciaire à leur guise.

— Gaspille pas ta salive.

Pour mieux marquer sa mésestime, Gilbert a utilisé le tutoiement.

— Je te replace pour vrai.

Son vis-à-vis a sauté du coq à l'âne :

— T'étais pas l'associé de Gaspard Cosseneuve à la taverne ? T'as été bouté dehors, me semble ?

Gilbert ne réagit pas. Léon insiste :

— Bouté dehors parce que tu voulais pas devenir le plus forcené de tous les convulsionnaires ?

— Parce que j'arrivais même pas à la hauteur de leurs bottes.

— J'aurais dû faire comme toi. Maudit que j'aurais dû ! Y s'est passé tellement d'affaires… comme un ouragan monstrueux qui m'a bardassé la cage… pis je me retrouve sans rien. Même pas une tendre épouse pour me consoler. Tu sais pas c'est quoi, toi, te trouver nez à nez avec une créature que tu lutinais jadis avec un emportement partagé… oui, un emportement partagé, crée-moi… Pis là, tu fais face à la plus frette, la plus dédaigneuse d'entre toutes. C'est l'enfer. L'antre du démon. J'avais cru subir le pire quand mes amis m'ont tourné le dos, mais j'avais tort.

Léon s'interrompt, puis il échappe un rire grinçant.

— Mes amis ? C'est quoi que je dis là ?

Théâtralement, il se tape sur le front, y laissant la marque de ses doigts, puis il entoure l'épaule de Gilbert pour l'attirer plus près. Soudain, ce dernier devine de quoi il va parler. Il se souvient de lui, se mettant quasiment au garde-à-vous lorsque Sabrevois de Bleury l'appelait. Il se souvient de Léon emboîtant le pas à celui qui semblait de moins en moins un camarade, et de plus en plus un chef autoritaire. Ce qu'il est d'ailleurs devenu : Léon a été secrétaire dans l'office d'avocats de Bleury avant d'être embauché à la rédaction du *Populaire*.

— J'ai été cave. Cave comme les bas-fonds de la niaiserie. Comment ça se fait, mon gars, qu'arrive un moment où… où on prend un embranchement qui nous éloigne de ce qu'on a de plus cher ? Comme si j'étais devenu sourd pis aveugle à ceux qui avaient de l'affection pour moi. Je suivais une lumière que je voyais au loin… une lumière qui m'hypnotisait… qui me parlait de pouvoir pis de privilèges… qui tenait mordicus à me faire accroire que ceux que j'estimais auparavant, y m'avaient leurré. Qu'y m'utilisaient pis me laisseraient tomber comme une vieille chaussette.

Au début, Gilbert a combattu une sorte de répugnance. Le poivrot et renégat ne mérite nulle sympathie. Astheure, le nouvelliste au chômage doit s'avouer fasciné par le récit de son compagnon. Posant son poing fermé sur sa poitrine, Léon ajoute, avec une absolue candeur :

— Une méchante médisance. Je l'ai crue. J'avais trop besoin de lumière. Trop de noirceur en dedans de moi.

Léon délivre son vis-à-vis et le repousse avec une sorte de férocité. Puis, après un ricanement sonore, il déclare avec grandiloquence :

— Entre toi pis moi pis la boîte à bois, mon gars, le *Popu* est sur ses derniers milles. Les créanciers vont le mettre à genoux. Trop de dépenses, pas assez d'abonnés.

— Des abonnés, y en a toujours trop à mon goût. Je comprends pas qu'y en ait même un seul.

Léon émet un rire d'une étonnante fraîcheur. Gilbert commence à le trouver étrivant. Des regrets, astheure que le mal est fait ? Il remue ses orteils en train de geler, puis il s'oblige à entrer dans la peau du bon Samaritain :

— Faut rentrer. Fait noir comme chez le loup. Je te reconduis. Là, tu sens pas le frette, mais quand ça viendra…

— Aide-moi jusqu'à Craig. Je me débrouille ensuite.

Sans mot dire, Gilbert offre son bras à l'homme, qui se concentre sur ses enjambées. Enfin, Léon dit :

— Je suis content de t'avoir rencontré, mon gars. Pis c'est pas parce que, quand *La Quotidienne* reprendra, j'aimerais que tu me recommandes à ton patron.

Gilbert émet un rire de dérision. Son nouvel ami enchaîne :

— Je dis des niaiseries. Jamais Lemaître me prendra. J'ai été scrupuleusement patriote. D'une droiture à toute épreuve, comme y fallait pour travailler à *La Minerve*. Ensuite, j'ai viraillé comme une girouette. J'ai écrit pis publié des menteries pis des calomnies. Les jeux d'influence, je te dis pas… Pis là, je viraille encore. Y a pas un faquin, pis surtout pas Lemaître, qui osera me faire confiance à l'avenir. Tu faisais quoi, place d'Armes ?

Léon a appuyé fortement sur le nom légitime de l'endroit. Déstabilisé par le changement abrupt de propos, Gilbert répond enfin :

— Mirer les pancartes.

— Une revanche s'organise en rapport aux changements de panonceaux. Une équipée nocturne. T'es allé à ton billard récemment ? C'est là que je m'en vais. Y a juste Lavictoire pour me faire crédit.

S'arrêtant subitement, Gilbert fait face à Léon, le privant de l'appui de son bras. Il le questionne âprement :

— Attends une minute. Du complotage contre la faction enfiévrée dans la taverne même ? Là où on m'a averti de plus jamais mettre les pieds parce que c'était devenu un repaire de furibonds ?

— À bien y penser, l'endroit change de couleur un brin. Y a de la grogne, du moins parmi la clientèle. Être convulsionnaire, ça pouvait s'envisager avant la sorcière des machines rouges. Mais après, c'est péché mortel.

— Me semble que ça crevait les yeux, ce qui vous pendait sous le nez !

Les vire-capot de la trempe de Bleury et de ses comparses ont pu faire mine d'être en contrôle pendant quelques semaines cruciales, mais leur carapace a volé en éclats. Dégoulinant de mépris, Gilbert harangue son compagnon :

— Astheure, les ultra-tories le disent ouvertement : de vous autres, Chouayens de la cité, y ont fait leurs dupes. Y ont fait mine d'être parés à partager le pouvoir dictatorial, mais en réalité, un fanatique s'acoquine juste avec ceux de sa race. Juste avec ceux qui parlent sa langue et qui pratiquent sa religion. Un sectaire croit dur comme fer que les Canadiens vont trucider les Anglais si on leur ouvre une brèche!

— Toi, t'avais prévu les pillages pis les incendies?

Léon a balbutié sa défense. Gilbert ne peut retenir une grimace d'affliction. Non, pour le sûr. Léon poursuit, incisif:

— Je voulais donner une salutaire leçon à ces fendants de Réformistes, pis à Duvernay en tout premier. Je t'assure que celui-là, y se prenait pour un autre. Y s'était faitte une trâlée d'ennemis.

Sceptique, Gilbert s'empêche néanmoins de le contrebouter. Le propriétaire de *La Minerve* était un homme susceptible, prompt à censurer autrui, mais jusqu'à preuve du contraire, il est toujours demeuré dans les bornes des convenances et de l'honnêteté! Léon se dégonfle aussi sec:

— Je monte encore sur mes ergots. Je suis incorrigible. Pour parler drette, j'aurais aimé être à la place de Ludger. Être autant fier que lui, autant sûr de moi, pis boire pis manger pis lutiner n'importe quelle créature accorte qui croisait ma route. Tu sais que Ludger, y a semé une couple d'enfants illégitimes?

— En autant que les mères étaient consentantes.

— Pour ça... Un charmeur, Ludger...

— Laisse-le tranquille, jette Gilbert d'un ton glacial. Y est en exil pis y a perdu sa presse. Ton aversion pour lui, y l'a payée assez cher.

— Je voulais juste qu'y fasse place nette, ajoute Léon, sur un ton à la fois insistant et larmoyant. Qu'y débarrasse le plancher pour que le monde comme moi trouve sa place au soleil. Déberge pis Bleury, c'est ça qu'y nous avaient promis. Les poursuites pour haute trahison, c'était juste pour donner un avertissement salutaire. Gare à vous, les suppôts de Papineau, parce que vous mettez la colonie en danger! Les tories frétillent d'envie de vous sacrer une volée.

Gilbert s'exclame fortement:

— Niaise-moi pas avec ça! L'affaire des Chouayens qui jouent un double jeu pour protéger les Réformistes de la violence tory, j'y crois pas une miette. Je me suis déjà faitte pogner une fois, pis c'était une fois de trop! Déberge, y avait son intérêt personnel en vue, point à la ligne. Pis tu sais c'est quoi mon opinion, Léon ? Déberge a gracieusement mis sa propriété de Saint-Charles à la disposition des autorités. Y a consenti à ce sacrifice, sachant que milord Gosford avait promis de le rembourser rubis sur l'ongle.

Gilbert fait allusion à l'ultime geste posé par le gouverneur sortant avant de quitter la colonie : une avance à Debartzch de 5000 piastres sur le montant que la future commission d'indemnité pour pertes subies pendant la rébellion devra nécessairement lui verser. Donc, les commissaires censés évaluer la pertinence des réclamations auront littéralement les mains liées en ce qui concerne le seigneur de Saint-Charles. Léon grommelle quelque chose d'inaudible. Gilbert tourne une mine interrogative vers son compagnon, qui reprend :

— La somme servira à renflouer Le *Popu*.

Gilbert déclare en vitupérant :

— Si ton papier-nouvelles nous afflige encore, c'est grâce au Trésor public ? Grâce à toi pis moi pis les taxes qu'on verse ? Ça écœure, y a pas d'autre mot !

— T'as ouï dire de la récente incartade du sieur Bleury ? Exiger d'un quidam qu'y dégage la route pour le laisser passer. Pis, voyant que le gars rechignait, élever son sabre pis mouliner dans les airs comme un enragé. Bleury creuse son trou. Dominé par sa haine envers Amury Girod.

Ramené au sort funeste de ce coloré patriote, Gilbert sent sa gorge se nouer subitement. Avec un filet de voix, il déclare posément :

— C'est d'une mauvaiseté inouïe que de plonger un pays dans la terreur militaire juste pour satisfaire une animosité personnelle.

— Ouf... Je te jure que t'es moins indulgent que la voix de ma conscience. Bleury aurait souhaité la terreur militaire ? Pour moi, y l'avait pas envisagée dans toute son amplitude. Lui pis moi, on avait surestimé les *Britons* de la faction enfiévrée. On voulait pas voir qu'on avait affaire à du monde qui manifeste une confiance aveugle envers ceux qui partagent leurs croyances pis leurs choix de vie, mais qui se méfie viscéralement de ceux qui font pas partie de la gang. De la graine d'*Orangeman*.

Gilbert ne peut retenir un frisson. Un synonyme de brute sans âme. Encore une fois, il force son compagnon à se remettre en route vers la rue Craig, tout près. À force de faire le pied de grue dans l'épaisse noirceur hivernale, qui vient de succéder à la brunante, il ne sent plus l'extrémité de ses membres.

— T'as souffert du châtiment des autorités ?

Gilbert avale pour desserrer sa gorge encore contractée, puis il répond :

— Pas personnellement. Pas de manière directe, je veux dire.

— Les Chouayens ont la fale basse par les temps qui courent. J'ai doutance que leurs affaires dérapent.

— Z'en faites partie, l'interrompt Gilbert avec fougue. Trop facile de vous en dissocier astheure que le cataclysme est survenu.

— Si tu veux plus amples détails sur la revanche en rapport aux noms de rues, dis-moi où tu crèches.

Gilbert se résigne à lui donner l'adresse de l'atelier, prétextant qu'il s'y trouve beaucoup plus souvent. Sur ce, Léon le remercie pour son aide, puis il s'éloigne. Gilbert le suit du regard jusqu'à ce qu'il disparaisse. Quelle étrange rencontre… Même d'acharnés collaborateurs du régime reconnaîtraient leur méprise ? Ce serait donc vrai qu'ils escomptaient réduire les Réformistes au silence, mais qu'ils n'avaient pas compris à quel point il était périlleux de conclure un pacte avec le diable ?

Après un soupir, Gilbert s'élance vers la chaleur de son foyer. Loin de loger en enfer, le diable se balade incognito sur la terre ferme. Si une édifiante leçon vient d'être donnée au peuple canadien, c'est bien celle-là ! En échange d'avantages pour eux-mêmes, les traîtres d'ascendance canadienne ont signé un pacte de coopération afin de bannir les Réformistes. Ils auraient été niaiseux à ce point ? Ils n'auraient pas envisagé le règne de l'épouvante, même dans le secret de leurs cauchemars ? Foutument ardu à croire.

15

À la surprise de Gilbert, le renégat Léon Gosselin tient parole. Deux jours après leur rencontre à la place d'Armes rebaptisée Doric Square, il fait irruption dans l'atelier de matelas. Ignorant les œillades mauvaises des ouvrières, qui savent parfaitement bien à quel clan il appartient, Léon vient informer Gilbert du fait que l'équipée nocturne est prévue pour la nuit en train de tomber, et que le spectacle en vaudra la peine. Pour se débarrasser du survenant, le jeune homme convient avec lui d'un rendez-vous dans les parages de l'établissement.

Mirant Léon effectuer une retraite vers la sortie, Gilbert jongle. Il répugne à y remettre les pieds par crainte d'y rencontrer l'un ou l'autre des renégats, et Gaspard en tout premier. C'est un brin couillon, mais pourquoi se créer d'autres ennuis ? De surcroît, le propriétaire de la taverne lui a interdit l'entrée.

— C'est quoi l'affaire ?

Dévorée de curiosité, Caroline est venue à Gilbert, qui se borne à répondre à sa jeune amie qu'elle aura peut-être réponse à ses questions demain. À l'heure convenue, c'est-à-dire au mitan de la soirée, Gilbert fait le pied de grue dans le froid qui transperce. Il n'a pu résister à l'envie d'assister à une dégelée ! Léon devait savoir que la mèche de sa patience serait courte, car il émerge sur-le-champ de la taverne. Illuminé par la lumière qui provient des fenêtres, il appelle Gilbert à lui au moyen de grands signes des bras. Précautionneux, celui-ci avance à pas lents. Par-dessus le tintamarre qui provient de l'intérieur, Léon s'écrie à son adresse :

— T'es fortuné. Un brin plusse pis t'arrivais trop tard !

Sur ce, Gilbert et lui pénètrent dans une salle bondée à l'atmosphère surchauffée. Grâce à sa haute taille, Gilbert voit immédiatement qu'une tablée est la cible de l'intérêt général. Il identifie les hommes qui s'y trouvent : Sabrevois de Bleury, Patrick Cuvillier, Gaspard Cosseneuve et quelques-uns de leurs alliés, dont le connétable Louis Malo. Manifestement, la peur s'est répandue parmi eux. Le regard levé, mais le cul vissé à leur siège, ils mirent un étau en train de se resserrer, celui d'hommes en proie à une véritable rébellion, à une fureur collective sur le point d'exploser.

En novembre, nul n'a pu s'opposer à Bleury et à ses comparses renégats qui, afin de sceller leur association avec les *Constitutionals* de la cité, ont fait main basse sur une taverne de propriété canadienne. Pour attirer les fiers-à-bras et même de moins brutaux partisans en vue des élections de 1838, il était impératif d'offrir à boire gratis ! À cause de la terreur militaire qui étendait son emprise, la clientèle a fait mine de se plier à leurs vues. Asteure, il est temps de débarbouiller l'établissement des traîtres qui ont plongé le pays dans la pire calamité de son histoire.

Une fronde palpable environne Gilbert, qui en trémule d'exultation. Il sursaute : Léon, qui se trouvait encore à ses côtés, a été brutalement poussé vers la tablée par Louis Malo, venu à lui expressément pour ce faire. Pour s'empêcher de tomber, Léon doit s'agripper au dossier d'une chaise vacante. Il semble exulter d'être magané, comme s'il jouissait d'expier ses torts. Gilbert comprend que Léon escompte un bredas décisif. Il va bénir ses tourmenteurs !

Le premier, le fils Cuvillier s'extirpe de son hébétude pour proférer à l'adresse des dizaines d'hommes qui les entourent :

— Commence à faire diablement chaud par icitte. Ça vous dirait, messieurs, de nous laisser un peu d'air ?

Quelqu'un lui répond en gueulant :

— Certain que vous allez prendre l'air au plus sacrant !

La saillie est accueillie par des rires.

— Faites de l'air ! vocifère un autre.

— On est tannés de vous voir toutte foutre en l'air ! s'exclame un troisième.

Les rires redoublent. Louis Malo, qui avait accompagné Léon à la tablée, revient vers la masse de ses concitoyens, où il est encerclé et tenu en respect. Gilbert se perd en conjectures. Le connétable se dissocie des principaux fauteurs de trouble ? Chose certaine, il n'accompagne pas la troupe de ses semblables qui, à l'heure actuelle, arpentent la rivière Chambly, assouvissant leurs vengeances personnelles et soudoyant les gens à leur avantage.

Jusqu'alors, Gilbert estimait que si Malo exerçait ses fonctions dans les parages de la cité, c'est qu'on craignait pour sa sûreté après le rôle qu'il a joué sur le chemin Chambly, le 17 novembre, lors de la délivrance de Demaray et de Davignon. Mais serait-il plutôt un ami du pays dissimulé sous un froc de vendu, comme Gilbert le conjecture à cause de certains de ses actes depuis la Rue du Sang ?

Parmi les hommes de la tablée, la désertion du connétable, qui est suivie par celle de plusieurs autres faquins, crée une onde de choc. Bleury émet de sa voix de fausset :

— Quelle guêpe vous pique ? Quel breuvage maléfique le maître des lieux a versé dans vos gobelets ?

La phrase ampoulée résonne dans la salle. Comme s'il n'attendait que ce signal, Étienne fend la foule et vient se placer, bras croisés, en première rangée. Le message est sans équivoque : l'aubergiste se range du côté de sa clientèle. Il a gardé le caquet bas pour ne pas subir le sort de ses concitoyens, mais il profite de la première occasion pour manifester son indépendance. Il joue à un jeu dangereux. Les plus intolérants des magistrats sont épaulés sans réserve par l'oligarchie régnante en poste à Québec. Les Montréalistes forcenés peuvent se permettre le pire, car les hauts fonctionnaires qui dirigent le système judiciaire les tirent sans sourciller des griffes de la justice.

Bleury a rougi de colère, mais c'est Patrick qui s'exclame, ulcéré :

— Étienne Lavictoire, mon écœurant ! Nous faire ça après toutes les faveurs que t'as reçues de nous autres ?

— La seule faveur que j'ai obtenue, réplique l'interpellé, c'est de conserver ma licence. Je considère pas ça une faveur, mais un droit.

Des grognements d'appréciation ponctuent l'orgueilleuse tirade. Au tournant de l'année, les magistrats réunis en assemblée renouvelaient les licences d'exploitation des débits de boissons. Ils en ont profité pour faire une épuration révoltante. Maints Canadiens d'ascendance française ont été déboutés au profit de leurs favoris ! Encore une fois, on leur reprochait d'appartenir à un peuple digne et fier. Encore une fois, ils étaient punis pour une manière de vivre imprégnée des traditions françaises héritées de leurs ancêtres!

— Une licence, lance Patrick, ça se révoque n'importe quand.

— M'en sacre royalement, répond encore Étienne. Tu peux me trucider pis m'envoyer rouler dans le caniveau si ça te chante.

— Sauf qu'astheure, gronde un client, c'est œil pour œil, dent pour dent. Z'avez ouï, les vire-capot? On vous a laissé faire une fois de trop. On a été endurants, pis z'avez vu ce qui est survenu? On se fera pas pogner une autre fois.

— Nous autres itou, on a été pris par surprise. Ce qui est survenu, ça nous a rendus malades!

C'est Gaspard qui, les yeux écarquillés par la peur, s'est récrié ainsi. Gilbert le foudroie du regard. Trop tard pour les remords et les protestations d'innocence! Un autre client houspille fortement le jeune homme:

— Malade pour vrai? C'est quoi que tu fais icitte, d'abord, à te bourrer la fraise pis à t'adonner au démon du jeu? Comment ça se fait que t'es pas en train de porter secours partout où sévit la misère?

La repartie laisse Gaspard sans voix. Hagard, celui-ci lance une œillade de supplication à Gilbert, qui se raidit. Son ancien associé n'escompte quand même pas qu'il va le tirer d'affaire au nom de leur amitié de collégiens? Car ladite amitié, c'est Gaspard lui-même qui l'a foulée aux pieds et couverte de fange.

— Y a toutes sortes de manières de porter secours aux affligés, déclare soudain Bleury. Des affaires en coulisses qui paraissent pas à l'œil nu, mais qui sont efficaces en diable. Qui c'est qui a été envoyé dans les comtés du Nord pour faire réparation?

L'assertion plonge l'auditoire dans une joie bruyante. Quelqu'un s'exclame:

— C'est le comble! Les valets du diable balaient le plancher avant le passage des convulsionnaires, pis y balaient encore le plancher par après, la queue entre les jambes, pour réparer les pots cassés. Pis y faudrait s'en réjouir?

Gilbert manifeste son accord par une éloquente grimace. À la Rivière-du-Chêne, les déprédations ont été telles, de la part des convulsionnaires tories, que des notables chouayens, révulsés par le climat de violence, ont fait appel au commandement militaire.

Ils ont supplié qu'on leur vienne en aide, après avoir pavé la voie aux excès par leurs propres écarts de langage et autres dénonciations. Les juges de paix réfugiés à Montréal ont reçu l'ordre de retourner chez eux. Ensuite, le magistrat Pierre de Rocheblave a été envoyé à leur suite pour s'occuper des blessés gisant encore à l'auberge Anderson et pour libérer des hommes écroués par les autorités locales. Depuis, un corps de troupes reste cantonné à Saint-Eustache, mené par un officier chargé de faire droit aux réclamations.

Pendant la réflexion de Gilbert, des clients ont commencé à se gausser sans retenue de Rocheblave. Prospère commerçant greyé d'un brevet de conseiller législatif, il s'est pourtant enrôlé comme simple soldat dans le French Canadian Loyal Volunteer Corps. De la poudre aux yeux pour masquer le fait que ceux qui s'y enrôlent sont rares comme de la merde de pape! Détesté par la population comme par les autorités militaires, qui se méfient des enfants du sol comme de la peste, ce régiment de miliciens sombre dans un néant d'où il n'aurait jamais dû être tiré. Le vieux Rocheblave est un incapable porté par sa naïveté et sa crédulité.

Portés par un élan frondeur, d'autres hommes se mettent à réprouver l'Association loyale canadienne. Dans un pitoyable sursaut de dignité, ce groupement tente de faire signer une mièvre pétition à l'adresse de Sa Majesté Victoria et du Parlement impérial. Les dirigeants du mouvement comptent même sur lord Gosford pour se faire leur défenseur attitré!

Empourpré par la rage, Patrick Cuvillier se dresse sur ses jambes. Brandissant le poing, il vocifère:

— Je vous interdis de parler contre mon père! Z'avez pas le droit!

La riposte involontairement comique entraîne une explosion de liesse parmi les dizaines de clients serrant la tablée de plus en plus près. On s'en tape les cuisses, on s'en congratule: pour maganer Augustin alias Austin, l'un des directeurs de l'association loyale, faudra passer sur le corps de son maigrelet de fils! Sur ce, les saillies s'enchaînent au sujet du récent discours du premier en tant que président de la Cour des sessions de quartier, le mois dernier. La rébellion a été causée en faisant appel aux passions et aux préjugés *d'hommes simples et ignorants*! On attire sur soi des maux innombrables en s'écartant du devoir de fidélité au souverain, devoir autant religieux que civil!

Et la plus étrivante assertion pompeuse de Cuvillier père, un vrai contre-pied de l'âne : un peuple n'est *vraiment et essentiellement heureux* que sous l'empire des lois qui assurent la protection des personnes et des propriétés. La clientèle en piétine de joie. Environné d'une sorcière de farces s'enchaînant les unes aux autres, Patrick doit ravaler son courroux. Bleury et Gaspard se sont mis debout à leur tour, s'agglutinant à lui. À l'écart, il ne reste que Léon, mirant le spectacle avec une délectation non dissimulée.

Tâchant de dominer le tumulte, Bleury gueule soudain :

— Écoutez-moi! Mes amis, je vous en conjure, écoutez-moi!

S'il obtient un silence relatif, c'est que beaucoup sont offusqués d'être qualifiés d'amis. Bleury lance aussitôt, le ton vibrant de colère :

— Ça suffit, l'excitation! Je vous conseille de prendre garde, car vous êtes en train de vous revirer contre vos vrais, vos seuls amis! L'Exécutif a été forcé de recourir à la loi martiale. Les autorités civiles étaient sans force. On leur résistait ouvertement et à main armée…

— Arrête de nous charrier!

— Je charrie pas une miette! La prolongation du système ordinaire de lois aurait amené des crimes sans nombre et une effusion de sang continuelle. L'intérêt public exigeait la seule mesure capable de rétablir l'ordre!

— Ta menterie, rugit soudain Gilbert, j'suis écœuré de l'entendre! Le pouvoir a pas été remis à des hommes aptes à faire régner la paix, y a été remis à des abuseurs pis à des furibonds!

Ses traits déformés par la fureur, Bleury pointe un index vengeur vers celui qui vient de le défier.

— C'est toi qui fabules comme un arracheur de dents! Les autorités militaires ont agi avec magnanimité. Plus d'une centaine de séditieux, pris les armes à la main dans le Nord, ont été relâchés. Tandis que les cours régulières auraient dû les passer en procès!

Un tapage s'ensuit. Les armes à la main? La plupart des patriotes assassinés par la soldatesque sous prétexte qu'ils étaient en révolte contre l'autorité légitime étaient désarmés. Quant à l'indulgence en rapport à d'éventuelles poursuites judiciaires, c'est risible. Pour moult raisons qui crèvent les yeux, jamais les autorités n'oseront entamer lesdits procès. Néanmoins, Bleury vocifère encore :

— La loi martiale était vitale pis elle a sauvé le pays, point à la ligne. Cessez vos menaces ; sans ça, vous allez le regretter !

Un trio d'hommes s'est avancé jusqu'à le mirer dans le blanc des yeux. L'un d'entre eux le confronte gravement. Il lâche avec suavité :

— Ah bon ? Tu vas faire appel aux miliciens sous tes ordres, espèce de capitaine des Carabiniers à la noix ? Tu peux toujours courir. Y a pas un milicien qui te respecte assez pour t'obéir.

D'autres clients entourent Patrick Cuvillier, qui est houspillé à son tour :

— Pis toi, mon fendant, ça te tentes-tu de te garrocher quérir tes amis *bullies*, comme t'as faitte y a une couple de mois ? Essaye pour voir. Astheure, t'es fin seul. Les Canadiens veulent pas t'avoir comme frère, pis les *Britons* lèvent le nez sur toi. T'es tout fin seul.

Étienne Lavictoire s'interpose :

— Suffit, les gars. Z'avez assez pavoisé. Contentez-vous de les bouter dehors. Pis proprement, sans violence inutile. Y mériteraient davantage, mais nous autres, on est des gentilshommes.

Un instant plus tard, les trois renégats, pressés de toutes parts, sont conduits vers la sortie. Soudain, une commotion se produit et Gilbert voit Gaspard jaillir du groupe pour courir vers lui, les yeux exorbités. Gilbert est persuadé qu'il va lui sauter à la gorge, mais son ancien ami, tremblant de tous ses membres, se met à le haranguer d'un ton mi-suppliant, mi-plaintif :

— T'es fou braque, à te complaire dans l'erreur ? Ou bedon tu fais assemblant ? Pour sauver une poignée d'intrigants menés par l'ambition, tu persistes à engraisser les malentendus ? À faire accroire à tes concitoyens que le gouvernement opprime le peuple pis que des favoris s'enrichissent à ses dépens, tandis qu'en vérité, une gang d'égoïstes en sont les seuls oppresseurs ?

La charge, très forte, coupe le souffle à Gilbert. Pendant une fraction de seconde, ce dernier se voit dénoncé pour trahison, arraisonné, emprisonné… Puis, devant tant de grossièreté, il se ressaisit. Gaspard est malmené par une dizaine d'hommes qui l'empoignent. D'une voix aussi forte que celle de son harangueur, Gilbert réplique :

— La lutte en Canada est celle d'un peuple opprimé contre l'oligarchie qui l'exploite. Une guerre où les Canadiens sont attaqués par les *Britons* juste à cause de leur race.

— Faux et archi-faux! Les révoltés voulaient toutte, sauf le bonheur du plus grand nombre. Y voulaient détruire les lois et les institutions du pays, détruire une Constitution bienfaisante et chérie!

Un chœur de dénégations ponctue ces paroles. En conduisant une guerre vicieuse contre les députés de la Chambre des représentants, les forcenés eux-mêmes avaient virtuellement aboli la Constitution! Par-dessus le bredas, Gilbert rétorque d'une voix forte:

— La Clique du Château désire juste prouver à Londres que le gouvernement exécutif de la colonie était malformé. Veulent lui en substituer un autre, celui dont y recommencent à parler ouvertement: un seul Parlement réunissant les provinces du Haut et du Bas-Canada.

— Foutaises! tonne Bleury. Papineau a privé le peuple de ses écoles et de tonnes d'autres avantages!

— Pis lorsque l'étendard de la rébellion a été levé, clame Patrick, quel usage les soi-disant patriotes ont fait de leur autorité usurpée? Comment le peuple a été traité?

— Demande-le aux malheureuses victimes de leurs violences et de leurs déprédations, dit Gaspard d'un ton doucereux à Gilbert. Demande-le aux familles obligées de fuir pour éviter les injures et les mauvais traitements. Pour éviter la mort.

Le silence s'est subitement installé. Gilbert riposte:

— La mort? Tu délires! J'ai pas compté de trépas dans le camp bureaucrate, hormis Chartrand pis Weir. Tandis que dans l'autre camp...

Faisant fi de l'argument, Gaspard poursuit fiévreusement:

— Demande-le dans les paroisses ruinées par les pillages de ces brigands couillons qui allaient par bandes, les armes à la main, rançonner les habitants. Y se seraient entre-dévorés si leur pouvoir avait perduré.

— Lorsque le temps est venu de prendre les armes, lequel de vos chefs bien-aimés a paru à son poste?

C'est Bleury qui a gueulé l'interrogation. Pat Cuvillier répond à la cantonade, sur le même ton:

— Aucun! Z'ont fui en laissant massacrer les habitants excités à la révolte! Z'ont été chercher des sympathies et des aumônes sur une terre étrangère!

— Les défenseurs du peuple? Plutôt ses meurtriers!

Encore une fois à l'adresse de Gilbert, Gaspard ajoute:

— Souhaiter le succès de semblables pleutres, c'est souhaiter le triomphe d'assassins et de bandits. Souhaiter l'anéantissement de toute loi et de toute morale!

La patience de Gilbert est à bout. Chaque médisance est comme un coup de poignard en plein ventre! Malgré sa gorge serrée, il réussit à émettre:

— Z'avez beau jeu, les vendus. Z'avez beau jeu de calomnier pis de piétiner vos adversaires une fois qu'y gisent à terre, sans défense. Z'êtes les pires couards que j'ai jamais rencontrés.

Porté par une bourrasque d'indignation, il vocifère en fulminant:

— Papineau pis les autres nous ont pas abandonnés, y ont été poussés en dehors du pays. Les autorités voulaient juste qu'y sacrent leur camp! Être débarrassés d'eux par des rumeurs de poursuites pour haute trahison!

S'immisçant entre Gilbert et Gaspard, l'aubergiste Étienne profère avec force:

— Pis de la résistance armée, y en a eu une seule fois, à Saint-Denis. Toutte le reste, c'étaient des groupements d'hommes offrant protection à leurs proches. Allez, les gars. Jetez dehors les fauteurs de trouble.

Un bredas s'ensuit. Que les importuns débarrassent le plancher! Le trio de renégats est littéralement éjecté de la place. Benoîtement, Léon Gosselin leur emboîte le pas et, après un salut théâtral qui amuse grandement la clientèle, il effectue sa sortie. Une explosion d'allégresse fait quasiment lever le plafond. Gilbert ne peut s'empêcher de congratuler quiconque se trouve alentour. Beaucoup regrettent que la dégelée n'ait pas été plus vigoureuse, mais chaque chose en son temps!

Tout soudain, la taverne est devenue une zone libre, soustraite à l'emprise des fanatiques semant la bisbille à tout vent, et Gilbert en retire une sensation exquise. Par chacune des fibres de sa peau, il se sent lié aux insoumis de la rivière Chambly et de partout ailleurs!

Il s'époumone comme les autres. Même la barmaid, une Irlandaise pure laine, virevolte d'une paire de bras à une autre, laissant le plus insignifiant quidam enfiévré la gratifier d'une accolade passionnée.

Ce soir, la clientèle n'a qu'une envie : retrouver sa joie de vivre. Boire et être ensemble à giguer, à chanter et à festoyer. Bientôt, des violons et des ruine-babines font leur apparition, de la musique s'élève, les tapeux de pieds et de cuillères entrent dans la danse, des voix chantantes s'élèvent et une veillée endiablée s'enclenche. Un flûtiste fait irruption, suivi d'un immigrant exhibant un étrange instrument baptisé harmonica, puis d'un adolescent habile au tambour.

La taverne devient noire de monde et Gilbert, ravi, participe à la plus formidable veillée de sa vie. Du coin de l'œil, il surveille les préparatifs du groupe d'hommes qui, dans un recoin, se noircissent le visage de charbon. Étienne Lavictoire se trouve parmi eux, et lorsque Gilbert le convie à un aparté pour lui proposer de se joindre à l'équipée, il refuse tout net. Désignant ses compagnons, Étienne l'informe que ce sont tous d'anciens fiers-à-bras, rompus aux combats qui pourraient survenir contre des fanatiques, et que nul parmi eux ne se risquerait d'emmener un novice comme lui. Sur ce, Étienne le gratifie d'une puissante accolade tout en s'écriant :

— J'suis diablement content de te revoir, mon fendant !

Au matin, la ville entière sait que les panonceaux inscrits du nom « Doric Square » ont été recouverts de goudron. Les discrets charivariseurs ont eu le champ libre, mais dans les heures qui suivent, des ouï-dire s'élèvent. Les jeunes fanatiques, ulcérés, fomentent des mesures de rétorsion. Les Montréalistes s'encabanent, tandis que les convulsionnaires exercent leur vengeance sur le factionnaire du faubourg Saint-Laurent, lequel répond aux provocations en plongeant sa baïonnette dans le corps d'un de ses tourmenteurs. Ce qui, instantanément, met fin au sursaut de fierté mal placée.

Le *Herald* proclame que les assaillants étaient canadiens, mais le *Morning Courier* rétablit la vérité par une correspondance dans laquelle l'auteur se déclare paré à fournir aux autorités les noms des ultra-tories, d'ascendance britannique, qui ont insulté le factionnaire. Gilbert danse la gigue : le règne des sectaires est en train d'expirer, faute de combustible ! Ceux qui se sont ligués temporairement avec eux l'an passé, dans le but de chasser un ennemi commun, reconnaissent une erreur qui leur a coûté très cher, ainsi qu'à l'ensemble des habitants. La terre de liberté est en vue. Il suffit aux Réformistes d'apprendre de leurs erreurs !

16

Le 18 février, Rémy charrie jusqu'à Vitaline une désolante nouvelle. Le connétable Comeau et ses sbires sèment la terreur dans le comté de Richelieu. En pleine nuit, et faisant montre d'une brutalité épeurante, ils ont appréhendé à Saint-Denis même une demi-douzaine d'hommes pour les conduire en prison à Montréal. Parmi ceux qui ont été mis sous accusation de menées séditieuses se trouvent le frère et le père d'Estère, l'amie de Vitaline.

Sidérée, Vitaline se bougrine aussitôt pour raccompagner Rémy au bourg. Le respectable menuisier Besse est un proche voisin des Dudevoir. Pendant le trajet effectué en raquettes, son frère partage les rares détails qu'il a été possible de soutirer du connétable.

— Les arrestations sont liées à la déposition d'un cultivateur qui s'est plaint du comportement de miliciens patriotes, au lendemain de la bataille du 23 novembre. Édouard faisait partie du groupe de fêtards en question.

Rémy fait allusion au jeune frère d'Estère, qui est également un bon ami à lui. Il ajoute sombrement:

— Sauf que les forces policières ont capturé le père itou. Plus tard, le cultivateur Carrière, âgé de 57 ans. Toutte ça pour un granguignolesque larcin d'un quart de lard!

Vitaline questionne âprement:

— Qui est le délateur?

— Comeau a pas voulu nommer personne, mais je soupçonne Joseph Chenette.

La jeune femme tombe des nues:

— Le fermier à qui le Dr Nelson avait concédé un bail à long terme pour exploiter une de ses terres ? Y était pas à ses côtés lors de la bataille comme sergent de milice ?

— Oui. Sauf qu'on avait des sérieux doutes sur sa loyauté. Comme on tricolait pas rien qu'un peu, on s'est amusés à lui servir une leçon.

— T'étais dans la gang ?

Rémy confirme qu'il figurait dans le groupe ce soir-là, même si la liste de Comeau ne contient pas son nom.

— On a forcé l'entrée chez Chenette pour se faire servir à souper comme des princes. Astheure, le faquin se venge. Y prétend que l'un d'entre nous a volé du lard.

— Ça se peut ?

— Oui. J'ai vu qui c'était.

— Toi ?

— Non. Écoute, j'en finirais pas de déblatérer si y faut que je te conte les infimes détails. Celui qui a pris du lard avait des raisons pas trop mauvaises pour le faire. Mais le pire, c'est que Chenette prétend que son père, un quasi-centenaire, a été honteusement magané. Une infâme menterie.

Les jeunes gens sont parvenus chez les Besse, où ils entrent sans cérémonie pour offrir du réconfort à Estère et à sa mère, qui semblent avoir épuisé leur réserve de larmes. La jeune institutrice répète sans cesse :

— Édouard a combattu avec le bon docteur. Comme Paul pis comme les deux autres arrêtés avec lui.

Paul Mondor, l'apprenti-potier ? Vitaline réagit en lançant une œillade pleine de commisération à son jeune frère. Comme Édouard, Paul est l'un de ses très bons amis. Rémy fait valoir :

— Moi itou, j'ai pris les armes contre le gouvernement. On peut pas être poursuivis pour ça. Souvenez-vous de la proclamation de milord reçue après la déroute de Saint-Charles. Le pardon était accordé à tous ceux qui rentraient dans leur foyer pis qui s'y tenaient tranquilles. C'est pour ça que les autorités arrêtent personne de la rivière Chambly.

— Sauf qu'y se reprennent au moyen d'affaires niaiseuses, regrette Vitaline. Des dénonciations pour vol ou des bêtises semblables. Des bombes à retardement qui, une fois lancées, peuvent détonner en faisant d'amples ravages !

Fébrile, Rémy partage ses intentions aux trois femmes : aller à Montréal, assiéger la prison, pétitionner les autorités du district... N'importe quoi, plutôt que l'inaction ! Estère reprend du cœur au ventre. Elle tient mordicus à être du voyage ! Sur ce, Mme Besse supplie Vitaline d'en être itou.

— Moi, je peux pas quitter Saint-Denis. Ta présence me rassurerait gros sur la sûreté de ma fille !

Rémy se met de la partie. Les Besse n'ont quasiment aucune relation dans la cité marchande. Sans doute que tante Ériole leur ouvrirait sa porte et que Gilbert se ferait leur protecteur...

— Pour le sûr, tu jouirais de revoir grand-mère, qui a pas remis les pieds dans le bourg depuis des lustres.

Rattrapée au galop par l'amère réalité, Vitaline sombre corps et âme dans un éprouvant désarroi. Le rendez-vous était déjà fixé avec Vincent ! Elle était sur le point de voler à la rencontre de son soupirant, qu'elle convoite ardemment. Légère comme un oiseau qui volette d'arbre en arbre, elle allait profiter du meilleur des deux mondes. Le hasard fait tellement bien les choses : si elle ne s'était pas raccommodée avec Florentin, elle n'aurait pu s'abandonner entre les bras de Vincent, qui va peut-être semer un petiot en héritage ! L'échafaudage s'écroule, d'un seul tenant.

Posant les yeux sur Estère, Rémy et Mme Besse, qui attendent anxieusement sa décision, Vitaline sent l'euphorie d'une éventuelle rencontre avec Vincent la quitter lambeau par lambeau, inexorablement. Elle ne peut refuser d'accompagner son frère et son amie en ville sans déchoir à ses propres yeux. Mais jamais ils n'auront idée du sacrifice qu'ils exigent d'elle. Peut-être que Vincent va quitter Saint-Charles incessamment. Il ne peut s'éterniser en compagnie de parents dont la présence lui est quasiment intolérable.

Comment lui faire savoir le revirement de situation ? Vitaline se résout à mettre Estère dans le coup. Elle lui fait croire qu'il s'agissait d'une rencontre, trop longtemps remise, pour faire le point sur les lettres de Valentin Jautard à son aïeule, dame Renette. Le naturel d'institutrice curieuse revenant à Estère, elle quémande des explications. Vitaline a fait état du paquet de missives remises par mémère tout juste avant son trépas, pendant la peur bleue de 1832, et de Vincent qui s'est chargé de déchiffrer l'écriture ardue. Sur l'honneur, Estère affirme qu'elle écrira vitement au jeune arpenteur pour annuler le rendez-vous prévu.

Deux jours plus tard, c'est la traversée du fleuve dans une carriole filant sur le pont de glace au travers du Saint-Laurent, qui extirpe Vitaline de la morosité mâtinée de ressentiment qu'elle ruminait. Elle contemple le spectacle des toitures de Montréal luisantes au soleil, et sa mélancolie s'effiloche. À vrai dire, elle est ravie de revoir son frère aîné, sa tante et sa grand-mère. Elle n'est pas fâchée non plus de constater l'état de la cité, source et sujet de rumeurs saisissantes.

Déposant son crayon, Gilbert saute sur ses pieds. Penché sur ses registres, il était en train d'oublier qu'un homme a besoin d'exercice s'il ne veut pas ratatiner et prendre la forme d'une larve! Au mitan de l'après-dînée, l'atmosphère dans l'atelier est pesante. Les ouvrières ont ralenti leur rythme de travail, y compris celui de leurs commérages. Déjà, elles songent au souper à concocter, au mari ou au père dont l'humeur est imprévisible par les temps qui courent. Gilbert est devenu sensible à leurs songeries parfois douloureuses. Certaines, comme il l'a réalisé, sont obnubilées par leurs enfants, qu'elles sont obligées de laisser seuls, encombrés de responsabilités trop lourdes pour leur âge.

Ravie de voir son ami oisif, Caroline délaisse sa propre tâche — un calcul de matériel à commander — pour s'approcher de lui. À mi-voix, elle laisse tomber, la mine conspiratrice:

— Je repensais à ton affaire de l'autre soir à la taverne. Tu m'as pas dit ce qui va arriver à ton billard, astheure que ton fendant d'associé a débarrassé le plancher…

— Je suis pas décidé encore. J'ai guère envie de m'en charger. Trop de souvenirs plattes.

— T'aimerais que je le gère pour toi?

Gilbert écarquille les yeux. Décidément, sa jeune amie le surprendra toujours! Avec prudence, il répond:

— C'est pas si simple. Gaspard pis moi, on est encore associés.

— Y a empoché les bénéfices toutte seul pendant une escousse, réplique Caroline avec une moue de reproche. Tu peux faire de même à ton tour.

— Les bénéfices ont brillé par leur absence.

— Je gagerais pas ma chemise là-dessus. Les débits de boissons ont profité depuis l'an passé. Les *volunteers* ont du blé.

— Sauf qu'y s'en viennent flâneux en masse, rétorque Gilbert. Y rechignent à servir. Hormis les parades où sir John paraît en personne, y se terrent comme des taupes.

— Quand même. Leur paye, y l'ont pis y la dépensent. J'ai encore de bonnes amies dans une couple de maisons déréglées, pis je peux t'assurer...

Caroline s'interrompt, puis se tourne vers la porte qui donne sur l'escalier, car un bredas annonce de la visite. Sur ce, l'huis s'ouvre tout grand et Gilbert reste cloué sur place : sa sœur et son frère ! Même Estère Besse, celle qu'il a courtisée jadis ! Remis de sa stupeur, il accueille avec effusion les survenants, empreints d'une troublante gravité, puis il les entraîne vers l'endroit où se trouve son pupitre de travail, près une encoignure largement fenestrée.

Il voit que Vitaline et Estère, tout en se débougrinant, jettent des regards curieux à Caroline. Gilbert s'empresse de présenter leur concitoyenne de Saint-Denis. Rémy profère :

— Alors mamoiselle sera intéressée par ce qu'on va te conter. Tire-lui une chaise itou. On arrive de chez toi. Tante Ériole nous a conseillé d'accourir icitte au plus sacrant.

— J'ai eu de la misère à reconnaître grand-mère, ajoute Vitaline. Mais le pire, c'est qu'elle savait plus qui j'étais ! Ni Rémy !

Gilbert en reste sans voix. Après une grimace de regret, Caroline dit sourdement :

— Je la connais depuis peu, votre grand-mère, mais elle rempire à vue d'œil.

Une fois tous assis en cercle, Rémy ramène la parlure à la raison de leur venue. Gilbert échange un regard consterné avec Caroline, puis il souffle :

— Pauvre eux autres... Être prisonnier d'État, c'est comme être retiré du monde des vivants.

Réalisant à quel point ses paroles peuvent affecter Estère, Gilbert ravale le reste. Caroline répare sa bourde :

— Sont bien vifs, les prisonniers, mais de la manière qu'y sont confinés, on peut parler de même. Même leurs épouses peuvent pas les rencontrer.

Ébahie, Vitaline s'écrie :

— Leurs épouses ? Je croyais que des heures de visite étaient prévues par la loi !

— Le shérif agit en tyran, répond Gilbert. Comme y s'agit de Roch de Saint-Ours...

Ce qui se passe de commentaires. Nommé à ladite position grâce à l'influence de son beau-frère Debartzch, le shérif fait subir la persécution rageuse du seigneur de Saint-Charles aux détenus sous sa juridiction. Son inhumanité envers les prisonniers politiques fait jaser... Ni visites ni promenades dans la cour. Des échanges épistolaires soigneusement contrôlés. Et lorsqu'un prisonnier d'État est poursuivi en justice devant les tribunaux, ce qui arrive trop souvent, il lui est interdit de conférer avec l'avocat qui le représente.

Gilbert dit à Estère :

— J'ai guère de craintes pour ton père pis l'autre monsieur âgé. D'après ce que vous me dites, y seront relâchés instamment.

— Mon père a tenté de défendre Édouard, balbutie Estère. Pis y reprochait l'intrusion en pleine nuit. Ça fait que Comeau s'est vengé.

À l'heure actuelle, explique Gilbert, les notables greyés du brevet de juge de paix gèrent les sorties de prison. La tristement fameuse commission d'examen, c'est-à-dire un duo de juristes formé du procureur général Ogden et d'un furibond nommé McGillis, a fait long feu. Espérant recueillir des aveux conduisant à d'éventuelles inculpations, ils obligeaient les prisonniers à faire une déposition verbale erronément qualifiée de « volontaire ».

— McGillis était un interrogateur redouté. Ayant figuré dans la terrible répression dans le comté des Deux-Montagnes, y pouvait solliciter *impérieusement* des délations. Y voulait arracher des aveux, mais quasiment tous ont évité les pièges tendus. Rien pour incriminer les plus coupables aux yeux des commissaires. Pis de surcroît, les fendants concluaient par des questions : « Que feriez-vous si les choses étaient à recommencer ? Prendriez-vous le parti de la reine ? » Les réponses étaient désespérantes. Trop peu de loyalisme pour décharger les prévenus. Tous les détenus ont comparu, y paraît, mais sans résultat.

En conséquence, la commission d'enquête a suspendu ses travaux et Mr Ogden est redescendu à Québec. Pour faire valoir sa cause, Estère devra rendre visite à un magistrat montréaliste.

Logiquement, celui-ci se rendra en prison pour solliciter une déposition aux prévenus. Il statuera ensuite sur leur cas. Au besoin, il fera venir les documents ayant conduit à l'inculpation. Dans le cas des proches d'Estère, il faut escompter que le magistrat n'ira pas jusque-là, car les délais s'allongent indûment.

— J'espère que vous avez apporté de l'argent, lâche Caroline. Parfois, faut leur graisser la patte.

— De l'argent? s'écrie Estère. Non... non, j'y ai pas pensé une miette.

Elle paraît sur le point de fondre en larmes. La jeune maîtresse d'atelier s'empresse de nuancer:

— Sans doute qu'un pot-de-vin sera superflu, mais si la chose s'avère nécessaire, je promets de vous avancer la somme!

Vitaline ose enfin examiner Caroline du regard. Elle n'a pas été longue à faire le lien entre elle et l'ébraillée originaire de Saint-Denis que Gilbert a convoitée naguère. Vitaline ignore ce qui est advenu de sa passion compliquée pour Caroline, mais au su de son passé, il est plutôt déstabilisant de la trouver ici.

Gilbert propose de poursuivre la discussion à la maison. Ériole doit attendre des nouvelles avec impatience! Caroline abonde dans son sens: les ouvrières, distraites, ont quasiment cessé de travailler. Se bougrinant, Vitaline s'étonne de voir Caroline confier la fermeture de l'atelier, après la journée, à l'une de ses meilleures ouvrières, puis se joindre tout naturellement à leur groupe.

En marchant, Gilbert éclaircit le mystère en spécifiant qu'Ériole héberge temporairement la jeune femme, qui a dû fuir son logement au pic de la répression. Avec la nervosité qui l'encombre constamment depuis le drame, Estère compatit et interroge Caroline sur sa vie passée; celle-ci répond qu'elle a été ouvrière à l'atelier, puis barmaid. À l'évidence, constate Vitaline, la relation entre son frère et elle est emberlificotée. Ils s'affectionnent de façon tangible, mais ils sont également sur leurs gardes l'un par rapport à l'autre.

Rémy interroge son aîné sur le calme apparent qui règne dans la ville, ce qui pousse Vitaline à observer les alentours. À première vue, on pourrait croire au cours ordinaire des choses. Puis, l'étrangeté frappe. Habituellement, le cœur de l'hiver est une saison très active, surtout s'il y a une épaisse couverture de neige comme asteure. Les carrioles filent sur les chemins déjà encombrés de raquetteurs, les festivités improvisées chez l'un et chez l'autre se succèdent...

— C'est bel et bien la morte-saison, confirme Gilbert. Chacun se terre dans son repaire. Même les *volunteers* se lassent de jouer aux soldats. Naguère, y polluaient l'espace public, se croyant nés pour discipliner et même brouscailler quiconque croisait leur route. Nés pour importuner!

— Ces jours-citte, y préfèrent se bercer au ras du poêle, dit Caroline malicieusement. À quoi bon garder une cité tranquille à souhait?

— À quoi bon, enchaîne Gilbert avec une emphase comique, se geler les orteils en montant la garde sur les artères principales ou en patrouillant dans les voisinages que fuient même les rats transis?

Chez sa tante, Vitaline a l'impression de retrouver un gîte négligé depuis trop longtemps. La présence chaleureuse d'Ériole, et même le contentement naïf de sa grand-mère, la comblent et l'apaisent. Même le fade ragoût du souper — car les Montréalistes manquent de tout — lui paraît délectable! Vitaline se reproche amèrement de n'avoir pas apporté davantage de provisions. Jamais elle n'aurait cru que la disette serait pire en ville qu'à la campagne. Elle aurait dû y penser. Les marchés sont désertés par les ruraux. Les denrées atteignent une cherté prodigieuse!

Lorsque Gilbert et Rémy se lèvent de table, ils ont convenu d'un plan d'attaque. Il faut commencer par trouver dans quelle prison les Besse sont confinés. La plupart des prisonniers politiques croupissent dans la nouvelle, mais il ne semble pas y avoir de critères pour le choix de l'emplacement. Ensuite, ils iront rendre visite au juge de paix Côme-Séraphin Rodier. À défaut, au Dr Donegani. Ne pas lâcher le morceau tant que justice ne sera pas obtenue!

Vitaline seconde sa tante pour mettre grand-mère au lit, ce que fait habituellement Caroline. Même toute frêle, la vieille dame pèse lourd! L'aïeule oublie qu'elle doit soulager ses besoins sur une chaise d'aisance, ce qui oblige ses proches à lui mettre un sous-vêtement et à laver ses parties intimes matin et soir. Laissant cette tâche délicate à Ériole, Vitaline se charge de mettre à tremper le sous-vêtement rembourré qui, ce soir, n'empeste que l'urine, puis à en renfiler un propre à la vieille dame, maintenant allongée sur le lit étroit.

Du coin de l'œil, Vitaline voit Caroline installer sa propre couche par terre avant que les chandelles ne soient éteintes. Vitaline offre à sa tante de veiller dame Royer tandis qu'elle s'endort. Vaille que vaille, la jeune femme s'assoit, adossée à la tête du lit, au plus près de sa grand-mère. Elle flatte sa main, mirant son visage parcheminé. Après un sourire pour remercier celle qu'elle ne sait plus reconnaître comme sa petite-fille, la vieille dame s'endort.

Vitaline relève les yeux vers Caroline, en train d'ordonner ses affaires rangées dans un coffre.

— Vous dormez icitte ? Pas toujours gai...

Caroline hausse les épaules.

— J'ai vu pas mal pire. Je suis contente de l'arrangement. Votre tante est accueillante en masse.

— Vous aimez travailler à l'atelier ?

Le visage fendu jusqu'aux oreilles de son interlocutrice est la plus éloquente des réponses. Touchée, Vitaline réagit par un mièvre sourire. Puis, elle incline la tête vers sa grand-mère, disant à mi-voix :

— J'ai le sentiment d'un adieu.

Sa gorge serrée l'empêche d'en dire davantage. Après un temps, elle entend Caroline répondre :

— Parfois, le hasard fait bien les choses. Votre voyage en ville, je veux dire.

— Elle se portait encore bien quand vous êtes arrivée icitte ?

S'agenouillant au pied du lit, Caroline régale la visiteuse d'anecdotes proûvant que, lorsqu'elle a dû fuir la taverne où Gilbert tient son billard, deux mois plus tôt, dame Royer avait encore de l'esprit. Son récit suscite plusieurs questions de la part de Vitaline au sujet de l'établissement, baromètre de l'humeur publique. Caroline affirme gaiement :

— Les tuques bleues avaient dû se départir de leurs couvre-chefs pour pas toutte perdre, mais y se recoiffent astheure. Les adeptes du sectarisme sont en train de perdre les appuis fragiles qu'y s'étaient ménagés l'an passé !

Vitaline croit le moment venu d'informer son interlocutrice, à mots couverts, de ce qu'elle sait sur sa relation passée avec Gilbert. La voyant pâlir, elle s'empresse de préciser :

— Je dis pas ça pour vous accabler. Juste pour vous faire assavoir où je me situe.

Après un temps, Caroline balbutie :

— J'apprécierais que... vous gardiez le secret.

— Sûr et certain. Si Ériole pis Gilbert vous font confiance, je suis parée à le faire itou, sans réserve.

Le silence est retombé dans la salle commune. Dépité de se trouver loin de sa sœur et de Caroline, dont il entend les voix feutrées tel un lointain ronronnement, Gilbert a laissé Rémy l'informer de la santé de leurs proches. Ensuite, son frère s'est absorbé dans un aparté avec Ériole. Gilbert s'est tourné vers Estère, un brin délaissée, mais le flot de paroles ne va pas de soi entre eux deux ; il y a d'anciennes barrières pour le contenir.

Lassé de l'échange contraint, Gilbert est sur le point de se lever pour vaquer à ses affaires lorsque des coups retentissent à la porte. Aussitôt, une tension à couper au couteau s'installe dans la pièce, comme si le diable en personne s'annonçait. Par contre, les coups ont été discrets, contrairement à ce que se permettraient des *volunteers* ou quiconque animé de mauvaises intentions. À travers l'huis, Gilbert appelle impérieusement :

— Qui va là ?

— Vincent !

Ahuri, Gilbert reste cloué sur place, avant de répliquer :

— Quelqu'un avec toi ?

— Non point, je le jure !

Gilbert s'empresse d'ouvrir. Un quidam fait son entrée, bougriné de manière à n'être pas aisément reconnaissable, les épaules et la tuque parsemées de la jolie neige qui tombe à gros flocons. Aussitôt, il abaisse le foulard qui lui servait de rempart contre le froid. Pendant une fraction de seconde, Gilbert s'imagine qu'il s'agit de Gaspard, venu lui jouer un vilain tour. Puis, le survenant se débarrasse de sa tuque et destine à Gilbert un de ces immenses sourires dont seul Vincent a le secret. Les deux jeunes gens se précipitent dans les bras l'un de l'autre pour une accolade. Ils ne se sont pas revus depuis le départ de Vincent de Montréal, à la mi-novembre de l'an passé. Une éternité !

Gilbert sent son vis-à-vis se raidir entre ses bras, puis marmonner, le souffle court :

— Ta sœur... ta sœur est icitte ?

Gilbert se désengage, puis il pirouette sur place pour mirer Caroline et Vitaline, sur le pas de la porte de chambre de sa grand-mère. Les jeunes femmes sont encore sous le choc d'une possible intrusion. Vitaline, en particulier, semble sur le point de tomber en pâmoison. Gaiement, Gilbert leur lance :

— Fausse alerte ! C'est de la visite plaisante, pis rare à part de ça, fait que la veillée peut débuter !

La voix enrouée, Vincent prend la parole :

— Bonsoir toutte le monde, pis mesdames itou. Dame Saint-Omer, bonsoir. Mes apologies pour l'effroi que je viens de vous causer.

— C'est rendu que même mon ombre me cause des palpitations, répond plaisamment Ériole. Bienvenue, mon gars. Mets-toi à l'aise.

— Un gros merci.

D'un effort prodigieux, Vitaline domine l'émoi qui a failli la faire chavirer. Elle ne pourra survivre à tant de chocs successifs : celui d'avoir dû renoncer à Vincent, puis celui de le voir se matérialiser sous ses yeux, à 20 milles de distance de chez elle ! Tout en délaçant ses mocassins doublés de fourrure, le survenant plonge ses yeux dans les siens. Avec un sourire contrit, il lui lance :

— Je gage, Vitaline, que t'en reviens pas de mon apparition !

Il ajoute à la cantonade :

— Dame Montplaisir pis moi, on devait se rencontrer pour causer de documents anciens que je suis en train de déchiffrer.

Estère intervient :

— Z'avez reçu ce que je vous ai écrit ?

— Sans faute. Sachant que la rencontre était annulée, j'ai mis à effet mon projet de venir à Montréal. J'ai pas songé une seconde que vous pouviez être icitte.

La menterie égaie Vitaline. Ériole exige des explications, que Vincent donne en marchant nu bas dans la pièce pour activer la circulation sanguine dans ses pieds, dont l'un est à moitié gelé. Vitaline le boit du regard. Même grimaçant à cause de la douleur, il est d'une beauté éblouissante. Puis, sentant l'œillade spéculative de Caroline sur elle, la jeune femme s'astreint au détachement.

L'heure qui suit, pleine de parlures, file comme l'éclair. Enfin, Ériole se retire dans sa chambre, à l'étage. Peu après, Caroline fait de même. Estère se laisse tomber sur une couche improvisée dans un recoin de la pièce. Gilbert se lève pour bourrer le poêle, puis il s'affaire à rassembler ce qui sera nécessaire à Vincent pour dormir par terre, dans sa chambrette. Rémy, lui, dormira à ses côtés, dans le lit.

Vitaline fait exprès pour monter tout juste avant Vincent, chargé d'effets, et tous deux peuvent échanger un long et savoureux baiser avant de se séparer pour la nuit. Sans bruit, Vitaline se prépare, puis se glisse à côté d'Ériole qui dort déjà à poings fermés. Elle se met à l'écoute. De l'autre côté de la cloison, les trois jeunes hommes causent en tâchant de ne pas élever la voix. Le bourdonnement accroît la béatitude de Vitaline. Bien au chaud dans son cocon, à mille lieues de l'affligeante réalité, elle glisse tout doucement dans le sommeil.

Assis sur le vieux manteau de laine qui lui sert de matelas, Vincent dit gravement à Gilbert:

— Si je venais pas te voir astheure, ça allait aux calendes grecques. Ça brasse du côté de la ligne du 45. Fait que j'y vais drette là.

Assis sur son lit, Gilbert ouvre de grands yeux:

— Où ça au juste?

— Alentour du lac Champlain. Des Américains dans les États du Vermont pis de New York se démènent pour former une expédition.

— Fais pas le fou. Impossible pour les exilés de se maintenir en force dans le pays, si jamais y réussissent à franchir la frontière.

— Tout dépend. D'un coup qu'y sont suffisamment nombreux pis armés? J'ai ouï dire qu'y viennent d'enfoncer la porte d'un arsenal américain. Un important vol d'armes.

— Ça prend des milliers d'hommes armés. Faut qu'y soient plus nombreux que les *volunteers* pis la soldatesque réunis.

— Bien d'accord. Voilà ce que je veux aller vérifier. Pis me joindre à eux si j'ai bon espoir.

Rémy interjette:

— Faudrait pas répéter la bourde du 6 décembre à la baie Missisquoi: donner à nos ennemis le temps de se rameuter.

Vincent saute dans la brèche ouverte:

— Tu parles drette. Le plus inquiétant, c'est qu'y réussissent constamment à nous déjouer. Y connaissent nos plans, pis y réussissent à les faire avorter d'une manière ou d'une autre. Sont-y excessivement bien organisés, avec un réseau de rapporteurs tricoté serré ? Ou bien des délateurs se trouvent encore parmi nos amis là-bas ?

Il revient sur l'affaire du 6 décembre à la fourche des chemins devant chez Mr Moore, qu'il a réussi à débroussailler en glanant des bribes de récits à gauche et à droite. Il rappelle la fable publicisée par les papiers-nouvelles. Pendant la nuit du 5 au 6, environ 200 patriotes étaient signalés, approchant du village d'Henryville, sur le chemin des États-Unis. Certes, les rebelles allaient brigander et bouter le feu partout ! Ses occupants ont déserté le village, laissant le passage libre aux patriotes, qui allaient rejoindre les exilés à Swanton afin d'introduire un charroi de munitions dans la province.

Comme le village est demeuré intact, il fallait autre chose pour transmuer les patriotes en émeutiers. D'éminents Loyaux ont prétendu que ces derniers auraient terrorisé les habitants restés sur place en leur gueulant des imprécations et en les menaçant de leurs armes. Un aubergiste s'est fendu d'un récit hautement fantaisiste. Le patriote Julien Gagnon, farouche tuque bleue de la région, aurait fait feu sur lui ; la victime aurait attrapé le canon avec sa main, détournant le tir, et la balle n'aurait traversé que sa paume.

— C'est ainsi que dûment alertés, poursuit Vincent d'un ton sarcastique, les fidèles sujets de Sa Majesté se sont démenés pendant la journée pour organiser leur défense. Les autorités locales ont été averties : le groupe accompagnant le chariot reviendrait en Bas-Canada par la route traversant Philipsburg plutôt que Henryville. Un convoi d'armes a pu être réquisitionné à temps pour armer les *volunteers* qui affluaient au chef-lieu du comté de Missisquoi. À la brunante, des centaines de combattants attendaient les patriotes de pied ferme à Moore's Corner. Une chaîne de hasards trop bien tissée.

— Pis une quasi impossible vélocité, renchérit Rémy avec une grimace, qui donne à penser que l'épisode du matin, à Henryville, est inventionné de toutes pièces. Conclusion logique : un coup monté. Si on veut être gentils, une trahison.

— Quoi qu'il en soit, reprend Vincent, ça risque de se reproduire. Je sais qu'on a toutte contre nous. Mais de là à rester les bras croisés…

— Dans ce cas, jette Rémy, j'y vais avec toi.

Gilbert reste incrédule. Vincent riposte :

— Jamais de la vie. Je peux pas t'emmener.

Avec une bourrasserie feinte, Rémy réplique :

— Je suis pas assez courageux pour toi ?

— C'est pas ça. C'est juste que...

Vincent s'interrompt, barguigne un brin, puis se tait. Gilbert comprend que, pour détourner Rémy de son idée, il n'a aucun argument qu'il ne pourrait appliquer à lui-même. Triomphant, Rémy se tourne vers lui :

— T'écriras à son père. Tu diras que je reste plus longtemps icitte.

— Pis si je voulais aller avec vous deux, moi itou ?

Car Gilbert se sent laissé pour compte, et couard par-dessus tout. Vincent répond :

— T'as rien à prouver à personne. Faut que tu sentes que c'est la seule chose que t'as à faire. Que si tu le fais pas, tu pourras plus te mirer dans le blanc des yeux.

Gilbert se dégonfle comme une baudruche.

— Ça fait des lustres que j'ai pas tiré du fusil. À la chasse, avec son père pis Aubain, je pense que j'ai jamais atteint la cible.

— T'as fait les exercices avec les Fils de la liberté, l'automne passé ?

— Pff... Y a juste la faction enfiévrée pour s'en émouvoir. On a marché au pas, de gauche à drette, pis de drette à gauche.

Après un soupir, Vincent clôt la discussion :

— Chaque chose en son temps. Je suis pas encore parti. Je compte rester un jour ou deux icitte pour régler des affaires.

— Parlant d'affaires réglées... tu veux les dernières nouvelles au sujet de ton besson ?

Tranquillement, le jeune arpenteur riposte :

— Me dis pas que c'est à cause de toi si Gaspard a rappliqué à Saint-Charles ventre à terre ?

Gilbert pouffe nerveusement de rire. Sérieux comme un pape, Vincent poursuit :

— Moi, j'ai trouvé ça platte en maudit. L'affaire de mes géniteurs, c'est rien qu'une mince partie du problème qui m'a sauté en pleine face. En fait, mon frère s'est mis à hurler quand y m'a vu.

Fallait que je décampe, autrement y allait faire une crise de nerfs. Fait que ma mère a pas barguigné à me foutre dehors. Mon barda est déjà paqueté pis en dépôt chez une connaissance.

Après un soupir, Vincent conclut benoîtement :

— C'était le coup de pied au cul qu'y me fallait pour sortir de l'encroûtement.

Fatigué d'être assis, Gilbert s'allonge. Son frère l'imite, évacuant au passage une interminable flatuosité, ce qui fait dire à son aîné qu'il s'ennuyait du bon vieux temps. Affirmant qu'il est repoussé par la senteur, Vincent s'étend sur sa couche à son tour. Sur ce, Gilbert se lance dans le récit du revirement de situation à la taverne, pour réaliser après une escousse que ses auditeurs s'enfoncent dans le pays des rêves. Il se lève pour tuer la chandelle, en pensant que la plus mièvre se transige actuellement 30 sous la livre, ce qui est du vol pur et simple !

17

Le jour d'après, sans l'avoir aucunement cherché, Vitaline se retrouve seule dans la salle commune en compagnie de Vincent. Ses frères partent avec Estère pour plaider la cause des Besse auprès d'un magistrat de la cité. Caroline etÉriole prennent leur envol vers l'atelier. Grand-mère, dont Vitaline a la garde, dort encore. La jeune femme glisse un long regard plein d'affection à Vincent, qui répond par une expression attendrie. Égayée, elle dit à mi-voix :

— Moi qui pensais avoir à me cacher pour te voler un autre bec...

Sans rien dire, il lui tend la main. Laissant tomber son torchon, Vitaline y dépose la sienne. Leurs doigts s'entremêlent, puis après un clin d'œil complice, Vincent entraîne sa blonde vers l'escalier qui descend à la cave, en dessous de la cage de celui qui monte à l'étage. Vitaline n'aime guère ce trou sombre et humide, mais par amour, elle le laisse descendre quelques marches, puis l'attirer contre lui pour ensuite l'embrasser avec appétit.

Leur position est précaire et Vincent finit par la repousser en disant, rieur :

— Va falloir jouer encore à la cachette pour en trouver une meilleure.

— Pis c'est niaiseux. On a toute la place...

— Je croyais que t'avais peur qu'on nous voie au travers des carreaux ?

— Un brin. Mais là, j'ai peur que tu dégringoles.

— J'avoue qu'y suffirait d'une pichenette... Allez, madame, remontez !

Pour l'encourager, il saisit Vitaline par les hanches, et la chaleur de ses mains au travers de l'étoffe de la jupe l'enivre. Dès que son soupirant met les pieds sur le palier, elle se coule à nouveau dans ses bras, s'abandonnant contre lui, la tête sur son épaule. Elle souffle :

— Quelle idée mirifique t'as eue de venir jusqu'icitte !

Il garde le silence, se contentant de caresser sa mie de ses mains posées à plat sur son dos. Enfin, il dit avec difficulté :

— Je voudrais t'avoir à moi pendant une couple d'heures. Sans que t'aies peur de rien. Tu crois que c'est possible ?

— Oui, mais pas icitte.

— N'importe où, d'abord. Dans un endroit fichument mieux qu'à Saint-Denis, parce que tu cours moins de risques. Demain après-dînée, mettons ?

Un rendez-vous secret dans un endroit de son choix ? Une lumière s'allume dans la tête de Vitaline. Se redressant, elle réagit avec animation :

— Parles-en à Caroline, sans lui dire qu'y s'agit de moi. Me semble qu'elle pourrait t'aider à dégoter quelque chose.

— Pas fou. Elle a des relations…

Il s'interrompt. Vitaline comprend qu'il allait faire allusion à son ancienne vie. Donc, il la connaît un brin, mais il ignore qu'elle est au parfum.

Estère et ses compagnons reviennent au mitan du jour et se jettent sur le plat distraitement préparé par Vitaline, seule à la maison avec sa grand-mère. Tous trois ont été référés à l'un des deux magistrats auxquels le procureur général, avant de repartir pour la capitale, a confié le mandat de juger de la pertinence de l'incarcération des prisonniers d'État. Ledit magistrat a annoncé qu'il avait déjà fait comparaître le frère d'Estère, ainsi que l'homme qui est accusé d'être le meneur de la bande, un jeune cultivateur nommé Marcel Cordeau.

Un charivari ponctué par un maigre vol ne relève pas de la haute trahison, mais pourrait entraîner un procès en cour civile, à condition que le Grand Jury juge la plainte recevable. En conséquence, les procédures de libération ont été entreprises. Par contre, elles sont compliquées par la question suivante : lequel des prévenus doit verser une caution de comparution au prochain terme ? Lequel en sera exempté ? Néanmoins, le magistrat a promis de faire diligence pour le père Besse.

Oscillant entre le scepticisme et l'espérance, Estère s'octroie une sieste, tandis que Gilbert décampe en direction de l'atelier. Quant à Vitaline, elle confie grand-mère à Rémy et se bougrine chaudement pour une promenade en ville. Elle veut prendre le pouls du chef-lieu du district. Même *Le Populaire* commence à rouspéter. Ce matin, Gilbert le disait distinctement :

— L'infâme rédacteur criait fort en faveur des *Constitutionals* l'an passé. Astheure qu'y se sont mués en pillards et en boutefeux, y va se mettre à crier aussi haut contre eux !

Vitaline a bel et bien lu ce commentaire éditorial : pour plaire aux exaltés, il faudrait affirmer que *tout ce qui parle français est coupable de déloyauté ; il faudrait réclamer le renversement des institutions canadiennes, la condamnation de tous ceux qui sont soupçonnés de trahison et de tous ceux qu'il plaira encore à la faction de soupçonner par la suite.*

Les sens en alerte, Vitaline s'imprègne de l'actualité, et l'impression formée la veille se nuance. Si les Montréalistes se cantonnent dans une apparente apathie, c'est en bonne partie pour s'empêcher de répondre aux excès comme il le faudrait. Elle examine longuement les panonceaux « Doric Square » hâtivement barbouillés. Elle tombe en arrêt devant un écriteau à moitié couvert de neige qui traîne dans un caniveau et où se devine l'inscription « Markham Street », celle qui avait rebaptisé la rue Saint-Charles-Borromée.

Vitaline prend acte du fait que plusieurs notables ont retiré la plaque apposée à l'extérieur, et qui portait leur nom, pour ne pas que leur domicile soit trop aisément repérable. Elle mire, désolée, les volets clos et l'huis encloué de la porte de la maison des Papineau, rue Bonsecours. Plus à l'ouest, du côté de la rue McGill, elle languit près de groupes d'hommes devisant gravement ou de dames caquetantes, qui ne se doutent pas que l'habitante mal dégrossie faisant le pied de grue dans leur voisinage entend fort bien la langue anglaise.

Le sujet de leurs parlures : la considération apportée par les magistrats à une pétition visant à interdire, lors de l'installation officielle du bonhomme brûlot comme gouverneur intérimaire, les réjouissances publiques annoncées par la faction acharnée. Vitaline s'étonne des récriminations qui virevoltent dans l'air glacial au sujet des magistrats convulsionnaires. Les *Britons* qui se trouvent à portée de ses oreilles sont animés de l'esprit frondeur qu'ils reprochaient naguère aux Réformistes.

Sur ce, la discussion dérive vers la cour criminelle du district, sur le point d'inaugurer ses assises trimestrielles. Les spéculations que Vitaline écoute attentivement vont bon train : l'autorité militaire permettra-t-elle la tenue de procès de détenus politiques ? Beaucoup l'escomptent, car le sort funeste des prisonniers excite une pitié généralisée. Par contre, l'équanimité des procédures ne peut être garantie sous la loi martiale. Pour célébrer son entrée en fonction, sir John devrait la suspendre. S'il y a eu révolte, elle est matée depuis belle lurette !

Frigorifiée, Vitaline repart vers le faubourg Québec. Tout le monde, hormis Vincent, se réunit pour le souper, puis Rémy et Gilbert, à la réquisition du premier, partent à la taverne Lavictoire. Les femmes passent une soirée tranquille. Comme il l'avait annoncé, Vincent surgit au moment du coucher. Du coin de l'œil, Vitaline voit qu'il s'offre un aparté avec Caroline. Lors d'un fugace moment de solitude, juste avant que Vitaline aille rejoindre Ériole dans la chambre, Vincent chuchote à sa mie que tout va comme sur des roulettes pour demain.

Vitaline ignore comment elle réussit à grappiller quelques heures de sommeil. Au lever, Ériole se plaint des remuements nocturnes de sa compagne de lit… Ce vendredi 23 février diffère très peu du jour d'avant : Caroline part pour l'atelier, Ériole quitte la maison pour procéder à des emplettes, puis Estère et les frères de Vitaline vont harceler le magistrat de la commission d'examen. Vincent souffle à Vitaline qu'il reviendra peu avant le dîner l'informer du lieu de rendez-vous, puis il prend la poudre d'escampette. En conséquence, une interminable avant-dînée débute pour la jeune femme.

Un coup de théâtre se produit une heure plus tard : Estère et ses compagnons reviennent triomphants. Édouard Besse père sera libéré avant la noirceur ! Vitaline est ravie, mais envahie de craintes. D'un coup que le bredas la force à remettre encore une fois sa rencontre avec Vincent ? Sur ce, Ériole fait son entrée, et une atmosphère festive s'installe. On planifie le souper à concocter pour les invités.

Vincent revient à son tour. Après s'être réjoui de l'excellente nouvelle, il informe Vitaline qu'il a rencontré par hasard une de ses connaissances, laquelle voudrait bien la recevoir tout à l'heure. S'il avait en réserve un conte élaboré, il n'a pas besoin de s'en servir, car nul autre ne s'y intéresse. Une fois la croûte cassée, Gilbert part à l'atelier, Estère entraîne Rémy à une promenade et Vitaline se met à la traîne de Vincent, censé lui montrer le chemin vers le domicile de son amie.

Une quinzaine de minutes plus tard, dans un faubourg anonyme, Vincent extirpe une clef, débarre une porte, grimpe un escalier et précède sa compagne à l'étage glauque et mal chauffé d'une maisonnette. Une angoisse subite étreint le cœur de Vitaline, saisie par le froid humide et l'aspect abandonné de la pièce. Tout soudain, elle regrette intensément de ne pas être à Saint-Denis, dans un endroit familier, en train d'offrir sa joie de vivre à Vincent. Elle en trémule de tous ses membres. L'acte qu'elle s'apprête à commettre lui semble un crime. Car elle agit comme une malfaitrice, obligée de choisir un tel lieu pour satisfaire son inclination coupable et damnable!

Vincent emplit son champ de vision. Il la prend dans ses bras, la réconfortant comme si elle était une enfant. D'un ton navré, il souffle:

— Je suis désolé. J'aurais préféré t'offrir une gentilhommière et une douzaine de serviteurs attentionnés. Comme tu trembles… Tu veux t'asseoir?

Elle secoue la tête et balbutie:

— Lâche-moi pas. Tiens-moi toujours.

Prodigue en caresses de toutes sortes, Vincent finit par amadouer Vitaline. Il réussit sans peine à faire reculer les murs de la pièce tachés de moisissures jusqu'aux confins de l'Univers. À faire basculer Vitaline dans un monde idyllique, celui de ses sens exacerbés par les attouchements de plus en plus osés et de plus en plus exigeants de son compagnon. À la transmuer en femelle en chaleur, au point que Vitaline recule de son plein gré jusqu'à la table, qu'elle se débarrasse de sa bougrine pour s'en faire un coussin placé sous ses fesses, qu'elle abaisse ses deux épaisseurs de sous-vêtements d'hiver et qu'elle retrousse sa jupe.

Enfin, nouant ses jambes autour des hanches de Vincent, elle absorbe prestement son membre viril paré à s'insinuer et elle s'abandonne à une extase gloutonne qui la mène, en deux temps trois mouvements, à une éruption de volupté telle qu'elle a la sensation de se condenser et de se désintégrer tout à la fois. Quelques secondes plus tard, Vincent s'envoie en l'air à son tour, proclamant son intense plaisir au moyen d'un cri qui résonne aux oreilles de sa compagne comme délicieusement impudique. Comme il chambranle, elle l'agrippe et le contient entre ses bras. Tous deux hors d'haleine, ils restent ainsi, soudés l'un à l'autre, pendant une longue escousse.

Vitaline finit par dessiller les paupières et par contempler le décor qui n'est plus celui d'un lieu mal famé, mais celui d'une tanière chaleureuse, d'un nid quasi douillet. Vincent la gratifie d'un baiser fervent à pleine bouche. Il veut reculer, mais Vitaline prévient son mouvement en soufflant :

— Me faut une guenille. Ta semence va couler.

Il écarquille les yeux, puis s'escrime à extirper de la poche de sa veste un mouchoir de coton qu'il remet à Vitaline, tout en proposant :

— On s'étend ? Me semble que ça ferait du bien.

Mirant la paillasse déformée posée à même le plancher, Vitaline réagit par une grimace. Pour contourner le problème, Vincent saisit sa bougrine, qu'il avait laissée choir au sol, ainsi que celle de Vitaline, avec lesquelles il forme une couche de fortune par terre. S'y allongeant, il presse la jeune femme de venir le rejoindre. Lorsque Vitaline se retrouve entre ses bras au plus près de lui, il replie les pans des bougrines sur eux, comme un cocon. Tous deux s'installent le plus confortablement possible, accrochés l'un à l'autre, et s'apaisent progressivement.

Vitaline s'attendait à ce que son amoureux se laisse aller au sommeil, comme Florentin fait après leurs étreintes, mais Vincent reste parfaitement réveillé, la pressant contre lui et suivant ses formes de ses mains baladeuses. Elle-même déborde de pétulance, comme si le bref mais flamboyant accouplement l'avait ragaillardie. Certes, le lutinage de Florentin lui procure de réels moments de joie. Parfois, l'accord avec son mari est tel qu'elle grimpe au septième ciel. Mais jamais elle n'avait atteint un firmament rempli d'étoiles tant rutilantes. Jamais elle n'avait ressenti une telle appétence, pour ensuite être si bellement rassasiée dans les grandes largeurs, jusqu'au trognon et de fond en comble !

— Faut que je t'avoue quelque chose, dit soudain Vincent en remuant avec malaise. J'étais puceau.

La précision inattendue tire Vitaline, le nez enfoui contre sa poitrine, de sa béatitude. Pendant un moment, elle jongle avec le mot dont le sens est connu, même s'il n'est guère utilisé, puis elle prend conscience de la portée de l'aveu. Vincent n'avait pas encore fait folie de son corps. Ou du moins, il l'avait fait tout seul, en jouant du poignet. Elle finit par s'enquérir lascivement :

— Tu veux dire que… c'est la première fois que tu fais rentrer ton épée à deux jambes dans un fourreau ?

Il émet un rire contraint.

— On peut pas dire mieux. Oui, la première fois que je fais la bête à deux dos avec une créature, si tu préfères. Que j'oblige une créature à mirer les feuilles d'arbres à l'envers. Dans ton cas, les craques dans le plâtre du plafond.

Paresseusement, Vitaline calcule l'âge de son amant. Elle sait que les bessons Cosseneuve ont vu le jour environ trois mois avant son frère Gilbert, qui a eu 23 ans quelques semaines auparavant. Rester chaste jusqu'à cet âge avancé ? Vincent est un mâle apte à susciter les convoitises. Il a donc fait un choix délibéré. En souriant, elle murmure :

— Tu m'attendais, sûr et certain. J'aurais pas haï ça moi itou, t'attendre. Mettons que ça aurait été longuet, parce que je suis pas faite de bois, mais tout compte fait, ça m'aurait épargné un char de désillusions pis de réglages subséquents.

Vincent rit encore, plus librement.

— Tu crois ça ? L'appareillage aurait été mieux réglé avec moi qu'avec ton mari ?

Vitaline hoche vigoureusement la tête, tandis que reviennent la hanter des réminiscences du temps où elle s'obligeait à l'acte sexuel avec Florentin. Ce n'était que la partie visible de leur profonde mésentente. Florentin la rabrouait lors d'échanges de vues, car il ne pouvait supporter d'être celui qui ignore ou qui doute. Florentin déformait les propos de son épouse pour faire prévaloir son point de vue, puis l'accusait d'un manque de considération. Le malentendu mettait Vitaline à l'agonie. Elle, coupable d'insulter sciemment l'homme qu'elle avait accepté comme époux, ce qui est pourtant la plus prouvable marque de confiance et d'estime?

Repoussant ces songeries qui la blessent encore, Vitaline rouspète à voix haute :

— À quoi bon être honorée si c'est sans art, sans en tirer de l'agrément ?

— J'ai ouï dire de mamoiselles bourgeoises qui s'enfoncent dans cette situation malheureuse.

— Sont trop ignorantes, riposte Vitaline du haut de sa science. Elles savent pas exiger les égards les plus élémentaires dans le lit conjugal. Elles souffrent sans se plaindre, ce qui est le comble de la bêtise, car les mâles souhaitent juste une chose : être dressés, même à la trique !

Sur ce, la jeune femme pouffe de rire, car elle a répété quasiment mot à mot ce que sa sœur Perrine déclarait avant son propre mariage. Plus humblement, elle conclut :

— Ça a pris du temps pour huiler l'appareillage à souhait. Pour que mon fourreau soit bien graissé lui itou. Parce que tu sais, un fourreau trop sec, ça griche pis ça bloque.

— Ton fourreau est pourvu de tout ce dont un homme comme moi peut rêver.

Elle s'épanouit en entendant ce compliment. Il dit encore, son souffle faisant remuer ses cheveux :

— Peut-être que je t'attendais un brin. J'aime à le croire. Sauf que la réalité est moins joliment habillée. J'étais paralysé à l'idée de courtiser une mamoiselle. Ou une dame. Ou même une douairière. Je me débattais avec l'idée que... que mon besson... tu sais comment on s'accorde mal, Gaspard pis moi... j'avais l'impression que mon besson, y avait gardé pour lui toutte la vigueur pis l'audace dont peut se glorifier un homme. Pas que je me sentais impuissant, au contraire. Mon goût pour les femmes débordait de partout. Mais ce goût-là, je l'associais à Gaspard pis à des excès qui m'écœuraient. C'est foutrement compliqué...

— Je vois ça, réplique plaisamment Vitaline. Pour moi, tu te rongeais les sangs pour rien.

— Ça se peut. Mais des fois, ce qui est négligeable pour autrui apparaît une montagne à nos propres yeux. Comme si je m'étais enfoncé brin par brin dans un monde inventionné qui devenait plus réel que la vraie vie. Comme si une toile s'était tissée autour de moi pis que je m'en étais aperçu juste à la fin. Trop tard. Pour moi, être un homme, ça équivalait à faire comme Gaspard. Sauf que j'aimais pas pantoutte l'homme qu'y était. J'aimais pas sa manière de considérer les femmes quasiment comme une chose. Sa manière de les acculer dans tous les recoins, pis de les salir ensuite de ses propos. Celle qui se donnait à lui était une Marie-couche-toi-là ; celle qui se refusait avait l'abricot qui moisissait.

— Arrête. Un vrai pas fin, ton frérot.

— Oui. Un taré, un demeuré. Sauf que je le savais pas à l'époque. Pis ça m'a pris un sacré boutte de temps pour me remettre les yeux en face des trous. Tu sais quoi ? Notre ami Valentin m'a aidé à y voir clair.

Pendant un instant, Vitaline ignore de qui il parle, puis l'évidence l'inonde : Jautard, ce nouvelliste d'un autre temps, correspondant de son aïeule Renette. Vincent lui a déjà dit que, grâce aux lettres, il en était venu à considérer le disparu quasiment comme un homme tangible, un ami réel auquel il se confiait. En conséquence, il l'a entretenu de son problème. Pour le sûr, les réponses de Valentin venaient de la cervelle de Vincent, mais le processus a été salvateur pour celui-ci. Ses lubies se sont réduites comme une peau de chagrin. Il s'est ramanché une virginité, comme Vincent le dit moqueusement à propos de lui-même, en se délivrant de l'emprise que Gaspard exerçait encore sur lui.

Écoutant son amoureux, Vitaline sent un autre souvenir remonter à la surface. La relation bancale entre ses parents sonnait à ses oreilles comme un glas lointain chargé de menaces. Ayant comme modèle leur éloignement coutumier, entrecoupé de loin en loin d'accouplements sonores et empressés, Vitaline a failli laisser se raviver une douleur qu'elle portait depuis l'enfance. Elle a failli décupler, dans son âme, l'impact de la maladresse de son mari ; cesser de voir ce dernier tel qu'il était, oublier sa touchante humanité, pour façonner un Florentin plus épeurant que nature.

Trouvant subitement la planche de bois très dure sous elle, Vitaline grouille entre les bras de Vincent. La voix altérée, il profère :

— Continue de même. Ça me rend toutte chose.

Sur ce, il l'agrippe aux fesses et la presse contre lui. Vitaline s'abandonne. Le temps fuit à toute allure et elle est incapable de quitter son amoureux sans s'adonner à un autre épisode de lutinage. Elle veut le déguster. Insérer ses doigts partout sous ses vêtements dont il ne peut se débarrasser, mais avec lesquels elle peut s'amuser. Promener sa bouche et sa langue. Palper ses muscles et lisser ses poils. Le humer dans le cou et sous les bras. S'apparier avec lui, avec lenteur et convoitise.

Les deux hommes qui sont assis à la table de la cuisine, sirotant leur bière, donnent l'impression à Gilbert qu'ils émergent tout drette d'un lieu qui dépouille les êtres humains de leur dignité et de leur noblesse. Leur teint pâle… Ils sont exsangues… Leur expression figée, signe d'un abrutissement généralisé dont ils semblent encore incapables de s'extirper… Tout indique qu'ils ont été des prisonniers politiques et que les autorités n'ont eu pour but que de les crétiniser.

Gilbert en a la preuve sous les yeux : un séjour prolongé derrière les barreaux est fichument plus facile à supporter pour des hommes accoutumés à la tranquillité physique, capables de trouver des dérivatifs dans la lecture ou l'écriture. François Richer dit Laflèche, qui a été libéré en même temps que le père Besse pour une raison qu'il ne s'explique pas lui-même, est en train de faire état de sa misère morale. En sept jours et six nuits de prison, il a failli perdre la raison, car son tourment était accentué par le fait qu'il était victime d'une persécution organisée, injustice qui lui tournebouliait les sangs.

Le pauvre François raconte :

— Chaque jour me paraissait une année. J'ai été séparé de mes compagnons pis placé avec quatre inconnus dans une cellule au deuxième étage de la prison neuve. Un cabanon, qu'on l'appelait : une pièce longue de huit pieds pis large de cinq pieds et demi, toute en briques.

Il lève la tête comme s'il cherchait la caresse d'une chiche lumière.

— Une fenêtre tout en haut. Large d'un pied carré, le verre couvert de crasse. Quant à la chaleur, elle entrait au travers d'un châssis grillagé au-dessus de la porte, à partir d'un poêle placé dans le corridor.

Ériole ouvre de grands yeux abasourdis :

— Même pas de tuyau qui se rendait dans votre... cabanon ?

L'ancien prisonnier secoue la tête. Au début de la terreur, plusieurs centaines de prévenus ont été entassés dans ladite section du Pied-du-Courant, dépourvus de tout, même de paille pour se coucher, même d'une couverte, et ils ont souffert du froid. Il y avait tant de prisonniers que même la modeste chapelle a été envahie, là où il n'y avait pas moyen de respecter la plus élémentaire propreté.

— Astheure, l'existence est un brin moins détestable. Chacun est doté d'une paillasse pis si y a de l'espace de reste, d'un banc et d'un coffre pour ranger ses affaires. À ceux qui peuvent point se payer des traiteurs particuliers, les autorités fournissent une ration quotidienne de pain et d'eau, complétée par la soupe fournie chaque soir par les dames charitables.

Le père d'Estère, lui, se cantonne dans le silence. Gilbert se souvient d'un homme facile à aborder et d'humeur plutôt badine, mais à l'évidence, il lui faudra une bonne escousse pour retrouver sa légèreté d'être. L'arbitraire dont il a été victime a de quoi assombrir l'homme le plus bonasse. Chaque fois qu'il croise les yeux de sa fille, celle-ci lui sourit largement, des étoiles dans les yeux, dans l'espoir de le voir se dérider. Pour l'instant, c'est en vain, mais Gilbert, lui, se régale des traits plaisants d'Estère. Il en oublie la silhouette maigrichonne et le teint pâle de celle qu'il a courtisée un temps. Il la trouve pimpante et coquette.

Présentant à leurs invités une assiette garnie de fromage et de *crackers*, Rémy dit benoîtement :

— On entend dire tant d'affaires sur l'infortune des prisonniers d'État. Pour une fois qu'on a le bonheur d'en recevoir deux en chair et en os. Enfin, le bonheur, c'est une manière de dire. On aurait préféré qu'on vous laisse tranquilles chez vous à Saint-Denis, pour le sûr.

Ériole se tourne vers M. Besse pour le questionner :

— Dans votre cellule, m'sieur Carrière s'y trouvait itou ? Je le connais un brin, je me souviens de sa belle équarriture, pis je peux pas imaginer qu'on ait conduit un homme tel que lui derrière les barreaux.

Après avoir avalé une énorme bouchée, François prend la parole avec une subite énergie :

— Nous autres itou, ma bonne dame. On a eu la surprise de notre vie.

— Une vengeance, dit soudain le père Besse. C'est lui qu'on visait en tout premier. Nous autres, c'est pour noyer le poisson.

Son jeune concitoyen n'est pas le moins surpris d'entre tous par l'affirmation de celui qui, malgré les années qui les séparent, est devenu son frère d'armes. Sans ménagement, François contreboute son aîné :

— Noyer le poisson ? Vous voulez dire quoi, m'sieur Besse ?

— Que c'est Eustache qu'on veut réduire à la misère. Pis comme le faquin qui lui veut du mal avait rien contre lui, on l'a jeté dans le même sac que nous autres. C'est pas pour rien qu'Eustache, on l'a pas libéré en même temps que moi.

L'assertion est percutante. Estère se jette dans la mêlée :

— Qui, son père ? Qui voudrait faire une saloperie de même ?

— J'ai mon idée. Juste un soupçon. Ce que je peux te dire, par contre, c'est qu'on a voulu m'extorquer en ravivant une ancienne dette. J'avais le choix : payer ou aller en prison.

Sa fille en reste pantoise. Après un temps, Ériole déclare, d'une voix blanche :

— Une phalange d'incapables profite du passage de la terreur. J'espère que l'histoire oubliera pas les noms des hommes honteux qui figurent sur la scène du monde.

S'ensuit une liste que tout le monde collabore à dresser. Les marchands Perrin, de Saint-Antoine, Lespérance, de La Présentation, et Couillard Desprès, de Saint-Hyacinthe. À Montréal, Pierre-Édouard Leclère. Dans le comté des Deux-Montagnes, les familles Globensky, Dumont, Snowden et McKay.

— Pis les juges des cours ordinaires, ajoute Ériole, s'entendent avec la soldatesque pour réduire les Canadiens à la misère. Pourquoi vous pensez qu'y ont consenti à laisser en prison pas juste le seigneur de Saint-Marc, mais son associé, son fils pis son commis ? Son commis d'à peine 20 ans, trop jeune pour s'être mêlé de politique ?

— Pour qu'y puissent pas s'opposer à la ruine de leur maison de commerce, répond fortement Rémy. Pour laisser une couple de marchands tories profiter de leur impuissance.

— Pareil pour le marchand Dumouchel de Saint-Benoît, glisse le père Besse. Deux de ses jeunes fils sont en prison avec lui.

— La prison sert en tout premier à mettre les prisonniers d'État sur la paille, confirme Gilbert. C'est flagrant comme le nez au milieu de la figure. Le zélé shérif transmet les poursuites en justice intentées contre eux pour dettes impayées...

— Z'ont été nombreuses en pas pour rire, maugrée Ériole. J'ai jamais vu ça.

— ... mais en revanche, le saudit shérif leur interdit d'avoir accès à leurs livres de comptes prouvant que la dette a été payée. Saint-Ours leur interdit même de conférer avec un procureur chargé de les représenter en cour. Y a prétexté qu'y avait juste le pouvoir de signifier les ordres à comparaître aux prisonniers!

— Roch de Saint-Ours s'est métamorphosé en tortionnaire, lance Rémy avec hargne.

— Ça me dépasse, déplore Estère. Ça se peut, retourner sa bougrine de bord à ce point? Y était pas si pire, dans le temps.

— De la part de ses valets, le diable exige des preuves aveuglantes de loyauté.

Gilbert interroge les deux prisonniers fraîchement libérés au sujet de ses amis Alphonse et Rodolphe, de même qu'au sujet de François Lemaître, mais en vain. Ériole saute dans la brèche ouverte pour faire allusion à André Jobin, qui pourrait avoir été capturé sans qu'elle le sache. Le père Besse la rassure :

— Je saurais identifier de vue m'sieur le député. Y brillait par son absence dans les corridors ou les lieux communs de la prison neuve.

— Les gazettes salariées parleraient immanquablement de lui, renchérit Gilbert. Faites-vous pas trop de mauvais sang, ma tante.

Vitaline fait son entrée. Elle est obligée d'échanger des salutations chaleureuses avec ses concitoyens de Saint-Denis, mais l'arrivée de Caroline sur ses talons, par hasard, lui permet de couper court. Prétextant une migraine tenace, elle fuit discrètement la compagnie, ce qui passe quasiment inaperçu. Peu après, elle se retrouve au lit, pelotonnée sous les couvertures, se laissant bercer par le doux raffut des voix à l'étage du dessous et par la présence imaginaire, mais palpable, de Vincent à ses côtés.

Ce dernier lui a fait savoir qu'il prenait la route cette nuit même en direction de la frontière. En conséquence, Vitaline oscille entre la béatitude suscitée par leur amour partagé et la frayeur de l'avenir. Vincent avance vers l'inconnu. Les rumeurs d'une armée en formation de l'autre côté de la ligne sont peut-être fausses, et peuvent même être des provocations délibérées. Le jeune homme veut en avoir le cœur net. Si possible, participer à la libération de son pays…

18

Au matin, Rémy brille par son absence. Vitaline maîtrise difficilement sa détresse. Lui itou court se jeter dans la gueule du loup! Puis, Estère et son père sortent pour aller défendre, chez le magistrat, la cause des quatre autres prisonniers de Saint-Denis. L'huis est à peine refermé qu'Estère rentre en coup de vent dans le but de partager l'éprouvante rumeur qu'elle vient de glaner par ouï-dire. Hors d'haleine, elle lance:

— À matin, les assises de la cour criminelle du district ont débuté. Si on se fie à l'exhortation du juge en chef aux membres du Grand Jury tout à l'heure, les procès des présumés assassins du lieutenant George Weir et de l'espion Joseph Armand dit Chartrand sont au programme!

Sur ce, Estère décampe pour de bon. Refermant l'huis derrière elle, Vitaline échange un regard ahuri avec Gilbert et Ériole, cloués sur place dans la salle commune, avant de déclarer:

— Ça me soulage, pas vous? Y a juste des présomptions contre les accusés, même si les convulsionnaires s'acharnent à faire croire le contraire. Justice doit être rendue pour les prisonniers d'État qui croupissent en prison.

Avec une grimace, Gilbert nuance:

— L'autorité militaire a pris la responsabilité judiciaire sous son giron. Les membres du jury pourraient se distordre la conscience à l'idée que leur verdict déplaise aux despotes. Pour la sûreté des hommes poursuivis, mieux vaudrait attendre. Une existence de misère en prison est un sort moins funeste qu'un verdict de culpabilité décidé d'avance.

Le premier papier-nouvelles à publier l'intégralité de la harangue est la *Montreal Gazette*. Gilbert s'empresse d'en rapporter un exemplaire à la maison, alors que sa sœur et sa tante y sont seules, en train de préparer le souper. Vitaline déchante durablement lorsqu'elle prend connaissance de la définition très large que donne le juge en chef au crime de haute trahison, traduction bancale de *high treason*. La jeune femme en a vu d'autres en matière de judicature déterminée à cautionner les actes de l'Exécutif de la colonie, mais le plus éminent magistrat du district se surpasse! Enténébrée, elle fait remarquer, d'une voix sans timbre:

— De mon point de vue à moi, la haute trahison est une gravissime violation de l'allégeance due par le sujet au magistrat suprême de l'État, c'est-à-dire Sa Majesté. La violation d'allégeance doit être accompagnée de violences tangibles et prouvables. C'est-y pas?

Gilbert opine du bonnet:

— En plein dans le mille. Sauf que pour m'sieur le juge, une multitude de faits pointent vers *an overt act of treason*. Par exemple, rassembler un corps d'hommes donnant, par le port d'armes, l'impression d'être en guerre. Comme les camps de l'an passé. Ou même juste fortifier sa maison pis fournir des biens ou des renseignements à des rebelles en puissance. Toutte pour que les événements en Bas-Canada entrent dans le moule.

Plongée dans la gazette, Vitaline poursuit:

— En clair, *toute insurrection usurpant l'autorité légitime et le gouvernement du roi dans des matières d'intérêt public ou général* tombe dans ladite catégorie.

— Ce qui permet au juge en chef, ajoute encore Gilbert, d'intégrer des affaires ahurissantes à la définition du crime de haute trahison. Par exemple, se regrouper pour forcer un monarque à réformer un grief national.

— Tu me niaises? s'exclame Ériole. Protester grâce à des assemblées, des pétitions pis des requêtes, c'est trahir son souverain?

— Oui, à la même enseigne que discourir sur un *husting* électoral ou même causer entre amis. Une fois que la preuve est déposée d'un projet tangible de rébellion en train d'être mis à effet... pis c'est chose faite en Canada aux yeux du monde entier... on peut toutte garrocher dans ce sac. S'assembler pour demander à des conseillers pervers de démissionner de leur gré, comme l'an passé.

Diffuser un document public ou même une lettre privée contenant une doctrine du genre *le roi est redevable au peuple*!

Le juge en chef a quand même dû se résigner à mettre quelques bémols. Des remarques indécentes ou malicieuses contre le souverain ou son administration, de même que la tenue d'une assemblée populaire, peuvent être rangées dans la catégorie plus bénigne de sédition, s'il est évident que les coupables n'avaient pas l'intention de se rebeller. Mais le juge en chef s'est empressé d'ajouter qu'en tant que signe avant-coureur de la haute trahison, la sédition s'en approche de très près; en conséquence, elle est *grandement punissable*.

— Ça crève les yeux, dit Gilbert, comment les ultra-tories, depuis une couple d'années, ont cherché sciemment à transformer les Réformistes en rebelles. Leur expérience séculaire de la répression, en Irlande comme ailleurs, leur donnait une connaissance intime des rouages de la loi qui définit le crime de trahison. Les forcenés avaient toute licence pour sévir contre des séditieux, assimilés dans le texte de loi à des étrangers pénétrant sur le territoire avec des intentions hostiles.

Vitaline fait remarquer:

— Les renégats patentés, eux itou, devaient avoir étudié ladite législation. D'après le juge en chef, une personne peut être excusée si elle pouvait pas refuser, sous peine de mort prochaine, de se joindre aux rebelles. La contrainte est une circonstance atténuante prévue dans la loi, pis c'est de même que les Chouayens se défendent des convulsionnaires qui veulent jeter toutte le monde d'ascendance française dans le camp rebelle. Ce qui est le cas du plus grand nombre, selon *Le Populaire*.

— Toutte le monde savait comment tirer le meilleur parti de la loi, dit Ériole sourdement, sauf les victimes désignées, les Canadiens réformistes.

Elle réfléchit un instant, avant de reprendre:

— En fait, plusieurs de nos érudits connaissaient le droit criminel, pour le sûr. Je songe à Viger-au-grand-nez, au défunt m'sieur Labrie, à m'sieur Papineau, à m'sieur Girouard... Pis y connaissaient l'histoire de l'Empire britannique pis de ses peuples. Les luttes coloniales. Mais on est bien placés pour savoir qu'y faut une expérience tangible de l'inconcevable pour y croire.

Vitaline médite l'assertion de sa tante, avant de répliquer :

— Vous voulez dire… pour savoir ce que le despotisme pis la terreur militaire nous réservent concrètement, faut l'avoir expérimenté ?

— Oui, parce que c'est inconcevable, justement. Impensable. Inadmissible. C'est ce qui fait la force de la faction enfiévrée.

L'arrivée d'Estère et de son père, qui partagent aussitôt leur découragement devant le peu d'empressement du magistrat à évaluer le cas de leurs concitoyens de Saint-Denis, met un terme aux parlures.

Le temps passe, mais nul procès politique n'est annoncé aux assises de la Cour du Banc de la reine du district de Montréal. Puis, tout soudain, la tension redouble à cause des réjouissances entourant l'installation de sir John Colborne comme gouverneur intérimaire, le 27 février. Les furibonds planifient des illuminations magnifiées par l'installation, devant la source de lumière, de vastes panneaux transparents multicolores, ainsi que des feux d'artifice à la place d'Armes et des lampions allumés aux fenêtres. Néanmoins, sous les ovations se cache une réelle volonté d'en imposer au peuple par la crainte.

Sir John se soumet au rituel coutumier : une garde d'honneur formée de *volunteers* et de *regulars* venant le quérir à domicile, tandis que tonne le canon, puis un cortège jusqu'à la maison du gouvernement, rue Notre-Dame. Plus tard, le canon et les mousquets indiquent à la population que le vieux brûlot a prêté serment aux membres du Conseil exécutif. Les *volunteers* envahissent les rues, fusil à l'épaule, et devant la perspective de voir la faction enfiévrée se livrer à des actes de violence, les Canadiens se terrent pour la nuit. Heureusement, ils en sont quittes pour une simple frousse.

Le jour d'après, Gilbert régale ses proches du commentaire acerbe du rédacteur du *Populaire*, un Français d'origine, et qui confirme le sentiment général :

— *On a souvent prétendu, dans la Grande-Bretagne, que les fêtes pompeuses célébrées par le peuple français en l'honneur de Napoléon étaient des ovations forcées par la police impériale et qui ne signifiaient rien en faveur de l'amour que les Français portaient à leur empereur. Nous qui avons été témoins de presque toutes ces réjouissances publiques, nous pouvons dire que cette opinion n'était point erronée, surtout vers la fin de l'Empire ; c'est pourquoi nous déplorons sincèrement l'aveuglement de ceux qui imaginèrent l'illumination d'hier soir.*

Pour souligner le début de son règne, sir John libère une fournée d'hommes dont l'innocence est criante. Font partie du lot les deux députés du comté de Nicolet et un médecin du même lieu ; le marchand Eustache Soupras, de Saint-Mathias, souffrant d'une inflammation aiguë des intestins, et un groupe de jeunets. Édouard Besse et l'apprenti-potier Paul Mondor font partie du lot. Le vénérable Eustache Carrière et le fringuant Marcel Cordeau, pour leur part, demeurent derrière les barreaux. Le sort de ces derniers est confié à Gilbert et à sa tante, puis la petite troupe se met en branle vers Saint-Denis.

Vitaline se joint à l'équipée. Florentin n'aurait guère aimé qu'elle demeure plus longtemps loin de lui, notamment à cause des ouï-dire persistants concernant une hypothétique invasion des Canadas. De prétendues échauffourées auraient eu lieu du côté de Kingston, en Haut-Canada. On parle d'un vol d'armes dans un arsenal situé à Watertown et d'une armée révolutionnaire conduite par William Lyon Mackenzie depuis Buffalo. Les attendaient, de pied ferme, plusieurs régiments envoyés le mois dernier par sir John, de même qu'un essaim de *volunteers*. Même les guerriers mohawks étaient sur le pied de guerre.

Sur ce, la *Montreal Gazette* a fait état d'une incursion en territoire canadien depuis le Vermont. La garnison montréaliste de même que les *volunteers* d'élite de la cité sont sur un pied d'alerte. Dans l'attelage à patins qui file vers la rivière Chambly, une parlure fait rage entre les deux femmes et les quatre hommes, serrés les uns contre les autres. Le jeune Paul s'interroge à voix haute :

— Ce qui tend à prouver qu'une armée révolutionnaire digne de mention est en marche ? Environ 400 soldats du 85e régiment sont partis hier, avec une vingtaine de *volunteers* à cheval. Y vont rejoindre l'entièreté du 43e régiment se trouvant déjà à Saint-Jean.

— Je te fais remarquer que les événements de novembre dernier, intervient le père Besse, ont prouvé que les militaires despotes aiment frapper d'avance pour s'assurer d'une victoire aisée. Écraser un minuscule ennemi en prétendant qu'y est gigantissime.

Vitaline se laisse envahir par la pensée de Vincent et de Rémy. Courent-ils un danger ? Elle réprime un hoquet. Ce qu'elle a mal au cœur, à cause des soubresauts du périple... L'idée s'impose comme une évidence tranquille : elle porte un enfant. Un petiot dont Florentin est sans doute le père, mais dont Vincent pourrait l'être itou. Non, pas Vincent. Leur union est trop récente pour qu'elle ressente déjà des malaises physiques. Sauf qu'il y aura, toujours, un délicieux doute dans son esprit.

L'allégresse de Mme Besse est touchante. Vitaline accepte un breuvage réconfortant, puis elle réussit à s'extirper du concert de remerciements et elle quitte le bourg pour retourner chez elle. Les membres de sa belle-famille sont renfrognés. Uniquement préoccupé par ce qui se passe du côté de la frontière, Norbert est tendu à l'extrême. En quelque sorte, les déstabilisantes rumeurs d'une invasion organisée aux États-Unis pour reconquérir le Bas-Canada lui font revivre l'échec de Moore's Corner, trois mois plus tôt.

À peine Vitaline a-t-elle repris ses aises qu'un rapport officiel daté du 5 mars, signé par le secrétaire civil et publié par les papiers-nouvelles, dissipe une partie du mystère qui voilait le coup de main, au-delà de son apparente authenticité. Selon les autorités, des bandes de rebelles et de brigands se tenaient à plusieurs endroits de la frontière, dans les deux provinces. Le 28 février, un mouvement s'est dessiné : la traversée du lac Champlain du sud au nord par une troupe d'insurgés, le regroupement à Alburgh, au Vermont, puis l'incursion en Bas-Canada. Un camp aurait été dressé à environ un mille de ce côté-ci de la frontière.

Selon ledit rapport, les 600 ou 700 rebelles — ce qui est sûrement exagéré — étaient principalement des habitants des comtés de L'Acadie et de LaPrairie, commandés par Robert Nelson et Cyrille Côté. Ils l'ont échappé belle. À en croire la version officielle, les *volunteers* de Missisquoi, ceux-là même qui sont intervenus à Moore's Corner, attendaient l'arrivée des 43e et 85e régiments pour fondre sur le camp. Pendant ces quelques heures, les rebelles sont retournés en territoire américain, puis se sont débandés.

Vitaline précise :

— Le commandement militaire y fait allusion du boutte des lèvres, mais un général américain nommé Wool semble avoir joué un rôle décisif dans l'affaire. Le groupe des insurgés devait contenir en son sein plusieurs espions se rapportant à lui. Dans la nuit du 28 février au 1er mars, Wool s'est rendu au camp tout juste dressé par les patriotes en territoire canadien. Grâce à une promesse de magnanimité, y aurait persuadé le groupe de retraiter aux États-Unis. Aussitôt, Nelson et Côté ont été mis aux arrêts, puis libérés sous caution pour répondre éventuellement à des accusations en justice.

Les arguments du général Wool pour convaincre les exilés canadiens de l'inutilité de leur tentative : l'insurrection simultanée en Haut-Canada n'avait été qu'un pétard mouillé. Selon *L'Ami du peuple*, les attaquants étaient sous l'impression que, les troupes étant parties pour le Haut-Canada, ce qui laissait la *Province of Quebec* à découvert, *ils pourraient venir sans difficulté jusqu'à Montréal délivrer les prisonniers politiques*. Chose certaine, le rapport du secrétaire civil fait état de trois incursions en territoire du Haut-Canada, entre le 21 et le 26 février, à partir de Buffalo et de Détroit, respectivement dans les États de New York et du Michigan.

French Creek, Pointe Albino, île Fighting... Des localités inconnues des Montplaisir, de minuscules coins de pays que les « brigands » ont tenté de transmuer en camps de base. Autant d'échecs cuisants. Vitaline partage ce qu'elle déchiffre du *Populaire* :

— Le rédacteur cache pas son ahurissement. Une poignée d'insurgés pourraient avoir eu l'impudence de croire en leurs chances de succès face à des troupes aguerries et à des *volunteers* disciplinés ? *En vérité, si nous étions en Europe, nous soupçonnerions que toute cette échauffourée est une conspiration inventée ou provoquée par la police, pour justifier les rigueurs du gouvernement ou les vues de l'administration, tant elle nous paraît absurde.*

Vitaline s'octroie une pause. L'assertion, percutante, mérite quelques instants de réflexion.

— Comme facteur prouvable d'insuccès, fait remarquer Normande d'un ton grinçant, le nouvelliste aurait dû ajouter la duplicité des hauts gradés américains.

Norbert abonde dans son sens. Qu'ils appartiennent à un empire despotique ou à une démocratie modèle, l'entente semble cordiale ! Les canaux de communication entre les commandements militaires de la colonie et de la république voisine, de part et d'autre de la ligne du 45, sont parfaitement huilés.

— À peine les Drs Côté et Nelson étaient en geôle au Vermont, que l'aide-de-camp du général Wool arrivait à Montréal à bride abattue afin d'informer Colborne et son état-major. C'est *L'Ami du peuple* qui l'écrit! De surcroît, un autre haut gradé américain, le colonel Worth, s'est transmué en valet des convulsionnaires du Haut-Canada.

En clair, les patriotes d'Alburgh escomptaient que les habitants se joignent massivement à eux pour forcer le passage jusqu'à Montréal, prendre la cité et ouvrir les portes des prisons. Ce qui aurait été dans le domaine du possible. Tout d'abord, le ressentiment populaire est très vif. Mais surtout, l'allégeance des *volunteers* tient à la solde versée dans leur bourse. Donc, elle peut se porter ailleurs si la tempête change de direction. Voilà pourquoi les autorités militaires ont tout fait pour tuer l'initiative dans l'œuf. Astheure, la répression s'enclenche. Les habitants des comtés de Chambly, de LaPrairie et de L'Acadie, erronément identifiés dans le rapport officiel comme principaux insurgés, doivent livrer les armes en leur possession, au risque d'une fouille. Un prétexte pour justifier les excès.

Un Rémy dépenaillé fait apparition chez les Montplaisir, ce qui saisit Vitaline au point qu'elle en voit des étoiles. Son jeune frère est soumis à un barrage de questions. Avec des élans d'amertume qui se traduisent par des grimaces et des gestes saccadés de ses longs bras, il confirme qu'il a voyagé avec Vincent, faisant mine de se diriger vers les États-Unis pour se trouver du travail. Vitement, tous deux se sont heurtés à un tel rassemblement de *volunteers* et de troupes réglées jeté sur la route en direction du Vermont, qu'ils ont dû abandonner leur projet.

— S'en est fallu de peu pour que les enragés tombent à bras raccourcis sur le camp patriote. Ça aurait été un carnage. J'ai rebroussé chemin, tandis que Vincent prenait la direction des États-Unis par un chemin écarté, escomptant se mêler aux réfugiés.

Vitaline combat une immense déception qui la plonge dans un état second. Son amoureux, parti si loin d'elle? Comme s'il la fuyait? Aussitôt, elle se morigène. La situation est assez pénible sans qu'elle s'en rajoute une couche! Vincent poursuit sa destinée. Si elle était à sa place, sans doute qu'elle aurait fait pareil. Il reviendra bientôt.

Sur ce, Rémy exhibe deux feuillets imprimés, qu'il qualifie de proclamations du gouvernement provisoire de l'État du Bas-Canada et de son président, le Dr Robert Nelson. La nouvelle sensationnelle tire Vitaline de son engourdissement. Réputé pour être un homme prudent et réfléchi, le frère de leur bon docteur Wolfred a pourtant osé, en tant que président d'une république qui n'a duré qu'une journée, répandre deux documents rédigés d'avance.

Le premier est une déclaration d'indépendance que Rémy résume ainsi :

— Vu que la divine Providence permet de renverser un Gouvernement qui a *foulé aux pieds et usurpé nos droits,* qui a méprisé et fermé l'oreille à nos adresses, requêtes, protêts et *remonstrations,* qui a disposé de nos revenus sans le consentement de la législature locale, qui a *pillé notre trésor colonial, ordonné l'arrestation de plusieurs de nos concitoyens et leur mise aux chaînes ; jeté au milieu de nos campagnes des armées de mercenaires qui y ont semé l'alarme, l'effroi et la consternation, que la même soldatesque a rougi notre sol du sang d'un nombre considérable de nos compatriotes, brûlé nos villages, profané nos temples, établi dans toute l'étendue du pays, le règne le plus atroce de la terreur...*

Essoufflé, Rémy inspire une goulée d'air, puis il reprend, la voix rauque :

— Vu toutes ces affaires, *nous, au nom du peuple du Bas-Canada, déclarons solennellement qu'à compter de ce jour, le peuple du Bas-Canada est absous de toute allégeance à la Grande-Bretagne, et que toute connexion politique entre cette puissance et le Bas-Canada cesse dès ce jour.*

Sidérée, Vitaline a suspendu son respir. Robert Nelson ne pourra jamais remettre les pieds en Canada. Il va perdre tout ce qu'il y possède... Rémy défile les clauses : le gouvernement du Bas-Canada sera républicain et même les Sauvages y auront des droits égaux aux autres ; la tenure féodale sera abolie et, de surcroît, *toute personne qui porte ou portera les armes, ou fournira des moyens d'assistance au Peuple canadien dans sa lutte d'émancipation, est déchargée de toutes dettes ou obligations réelles ou supposées, envers les Seigneurs, pour arrérages en vertu de droits seigneuriaux ci-devant existants.*

Dans la future Constitution, prochainement adoptée lors d'une Convention de délégués de comtés, se retrouveront des mesures comme la liberté de la presse, les procès impartiaux par jury, la nullification de la tristement célèbre British American Land Company et l'élection au scrutin secret. La déclaration se termine par une assertion qui suscite en Vitaline une résurgence d'émotion. *Nous, confiants en la protection du Tout-Puissant et en la justice de notre ligne de conduite, engageons, par ces présentes, mutuellement et solennellement les uns envers les autres, notre vie, nos fortunes et notre honneur le plus sacré.*

La gorge serrée et les larmes au bord des yeux, Vitaline tâche d'écouter son frère, faisant état du contenu de la seconde proclamation adressée au peuple canadien.

— Nous ne déposerons les armes que lorsque nous aurons procuré à notre pays l'avantage d'un gouvernement patriote et responsable. Une main fraternelle et amie sera tendue à toutes les *personnes se joignant à eux pour appeler à la force des armes dans la vue d'acquérir et de nous procurer les droits qui sont dus à un peuple libre et digne.* À ces personnes qui *cesseront de les opprimer*, la proclamation promet *d'accorder sécurité et protection.*

Rémy se tait, portant son regard au loin. Après un silence à couper au couteau, dame Eugénie prend la parole, avec un mélange de scepticisme et d'émoi :

— Un Canadien réformiste aurait… aurait porté ses convictions jusqu'à ce point ?

— Ce pourrait être un canular, réplique Norbert, tout en marchand de long en large dans la pièce.

Rémy se jette dans la mêlée :

— Pour moi, Robert Nelson est bel et bien le signataire des documents. Y a joué le toutte pour le toutte. Y devait ignorer que sir John était informé par le général Wool, d'heure en heure, de ses agissements. Pis surtout, y devait ignorer que le plan échafaudé de concert avec les patriotes du Haut-Canada, et William Lyon Mackenzie en tout premier, s'était effondré comme un château de cartes.

— Y était p… p… porté par la f… force de sa rage, balbutie Florentin, qui aveugle parfois.

— Quelle pitié, souffle dame Eugénie. Quelle misère !

— Nos ennemis s'en moqueront, profère Vitaline. Y diront que le Dr Nelson pis ses alliés étaient des illuminés, des fous furieux ! Mais moi, je l'admire de toute la force de mon cœur.

— Moi itou, renchérit Normande avec ferveur.

Pilant net, Norbert s'écrie :

— Nelson a faitte ce que les patriotes auraient dû faire en novembre dernier, dès l'émanation des mandats pour haute trahison. Proclamer la république pis annoncer sur-le-champ une Convention pour adopter une nouvelle Constitution.

— C'était pourtant l'intention de m'sieur Papineau, déclare Rémy. La Convention était prévue pour le début de décembre, tu t'en souviens ? Personne pouvait s'imaginer une minute que les fanatiques allaient installer la terreur en deux temps trois mouvements.

— Une chose pour laquelle on a été naïfs, confirme le capitaine Montplaisir, c'est bien l'affaire des *volunteers* qui, tout soudain, se sont levés en masse comme une armée surgie des entrailles de la Terre.

— Nos ennemis ont agi comme des chacals, gronde son épouse, comme des charognards qui se garrochent sur une proie blessée pour la déchiqueter.

Hantée par le désir de se réfugier entre les bras de Vincent, un désir si intense qu'il la blesse, Vitaline ferme les yeux. Derrière ses paupières closes, elle tente de se représenter un panorama apaisant. Un amalgame de couleurs tendres et douces... L'aspect de la rivière lorsqu'un jour printanier se lève... À tout prix, Vitaline doit se tenir sur ses gardes. Le risque est élevé astheure. Jusqu'alors, elle s'accommodait de la compagnie d'un mari chaleureux et bonasse, son Florentin, tel qu'il est depuis le tournant de l'année.

Or, son moment d'intimité avec Vincent a tout changé. Florentin n'est plus rien à ses yeux. Elle le supporte, point à la ligne, et sa propre attitude l'effraie. Comment pourra-t-elle cacher son dédain pour lui ? En s'effaçant derrière sa bedaine. La solution s'est imposée d'elle-même dans la cervelle de Vitaline, qui s'apaise. L'enfant qui pousse lui servira de paravent. Son état expliquera son indolence et ses sautes d'humeur, et lui offrira un prétexte idéal pour refuser, plus tard, les avances de son époux.

Vitaline se languit de retrouver la quiétude ayant accompagné sa première grossesse. Alors, les vicissitudes du monde extérieur n'avaient guère prise sur elle ! Pareillement, son pays a besoin, lui itou, d'une souveraine tranquillité. Les Canadiens n'en peuvent plus de l'ouragan qui fait rage ! Le mois de mars a débuté avec une affligeante nouvelle, celle de la continuation de la loi martiale dans le district de Montréal *pour la répression et la punition de tous les crimes et délits de haute trahison ou de menées séditieuses.*

Puis, tout soudain, l'arrivée d'un printemps hâtif, journées tièdes d'une pureté exquise, fait souffler une brise régénératrice sur la contrée. Est-ce une illusion ? La fronde s'amplifie, notamment parmi les juges de la Cour du banc de la reine. Ils ont accueilli favorablement une requête en habeas corpus des avocats de Côme-Séraphin Cherrier, Louis-Michel Viger et Toussaint Peltier, prisonniers d'État. Le commandement militaire a nullifié leur décision, mais le précédent est désormais créé.

L'étonnante magnanimité des juges s'explique lorsqu'au mitan de mars, *The Quebec Mercury* publicise le contenu de dépêches officielles arrivées par la voie d'Halifax. Le Parlement impérial a entériné la nomination de John George Lambton, 1er comte de Durham, comme *gouverneur général, vice-amiral et capitaine général de toutes les provinces de Sa Majesté sur le continent de l'Amérique septentrionale et y adjacentes.* Ledit nobliau, réputé pour le libéralisme de sa pensée, est aussi nommé commissaire *pour l'ajustement de certaines affaires importantes affectant les provinces du Bas et du Haut-Canada.*

Cette extraordinaire concentration de pouvoirs entre les mains d'un seul homme vise-t-elle à appliquer un traitement choc pour anéantir le despotisme de la Clique du Château ? Une dizaine de jours plus tard, Eustache Carrière et Marcel Cordeau, capturés un mois plus tôt à Saint-Denis, reviennent dans leur patelin sous promesse de comparaître à la prochaine cour criminelle. Ils confirment la rumeur : depuis le début du mois, les hommes écroués sont relâchés à un rythme rapide. De surcroît, les arrestations se raréfient. Aux yeux de Vitaline, l'horizon s'illumine. Même les potentats locaux retraitent dans leur tanière. Ils n'osent plus jouer aux tyrans !

19

Fébrile, Gilbert ouvre la missive datée du 7 avril, il y a cinq jours. Envoyée par son ami Alphonse Gauvin depuis la prison neuve en réponse à la sienne, elle a été lue par quelques officiels avant d'aboutir entre ses mains. Néanmoins, quel progrès que de pouvoir correspondre avec un prisonnier politique! Les despotes flairent l'approche de lord Durham, à qui le Parlement impérial a conféré le pouvoir de décréter une amnistie générale. Le mot d'esprit circule: Roch de Saint-Ours, surintendant des prisons et tourmenteur des captifs, est un véritable baromètre politique. S'il flaire un adoucissement, comme astheure, il devient tout miel.

Alphonse se cantonne, lui itou, dans une nécessaire réserve. La plume badine, il se contente d'assurer Gilbert qu'il se porte bien, qu'il s'amuse à perfectionner son savoir médical auprès du Dr Nelson qui se dévoue pour soigner ses camarades prisonniers, et qu'il a le bonheur de voir sa mère quasiment tous les jours, cette dernière étant celle qui a initié la soupe populaire pour les prisonniers indigents. Gilbert aurait préféré une parlure allant au fond des choses, mais il doit se contenter d'un échange superficiel.

Grâce à la veuve Gauvin, il savait déjà qu'Alphonse s'en tirait sans trop de dommages. Quant à la possibilité d'aller le visiter, la dame lui a conseillé de n'en rien faire. Les conditions de détention sont encore épineuses. Gilbert n'a pas interrogé davantage la mère de son ami, manifestement usée par la tension des derniers mois. De toute façon, un proche de Rodolphe DesRivières lui avait signifié, un peu secquement, qu'il était préférable de laisser aux intimes une entière latitude en rapport à l'horaire des visites, afin de ne pas donner l'occasion aux gardiens de priver un père ou une sœur de voir l'un de ses proches sous prétexte qu'un camarade est passé récemment.

Alerté par un certain branle-bas, Gilbert pivote pour voir sa tante qui fait irruption dans la salle commune, illuminée par le soleil couchant. Elle n'est pas dans son assiette. Elle a pleuré. L'huis refermé, elle s'y adosse et, sans mot dire, elle tend un papier-nouvelles à Gilbert, qui le déplie. Il voit qu'il s'agit de *L'Ami du peuple* du 28 mars dernier, une gazette que sa tante méprise pour être l'équivalent francophone du *Herald*. Ériole murmure d'aller à la notice nécrologique.

Le cœur étreint par l'angoisse, Gilbert y découvre l'annonce de la mort de Marie-Louise Émilie Masson, épouse d'André Jobin, âgée de 34 ans. *Cette vertueuse dame laisse des regrets cuisants à sa famille et à tous ceux qui la connurent.* Tout d'abord, Gilbert est distrait par la formulation qui porte à confusion, puis il accuse le coup. Émilie était la troisième épouse d'André. Elle s'était réfugiée chez son père, marchand de Beauharnois, avec ses plus jeunes enfants. La dureté des temps lui a-t-elle été fatale? Elle était de santé fragile. C'est après avoir failli perdre Émilie, dans la foulée des élections mouvementées de 1834, qu'André avait rompu avec Ériole pour se consacrer à sa légitime.

Consterné, Gilbert regarde sa tante. Forcé à une existence de proscrit, André subit un sort encore pire. André, l'un de ces gentils-hommes d'autrefois qui peuvent aimer deux femmes à la fois avec emportement. Et qui, même s'ils se mettent à aimer davantage leur maîtresse que leur épouse, ne songeraient jamais à faire souffrir la seconde. Dès l'orée de leur relation, Ériole avait parfaitement saisi la situation. Elle n'a jamais élevé la voix contre l'épouse légitime, celle qui l'empêchait d'avoir André tout à elle.

Encore maintenant, Ériole murmure, tandis que les larmes se remettent à couler :

— Pauvre femme. Elle a subi le pire. Moi, c'est aisé, mais elle, avec leurs enfants et l'extrême souci de la sûreté d'André… Elle était une bonne personne. André m'en parlait toujours avec respect pis une réelle dose d'affection.

Sans mot dire, Gilbert entoure sa tante encore bougrinée de ses bras et la maintient contre lui. Elle souffle :

— Merci, mon neveu. Tu sais quoi ? Chaque matin, je bénis le ciel pour ta présence.

Puis, ayant suffisamment repris contenance, elle s'écarte et entreprend d'ôter ses mocassins de printemps. La gorge serrée par l'émotion, Gilbert se détourne. Il voudrait répondre tant de choses à sa tante ! Qu'il se sent comme son fils. Qu'il est ravi de partager son quotidien, même s'il préférerait se trouver à mille lieues de Montréal et de ses convulsionnaires. Que de vivre avec elle lui a permis de guérir des plaies d'enfance, il le sent bien, des plaies liées à sa mère ayant perdu l'esprit et se coupant progressivement de ses enfants, naguère chéris.

Sur ce, Caroline fait son entrée et Gilbert pivote derechef pour l'accueillir. La survenante jette un rapide regard à Ériole qui lui fait dos, en train de se débougriner, puis à Gilbert. Il s'empresse de prendre de ses nouvelles :

— La journée s'est bien passée ? J'ai pas mis le pied à l'atelier de l'aube au brun.

— M'en suis rendu compte, réplique-t-elle. Correct, les commandes ont baissé pis l'ouvrage presse moins, mais y a des affaires que j'ai de la misère à gérer toute fin seule.

Gilbert en déduit que sa tante, elle itou, a laissé Caroline se dépatouiller avec la gérance de l'atelier. Aussitôt, il répond :

— S'cuse-moi. S'cuse-nous, en fait. Ma tante ou moi, on devrait toujours être là. Des fois, on s'arrange pas suffisamment bien entre nous deux. On tient pour acquis que l'autre va y être.

Sans même adresser un regard à Caroline, Ériole traverse la pièce et grimpe l'escalier vers l'étage. Gilbert chuchote à sa jeune amie :

— Je t'expliquerai. Une affaire liée au notaire Jobin. Elle est toute retournée. Ça explique qu'elle s'est pas rendue à l'atelier, alors qu'elle et moi, à matin, on avait convenu qu'elle y allait.

Radoucie, Caroline hoche la tête, puis elle adresse à Gilbert sa mine coutumière, mélange de contentement et de gêne. Déconcerté, il réagit par un sourire mécanique, avant de lui raconter qu'il a passé la journée à errer par monts et par vaux. Charmé par le chaud soleil d'avril, il a arpenté la cité comme il le faisait à une époque moins enténébrée. Trop heureux de laisser l'angoisse derrière lui, il a ignoré les irritants. Par exemple, les carreaux encore brisés aux maisons des particuliers qui n'ont pas voulu illuminer leur domicile lors de l'intronisation du vieux brûlot. Les écriteaux Doric Square et Markham Street, que les convulsionnaires ont apposé une seconde fois, place d'Armes et rue Saint-Charles-Borromée.

— Pis ceux du chemin Victoria, que les clubistes ont rebaptisé ?

— Oublié, l'ancien nom.

— Pis ceux de la place Victoria ?

— Itou. Ce jour d'hui, jamais la rue pis la place avaient porté le nom de Joseph Papineau. Je me suis même forcé à oublier que le *Herald* veut que la rue Notre-Dame devienne la rue Colborne. Pis j'ai pas entendu les forcenés qui beuglent ce nom uniquement pour nous faire étriver. Y a jusqu'à la marque royale qui était invisible à mes yeux.

Caroline fait une mine entendue. Ce qui n'est pas peu dire ! Pendant la nuit du 3 au 4 mars, les convulsionnaires ont barbouillé le symbole dont sont ordinairement revêtus les effets appartenant à la Couronne sur des enseignes commerciales et des écriteaux, puis à côté de l'entrée de maisons patriotes, comme si ces propriétés étaient sur le point d'être attaquées ou confisquées. Le signe, qui se devine encore à quelques endroits, aurait pu signifier une escalade de violences s'approchant d'un carnage !

Certes, Gilbert s'est régalé de l'oubli des violences teintées de haine à l'égard de la population d'ascendance française. Il a réussi à repousser aux confins de sa cervelle les résultats parfois tragiques de l'arrogance des *volunteers*, de leur extrême nervosité et de leur inexpérience… Un homme de LaPrairie, tué alors qu'il pelletait la neige de son entrée. Un garçonnet du comté des Deux-Montagnes, tiré à bout portant. Le meurtrier a eu droit à tous les égards de la part des autorités de Montréal, dont une totale liberté de mouvement en prison, puis il a été déchargé sous caution.

Porté par son insouciance, Gilbert s'est gorgé de la douceur de l'air, de la beauté du fleuve charriant des monceaux de glace et de la tendresse dégagée par les scènes de la vie quotidienne qu'il saisissait au passage. Un grand-père jouant avec un petiot. Une mère allaitant son nourrisson en le couvant du regard. Trois chats dormant au soleil, bien calés contre la bedaine d'un grand chien couché. Le groin d'un porcelet passant entre deux poteaux de clôture. Le doux hennissement d'un cheval. Le baiser qu'une jeune femme a donné à son amoureux, après s'être précipitée vers lui d'un élan de tout le corps.

Le jeune homme se raidit, heurté par la réminiscence. Car il aurait voulu être l'homme recevant l'hommage, et il aurait voulu que Caroline soit la femme qui le donne. Gilbert vogue dans un brouillard dont, chaque matin, il espère être délivré par magie. Il préfère se tenir au plus loin de Caroline, et en même temps, il voudrait la posséder au grand complet. Il craint fort de retomber dans ses tourments, alors qu'il adorait une ébraillée qui prétendait l'aimer pour lui faire plaisir. Malgré cela, il soupire en se remémorant l'exaltation qu'il ressentait alors!

Caroline pousse un cri d'alarme. Après un sursaut, Gilbert remarque qu'elle s'est rendue dans la chambrette qu'elle partage avec dame Royer. Il s'y précipite. Debout près de son coffre, Caroline est en chemise, son mantelet entre ses mains. Son regard est fixé sur le lit dans lequel gît l'aïeule. Le sang de Gilbert se glace dans ses veines. Ce matin, sa grand-mère s'est recouchée peu après s'être levée. Et astheure, son visage porte les terrifiants stigmates du trépas : yeux ouverts et fixes, bouche ouverte et teint cireux.

Gilbert est traversé par un éclair de chagrin. Jetant son vêtement au sol, Caroline se précipite pour l'entourer de ses bras et l'étreindre avec force. Elle souffle :

— Je suis désolée, si désolée pour toi…

L'affliction de Gilbert s'atténue avec autant de promptitude qu'elle était survenue. Il répond sur le même ton :

— C'est mieux de même. Elle vivotait à peine. Pis c'était ardu à Ériole pis à toi d'en prendre soin.

Il enlace Caroline et, le menton dans ses cheveux, il ferme les yeux pour faire revivre sa grand-mère d'antan, la Valentine qui était le sel de leur vie à Saint-Denis. C'est ainsi qu'il veut se souvenir d'elle : révoltée par les revers du sort, et en particulier par le malheur qui accablait sa fille, mais capable de faire contre mauvaise fortune cœur fier. Elle tirait le meilleur parti du bon, tout en tâchant de ne pas se laisser dominer par l'adversité. Sa grand-mère n'a jamais voulu se laisser contagionner par la honte, ce sentiment de culpabilité que les hommes d'Église aiment tant propager, mais qui lui répugnait au même titre que les mortifications dont les dévotieux se glorifient.

Gilbert étreint Caroline jusqu'à imprimer la forme de son corps sur le sien, puis il incline la tête. Ce voyant, elle lève le visage vers lui et il ne peut résister à l'envie de renifler la senteur de sa peau, puis de poser ses lèvres sur les siennes et, finalement, de l'embrasser comme si elle n'avait jamais cessé d'être sa mie, comme si l'appétence qu'il tient en échec depuis des lunes pouvait s'épanouir aussi naturellement et aussi somptueusement qu'avant.

Caroline répond à son baiser avec ardeur. Elle ouvre la bouche, goûte Gilbert, l'aspire…

— Y se passe quelque chose en bas?

Depuis l'étage, Ériole a crié. Saisi, Gilbert rompt le contact. Ramené à la réalité, il repousse Caroline et se détourne, inspirant profondément. D'une voix chevrotante, il crie enfin :

— Venez dès que possible, ma tante !

Sur ce, il s'enfuit de la pièce comme s'il avait le diable aux trousses.

En quelques heures, la nouvelle du décès de l'aïeule fait le tour du voisinage et les connaissances affluent pour une veillée au corps à laquelle Gilbert assiste comme un automate. En fin de soirée, tout le monde repart. Dès qu'elle le peut, Ériole monte se coucher, invitant Caroline à partager sa couche. Gilbert effectue les ultimes tâches avant la nuit, puis il imite ses compagnes pour tirer le meilleur parti d'une nuit qui sera peut-être troublée par la proximité de la mort. Heureusement pour lui, le souvenir du baiser échangé avec Caroline agit comme une cuirasse contre l'inquiétude et l'affliction. Il passe son temps de veille à revivre un épisode qu'il déplore pourtant.

Le matin suivant, Gilbert passe à la maison de la fabrique pour régler les détails avec le clerc : la cueillette du corps par le charretier attitré, le simplissime service funèbre qui aura lieu demain à l'aube et l'enterrement subséquent. Puis, il part s'occuper de la gérance de l'atelier de matelas. Hier au soir, Caroline et Ériole se sont démenées, y compris pour parer dame Royer, et il leur a offert une journée de repos total.

Au mitan du jour, il est dehors, en pause dîner, lorsqu'il est édifié par une résurrection distrayante, celle du papier-nouvelles *Le Populaire*. La gazette chouayenne avait cessé de paraître dans le sillage d'un bredas causé par des arrérages de paiements. Il semble que le renégat Debartzch tienne mordicus à populariser ses vues privées sur les affaires du pays! Pourtant, lui et ses complices sont honnis par tous, même par les convulsionnaires. Dorénavant, Sabrevois de Bleury endosse un fort modeste rôle, celui de seigneur de Saint-Vincent-de-Paul. Comme Debartzch, qui gère sa seigneurie de Saint-Charles depuis son refuge de Saint-Ours, il est perdu à jamais dans l'opinion publique, toutes tendances confondues.

Gilbert note qu'un typographe nommé Joseph Guibord gère l'imprimerie montée à la hâte. Quant à la rédaction, Léon Gosselin en a été éjecté — ou du moins, il a tout fait pour en être dissocié, ce dont témoigne son comportement lors de la reprise de possession de la taverne par les patriotes, deux mois auparavant. Hyacinthe Leblanc de Marconnay se tient seul à la barre.

En primeur, *Le Populaire* diffuse une nouvelle qui intéresse prodigieusement Gilbert : l'arrestation de l'un des directeurs de la prestigieuse maison de commerce Bernard, Larocque & Cie. François-Antoine Larocque, 54 ans, aurait patronné la réimpression d'un article paru en Angleterre dans la *London & Westminster Review*. Un ancien employé du défunt *Vindicator* a été mis itou derrière les barreaux en même temps; les presses de la gazette patriote ont été saisies.

Tout juste avant de fermer l'atelier, alors que les ouvrières ont quitté pour la journée, Gilbert est surpris par l'apparition de Caroline. Il lui fait une mine contrite. Ayant abandonné la comptabilité depuis une bonne escousse, il s'arrachait les yeux sur la typographie tissée serré du *Populaire*. Il prend la survenante à témoin :

— C'est ridicule à en brailler. Nos despotes bâillonnent la liberté de pensée et de parole. Y veulent régner en faisant taire la moindre opposition, au bénéfice exclusif d'une poignée de favoris ! T'as su, pour m'sieur Larocque ?

Caroline hoche la tête. Elle ouvre la bouche pour parler, mais il lui vole le crachoir pour partager son indignation. Depuis des années, la Clique du Château proclame haut et fort que seule la presse patriote, fauteuse de trouble, est responsable d'un esprit de révolte menaçant de devenir généralisé. Sous ce prétexte, elle a présidé à l'attaque sur le *Vindicator* du 6 novembre 1837 ; ensuite, à l'émission de mandats pour haute trahison qui ont notamment fait fuir Ludger Duvernay, propriétaire de *La Minerve* ; et enfin, à la poursuite judiciaire pour dette contre lui.

— En janvier, mon patron était mis en prison. Le propriétaire et deux imprimeurs d'une autre feuille, *Le Courrier canadien*, l'ont suivi derrière les barreaux. Même le *Morning Courier*, pourtant à la solde des autorités, s'est vu censuré par Peter McGill, président de la Constitutional Association. Pourquoi? Parce que son éditeur était pas suffisamment élogieux au sujet de la fameuse union législative des deux provinces. Une union qui est rien de moins, pour les convulsionnaires, que la solution à tous leurs maux!

Le nouvelliste en chômage donne un coup de poing sur le feuillet du *Populaire* étalé sur son pupitre, avant de vitupérer encore:

— La censure s'exerce même sur l'importation. Une plaisante gazette francophone des États-Unis, j'ai nommé *L'Estafette*, est interdite de circulation par icitte. Les exemplaires sont diligemment renvoyés à l'expéditeur. Tu te souviens que le personnel trop tiède des bureaux de poste a été licencié pour être remplacé par des favoris de la répression et du despotisme? Les maîtres de poste prennent soin d'informer les autorités du nom des destinataires…

— Gilbert?

Ramené à l'ordre par Caroline, le péroreur s'encalme. Tout de go, son amie lui annonce que François Lemaître, le propriétaire de *La Quotidienne*, vient d'être libéré de prison, après avoir versé une caution de comparution à une éventuelle cour criminelle. Elle conclut avec une froide ironie:

— J'ai foutument hâte de voir quels chefs d'accusation y vont inventionner contre lui!

Transporté d'allégresse, Gilbert esquisse un mouvement pour attirer la jeune femme à lui. Se retenant de justesse, il pirouette sur lui-même et marche d'un bord à l'autre de la pièce, dominé par son effervescence intérieure. François pourra-t-il remettre *La Quotidienne* sur pied? Si la presse et les caractères demeurent sous saisie, a-t-il les moyens de s'en procurer d'autres? Et compte-t-il réembaucher Gilbert? Autant de questions auxquelles ce dernier trouvera réponse auprès du principal intéressé. Ce qui doit attendre quelque peu.

Se tournant vers Caroline, Gilbert lui adresse un sourire, puis il jette:

— Un gros merci. Je peux te laisser barrer? J'ai besoin d'aller prendre l'air. Pis s'cuse-moi pour hier soir.

Afin de ne laisser à sa jeune amie aucune opportunité de réagir, il déguerpit et, pendant l'heure qui suit, s'active pour non seulement confirmer la remise en liberté de François, mais en apprendre davantage au sujet du pamphlet séditieux de la *London & Westminster Review*. Enfin, il dégote un ancien camelot de *La Quotidienne* en possession de quelques exemplaires. Retournant à son domicile, Gilbert se sent moralement ravigoté, comme chaque fois qu'il apprend que les Réformistes de la mère patrie témoignent en faveur de leurs camarades d'outremer.

Au début de janvier, la London Working Men's Association réunissait plusieurs milliers de personnes en appui à la cause patriote canadienne. Une demi-douzaine de brochures, intitulées *The Canadian Portfolio*, ont ensuite été imprimées en rafale. Refusant de se laisser influencer, les parlementaires ont fini par voter par une écrasante majorité une loi suspendant l'obligation, prévue dans l'Acte constitutionnel de 1791, d'assembler les membres de l'Assemblée législative du Bas-Canada pour légiférer. Néanmoins, Gilbert se sent reconnaissant envers le groupe des *Radicals,* et particulièrement envers Henry S. Chapman, ancien journaliste de Montréal devenu secrétaire de John Roebuck, l'agent à Londres de la Chambre d'Assemblée du Bas-Canada.

Une fois la noirceur tombée et les volets refermés, une fois que les dames de la maisonnée sont installées pour une courte veillée, Gilbert s'assoit à table pour jeter un œil au texte signé par un Réformiste anglais qu'il connaît vaguement, John Stuart Mill, texte intitulé *Radical Party and Canada: Lord Durham and the Canadians*. En fin de compte, le jeune homme est captivé par sa lecture. D'entrée de jeu, l'auteur fait état de la rupture de la fragile alliance ministérielle entre son parti et celui des Whigs, ou libéraux modérés, qui courtisent les conservateurs, ou tories. C'est lord John Russell, l'auteur des iniques résolutions de février 1837, qui a engagé les hostilités, prétend Mr Mill, par ses déclarations en Chambre des Communes contre l'extension du droit de suffrage et l'instauration du scrutin secret.

Ensuite, l'auteur aborde la question des insurgés en Canada. Eux, rebelles et traîtres? Les témoignages de leurs pires ennemis n'évoquent pourtant qu'une tentative pour se débarrasser de leurs conquérants, doublée d'une lutte de races. Or, le peuple britannique a proclamé sa sympathie et a même fourni des fonds en soutien à des luttes de libération nationale, par exemple celle, toute récente, des Polonais.

Galvanisé, Gilbert s'exclame :

— Écoutez ça ! Je traduis : un peuple souffrant d'injustices causées par un gouvernement étranger est seul juge de la somme endurable de souffrances ; et lorsqu'un tel peuple se révolte, c'est pas de la trahison ou de la rébellion, mais une déclaration de guerre.

En train de ravauder une pièce de vêtement, Ériole ne réagit pas. Pour sa part, Caroline relève la tête de son exercice de calligraphie, qu'elle faisait juste à côté, à table :

— Une guerre ? Ça change quoi ?

— Les insurgés sont pas des criminels, mais des prisonniers de guerre ; et seules d'indispensables précautions pour empêcher une récidive sont justifiables. Tandis qu'astheure, on assiste à un *indiscriminate judicial massacre* qui pourrait causer un soulèvement populaire dix fois pire que le premier.

Caroline jongle tout haut :

— Des fois, on croirait que nos tyrans, c'est justement ça qu'y veulent. Nous écœurer jusqu'à ce qu'on fomente une vraie révolution. Pour nous tomber dessus à bras raccourcis ensuite. Nous écraser à jamais.

Gilbert médite l'assertion. Son amie parle drette. Ériole replie son ouvrage en s'exclamant, avec une impatience tangible :

— Faut se lever avant l'aube, demain, pour la cérémonie funèbre. Fait que j'apprécierais qu'on cesse de déblatérer pis qu'on tue les chandelles. Viens, Caroline, c'est l'heure de monter. Toi itou, Gilbert.

Mécontente de se faire traiter comme une fillette, Caroline adresse une moue éloquente au jeune homme. Ce dernier la fuit du regard, se contentant d'obéir diligemment à sa tante, qui cache son chagrin redoublé — l'épreuve subie par André Jobin et la perte de dame Royer — derrière un paravent d'humeur bourrassière.

TROIS JOURS PLUS TARD, Gilbert se résout à aller cogner à la porte du patron de *La Quotidienne*. L'épouse de François le conduit jusqu'au chevet de ce dernier, alité depuis sa sortie de prison, ce qui pétrit Gilbert d'inquiétude. À sa vue, François se redresse d'un seul élan dans son lit, les traits réjouis, et l'oblige à se pencher pour le gratifier d'une puissante accolade. Puis, le laissant aller, il profère avec un clin d'œil :

— T'en fais pas, je suis pas à l'article de la mort. Juste une bonne dose de fatigue. Pis j'apprécie ma paillasse en masse. J'ai pas envie de la quitter. Je pense qu'astheure, je vais toutte faire depuis mon litte. Comme un roi.

Pour lui faire plaisir, Gilbert lance un éclat de rire, puis il prend place sur la chaise que François lui désigne impérativement. Il examine son patron d'un œil critique, puis il réplique :

— Le bruit a couru que vous aviez été… problématiquement malade, disons.

François réagit par une grimace d'impuissance.

— De l'histoire ancienne. J'ai pas le goût d'en parler. Juste d'aller de l'avant.

Gilbert se le tient pour dit, mais il n'en pense pas moins. Doté de la stature d'un homme fort, François se distinguait par son équarriture et sa force prouvable ; en prison, il s'est amenuisé sous toutes ses couture, comme s'il avait souffert d'un mal sournois le grugeant de partout. Gilbert sait qu'il retrouvera une partie de sa prestance, mais que jamais il ne redeviendra la pièce d'homme qu'il était. C'est d'une tristesse !

François est en train d'interroger Gilbert sur sa vie à lui pendant son absence, et le jeune homme le contente, refaisant en long et en large le parcours des derniers mois. Lorsqu'il se tait, François lui garroche une impérieuse question :

— Tu feras quoi, si je t'offre une place à *La Quotidienne* ?

S'épanouissant, Gilbert répond :

— Sauter dessus.

— Pas chic pour tes parentes…

— On va s'arranger. Je peux leur donner un coup de main à l'occasion. Je m'en viens tanné, je vous assure. Aligner des chiffres. Rédiger des bordereaux que personne respecte… Si je vous comprends bien, z'allez remettre la gazette sur pied ?

— Je l'escompte. Le pire est passé. Quand même, va falloir que je me surveille. Je compte sur toi pour m'arrêter avant que j'aille trop loin. Milord Durham pourra pas cautionner la censure, mais l'expression « propos séditieux » est un fourre-tout. Surtout quand on froisse la susceptibilité d'un faraud.

François précise à Gilbert qu'il sera le seul de l'ancienne équipe. Tous les autres, le propriétaire de la gazette compte aller les recruter dans la région de Québec, là où il travaillait jusqu'à l'an passé. Il ne veut plus faire affaire avec d'anciens rédacteurs ou typographes de n'importe quelle gazette de la région, car il y a des mouchards parmi eux. Un typographe de *La Minerve* est soupçonné d'avoir déposé contre Ludger Duvernay. Des lettres de dénonciation ont été envoyées aux autorités en contrefaisant des signatures… Le milieu de l'imprimerie est agité d'embrouillaminis dont François espère s'extirper en embauchant des gens venant d'ailleurs. Sur ce, visiblement las, il se recouche sur le dos.

Quittant le domicile de la famille Lemaître, Gilbert regrette de n'avoir pu mentionner l'album dans lequel il rassemble les témoignages véridiques au sujet de la répression. La correspondance signée David Bourdages qui a paru dans *Le Canadien*… Celle du curé Blanchet, de Saint-Charles… Tout ce que *La Quotidienne* a publié sur le sujet, bien entendu… Il est impératif de mettre en valeur les perles de vérité enfouies dans la fange épaisse des faussetés et des médisances. Bien des faits d'actualité peuvent être matière à interprétation. Les générations ultérieures auront une misère de tous les diables à trier le bon grain de l'ivraie en vue de faire la chronique historique!

Gilbert s'empresse vers le coin flambant. Depuis que les Chouayens ont été chassés de la taverne, deux mois auparavant, il y a retrouvé ses aises. Désencombré des convulsionnaires, l'aubergiste s'est empressé de rebaptiser l'établissement de son nom d'avant le cataclysme : Le Cabaretier patriote. Avec l'aide de Caroline, Gilbert a repris possession de la troisième salle et de ses deux tables de billard. Elles sont moins achalandées que par les années passées, mais l'espoir est de mise.

C'est l'heure du souper et la clientèle est clairsemée dans la taverne. Par chance, Étienne Lavictoire se trouve juché sur un tabouret, en train de réparer le carreau d'une croisée. Gilbert l'apostrophe gaiement :

— Mes hommages, m'sieur l'aubergiste!

Étienne lui jette un regard éberlué, puis il se sert de l'épaule du survenant comme appui afin de retourner sur le plancher des vaches. Enfin, il tend une main poisseuse à Gilbert :

— T'es dangereusement de bonne humeur. Quel bon vent t'amène ?

— Me semble que l'horizon s'éclaircit, tu trouves pas ?

— Ça se pourrait. Y aurait apparence d'un dégagement. Y serait temps, parce que les tempêtes de vacheries, ça use son homme.

— T'as survécu bien mieux que d'autres, réplique Gilbert avec légèreté. T'as conservé ta licence... pis celle d'une couple d'autres établissements, dont une maison déréglée au moins, je me trompe ?

— T'es trop *smart*. On peut rien te cacher. Fait que tu t'en viens réassurer ton autorité ? Pas de crainte à avoir. Caroline s'en occupe avec aplomb, de ton billard.

Gilbert se leurre-t-il ? Il a cru déceler une subtile altération dans le ton de son vis-à-vis. Souvent, il s'est demandé si Caroline dit la vérité lorsqu'elle prétend que rien d'autre qu'une franche camaraderie n'a eu cours entre eux deux, alors qu'elle était barmaid ici même. Avec une subite froideur, Gilbert interroge secquement Étienne :

— Pis ton épouse en fuite ? Parce que si je me souviens bien, t'es légitimement marié, même si ça paraît guère astheure.

— Je serai pas le premier à me consoler de mes déboires auprès d'une autre. C'est pas de ma faute si le mariage est... comment on dit ?

— Indissoluble.

— Oui, même si t'en viens à haïr la harpie que t'as conduite à l'autel.

Sentant qu'il perd le contrôle de la discussion, Gilbert saute du coq à l'âne :

— Pis Gaspard ? J'imagine que tu lui as jamais revu la binette ?

— Les renégats ont jamais osé remettre un orteil dans l'établissement après avoir été boutés dehors.

Faisant mine de se battre en duel, Étienne ajoute théâtralement :

— Quand je me promène en ville, je croise parfois Sabrevois de Bleury ou Patrick Cuvillier, mais aucun des deux a même voulu ferrailler du regard.

Quant à Léon Gosselin et à Gaspard, conclut l'aubergiste avec un clin d'œil complice à son interlocuteur, ils semblent avoir disparu du monde des vivants. Non seulement Étienne est bien en selle comme aubergiste licencié, mais en plus, les magistrats songeraient à revenir sur leur décision de priver les Canadiens de leurs licences uniquement par préjugé racial. Le vent tourne!

Sur ce, Gilbert fait une proposition au propriétaire de l'établissement. La chambre de jeux, qui était le domaine de Gaspard, a été vidée d'une partie de son équipement. Caroline a eu une brillante idée. Pourquoi ne pas y installer des tables où les buveurs pourraient jouer aux cartes, aux échecs, aux dames, au moine, au trictrac ou à n'importe quel amusement innocent du genre? Gilbert voit Étienne tourner les yeux vers l'entrée de la pièce en question, et son regard se mettre à briller. Caroline ne se tournera pas les pouces, songe-t-il avec amusement. S'il redevient nouvelliste, la gestion de leur commerce lui retombera sur les épaules.

20

L'actualité tempère l'accès d'optimisme de Gilbert. Certes, de nombreux prisonniers d'État, y compris son patron de *La Quotidienne*, ont été libérés. De surcroît, son pays pourrait bien obtenir, grâce au nouveau gouverneur Durham, davantage de liberté qu'il n'a jamais osé en espérer. Sauf qu'en attendant, les convulsionnaires se caparaçonnent à toute vapeur. Pour ce faire, ils se servent de l'organe autorisé par le Parlement impérial en remplacement de la législature : le Conseil spécial.

La composition de ce Conseil législatif temporaire donne le pesant. La preuve de l'emprise totale d'une clique de marchands enfiévrés sur le gouvernement de la colonie ! Les marchands enragés contre les Réformistes et qui s'illustrent depuis 1836 dans la Montreal Constitutional Association y sont dominants. Peter McGill, John Molson, Samuel Gerrard, Turton Penn, pour ne nommer que ceux-là. La liste a été dressée par le vieux brûlot lui-même. Tandis que pour le moindre changement dans le Conseil législatif, le prédécesseur de Colborne prétendait ne pouvoir agir sans l'assentiment formel du ministre des Colonies !

Pierre-Dominique Debartzch n'a pas l'honneur d'être appelé au Conseil spécial. Il doit se contenter de son siège dans un Conseil exécutif qui ne sert qu'à avaliser les décisions de l'instance nouvellement créée. Malgré leurs bons et loyaux services, Debartzch et son valet Bleury sont considérés pour l'éternité comme des criminels. Le même sort échoit à Austin Cuvillier, pourtant un forcené Chouayen. Comme les deux autres, il a le malheur d'avoir été, naguère, l'ami de son pays.

L'agenda législatif du Conseil spécial est dominé par le despote en titre, le seul pouvant y introduire des projets d'ordonnances. En fait, ce conseil privé est une avant-scène qui cache l'action derrière le rideau. Dès l'orée des travaux, une rumeur prend forme. Le procureur général Ogden rédige les ordonnances. Le gouverneur intérimaire les approuve; le Conseil spécial les sanctionne les yeux fermés, car quelques-uns de ses membres exercent sur Mr Ogden une influence qui n'a rien d'occulte. Le pouvoir s'exerce en cercle fermé, selon des intérêts purement privés.

Voilà pourquoi, d'entrée de jeu, les conseillers spéciaux ont entériné une ordonnance modifiant la loi d'habeas corpus pour *toute personne arrêtée ou détenue sous accusation de haute trahison, de soupçon de haute trahison, de non-révélation de haute trahison ou de menées séditieuses*. Le juge qui reçoit une requête de mise en liberté doit, avant d'admettre quiconque à caution, la référer au gouverneur, qui lui-même doit solliciter l'aval du Conseil exécutif. Ce qui implique des délais outrageants et des dépenses en proportion. L'ordonnance s'applique à la grandeur de la province. En matière de pouvoir répressif, elle surpasse la loi martiale, qui ne s'appliquait qu'au district de Montréal.

Gilbert explique à Caroline :

— Les citoyens pourront être incarcérés sans pouvoir revendiquer le bénéfice du cautionnement. De l'avis général, l'ordonnance vise en tout premier à empêcher une énième requête en libération des prisonniers Côme-Séraphin Cherrier, Toussaint Peltier pis Louis-Michel Viger.

La jeune femme interrompt son compagnon :

— M'sieur Cherrier est sorti de prison depuis un boutte, tu te rappelles ?

— En fait, on lui a permis de troquer sa cellule contre sa maison. Son état de santé se détériorait à vue d'œil. Donc, m'sieur Cherrier est encore un prisonnier d'État, c'est juste qu'y purge sa peine derrière les barreaux imaginaires aux fenêtres de son foyer. C'est la première fois que j'avais connaissance d'une affaire singulière de même.

Gilbert rappelle à son amie que depuis le début de l'année, les avocats des trois notables canadiens emprisonnés multiplient les requêtes aux juges pour permettre à leurs clients d'être admis à une libération conditionnelle. Les autorités militaires ne savent plus quoi inventionner pour empêcher les juges d'y consentir. La requête la plus récente a donné lieu à un révoltant chassé-croisé. Le shérif a renvoyé l'affaire à l'autorité militaire, en l'occurrence le lieutenant-colonel Wetherall, commandant en chef du district, qui a renvoyé la balle à Colborne et à son Conseil spécial.

Les jeunes gens se sont mis en route pour la cité, où aura lieu, ce 30 avril, une revue générale des troupes régulières et auxiliaires du district. Certains prétendent qu'il s'agit d'un baroud d'honneur et que les *volunteers*, inutiles et coûteux, sont sur le point d'être licenciés. Si l'information s'avère exacte, ce sera un soulagement extrême pour la population civile, qui n'en peut plus de la grossièreté de l'armée d'occupation. Tout en fendant la foule animée qui encombre le chemin Sainte-Marie, Gilbert ajoute, concentré :

— Les membres du Conseil spécial votent une ou deux banales ordonnances à chacune des séances de travail, mais la répression est au cœur de leur programme législatif. Pis l'autoprotection itou. *Le Populaire* fait allusion à une seconde ordonnance : exonérer les personnes qui, depuis le 1er octobre 1837, ont agi en arrêtant et en détenant les personnes soupçonnées de haute trahison ou de pratiques séditieuses. Exonérer les personnes s'étant évertuées, tiens-toi bien, à supprimer les assemblées illégales. Je te jure que l'affaire des assemblées anticoercitives, elle revient constamment !

Pilant net, Caroline a jeté à Gilbert un regard de bête traquée. Enfin, elle souffle :

— Je m'en souviens, tu m'en parlais, t'avais prévu une semblable ordonnance !

Contenant la fureur qui lui brûle les veines en affichant un masque de froideur, Gilbert précise :

— Comme une trâlée d'amis du pays qui connaissent l'histoire des régimes despotiques européens. Tu sais quoi ? C'est prouvé que le texte de notre loi martiale s'inspire du précédent irlandais de 1798 contre les insurrections. Fait que toutte le reste s'ensuit. Maudit qu'on est niaiseux, des fois ! Maudit qu'on est sans-dessein !

Gilbert doit se taire, au risque de perdre le contrôle de lui-même. Il en est venu à croire que même la chronique historique, s'il se fie à celle que les Sulpiciens lui ont enseignée, vise à noyer les citoyens dans un fatras d'anecdotes et de détails insignifiants.

La seule matière qu'il faudrait impérativement transmettre, ce sont les méthodes éprouvées des régimes despotiques pour imposer la tyrannie aux hommes et à leurs institutions. Puis les manières efficaces de résister, s'il en existe. Ce dont Gilbert commence à douter viscéralement!

Avec défiance et s'en tenant loin, Caroline et lui assistent aux évolutions des régiments de *volunteers* pendant leur revue. Bien entendu, leur supérieur en titre écrira par après, dans un ordre général, qu'ils ont surpassé tout ce qui pouvait être attendu d'eux, que la marche en colonne ouverte était ferme et correcte, que les évolutions tournantes en colonnes étaient serrées et régulières, et finalement que les exercices à l'escarmouche des Carabiniers étaient dignes de mention. Sauf qu'en vérité, les *volunteers* sont encore des amateurs. De surcroît, ils sont en maigre nombre!

— Les *volunteers* seront incessamment débandés pis le gouvernement cessera de payer leur solde!

Voletant dans la foule, Gilbert entend ce qu'il espère de toute son âme.

— Paraît que l'autorité militaire a sauté sur le prétexte fourni par les soldats eux-mêmes: les travaux des champs requièrent des bras.

Édifiée à son tour, Caroline réagit par un commentaire cinglant:

— Les prisonniers d'État, eux itou, ont envoyé une supplique pareille à Colborne. Pour le sûr, elle restera lettre morte.

— Tu parles drette. Une bonne centaine d'agriculteurs se trouve encore derrière les barreaux. Des *volunteers* pour les remplacer aux semailles, c'est diablement étrivant.

Sur ce, une nouvelle encore plus cruciale s'impose à force d'être reprise d'un groupe à l'autre. Les prisonniers politiques de la prison commune, rue Notre-Dame, seraient en train de se diriger vers la prison neuve, au Pied-du-Courant, où tous seront dorénavant regroupés. De toutes parts, on s'exclame:

— Alors que les *volunteers* greyés de pied en cap infestent la cité? C'est loin d'être un hasard!

Comme bien d'autres spectateurs, les deux jeunes gens rejoignent le cortège. Faisant fi de la haie de *regulars* armés comme des rares convulsionnaires lançant des imprécations, Gilbert tâche d'apercevoir des figures connues au sein de la quinzaine de prisonniers.

Il échange un signe de connivence avec Alphonse Gauvin tout en combattant un accès de panique. Auparavant d'une élégante minceur, il n'a plus que la peau sur les os, et ses yeux reposent dans des orbites creuses à faire peur.

Puis, Gilbert croise le regard de Georges de Boucherville, qu'il fréquentait régulièrement au collège. Secrétaire de l'association des Fils de la Liberté, il croupit en prison depuis le 16 novembre. Quasiment six mois! Lui itou a fondu. Gilbert est dominé par l'envie irrépressible de se garrocher jusqu'à eux afin de les tirer des griffes d'un monstre d'injustice. Son élan rageur, vitement comprimé, s'est manifesté par un geignement audible. Caroline saisit son compagnon par le bras, enfonçant ses ongles dans sa chair. En même temps, elle crie à l'adresse des captifs :

— Courage! On vous oublie pas!

Le jeune homme prend conscience des marques d'affection qui s'élèvent de toutes parts, et il y joint sa voix de stentor. La soldatesque impose un pas redoublé aux prisonniers d'État, et ceux-ci disparaissent de leur vue. Gilbert reste perclus de souffrance, comme un écorché vif. Comment endurer l'idée de voir les Réformistes du Bas-Canada subir le sort de leurs collègues de la province voisine? Parmi les quelques centaines d'hommes encore en prison dans le Haut-Canada, l'Exécutif a sélectionné Samuel Lount et Peter Matthews pour comparaître devant le juge en chef. Leur sort était scellé d'avance : coupables de traîtrise, puis pendus le 12 avril afin de servir d'exemple et de semer la terreur.

— J'aurais dû aller visiter Alphonse, dit soudain Gilbert. J'y ai jonglé, mais c'était foutument compliqué, y aurait fallu que je m'acoquine avec le geôlier ou son commis. Eux autres sont conciliants, y paraît, pis y laissent les proches entrer en catimini.

— T'es pas de la famille d'Alphonse.

— Quand même, me semble que ça lui aurait allégé l'existence...

— T'aurais pas pu entrer. J'en connais un boutte sur la question. J'ai déjà fait de la prison, tu sauras.

Gilbert mire l'expression défiante de sa compagne, puis réplique gentiment :

— Je le sais mieux que quiconque, parce qu'une fois, je suis allé avec le notaire Jobin t'en faire sortir.

— Quand on pratique le métier d'ébraillée, la prison est un refuge. J'y suis pas allée souvent, remarque. Juste au début, avant que j'entre chez Mme Marguerite.

— Allez, on s'en retourne. Trop de furibonds dans les parages.

Glissant son bras sous celui de la jeune femme, Gilbert entraîne celle-ci à se remettre en route. Tous deux progressent en silence vers le faubourg Québec et la rue Sainte-Marie. Au croisement d'une ruelle, Gilbert entend une voix d'homme le héler par son prénom. Faisant halte, l'interpellé ne peut en croire ses yeux : André Jobin se tient en retrait dans l'allée. Celui vers lequel se dirigeaient ses pensées quelques minutes plus tôt! Gilbert se précipite vers l'amant de sa tante, et les deux hommes se font l'accolade.

Après un long moment, André le repousse, disant d'une voix chargée d'émotion :

— Les effusions me font brailler. Tout va bien pour toi, Gilbert ?

— J'ai pas à me plaindre.

Le cœur de Gilbert se serre. Comme la terreur use les hommes! André est pâle et maigre. Voûté… Se souvenant du trépas de sa jeune épouse, Gilbert enchaîne :

— Je t'offre mes condoléances. On a su…

André cligne des yeux en signe de reconnaissance.

— Merci. Je suis venu voir Ériole. Elle est là ?

— Oui, comme c'est samedi pis que l'ouvrage à l'atelier se tranquillise…

Gilbert fait demi-tour et se dirige vers Caroline, qui faisait le pied de grue non loin. À mi-voix, il lui demande d'alerter sa tante. Diligemment, Caroline obtempère. Gilbert retourne auprès du survenant et dit :

— Saint épais, André, j'aurais tant de choses à jaser avec toi…

— Tout à l'heure. Laisse-moi juste un bon moment avec Ériole.

— On fait place nette jusqu'à la brunante.

Essoufflée, Caroline tourne le coin et fait signe qu'Ériole attend André. Celui-ci s'élance. Les deux jeunes gens se retrouvent seuls dans la ruelle. Gilbert informe son amie qu'ils ont du temps à tuer. Un brin coquine, elle répond :

— Ça nous donnera le temps de jaser. J'ai des affaires à te confier.

Avec le ton formel qu'elle emploie dans ses relations d'affaires, Caroline signale à son compagnon qu'il ne mouille pas, malgré les lourds nuages, que la température est douce et qu'ils peuvent trouver un endroit en plein air pour un brin de causette. Gilbert se retrouve donc assis sur la berge du Saint-Laurent, contemplant la tranquille descente des glaces et des débris sur le fleuve libéré par la débâcle.

— Ça fait un boutte que j'y jongle. Débagager pour te délivrer de ma présence.

Éberlué, Gilbert toise Caroline, installée à une distance prudente de lui. Elle s'empourpre, mais poursuit courageusement :

— Je sens que... je te cause du désagrément. Juste le fait d'être là, dans la même pièce que toi. Je suis pas une ingrate, je sais que toi pis ta tante, vous avez été très généreux avec moi, pis je veux pas avoir l'air d'une sans-cœur. Sauf que je commence à trouver ça ardu, vivre dans la même maison que toi. Je sais plus quoi faire pour pas te déplaire.

Les yeux de Caroline se sont remplis d'eau. Touché, Gilbert balbutie :

— C'est pas ça l'affaire...

— Niaise-moi pas!

Furieuse, elle le fusille du regard et répète :

— C'est pas ça l'affaire? Tu me prends pour une écervelée! Ça fait des mois que tu fais toutte pour pas te trouver en face de moi. Des mois que tu te forces pour me parler. J'en arrive à croire que je t'empoisonne l'existence. J'ai envie de mettre de l'air entre nous, point à la ligne.

L'assertion sonne comme une délectable musique aux oreilles de Gilbert, car elle témoigne d'une sensibilité insoupçonnée de Caroline à son égard. Se tournant à demi pour lui faire face, il réplique avec emphase :

— Veux-tu bien me dire où c'est que t'as pris ça? T'exagères sur un temps riche. On passe plein de temps ensemble, pis me semble que j'ai pas l'air d'être au bagne? Tiens, à matin tenseulement, c'est pas moi qui a parlé d'aller ensemble en ville?

— Juste parce que t'avais personne d'autre.

Amusé, il énonce, le ton railleur :

— Pis si j'insiste pour que tu demeures avec nous, c'est juste parce qu'on a besoin d'une domestique. Quand même, Caroline, tu me prends pour une valise… Écoute-moi. Ouvre tout grand tes oreilles. Mes apologies si j'ai l'air bête avec toi. Je pensais pas que c'était si pire, mais… je veux pas t'imposer ma présence. Je me dis que depuis… depuis que je t'ai repoussée cet hiver… tu dois pas avoir trop trop envie de me voisiner. Pis j'en profite pour m'excuser itou de… de t'avoir volé un bec l'autre fois, au chevet de ma grand-mère trépassée. Des fois, j'ai des résurgences de mon ancienne vie. Faut pas que tu me laisses faire. Je devrais pas avoir le droit de… de te considérer comme à ma disposition.

Les yeux écarquillés, Caroline mire Gilbert avec une telle fixité que celui-ci en frissonne d'appréhension. Enfin, elle fait une moue indéchiffrable, avant de riposter maladroitement, avec une fierté mal placée :

— C'est vrai que j'ai un réflexe indécrottable. Offrir mon corps en guise de remerciements pour services rendus.

Gilbert sent une bise glaciale lui balayer l'intérieur. Après un mouvement de recul, il profère :

— T'en reviens toujours à ça. Simuler ton appétence pour payer une supposée dette envers moi.

Cette fois-ci, le rictus que Caroline ne peut retenir est chargé d'affliction. Pendant le silence qui s'ensuit, elle avance la main pour caresser furtivement le dos de celle de Gilbert. Ce dernier murmure :

— Tu vois ce qui créé problème entre nous ?
— Ma vie d'avant.
— J'ai toujours l'impression de… d'un relent de transaction commerciale. Pis ça, je suis plus capable de l'endurer.

Caroline reste coite. Gilbert se hâte d'enchaîner :

— Si on revient à ton projet de partir… Je promets d'arrêter mes airs bêtes. De me forcer pour être fin.

Elle ne peut retenir un gloussement de dérision, avant de riposter :

— Si tu dois te forcer, ça part mal.
— Ça fait notre affaire à Ériole pis à moi que t'habites avec nous. C'est plus facile de faire le train-train à trois qu'à deux.

Imagine : Ériole va betôt prendre la chambre de grand-mère, pis toi, t'auras celle du haut, en face de la mienne.

Caroline ouvre de grands yeux :

— Pour de vrai ?

— Ça va de soi ! Pis l'atelier ? Est-ce que t'es tannée d'y bosser ?

— Tannée ? Non point. C'est la meilleure *job* que j'ai jamais eue. Pis ta tante est une saudite bonne patronne.

— Pis Le Cabaretier patriote ? Je sais que la salle d'amusement, c'est un surcroît d'ouvrage pour toi.

— Tu trouves que je m'en tire mal ?

— Au contraire, c'est juste qu'avec l'atelier d'Ériole, ça fait beaucoup. T'es souvent affairée le soir, chez nous ou là-bas.

— Tant que tu me donnes un coup de main avec la paperasse pis les chiffres, j'ai pas trop de misère. Me semble qu'on s'ajuste bien, tous les trois.

— Tu vois, ce serait niaiseux en masse que t'ailles vivre ailleurs. Pis t'irais où ? Dans une chambrette louée hors de prix ? Pour le sûr, Ériole serait déçappointée. Je pense qu'elle t'estime fièrement.

— Arrête ton boniment.

— De toute façon, tu vas me perdre de vue dès que François va recommencer sa gazette. Pour parler drette, si ma présence t'incommode à ce point, je sacre mon camp pis je vous laisse vivre toutes les deux en paix.

— T'es fou ? Jamais de la vie !

— Alors, c'est réglé pis on clôt le sujet.

— J'aimerais ça, payer un loyer.

— Si ça peut te tranquilliser. Arrange-toi avec Ériole.

— Pis j'aimerais visiter ma famille à Saint-Denis. J'ai besoin de prendre l'air.

— Pas de problème. Vas-y betôt, tandis que je peux assurer la gérance à l'atelier.

Après un soupir, Caroline reporte son regard sur l'immensité du fleuve. Elle marmonne :

— Moi qui étais décidée à décaniller… tu m'as revirée comme une crêpe !

— Comme si tu m'avais pas bardassé toi itou ! Parce que là, je me sens toutte croche. Comme si je te maganais depuis ton débagagement chez nous. Comme si j'étais coupable de mauvaisetés prouvables à ton endroit.

Les yeux de Caroline se mouillent encore. La mine désolée, elle se hâte de répondre en le mirant franchement :

— J'ai beurré épais. S'cuse-moi. Je suis au mieux avec vous autres. Ta tante est un ange. J'ai même jamais senti de... réprobation pour ma vie passée. Même si j'ai assouvi sa curiosité sur le métier d'ébraillée, pis que par le fait même, je lui ai donné une trâlée d'occasions de rendre une sentence de culpabilité. C'est pareil pour toi, Gilbert. Tu me juges pas. Tu poses pas d'étiquette après moi. Au début, je pensais que t'étais aveuglé par... par ton sentiment pour moi, mais astheure, je vois que c'est autre chose. Ça vient d'où, dis-moi ?

Happé par l'intensité de son interlocutrice, Gilbert hasarde la réponse qui s'impose à son esprit :

— De ma mère. Pour survivre, j'ai appris à la prendre telle qu'elle était. Comme avaient faitte mon père pis ma grand-mère. Tu te souviens de ce que je t'ai conté ? Mon frère Rémy avait un jumeau, qui est mort-né, pis qui avait un physique de monstre. Ma mère a perdu la raison. Les premières années, elle réagissait encore à nous autres, mais ça s'est dégradé. Quand je suis parti pour le collège, c'était comme vivre avec un spectre. Impossible d'interagir avec elle ni même de l'approcher. Sauf pour...

Il s'interrompt. Sauf pour son père, qui gardait contact avec son épouse grâce à une seule chose : la puissance du désir. En veine de confidences, Gilbert évoque les accouplements de ses parents, qu'il mirait depuis un trou dans le plancher, et les geignements lascifs de Bibianne qui, eux, résonnaient dans toute la maison. Là encore, s'il avait fallu qu'il professe jugement... Il dit encore :

— J'ai pensé fièrement à ma grand-mère depuis son trépas. À sa manière de rien prendre au tragique. De faire son deuil du passé pour retomber à pieds joints dans le présent, tu comprends ? Voir le monde sans *préjugé* au sens propre. Les préjugés, c'est pesant. Je m'en souviens en rapport avec ma mère. Y a fallu que je l'accepte telle qu'elle était. Que j'arrête de la comparer avec ce qu'elle avait été... ou avec ce qu'elle aurait dû être selon ceux qui s'arrogent le droit de définir le genre humain. Je dis pas que ça s'est fait en claquant des doigts, mais quand même, ça m'a apaisé. Ça m'a facilité la vie.

Gilbert ponctue son monologue d'une grimace, et ajoute :

— Pour me la compliquer par ailleurs. Avec Gaspard, par exemple, j'ai été trop bonasse. C'est bien beau de prendre les gens comme y sont, mais ça peut jouer de vilains tours !

Caroline réagit par une esquisse de sourire, puis elle se tourne vers le panorama soudainement illuminé par un rai de soleil qui passe entre deux nuages. La mirant, Gilbert plonge dans un océan de délices. Ces derniers temps, il la fuyait du regard… L'atmosphère s'est notablement allégée entre eux. La jeune femme saute sur ses pieds pour proposer à Gilbert une visite éclair à la taverne. Elle songeait à des modifications au billard, dont elle aimerait bien lui parler…

À l'heure convenue, tous deux retournent dans leur foyer, où André déguste un fricot, assis face à Ériole. Gilbert prend place à côté de sa tante. Tout en avalant posément ses ultimes bouchées, puis en récurant son bol, André raconte qu'il va se constituer prisonnier afin d'obéir à une ordonnance que le Conseil spécial est en train de voter. Elle obligera les hommes accusés de haute trahison à venir se livrer aux autorités dans les 30 jours, sous peine de voir leurs biens confisqués et vendus au profit du gouvernement.

— À ce que je sache, réplique Gilbert, t'es pas dans la liste des deux douzaines de Réformistes recherchés avec promesse de récompense.

— Peut-être qu'un mandat a été émané par après contre moi. Tu sais comment ça marche depuis l'automne passé.

Il parle avec détachement, comme si rien de tout cela ne le concernait vraiment.

— L'ordonnance fait mine d'accorder aux proscrits le droit à un procès. En réalité, leur crime est déjà défini, ce qui est une condamnation à l'avance.

Ériole émet faiblement :

— J'appelle ça se jeter dans la gueule du loup.

— L'arrivée de lord Durham est imminente. Je m'accroche à l'espoir qu'y mettra en force l'amnistie invoquée en Chambre des Communes, à Londres.

Gilbert reste coi, même s'il proteste intérieurement. L'amnistie est un vœu pieux, non point un décret. André prend le temps de siroter un thé aux herbes et de faire plus ample connaissance avec Caroline, puis il se décide à partir. Il s'en va passer la nuit chez un ami, explique-t-il, qui l'accompagnera demain chez un juge de paix. Avec un clin d'œil complice à Gilbert, il lui lance :

— Viens me voir en prison !

Gilbert réagit par un rire de dérision. Chose certaine, André sera en sécurité, sans doute bien davantage que dans une contrée infestée d'espions, de délateurs et de forcenés déguisés en soldats. Sans bouger de l'endroit où elle se trouve, Ériole souffle :

— Adieu, mon ami. Prends soin de toi.

André s'élance dans la nuit et Gilbert referme à clef derrière lui. Lorsqu'il se retourne, Ériole pleure silencieusement, affalée sur la table, le visage caché dans ses bras croisés. Navré, Gilbert prend place à côté d'elle. Caroline fait de même, de l'autre côté. Tous deux échangent un regard affectueux avant de se concentrer sur Ériole et son irrépressible chagrin. Bien vite, celle-ci se redresse, puis se saisit de son mouchoir de poche pour se tamponner le visage et se moucher un bon coup.

Enfin, après un immense soupir, elle murmure :

— C'était un adieu pour vrai. Je vais cesser de soupirer après lui. De me ronger les sangs pour lui. Je suis tannée de l'aimer de loin. Ça me gruge. Pis lui, y a décidé… Est-ce qu'y va être capable de la tenir, la promesse qu'y s'est faite à lui-même ? Je pense que oui. Y vient d'enterrer sa troisième épouse, pis on dirait que… que c'est le coup de grâce. Y a décidé de se fermer le cœur. De plus jamais… aimer une femme…

Chamboulée, elle s'interrompt. Gilbert devine la suite. De ne plus jamais aimer une femme avec sa fougue coutumière. Ne plus jamais tomber en amour. Ne plus jamais adorer une créature. Comme lui, Gilbert, à cause de Caroline.

— Fait que moi, reprend Ériole, faut assurément que je me détache de lui. Tinton du diable, ça fait trois années révolues qu'on a cessé nos rapports, lui pis moi ! J'ai eu un sacré bon temps avec lui, mais là, j'ai besoin d'un mari en bonne et due forme. Quelqu'un sur qui je peux m'accoter. Faut encore que je le trouve, mais ça, c'est une autre paire de manches.

Sur ce, Ériole se lève.

— Rappelez-moi à l'ordre si je dérape. André, dorénavant, c'est juste un bon ami. Comme un gentil cousin.

La mine à la fois comblée et sereine, elle souhaite bonne nuit à Gilbert et à Caroline, puis elle grimpe l'escalier.

21

De l'aube au brun, Vitaline passe son temps dehors. Le mois de mai, même frisquet et grisâtre, offre une telle luminosité printanière! Tout son être s'en régale comme s'il en avait été privé depuis sa naissance. Qu'il vente ou qu'il mouillasse, elle s'en contrefiche, pourvu que les bourgeons éclosent, couvrant la contrée de taches vert tendre, comme d'innombrables pierres précieuses rayonnantes. Ses concitoyens font pareil, trop heureux d'émerger de la tanière où ils s'étaient réfugiés pour se protéger des furibonds.

La jeune femme restreint son champ d'action aux alentours de son domicile. Sa répugnance à aller au bourg s'explique principalement par les ruines et les cendres, relents de la campagne militaire de l'hiver passé. Chaque fois, elle est obligée de traverser le site où, bien à l'abri derrière les murs de la chapellerie et de la distillerie, les patriotes ont repoussé le corps expéditionnaire. L'endroit est désolé, parsemé de bâtiments en démence que les propriétaires, ruinés, n'ont pas encore fait reconstruire.

La taille de sa bedaine indique à Vitaline qu'elle est rendue au mitan de sa grossesse, ce qui signifie que la délivrance aura lieu au tournant de l'automne. Elle observe avec émerveillement les changements qui se produisent. À la première grossesse, elle avait moins porté attention à ses métamorphoses. Astheure, elle s'examine sous toutes ses coutures, soupesant ses seins, flattant la rondeur de son ventre. Quand bébé s'est manifesté par un coup discret, elle en a été vivement émue. Depuis, elle guette les plus infimes mouvements du fœtus, dont elle se régale.

Il est mathématiquement impossible que Vincent soit le père, d'autant plus que Vitaline, faisant le bilan de son équipée à Montréal, en est venue à la certitude qu'elle était déjà enceinte. Cependant, elle ne peut s'empêcher de croire que la semence de son amoureux secret s'est ajoutée à celle de Florentin. Que sa semence a influencé, d'une manière ou d'une autre, l'enfant à naître. Cette pensée procure à Vitaline de vifs élans d'allégresse. Son bébé bénéficie d'une puissance décuplée, d'une aura spéciale de protection contre le funeste sort !

Cette pensée est également un antidote à l'angoisse qui prend périodiquement possession de Vitaline. Où est Vincent ? Que lui arrive-t-il ? Les dernières nouvelles de lui remontent au retour de Rémy, au début de mars. Vincent se trouve-t-il encore de l'autre côté de la ligne, fomentant avec les exilés une énième tentative d'invasion ? Ou bien erre-t-il par monts et par vaux, à la recherche d'une occasion de manifester son esprit d'indépendance ?

Normande passe sous les yeux de Vitaline, qui esquisse un sourire. Sa jeune belle-sœur est continuellement dans la lune. Le dénommé Alexis, revenu de la frontière avec Norbert en décembre de l'an passé, la fréquente une journée ou deux par mois, soit autant que le permet la distance entre leurs patelins respectifs. Si tout va bien, leurs épousailles seront célébrées à l'automne, puis Normande ira s'installer au sein de sa belle famille, dans la campagne de Nicolet.

Sur ce, une promeneuse qui arpentait le chemin du Bord-de-l'eau, coiffée d'un chapeau de paille à très larges bords, dévire vers leur entrée. Reconnaissant son amie Estère, habillée d'un pimpant mantelet dont les basques descendent bas sur sa jupe, Vitaline l'accueille chaleureusement. La visiteuse a pris accoutumance de venir ainsi, à l'improviste. Au début, Estère tirait profit d'une nouvelle à annoncer. Par exemple, la réjouissante sortie de prison d'Eustache Carrière et de Marcel Cordeau à la fin de mars, sous promesse de comparaître lors de la prochaine cour criminelle.

Astheure, les deux amies n'ont plus besoin de prétexte pour se visiter. Le voyage à Montréal a définitivement fait renaître l'intimité de leur jeunesse. Le plus souvent, c'est Estère qui franchit la distance qui les sépare et qui s'intègre à la vie quotidienne des Montplaisir, prenant part à leurs travaux et à leurs délassements. Les deux femmes échangent les dernières nouvelles. Le capitaine Montplaisir et son fils ont repris leur saison de cabotage. En novembre de l'an passé, ils n'ont pas participé à l'escalade conflictuelle entre les patriotes et leurs adversaires, et ces derniers ne rechignent donc pas à les employer de nouveau.

Embrassant du regard la propriété des Montplaisir, Estère soupire, puis déclare sombrement :

— Vous êtes fortunés. Au bourg, c'est plus compliqué. Y a des amitiés qui se sont défaites, des méfiances bien enracinées, pis surtout du ressentiment à profusion. Ça plombe les relations en masse. Tiens, avant que j'oublie…

Tirant une missive scellée de la poche de son mantelet, Estère la remet à Vitaline en disant :

— De m'sieur Vincent, tu te souviens ? Celui qui veut faire état des lettres de ton aïeule, mais qui trouve jamais le temps…

Vitaline n'écoute plus. Elle a le cœur qui bat la chamade et la vision brouillée par un éblouissement qui lui fait craindre de perdre l'équilibre. Posant la main sur son front, elle balbutie :

— Je dois m'assir. Des fois, ça me pogne, comme un choc nerveux.

Sans attendre, elle se dirige vers le banc installé sous un arbre, entre la maison et le chemin public. Estère la suit diligemment. Le choc initial étant passé, Vitaline réussit à esquisser un sourire à l'adresse de son amie, assise à ses côtés :

— Porter un bébé, ça entraîne des effets inattendus, j't jure ! Donne-moi un instant pour reprendre mon souffle.

— T'as besoin de quelque chose ?

— Un gobelet d'eau, tu serais fine.

Estère saute sur ses pieds et se dirige vers la maison. Vitaline profite de sa solitude pour clore les paupières et laisser le bonheur se distiller goutte à goutte dans ses veines. Estère revient avec dame Eugénie à sa suite, inquiète de l'état de sa bru. Vitaline a fort à faire pour la rassurer et pour la renvoyer à ses moutons. Enfin, les jeunes femmes se retrouvent seules. Posément, Vitaline décachette la missive, qui sera nécessairement formelle et ampoulée. Jamais Vincent ne prendrait le risque d'écrire quoi que ce soit de compromettant pour sa dulcinée.

Le jeune homme se contente des formules convenues avant de prier Vitaline de venir le rencontrer au bourg en rapport avec la correspondance de Valentin Jautard. L'amoureuse se régale de l'écriture de son amant, qu'elle connaît très peu. Droites et bien formées, les lettres s'élancent décisivement vers le haut. Une calligraphie enchanteresse. Enfin, elle replie la missive et la fourre dans sa poche, tandis qu'Estère prend la parole :

— C'est Rémy qui héberge m'sieur Vincent. Enfin, je veux dire que ton père pis son associé l'accueillent pour un boutte. Paraît que ta belle-mère haït pas ça, un autre fier combattant pour la protéger des malfrats. Fait que c'est à ton ancien chez-toi que tu dois te rendre pour le voir.

— Merci. J'irai. Dis-le-lui si tu le croises.

— Promis. T'as vu ? Maintes parcelles de champs restent en friche, faute de grains pour ensemencer.

— Moi, ce qui m'indispose, ce sont les volontaires à la chasse. Enfin, les ci-devant volontaires…

— Tu veux dire ceux qui ont été licenciés, mais à qui on n'a pas encore ôté les armes à feu ? Tu parles drette. Si tu les voyais arriver au village, faisant étalage de leurs prises ! Puis s'en régalant sous notre nez !

— Tandis que nous autres, on nous a confisqué même nos fusils antiques. L'inique mesure fait que rajouter à la misère ambiante.

En contrepartie, déclare péremptoirement Estère, les amis du régime se signalent par leur prééminence. Plusieurs marchands patriotes qui n'ont strictement rien fait de mal, l'automne dernier, ont dû fermer boutique. Quelques autres, Louis Guérout en tête, s'enorgueillissent de leurs étalages débordants et de leurs hangars pleins à craquer.

— La grogne s'amplifie contre lui, dit Estère à mi-voix. Y s'est faitte le porte-voix de la terreur militaire auprès de nous autres à Saint-Denis.

— Je m'en souviens trop bien. C'était dans la foulée du massacre de Saint-Charles. Lorsque les patriotes se sont regroupés autour du Dr Nelson, Guérout s'est désâmé pour les en dissuader. De fil en aiguille, y s'est acoquiné avec Barthélémy Gugy.

— J'espère plus jamais entendre parler de ce fendant, ronchonne Estère. Le commandant du corps d'armée venu pour terroriser

Saint-Charles lui avait littéralement remis le pouvoir. Toutte ça pour dire que le 2 décembre, le colonel Gore s'est démené pour empêcher qu'on boute le feu aux propriétés de m'sieur Guérout. Le plus éloquent de tous les aveux de complicité!

Le jour suivant, son déjeuner à peine avalé, Vitaline se rend au village. Des ailes aux pieds, elle gambade jusque chez son père. En cours de route, elle fait un arrêt devant les deux propriétés, sises côte à côte, réduites en cendres le 2 décembre par l'armée d'occupation. Dont celle de son ancienne amie Marie-Nathalie et de son mari. Eux ne reconstruiront pas leur demeure. Dominé par sa rancœur, François a décidé d'aller tenter sa chance aux États-Unis. Resté à l'écart de la lutte, il s'est senti trahi par ceux de son propre camp. Il n'avait qu'une idée : sacrer son camp.

Vitaline met le pied sur la propriété de son enfance. À première vue, rien n'a changé. Ses jeunes neveux, fils de Perrine, galopent vers elle. Leur père, Aubain, est au tour, dans l'atelier, fredonnant comme il a pris l'habitude de le faire. Quant à Uldaire, son associé et beau-père, il s'active près du four, qui doit être vidé d'une cargaison tout juste cuite à point. Rémy et Vincent le secondent. Vitaline fait une pause pour gober des yeux son amoureux. En culotte rapiécetée et en chemise usée à la corde, il dépose des pourcelines encore brûlantes sur le sol. Même nu-pieds, même mal rasé, il lui plaît infiniment.

La jeune femme honore l'auteur de ses jours de salutations un peu gauches, comme c'est devenu la coutume entre eux depuis quelques années. Son père a beaucoup maigri depuis l'hiver passé. Il n'est d'ailleurs pas le seul dans le bourg. Ceux et celles qui conservent la preuve de leur prospérité à leur tour de taille sont nécessairement des favoris du régime, Vitaline adresse ensuite un bref hochement de tête à Rémy, qu'elle voit fréquemment par les temps qui courent. Enfin, elle tourne les yeux vers son amant, demeuré à croupion :

— Ravie de te revoir sain et sauf, Vincent.

Depuis hier, elle s'est exercée mentalement à prononcer cette phrase, mais son ton de voix lui paraît horriblement faux. Après s'être remis debout, Vincent incline le torse et répond, le timbre éraillé :

— Toutte le plaisir est pour moi.

Se forçant à la gaieté, Vitaline interpelle son père :

— Je peux vous emprunter Vincent un boutte de temps ? Y a une question entre nous qu'y faut vider...

Elle se tourne vers le jeune homme :

— Tu leur en as causé ?

Uldaire répond à sa place :

— En masse. Fait qu'allez régler l'affaire, qu'on n'en parle plus.

— On se le fera pas dire deux fois. Tu viens, Vincent ? On va se trouver un coin tranquille. À la revoyure, vous autres !

Peu après, tous deux marchent côte à côte sur le chemin public, en quête d'un lieu paisible. Voilà tout ce qu'ils peuvent s'offrir pour l'instant. Dès qu'ils sont hors de portée d'oreille, Vincent émet :

— Je savais pas que t'étais... en famille. Mes congratulations.

— Je me fais accroire que t'es en partie son père.

Il pouffe de rire, puis la contreboute :

— En partie ? Je crois pas que ça marche de même. C'est toutte ou rien, me semble.

Il ne va quand même pas jouer au rabat-joie ? Soudain, Vitaline déteste la pondération contre-nature qu'ils doivent imposer à leurs retrouvailles. Elle hait ce genre de moment où elle voudrait se jeter dans les bras de Vincent, mais où elle doit faire comme si de rien n'était. Elle a l'impression de se retrouver entortillée dans une camisole de force. Obligée de se tourner la langue sept fois dans la bouche avant de parler, elle dit des niaiseries !

À mi-voix, elle confie son sentiment à Vincent, qui abonde dans son sens. Vitaline pousse un soupir d'aise. L'échange de propos a suffi pour que le naturel revienne au galop. Pour qu'ils soient ensemble, comme deux amis très chers. Pour causer, ils s'installent à l'ombre de l'église, assis sur le parvis. Tant qu'à choisir un lieu public... Vitaline examine soigneusement Vincent. Il a changé, comme s'il s'était endurci. Elle dit simplement :

— Conte-moi ta vie.

La mine grave, il confie, le débit hachuré, avoir été fortement ébranlé par l'embrouillamini entourant l'incursion des exilés en territoire canadien, à la toute fin de février. Au début, il a cru que l'intention des patriotes était de harceler les troupes, dans l'espoir de créer un incident diplomatique qui susciterait une guerre entre la Grande-Bretagne et les États-Unis. Désorientée, Vitaline l'interrompt :

— Pis l'affaire de compter sur le ralliement des hommes en masse ? De trouer une brèche jusqu'à Montréal ?

— Hautement improbable. Mais comme je suis pas dans le secret des dieux, je spécule, comme vous autres. Pour le sûr, l'affaire a été révélatrice à maints égards. En premier, révélatrice de l'influence décisive de Colborne et de l'ambassadeur de Grande-Bretagne à New York sur le gouvernement américain et ses principaux militaires.

— Révélatrice itou du réseau étendu d'espions qui font mine de partager les idéaux des exilés et de se désâmer concrètement pour la cause.

— Tu parles drette. Pis révélatrice, enfin, de terrifiantes dissensions entre les exilés.

Vincent fait une pause, balayant du regard la place publique, fort animée. Manifestement, le sujet le bouleverse. Il reprend d'une voix sans timbre :

— Le plan élaboré par les chefs patriotes aurait pu réussir si les Réformistes du Haut-Canada l'avaient expertement mis à exécution. Sauf qu'y ont lamentablement échoué. Dans le sillage, y ont révélé des animosités et des mesquineries indignes d'hommes courageux et désintéressés. Quant aux patriotes du district de Montréal qui se sont réfugiés de l'autre côté de la frontière, je commence à croire qu'y valent guère mieux.

— Sont victimes d'une impitoyable répression, balbutie Vitaline.

— Pour le sûr. Sauf que certains d'entre eux se font une gloire de conspuer m'sieur Papineau, sur le dos duquel y rejettent l'entièreté de leur misère. Je sais de quoi je parle. J'ai passé plus d'un mois en territoire américain, à les voisiner.

Vincent avoue même avoir participé à une troisième tentative d'incursion, au début d'avril, qui n'a même pas pu se mettre en branle, faute d'organisation digne de ce nom. C'est alors qu'il a repassé la frontière et qu'il a offert ses bras pour les travaux agricoles, contre gîte et couvert, à des familles dépourvues d'hommes. Les semailles terminées, il est revenu à Saint-Denis. Le père de Vitaline lui a offert un semblable arrangement, et il s'en trouve content.

— J'ai fait de tort à personne. Pis comme je possède rien, on peut pas chercher à me nuire. D'ici quelques semaines, je repartirai pour le comté des Deux-Montagnes. On manque de bras par là-bas. Si tu savais tous ceux qui ont quitté la région pour plus jamais y revenir! Sans compter les détenus qui tournent en rond dans leur cellule. Je préfère quitter la région. Gaspard…

Vincent ponctue ce prénom d'une grimace. La seule mention du prénom de son besson semble l'incommoder fort. Installé sur la propriété familiale, Gaspard s'adonne à de détestables tripatouillages. Le seigneur Debartzch, réfugié de son côté à Saint-Ours, l'a enrôlé comme bras droit dans sa croisade judiciaire : trois centaines de poursuites pour arrérages de rentes seigneuriales, entreprises l'an passé, que le seigneur voudrait bien conclure prestement à son avantage. Pour ce faire, il use de menaces verbales, il propose des règlements à l'amiable qui sont autant de tentatives d'extorsion.

Vincent mime, l'expression à la fois hautaine et agacée, la morgue du seigneur renégat. Celui-ci cloue le bec à ceux qui viennent plaider leur cause par une allusion brutale à l'affrontement du 25 novembre de l'an passé :

— Vous vous êtes laissé rosser par une couple de centaines de patriotes enfiévrés ? Z'êtes des couillons, pas de quartier pour vous !

— Comme aveu du nombre réel d'insurgés présents au camp de Saint-Charles, fait remarquer Vitaline, on peut pas rêver mieux.

— Ça fait que je me tiens au plus loin de Gaspard pis de ses acolytes. Je m'arrange ben de même. J'ai besoin de rien. J'aime vivre léger.

Le jeune homme pose ses yeux sur Vitaline et, radouci, il dit tendrement :

— On pourra même pas me voler ma femme, parce que personne sait que j'ai une femme.

Vitaline a l'impression de se liquéfier de l'intérieur. Entrant dans le jeu, elle murmure :

— Ta femme s'ennuie fièrement de toi. Elle me l'a dit maintes fois.

— Pareil pour moi. Je rêve de te retrouver comme à Montréal.

Un silence s'ensuit, au cours duquel tous deux échangent une interminable œillade énamourée. Comment, à quel endroit profiter d'un moment d'intimité ? Soudain, Vincent s'illumine d'un sourire.

Quelques jours auparavant, il a croisé Caroline, celle que Gilbert et ses parentes hébergent. Elle est venue, comme elle a expliqué toute guillerette à Vincent, pour un long séjour chez sa mère. Vitaline intervient :

— Je sais. Elle m'a apporté une lettre de Gilbert. Notre grand-mère vient de monter au paradis.

— La vieille qui se berçait toutte le temps ?

Soudain tourmentée par la disparition de dame Royer, Vitaline se contente de hocher la tête. Là-dessus, Vincent lui tend l'épaisse enveloppe qui contient les missives de Valentin Jautard, de même que ses propres transcriptions. Vitaline reste immobile, frappée par une pensée. Sa grand-mère se prénommait Valentine. C'était à mémère Renette, la mère de sa grand-mère, qu'écrivait le nouvelliste depuis la cellule de sa prison. Pétrifiée, Vitaline émet d'une voix grêle :

— J'ai compris. Ma grand-mère Valentine était la fille de ce Valentin. Renette lui a donné le prénom de son père. Celui qui n'était pas son mari, mais qu'elle aimait.

Vitaline combat une puissante résurgence d'émotion. Comme son propre destin ressemble à celui de son aïeule, parfois ! Égayé, Vincent fait remarquer que de tels cas, celui de grossesses légitimées par le mari à son insu, ou même avec son consentement explicite, sont décidément plus nombreux que les bien-pensants ne daignent le reconnaître. Puis il place l'enveloppe dans les mains de Vitaline ; pendant un instant, leurs doigts s'entremêlent. Enfin, Vincent se remet debout sur la marche du parvis, aidant sa compagne à faire de même.

Le jeune homme revient sur la présence de la protégée de Gilbert à Saint-Denis. Le service que Caroline leur a rendu à Montréal, soit dégoter un lieu de rencontre, pourrait-elle leur rendre de nouveau ? Vitaline écarquille les yeux de surprise. Fichtrement moins aisé ! Répugnant à l'idée d'entreprendre une telle démarche, elle presse Vincent d'abandonner son projet. Depuis la veille, elle n'arrête pas de faire le tour de la question. À son avis, il existe une excellente cachette dans un boisé où elle a passé beaucoup de temps à procéder à la cueillette de végétaux pour ses compositions artistiques.

Elle décrit à Vincent un amoncellement singulier d'immenses rochers, puis la cavité de bonne taille, en plein milieu, qu'elle a découverte au hasard de ses recherches. À l'époque, l'endroit lui paraissait inconnu de tous. Donc, il leur suffit de se donner rendez-vous à l'orée du boisé, puis de se rendre à la tanière, mine de rien. Vincent lève le nez vers l'azur, humant l'air. Arborant un vif sourire, il propose à Vitaline d'y aller le lendemain. Vibrant déjà d'anticipation, elle lui décrit le chemin. Sur ce, son amoureux dégringole les marches du parvis et s'éloigne en courant.

Vincent est en proie à un irrépressible désir, comme Vitaline le constate 24 heures plus tard. À peine se sont-ils enfoncés dans le boisé que le jeune homme la saisit à bras-le-corps et l'embrasse goulûment. Vitaline tente d'imposer à son amant une prudente retenue jusqu'à l'anfractuosité créée par les rochers, mais Vincent est dominé par son appétence. Entre deux baisers à bouche que veux-tu, il souffle :

— Si on nous surprend, tu diras que je t'ai forcée. Mais y a personne. T'as vu âme-qui-vive, toi ?

Devant l'impossibilité de le raisonner, Vitaline déclare forfait. Vincent l'oblige à s'adosser à un tronc d'arbre de très grande taille. Il la pétrit et la goûte comme un homme affamé, y compris sous sa jupe et son jupon prestement retroussés. Tombant dans une transe sensuelle comme si le sol s'ouvrait sous ses pieds, Vitaline s'abandonne à l'âpre chevauchée à laquelle Vincent la soumet. S'agrippant d'une jambe à sa taille, insensible aux chocs répétés qui lui malmènent le dos, elle accueille son membre viril avec une joie frénétique qui fait écho à celle de son amoureux. Soudain, elle crie son plaisir, il fait de même, et tous deux s'agrippent l'un à l'autre pour ne pas perdre pied, pour laisser la folie les inonder jusqu'au tréfonds d'eux-mêmes.

Enfin, Vincent se redresse et jette un long regard circulaire aux alentours. Il revient à Vitaline pour poser ses lèvres sur sa joue, puis murmurer :

— On est fins seuls. Mes apologies. Je l'aurais pas faitte si j'avais eu un doute. Hier soir, je suis venu en reconnaissance. Je faisais déjà le poireau d'amour pis j'ai dû jouer du poignet. Fait qu'imagine quand je t'ai vue !

Il recule et, d'un geste, il remonte ses culottes, puis il fait claquer ses bretelles. Posant son regard sur la rondeur du ventre de Vitaline, il dit encore :

— Même ton petiot, je l'avais oublié. Je l'ai pas malmené ?

En train de lisser ses jupes, Vitaline esquisse un sourire.

— Je t'aurais pas laissé faire.

Vincent lui tend la main.

— Viens, on y va, dans ta cachette.

Une vingtaine de minutes plus tard, Vitaline précède son amant dans un étroit passage entre des rochers qui semblent avoir été jetés là par un géant des temps anciens ; ils atteignent vitement un espace circulaire. Sur la crête des rochers, une végétation luxuriante a pris racine, y compris des arbres qui forment un toit au-dessus d'eux. L'endroit est frais et humide, mais bien drainé, et Vincent adresse une mine ravie à la jeune femme.

— Mirifique… La prochaine fois, j'amènerai une couverte. Y a de la place pour s'étendre de toutte notre long au sol.

— La prochaine fois, faudra se protéger des maringouins. Sont pas encore éclos, mais ça s'en vient.

— J'ai vu aucune trace d'occupation humaine, pis toi ?

— Rien pantoutte. On placera des pièges à l'entrée. Des choses qui seront déplacées si quelqu'un d'autre s'aventure jusqu'icitte.

Tombant dans un profond silence, tous deux s'enlacent, s'accotant à la paroi rocheuse pour mieux savourer le contact avec le corps de l'autre. Pendant une éternité, ils échangent caresses et baisers. Prenant tout son temps, Vincent dévêt Vitaline jusqu'à la taille. Lorsqu'il veut la voir flambant nue, elle exige qu'il fasse de même. Ils jouent comme des enfants, se heurtant, se frôlant, roulant l'un sur l'autre malgré leur position verticale. Vincent passe un long moment à tracer les contours de la bedaine de Vitaline, qu'il trouve croquable. Il s'étonne du réseau de vergetures fines, datant de la première grossesse, entre le pubis et le nombril. Il prétend leur trouver une singulière beauté, mais Vitaline ignore si elle doit le croire.

Le jeune homme installe hâtivement ses vêtements sur le sol. S'allongeant sur le dos, il invite Vitaline à s'asseoir à califourchon sur lui. C'est dans cette position qu'ils font l'amour une seconde fois, avec délectation et lenteur. Enfin, comme le temps est encore frais, tous deux se rhabillent, puis se blottissent l'un contre l'autre. Le monde réel les rattrape bientôt, car Vitaline n'a qu'un mot à dire pour que Vincent donne voix au désabusement mâtiné de cynisme qu'il porte à fleur de peau. Lord Durham ne peut réussir là où ses prédécesseurs ont lamentablement échoué.

— Y perdra son indépendance d'esprit pis y deviendra perméable aux peurs et aux méfiances des *Britons* forcenés. Seul élément positif à sa venue : une amnistie générale.

Par ailleurs, sa mission comme gouverneur et commissaire s'apparente trop à celle de Gosford pour être digne de confiance. Celui-ci a laissé le champ libre aux convulsionnaires. Depuis deux ans, sir John Colborne est le véritable gouverneur des colonies d'Amérique du Nord britannique. Il s'était constitué un conseil secret omnipotent garni des ultra-tories du district de Montréal. Grâce aux bons soins de la mère patrie et de sa loi pour le gouvernement « temporaire » de la *Province of Quebec*, ce conseil siège dorénavant au grand jour, sous le nom de Conseil spécial.

— Les despotes qui ont trempé dans la répression sont terrifiés à l'idée de perdre leur emprise sur le gouvernement exécutif. Fait qu'y utilisent le Conseil spécial pour dresser une barrière légale contre les légitimes représailles des victimes de la terreur militaire. Tout d'abord, une ordonnance refusant aux juges le droit d'appliquer l'habeas corpus jusqu'au 24 août prochain. Ensuite...

Vitaline termine à la place de son amant :

— L'ordonnance pour *indemniser les personnes qui, depuis le premier jour d'octobre 1837, ont participé à l'appréhension, l'emprisonnement ou la détention des personnes suspectées de haute trahison ou de menées séditieuses, ou à la suppression d'assemblées illégales.* Ça m'écœure, je te dis pas. Selon l'éditeur du *Canadien*, pis je suis fièrement d'accord avec lui, elle aurait dû s'intituler *ordonnance pour encourager, pendant les troubles civils, la persécution, la vengeance, l'envie et la jalousie, et pour discréditer le gouvernement.*

— Une chance qu'on l'a, m'sieur Parent. C'est le seul qui peut dire ses quatre vérités à l'autorité constituée. Faut remarquer que l'ordonnance a juste une date d'entrée en vigueur. Si jamais les troubles reprennent, les furibonds sont déjà assurés de l'impunité.

Vitaline réagit par une vive grimace. Quel édifiant panorama ! Sans même reprendre son souffle, Vincent vitupère contre d'autres ordonnances prestement adoptées par le Conseil spécial. L'une oblige les hommes exilés ou reclus dans une cachette à se rendre, sous peine de confiscation de leurs biens. L'autre permet au gouverneur d'accorder un pardon conditionnel à des prévenus reconnaissant leur culpabilité. Au sujet de cette dernière, le jeune homme fulmine :

— Un piège, car le pardon s'accompagne automatiquement d'une sentence arbitraire dont les conséquences peuvent être terribles. La confiscation de biens meubles et immeubles, une éventuelle sentence d'exil sur une terre étrangère pis, si les conditions de cet exil sont rompues, la mort ignominieuse réservée aux traîtres !

Vitaline relève la tête pour offrir à Vincent, allongé à ses côtés, un sourire engageant :

— Au moins, l'état de siège a cessé, c'est-y pas ? La loi martiale a été levée. Toutte rentre dans le cours ordinaire des lois. Pis milord Durham, paraît que c'est un démocrate.

— Sauf qu'y faut mettre ses relations dans la balance, déclare farouchement Vincent. Premièrement, l'épouse de milord a une sœur qui est mariée au fils du seigneur de Beauharnois.

— Edward Ellice père ?

— Lui-même. Y siège en Parlement impérial depuis des lustres, pis y complote pour notre union législative avec le Haut-Canada depuis autant de temps. Mr Durham cultive soigneusement ses liens avec le clan Ellice pis leurs accointances. Des entretiens formels, des banquets… J'ai vu des entrefilets dans les gazettes anglaises.

Vincent prend une pause afin de serrer Vitaline plus étroitement contre lui et poser longuement ses lèvres sur sa tempe. Enfin, il reprend son soliloque. Selon lui, la venue de Durham fait partie d'un plan soigneusement tissé. Depuis des années, les ultra-tories du Canada s'évertuent à susciter une émeute insurrectionnelle. En novembre 1837, ils ont finalement réussi. Dès lors, ils se sont employés à l'autre partie cruciale de leur programme : contrôler l'agenda législatif du Parlement impérial.

Sentencieux, Vincent étaye son allégation :

— Le 9 décembre de l'an passé, nul autre que George Moffatt se trouvait rue Downing Street, à Londres, siège du ministère des Colonies. En tant qu'agent de la British American Land Company, y plaidait pour une remise de paiement des annuités dues par la compagnie au gouvernement impérial. Les immigrants étant repoussés par l'instabilité politique qui a éclaté en rébellion, il y aurait eu une chute draconienne de la vente de terres.

Vitaline en tombe des nues :

— C'est quoi ce micmac ? Les affrontements armés avaient pas eu lieu quand Moffatt a embarqué sur le transocéanique. Même pas l'échauffourée entre les Fils de la Liberté et le Doric Club, le 6 novembre !

— À mon avis, y connaissait le plan fomenté afin de faire tomber les patriotes dans un piège. Pis à mon avis encore, le piège était crucial pour les associés de la compagnie de ce bord-citte de l'océan. Crucial pour dissimuler à quel point la compagnie sert juste à leur remplir les poches. Une avidité qui les empêche de payer l'annuité requise par la loi.

Vitaline réagit en ouvrant de grands yeux réprobateurs vers la voûte de feuillage qui bruisse sous la brise.

— L'art d'établir un monopole pour le bien de quelques privilégiés ! T'insinues que… la rébellion faisait trop bien leur affaire ?

— Oui. Souviens-toi comment, en 1831 pis l'année d'après, les fanatiques se sont acharnés sur le Dr Tracey juste à cause de ses dénonciations de la Compagnie des Terres, en passe d'être formée.

— Ce serait… infâme.

— Au moment où Mr Moffatt assiégeait le cabinet anglais par l'entremise du ministre des Colonies, poursuit Vincent, ses acolytes de la Montreal Constitutional Association se rassemblaient en assemblée générale. L'armée auxiliaire du district se rameutait en vue de répandre la terreur aux Deux-Montagnes pis dans les alentours. Les comtés du Nord avaient même pas encore été « pacifiés », comme y disaient. Pourtant, le conseil d'administration de la saudite association de sectaires a présenté aux membres un manifeste qui est la plus éloquente preuve d'une cabale ultra-tory.

Vitaline se souvient avec acuité du texte dégoulinant de préjugés publié dans un Extraordinaire de la *Montreal Gazette* sous la forme d'une Adresse aux habitants des colonies voisines. Vincent en rappelle certains passages :

— Selon eux, les enfants du sol se sont servis de l'Acte constitutionnel de 1791 pour s'opposer aux institutions britanniques. S'y opposer jusqu'à fomenter une rébellion. J'ai lu l'Adresse dans sa langue originale. J'ai retenu ce passage, écoute bien : les Canadiens forment *a separate people, without sympathies, attachments or interests in common with their British fellow subjects*. Les Canadiens se sont montrés très prompts, dit le texte, *to oppose British institutions and British connection, and they have now extended that opposition to open and unjustifiable rebellion.*

Pour Vitaline, les assertions péremptoires sont autant de coups de poing en plein ventre. Sensible à la réaction viscérale de sa blonde, Vincent la réconforte d'une vigoureuse étreinte, avant de reprendre :

— Pour eux, les Canadiens sont jamais patriotes, mais uniquement « French ». On évite soigneusement la moindre allusion à la lutte de principes ; on en fait exclusivement une lutte de races.

Selon les ténors de la Constitutional Association, résume-t-il, la nation canadienne a pris possession de la *Lower Chamber* grâce à un droit de suffrage étendu. Or, les habitants sont scandaleusement ignorants ou, lorsqu'ils sont de fins lettrés, ce sont des assoiffés de pouvoir personnel. La Chambre d'Assemblée a fait montre d'un « esprit exclusiviste » visant à détruire non seulement les droits et les intérêts des habitants d'origines britannique ou irlandaise, mais aussi le lien avec la mère patrie.

— Le droit de vote, conclut Vincent, voilà l'élément crucial qui explique la montée de la tension jusqu'aux affrontements armés. Ce qui fermentait depuis des années parmi nos forcenés arrive à maturité. Pour en finir, faut mettre de côté la stratégie de conciliation du Parlement impérial envers le peuple canadien.

Vitaline ironise :

— Ladite stratégie, y a juste la faction sectaire qui l'a vue. Ça s'appelle avoir la berlue.

— Pour les *Constitutionals*, l'Union législative du Haut et du Bas-Canada est LA solution pour rétablir la tranquillité et la prospérité, c'est-à-dire pour permettre aux cochons de s'engraisser à nos dépens. Voilà ce qui explique leur choix des émissaires chargés de faire pression sur les ministres, au début de décembre dernier. Celui qui devait se joindre au secrétaire de leur organisme était nul autre que Moffatt, déjà rendu en sol britannique pour défendre des intérêts privés, ceux des actionnaires de la Compagnie des Terres. Mr Moffatt porte plusieurs chapeaux qui s'imbriquent joliment les uns dans les autres. Lui pis son collègue ont propagé la bonne parole dans l'antichambre du pouvoir. Dans leurs gazettes, les convulsionnaires se vantent à pleines pages de leur intimité avec les hommes influents du gouvernement impérial, pis le résultat est patent. Seule la Constitution du Bas-Canada a été suspendue par le Parlement impérial, même si les Réformistes du Haut-Canada ont agi pareil à nous autres. Ce sont uniquement les Bas-Canadiens qui sont privés du droit de législater. Une impitoyable mécanique s'est mise en branle. Peut-être que je divague. J'ai tendance à voir toutte en noir par les temps qui courent. Sauf qu'avant de réviser ma position, j'attends la preuve du contraire.

Nichée contre Vincent, Vitaline hume la senteur mâle qui se dégage de son aisselle comme s'il s'agissait d'un contrepoison apte à faire disparaître les exhalaisons de répugnance et d'antipathie de la Clique du Château envers les Canadiens d'ascendance française. La partialité flagrante que Vincent vient de souligner, elle a frappé tout le monde de plein fouet. Nul ne peut plus prétexter le manque de preuves pour balayer du revers de la main l'hypothèse d'un complot tramé dans un seul but, celui de priver les fiers enfants du sol de leurs droits de citoyens anglais. Dans le but de les museler, de les priver de la puissance logique du nombre et de l'ultime statut de « nation ».

Enfin, la jeune femme se redresse pour gratifier son amant d'un long et langoureux baiser. Après un soupir, elle murmure :

— Faut que je retourne. Y se fait tard pis je dois cueillir quelques fleurs avant de rentrer.

— Des fleurs ? Pour qui ?

— Pour mes collages. Fallait que je me trouve un prétexte pour venir icitte. Pis pour y revenir à loisir. À vrai dire, j'avais commencé autre chose.

Tout en se mettant debout, elle fait allusion à l'inclination ressentie pour le dessin au fusain, cet hiver, et aux difficultés de maîtriser une nouvelle technique. Ses esquisses charbonnées étaient épeurantes, avec leurs traits partant dans tous les sens. Les mirant, Vitaline se sentait contagionnée par un effluve lugubre.

— Ce voyant, j'ai troqué le fusain contre des pastilles d'aquarelle. C'était plus gai, mais guère davantage fidèle à la réalité. Je peinais à transposer sur papier les paysages mirifiques qui encombraient ma cervelle. Parce que j'avais réussi à en chasser les images de désolation pis de destruction. Au moins, le fusain aura servi à ça.

Égayée, Vitaline ajoute :

— J'ai fini par me concentrer sur ta face. T'aurais dû voir le résultat. Y a personne qui aurait pu savoir que c'était toi. Même qui aurait pu savoir que c'était une tête d'homme. Fait que je mets mes pinceaux de côté, pis je reviens au collage.

— Je vais t'aider. En un clin d'œil, t'auras un bouquet du tonnerre !

Vincent précède Vitaline hors de l'anfractuosité de rochers pour s'assurer que les alentours sont toujours déserts. La jeune femme a l'impression perturbante de passer d'un univers de félicité à un autre, nettement moins hospitalier... S'épivardant d'un bord à l'autre, Vincent entreprend de ramasser des végétaux. En même temps, il se met à chanter *auprès de ma blonde, qu'il fait bon dormir*. Au départ, il emploie son ton normal, que Vitaline s'amuse à définir comme étant caverneux, mais il passe bientôt à une voix de fausset très haut perchée. Quasiment comme si une femme serinait !

Lorsqu'elle n'en peut plus de rire, Vitaline se joint à lui à tue-tête. Imitant un timbre masculin, elle gueule *auprès de mon homme, qu'il fait bon dormir*. Formant un improbable duo musical, tous deux procèdent à la cueillette jusqu'à l'orée du boisé, oubliant pendant de précieuses minutes qu'ils sont sur le point de se séparer, que l'un ou l'autre pourrait avoir un empêchement pour le prochain rendez-vous et même qu'ils pourraient, à cause d'un aléa du destin, ne plus jamais se revoir.

22

Hors d'haleine, Gilbert ralentit brusquement sa course au petit trot. Il louvoyait entre les groupes, les attelages et les cavaliers, mais il est parvenu à une position qui commande une bonne vue sur le havre de Montréal et sur le quai où est amarrée la barque à vapeur. Tout à l'heure, au mitan de l'après-dînée de ce 2 juillet, un détachement de troupes est monté à bord. De surcroît, un autre groupe de *regulars* forme une double haie sur le rivage, contenant la foule des curieux. À l'évidence, les prisonniers d'État sont sur le point d'embarquer sur le navire, baptisé *Canada*.

Depuis une bonne semaine, quasiment chaque Montréaliste se tient sur le qui-vive. Tout d'abord, le 22 juin, Louis Lussier, l'un des accusés du meurtre du lieutenant Weir, s'est discrètement évadé pour s'évanouir dans le brouillard comme par magie. Il se retrouve actuellement en sécurité aux États-Unis. En conséquence, le régime pénitentiaire s'est durci. Les prisonniers au Pied-du-Courant ne peuvent se réunir que par paires dans la cour extérieure; ils doivent rester à 12 verges du mur d'enceinte. Des machines rouges se sont mises à brouscailler les passants qui, depuis la rue, cherchaient à converser avec les détenus. Même un hautain *volunteer* en civil passant par là a été malmené par ses collègues *regulars*.

Puis, le 28 juin, jour même du couronnement, à Londres, de la jeune reine Victoria, l'idée fixe des Montréalistes s'est muée en obsession. Comme chacun s'y attendait, lord Durham a émis une ordonnance. La déception a été à l'aune de l'espoir démesuré qui régnait. Certes, nul ne peut désormais être inquiété en quoi que ce soit pour les offenses politiques du passé. Par contre, 153 hommes encore écroués ne seront libérés que s'ils promettent de garder la paix pendant cinq ans. La plupart, dont André Jobin, doivent verser la somme énorme de 1000 livres. Pour six autres hommes, 2000 livres; pour trois derniers, tous des comtés du Nord, 5000 livres. Bon nombre d'entre eux ont dû dégoter deux hommes parés à les cautionner pour des sommes à l'avenant.

De surcroît, 34 autres patriotes sont vicieusement punis. La moitié d'entre eux, 16 tuques bleues ayant échappé à la capture sous accusation de haute trahison et proclamation de récompenses, ne peuvent revenir dans la province sans être *tenus coupables* de haute trahison. En fait, il s'agit plutôt de 15 patriotes, car depuis le début, les documents officiels reproduisent à la chaîne le nom d'un illustre inconnu nommé Louis Gauthier. Une erreur bête que nul officier public ne se hasarde à corriger! Quoi qu'il en soit, ils sont bannis du pays, en plus d'être spoliés des biens leur appartenant en propre.

Louis-Joseph Papineau. Duvernay, propriétaire de *La Minerve*. Perrault, propriétaire du *Vindicator*, et O'Callaghan, son principal rédacteur et aussi député. Les deux députés Rodier et Côté. Le curé Chartier, de Saint-Benoît. Les pauvres Davignon et Demaray, capturés pendant la nuit du 16 au 17 novembre à Saint-Athanase. Le fameux Gagnon de Pointe-à-la-Mule. Tous ceux-là et une couple d'autres moins illustres, mais autant malchanceux, représentent une telle menace pour la sûreté de l'État qu'ils sont condamnés à l'expatriation.

Huit autres patriotes demeurent emprisonnés en attente de procès pour les meurtres du lieutenant George Weir et de l'espion Joseph Chartrand. Enfin, le dernier quart des 34 hommes exclus de l'amnistie regroupe huit hommes ayant reconnu leur culpabilité et se soumettant à la volonté de Sa Majesté, c'est-à-dire l'exil et la détention dans l'une de *ses îles de la Bermude*. Depuis que ce fait est connu, tout le monde guette leur transfert depuis la prison. Énervé, Gilbert piaffe d'impatience, mais aussitôt il se morigène. Dans l'état de fatigue où il se trouve, le moindre sursaut de tension trouble sa concentration.

Il a passé quasiment toute la nuit debout à préparer l'Extraordinaire contenant les textes de l'ordonnance de lord Durham et de la proclamation qui l'accompagnait. François tenait mordicus à être le premier du district de Montréal à les publier en français, et il a eu raison : les colporteurs ont vendu tous leurs exemplaires en quelques heures. Sauf qu'il a fait d'autant plus suer ses employés que le papier-nouvelles, en attendant l'acquisition d'une presse digne de ce nom, est imprimé grâce à du matériel de fortune.

Gilbert jette un coup d'œil à la barque à vapeur et aux soldats qui cuisent sous le soleil d'été, puis aux forcenés portant des hauts-de-forme, de même qu'aux pantins à leur solde qui se tiennent sur des épines, parés à se rameuter au premier signal. Trois semaines auparavant, une dizaine de prisonniers d'État du Haut-Canada sont venus passer une nuit dans la prison neuve, en transit vers Québec. À Toronto, paraît-il, on craignait une attaque à la prison pour les délivrer, car tous sont citoyens américains. À cause d'une loi inique contre les étrangers, eux seuls subissent la vengeance des autorités !

Chose certaine, tandis que lesdits prisonniers de la province voisine quittaient la barque à vapeur pour marcher vers la prison, la plupart les fers aux pieds et enchaînés deux à deux, ils ont été hués et sifflés par les convulsionnaires giguant comme des diables sortant de leurs boîtes. La canaille s'était assagie, mais la résurgence d'antipathie fait craindre le pire. En conséquence, le moindre patriote est sur un pied d'alerte. Non seulement il faut manifester de la bienveillance aux huit camarades qui se sont sacrifiés pour le bien commun, mais il importe de les protéger de la gueusaille. Trois fois plutôt qu'une, le propriétaire de *La Quotidienne* a intimé à son nouvelliste de demeurer particulièrement vigilant, apte à dévirer en un clin d'œil.

Lassé par l'attente, Gilbert se décide à retourner dans les parages de la prison neuve. Ensuite, qui vivra verra. Serrant les dents, il se remet à fendre la foule. Au passage, il attrape des ouï-dire qui sont autant de pétards mouillés.

— Les prisonniers arrivent dans une voiture à quatre chevaux encadrée par la cavalerie !

— Non point, modère tes transports, ce sont leurs parents pis leurs amis qui les escorteront.

Un son caractéristique parvient aux oreilles de Gilbert. Surpris, il pile net et se retourne pour voir le vapeur larguer ses amarres. Le *Canada* entreprend la descente du courant Sainte-Marie. Les prisonniers s'y trouvaient déjà depuis la nuit ? Improbable ! Gilbert voit une marée humaine se diriger vers lui. Galvanisé, il pivote sur ses talons et reprend sa course pour se heurter à un soldat à cheval qui, caracolant sur place, bloque le passage. Des cavaliers forment une haie depuis la grille de la prison neuve jusqu'au bord du fleuve, 100 verges plus bas.

Un attelage passe entre les Dragons et Gilbert croit voir reluire du métal à travers les grilles de la fenêtre de la portière. Un second attelage suit immédiatement, et cette fois-ci, le jeune homme comprend. Car parmi la foule qui afflue, cernant Gilbert de toutes parts, des exclamations indignées s'élèvent. Des fers! Les prisonniers sont menottés par des fers! Voilà ce que les détenus tentent de faire entrapercevoir par la fenêtre de la voiture. Leurs fers qui reluisent!

Regardant frénétiquement autour de lui, Gilbert repère un amoncellement de pavés et de pierres près de la palissade d'une cour, et il s'y rend avant que la foule ne devienne trop dense. Peu après, il est debout sur la pyramide de fortune, et sa vue porte jusqu'au quai du *horseboat*, là où les deux attelages sont en sécurité, derrière une double haie de fantassins. Les huit prisonniers d'État ont commencé à descendre de voiture, pressés par les militaires, mais ils languissent. Les mots d'encouragement et de vive affection que lançaient leurs proches sont désormais enterrés par ceux que la foule leur crie.

Wolfred Nelson dresse sa haute taille pour balayer la scène poignante des yeux. Soudain, Gilbert songe à l'épouse et à la nombreuse marmaille du bon docteur. Sont-ils présents? Ont-ils eu le temps de faire le voyage depuis Saint-Denis? Sans doute que non… Après avoir miré longuement la foule, le médecin dit un mot à son jeune voisin Robert Bouchette, enchaîné à lui; tous deux lèvent les bras pour exhiber leurs chaînes. Instantanément, un sentiment de désolation se répand comme un miasme virulent, suscitant un pesant silence. Soudain, on entend le vent gémir. Les entrailles de Gilbert se retournent, sa gorge se contracte et un irrépressible chagrin lui mouille les yeux. À ses côtés, on se met à renifler et même à sangloter sans retenue.

Au même moment, une singulière mélopée s'élève. Un chant mélancolique en gaélique, triste à en mourir. Gilbert tourne un regard embué vers l'inconnu qui avait pris position à sa gauche, sur la butte de gravats. Matthew, son ami irlandais... Celui-ci tend le bras afin d'enserrer les épaules de Gilbert et de le presser contre son flanc. Suspendant sa chanson, il balbutie :

— T'étais là, tout fin seul... Faut pas être seul pendant une affaire de même. Faut se soutenir.

Gilbert lutte pour garder contenance, pour ne pas sortir de son rôle de *reporter*. Il profère :

— Je m'en tire. Faut que je me domine, j'aurai un papier à écrire.

Toujours vibrant d'émotion, Matthew répond, épaté :

— Pour de vrai ? C'est rendu que tu signes des comptes rendus ?

Gilbert acquiesce d'un bref hochement de tête. Toujours en quête d'un dérivatif à son chagrin, Matthew ajoute, le ton insistant :

— J'ai ouï dire que ton patron a débagagé son office ?

— Oui, dans la bâtisse qui abritait *La Minerve*. Les lieux sont sacrément bien organisés.

Gilbert reporte son attention sur les huit prisonniers d'État en train de monter dans la barque qui les conduira jusqu'au vapeur *Canada*, ancré au large. Les scrutant, Gilbert désigne à Matthew, qui les connaît au moins de vue pour les avoir fréquentés au collège, les silhouettes d'Alphonse Gauvin et de Rodolphe DesRivières. Si lourdement punis, déplore le jeune Irlandais à mi-voix, pour avoir suivi Thomas Storrow Brown à Saint-Charles et pour avoir fait partie de son état-major.

Successivement, Gilbert identifie Siméon Marchesseault, instituteur de Saint-Charles devenu huissier, l'un des plus implacables ennemis du renégat Debartzch, puis trois autres qu'il ne connaît que de vue : Bonaventure Viger, ce jeune cultivateur dénoncé pour s'être illustré sur le chemin Chambly, le 17 novembre ; Toussaint Goddu, menuisier de Saint-Césaire qui aurait participé à la prise de possession du magasin du forcené Chaffers ; et enfin, Luc-Hyacinthe Masson, clerc en médecine, âme bien trempée du comté des Deux-Montagnes.

— Pourquoi ces huit parmi tous les prisonniers d'État ? Pis leur exil est fondé sur quels actes d'accusation, sur quelles preuves ?

Aux questions de son ami, Gilbert répond par un signe d'ignorance. Il précise quand même :

— On parle d'obscures tractations pour permettre à milord de faire preuve de la mansuétude dont y serait officiellement chargé. Y a pas un prisonnier qui a voulu s'abaisser à solliciter un pardon. Faut se déclarer blâmable au préalable, comme au confessionnal. Ce qui répugne à tous.

Pendant l'échange de propos entre les deux jeunes gens, de multiples voix se sont élevées pour faire savoir aux prisonniers que leurs concitoyens se tiendront à leurs côtés au cours du long et pénible voyage vers la Bermude. Et que, certes, ils reviendront très bientôt! Puis, le silence se réinstalle, laissant rebondir l'écho de mots d'amour. Ceux que lance une mère à l'un des jeunes exilés. Ceux que gémit une épouse, encore plus bouleversants. Gilbert murmure, comme s'il écrivait déjà :

— Les pauvres exilés se faisaient violence pour se contenir à la vue de tant de regrets…

Tout d'un coup, la barque quitte le quai, vigoureusement propulsée par des rameurs. Nul ne bouge jusqu'à ce qu'elle accoste au flanc du vapeur, que les prisonniers y montent et que le Dr Nelson, parvenu sur le pont, agite son chapeau dans les airs en guise d'ultime salutation. Enfin, le *Canada* se met en route vers la capitale. Les gens refluent, comme une débâcle. Beaucoup se soutiennent mutuellement, chuchotant entre eux.

Gilbert gratifie Matthew d'une brève accolade, puis il quitte son perchoir afin de galoper jusqu'à l'office de *La Quotidienne*. Quelques enjambées plus loin, il tombe quasiment nez à nez avec Caroline, qui s'abandonne en pleurs contre l'épaule d'Étienne Lavictoire. Gilbert en griche des dents. Depuis quelques semaines, l'ancien fier-à-bras semble devenu son chevalier servant. Gilbert ne veut rien savoir d'eux. D'ailleurs, Caroline et lui ne se croisent plus qu'entre deux portes, par hasard, et font quasiment mine de ne pas se voir.

Gilbert dévire, déterminé à filer à l'anglaise. L'instant d'après, Caroline crie son prénom. Sa voix charrie une telle détresse que l'interpellé ne peut faire autrement que s'immobiliser et se retourner. Caroline s'est élancée à sa rencontre, et Gilbert n'a pas le choix d'ouvrir les bras pour la recevoir contre lui. Jusqu'au tréfonds de son âme, il est remué comme s'il offrait refuge à une bête aux abois dont l'innocence vient d'être souillée à jamais par le spectacle de la mauvaiseté de l'espèce humaine, par le spectacle d'une chasse à courre où les poursuivants tirent un plaisir infini de leur domination absolue.

Au risque de perdre son emprise sur lui-même, Gilbert gratifie la jeune femme d'une légère étreinte, puis il la repousse fermement. Les traits creusés par le souci, Étienne lui présente sa main à serrer, et Gilbert obtempère sans rechigner. Chose certaine, même s'il courtise Caroline, le tavernier n'a pas modifié d'un iota son rapport avec le nouvelliste. Il est toujours aussi affable et sans malice, du moins en apparence. Soutenant le regard de son partenaire en affaires, Étienne laisse tomber, avec une exultation contenue :

— On a voulu donner le change aux convulsionnaires, pis ça a marché! Pas un d'entre eux a couru assez vitement pour démontrer sa joie.

— J'en ai vu une couple, tempère Gilbert, mais sont restés muets. Y savaient qu'on allait leur faire ravaler leur audace.

Caroline renchérit avec force :

— J'aurais été la première à leur envoyer une torgnole. Gilbert, faut que tu parles dans ton papier des adieux des prisonniers aux exilés.

— Quels adieux? J'y étais pas. Raconte…

Caroline se tourne à demi vers la prison neuve, désignant les fenêtres. Au moment où les huit prisonniers grimpaient dans les attelages qui les transporteraient sur la rive, leurs compagnons de cellule s'y trouvaient massés. Ils se sont mis à manifester leurs sentiments de la seule manière possible, au plus fort de leur voix. Puis, leur affliction s'est brusquement transmuée en un éclat généralisé d'une incoercible colère. C'est qu'ils venaient de voir les fers dont les autorités avaient cru bon nantir leurs frères d'armes.

C'est Étienne qui conclut, car Caroline est trop émue pour ce faire : la mâle clameur, mélange de tristesse et de rage, était déchirante. Ému, Gilbert avance la main pour presser celle de Caroline, puis l'épaule d'Étienne. Il souffle :

— Un gros merci. J'en ferai état. À la revoyure.

Sans plus attendre, il tourne les talons et s'élance au trot. Il a encore une longue soirée et une bonne partie de nuit de travail.

Effleurant du doigt les épis de blé du champ qui jouxte leur propriété, Vitaline s'enorgueillit de leur apparence saine comme s'ils lui appartenaient en propre. La mouche du blé a été vue, mais il semble qu'elle ne fera pas de ravages. Si les grains continuent à prospérer, ce sera une victoire d'un prix inestimable sur l'adversité. Par les temps qui courent, il faut se raccrocher à l'espoir par des fils, même s'ils sont ténus au point de rompre.

Vitaline flatte sa bedaine où son petiot s'agite. D'un point de vue strictement personnel, elle n'est guère à plaindre. Vincent l'a comblée de son ardeur amoureuse pendant près d'un mois. Donc, elle a pu collecter une énorme quantité de végétaux et fabriquer une profusion de collages, tous plus joyeux et colorés les uns que les autres. Les membres de sa belle-famille se déclarent enchantés de ces délicats ornements qui leur embellissent l'existence. Florentin porte même un petit collage sur lui quand il navigue. Il ignore que l'exubérance artistique de son épouse est due à son amour pour un autre homme. Mais enfin, qu'y a-t-il de mal à cela, s'il en retire de l'agrément ?

Puis, Vincent est parti pour le comté des Deux-Montagnes, et si Vitaline en a été désolée, elle n'a pu s'empêcher de pousser un soupir de soulagement. Le danger d'être découverte croissait à chaque rencontre. De surcroît, la taille de son ventre commence à être source d'encombrement lors des rapports charnels. Le désir de Vitaline pour Vincent se mâtinait d'une langueur destinée à croître jusqu'à la délivrance. Pour le temps présent, la jeune femme se résigne aisément à la chasteté. N'empêche qu'elle s'ennuie de la vivacité de leurs échanges et des jaillissements d'affection entre eux.

Si Vitaline transporte un vague à l'âme continuel, c'est en rapport avec la cause désespérée de son pays et avec l'amnistie équivoque promulguée par un nobliau anglais nommé Durham. Dans la tête de Vitaline, une amnistie signifie un pardon total. On efface tout et on recommence. Pourtant, le cadeau promis — un cadeau qui n'était qu'un acte de justice — s'est révélé, une fois déballé, à moitié pourri. On leur a fait éprouver une joie anticipée, puis on s'est amusé vicieusement à leur rabattre le caquet, ce qui est cruel.

À l'évidence, le gouverneur nouvelet n'a pu se résigner à une amnistie, et ce, même s'il avait licencié les convulsionnaires du Conseil spécial pour en reconstituer un tout neuf, uniquement puisé dans son entourage immédiat, arrivé d'Angleterre à sa suite. Qui met donc Durham à sa botte? Les paris sont ouverts et les hypothèses abondent. Chose certaine, sir John Colborne n'a remis que le pouvoir d'administrateur entre ses mains. Le bonhomme brûlot garde celui, très pesant, de commandant en chef des troupes réglées en Amérique.

Le résultat patent de la couardise des autorités constituées, c'est que trois habitants de Saint-Denis restent privés de leur liberté, car ils sont jugés d'avance comme les meurtriers présumés du lieutenant de l'armée anglaise. François Jalbert, Jean-Baptiste Lussier et François-Toussaint Mignault sont pourtant des hommes intègres, des fleurons de leur communauté! Des hommes qui auraient respecté la caution de comparution versée. Si on y ajoute la huitaine de patriotes envoyées à la Bermude…

En sus de s'apitoyer sur ceux-ci et leurs proches, Vitaline doit faire le deuil, quasiment à son corps défendant, d'un pays où s'épanouissaient l'idéal égalitaire et les promesses d'une justice sans failles. La jeune femme se sent indésirable. Bannie elle itou. Pour l'empire qui a conquis la Nouvelle-France trois quarts de siècle plus tôt, les Canadiens d'ascendance française sont une tare, une menace perpétuelle. Tout, plutôt que de leur donner autre chose que des miettes d'existence.

La future mère se secoue, ce qui a comme seul effet de ramener à l'avant-plan de sa mémoire une chanson imprimée par *La Quotidienne* au début du mois, dans la foulée du départ des exilés. Vraisemblablement composée par François Lemaître, qui a eu pendant deux longs mois le statut de prisonnier d'État, elle en devient poignante. Retournant vers la maison, Vitaline se met à fredonner:

— *Adieu! Adieu! D'une cloche sonore, les tintements annoncent le départ. Adieu! Adieu! Chers compagnons des jours de notre enfance, nous espérons encore vous revoir ici ou quelque part. Pauvres proscrits! L'exil, voilà ce qui reste de leurs efforts pour notre liberté…*

23

Fasciné, Gilbert observe François, qui marche en long et en large dans la petite pièce du rez-de-chaussée qui leur sert d'office. Le jeune nouvelliste porte Lemaître aux nues. À ses yeux, son patron est un héros de la trempe du désormais célèbre Dr Chénier, qui a payé de sa vie la résistance aux furibonds. Bravant les admonestations continuelles dans la presse à la solde des autorités, François continue à énoncer ce qui doit l'être, avec franchise et sincérité. À déplaire souverainement à la dictature militaire!

L'imprimeur s'impose l'épreuve de la lecture à voix haute d'un texte éditorial de son cru afin d'en valider le contenu. Plus les semaines passent, plus il importe à François de mettre de côté le verbiage superflu et les réactions à l'emporte-pièce. Une mise au point éditoriale sera publiée à la une de *La Quotidienne* du 17 août, dans deux jours. L'heure est grave: depuis que lord Durham se jette *dans les bras de l'oligarchie*, les journaux de la Bureaucratie déclarent *une guerre à outrance* au seul journal réformiste de la colonie, le sien.

C'est à Gilbert, son unique employé de la rédaction, que François a confié la tâche de lire sa prose. Il y a un autre auditeur: nul autre que Denis-Benjamin Viger, propriétaire de la bâtisse. Le vénérable patriote menait une vie recluse. Depuis l'adoucissement du règne de la terreur, au printemps, il a recommencé à mettre son long nez dehors. Lorsque François a redémarré la publication de *La Quotidienne*, c'est l'homme de 65 ans qui a fait l'acquisition des presses et des caractères de la défunte *Minerve*, lors d'un encan public, pour les remettre à l'imprimeur désargenté.

De surcroît, Viger-au-grand-nez a offert à François de louer l'espace anciennement occupé par la célèbre gazette, rue Saint-Paul. En conséquence, de temps à autre, il vient faire son tour. Surveillait-il vraiment la ligne éditoriale des gazettes qu'il avait prises sous son aile ? Chose certaine, il se contente astheure d'écouter, manifestant son opinion par des mines discrètes. Gilbert sait que François tient rarement compte des humeurs de Viger, dépassé par les événements. L'imprimeur préfère se fier à son flair.

Pour l'heure, François s'absorbe tout entier à condamner le tir groupé qu'effectuent les gazettes à la solde des autorités contre sa modeste feuille. Il parle d'expérience. L'hostilité des concurrents nourrit les préjugés des autorités constituées à son égard. Comme si lesdits concurrents signaient une dénonciation en bonne et due forme contre lui ! François réprouve-t-il la nomination d'un des deux rédacteurs du *Morning Courier* à un poste au sein d'une commission formée par le gouverneur pour réformer le système d'éducation ? Revanchard, son éditeur clame que *La Quotidienne* sème les germes de la sédition !

Le *Herald* s'est lancé dans la mêlée avec sa grossièreté coutumière. *La Quotidienne* devait être supprimée parce qu'elle montait son lectorat contre le gouvernement de la reine ; elle était dangereuse, séditieuse et révolutionnaire. En écho, les autres organes de la Bureaucratie se sont jetés comme des chiens affamés sur un os. Le prétexte ? *La Quotidienne* venait de signaler un incident entre des officiers du 73e régiment et des Canadiens, à bord d'une barque à vapeur.

Réjoui par la verve imparable de son patron, Gilbert poursuit sa lecture :

— *Il n'y a pas jusqu'au* Transcript *qui ne fasse écho à la grosse trompette anti-canadienne. Sait-on quelle raison particulière il donne pour se lancer dans l'escarmouche ? La voici : nous avons eu le malheur de censurer la conduite de quelques militaires. Si ce n'est pas là de la haute trahison, c'est toujours un crime impardonnable aux yeux de ce journal. Ravaler la dignité militaire ! Quelle horreur ! Lord Durham devra nous faire empaler pour un tel acte, qui pourrait être cause que le peuple canadien n'adorerait pas les troupes de sa très gracieuse Majesté.*

Sagement assis dans un recoin de la pièce, Denis-Benjamin Viger émet un rire grinçant. Sans relever la tête, Gilbert déclare :

— Rien à redire sur ce passage. Vous énoncez brillamment ce que toutte le monde pense. Comme si ledit peuple était formé d'ignorants bonasses qui s'énervent sur commande. La suite en rapport à la partialité du *Herald* va de soi. *Le mot sublime de notre grand Orateur est toujours vrai : « Ils regardent la liberté comme une prostituée, s'ils doivent en partager avec nous la jouissance. »*

Ému, le jeune homme médite la référence à l'Adresse de remerciement de Louis-Joseph Papineau, à la suite de l'élection de 1834, qui lui fait chaud au cœur. S'immobilisant sur place, François s'enquiert :

— M'sieur Papineau l'avait écrit de même, tu crois ? J'ai un doute.

Viger-au-grand-nez met son grain de sel :

— Pas de soin. Si ce sont pas les mots exacts, du moins, ça s'en approche fièrement.

Gilbert lui destine un long regard bienveillant. Ravi de le voir reparaître en public, il se régale du moindre aspect de sa personne : même la silhouette empâtée et voûtée, même le nez qui paraît très proéminent à cause du contraste avec la peau désormais ridée du visage, même la tignasse désordonnée, un brin poivre et fièrement sel... Gilbert lui en voulait pour sa signature au bas de l'Adresse des magistrats clubistes du district de Montréal, à la fin de l'an passé, mais il tempère désormais son jugement. M. Viger a sans doute fait ce qu'il a cru le mieux.

Le nouvelliste retourne au texte. Son patron y aborde le cas du *Populaire* pour qui *tout journal franc, honnête et indépendant* est inévitablement un ennemi. Dans une parution précédente, l'éditeur Leblanc de Marconnay a qualifié son compétiteur *de misérable papier qui fait la honte du Bas-Canada et qui circule parmi nos ouvriers ainsi que nos habitants pour les démoraliser*. Concernant l'attitude belliqueuse d'officiers anglais envers des Canadiens, il a ajouté : *On affirme que des mesures vont être prises pour connaître et faire punir sévèrement les auteurs d'une aussi basse et calomnieuse fausseté.* Une menace autant palpable que vicieuse.

Fourrageant dans les papiers qui jonchent le pupitre, Gilbert s'exclame :

— Z'avez-vu ce que Malcorné écrit ce jour d'hui ? Attendez que je le retrouve. Y beurre épais jusqu'à susciter l'écœurement. C'est une prétendue correspondance. Écoutez ça. Pourquoi *la petite* Quotidienne *sait-elle déjà si bien mentir ? Parce qu'elle est fille d'une fausse divinité, de la fabuleuse Minerve qui lui recommanda, dit-on, en mourant, ce que Voltaire recommandait tant à ses disciples :* « *Mentez, mentez sans cesse, il en restera toujours quelque chose.* »

— Puant à dégobiller, grommelle François. Malcorné déblatère par après sur notre esprit irréligieux.

— J'ai lu et relu, glisse Viger-au-grand-nez. L'affaire des *dégoûtantes injures de ces valets insolents qui font des sottises quotidiennes pour le Maître.*

Gilbert s'exclame :

— C'est de moi pis des autres membres de l'atelier qu'y cause, saint épais ! M'a y envoyer un cartel, à ce Malcorné !

Le jeune nouvelliste ne désigne plus le rédacteur du *Populaire* autrement que par ce surnom, qui circulait déjà l'an passé. Il ajoute :

— C'est à l'office de ce torche-cul que loge le valet du diable.

François hausse les épaules.

— Reprends ta lecture, mon gars.

Gilbert inspire profondément pour se calmer, puis il obtempère :

— *Maintenant, nous nous attendons à voir le* Mercury *et les autres journaux esclaves de Québec appeler à leur tour l'anathème sur notre tête. Il n'en peut pas être autrement. Vendus à la force, il faut qu'ils la défendent. Cependant toute cette manœuvre de la bureaucratie ne peut pas changer la vérité. Nous avons le droit de publier notre pensée, ou nous ne l'avons pas. Si nous l'avons, pourquoi ces menaces incessantes de nous persécuter et de nous abattre ? Si* La Quotidienne *est si populaire, si aimée du peuple qu'on en fait la lecture jusqu'aux portes des églises, qu'est-ce que cela prouve ? Que nous possédons la confiance de nos compatriotes et que nos doctrines sont les leurs.*

François repoussera *la domination et la suprématie de toute coterie*, écrit-il, tant qu'une ordonnance n'interdira pas de publier le fond de sa pensée. Gilbert lit encore à voix haute :

— *Nous défions tout homme exempt des rancunes et des préjugés des tories de dire que nous avons porté atteinte aux lois de notre pays. Jusqu'à ce qu'on prouve cela contre nous, nous rirons de toutes les machinations qui s'ourdissent. On pourra nous persécuter, mais notre pays verra un martyr de plus, et notre conscience ne sera pas bourrelée de remords. Nous en appelons aux autorités elles-mêmes de dire si nous avons, en quoi que ce soit, violé ou seulement témoigné le désir de violer le pacte social, tandis que nous trouvons dans le* Herald *le meurtre, le pillage et la révolte prêchés ouvertement, sans que les autorités aient jamais daigné le poursuivre alors même qu'elles poursuivaient la presse réformiste.*

L'âme enténébrée, Gilbert veut défiler les ultimes sentences du texte, mais il est interrompu par Denis-Benjamin Viger qui profère sourdement :

— J'en viens à croire que l'expression « pacte social » veut pas dire la même chose pour les convulsionnaires. Pour eux autres, respecter le pacte social, c'est agir en conquérants dotés d'une supériorité innée. Agir en suzerains des temps anciens qui avaient droit de vie et de mort sur leurs serfs.

— Z'avez pas tort. Sauf que sur papier, on vit sous un régime constitutionnel censé laisser s'épanouir les libertés. La presse est le palladium de la liberté.

— Mais quand on veut tuer son chien, fait valoir Gilbert, on dit qu'y mord.

François ne peut retenir un rire sardonique.

— Excellent condensé de la situation ! On met les deux proverbes en préambule l'un après l'autre, qu'en dites-vous ?

Sans attendre, il ordonne à son adjoint de consigner les phrases par écrit et de les ajouter à son texte éditorial en guise d'introduction, puis de corriger autant que possible les fautes d'orthographe. Puis, il se tourne vers leur invité.

— Vous me suivez dans l'arrière-salle, m'sieur Viger ? Je vais vous montrer une épreuve de la future gazette. Z'allez voir, c'est d'un autre calibre. Pis mon texte, z'en dites quoi ?

— J'en approuve toutes les virgules. Pis je vous admire sincèrement...

Le duo disparaît dans la pièce où se trouvent la presse et le matériel de typographie. François est diablement affairé par les temps qui courent. Il est en train de mettre sur pied un nouveau papier-nouvelles. Imprimée en gros caractères, *La Quotidienne* est dotée d'un petit format et ses articles ne sont jamais très longs, afin que la publication soit attrayante aux yeux d'un public moins lettré. *Le Temps*, lui, s'adressera aux érudits capables d'avaler sans sourciller quatre ou cinq colonnes bourrées de pattes de mouche.

Gilbert reste seul dans la pièce. Il se lève afin de se dégourdir les jambes et d'ouvrir tout grand la porte, faisant tinter la clochette d'entrée. Il se régale du courant d'air instantanément créé. Astheure que les oreilles indiscrètes ne sont plus à craindre, il importe d'aérer en masse. Autrement, l'air se charge d'effluves d'encre et de poussière de plomb. Gilbert a mis du temps à s'habituer. Il a été pris de quintes de toux, de maux de gorge et d'irritations pulmonaires.

Le jeune nouvelliste mire distraitement l'animation de la rue Saint-Paul. Aux yeux de l'autorité constituée, le peuple canadien devrait supporter sans mot dire de graves offenses à sa dignité. Supporter, comme des esclaves, le camouflage de la terreur que représente le faux pardon mis à effet par lord Durham et la demi-douzaine de favoris du Conseil spécial, six semaines plus tôt. En réalité, les parois des prisons se sont dilatées jusqu'à épouser les frontières de la *Province of Quebec*.

Peut-on considérer autrement l'exil de huit hommes, le bannissement d'une quinzaine d'autres et l'élargissement sous sévères conditions de 150 prisonniers d'État? De retour dans leur patelin, ces derniers vont voisiner leurs persécuteurs, enhardis par l'ordonnance d'impunité, entérinée quatre mois plus tôt. Les ci-devant prisonniers sont exposés à se voir de nouveau traînés en prison, et peut-être même à subir un procès réglé par un jury paqueté et partial. L'Exécutif exige des citoyens une obligation qu'il se refuse à prendre: *garder la justice*.

Après un soupir, Gilbert pivote afin de reprendre son ouvrage. Le pauvre vieux Viger, dont il entend la voix au travers de la cloison, escomptait pourtant un changement de cap. Juriste amarré aux libertés anglaises, législateur ne doutant point de la valeur intrinsèque du système parlementaire, il voulait croire, indécrottable optimiste, que le libéral Durham serait le sauveur de son pays.

Gilbert ne peut retenir un rictus: un quidam a franchi le seuil derrière lui. Gilbert se compose une mine engageante, puis il se retourne et tombe quasiment nez à nez avec Vincent. Celui-ci s'est immobilisé sur le pas de la porte. Émerveillé, il contemple l'office, encombré de tout ce qui est nécessaire à la publication de deux papiers-nouvelles. Enfin, il articule:

— Je m'en venais… je mirais l'enseigne au-dessus de la porte… pis je pouvais pas en croire mes yeux. C'était comme si *La Minerve* était ressuscitée. Comme si la terreur militaire avait jamais existé pis que c'était redevenu comme avant…

Le jeune homme est ébranlé au point d'avoir de la difficulté à retenir ses larmes. Gilbert répond :

— Je comprends ce que tu ressens. T'es pas le seul. Moi itou, les premiers jours, y fallait que je me pince. J'étais pas rentré souvent du temps de m'sieur Duvernay, mais le nombre de fois que j'ai passé dans la rue pis que j'ai miré l'animation !

Vincent essuie ses yeux humides.

— Ça fait un gros velours de voir l'endroit occupé par des papiers-nouvelles réformistes. S'cuse-moi. Ça m'a saisi sans que je m'y attende.

Tous deux se font l'accolade. Le survenant a passé quelques jours en compagnie de Gilbert lors de son passage dans les comtés du Nord, le mois dernier. Le revoilà donc, métamorphosé en ouvrier agricole. À voir sa dégaine et sa physionomie, on croirait qu'il a fait ça toute sa vie.

— Quel bon vent t'amène ?
— Une pause dans l'ouvrage. Je viens te dérider un brin.
— Ce sera pas de refus. Tire-toi une bûche.

Gilbert se perche sur un coin de son pupitre, tandis que Vincent approche une chaise droite où il prend place. Il est arrivé l'avant-veille dans la cité marchande, explique-t-il. Il déclare soudain :

— La plus récente nouvelle donne envie de brailler. Tu la connais ? La promotion de mister Thom. Voir Durham combler de faveurs l'écrivailleur du *Herald*, ça donne de l'urticaire. Y en a qui disent qu'en le nommant commissaire, milord veut juste le faire taire. Tu y crois ?

— J'ai pas d'opinion. Ça me dépasse.
— Pis ton patron, y en pense quoi ?
— « Après ça, rien n'est incroyable. »
— Je te dis que ta gazette, elle est sacrément populaire. Ses mots d'esprit sont repris partout. Souvent, c'est à moi qu'on fait appel pour déchiffrer certains passages.

Épanoui, Vincent déclare :

— *Le* Mercury *dit avec emphase :* « On a posé le bois d'un pavillon sur le toit de la ci-devant Chambre d'Assemblée, où réside maintenant le gouverneur général. Le pavillon britannique flottera donc, pour la première fois, au-dessus de cet édifice. » Tiens ! Nous ne savions pas que c'était encore une conquête.

Son vis-à-vis est mi-figue, mi-raisin. L'art d'aller au fond des choses sous le couvert de la raillerie, comme fait un fou du roi. S'enténébrant, Vincent récite encore :

— La Quotidienne *aurait honte de servir d'organe à une bande de fanatiques, de vampires, qui ne se sentiraient satisfaits que quand ils auraient sucé le sang de tous ceux qui ne disent pas comme eux.* La Quotidienne *désire la justice pour tous, le bonheur et la prospérité de tous, elle déteste les lâches, montre du doigt les traîtres et dénonce les vrais auteurs de nos maux.*

Les deux amis échangent un regard entendu. Si *Le Populaire* reconnaît la renommée de sa concurrente parmi les ouvriers et si le *Herald* souligne sa circulation extraordinaire dans les campagnes, c'est qu'elle comble un besoin viscéral, celui de proclamer à la face du monde que les Canadiens patriotes ne sont pas, malgré les apparences, les dindons de la farce. Ayant bien saisi l'amère et indigeste réalité, ils vénèrent la probité et la droiture de François, leur porte-voix, qu'ils paient en retour de leur fidélité.

Sautant du coq à l'âne, Vincent demande, les traits altérés et la voix chevrotante :

— Pis, tes proches de la rivière Chambly ? Y a des sorcières de rumeurs, on sait plus quoi penser.

Gilbert fait état des nouvelles les plus récentes. La grossesse de Vitaline se déroule sans heurts. Son frère Rémy a fini par se trouver du travail sur un chantier. Nul n'a subi de revers quelconque. Pour le sûr, la grogne s'alimente à même des outrages avec lesquels Vincent doit être familier. Les *volunteers* démobilisés font un usage insolent des armes que l'intendance britannique n'a pas cru sage de leur ôter. Ils s'amusent à réitérer les insultes de *rebel* et *damned Canadian*, à menacer de coups de poing ou de bâton, et même à coucher en joue, par jeu macabre, quiconque passe à portée de tir.

Gilbert s'échauffe :

— Leur état de sujétion, faudrait que les Canadiens l'encaissent sans broncher. Qu'y portent l'odieux d'une situation qui leur échappe complètement. Qu'y taisent même leurs récriminations contre les abus passés, au risque de susciter des risées d'excitation que les autorités réprimeraient d'emblée !

Le nouvelliste farfouille sur son pupitre pour remettre la main sur le texte de François qu'il a lu plus tôt, à voix haute.

— Écoute bien, ça va paraître demain. Mon patron est le seul qui ose écrire de la sorte. Le seul, saint épais ! C'est à propos du *Popu*...

— Mentionne jamais ce nom en ma présence. Je le méprise.

— Mes apologies, mais va falloir que t'endures une couple de minutes. Donc, le sieur Malcorné s'indigne *avec une assurance insolente* de l'incendie malicieux et prémédité d'une église catholique au Vermont. Faut chercher les coupables, qu'y clame ! *De semblables horreurs ne se passeraient pas en silence sous l'administration de la Grande-Bretagne.*

— Tu me niaises ? C'est pas écrit de même, noir sur blanc ?

— Garanti. T'aurais dû voir la face de François quand je lui ai lu ça. Blême d'abord, jaune d'écœurement ensuite, pis enfin rouge de colère ! Fait qu'y dénonce le silence hypocrite du *Popu* pis de tous les autres à propos de la dévastation des églises de Saint-Eustache et de Saint-Benoît. Et ce, alors que *de leurs cendres imbibées du plus pur sang de nos frères s'élèvent des cris accusateurs et des plaintes déchirantes pour désigner les coupables, alors que des centaines de maisons et d'édifices de toutes sortes portent dans leurs décombres encore fumants les marques d'incendies récents prémédités et consommés par la vengeance la plus implacable, enfin alors que nos campagnes offrent dans plus d'un endroit l'aspect du carnage et de la désolation...*

Les yeux écarquillés, Vincent souffle :

— Mirifique. Quel courage !

— *Puis les profanations inouïes du temple du Seigneur à Saint-Charles, les persécutions atroces et impies exercées contre un digne prêtre jeté dans un cachot pendant plusieurs mois, nonobstant son innocence, et contre un autre, expatrié parce qu'il aimait son pays, le pillage, les propriétés détruites, les meurtres, etc., tout cela s'est vu consommer en Canada avec une barbarie dont les annales les plus sombres offrent à peine d'exemple.*

L'expression déterminée, Vincent se redresse sur son siège.

— Justement, je viens te voir itou pour rapporter une affaire qui m'est arrivée hier au mitan de la soirée. Ça concerne la police.

— Nos amis poliçons ? Saint épais, conte-moi ça au plus sacrant. Mais conte-moi juste la stricte vérité. Faut pas prêter le flanc à la critique.

Préparant sa plume pour prendre de rapides notes, Gilbert profère sombrement :

— T'as ouï dire des femmes qui sortent de nuit pour aller quérir l'accoucheuse pis qui se font arraisonner ? Des ébraillées dont le seul crime est d'être sur la voie publique plutôt que dans une maison déréglée ? Des charretiers pis des bateliers qui se font rançonner leurs outils de travail ?

— Ce que j'en sais, c'est qu'après avoir soumis deux centaines d'hommes à l'exil, au bannissement ou à d'iniques conditions de libération, lord Durham pis ses favoris ont voté une seconde ordonnance pour réorganiser les corps de police à Montréal pis à Québec.

— Au même moment, enchaîne Gilbert, une information a filtré : Pierre-Édouard Leclère, inspecteur de police fanatisé de la cité, avait été subrepticement nommé surintendant par lord Gosford, le 11 novembre 1837, près de huit mois plus tôt. Ce qui éclaircit bien des actes qu'on croyait uniquement dus à un zèle intempestif. Toutte ce temps, m'sieur Leclère a été rémunéré comme chef de police du district de Montréal.

Quoi qu'il en soit, nul n'a été dupe : les poliçons allaient être enrégimentés pour cibler spécifiquement les membres de la nation canadienne patriote. Ce que Vincent corrobore en racontant à Gilbert qu'hier, il se trouvait dehors, son mouchoir de cou à la main, car il faisait très chaud. Un agent de police est apparu pour l'assaillir de questions, ainsi que le relate Vincent :

— « Z'allez où ? Z'êtes qui ? C'est quoi que vous portez à la main ? Vous l'avez volé où ? » J'ai répondu qu'une gueusaille comme lui avait pas d'affaire à insulter les honnêtes gens. L'agent a sonné l'alarme pis crié au secours. Ensuite, y a levé son bâton. J'avais pas encore vu les nouveaux bâtons dont toutte le monde parle. C'est énorme, leur agrès ! Fait que j'ai pris mes jambes à mon cou. Être assommé pis traîné au *Police Office* pour la nuit ? J'aurais pas pu souffrir l'humiliation.

Après un temps pour laisser Gilbert écrire, Vincent reprend :

— Ça doit te compliquer la vie en rapport avec ton billard ?

La question étant d'importance, Gilbert dépose sa plume et s'adosse à la chaise. Vincent assume que les convulsionnaires d'ascendance française, fortifiés par un poste de poliçon ou par leur accointance avec un poliçon, pourraient les importuner et leur casser les pieds, et peut-être même tenter de reprendre le contrôle du Cabaretier patriote. Après un court moment de réflexion, Gilbert hasarde une réponse :

— Honnêtement, non. J'ai pas vu de changement. Du moins, Caroline m'a pas alerté sur ce point. C'est elle, surtout, qui assure l'intendance. Moi, je suis affairé de l'aube au brun par François.

— T'es content du rendement ?

— Oui, nos affaires se renmieutent tranquillement. Les cartes à jouer pis le jacquet, c'est pas autant payant que la roulette ou le poker, mais y est hors de question de ramener les jeux de hasard. Trop payant, fait que ça suscite les convoitises dans le monde interlope. Pis ça crée des servitudes, t'as constaté ? Des hommes qui virent fous d'amour pour l'ivresse de la victoire. Fait que moralement, c'est difficilement défendable.

— Pis mon frérot chéri ?

— J'y ai pas vu l'ombre de la queue.

Un concert de voix mâles leur parvient depuis l'arrière-salle. Ramené à l'ordre, Gilbert se hâte de vérifier si Vincent a d'autres détails à lui confier, puis il lui donne rendez-vous plus tard ; ils se verront lorsque son ouvrage sera terminé. Il se fera un plaisir de jouir de sa compagnie à ce moment-là !

24

L'écritoire chambranlante sur les genoux, Gilbert transcrit sans relâche les propos du solliciteur général qui résonnent dans la salle d'audience du Palais de justice. En ce 6 septembre 1838, le gouvernement exécutif de la colonie inaugure les assises du procès des accusés pour le meurtre de Joseph Armand dit Chartrand. Dans un français mâtiné d'un encombrant paroli irlandais, Michael O'Sullivan n'y va pas avec le dos de la cuillère pour justifier la poursuite. De manière prévisible, il fait écho aux criailleries qui s'élèvent chez les forcenés dès qu'il est question de la mise à mort dans un boisé du comté de L'Acadie, le 27 novembre 1837. Un crime hideux, d'une barbarie unique dans les annales!

Trempant sa plume dans l'encrier, Gilbert jette une œillade à François Nicolas, le principal accusé, dépourvu du moindre antécédent criminel. Le colosse d'une quarantaine d'années, chevelure et favoris grisonnants, se tient excessivement droit. Natif de Québec, il a exercé le métier de commerçant, avant d'embrasser celui d'instituteur dans une école de rang située à la frontière des paroisses de L'Acadie et de Saint-Jean. Gilbert l'a vu tiquer lorsque le greffier a lu l'acte d'accusation, dont la formule surannée veut que les présumés coupables aient été poussés au crime «par l'instigation du diable».

O'Sullivan fait valoir aux membres du jury que ni la jeunesse des trois autres accusés, ni la défense d'avoir agi sous la contrainte, ne sont des excuses valables.

— Au contraire, ce sont les jeunes qui, partout et dans tous les pays, bouleversent l'ordre social. Ils portent atteinte non seulement aux lois, mais aux principes conservateurs sur lesquels repose l'autorité, principes que chacun a le devoir de maintenir!

Médusé par l'argument fallacieux, Gilbert s'empresse de le coucher sur papier au bénéfice de la postérité. Ensuite, il fixe son attention sur les autres accusés. Le petit et frêle Amable Daunais, au teint très brun, âgé de 25 ans. Les frères Joseph et Gédéon Pinsonnault, respectivement 20 et 18 ans. Le premier est grand et sec, le second ressemble à un adolescent en train de grandir. Tous trois portent des habits parfois bariolés en étoffe du pays, à l'image de la veste jaune à raies orange de Daunais. Parfois, Joseph pâlit ou se contient avec une évidente difficulté, tandis que ses deux compères restent de marbre.

O'Sullivan termine son allocution en interpellant les membres du jury.

— Si vous ne rendez pas justice, les mânes de Chartrand sortiront du tombeau pour vous accuser devant le tribunal suprême.

Jusque-là, l'officier en loi au service de Sa Majesté s'était mérité des soupirs et des froncements de sourcils réprobateurs, mais à cet instant, la foule qui encombre la salle d'audience s'indigne avec force. Le juge en chef, James Reid, doit faire résonner son marteau pour rétablir le silence. Sans se démonter, le solliciteur général compare Nicolas et sa bande à des loups dévorant un agneau.

— Que le glaive de la justice, rugit-il, s'abatte comme un couperet sur la tête des coupables!

Il parle de soumission aux prêtres, de la Bible qui réclame vengeance pour le sang versé et du cinquième commandement de Dieu: « Homicide point ne sera de fait ni volontairement. » Une seule fois, entre deux envolées dégoulinantes de fiel, O'Sullivan précise que si les membres du jury croient en l'innocence des accusés, ils doivent le déclarer.

Tout en prenant des notes, Gilbert jette de fréquents coups d'œil à la douzaine d'hommes qui garnissent la boîte des jurés, des habitants provenant pour la plupart des paroisses rapprochées de la cité, tous Canadiens d'ascendance française. Circonstance qui ne manque pas d'étonner. La liste du shérif semblait étrangement dressée. Ordinairement, c'est le contraire qui se produit: les jurys en cour criminelle comportent un bien trop grand nombre de Britanniques en rapport à leur poids numérique.

Les avocats des prévenus ont fait récuser une vingtaine d'hommes dont les noms se trouvaient en tête de la liste du shérif. Le ministère public a fait de même pour une autre demi-douzaine, poussé par *une couple d'individus très officieux* à défaut d'être officiels, comme Gilbert les a qualifiés par écrit. Tout soudain, le jury s'est trouvé constitué, garni uniquement de *damn French Canadians*. Or, l'Exécutif de la colonie fait valoir à tort et à travers qu'il est impossible de se fier aux enfants du sol pour la moindre affaire d'intérêt public. Clairement, il y a anguille sous roche.

Le solliciteur général ayant terminé sa harangue, un bredas s'ensuit au cours duquel une vingtaine de témoins à charge, ceux appelés par la Couronne, sont amenés dans une pièce à l'écart, hormis cinq d'entre eux, qui tiennent à demeurer dans la salle d'audience, une permission qui leur est aussitôt accordée. Le procédé se répète avec les quinze témoins à décharge, qui eux, sont obligés de sortir sans souffrir d'exception. Pendant ce temps, Gilbert termine sa prise de notes, puis il dépose sa plume et fait jouer ses doigts.

À l'autre extrémité de la salle bien garnie, Vincent est assis, greyé comme lui d'une écritoire. Tous deux échangent un bref sourire. De but en blanc, François a proposé du travail à Vincent. Tout d'abord, s'occuper de la gestion de l'équipe de colporteurs, devenue imposante ; puis, devenir rapporteur des procès politiques ayant lieu au terme de septembre en Cour du banc de la reine. Avec James Phelan, principal rédacteur du *Temps*, ils sont trois sténographes en salle d'audience, qui se relaient quand c'est nécessaire.

Un léger brouhaha capte l'attention de Gilbert. Le premier et principal témoin de la Couronne est en train de se rendre à la barre. Il s'agit d'Étienne Langlois, l'un des membres de la bande ayant conduit Joseph Chartrand à l'écart pour le mettre à mort. Le seul, parmi le groupe de cinq hommes emprisonnés relativement à l'affaire, qui a été omis de l'acte d'accusation, même s'il ne paraît pas moins coupable que les autres. La Couronne avait besoin de son témoignage incriminant, pierre angulaire de la preuve.

Gilbert se rappelle que le trépas de Chartrand est devenu notoire deux jours après l'acte, au moment de la prétendue confession de Langlois à son curé, ce dernier étant un fauteur de trouble et un ennemi personnel de tous les libres penseurs de sa paroisse. Astheure, le jeune homme est interrogé par le procureur général,

Mr Ogden. Sa relation permet à Gilbert de se faire une meilleure idée des péripéties, même si le principal témoin manque de clarté et qu'il fait tout pour se déresponsabiliser.

Si Étienne Langlois s'est trouvé intégré à un groupe d'une quinzaine d'hommes armés de fusils, c'est que des bandes de miliciens se formaient afin de joindre la résistance du côté de Saint-Charles. Il semble que la déroute des patriotes, le 25 novembre 1837, venait d'être connue, car un groupe s'est mis à la traîne de Joseph Armand dit Chartrand, qui passait par là. Ce que ne dit pas Étienne Langlois, c'est que la victime était honnie pour avoir joué le rôle d'agent double. Chartrand avait été payé pour se joindre aux patriotes. La nuit précédant l'arrivée des troupes, il avait endommagé les deux canons du camp avant de déserter.

Donc, sous la gouverne de l'instituteur François Nicolas, le traître aurait été conduit dans un boisé. Nicolas, qui n'était pas armé, aurait exhorté les autres à mettre Chartrand à mort. Parmi les cinq hommes qui ont tiré, le témoin Étienne Langlois peut en nommer uniquement deux : l'un, Jean Beaulieu, s'est enfui aux États-Unis et l'autre est le prévenu Joseph Pinsonnault. Tout en écrivant furieusement, Gilbert marmonne tout bas pour s'aider à bien résumer le récit :

— Chartrand tombe, puis se relève sur les genoux, se débattant et demandant à Dieu qu'on l'achève. Y retombe à terre. Sur ordre de Beaulieu, Joseph Pinsonnault tire le second coup, tout seul. Enfin, toutte le monde sacre son camp. Chartrand, qui gît sur le côté mais remue encore, est laissé sur place.

Le procureur général n'a pas terminé son interrogatoire qu'un vent d'incrédulité balaie déjà la salle. Selon le principal témoin, les prévenus Amable Daunais et Gédéon Pinsonnault n'ont pas tiré une seule fois en direction de Chartrand. Pourtant, l'acte d'accusation lu par le greffier stipule que les quatre accusés — au premier degré pour Nicolas et au second degré pour les trois autres — ont activement participé au tir ! De surcroît, le témoin au cœur de l'affaire atténue la culpabilité de Joseph Pinsonnault. Emporté par une agitation extrême, ce dernier aurait été forcé par Beaulieu à lever son arme, lequel gueulait comme un dément : « Tire ! Si tu ne tires pas, je ferai tirer sur toi ! »

À LA TOMBÉE DU JOUR, Gilbert a des crampes au bras ; sa main tremble. Sagement assis, il attend que le gros de la foule soit sorti de la salle d'audience pour déposer son écritoire et se lever. Il a eu droit à quelques pauses durant la journée, mais elles ont été tout à fait insuffisantes. Puis, saisissant son barda, il rejoint Vincent et le rédacteur principal du *Temps*, James Phelan. Celui-ci est sorti de sa cachette lors de l'amnistie. Avec un singulier courage, il prend la direction de la rédaction d'une gazette résolument patriote.

Sans parler, car ils ont la tête bourdonnante de phrases et le cœur rempli d'émotions, les trois jeunes gens sortent de la Maison d'audience et descendent la pente du Marché neuf jusqu'à la rue Saint-Paul. Seul François, qui leur avait donné rendez-vous à la fin de la journée, se trouve à l'office. Après avoir rangé leurs affaires, lavé leurs mains maculées d'encre et bu une gorgée de la bière offerte par leur patron, tous trois se joignent à Lemaître pour une indispensable synthèse.

Seize témoins de la Couronne ont défilé ce jour d'hui ; aucun n'a pu détruire l'impression produite par les aveux d'Étienne Langlois. L'autre membre de la bande à comparaître était un jeunot de 17 ans nommé Barthélemy Poissant, qui a passé l'hiver et le printemps en prison et qui a dû verser une caution de comparution de 1000 livres pour en sortir. Il a confirmé la version de son prédécesseur, tout en atténuant la culpabilité de François Nicolas pour insister sur celle du fugitif Jean Beaulieu.

Son témoignage n'était pas cohérent. Pressé par les questions chargées d'insinuations du procureur général, il avançait des allégués, puis se contredisait pendant l'interrogatoire de l'avocat des prévenus, Charles Mondelet. Dans sa déposition faite immédiatement après l'affaire, il aurait même prétendu qu'il s'était évanoui dès la première décharge, ce à quoi il n'a pas fait allusion ce jour d'hui. Le rédacteur du *Temps* précise :

— Selon Poissant, Joseph Pinsonnault aurait tiré uniquement à la deuxième décharge, deux fois de suite. Langlois disait qu'il avait tiré une fois à chaque décharge. Poissant a dit aussi que Chartrand était resté par terre après la première décharge, plutôt que de se relever sur ses genoux.

— Des incohérences qui peuvent être excusées, dit François. Autre chose de plus substantiel ?

— François Nicolas portait un drapeau rouge, lance Vincent, mais par ailleurs, y a mené toute la bande à la trique jusqu'à en obliger plusieurs à tirer. Or, toutte le monde sait qu'un gradé d'un régiment de milice s'abaisserait jamais à être porteur de pavillon.

Gilbert en rajoute :

— Cinq hommes auraient obéi à l'ordre de m'sieur Nicolas de tirer, alors qu'y savaient même pas le nom de celui sur qui y tiraient, selon leurs propres dires. Aucun bon sens. Votre hypothèse, patron, tombe sous le sens. Pour une raison ou une autre, la bande en question voulait faire suer Chartrand. Lui infliger une frousse salutaire.

— Comme à Saint-Benoît l'an passé, z'avez ouï dire ? Une farce de cour martiale avec sentence de mort, juste pour faire peur à un convulsionnaire qui pousse les convulsions un brin trop loin.

— Pis Chartrand s'enfuit, on lui crie d'arrêter, y continue, on tire pour le blesser, mais les coups lui sont fatals.

— Ces coups de feu-là, demande François, des témoins les ont entendus ?

Un seul sur les trois qui ont comparu à la barre, répond James Phelan. Et pas n'importe lequel : le cultivateur François Bourassa, le premier qui a vu le cadavre. Il a affirmé avoir ouï les détonations et aperçu la fumée qui s'élevait. Comme il avait vu la bande passer avec un homme qui semblait être prisonnier, il a cru lui itou que ce dernier avait tenté de s'échapper et que ses tourmenteurs tâchaient de l'effrayer. Le lendemain seulement, il s'est rendu à l'endroit où gisait Chartrand.

François interrompt le narrateur :

— Bourassa a-t-il justifié ce délai ?

— Non, mais les chemins étaient vraiment mauvais à l'époque. Vous vous souvenez : de la pluie pendant des jours, puis à partir du jour de la bataille de Saint-Denis, le gel à pierre fendre.

— Les témoignages de Bourassa pis du forcené William McGinnis contiennent des éléments pour nous aider à retisser la trame précise des événements.

Vincent élabore. Bourassa a aperçu le cadavre gisant face contre le sol, mais il n'a pipé mot qu'à son épouse. Le jour d'après, soit le 29 novembre, il s'est résolu, selon ses dires, à s'en ouvrir à son curé, celui de la paroisse Sainte-Marguerite-de-Blairfindie. Pourquoi lui et non un magistrat ? Le mystère reste entier. Au même moment, l'assassinat de Joseph Chartrand est de notoriété publique à Saint-Jean. Par quel canal la nouvelle est-elle parvenue à cet endroit ? Nul n'a cru bon de le préciser.

Sans pouvoir retenir un sourire de dérision, Gilbert se risque à une hypothèse.

— Le lendemain du drame, Bourassa s'en ouvre à sa tendre moitié. Tous deux habitent à la frontière du comté de Rouville, à une lieue et demie du chef-lieu du comté. En l'espace d'une courte journée d'hiver, des langues de commères peuvent bien charrier semblable rumeur sur cette distance.

Après un rire grêle, Vincent enchaîne :

— Me semble que McGinnis a fait allusion à sa sœur vitement informée...

— Me semble itou, confirme James. Sauf que je l'ai pas noté parce que je croyais ça banal.

Avec de grands gestes des bras, le rédacteur du *Temps* s'escrime à dresser un bilan à voix haute. Chose certaine, la présence d'un cadavre non identifié dans un boisé, à la frontière du comté de L'Acadie, était connue de William McGinnis, un peu plus de 24 heures après le crime. Ledit juge de paix porte la responsabilité d'une bonne partie des troubles de l'hiver dernier. C'est lui qui, après s'être prétendu victime de la terreur patriote de l'automne 1837, a présidé à la formation de régiments de *volunteers* ; lui qui a figuré au cœur des provocations qui ont débuté le 10 novembre et qui ont mené à l'arrestation de Demaray et Davignon, six jours plus tard.

Le fanatique McGinnis s'est rendu chez son collègue convulsionnaire William McCrae, et tous deux ont convenu d'une expédition d'une vingtaine de *volunteers*. Là, ils sont tombés sur Éloi Roy, le propriétaire du terrain. Capitaine de milice et investi à ce titre du pouvoir de coroner, Roy avait démarré une enquête. Vraisemblablement, le curé l'avait alerté à la suite de la confession de son paroissien François Bourassa.

— Ainsi que celui-ci l'a affirmé dans son témoignage de tantôt, conclut James, il avait identifié un seul membre de la bande à la poursuite de Chartrand : Étienne Langlois. Toutte porte à croire que Bourassa avait donné ce nom au prêtre, lequel a fait venir

Langlois par-devers lui pour soutirer ses aveux. Aveux qui constituent la fondation de ce qui s'est ensuivi.

— À ladite fondation, pondère François, faut ajouter le rapport de l'enquête du coroner Roy et de ses 12 jurés. L'un de ceux-ci a été mis en prison à peu près en même temps que moi.

L'affirmation sensationnelle suscite des hoquets de surprise. Gilbert et ses deux collègues s'encalment pour ouïr le propriétaire de l'entreprise de presse leur relayer les confidences de son camarade prisonnier, qu'il refuse de nommer. Ce 30 novembre, les jurés et leur président Éloi Roy ont entendu six témoins habitant à proximité. Tous ont confirmé avoir vu, à la poursuite de Chartrand, une bande de jeunes gens; la plupart ont identifié Langlois et Beaulieu. Un seul d'entre eux a identifié l'instituteur Nicolas.

— Mais le plus intéressant, c'est qu'un septième et dernier témoin, résident d'un endroit nommé « Petit Bernier », a relaté être rentré chez lui à la fin de la journée, donc après l'événement funeste, et y avoir trouvé François Nicolas. Celui-ci a raconté à Pierre Cartier, le témoin en question, qu'y s'en revenait de son école lorsqu'y a aperçu sept jeunots armés qui, s'étant saisis de Chartrand, coupaient à travers champs vers un boisé en forme de pointe.

François s'octroie une pause pour se creuser la cervelle. Sourcils froncés, il reprend :

— Alarmé, Nicolas s'est mis à la poursuite des jeunots. Y les a rejoints à l'orée de la forêt. Les jeunes gens lui ont demandé de les suivre, mais Nicolas a refusé. Y aurait donné 100 piastres, comme y a confié à son ami du Petit Bernier, plutôt que d'entrer dans la pointe de bois avec eux autres ! Peu après, tandis que Nicolas retraçait ses pas, y a entendu plusieurs coups de fusil, puis ce cri : « Oh mon Dieu ! » L'instituteur a avoué à son ami Cartier qu'y craignait la mise à mort de Chartrand.

Ébahi, Gilbert digère l'information. L'instituteur arrivait de son école ? Pourtant, plusieurs témoins ont affirmé à la barre qu'il se trouvait parmi le groupe de miliciens voulant se joindre à la résistance. Donc, Nicolas aurait passé l'après-dînée à son école, si Pierre Cartier dit vrai. Les trois sténographes font une rapide recherche dans leurs notes, pour constater que le nom de ce dernier figurait parmi ceux qui ont été cités à comparaître, mais qui brillaient par leur absence.

François revient au récit de son camarade prisonnier qui a été juré pour l'enquête du coroner Éloi Roy. Ce dernier aurait fait pression, d'après le confident de François, pour que le nom de l'instituteur figure en prééminence dans le libellé de la sentence. L'imprimeur tend un parchemin à Gilbert en disant :

— L'homme la récitait de mémoire. Je l'avais fidèlement enregistrée moi itou. Tout à l'heure, j'ai tâché de la rendre dans son intégralité.

Gilbert lit tout haut la sentence maladroite, grevée de fautes d'orthographe : *Le jury après avoir mûrement examiné tous les témoins sont unanimement d'opinion que les personnes de Étienne Langlois, Jean Beaulieu et François Nicolas assistés d'autres personnes inconnues ont commis le meurtre en tirant plusieurs balles dans le corps dudit Chartrand qui a causé sa mort.* Après un temps, Vincent profère :

— L'amalgame entre Langlois et Beaulieu d'une part, pis Nicolas d'autre part, est fièrement tendancieux. Le verdict fait même fi d'un des plus importants témoignages, celui de Pierre Cartier. Comme si le coroner avait absolument voulu faire porter les regards sur l'instituteur, au mépris de toute justice.

— Pourquoi y aurait faitte ça ? demande James Phelan.

— T'as un vaste choix de réponses, riposte l'imprimeur, sarcastique. Éloi Roy voulait diminuer la culpabilité d'hommes qu'y connaissait bien. Y se doutait bien que l'accident, si ça en était un, allait être transmué en assassinat. Peut-être que Roy avait une dent contre Nicolas, un libre penseur qui se fout de son curé comme de sa première chemise. Peut-être même que Roy avait quelqu'un de précis à protéger, quelqu'un qu'y *savait* être coupable d'une intention de meurtre.

James se frappe le front.

— Ça me fait penser…

Frénétiquement, il se met à compulser les notes prises depuis le matin. Après un temps, il énonce fébrilement :

— Le jour du drame, Chartrand était venu visiter le voisin d'Éloi Roy pour se faire payer pour un travail de maçonnerie. Ce voisin est nul autre que David Roy.

— Le frère d'Éloi, le président de la cour du coroner ?

— Oui. Leurs propriétés sont mitoyennes. Quand j'ai entendu prononcer le nom de David Roy ce jour d'hui, une cloche a sonné dans ma tête. Quelque chose que j'ai lu dans *Le Populaire* au moment de son arrestation. À la mi-décembre, si je me souviens bien.

James saute sur ses pieds pour aller fourrager dans les piles de gazettes accumulées dans un recoin de la pièce. En même temps, François s'écrie :

— C'est ma foi vrai ! David Roy a séjourné en prison !

Avidement, Vincent demande :

— Y aurait pas été votre voisin de cellule, par miracle ?

Leur patron secoue la tête, précisant que la période d'emprisonnement de David Roy correspond à celle où la prison était un capharnaüm ; les prisonniers étaient alors empilés les uns sur les autres et, en conséquence, il était impossible de s'offrir un aparté discret. De surcroît, les sentinelles faisaient régner la terreur, interdisant les échanges de propos dans les espaces communs. Elles ont même tenté, heureusement sans succès, d'imposer le silence à l'intérieur des cellules !

François s'octroie une pause pour se donner contenance. Dès qu'il évoque son séjour en prison, il est manifestement en proie à un branle-bas d'émotions. Après un temps, Vincent ajoute :

— Si j'ai bien compris, le David Roy emprisonné pendant l'hiver est le frère d'Éloi, propriétaire du bois où Chartrand a été trouvé mort. C'est chez David que la bande de jeunes se rassemblait en vue d'aller *au feu de Saint-Charles*, d'après le principal témoin de la Couronne, j'ai nommé Étienne Langlois.

— Alors que Saint-Charles était notoirement devenu un monceau de ruines. Décidément…

James Phelan pousse un cri de victoire. Le feuillet du *Populaire* à la main, il revient prendre place parmi les autres et, fébrile, il dit :

— Parution du 13 décembre 1837. La veille, écrit-on, les *volunteers* ont amené David Roy *fortement soupçonné d'être l'instigateur de l'assassinat de l'infortuné Chartrand. Cet individu, riche cultivateur, amenait en ville pour les vendre une vingtaine de bœufs lorsque ses animaux et lui furent confisqués provisoirement.* On s'est saisi de lui sur le traversier en partance de LaPrairie.

Inondé par l'évidence, Gilbert intervient en lançant à son tour :

— David Roy et un autre, l'aubergiste Jacques Surprenant, ont été capturés en même temps, d'après un ordre des juges de paix

McGinnis et McCrae. Les deux étaient en tête de leur liste de coupables.

— Deux mois après, enchaîne James, David Roy est relâché de prison. Son compère Surprenant, lui, est gardé jusqu'au 7 juillet, lorsque les prisons sont vidées. Y disait quoi, le Surprenant en question, dans son témoignage d'à matin ?

— Que la bande de jeunes a fait un arrêt à son auberge, répond Gilbert. Y était ouvertement question de faire Chartrand prisonnier, de l'aveu de Surprenant. Ensuite, ce dernier s'est rendu chez David Roy pour lui demander de fournir des chaînes ou des câbles pour garrotter Chartrand, puis de l'enfermer dans sa cave. Emprisonner les ultra-tories, comme de coutume. David Roy refuse toutte net. L'affaire en reste là, Chartrand part et Surprenant retourne à son auberge, pour exhorter les jeunes à se débander et à retourner sagement chez eux.

Vincent spécule à voix haute :

— Vrai ou faux ? Toutes les hypothèses se valent. Peut-être que les deux Roy et Jacques Surprenant se protègent mutuellement.

Avec une mine ahurie, François lève les bras vers le ciel :

— On démêlera pas l'écheveau à soir. Ça sert à rien de se creuser davantage la cervelle. Laissons reposer nos têtes, des fois ça fait jaillir la lumière. Pis je vous attends demain soir après la journée. La dernière du procès, j'escompte. Envoyez, décanillez !

Gilbert et Vincent, lequel loge temporairement chez Ériole moyennant une modeste contribution, s'ébranlent pour le faubourg Québec, tout en conversant avec animation. Chose certaine, la Couronne omet sciemment des éléments de preuve. Pourquoi le rapport du coroner n'est-il pas déposé en cour ? Pourquoi ce sont précisément les témoins reliés à ladite enquête qui sont absents des assises ? Sans doute ne les a-t-on même pas obligés à se présenter par une caution de comparution. Clairement, la Couronne manipule le verdict.

Pilant net, Vincent émet avec force :

— Encore pire : la Couronne veut un verdict d'innocence. Elle l'aura, parce que ça tombe sous le sens après ce qu'on a entendu ce jour d'hui. Par après, les convulsionnaires pousseront des cris de mort. « Les *French Canadians* sont parés à se damner pour blanchir les leurs ! Y nous haïssent au point de commettre le crime, pis ensuite, d'innocenter les meurtriers!» Me semble qu'y a de maudites grosses ficelles, mon Gilbert.

Le nouvelliste avale difficilement sa salive. Vincent n'a pas tort. Comme une mécanique cachée sous un appareillage flamboyant. Chartrand a été sauvagement abattu par des barbares, comme tout le monde le sait depuis que les gazettes furibondes l'ont proclamé dans les jours suivant la déposition de Langlois. Et depuis, les forcenés hurlent à l'assassinat et à la rétorsion. En plus d'être ignorants et crédules, les Canadiens favorisent perpétuellement ceux de leur race, au détriment de la justice la plus élémentaire!

Lorsque les deux jeunes hommes entrent dans la maison, la salle commune est déserte et le souper, terminé depuis belle lurette. Par contre, un ragoût tiédit sur le poêle de la cuisine d'été, et ils s'empiffrent. Ils sont en train de laver leurs couverts lorsque Ériole fait irruption, de retour d'une veillée chez une voisine. Quasiment aussitôt, elle se retire dans sa chambre à l'étage, qu'elle n'a pu se résoudre encore à abandonner au profit de celle de dame Royer.

Sur ce, Caroline survient. Son mantelet déboutonné quasiment jusqu'à sa taille, laissant voir la chemise usée qu'elle porte dessous, témoigne de la chaleur de fin d'été. Apercevant les deux jeunes hommes, elle s'anime, ses iris foncés luisant d'excitation. Les sourcils arqués et le front marqué de fines rides horizontales, elle inonde Gilbert et Vincent de questions. Que s'est-il passé en cour? À quoi ressemble le principal prévenu? Les juges sont-ils ouvertement préjugés? Mi-figue, mi-raisin, Vincent l'interrompt:

— Ça nous mènerait au mitan de la nuit. On est lessivés, mamoiselle.

Boudeuse, elle fronce son nez de bonne dimension, mais plaisamment retroussé, avant de répliquer:

— Je vous laisse en paix pour à soir, mais vous me faites une place en cour avec vous demain. Marché conclu?

Contrarié, Gilbert la contreboute:

— Woh! Ralentis ton cheval. C'est pas une place pour toi. Y a plein d'individus louches qui traînassent dans les corridors.

— Pis d'autres aux alentours de la Maison d'audience, j'ai bien vu. Tu veux dire qu'y a pas une seule dame aux assises?

Vincent pouffe de rire, puis lance à l'adresse de Gilbert:

— Piégé, l'ami!

Il se tourne vers Caroline pour déclarer:

— Oui, y a des dames. Z'êtes parée à courir le risque? Alors, je m'offre pour être votre protecteur.

Égayée, la jeune femme répond par l'ébauche d'une révérence. De plus en plus irrité, Gilbert ne peut résister au désir souverain de tourner les talons et de grimper l'escalier quatre à quatre, sans souhaiter la bonne nuit. Il sait fort bien que Vincent badine. Son attitude dissipe tout équivoque: il traite Caroline comme si elle était sa gentille sœurette. N'empêche que Gilbert n'apprécie guère. Caroline ne peut faire autrement que de s'en rapporter à Vincent, puisque Gilbert la tient soigneusement à distance de lui, mais celui-ci ne peut s'empêcher de réprouver leur familiarité.

25

Gilbert escomptait que Caroline soit incapable de se tirer de l'endormitoire à la barre du jour, mais lorsqu'elle entend gricher les marches de l'escalier, sa jeune amie émerge de sa chambre du rez-de-chaussée. Elle est déjà sobrement vêtue, sa longue chevelure mordorée soigneusement tressée, puis couverte d'un foulard bariolé. Gilbert lui adresse un sourire de bienvenue qui doit ressembler à une grimace, avant de laisser tomber à voix basse :

— On croirait que t'as dormi attifée de même…

— Niaise-moi pas, réplique-t-elle froidement. Je vois pas pourquoi tu t'opposes à ce que je vienne avec vous deux. Je trouve ça normal d'avoir envie de mirer ce dont toutte le monde jase.

Gilbert se détourne pour mettre fin à un échange qui, comme tous les autres, est chargé d'une bonne dose d'inconfort et d'acrimonie. Ces temps-ci, il regrette fièrement de l'avoir détournée, ce printemps, de son projet de débagager. Depuis quelques semaines, Caroline languit à la maison. De surcroît, le temps de le dire, son humeur passe d'exagérément enjouée à singulièrement enténébrée. Avant, tous deux se croisaient à peine. Gilbert croulait sous les occupations en raison de la réouverture de *La Quotidienne* et de son rôle plus affirmé de rédacteur adjoint, en plus de ses fréquentes veillées passées chez d'accortes mamoiselles du faubourg.

De son côté, après un long séjour à Saint-Denis, Caroline n'était que rarement présente dans leur maison du faubourg Québec. L'atelier de matelas, le Cabaretier patriote et d'autres endroits dont elle n'a pas fait état occupaient tout son temps. En fait, Étienne la monopolisait ; du moins, c'est ce que Gilbert en a conclu, car il n'a jamais pu surprendre la moindre allusion de Caroline à son sujet, ni le plus infime moment d'intimité amoureuse entre eux deux lors de ses visites à la taverne.

À son tour, Vincent atterrit sur le plancher des vaches. Sans parler, pour ne pas troubler le sommeil d'Ériole, Gilbert et lui se rendent dans la cour pour leurs ablutions, puis tous trois engouffrent un rapide déjeuner. Enfin, dans une agréable fraîcheur matinale, ils prennent leur envol. Après quelques pas, Vincent entreprend un résumé des assises de la veille, autant au bénéfice de Caroline que pour rafraîchir sa mémoire et celle de Gilbert, qui s'est d'emblée placé derrière eux.

Par l'entremise du solliciteur général O'Sullivan et du procureur général Ogden, les autorités constituées tentent de justifier leur décision, indéfendable, de ne pas ranger le décès de Joseph Armand dit Chartrand dans la catégorie des crimes de sédition et de haute trahison. De surcroît, lesdites autorités s'acharnent à incriminer l'instituteur Nicolas, alors que même leurs deux témoins directs du drame, Langlois et Poissant, affirment qu'il n'a pas tiré.

— L'argument de la Couronne se réduit à ceci, poursuit le jeune sténographe. M'sieur Nicolas commandait la bande. Dans le boisé, y a présidé une parodie de procès, puis y a ordonné de faire feu. Ses miliciens, couillons dénués de la moindre parcelle de volonté, ont obéi au doigt et à l'œil. Même si, comme y prétendent, y connaissaient pas Chartrand pantoutte. Ce qui, d'ailleurs, m'étonnerait fort.

Gilbert interjette :

— Langlois pis Poissant pointent du doigt d'autres hommes qui sont au moins autant coupables que Nicolas. Beaulieu fils, Garant… Fait que même un jury paqueté pourrait pas déclarer Nicolas coupable, comme le savent les fanatiques favorisés d'une place d'officiers en loi de la Couronne.

Ce disant, Gilbert est terrassé par l'évidence. Une parodie de procès se joue sous leurs yeux, une représentation théâtrale au bénéfice d'un public vivant de l'autre bord de l'horizon, en mère patrie. L'Exécutif de la colonie n'attend que le résultat anticipé des assises pour souffler dans les trompettes. La cause de Chartrand est un épisode de l'interminable farce se déroulant depuis une décennie en Bas-Canada. Une farce dans laquelle des convulsionnaires, leurs visages recouverts du masque de la peur, sont les principaux protagonistes. Leur but : convaincre le ministre des Colonies et le ministère anglais de leur position de victimes impuissantes dans une campagne de terreur orchestrée par les habitants patriotes et leurs horrifiques meneurs. Déloger les colonisés et surtout les plus éminents d'entre eux, notables devenus traîtres renégats. S'approprier leurs terres et leurs biens, ternir leur enviable réputation et profiter des faveurs dont leurs concitoyens les comblent.

Gilbert émerge de sa songerie lorsqu'il voit les adhérents de la faction enfiévrée, plongés dans des parlures à mi-voix, encombrer les corridors menant à la salle d'audience. Il a le réflexe de tendre le bras vers Caroline pour la placer sous sa protection, mais il voit que Vincent a déjà posé une main rassurante sur l'épaule de la jeune femme. Heureusement, les Montréalistes réformistes surpassent les furieux en nombre et en détermination. Étroitement surveillés, ces derniers ne peuvent risquer une échauffourée.

Gilbert, Vincent et leur camarade James Phelan doivent obéir à la consigne de leur patron de prendre place à des endroits différents de la salle ; ainsi, si l'un entend mal, l'autre pourra prendre le relais. S'amarrant à Vincent, Caroline s'assoit à ses côtés. Gilbert se réjouit que son amie se trouve si loin de lui, tout en déplorant la distance entre eux. Un constant méli-mélo de sentiments l'encombre !

Puis, il fait jouer ses doigts gourds et douloureux, et se prépare à accomplir sa tâche. À l'ouverture des assises, l'avocat Charles Mondelet demande à la cour, qui l'accorde, un siège pour ses quatre clients, obligés de rester debout à longueur de journée. La décision suscite un murmure réprobateur dans la portion fanatique de l'auditoire, ce qui permet à Gilbert de se conforter : les sectaires sont en nette minorité.

Sur ce, le procès reprend avec la comparution de six autres témoins de la Couronne, qui confirment l'impression généralisée, c'est-à-dire que François Nicolas a été choisi par les autorités comme bouc émissaire. Ensuite, Mondelet s'avance pour une plaidoirie en faveur des accusés. La plume en l'air, Gilbert scrute intensément l'avocat de 36 ans, plutôt petit et de faible équarriture. L'un des vire-capot les plus notoires de la colonie, il est passé de Réformiste avoué à tiède partisan de la Clique du Château.

Ensuite, la girouette Mondelet s'est encore ravisée. Indigné par les malversations orchestrées par les instances exécutives de la colonie, il était admis comme membre du Comité central et permanent du district de Montréal. Une tête au menton étroit et au front large et haut, une bouche aux lèvres pleines, un nez fort et de grands yeux surmontés d'arcades sourcilières proéminentes, tout cela compose des traits frappants qui commandent l'attention. Malgré tout, Gilbert doit fixer son feuillet du regard afin d'écrire à toute vapeur.

L'avocat affirme d'emblée que les quatre prévenus n'ont pas commis le crime odieux dont ils sont accusés, puis il ajoute :

— Le gouvernement colonial promulguait des mesures arbitraires, chargeant les officiers de milice et les juges de paix de les faire respecter. Au contraire, plutôt que d'augmenter leur capital de confiance, ses satellites locaux le perdaient à vue d'œil. Voilà où le trépas de Chartrand prend sa source : dans l'impérieux désir du peuple de se protéger d'une oppression insupportable par l'entremise d'un gouvernement parallèle. À tort ou à droit, on croyait que le gouvernement avait violé les lois pour les remplacer par la force. Dans le comté de L'Acadie, la crainte régnait, causée en grande partie par les arrestations et les récits exagérés des violences répandues en ville. L'affaire de Longueuil était connue ; on disait que messieurs Demaray et Davignon seraient pendus à leur arrivée à Montréal. Plus personne, donc, n'était en sûreté.

Charles Mondelet beurre épais, s'inspirant de l'argumentaire des autorités constituées. L'anarchie régnait. Refuser de prendre parti équivalait à courir le risque d'être molesté et de perdre ses biens.

— Les prisonniers ci-présents ont trouvé le peuple en possession du pouvoir souverain. Leurs opinions politiques, l'attachement à la cause du pays et la confiance dans leurs chefs étaient inébranlables. Ils n'ont pu distinguer entre l'autorité légale et le gouvernement *de facto*, un état de société reconnu dans l'histoire. En Angleterre même, la masse du peuple a exclu des rois et des dynasties. Ceux qui avaient concourru à ces renversements de pouvoir ont été absous par des lois du Parlement. Les prisonniers seraient condamnables de l'acte dont on les accuse ? Alors, des milliers de personnes sont infiniment plus coupables qu'eux. Peut-on sévir pour un acte découlant d'un sentiment public quasi unanime ?

Gilbert est bouleversé jusqu'au tréfonds de son être. Il ressent un bien immense à ouïr de telles assertions dans une si noble enceinte, dans un lieu censé protéger le bien commun plutôt que les privilèges indécents d'une caste. Il ressent un bien fou à voir une telle harangue retentir jusqu'aux oreilles de convulsionnaires qui, jusqu'à présent, ont pu forger le récit des événements à l'enclume de leurs préjugés et de leurs intérêts égoïstes. Peu importe que deux témoins à charge, le juge de paix William McCrae et le Dr Arnoldi, restent debout non loin des jurés dans le but de les intimider par d'ostensibles ricanements !

La voix de stentor de Mondelet résonne jusqu'aux recoins de la pièce :

— Est-il plus atroce d'avoir tué un espion que d'avoir commis des excès tels que ceux qui ont souillé Montréal, le 6 novembre 1837 ?

L'avocat fait allusion aux violences du Doric Club contre les Fils de la Liberté. Il insiste :

— Est-il plus atroce d'avoir tué un espion que d'avoir, pendant l'hiver, recommandé par gazettes interposées d'assassiner les prisonniers libérés sur ordre du gouvernement ? La mort de Chartrand s'apparente à celle de douzaines de soldats tués dans le feu de l'action à Saint-Denis. Pourtant, l'Exécutif n'a pas intenté de procès d'État contre les présumés coupables, alors que plusieurs sont revenus parmi nous. Il a absous ceux qui ont décimé un corps de troupes de Sa Majesté. De quelle grâce, alors, demande-t-il le sang de ces quatre messieurs ?

D'un large geste du bras, Mondelet désigne les présumés coupables, assis sur le bord de leur siège et suspendus à ses lèvres.

— Par son propre acte, l'Exécutif admet que ces messieurs sont aussi peu répréhensibles que les autres patriotes qui ont pris les armes, mais qui ont été acquittés sans procès.

Ensuite, le plaideur fait le récapitulatif de la preuve. Après avoir souligné les contradictions entre les témoins de la Couronne, il atteste que François Nicolas n'était chef de rien. Valsant entre solennité et raillerie, il conclut :

— Hier, le savant solliciteur général a cité un des commandements de Dieu. Avec ce ton de sensibilité qu'on lui connaît, il vous a dit : « Homicide point ne sera de fait ni volontairement. » La citation s'applique plutôt aux prisonniers. Messieurs du jury, ce ne serait pas un seul meurtre, mais quatre que vous commettriez si, par votre verdict, ils montaient sur l'échafaud. « L'âme de Chartrand vous reprocherait de ne l'avoir pas vengé », vous a dit encore le solliciteur général. Les âmes de ces prisonniers ne vous laisseraient pas un moment de repos, leur voix se ferait continuellement entendre, vous seriez bourrelés de remords, vous seriez malheureux, vous seriez des meurtriers vous-mêmes si vous condamniez ces hommes-là au supplice !

Après une longue pause, Charles Mondelet remercie la cour selon l'usage, puis se rassoit. Gilbert achève de consigner la plaidoirie par écrit, tandis que l'auditoire se répand en murmures et, pour la portion fanatique, en moqueries grossières proférées à mi-voix. Pendant les heures qui suivent, les avocats de la défense font défiler une quinzaine de témoins à décharge. Ils insistent sur le fait que le véritable commandant de la bande était René Garant, puis ils défendent l'honneur et la probité de leurs concitoyens emprisonnés, ce qui est un acte d'héroïsme, compte tenu de la flagrante collusion entre le juge en chef James Reid et les officiers en loi de la Couronne. Tout à l'heure, Reid a accepté de ne pas laisser parler un témoin à décharge parce qu'il avait passé quelques heures en cour, tandis que cinq témoins de la partie adverse — Gilbert les a comptés — y sont demeurés tout le temps, refusant d'aller dans la pièce qui leur était réservée.

Gilbert s'est blindé le cœur pour les harangues du procureur général et du juge en chef. Le premier justifie la poursuite d'un ton étonnamment plaignard :

— La haute trahison consiste dans la révolte, mais la révolte n'est pas et n'a jamais été l'assassinat. La révolte peut être le délit de gens d'honneur égarés, le meurtre est le crime du lâche, de l'infâme !

Ensuite, Charles Richard Ogden proteste contre la prétendue désorganisation du gouvernement exécutif :

— Il existait des lois, une administration, des officiers publics, une force armée imposante qui contraient l'anarchie. Une demi-douzaine d'individus malintentionnés ont d'abord parcouru les paroisses ; bientôt, on a vu leur nombre s'accroître et l'agitation se répandre. Ils auraient fini par bouleverser les lois. Mais ce furent des tentatives contre lesquelles les hommes d'honneur et de loyauté s'opposèrent, ce furent des attaques dont la fermeté du gouvernement a su triompher.

Comme Gilbert aimerait se dresser et crier que c'est faux, que les autorités constituées beuglaient alors au renversement total et généralisé de l'ordre public! Mais il doit se contenter de noter la description que fait le procureur général d'un meurtre d'une férocité sans précédent :

— Le malheureux, après la première décharge, se soulève sur la terre sanglante et supplie ses bourreaux de l'achever ; ceux-ci, sans être touchés par ce spectacle affreux, sans s'arrêter au milieu du crime, se hâtent de le consommer en tirant un second coup, et laissent là ce corps mutilé, qui remuait encore, en proie aux dernières crispations de la mort ; mort d'autant plus pénible qu'il n'y put être préparé par les secours de la religion, et qu'il lui fut ravi cette dernière consolation qu'on laisse même au coupable.

Le juge en chef James Reid succède à son collègue juriste pour la traditionnelle récapitulation de la preuve aux membres du jury. Gilbert mire l'expression rigide sur le visage parcheminé, blême sous la perruque, du vieil homme. Il articule benoîtement, d'une voix sans timbre :

— Parmi un peuple reconnu pour être paisible, il est rare qu'on ait vu se commettre un crime accompagné de circonstances aussi atroces. Le sang d'une victime crie vengeance et demande justice ; le crime ne restera pas impuni et la société retrouvera son assurance grâce au verdict impartial que vous rendrez avec la conviction d'hommes consciencieux, qui ont fait serment de laisser de côté toute considération, toute passion particulière pour ne penser qu'à leur devoir envers Dieu et leur pays, quelque rigoureux qu'il puisse paraître à l'humanité.

Des murmures réprobateurs s'élèvent dans l'auditoire. C'est déjà suffisant que les principaux officiers de la Couronne soient bassement préjugés, sans que le juge en chef en rajoute! Dans les faits, tout le monde sait que Reid figure en tête de liste des convulsionnaires ; il ne se gêne jamais pour le manifester du haut de son trône! Comme il se met à détailler la preuve, Gilbert dépose sa plume. Que de références à l'ordre divin au cours de ce procès! Le rédacteur du *Temps* le lui confirmera certainement plus tard : jamais les admonestations en salle d'audience — plaidoiries d'officiers de la Couronne, instructions des juges ou déclarations coutumières du Grand Jury — n'ont contenu autant d'allusions à une immuable ligne de conduite.

Ce n'est pas un hasard. Depuis l'an dernier, le haut clergé et le gouvernement exécutif s'allient pour dicter au peuple comment penser et se comporter. Pour dicter la soumission. N'est-ce pas son curé que François Bourassa, qui a découvert le corps, est allé voir en tout premier? N'est-ce pas ledit curé qui a convaincu Langlois, désigné par Bourassa, d'aller à Montréal vider son sac devant Pierre-Édouard Leclère, surintendant de police?

Gilbert pivote à demi pour mirer Vincent et Caroline, à l'autre bout de la salle. Le premier écrit, mais sa compagne a la tête très droite et les yeux fixés sur le juge Reid. Gilbert s'amuse du nez de la jeune femme, qui lui fait penser à la proue d'un navire, féminine et sensuelle, mais épanouie et bien allongée vers l'avant, altière et conquérante… Sentant le regard posé sur elle, Caroline finit par tourner la tête et par adresser à Gilbert une moue à la fois goguenarde et impatiente. C'est que le juge en chef étire son sermon, réorganisant la preuve pour la conformer à son idée préconçue. Gilbert réagit à la mine de son amie par un sourire fendu jusqu'aux oreilles. Puis, comme l'accès de tendresse suscite en lui un déferlement d'émotions, il retourne précipitamment à ses moutons.

La somnolence menace de gagner le journaliste lorsque, abruptement, M{^{r}} Reid met fin à sa *charge*. Le jury est conduit dans la chambre des délibérations, les officiers en loi et les prévenus sortent à leur tour, et l'attente commence. Gilbert voit James Phelan extirper sa montre de sa poche, la mirer un moment, puis lui faire signe qu'il est quatre heures de l'après-midi. Gilbert le consigne aussitôt, puis dépose son écritoire sur le siège d'à côté, laissé vacant par son voisin, parti se dégourdir les jambes, et il se lève, s'abandonnant au désir de s'étirer de tout son long.

Prestement, il range son matériel d'écriture, devenu inutile, à l'intérieur de son écritoire portative, puis il rejoint Vincent et Caroline. Appâté par cette dernière, James a déjà rejoint le jeune couple. Poseur, il se met à badiner, mais Caroline le dédaigne. Très concentrée, elle réfléchit plutôt, à mi-voix, aux indices pointant en direction d'un complot tramé par David Roy, ainsi qu'il était écrit dans *Le Populaire* au lendemain de son arrestation.

— Pis une phrase d'un témoin à charge, hier, ajoute Vincent. Des ordres de tuer Chartrand auraient été émanés de quelque autorité encore inconnue.

— J'ai souligné la phrase après l'avoir notée, confirme Gilbert.

Dans cette perspective, Caroline récapitule un témoignage du jour. Un très vieil homme a osé parler du défunt comme d'un homme « pas comme y faut ». Il a évoqué un fait de notoriété publique : une querelle entre David Roy et Chartrand, à la fin de laquelle le second a battu le premier jusqu'à « manquer de le tuer ». L'aïeul n'a pas précisé la date de l'incident, mais il a affirmé avoir croisé Chartrand le jour d'après. Celui-ci a fait mine de s'inquiéter de l'état du pauvre Roy, mais du même souffle, sans l'ombre d'un regret, il a déclaré « qu'il en ferait bien d'autres ».

Or, Chartrand travaillait comme maçon à la maison de David Roy ; le 27 novembre, il aurait parcouru à pied les quatre milles entre Saint-Jean et ladite demeure pour prier gentiment Roy d'avoir ses gages. Peu crédible... Il est probable que Chartrand faisait partie du nombreux groupe d'hommes tirant profit d'une position avantageuse — membre d'un régiment de *volunteers* — pour mettre le couteau sous la gorge de ses débiteurs.

James le confirme : la rumeur court que le 27 novembre, une violente altercation aurait eu lieu entre Chartrand et David Roy. Deux chicanes successives, donc, à quelques jours d'intervalle. L'ordre d'éliminer Chartrand aurait très bien pu être donné par l'un ou l'autre des frères Roy. Le moment était bien choisi, puisque l'Exécutif risquait d'être détrôné, puis remplacé par un gouvernement provisoire. C'était la guerre.

Désignant les sièges laissés vacants par le jury, Caroline s'enquiert avec crainte :

— Ces messieurs pourront pas condamner des innocents. Les autorités le savent pourtant ! Le jury autant que nous autres, y voit que les officiers de la Couronne ont pas cherché à faire jaillir la lumière.

— Même qu'y ont engraissé la noirceur, ajoute Vincent.

— Ce que souhaitent les autorités crève les yeux, déclare James. Un verdict qui leur permettrait de faire tomber quelques têtes.

Satisfaire les convulsionnaires pis qu'on n'en parle plus. Ça les aveugle. On dirait qu'y conduisent les procédures avec juste cet objectif-là en tête.

Caroline a sursauté. Harassée, elle souffle :

— Condamner des innocents à trépas juste pour satisfaire une clique assoiffée de sang? Ça se peut pas. Ça serait trop... trop...

D'une œillade sans équivoque, Gilbert la réduit au silence. Il dit ensuite, le ton acerbe :

— C'est pourtant la coutume. Tous les régimes despotiques s'en servent sitôt que nécessaire. Souviens-toi des trois patriotes du Haut-Canada. On en a causé en masse, me semble?

Caroline cligne des yeux en signe d'assentiment. À ce sujet, les échanges ont été vifs entre eux deux. La menace d'exécutions après un simulacre de justice, faisait valoir Gilbert, planait au-dessus de la tête des Bas-Canadiens depuis l'orée du règne de la terreur, depuis que la faction sectaire criait vengeance. Aux yeux de Caroline, une autre menace paraissait encore plus abominable, celle de sévices physiques envers des dames laissées sans protection. Brutalités, chantages en échange de faveurs sexuelles et viols pouvaient devenir, à ses yeux, des meurtres à petit feu.

À l'assertion de Gilbert, James renchérit, la mine enténébrée :

— Au-delà de l'arsenal législatif, y a l'arme suprême du chantage pis de la terreur. Servir un exemple. Épouvanter le monde.

— Sauf que l'arrivée de Durham l'a fait reculer dans un improbable lointain, déclare Vincent. En Bas-Canada, les cours martiales pis les pendaisons sont dorénavant impossibles. Un libéral comme milord le supporterait pas.

James abonde dans son sens, puis il saute du coq à l'âne, s'obligeant à la légèreté :

— À un moment donné, quand Mr Ogden pérorait, j'ai failli me lever pis crier : «Objection, votre honneur!» Y a dit textuellement : *On ne peut ni ne doit mettre en accusation que par la voie du Grand Jury, et cela sans partialité ni faveur.* Y se parjurait, *for God's sake*! Pis en pleine face de l'avocat Mondelet, celui qui a remué ciel et terre naguère pour l'empêcher de contrevenir à une décision d'un Grand Jury. Les furibonds ont la morale dans le fond du sac. Y se permettent des menteries grosses comme le bras, comme si on était des niaiseux pis des sans-dessein!

Le péroreur a atteint son but : ramener à lui l'attention de Caroline, laquelle le presse d'éclairer sa lanterne. L'éditeur du *Temps* rappelle donc le souvenir d'une cause qui remonte à la cour criminelle de la fin de l'été passé, un an plus tôt. Le Grand Jury avait rejeté plusieurs accusations de sédition d'une niaiserie consommée. À l'ultime journée des assises, le procureur général les a présentées de nouveau à la cour, faisant fi de l'opinion du Grand Jury. Ogden s'inspirait de son prédécesseur James Stuart, à la fin des années 1820.

Gilbert vole le crachoir à James :

— Mondelet s'est trouvé présent au moment critique, fait qu'y a démarré le bal des protêts pis des objections légales. Sans succès, parce que les prévenus ont dû verser une caution de comparution pour le prochain terme de la cour criminelle.

— Pourtant, interjette James, le verdict du Grand Jury, à l'origine, signifiait pour eux une décharge pleine et entière. Paraît que l'affaire a été, pour l'avocat Mondelet, la goutte qui a fait déborder le vase. Dans les semaines qui ont suivi, y joignait les rangs réformistes.

Un branle-bas se produit : le jury a annoncé qu'il s'était entendu sur un verdict. À grand-peine, Gilbert réprime un énervement croissant. Vincent murmure, avec une ferveur quasi religieuse qui ne lui est pas coutumière :

— Ordonnateur céleste, faites pour l'amour de la justice et du genre humain que j'aie vu juste. Faites que je garde ma foi dans la bonté de mes semblables !

Gilbert sent une menotte, celle de Caroline, le tâtonner pour prendre la sienne. Constatant son effroi, il presse fortement sa main. Il lutte contre le désir impérieux de se blottir entre ses bras et de presser son visage contre ses seins généreux. Il voudrait ne plus être un mâle dominant son entourage d'une bonne tête, mais plutôt un minuscule nourrisson à qui sa mère offre du lait tiède et sucré en guise de réconfort.

Dans le silence à couper au couteau, la sentence balbutiée par le président du jury sonne comme un coup de tonnerre. Non coupable ! Caroline émet un gloussement de joie et, d'un seul coup, Gilbert sent disparaître l'insoutenable tension qui l'encombrait. Des applaudissements s'élèvent et deviennent, en quelques secondes, un orage agrémenté de vivats et d'acclamations. Enivré, le jeune sténographe gratifie son amie d'une puissante accolade. Les voyant, Vincent se précipite vers eux pour les entourer de ses bras, et Caroline s'écarte de Gilbert pour l'inclure dans leur cercle.

Enfin, après un temps, tous trois se séparent sans mot dire. Vincent va vers James pour échanger avec lui quelques mots et une franche poignée de main. Gilbert jette un coup d'œil aux officiers en loi de la Couronne et aux juges, encore vissés à leurs sièges. Ils sont blêmes, les traits décomposés par la peur ! Gilbert prend conscience du bredas dans la salle. Une bonne partie de l'auditoire exprime sa satisfaction, mais une autre montre son dépit en brandissant le point et en garrochant des commentaires rageurs, garnis d'épithètes insultantes.

L'alarme a été sonnée parmi les furibonds qui faisaient le pied de grue dans les corridors de la Maison d'audience, de même qu'à l'extérieur, et ils affluent en masse, manifestement déterminés à laisser libre cours à leur rage de forcenés floués du plaisir de faire souffrir ceux qu'ils considèrent comme leurs ennemis. En guise de protection, la partie réformiste de l'auditoire réagit en se regroupant à l'avant de la salle. Une invective est lancée en langue française, une autre en anglais s'ensuit immédiatement et un flot continuel d'insultes a bientôt cours. Le ton monte :

— Cannibales !

— *Damn rascals!*

À travers le tumulte, Gilbert entend les avocats des prévenus faire une première motion pour la remise en liberté immédiate de leurs clients, puis une seconde pour retarder la mise en liberté jusqu'à ce que des agents de police puissent assurer leur sécurité. Charles Mondelet et son collègue William Walker affirment être en possession d'affidavits prouvant que des menaces de mort ont été faites à l'endroit des prévenus dans le cas où ils seraient innocentés.

James se tourne vers ses collègues. En tant que rapporteurs de nouvelles, ils doivent en priorité protéger le fruit de leur travail. Tous trois conviennent donc, malgré ce qu'il leur en coûte, d'attendre sagement à l'intérieur de la salle d'audience ; ils gardent Caroline près d'eux. Les ci-devant prisonniers, eux, bénéficieront d'un rempart inexpugnable, celui d'une centaine de Réformistes trop heureux de pouvoir assurer la protection d'hommes persécutés par les autorités. Depuis l'automne dernier, ils ont trop souvent été obligés de se contenir à la vue de patriotes enchaînés, accablés d'injures, se dirigeant vers la prison.

Vincent déclare sourdement que ce matin, les habits rouges de la garnison ont été mis sur un pied d'alerte. Menace tangible depuis toujours, mais affolante depuis l'automne dernier! Comme de coutume, on les enrégimente non pas pour assurer le maintien de l'ordre public, lequel est principalement troublé par les ultra-tories, mais pour offrir à ces derniers toute la latitude voulue pour perpétrer leurs mauvais coups. Vincent lance une œillade harassée à Gilbert, qui saisit aussitôt son sentiment. Se remémorant le 6 novembre 1837, il craint des morts d'hommes et non plus uniquement des blessures et des saccages de propriétés de patriotes.

Les craintes de Vincent s'avèrent infondées. Certes, pendant toute la soirée, les Montréalistes intolérants gueulent, sifflent et cavalent, mais ne font rien de pire. Quand même, les hommes innocentés doivent être secrètement transportés à un autre endroit pour la nuit, de peur qu'on s'attaque au bâtiment qui les abrite. Le jour d'après, tous les papiers-nouvelles de langue anglaise, sans distinction, proclament que les membres du jury ont tout fait pour disculper leurs compatriotes, y compris avaliser des menteries et se parjurer au mépris des lois. Une distorsion prévisible de la réalité.

Le *Herald* est encore plus virulent et brutal qu'à son habitude. La plaidoirie de l'avocat Mondelet a été la plus outrée et séditieuse ayant jamais résonné dans l'enceinte d'un temple de la justice. Élargis, les meurtriers de Chartrand pourront récidiver en toute impunité. Le verdict a fait jaillir des éclats de haine — *deep rooted hatred*. Comme après la dégelée des troupes britanniques à Saint-Denis, une irrépressible envie de faire jouer la loi du talion se fait sentir, selon le *Herald*, parmi les *volunteers*. Joseph Armand dit Chartrand était un des leurs! Ils doivent se faire justice eux-mêmes.

26

Dans les bras de son père, Jules couine, mais ne se réveille pas. Couchée sur le côté, Vitaline observe Florentin, installé dans la berçante qui jouxte leur lit sous les combles. Les paupières closes et la tête renversée, il apaise leur fils, né trois jours plus tôt. Le spectacle est touchant, mais tout soudain, Vitaline regrette amèrement que Vincent ne soit pas à la place de son mari. Que ce ne soit pas de lui qu'elle reçoive les œillades compatissantes et les sourires épanouis. Une missive de Gilbert a rassuré Vitaline sur le sort de Vincent, et incessamment, elle écrira au premier pour le mettre au courant de l'heureuse délivrance. Mais à quand les retrouvailles ?

De surcroît, Vitaline s'ennuie de sa belle-sœur, qui vient de convoler en justes noces. La jeune mère n'avait pas pris conscience de la place que la sœur de Florentin occupait dans sa vie. Normande ensoleillait ses journées. Mariée à son Alexis, elle a débagagé dans les environs de Nicolet, et dorénavant, elle ne retrouvera les membres de sa famille que de loin en loin. Vitaline aurait tant apprécié sa présence pendant ses relevailles ! Dans la foulée de la naissance d'Olympe, Normande avait été une soie.

Après un soupir, Vitaline s'encalme. Elle a passé une nuit plutôt reposante, malgré les interruptions de sommeil pour allaiter, et à matin, elle jouit d'être délivrée des courbatures et de l'irrépressible fatigue qui l'accablait depuis la délivrance. Car elle s'est démenée pour mettre bas, faisant mentir l'adage voulant qu'une seconde naissance soit plus aisée que la première. Jules s'est présenté à l'air libre par les fesses plutôt que par le crâne, ce qui a signifié un long travail. Mais enfin, leur fils a vu le jour en bonne santé, et Vitaline elle-même n'a pas réellement pâti de l'effort soutenu, hormis des déchirures au passage qui, foi d'accoucheuse, ne seront plus qu'un souvenir dans une quinzaine.

Soudain, Florentin ouvre les yeux et tourne la tête vers elle. Souriant, il déclare :

— Y dort dur. Je crois que j'ai le tour.

Vitaline se contente de répondre par un sourire fendu jusqu'aux oreilles. Manifestement, elle vient d'offrir à son mari le plus beau cadeau de sa vie. Encore plus munificent qu'Olympe, que Florentin adorait pourtant. De son côté, Vitaline est bardassée par des vagues d'émotions contrastées : comblée et repue un soir, puis fragile et démunie le jour suivant. Elle sait que l'unique parade consiste à ne pas engraisser ces ébranlements. Ne pas s'y complaire. Ne pas ruminer les nouvelles qui enténèbrent l'humeur.

Sauf qu'il est ardu de rester imperturbable par les temps qui courent. Vitaline ne peut s'empêcher de dresser un parallèle saisissant entre la naissance de Jules et celle de sa défunte sœur aînée. Olympe a ouvert les yeux un jour de janvier 1836, au moment même où le gouverneur Gosford émanait sa fameuse proclamation interdisant la formation du British Rifle Corps, convulsionnaires qui menaçaient de se soulever contre les Réformistes de la province. Son frère cadet, lui, est venu au monde à une période autant troublée.

Le 25 septembre, tandis que Vitaline contemplait le visage chiffonné et maculé de son précieux nouveau-né, les habitants de Québec se claquemuraient à domicile au passage d'une procession visant à les effrayer. Un lord nommé Brougham était représenté en effigie, la corde au cou, et après avoir été promené au travers des rues et des ruelles, il a été brûlé sous les huées. Jules a fait son entrée dans le monde le jour où les forcenés effectuaient la danse du diable, au terme d'un indécent charivari dans les rues de Québec.

Ce matin même, tout en apportant deux gazettes à son épouse, Florentin a fait valoir que depuis la Rue du Sang, il y a eu d'innombrables sursauts de la faction sectaire. Accoucher en décembre dernier, ça aurait été bien pire ! Singulièrement troublée par la coïncidence, Vitaline a pris le temps de lire les comptes rendus en sa possession, puis d'y ajouter des informations glanées dans les parlures du rez-de-chaussée depuis son lit de douleurs. Elle en est convaincue :

brûler les effigies de parlementaires britanniques, ce n'est pas une banale échauffourée, c'est hisser l'étendard de la rébellion.

Un événement sensationnel, dont la nouvelle s'était répandue dans les jours précédant l'accouchement de Vitaline, a été la cause du sursaut convulsionnaire. En chambre haute du Parlement impérial, lord Brougham avait déposé une motion dénonçant comme illégale et inconstitutionnelle l'ordonnance d'amnistie adoptée par lord Durham et son Conseil spécial, à la fin de juin. Selon lui, le gouverneur outrepassait les pouvoirs dont il avait été doté, tout extraordinaires qu'ils fussent.

Inexplicablement, plusieurs dizaines de parlementaires à perruques se sont joints au libéral Brougham. En conséquence, la fameuse ordonnance a été nullifiée. Souvent, Vitaline rumine ce mot, lourd de conséquences. Les lords anglais qui ont invalidé l'ordonnance du gouverneur du Bas-Canada auraient été formels : quiconque peut dorénavant rentrer au pays sans risquer une poursuite. Dans la foulée, la chambre haute a même introduit une loi mettant Durham, ainsi que ceux qui ont agi suivant ses ordres, à l'abri de poursuites éventuelles de la part des victimes de ladite ordonnance.

Le panorama des conséquences de l'annulation de l'ordonnance reste brouillé, mais Vitaline est chamboulée par les images qui se succèdent dans son imagination. Louis-Joseph Papineau revenant enfin parmi eux, pour diriger le pays vers son indépendance… Wolfred Nelson, leur bon docteur, retrouvant sa prééminence d'Anglais réformiste et d'ami sincère des Canadiens amoureux des libertés… Tous les autres exilés, bannis ou emprisonnés, reprenant enfin leur place au sein de leur famille… Une vision mirifique.

Sauf pour une foule de favoris et autant de délateurs avérés, pour qui la vision se grime en horrible cauchemar. Tout ce beau monde pisse de trouille dans ses culottes à l'idée de côtoyer les victimes des persécutions. Les furibonds ne craignent rien de plus qu'on leur demande reddition de comptes, comme le confirme le singulier branle-bas provoqué par la remise en liberté des quatre prévenus accusés d'avoir mis à mort l'espion Joseph Armand dit Chartrand.

Avec précaution, Vitaline se tourne et se laisse retomber sur le dos. Au passage, elle émet un pet majestueux qui témoigne non seulement du relâchement souverain de tout son être, mais de sa répulsion envers la faction enfiévrée. Vitaline a lu les rapports détaillés de *L'Ami du peuple*, du *Populaire* et surtout, l'opuscule publié par le propriétaire de *La Quotidienne*. La preuve indique, hors de tout doute, que de condamner les quatre prévenus aurait été un acte criant d'injustice. Pourtant, les fous furieux du district ont désavoué les membres du jury, coupables à leurs yeux de bêtise et d'ignorance crasse!

Même la clique de marchands serviles de Saint-Denis et de Saint-Antoine, se défiant de la remise en liberté de quelques concitoyens, a commencé à se rameuter en catimini. Car à l'orée des assises de la Cour du banc de la reine du district de Montréal, le Grand Jury a été saisi de la cause concernant la mise à mort du lieutenant George Weir. Le verdict: les pièces à conviction concernant l'aubergiste François-Toussaint Mignault et le cultivateur Jean-Baptiste Lussier, qui croupissaient en prison depuis décembre de l'an passé, ne soutenaient pas un acte d'accusation. En conséquence, ils ont été libérés.

Avec une sorte de férocité, Vitaline émet à voix haute:

— J'aurais voulu voir la binette du marchand Guérout quand y a vu les personnes de Mignault pis Lussier, bien vifs dans le bourg. Je pense qu'on va commencer à avoir des confirmations. Qu'on va finir par comprendre à quel point Guérout était en relation avec les autorités de la province dès l'automne de l'an passé. À quel point y a parlé contre nous autres.

— Paraît qu'y... qu'y fait dur en masse par les temps qui courent, confirme Florentin. Si la peur révèle une mauvaise conscience...

— La culpabilité de Guérout doit être dix fois plus grande qu'on l'a cru jusqu'à présent.

Jeune mais prospère commerçant du bourg grâce à la prééminence de son père défunt, Louis Guérout a figuré parmi la poignée des notables du comté qui ont qualifié de catastrophique la résistance légale aux abus des autorités constituées, plutôt que la considérer comme porteuse d'espoir.

— Lui pis les autres prétendus Loyaux s'époumonaient en criailleries dégoulinantes de terreur. Honte à eux! Une mascarade...

Après, en tant que juge de paix, Guérout a activement sollicité des dépositions pour accabler certains de ses concitoyens. Vitaline rappelle à son mari que son courroux vengeur n'est pas motivé par des violences personnellement subies. Le rapport de la Commission d'indemnité n'est pas encore déposé, mais les audiences devant les trois commissaires l'ont clairement démontré : sur la rivière Chambly, les dommages occasionnés par les patriotes sont minimes, comparés à ceux causés par la soldatesque ou les *volunteers* salariés.

— Pour river le c... clou du cercueil de Gu... Guérout, dit encore Florentin, y aurait fallu voir ret... tontir le capitaine Jalbert. Celui-là, ça me crève le cœur.

Le Grand Jury a certes libéré Mignault et Lussier, mais non point le vénérable François Jalbert, ce qui est désolant. Son procès a commencé le 4 septembre, avant celui des prévenus du meurtre de Chartrand, pour avorter quasiment tout de suite. Maints témoins, qui n'étaient pas liés par un cautionnement de comparution, n'ont pas répondu à l'appel. Le procureur général a lu des affidavits dans le but de convaincre les juges de la culpabilité de Jalbert, puis il a les a priés de reporter la cause au prochain terme, en février 1839. Un coup monté !

Les avocats de Jalbert — les mêmes que pour les présumés assassins de l'espion Chartrand — ont bien tenté de contrebouter l'officier en loi. Ils ont argué de la faiblesse de la preuve, ainsi que des maux en tous genres suscités par la longueur de l'incarcération. Sans résultat : les juges ont renvoyé le capitaine Jalbert dans sa cellule pour encore cinq interminables mois, puisque « la sûreté de la société » exigeait que le cas soit examiné en détail. La sûreté de la société ? Celle de l'élite *briton* et fanatique, pour parler drette !

L'ÉCHO D'UN CRI ALERTE GILBERT, qui s'immobilise, accoté sur son balai. Seul dans la maison, il débarbouillait le plancher de la salle commune malgré l'heure tardive, car les travaux manuels le détendent après ses journées de travail. Le jeune homme tend l'oreille vers ce qui se passe à l'extérieur, plongé dans la noirceur. En ce 3 octobre au soir, l'échauffourée annoncée depuis 48 heures aurait-elle enfin éclaté ? Une vocifération lointaine semble le confirmer. L'irruption de l'événement appréhendé fait diminuer notablement la tension qui habitait Gilbert.

La dernière chose que souhaitent les tyrans, c'est le retour des exilés et des bannis. Ils l'ont prouvé au moyen du charivari contre lord Brougham et deux autres nobliaux du Parlement impérial, au terme duquel ils sont allés acclamer Durham à son domicile, c'est-à-dire le magnifique bâtiment de la Chambre d'Assemblée, dont Sa Seigneurie a pris possession à son arrivée. Les enfiévrés de la cité ne voulant pas rester en arrière de leurs acolytes de la capitale, ils se sont mis à acclamer leur bien-aimé Durham au moyen d'assemblées et d'Adresses de congratulations. Eux itou ont promis une exécution publique au moyen d'effigies réduites en cendres!

Gilbert range le balai, ne prenant même pas la peine de ramasser les rebuts tassés dans un recoin. Il se bougrine et s'élance dans la froidure du début de l'automne. Au passage, il fait un arrêt chez la voisine où se trouve Ériole afin de prévenir sa tante du bredas et pour lui offrir de la raccompagner à domicile. Cette dernière cède plutôt à l'insistance de son hôtesse et de son mari, qui proposent de la garder à coucher.

Gilbert repart, rassuré. À l'approche de la vieille cité, le tapage s'accroît, car une fanfare infernale agrémente la parade. Le jeune homme débouche place Dalhousie, frontière du faubourg Québec, au moment même où la tête du cortège y arrive depuis la rue Saint-Paul.

— *Fire to the ministers!*
— *Down with Brougham!*

Les invectives résonnent tandis que le cortège entreprend de faire le tour de la place. Gilbert et les nombreux autres spectateurs se tiennent le plus loin possible, mais de manière à bien voir, soit entre la garnison qui se trouve du côté du fleuve et la résidence de sir John Colborne, à l'opposé. Gilbert entend ses voisins rouspéter. Si les Réformistes osaient ne serait-ce qu'un centième de la manifestation en train de se dérouler, jamais les autorités civiles et militaires ne resteraient ainsi, les bras croisés!

À la lueur des torches que portent des quidams charbonnés et revêtus de guenilles, Gilbert distingue une phalange de cavaliers ouvrant la marche, puis trois effigies sur un tombereau tiré par des ânes. Elles sont costumées en nobliaux anglais de la Chambre des lords: perruque, robe de soie et fourrure d'hermine. Une corde de pendu orne leurs cous… Viennent ensuite des hommes masqués comme des démons et qui portent le cercueil en carton-pâte destiné à recevoir les cendres des nobliaux voués à la mort.

Derrière encore survient une autre charrette surmontée d'immenses transparents illuminés au moyen de fanaux. Arsenal décoratif en vogue chez les fanatiques, cette année! Sur le tissu translucide, des scènes sont peintes. La première représente lord Brougham à dos d'âne. Il tente d'échapper à la justice, mais il est retenu par le souverain de l'enfer qui s'écrie: « *I've got you! Walk to your death.* » La seconde illustre le diable menant trois *Britons*, la corde au cou, au lieu d'exécution. Ce qui permet à Gilbert d'identifier, en sus de Brougham, le ministre des Colonies, lord Glenelg, et le président du cabinet anglais, lord Melbourne.

Des centaines de partisans, dont moult femmes et autant de jeunets encore loin de l'âge d'homme, ferment la parade. Gilbert a le temps d'identifier plusieurs éminents fanatiques de la cité, tous de la trempe de la Constitutional Association et de ses leaders Peter McGill et George Moffatt. Il voit même la lie des vire-capot d'ascendance française. La scène est à la fois spectaculaire et lugubre, à donner la chair de poule. Ceux qui mènent le cortège font halte dans le but de bien se faire entendre. Sir John n'est pas à Montréal; par contre, une multitude d'officiers de haut rang habitent dans les alentours.

Parmi les spectateurs attroupés, plusieurs sont plongés dans l'incompréhension. À ouïr « à bas les ministres », certains croient qu'il s'agit des pasteurs anglicans, ces *ministers* de l'Église établie qui obtient trop d'avantages pécuniaires et fonciers au goût des protestants appartenant à d'autres dénominations. Une fois édifiés, ces spectateurs pestent allègrement:

— C'est quoi, l'affaire? On dirait que les convulsionnaires, y deviennent maboules. C'est pas contre Brougham qu'y devraient en avoir, mais contre les tories qui l'ont appuyé!

— Vous parlez drette, l'ami! Quand Brougham s'est opposé à l'acte de coercition de l'an passé...

— Celui du faquin Russell?

— Oui-da. Alors, milord Brougham y était fin seul. Pis là, tandis qu'y s'oppose à l'ordonnance de Durham, celui qui a été chargé de mettre à exécution l'acte de coercition, y voit la meute accourir pis s'agréger à lui. Si quelqu'un mérite d'être brûlé, c'est le duc de Wellington, fieffé tory qui a secondé le projet de loi. C'est-y pas? Pis ce sont les lords Lyndhurst pis... pis...

— Lord Ellenborough, fait Gilbert.

— Oui-da, tous ces faquins avec des noms à coucher dehors qui ont entrepris une opposition factieuse contre le comte Durham !

Dit autrement, une cabale contre la population réformiste du Bas-Canada. La volte-face de nobliaux ordinairement exclusivistes et chauvins ne peut signifier autre chose ! La parade se remet en branle. Gilbert a les entrailles révulsées par les criailleries des forcenés, qui vocifèrent que Brougham est l'avocat à gages des traîtres et des rebelles et qu'il mérite la mort pour avoir montré la ferme détermination de mettre les Loyaux à la merci de la clique à Papineau. La province a été jetée dans un état alarmant par le désaveu de l'ordonnance en Chambre des lords. Brougham est l'Iago de son pays ! Les ennemis du Canada doivent périr !

Gilbert délaisse ses concitoyens du faubourg pour suivre le charivari à une distance prudente jusqu'à la place d'Armes, où a été dressé un échafaud de fortune. Même s'il voudrait se précipiter au Cabaretier patriote pour prévenir Caroline, car des bris de propriétés et des violences physiques risquent de survenir, Gilbert se résigne à mirer une portion du spectacle. Dès que les effigies sont accrochées, les forcenés s'empressent d'aller poser la main sur la corde strangulatoire. Puis, deux bourreaux cagoulés s'avancent.

— M'étonne pas que la police se cache astheure !

L'exclamation a fait sursauter Gilbert. Son voisin, incapable d'endurer la vision d'horreur, s'est tourné à demi vers lui pour le prendre à témoin. L'inconnu ajoute :

— Lorsque toutte est tranquille, on rencontre un connétable à chaque coin de rue. Y peuvent même pas souffrir la présence de matelots qui se promènent tranquillement à la nuit tombée. Mais là, alors qu'y faudrait faire respecter l'ordre, y brillent par leur absence !

Gilbert s'empresse de renchérir :

— Nos connétables, y endurent même pas les cageux qui chantent en pleine rue, *de jour*, comme y aiment tant faire pendant leurs voyages.

— C'est moi que vous cherchez, messieurs ?

Énoncée à quelques pas de distance, la placide question paralyse Gilbert. Son interlocuteur, lui, pivote vers le survenant, le gratifie d'une salutation maladroite, puis s'écarte de quelques pas pour signifier que l'échange de propos est clos. Pendant ce temps,

Gilbert combat la risée glaciale qui s'est élevée en son for intérieur. Le connétable s'étant immiscé dans la discussion avait la voix de Gaspard. Depuis l'an passé, Gilbert a pris conscience d'un moyen infaillible pour départager les jumeaux : les inflexions vocales, qui trahissent la personnalité bien mieux que l'expression faciale. Le visage se recouvre si aisément d'un masque !

Envahi par la stupeur, Gilbert se tourne pour faire face à Gaspard, connétable salarié du district. Celui qu'il a longtemps perçu comme son indéfectible ami se trouve bel et bien sous ses yeux, éclairé par la lueur du feu en train d'être bouté au bûcher. Incrédule, Gilbert contemple les traits à la fois étranges et familiers de l'impassible Gaspard, puis il fixe le haut-de-forme qui le coiffe, et enfin, il parcourt du regard sa silhouette sanglée dans l'uniforme, un surtout bleu foncé dont le devant est court, mais dont la longue queue bat l'arrière des jambes.

Après un dernier regard au bâton dont la grosseur et la longueur ont amplement fait jaser, Gilbert balbutie :

— Toi, connétable ? Ça parle au diable !

— J'endure pas les blasphèmes.

La calme repartie pétrifie Gilbert. Ce dernier comprend subitement que grâce à son froc et à sa fonction, Gaspard est enfin devenu celui qu'il voulait être. Un homme infaillible, d'une puissance imparable. Le timbre éraillé, Gilbert réplique :

— Pour moi, question blasphème, t'es à demi sourd.

Et d'un geste, il indique la place d'Armes derrière lui, où les fanatiques s'en donnent à cœur joie, haussant le ton à mesure que les flammes s'alimentent au bûcher. Gaspard répond sobrement :

— T'es un niaiseux fini. Moi, j'ai compris depuis des lustres qu'aux yeux des autorités, y a des injures acceptables. Même souhaitables.

Gilbert ouvre de grands yeux. Son vis-à-vis définit très précisément la moralité en vogue. Élastique et subjective, elle sert de caution aux privilégiés, y compris aux prêtres. Gaspard dit encore :

— Suis pas fâché de te croiser. On avait des affaires à régler, toi pis moi. Tu dirais quoi d'une virée au Cabaretier patriote ?

Le connétable a prononcé le nom de la taverne avec une violence toute contenue. Gaspard veut effacer la honte d'avoir été expulsé de l'établissement sur lequel sa gang de furibonds parlant français avaient la main haute jusqu'en février. Mais comment va-t-il y parvenir, tout fin seul? Gilbert profère:

— J'ai le choix?

— Non, à vrai dire. Si tu me résistes, je t'enferme au poste pour désordre public.

Cédant à la bouffée d'ironie grinçante qui monte en lui, Gilbert le contreboute:

— Tu veux dire au *Police Office*? Comme le panonceau au-dessus de la porte est juste en anglais, j'étais pas sûr de quoi tu causais.

— Je pourrais choisir de te tabasser. C'est ça que tu préfères?

Abasourdi, Gilbert toise Gaspard. À l'évidence, il mettrait sa menace à exécution sans l'ombre d'un remords. Sur la place d'Armes, les sifflets réprobateurs cèdent la place aux vivats en l'honneur de la reine Victoria et de lord Durham. Qu'ainsi périsse tout ennemi du Canada! La mort dans l'âme, Gilbert se met en route sur-le-champ, et il sent que le connétable silencieux s'amarre à ses pas. Tous deux sont parvenus sur la *Main* lorsque Gaspard prend subitement la parole:

— Providentiel charivari. Sans lui, j'aurais eu de la misère à te mettre la main au collet.

— Tu t'en venais me quérir?

— Tout juste. Tu m'aurais ouvert la porte?

— Jamais de la vie. Y aurait fallu que tu défonces.

— M'en doutais. Fait que j'ai été content de te voir surgir de ton coquet chez-toi comme une fusée. J'avais juste à te suivre pis à t'attraper au moment opportun. Tu t'en tires bien. Imagine une demi-douzaine de connétables qui exigent d'entrer chez toi. Ça cause des dégâts.

Gilbert serre les mâchoires pour ne pas riposter. La force constabulaire du district de Montréal a été dotée du pouvoir de faire des fouilles à domicile, même sans autorisation écrite d'un magistrat. Ce qui, bien entendu, ouvre la porte à tous les excès. Sur ce, Gilbert déduit des propos de Gaspard que la reprise de possession de la taverne était préméditée. Sentant son courage faiblir, il franchit la dernière encablure sur la rue La Gauchetière les jambes flageolantes. Pourvu que Caroline ait sacré son camp avant l'échauffourée!

Les volets de la taverne sont clos, comme si son propriétaire était en train de fermer par crainte du grabuge, mais l'huis est béant, déversant un flot de lumière à l'extérieur. Clignant des yeux à cause du contraste, Gilbert met les pieds dans l'établissement. Il entre dans un univers sonore insolite, plein de voix mâles contenues. Il enregistre une scène éprouvante. Étienne, Caroline et la barmaid sont regroupés dans un recoin, mirant avec un mélange de défiance et d'appréhension la dizaine de collègues de Gaspard, attablés et en train de boire. Tous les autres clients, s'il y en avait, ont été boutés dehors.

Gaspard est accueilli avec transport par les connétables. On lui désigne un siège, on appelle le patron pour qu'il lui serve une chope. Souriant largement, Gaspard lance à la cantonade :

— Mon ami Gilbert ci-présent va s'empresser de me servir, c'est-y pas, vous autres ? Envoye, mon Gilbert. J'ai soif. Je veux ton meilleur. Pas du whisky de *Nelson and company*. Pas du whisky de Saint-Charles non plus. Vous voyez, les amis ? Je suis pas chauvin pantoutte ! Pas exclusiviste pour une miette ! Ce que je veux, c'est juste le meilleur, celui qui vient d'outremer. Toutte ce qui vient d'ailleurs est supérieurissime, c'est-y pas ?

S'asseyant, Gaspard éclate d'un rire gras auquel ses camarades font écho. Gilbert sollicite du regard le tavernier, qui lui fait signe d'obtempérer. Tout en s'activant derrière le comptoir du bar, Gilbert se détend légèrement. L'atmosphère est plutôt bon enfant. Les connétables qui écoutent Gaspard raconter ce qu'il a vu, place d'Armes, ne sont pas menaçants pour trois sous. Gilbert se rend à la table et dépose le gobelet sous le nez de Gaspard. Celui-ci s'exclame, le prenant à témoin :

— Wow ! Généreux en masse, l'ami ! Ça augure bien. Parce que toi pis moi, va falloir qu'on discute de notre association. Va falloir que tu sois charitable comme un bon chrétien. Premièrement, que tu me remettes les sommes que tu me dois depuis l'hiver. Pis secondement, que tu me redonnes ma place dans l'affaire. Une place que tu m'as ignominieusement volée.

— C'est toi qui me l'avais volée, rétorque Gilbert d'un ton glacial. Avec une bastonnade en sus.

L'assertion suscite des grognements stupéfaits parmi la cohorte de connétables, ce qui fait comprendre à Gilbert que Gaspard leur a livré un récit tendancieux des événements. Aussitôt, ce dernier se récuse d'un ton geignard.

— Bleury avait donné l'ordre. J'y suis pour rien.

Prenant bonne note de l'information, Gilbert pointe son propre nez avec son index, tout en interpellant les moins corrompus du lot :

— Mirez le penchant vers la gauche. Gaspard avait oublié de vous conter ce détail ? Tandis que les habits rouges fonçaient sur Saint-Denis, en novembre passé, j'étais au litte en train de me ramancher la santé.

Soudain, Gaspard saute sur ses pieds pour venir se placer face à lui. Il gronde :

— Arrête de faire ton fendant. Je me tue à te dire que j'y suis pour rien !

Gilbert profère entre ses dents, pour être entendu de son vis-à-vis seul :

— En plus d'être couard, t'es mouchard. À ta place, je m'en vanterais pas.

Gaspard pirouette et retourne à la table. S'asseyant le plus dignement possible, il saisit son gobelet et avale une longue rasade. Gilbert en profite pour lâcher :

— Premièrement, je te dois rien. Je me suis à peine remboursé. Oublie pas qu'entre novembre pis février, t'as gardé ma part pour toi seul. Pis secondement, plutôt crever que de m'associer avec toi.

— Woh, l'ami !

L'exclamation provient de Caroline, en train de s'avancer vers eux. Elle se plante face à Gilbert qui, ahuri, considère la mine ulcérée qu'elle lève vers lui.

— T'es après décider pour moi, à ce que je comprends ? Me semble que tu m'as *cédé*, je dis bien *cédé*, tes parts dans l'affaire ?

Gilbert reste cloué sur place. Cédé ? Pas pantoutte. En réalité, Caroline serait quelque chose comme son employée. Elle le sait aussi bien que lui. Donc… Il ouvre la bouche pour parler, mais elle le devance :

— Pis tu m'avais pas causé en rapport avec ton ci-devant associé. Tu m'avais pas dit que t'avais des dettes pis qu'un jour, faudrait que tu les éponges !

Gilbert connaît trop bien Caroline pour ignorer qu'elle est en train de jouer une scène afin d'épater la galerie. Pour une raison qui lui échappe encore, elle s'improvise propriétaire du billard. Il choisit de se défendre contre l'accusation qu'elle vient de lancer :

— J'ai pas de dettes, je t'assure sur l'honneur de ma mère. J'ai été honnête. Gaspard m'a volé, et je me suis remboursé par après. On est quittes.

— Z'êtes-vous associés touttes les deux, oui ou non ?

— On l'a été. Sauf qu'en novembre passé, Gaspard a nullifié le contrat par ses actes.

Gilbert enchaîne, faisant mine de s'échauffer :

— Quand même, tu peux pas me reprocher d'avoir coupé tous liens avec... avec un traître doublé d'une brute ?

Caroline insiste :

— Le contrat serait nullifié ? Prouve-le moi.

— Impossible, mamoiselle.

C'est Gaspard qui, tout réjoui, se lance dans la mêlée.

— Le contrat est encore valide. Je peux vous le mettre sous les yeux un jour prochain. Gilbert pis moi, on est encore associés dans la *business*. C'est écrit noir sur blanc.

Sans crier gare, Caroline délaisse Gilbert pour aller faire face à Gaspard. Jusque-là éjarré sur sa chaise, il se remet d'aplomb avec un empressement comique. Cessant de jouer à la mégère, Caroline devient tout miel :

— Moi itou, je peux vous mettre sous les yeux le contrat de cession entre Gilbert pis moi. C'est pour dire que dorénavant, c'est à moi que vous devez vous adresser pour vos réclamations.

L'assertion suscite une manifestation de liesse au sein de la tablée. Imperturbable, Caroline laisse la gaieté retomber avant de poursuivre :

— Gaussez-vous tant que vous voulez, c'est de même. Le billard est à moi, pis j'ai la ferme intention de le faire fructifier. Je vous le dis de butte en blanc : vous pouvez pas rétablir votre chambre de jeux icitte. J'occupe toutte l'espace pis y est pas question que...

— Ton installation dans mon ancien tripot offre un large éventail de jeux, lance brutalement Gaspard. Ça devrait pas. Des associés peuvent pas se faire de tort mutuel.

— Les jeux rapportent rien. *Tu* le sais aussi bien que moi.

Elle a lourdement pesé sur le tutoiement initié par Gaspard. Alléché par son aplomb, celui-ci la considère pour la première fois avec attention. Elle persévère :

— Les jeux que j'ai gardés sont là juste pour faire boire pis distraire la clientèle en attendant la partie de billard. Toutte ce qui rapporte, comme la roulette, j'y touche pas.

Elle adresse à son interlocuteur un vif sourire :

— Y en tient qu'à toi d'améliorer l'offre. Y a du potentiel. Pis comme t'es dans la police, mettons que les autorités t'étriveront guère...

Encore une fois, les camarades de Gaspard rigolent. Ce dernier, par contre, reste impavide, parcourant la pièce d'un regard calculateur. Gilbert jette une œillade en direction du propriétaire de l'établissement. Ce que Caroline vient d'évoquer, c'est ni plus ni moins que son expulsion comme tavernier ! Pourtant, Étienne n'affiche pas le moindre émoi. Certes, il survivra aisément à ce revers. Il possède au moins quelques maisons déréglées.

— Dure en affaires. T'es fidèle à ta réputation de tribade !

Désarçonné par les propos que Gaspard vient de garrocher à Caroline, Gilbert revient promptement à celle-ci, toujours plantée debout face à Gaspard, qui la toise avec gouaille. Il dit encore, prenant ses camarades à témoin :

— Savez c'est quoi une tribade, les amis ? Une créature qui supporte juste celles de son genre. Une femme qui veut juste se faire frotter la gousse par d'autres femmes. Notre charmante amie ci-présente...

— Ferme-toi le clapet, Gaspard.

Totalement en contrôle d'elle-même, Caroline l'a sermonné d'un ton cassant qui n'admet pas de réplique. Réduisant d'un pas l'espace qui les sépare, elle ajoute d'une voix forte :

— Le jeu des médisances, je te conseille de l'abandonner drette-là, parce que c'est pas toi qui vas gagner. Je peux en sortir une couple qui vont te faire du tort aux yeux de ta belle gang de connétables à queues de pie. Ou bedon tu laisses ma vie privée en paix, ou bedon je vais te faire la guerre. Je vais m'associer avec Étienne pis monter ici dedans une chambre de jeux avec laquelle tu pourras jamais concurrencer. Je suis-tu claire, espèce de flanc-mou pis d'ivrogne fini ?

Gaspard cligne des yeux pour indiquer qu'il a bien ouï. Caroline pirouette et se dirige à grands pas vers la porte. Elle se saisit de sa bougrine suspendue, puis elle adresse à Gilbert un regard péremptoire. Obéissant au signal, celui-ci lui emboîte le pas, et sans que Gaspard émette la moindre objection, tous deux s'engouffrent dans la fraîche nuit d'octobre. Caroline se bat avec les manches de son manteau ; mécaniquement, Gilbert lui offre un coup de main pour l'enfiler.

Il est stupéfié par les révélations de Gaspard en rapport avec sa jeune amie. Gilbert sait qu'il doit se méfier de lui gros comme le bras, mais il ne peut s'empêcher d'être complètement chamboulé. À l'approche de la *Main*, Caroline pile net, puis se retourne pour inspecter leurs arrières. L'imitant, Gilbert voit que la rue La Gauchetière est déserte et que nul ne s'est mis à leur poursuite. Poussant un soupir de soulagement, la jeune femme dit sourdement, son visage plongé dans la noirceur :

— Voilà. T'as plus rien à voir avec Gaspard. C'est moi qui m'occupe de toutte. J'escompte que ça te soulagera.

— T'es trop *smart*. J'en demandais pas tant.

— Tandis que Gaspard était à ta recherche, j'ai jonglé. Je tâchais de voir comment on pouvait s'en sortir sans toutte perdre.

— T'as vraiment envie de finasser avec lui ?

— Pas pantoutte, mais faut ce qu'y faut. J'ai même réussi à mettre Étienne dans le coup avant que tu surviennes. Je te dis pas que ça va durer une longue escousse...

— D'où ça vient, ta réputation dont parlait Gaspard ?

Gilbert s'en veut de sa question bourrue et de son timbre coassant, mais il n'a pu se retenir. Haussant les épaules, Caroline répond :

— Du fait que je repousse tous les hommes qui m'approchent, j'imagine. Pis je te jure que dans ce milieu-là, on se fait souvent tasser dans un coin. Je m'en sacre.

— Tu t'en sacres ? Alors, pourquoi t'as réagi comme si y t'avait giflée ?

— Parce qu'y attaquait mon honneur. Parce qu'y s'en allait faire allusion...

— Ton honneur ? Ton honneur exigeait que tu rétablisses les faits. Que tu lui dises en pleine face que t'es pas une... une tribade, comme y dit.

Irritée, la jeune femme rétorque :

— J'avais pas d'affaire à me justifier. Gaspard mérite pas une miette de considération.

— Quand même, j'aurais apprécié que tu le fasses. Y avait plein de monde alentour.

— Pis ? Pas besoin de me disculper aux yeux du monde qui a rien à voir avec moi. Ça les concerne pas, point à la ligne. Y peuvent accroire que je suis le grichou si ça leur chante.

— Moi, du moins, ça m'écœure de savoir qu'y pourraient penser... que...

Excédé jusqu'à en perdre le nord, Gilbert se tait subitement. Caroline recule d'un pas, puis elle émet avec une lassitude palpable :

— Je te suis pas. Pis t'entendre parler de même, ça me fait de la peine. Je veux rentrer pis me coucher. Viens-t'en.

Lui tournant le dos, elle se remet en marche à vive allure. Gilbert s'oblige à surmonter son désarroi pour porter attention à la rumeur ambiante. Des vociférations s'élèvent dans le lointain, mais rien d'inquiétant, surtout que Caroline et lui ont pris accoutumance de cheminer à travers venelles, ruelles et terrains vagues, à l'écart des axes principaux. Ils aboutissent sains et saufs à leur domicile et se séparent sans un mot d'adieu. Gilbert est hanté par une certitude consternante. Caroline répugne à l'avouer, mais elle est bel et bien une femme à femmes. Vu la relation excessivement tarabiscotée qu'elle entretient avec lui, il aurait dû s'en douter !

27

Au fil des jours qui suivent, Gilbert ne peut s'extirper du sentiment d'abrutissement suscité par la révélation en ce qui a trait à la personnalité secrète de Caroline. Cette dernière l'évite comme jamais, et il passe son temps libre à ruminer ce qui lui paraît une évidence, à mesurer les actes passés de sa jeune amie à l'aune d'une affection démesurée pour la gent féminine. Il se sent trahi et, en même temps, infiniment soulagé. Mais le pire, c'est l'impression étrange d'être souillé parce qu'il l'a aimée.

Par contre, Gilbert doit se mettre vitement les yeux en face des trous relativement à la reprise de possession du billard par Gaspard. Au bénéfice de Vincent, il récapitule la scène, puis tous deux se mettent discrètement en quête de renseignements. Le 4 octobre en début d'après-dînée, Vincent fait irruption dans l'office pour apprendre à Gilbert, debout en plein milieu de la pièce, que l'engagement de Gaspard comme agent de police remonte à plusieurs semaines, à la suite de la démission obligée de quelques gars portés sur la bouteille. Le surintendant Pierre-Édouard Leclère, un homme strict et austère, ne badine pas avec le règlement.

Vincent suppose que l'accointance de son jumeau avec le sieur Leclère remonte au séjour de ce dernier à Saint-Charles, en tant que membre de la Commission pour indemniser *certains habitants loyaux de cette province pour pertes essuyées par eux pendant la Rébellion récente et dénaturée*. Car si le sieur Leclère apprécie les comportements mesurés et frugaux, il semble encombré d'un amour immodéré pour les espèces sonnantes et trébuchantes, qu'il comble en cumulant les postes. En conséquence, il est obligé d'employer des sous-fifres pour remplir ses maintes obligations. À l'évidence, c'est à ce moment que Gaspard s'est fendu en quatre pour plaire à celui qui allait devenir son patron au sein de l'escouade policière de Montréal.

Gilbert grommelle :

— De commis marchand à connétable. Une chute vertigineuse !

— La police était garnie de fiers-à-bras dont la carrière déclinait, mais ça change astheure. T'as pu le constater toi-même : l'uniforme, la prestance… Une armée locale permanente, en quelque sorte, avec la hiérarchie et la respectabilité qui vient avec.

— Toutte ça pour protéger les biens des mieux nantis. Parce qu'au fond, c'est de ça qu'y s'agit ! Pis ton père, ses affaires vont si mal qu'y endure de voir son fils chéri se dégrader de même ?

— Y était à moitié ruiné cet hiver, pis je pense pas que ça se soit renmieuté. Déberge a remboursé ses débiteurs, d'après toi ?

Gilbert réagit par un rire grinçant.

— M'étonnerait.

— Comme la récolte de blé a été diminuée par la mouche ravageuse, mon père peut guère escompter une importante entrée d'argent. Fait qu'y est pris aux couilles par Déberge. Je te jure qu'y avait la fale basse.

— Ton père ?

— Oui. Jusqu'à avoir le goût de toutte lâcher pis de se transmuer en vagabond. Sauf que ma mère, elle itou, le tient par les couilles.

— Fait que dans le fond, Gaspard en connétable, c'est pas si pire…

— Ça reste honorable dans les circonstances. Tu lui laisses le billard ?

Gilbert fait une mine qui montre son impuissance.

— J'ai le choix ? C'est un moindre mal.

— T'auras un manque à gagner ?

— Pas personnellement, parce que Caroline empochait les maigres bénéfices comme salaire. Alors c'est plutôt une continuité qu'un changement. Je veux pas me faire casser les jambes. Parce que Gaspard a beau rejeter la bastonnade de l'an passé sur le dos de Bleury, ça le dédouane juste un brin.

— Bleury est fini, fait remarquer Vincent. Cuvillier itou, pis Rocheblave, Déberge… Y ont été sans-dessein. Sous la terreur militaire, on leur donnera pas une miette de pouvoir. Y en a juste pour les convulsionnaires.

— Du genre à Leclère ?

— Celui-là, c'est le seul qui peut prouver qu'y a jamais frayé avec les milieux patriotes. L'affaire de la police, on dirait que c'est sa planche de salut. Gosford qui le nomme surintendant du district… Durham qui l'inonde d'argent pour mettre un corps de poliçons sur pied… Colborne qui s'en sert comme réseau d'espionnage… Par hasard ou par exprès, Leclère s'est rendu indispensable.

Obéissant à une impulsion soudaine, Gilbert vient se placer à un pas de Vincent. Il surmonte sa réticence instinctive pour questionner son vis-à-vis à mi-voix :

— L'affaire des sociétés secrètes… t'en penses quoi ?

Instantanément, Vincent se met sur ses gardes. Gilbert ne se formalise pas de la réaction anticipée, puisqu'il tente de soutirer à son collègue un avis sur le sujet le plus délicat de l'heure. Comme le silence s'étire, Gilbert ajoute en chuchotant quasiment :

— Ici dedans, François pis James en parlent comme d'une criaillerie de forcenés. Sont sceptiques en masse. Trop de sorcières de rumeurs se font aller.

— Quand même…

Vincent barguigne, puis après avoir sondé son ami d'un long regard farfouilleur, il reprend :

— Ce qu'on peut assumer, c'est qu'une organisation a cours de l'autre côté de la frontière parmi les Canadiens exilés. Ceux provenant du Haut-Canada en particulier. S'agirait de créer une structure souple qui permette à une armée de combattants de se lever au premier signal.

— C'est l'affaire du terrible serment qui me déroute, glisse Gilbert. T'as vu comment *L'Ami du peuple* a décrit la chose, y a quelques semaines ? Entraîner les habitants à se battre contre le gouvernement britannique *et à massacrer tout ce qui s'opposera à leur indépendance*. Là, je décroche, parce que ça me ramène aux niaiseries invraisemblables que les ennemis du pays aiment répandre à l'envi.

Gravissime, Vincent fait état de l'hypothèse la plus vraisemblable. Si une telle organisation a cours, elle est confinée à la région frontalière de l'autre côté de la ligne du 45, et de ce côté-ci, au comté de L'Acadie. Le 18 septembre, le *Herald* a prédit un soulèvement général imminent à partir du village de Napierville. L'insurrection ne s'est pas produite, comme de raison, mais il est aisé d'en déduire que l'éditeur a profité de renseignements privilégiés. Les hauts fonctionnaires, de même que les officiers de l'état-major, ont l'habitude de se confier à leurs alliés de la presse.

De surcroît, les patriotes de L'Acadie en font état : leur curé, un convulsionnaire de la pire espèce, se désâme pour faire tomber l'opprobre sur ses ouailles réformistes. Messire Laurent Amiot craint plus que tout de voir le Dr Côté rentrer chez lui pour de bon et lui demander de rendre compte de sa conduite de l'automne 1837. Amiot est un espion patenté qui a fait office de délateur, n'hésitant pas à grossir et à dramatiser ses propos pour mieux convaincre. N'hésitant même pas à inventionner des menteries grosses comme le bras, puis à les mettre en scène ! Messire Amiot veut ériger autour de lui une forteresse de *regulars* et de *volunteers*.

— L'association secrète en question impliquerait des exilés canadiens en sol américain, conclut Vincent, leurs alliés américains *patriots* et peut-être un certain nombre d'hommes en territoire du Bas-Canada.

— Là où y serait possible d'établir une base solide…

Frappé par une pensée, Gilbert s'interrompt pour enchaîner avec une question incisive :

— T'as vu quelque chose dans le Nord ?

Vincent reste de marbre, mais Gilbert croit déceler une lueur malicieuse au coin de ses yeux. Celui-ci reprend :

— Y a des moyens plus sûrs qu'une association secrète que toutte le monde connaît pour saper la puissance de l'Angleterre. La guérilla, tu connais ? Des coups de main. Comme bouter le feu chez le marbrier où se trouve le monument en l'honneur du lieutenant Weir…

— Tu déparles, riposte Vincent en feignant l'indignation. L'incendie de l'autre jour dans le faubourg Saint-Laurent ? C'était juste un adon.

Le visage fendu jusqu'aux oreilles, Gilbert gratifie son vis-à-vis d'un clin d'œil complice :

— Un bougre de bel adon !

L'huis de l'office de *La Quotidienne* et du *Temps* s'ouvre à la volée pour laisser entrer nul autre que le patron de l'entreprise de presse. Aussitôt, les deux jeunes hommes s'immobilisent comme des sentinelles au garde-à-vous. François Lemaître est à prendre avec des pincettes par les temps qui courent. Il est aisément justifiable. Ses nombreux ennemis personnels font perpétuellement courir la rumeur d'un coup de main pour fermer le papier-nouvelles patriote.

L'imprimeur-nouvelliste est plutôt d'humeur badine, comme il paraît sur les traits de son visage, et Gilbert se détend. François revient d'une mission d'exploration à la frontière afin d'élucider une affaire dont les forcenés ont fait grand cas. À l'évidence, le résultat est positif. Se laissant choir sur la chaise derrière le pupitre placé à l'entrée, François confirme qu'une chicane entre deux Loyaux et le mauvais coup qui s'est ensuivi ont été sciemment transmués en une tentative d'invasion.

Vincent s'exclame :

— Un mauvais coup ? Contez-nous ça. Je brûle d'impatience.

— Ça sera pas long. Laisse-moi reprendre mon souffle. En attendant, mettez-moi au parfum des jours passés.

— Z'avez manqué un charivari grandiose, déclare Gilbert, mais Vincent pis moi, on est en train de vous concocter un papier du tonnerre pour l'édition de demain.

— J'escompte que la concoction est terminée, parce que la composition est censée être en train !

— Y restait juste une virgule à vérifier, dit Vincent d'un ton apaisant. On s'en allait donner le manuscrit au compositeur. Ensuite, comme prévu, votre commentaire sur l'assemblée de lundi passé s'enchaînera.

François leur adresse une grimace autant horrible que comique. La Constitutional Association a vanté la réunion comme visant à exprimer au gouverneur *l'opinion entretenue sur les procédés récents du Parlement impérial et sur sa détermination de résigner le gouvernement*, mais vitement, il est devenu notoire que le principal sujet à l'ordre du jour serait la question de l'union législative des provinces. Laquelle, ainsi que l'écrit même *Le Populaire*, équivaut au suicide des droits, des affections, des intérêts et des institutions des enfants du sol. Quelques centaines de *Britons* exaltés ont débattu âprement : quel projet était le meilleur, celui de l'union des Haut et Bas-Canada si cher au cœur des marchands tories, ou celui vanté par Durham d'une fédération des cinq colonies britanniques d'Amérique du Nord ?

— Gilbert a peaufiné votre texte comme vous le lui aviez demandé. Voulez que je vous le lise ?

— Envoye donc.

Vincent fourrage dans la paperasse accumulée sur le pupitre, tandis que Gilbert précise :

— C'est juste la fin que j'ai bonifiée. Après le passage où vous avez dit que c'était l'œuvre de la clique McGill et Moffatt pis que les Canadiens respectables brillaient par leur absence.

— L'incident avec l'Irlandais ?

— Oui, parce que j'ai eu des détails par un bon ami à moi. L'homme en question, c'est son oncle.

Vincent entreprend la lecture du passage :

— *Un Irlandais, en entendant dire à un des parleurs qu'on avait condamné des « rebelles » à la Bermude, ajouta : « Oui, sans forme de procès. » Là-dessus ces gentils Écossais crièrent...*

— Mets « Calédoniens » à la place. Me semble que j'ai déjà fait allusion aux Écossais quelques phrases plus haut.

— Fort juste. Donc, *là-dessus ces gentils Calédoniens crièrent de le mettre à la porte. Paddy sortit de lui-même par prudence et alla se poster au coin de la rue prochaine. Au sortir de l'assemblée, il ôta son chapeau et, le faisant aller à tour de bras au-dessus de sa tête, il cria trois fois Hourra pour Papineau ! C'était de la haute trahison, on empoigna ce brave fils d'Erin et on le mit en prison. Oh ! Comme on est libre en Canada !*

Les yeux écarquillés, François opine néanmoins du chef :

— Excellent. Faut garder la saudite police dans notre ligne de mire. Tu garantis ta source, Gilbert ?

— Mon ami Matthew Carroll. Vincent le connaît lui itou, on était tous les trois au collège ensemble.

— Correct, je veux pas en savoir davantage. Moins tu m'en dis, mieux c'est.

— Votre article à vous, enchaîne Vincent, y est paré ?

François réagit par un rire qui illumine ses traits, jusque-là creusés de fatigue.

— *Yes, corporal!* Enfin, j'ai griffonné un brouillon. Le voici.

Il se dépouille de son capot de mi-saison, puis il extirpe un feuillet froissé d'une de ses poches. Gilbert s'en saisit et le pose à plat sur le pupitre afin de le lisser. Enfin, il le monte à la hauteur de ses yeux et commence à déchiffrer la calligraphie qu'il connaît bien, ornée çà et là de taches d'encre noire. Soudain, Gilbert s'interrompt et, relevant la tête, il fait remarquer :

— Faudrait pas récapituler l'affaire ? Je suis pas sûr que toutte le monde se souvienne des détails.

La moue dubitative, Vincent le conteboute :

— À en juger par la foule accourue mirer le fameux canon, y a guère de Montréalistes qui l'ignorent !

À la toute fin du mois précédent, le canon en question était charrié dans la cour de l'artillerie. Loin d'être *a fine brass piece*, comme les gazettes à la solde des autorités l'avaient clamé, c'était un grossier canon de fer digne de la décharge d'un ferrailleur. Un vulgaire rebut inutilisable plutôt que plusieurs canons prouvant la présence d'un armement secret considérable dans la province. Néanmoins, Gilbert s'entête :

— *La Quotidienne* circule à travers le district. Les habitants hors de la cité l'ont pas vu, le canon.

François pondère son employé en disant :

— Détrompe-toi. Y en a une trâlée qui a vu passer l'équipée en chemin vers Montréal. Chose certaine, on est au courant partout des fausses rumeurs pis des menteries. Les habitants sont sur des épines. Ceux de LaPrairie ont vu une centaine de machines rouges affluer à la mi-septembre. Pourquoi ce renfort ? À cause d'un feu aux casernes avec lequel les Canadiens ont strictement rien à voir, comme ça a été prouvé. Les tories craignent tellement la révolte qu'y font tout leur possible pour effrayer le gouvernement et le pousser à des mesures de rigueur.

— Pis l'affaire du marchand Chaffers, ajoute Vincent, j'ai pour mon dire que ça a fait rire jaune dans les chaumières.

Gilbert ne peut retenir une moue railleuse. Vers le 20 septembre, le *Quebec Mercury* publiait une lettre d'un correspondant de Montréal, lequel prétendait que deux Bureaucrates du village de

Saint-Césaire avaient déserté leurs domiciles pour se réfugier dans la cité. Ils avaient subi des menaces de mauvais traitements, affirmait le correspondant, et l'un d'entre eux, le tristement célèbre William Uniacke Chaffers, avait découvert son jardin saccagé. *Le Populaire* lui-même a remis les pendules à l'heure. Les deux hommes étaient bel et bien à Montréal, mais ils vaquaient benoîtement à leurs affaires.

Revenant à son histoire du canon et à la nécessité de rappeler les faits, François dit encore :

— Je veux pas répéter ce que la parution du 28 septembre contenait. Tu t'en souviens, mon gars ?

Gilbert répond par une grimace expressive. Impossible à oublier… *L'Ami du peuple, de l'ordre et des lois* a démarré le bal de la médisance. Selon ladite gazette, le système de générosité mal placée de Durham a remis les patriotes sur le chemin d'une rébellion plus coupable encore que la première. L'éditeur a fait allusion à des assemblées secrètes sur la rivière Chambly et dans les comtés du Nord, à des mutilations de chevaux et à des armes prochainement distribuées en grande quantité pour massacrer les fidèles sujets de Sa Majesté.

Sur ce, le *Missisquoi Standard* a rapporté que les tories de Philipsburg avaient saisi de grandes quantités d'armements que les patriotes cherchaient à introduire en catimini depuis les États-Unis. Les papiers-nouvelles à la solde des autorités se sont mis à jeter feu et flammes. Caustique, Gilbert rappelle comment François s'est gaussé, par écrit, de leurs clameurs :

— Les forcenés s'écrient que les patriotes s'arment pis qu'y vont se soulever en masse ! « À la révolte ! À la révolte ! Vite, des troupes, des munitions, de l'artillerie, des bombes, des fusées pour incendier tous les villages, vite, vite ! »

En écho, Vincent ricane, puis, s'enténébrant, il enchaîne sur la suite des événements, soit l'envoi d'une fournée supplémentaire de soldats à Saint-Jean. Ulcéré, François s'est empressé de publiciser les renseignements fournis par des habitants qu'il jugeait fiables, y compris une éclairante correspondance dans l'hebdomadaire *Le Temps*. Sur ce, il a ouï dire que le commandant en chef Colborne exigeait des rapports quotidiens de la part de ses officiers en garnison dans les comtés du Sud. Afin d'en avoir le cœur net, François s'est décidé à une enquête sur le terrain.

Gilbert a repris la lecture à voix haute du brouillon de son patron, coiffé du titre *Histoire du canon*. Le fondement réel de l'affaire, c'est un acte de rétorsion de la part du collecteur des douanes de Saint-Jean, un fanatique nommé William McCrae, envers un marchand de Philipsburg nommé W. W. Smith. Celui-ci a plaidé auprès de lord Durham pour l'obtention d'un poste de douane dans son village. Désireux d'intimider son adversaire, McCrae a dirigé une descente policière chez Smith, prétendument pour une saisie de marchandises de contrebande.

Pour sa protection, Mr Smith a enrégimenté nul autre que Ralph Taylor, ami du régime despotique, célèbre pour son activisme lors de la répression de 1837 et pour son emprisonnement à Québec en 1834, après avoir été accusé d'avoir insulté la Chambre d'Assemblée. Après avoir enfoncé la porte, McCrae et ses poliçons se sont retrouvés face à Smith et à Taylor, *chacun une hache à la main prêt à tuer quiconque avancerait*, écrit François. Nonobstant ladite obstruction, les marchandises ont été saisies, puis vendues à l'encan à Saint-Jean, à la fin de septembre.

Ces temps-ci, les Yankees furibonds de la baie Missisquoi et de son chef-lieu, Philipsburg, tentent par tous les moyens d'accroître leur influence auprès des autorités constituées. Ils veulent damer le pion aux Écossais de Saint-Jean, qui reçoivent une pluie de faveurs. Voilà pourquoi, lors de la fête de l'Indépendance américaine, le 4 juillet dernier, ils avaient chargé un pasteur protestant d'avertir *charitablement* l'Exécutif que le Dr Robert Nelson était caché avec 600 hommes dans les marais de Swanton, au Vermont, afin de franchir la ligne du 45 et d'attaquer Philipsburg.

Voilà pourquoi, à la suite de la vengeance du collecteur des douanes de Saint-Jean, les furibonds de Philipsburg, et nommément Smith et Taylor, ont orchestré le vol d'un canon rouillé chez un fermier du côté américain du lac Champlain, puis son transport en Canada, et enfin la mascarade rejetant l'affaire sur le large dos des patriotes. Ahuri, Gilbert relève la tête pour toiser François :

— Toutte ça pour ça ? Ce serait dément. Z'êtes sûr de votre affaire ?

— Moi, ça m'attriste, dit Vincent, mais ça m'étonne pas le moins du monde. La flopée de rumeurs délétères qui se réduisent à des niaiseries, à des chicanes d'enfiévrés, c'est incommensurable.

— La détestable mise en scène sert pas uniquement à cautionner les menteries précédentes ou à couvrir mister Taylor, jette François. Principalement, elle sert à faire continuer la milice volontaire sans laquelle les gens de Missisquoi mourraient de faim et de peur.

Dans son article, l'éditeur précise qu'à la fin de septembre, les *volunteers,* dont Ralph Taylor était l'un des officiers, allaient se débander, sur ordre du commandement militaire. Or, il est archi-connu que les membres des régiments auxiliaires, organisés par Colborne en octobre et en novembre 1837, ne souhaitent rien tant que de passer un second hiver confortable aux dépens du Trésor public. Lorsque deux Loyaux de LaPrairie ont répandu la rumeur d'un incendie criminel aux casernes, c'était pour obtenir des *volunteers* ou des troupes réglées pour l'entièreté de la saison froide, afin d'en tirer un substantiel bénéfice personnel.

François saute sur ses pieds, puis tend la main à Gilbert qui lui remet son manuscrit. L'imprimeur tourne les talons et se dirige vers l'arrière-salle, où il disparaît. Après un temps, Vincent murmure :

— Faudrait pas que le climat de discorde s'aggrave encore, parce que le *boss* va y laisser sa santé.

— Y est bâti fort, réplique Gilbert sur le même ton. Y peut en prendre. Je le connais depuis une escousse.

— C'est moi qui commence à avoir de la misère à endurer.

Happé par l'inflexion de détresse dans le ton de Vincent, Gilbert dirige vers lui un regard soucieux. Tout soudain, son ami a les traits marqués par le désarroi et l'anxiété combinés. Luttant pour ne pas se laisser contagionner par le tourment de son vis-à-vis, Gilbert tâche de le conforter. Il lance :

— C'était pareil l'an passé. Des fables délirantes…

Lui coupant la parole, Vincent explose :

— Parlons-en, de l'an passé ! Des fusils américains cachés dans des chariots censés transporter du beurre. Une goélette ancrée au lac Champlain, avec une cargaison d'armes vendues pour une bouchée de pain. Plus de 20 000 fusils américains entre les mains des habitants. Des coquins parés à jurer qu'y avaient vu de leurs yeux vu ces instruments de mort et de destruction ! Mais on en a trouvé combien entre les mains des prétendus insurgés ? Pas un seul. Juste des fusils rouillés, la plupart hors de service. Des révoltés seraient allés au feu sans leurs bons fusils ? Impensable. Donc...

— Nulle arme étrangère dans le pays, conclut Gilbert.

— Pis là, les criailleries recommencent pis me foutent une sacrée trouille. J'ai la chienne, Gilbert. J'ai peur pour ceux et celles qu'on aime là-bas, entre la frontière pis icitte.

Les yeux pleins d'eau, Vincent s'interrompt subitement et se détourne. Galvanisé par une pensée, Gilbert s'écrie, ravi d'offrir un dérivatif à son camarade :

— J'oubliais ! J'ai reçu des nouvelles de Vitaline. Ma sœur, d'un coup que t'as oublié son prénom.

Vincent pirouette de nouveau pour lui faire face. Avec un pauvre sourire, il balbutie :

— J'avais pas oublié, loin de là.

— Son mari peut s'enorgueillir d'un fils. La naissance s'est bien déroulée et Vitaline a terminé ses relevailles. Sa lettre était assez courte, mais tout baigne dans l'huile.

Les traits altérés par une expression d'incommensurable tendresse, Vincent pose la main droite sur sa poitrine, à l'endroit de son cœur. Il clôt les paupières un court instant, puis il les rouvre et souffle, la voix diablement éraillée :

— Ça fait du bien à ouïr. La vie plus forte que... que la mauvaiseté pis la haine. Une chance qu'on les a, ces superbes créatures.

Gilbert reste coi. Pour l'instant, les femmes le désarçonnent plutôt, et il n'a guère le goût de les encenser.

— Pas encore au travail, vous deux ?

François, qui a passé la tête par la porte, vient de gueuler la phrase à travers la pièce. Il tonne encore :

— Cessez de comploter dans mon dos, pis grouillez-vous !

Les jeunes hommes s'empressent d'obéir. Leur patron a eu raison de les rappeler à l'ordre. Le temps s'amenuise avant la parution de demain.

28

S'asseyant sur ses talons, Vitaline contemple le travail accompli. Le semis de gousses d'ail s'étire tout le long du potager, couvert de paille afin de protéger la base des jeunes pousses des gels printaniers. La jeune mère pousse un soupir de satisfaction, puis elle lève la tête vers l'horizon. Les érables à sucre ont déjà perdu la majorité de leurs feuilles. Les chênes roussis tiennent bon, mais au prochain coup de vent...

À l'autre bout du potager, une tache de couleur attire l'œil de Vitaline, laquelle sourit tendrement. Une capucine d'un rouge sombre prospère encore, bien à l'abri sous une feuille de courge. Les rouages se mettent en branle dans la tête de la jeune femme, qui imagine la belle silhouette de Vincent se dirigeant vers l'ultime fleur encore épanouie, puis se penchant pour la cueillir. Ensuite, se sachant regardé par sa mie, il reviendrait vers elle et lui ferait cérémonieusement cadeau de la capucine.

La bouche fendue jusqu'aux oreilles, Vitaline s'abîmerait un long moment dans les eaux limpides des yeux de Vincent, puis elle se pencherait vers la fleur pour l'admirer. La capucine, grande ouverte même lorsqu'il mouille ou que la nuit tombe, est d'une si délicate splendeur ! Vitaline humerait la fleur afin de s'assurer, même si elle le sait déjà, qu'elle est inodore. Enfin, après avoir relevé les yeux vers Vincent, elle la mettrait dans sa bouche et la croquerait ostensiblement, ravie par son puissant goût piquant.

Elle aurait l'impression de savourer le suc même de Vincent. De communier, grâce à la fleur, à sa bouche avide et savoureuse. Et tous deux amalgameraient leurs regards pendant un temps infini. En pensée, tous deux revivraient leurs extases passées, faisant disparaître le gouffre de temps qui s'est creusé depuis le départ du jeune homme, au début de l'été. Enfin, au terme de leur corps à corps imaginaire, tous deux parleraient longuement des affaires publiques.

Vitaline a l'impression qu'il n'y a que Vincent pour donner du sens aux épeurantes criailleries qui s'élèvent astheure et qui s'apparentent à celles d'il y a un an, juste avant le paroxysme de la terreur militaire. Les Loyaux qui se prétendent menacés dans leurs propriétés et leurs vies, qui affluent à Montréal et qui exigent la protection des magistrats clubistes et des officiers du commandement militaire… La peur des forcenés recouvre la contrée comme une chape de plomb, et Vitaline a l'impression de retomber dans un cauchemar récurrent.

Un léger cri de son fils fait tressaillir la maman et la ramène à la réalité. Pour se protéger de la tiédeur de l'été des Sauvages, Jules et sa grand-mère sont installés à l'ombre d'un tilleul, placé du côté nord du potager. Vitaline sent une chaleur quasi douloureuse se diffuser au travers de ses seins gorgés de lait. Elle devra allaiter bientôt… Mais pas tout de suite, pas encore. Pour l'instant, elle veut demeurer en compagnie de son Vincent fictif. Dès la fin de ses relevailles, Vitaline a senti son goût pour lui revenir en force. Elle se languit tant !

Sauf que Jules crie encore. La jeune mère se résout à se mettre debout, à épousseter sa jupe et à frotter ses pieds nus dans une talle de trèfles désséchés, puis à se diriger vers l'ombrage de l'arbre. Adossée au tronc, dame Eugénie avait son petit-fils sur son giron ; elle est en train de se relever pesamment pour céder sa place à sa bru. Vitaline échange une œillade avec sa belle-mère, qui s'éloigne sans mot dire. Ces jours derniers, dame Eugénie est tombée dans un inquiétant silence mélancolique.

Sur la couverte posée au sol, Vitaline s'allonge sur le flanc, offrant un mamelon à son fils allongé face à elle. Posant la tête sur son bras, elle clôt les paupières. Certes, le temps s'est suspendu. Les femmes sont devenues muettes et avaricieuses de gestes. Elles guettent l'arrivée des ténèbres… Le désaveu de l'ordonnance de milord Durham par le Parlement impérial a déclenché une incompréhensible réaction en chaîne. Tout d'abord, l'orgueilleux gouverneur a donné sa démission, puis il a remis le pouvoir d'administrateur provisoire à sir John Colborne. Comme l'an passé.

Dès lors, le bonhomme brûlot a fait savoir qu'il allait installer son quartier général à Montréal, dans la splendide demeure que Durham faisait préparer pour lui-même; les principaux officiers des départements civils et militaires vont également s'y trouver à l'orée de novembre, parés à y passer la saison froide. Lorsqu'il quittera sa résidence d'été de Sorel, c'est dans une cité surchauffée par la hargne des convulsionnaires que Colborne va prendre ses quartiers d'hiver, dans une cité garnie d'une demi-douzaine de régiments de troupes réglées.

La décision de transférer le siège du gouvernement de Québec à Montréal est venue immédiatement après trois proclamations signées par Durham et publicisées par la *Gazette officielle*, le 9 octobre. S'apparentant à une plaidoirie déclamatoire, elles démontrent les vues exclusivistes de milord Durham. Celui-ci escomptait choyer les *Britons*. Quant aux Canadiens, aucun souci de leurs usages et de leur code de lois, aucun souci de leurs coutumes et de leur langue !

Mais l'unique passage digne d'intérêt, le passage qui détermine visiblement les convulsionnaires à mettre en branle les rouages d'une formidable machine de guerre, c'est celui qui rapporte que la jeune reine Victoria et le Parlement impérial ont renié les « clauses exceptionnelles » qui excluaient 34 hommes de l'acte d'amnistie ; les exilés à la Bermude sont remis en liberté et les interdits de séjour en Canada peuvent désormais rentrer dans leurs foyers. Donc, l'amnistie prend effet dans tout le sens véritable du mot, sans limitation ni exception.

Parmi les notables et les lettrés du bourg, beaucoup giguent entre allégresse et méfiance, craignant un piège. Manifestement, l'éventuel retour du Dr Wolfred Nelson, amer et vindicatif à juste titre, épouvante les potentats locaux. Vitaline sait que le climat est encore plus explosif dans la partie sud-ouest du comté de Richelieu. Entre le seigneur Debartzch et ses censitaires, la tension est à couper au couteau. Qu'arrivera-t-il lorsque Siméon Marchesseault, l'un des huit exilés à la Bermude, fera face à son persécuteur, exigeant des comptes pour ses propriétés détruites, la perte de son emploi d'huissier et les souffrances endurées par ses proches ?

L'affolement des alliés de la Clique du Château doit s'équivaloir partout. Vitaline trémule d'effroi devant les perspectives d'avenir. Sa patience est à bout. Comment continuer à vivre dans un tel climat de haine larvée et de vengeance ? Continuer à vivre alors qu'une faction de fanatiques sème la bisbille à tout vent ? Et encore, Vitaline n'est pas la plus mal lotie. Personnellement, elle a peu souffert. Alors, elle ne peut qu'imaginer l'intensité insupportable des sentiments de ceux et celles qui ont été en butte aux persécutions, aux rapines et aux violences d'une clique de parvenus, une clique dont les excès sont bénis par la phalange d'hommes au pouvoir.

Les signes s'accumulent d'un retour en force de la terreur. Depuis l'été, le commandement militaire place ses pions. Des professionnels de l'armée britannique ont franchi l'océan, puis ont été disséminés dans le district, formant un solide réseau d'agents de liaison entre la frontière, zone si sensible, et les quartiers généraux à Chambly, à Saint-Jean, à Sorel et même à Drummondville, trou perdu en pays loyaliste. De surcroît, là comme à Saint-Jean, une centaine de machines rouges cantonnent. Si on y ajoute les 800 soldats à Chambly et les 500 à Sorel, les autorités *illégitimes* sont cuirassées !

Vitaline quitte sa position couchée pour s'asseoir et prendre Jules dans ses bras, afin de lui offrir une pause digestive. Elle entend une voix féminine l'appeler par son prénom ; tournant la tête, elle mire l'approche d'Estère. La maman adresse un accueillant sourire à celle qui, par les temps qui courent, fait office de messagère. Retenue à la maison par son nourrisson, Vitaline apprécie fièrement les visites de son amie, plus loquace et plus chaleureuse que les mâles de son entourage.

Ces temps-ci, pas de babillage ni de commérage, mais plutôt le vif du sujet. Après s'être assise sur la couverte en face de Vitaline, puis avoir caressé la joue de Jules endormi, la survenante exhibe le feuillet de *La Quotidienne* du 20 octobre. Elle explicite ce qui est déjà venu aux oreilles de Vitaline, car les hommes en font des gorges chaudes : cinq patriotes du Haut-Canada, envoyés l'hiver passé à la citadelle de Québec pour y être détenus, se sont évadés le 16 courant.

— Y étaient renfermés dans une casemate, relate Estère, tu sais c'est quoi ?

— Une voûte souterraine, me semble ?

— Oui, un abri enterré pour se protéger des projectiles. T'imagines comment ça devait être humide et sombre ? Pas croyable. Fait qu'y auraient limé un barreau d'une fenêtre, ce qui les menait dans une cour fermée par une palissade haute de 12 pieds. Y en a un qui a été incapable de grimper, ça fait qu'y a été repris. Les quatre autres ont monté pis redescendu de l'autre côté au moyen d'une corde qu'y étaient allés chercher, tiens-toi bien, en grimpant la tour pis le mât à son faîte, celui où se trouve le drapeau britannique. Z'ont franchi le fossé pis se sont perdus dans Québec.

— Pis les gardes ?

— Y en avait un dans la cour de la casemate, pis un autre de l'autre côté de la palissade, mais y avaient été drogués à l'opium. Plus tôt, les prisonniers les avaient régalés de rhum empoisonné pis y dormaient dur.

Vitaline ne peut retenir un sourire épanoui. Estère lève cependant une mine consternée vers elle :

— Deux évadés ont été capturés dans une auberge. Les papiers ennemis disent qu'y avaient des amis dans la ville, mais *Le Canadien* prouve le contraire. Tout d'abord, le premier repris se cachait dans les broussailles près de la tour numéro un. C'est justement l'endroit où se font les premières recherches, comme toutte le monde le sait là-bas. Ensuite, les deux autres ont été pris dans une auberge située Garden Street, vis-à-vis de la cathédrale anglicane. Y venaient juste d'entrer, après avoir passé la nuitte dehors. C'était se jeter dans la gueule du loup. Des amis les auraient prévenus.

La narratrice pousse un soupir désolé, avant de reprendre :

— Les poliçons pis les militaires se sont jetés à leur recherche. Alentour des glacis dans la rue Saint-Louis pis alentour du couvent des Ursulines ; y ont même fouillé le couvent de fond en comble. Un *affront à ces dames*, écrit m'sieur Lemaître.

Le regard d'Estère reluit d'indignation. Non seulement il s'agit de femmes, mais de religieuses, ce qui est un double sacrilège pour cette âme dévote ! Le Québecquois qui a subi le pire outrage au cours des fouilles, précise Estère, c'est le notaire et député Augustin-Norbert Morin. Vitaline murmure :

— Encore lui ? Le pauvre ! Si souvent la cible des persécutions.

Un sous-officier de l'armée britannique aurait cru voir l'un des principaux prisonniers, Edward Theller, entrer chez lui à huit heures du matin. Ce qui permet au rédacteur du *Canadien* d'ironiser, ainsi que lit Estère :

— *Belle heure et bon endroit pour se montrer dans les rues pour un échappé de prison qui sait que la police et la garnison sont à ses trousses. Certes, si notre police et notre garnison perdent la tête pour si peu de choses, nous sommes bien mal gardés.*

La jeune femme poursuit :

— La maison de m'sieur Morin a été fouillée. On a été jusqu'à bûcher son plafond pour entrer dans un recoin cloisonné du grenier. *Le Canadien* écrit : *Il est bien à désirer que l'autorité supérieure veille de près les procédés de sa police, car Dieu sait quels malheurs peut produire le manque de jugement, de sang-froid et d'égards pour les citoyens qui préside à la conduite de cette autorité subordonnée. On dirait que cette police agit d'après un système de provocation bien arrêté, dans la vue de porter les citoyens à quelque résistance imprudente, qui servirait d'occasion pour les dragonner.*

Les deux jeunes femmes échangent un regard entendu. C'est l'opinion généralisée. S'enténébrant à vue d'œil, Estère raconte que l'affaire n'en est pas restée là. Des malfaisants ont brisé des vitres au domicile de Morin, avec l'accord tacite des factionnaires postés à la suite de l'infructueuse perquisition. Qui plus est, un des proches de Morin, qui se plaignait haut et fort de la cabale, s'est fait arrêter par un poliçon, pour ensuite être conduit au *black hole*, puis à la prison.

Après un temps, les traits d'Estère se détendent et elle ajoute, le regard brillant d'allégresse :

— Y en a toujours bien deux évadés qui ont réussi pis qui se retrouvent asteure de l'autre côté de la ligne du 45.

— J'ai ouï dire. Les plus importants prisonniers. Mister Theller, un Américain républicain capturé en janvier dernier dans la province voisine, aux alentours de Détroit. Pris à bord d'un *schooner* sur lequel les furibonds avaient tiré. L'autre, William Dodge, je suis pas précisément au courant, mais c'est quelque chose du genre. Les deux ont été condamnés à être pendus, mais leur peine a été commuée en déportation dans une colonie pénale. Tu sais comment le nouveau gouverneur, mister Arthur, brûle d'y envoyer des prisonniers !

Estère réagit par une grimace qui déforme complètement son joli minois. En mars 1838, le lieutenant-gouverneur du Haut-Canada, Francis Bond Head, a cédé sa place à un dénommé sir George Arthur. Ce militaire autoritaire avait été lieutenant-gouverneur de la terre de Van Diemen, dans les terres australes, pendant une douzaine d'années. Une île gigantesque qui était l'équivalent d'une immense prison comptant près de 20 000 *convicts*, lesquels étaient répartis entre deux systèmes pénitentiaires : des colonies encloses, c'est-à-dire le bagne, ou un lieu de résidence au sein de la population civile, à être esclaves des colons.

Le lieutenant-gouverneur Arthur s'est singularisé par son intransigeance inhumaine. En juin, il a fait pendre un troisième patriote, un Américain d'ascendance française nommé Morreau qui a été pris dans une échauffourée à Short Hills, dans la région du Niagara. Mʳ Arthur en aurait envoyé trois autres à trépas s'il n'avait dû se soumettre, en grichant des dents, à l'amnistie partielle décrétée par son supérieur en titre, lord Durham, qui avait autorité sur l'entièreté des colonies britanniques.

Estère replie le papier-nouvelles, puis le range dans la poche, sous sa jupe. Elle s'enquiert :

— Rien à signaler par icitte, Vitalette ?

L'interpelée, qui déposait Jules sur la couverte, se redresse pour détendre son dos courbaturé. Enfin, elle répond :

— Rien d'autre que Florentin pis son père qui passent leur temps libre en palabres avec leurs amis proches du bourg. Sont diablement préoccupés. Pis rien d'autre que Norbert qui se fait aussi rare qu'un spectre, refusant de rendre compte de son emploi du temps.

Le beau-frère de Vitaline a passé la belle saison à vivoter, grappillant de l'ouvrage par-ci par-là. Il semblait avoir perdu une partie de sa gouaille et de son insouciance d'avant le régime de terreur. Mais depuis quelques jours, il se ranime à vue d'œil. Estère souffle :

— Y se trame quelque chose. Ces messieurs refusent d'en parler, mais les signes sont évidents. Réunions nocturnes, messagers qui galopent à gauche et à droite.

Après un silence, Vitaline s'informe à son tour de son amie :

— À part ça, toi, de ton côté ?

— Je sais plus à quel saint me vouer. Nulle part y a de place pour moi comme institutrice.

Vitaline réagit en esquissant un rictus navré. L'horizon de la pauvre Estère s'est bouché l'an passé. L'école de rang où elle enseignait a été fermée, et si d'aventure une autre rouvre quelque part, on lui a clairement fait entendre que le poste irait à un homme. Les mâles manquent d'ouvrage par les temps qui courent. La jeune femme devient terriblement émue lorsque le sujet est abordé. D'un élan, Estère se remet debout. Après une salutation marmonnée, elle prend son départ. Vitaline accote son dos sur l'arbre et ferme les yeux. Comme elle s'ennuie de l'aisance et de la simplicité des rapports humains de naguère!

L'OFFICE DE *LA QUOTIDIENNE* est plongé dans la pénombre, celle que la brunante installe brin par brin. Gilbert piaffe sur place. Il est censé attendre Vincent pour prendre son envol, mais son ami est retenu dans l'arrière-salle. Or, Gilbert est fatigué, affamé, démoralisé. Ce jour d'hui, jeudi 25 octobre, il a peaufiné un texte éditorial qui porte sur la réorganisation des régiments de *volunteers* du district, sous l'égide de l'aide-de-camp et du secrétaire de Colborne.

Depuis deux jours, du matin au soir, Montréal résonne de bruits encore ténus, mais éloquents. Là où des régiments auxiliaires avaient été mis sur pied en novembre 1837, un ordre de mobilisation a été transmis. Depuis, de sinistres préparatifs ont lieu. Les sergents et les adjudants de la douzaine de troupes — cavaliers, fantassins, carabiniers et artilleurs — qui garnissaient les trois Volunteer Brigades, entre novembre 1837 et mai 1838, sont sortis de l'ombre. Ils recrutent, promettant un salaire régulier dans quelques semaines, comme l'an passé, dès que le corps sera paré à prendre du service, après réception de l'accoutrement et de l'arsenal.

Certaines troupes d'élite seraient enrégimentées pour cinq ans. *L'Ami du peuple* prétend qu'ils iront *résider dans quelques-uns des villages les plus rebelles* afin de protéger la frontière. L'Exécutif de la province est convaincu, selon le *Mercury* de Québec et le *Herald* de Montréal, qu'il se brasse quelque projet parmi les patriotes *tant du dedans que du dehors*. Il importe de prendre des précautions pour éviter la moindre perturbation.

Gilbert se retient de donner un coup de poing dans le mur. Pourtant, seules des fumisteries se succèdent les unes aux autres.

Le canon de Philipsburg, dans la baie Missisquoi… Les casernes de Chambly, érigées au coût de 10 000 livres, puis ruinées par un incendie mis sur le dos des patriotes… *Le gouvernement qui a pillé et persécuté un peuple doit avoir des remords*, a écrit François, *il doit s'imaginer que le châtiment qu'il mérite le menace en effet. Voilà une mine à exploiter! Les volontaires en profitent, ils créent des fantômes pour effrayer davantage le gouvernement qui les appelle à son secours.* Leur but: se faire nipper et alimenter par le Trésor public. La saison froide approche. Les *volunteers* licenciés à l'orée de l'été n'ont pas de terre, et n'ont rien pu engranger pour passer l'hiver.

En fait, lord Durham ne gouverne plus rien depuis des semaines. Il a remis au bonhomme brûlot les rênes du pouvoir et lui a donné sa bénédiction pour *mettre en service actif toute force qu'il jugera nécessaire*, c'est-à-dire les détestables régiments de *volunteers*. En même temps, les gazettes à la solde des autorités ont recommencé leur diabolique gigue de médisances et, et à cause de son travail, Gilbert est environné par la sorcière. Son cœur s'en vient exsangue.

Soudain, Vincent appelle Gilbert, qui doit venir les rejoindre de toute urgence. Mécontent, le nouvelliste obtempère, paré à défendre farouchement son droit au repos. Dans l'arrière-salle surchargée d'effluves irritants, l'imprimeur est seul avec Vincent. Tous deux, debout au centre de la pièce encombrée, ont pris un air grave. Gilbert se tend comme un ressort à mesure qu'il approche d'eux. François pose un regard pénétrant sur le survenant. Après un interminable silence, il dit enfin, à mi-voix:

— Les gars, je vous propose quelque chose. Mais avant, faut que vous me juriez de rien dire sur ce qui va se passer entre nous. Quel que soit le résultat de notre entretien. Jurez.

Les jeunes hommes s'exécutent. Intense et ombrageux, François reprend:

— Les *volunteers* du district se rameutent. Avec les *regulars*, ça fait des milliers d'hommes acharnés à notre anéantissement. Une terrifiante répression nous menace. Je peux pas rester les bras croisés. Vous autres?

— Je serais ravi d'agir enfin, répond Gilbert.

— Vous proposez quoi? s'enquiert Vincent.

— Pour l'instant, s'organiser pour se protéger. Depuis quelques mois, les exilés aux États-Unis se regroupent au sein d'une société secrète. Les membres se reconnaissent par des signes et par une salutation convenue. L'impulsion est venue des exilés du Haut-Canada, surtout des Irlandais parmi eux, ceux qui ont vécu la répression du tournant du siècle sur leur terre natale. Depuis la proclamation Durham du 9 octobre qui universalise l'amnistie, des exilés sont survenus en Bas-Canada pour établir un faisceau souterrain de communication, aux maillons solides, entre leurs concitoyens et l'organisation américaine, de part et d'autre de la frontière.

Gilbert a le cœur qui bat la chamade. Il a l'impression que l'horizon plombé se déchire brusquement pour laisser place à une embellie. Le sang accélère dans ses veines. Se remuer, enfin! François prend une pause pour jeter un long regard circulaire dans la pièce déserte, puis pour scruter les croisées. Enfin, il revient à ses deux interlocuteurs. Il chuchote:

— Je vais vous faire prêter serment. Vous devez jurer que vous obéirez à mes ordres. Pour l'instant, uniquement à mes ordres. Sans doute que les choses vont évoluer prestement, mais asteure, c'est à moi seul que vous vous rapportez. Pis vous m'obéirez au doigt et à l'œil quand je vous demanderai de rosser les soldats de la reine.

Gilbert ne peut retenir un hoquet, mélange de stupeur et de joie. Trémulant d'excitation, Vincent réplique néanmoins:

— Renverser le gouvernement afin de proclamer la république, c'est bien davantage que s'organiser pour se protéger.

Gilbert le contreboute avec indignation:

— On a un autre choix, d'après toi, pour se protéger?

— Je peux quasiment rien révéler, répond François à son tour, mais vous pouvez envisager un soulèvement dès la prise des glaces.

Toute réserve envolée, Vincent déclare:

— Je suis votre homme.

— Moi itou, enchaîne Gilbert.

— Je m'en doutais. Je vous l'aurais pas proposé autrement.

François tend sa main, paume ouverte. Ses employés y placent les leurs, François met son autre main par-dessus, et tous trois se serrent longuement la pince, échangeant des regards à la fois intenses et émus. Enfin, François les délivre. Reculant d'un pas, il souffle encore:

— Le secret est vital, les gars. Un réseau se fragilise à mesure qu'y gagne des adhérents. Si j'apprends que vous en avez parlé à votre blonde, même en ouvrant la trappe dans votre sommeil, je vous retire ma confiance pis je vous fiche à la porte. C'est clair ?

— Limpide, patron.

— Astheure, sacrez votre camp. À demain.

Étourdi, Gilbert emboîte le pas à Vincent. Dehors, il gèle déjà, la chaussée est glissante et le jeune nouvelliste se concentre pour enfiler sa tuque, puis serrer la ceinture fléchée de sa bougrine. Dès que les deux jeunes hommes sont parvenus dans l'espace grand ouvert du square Dalhousie, Vincent partage avec son compagnon ce qu'il croit être le cœur du plan : l'occupation de garnisons stratégiques et la saisie de tout l'armement qu'elles contiennent, puis la levée d'une formidable armée. Les Loyaux, des couards qui se cachent derrière les *regulars* aussitôt que possible, s'enfuiront de l'autre côté de la ligne.

Gilbert est emporté par le mirifique panorama. Une fois Toronto, Kingston, Montréal et Québec aux mains des insurgés pour l'hiver, tout sera possible. L'indépendance, avec Louis-Joseph Papineau comme négociateur principal d'un traité, n'est plus une chimère ! Depuis l'intérieur des baraquements dont ils sont séparés par une muraille, un ordre aboyé par un sous-officier parvient aux oreilles des deux amis. Comme un rappel du formidable, de l'innombrable ennemi qui devra être vaincu.

29

Depuis que Gilbert s'est secrètement enrégimenté dans l'armée patriote, il a l'impression que le temps a ralenti considérablement son allure. Ce qui est étrivant à souhait, car le jeune homme voudrait au contraire se propulser dans un riant avenir. Chaque matin, il se lève du bon pied, dans un sursaut d'énergie virile. Il se sent jeune et plein de vie, l'âme chevaleresque, escomptant que sonne l'heure de l'insurrection, que sonne le tocsin, au lieu des benoîtes cloches de la messe matinale! Hélas, immanquablement, une morne et languissante journée s'égrène avec une lenteur désespérante.

Jour après jour, une affligeante actualité se tricote sous les yeux du nouvelliste. Le bonhomme brûlot qui fait venir auprès de lui les commandants des *volunteers*, d'après le *Herald*, afin d'exiger que leurs troupes soient organisées et greyées avec célérité. Sir John qui écrit en Angleterre, toujours selon le *Herald*, pour faire savoir au gouvernement impérial que si l'intention est de garder la colonie et de lui confier la mission de tuer la rébellion dans l'œuf ou même de repousser une invasion, il faudrait augmenter les troupes réglées à sa disposition.

Au même moment, la nouvelle se répandait, comme le miracle d'un dieu ultra-tory, qu'un transocéanique venait tout juste d'accoster à Québec, charriant 30 000 accoutrements militaires et autant de mousquets avec leur gréement. Puis, un autre navire est survenu, avec des détachements de six régiments et une flopée d'officiers venus prêter main-forte. Un troisième est en train de remonter le fleuve, semble-t-il. Et pourtant, le vieux brûlot est encore capable de se prétendre sous-équipé et sous-apprécié, songe Gilbert avec ironie.

Sur ce, un capitaine a quitté Montréal à bride abattue avec une maigre suite pour se rendre à Carillon afin de mettre sur pied un régiment de plusieurs centaines de *volunteers*. Ensuite, il dévirera vers Vaudreuil pour faire de même. Pour couronner le tout ou plutôt pour déculotter le tout, rectifie Gilbert en pensée, lord Durham met aujourd'hui même, 1er novembre 1838, cap sur la Grande-Bretagne. Au départ, milord devait en profiter pour visiter les États-Unis jusqu'à New York, où il devait embarquer, mais l'autorité militaire, semble-t-il, veut informer le plus rapidement possible les ministres de Sa Majesté de « l'état critique » des provinces.

Généralement, le papier-nouvelles de François Lemaître est fidèle à sa mission : une bonne dose d'humour grinçant permet d'énoncer ces vérités que les autorités constituées qualifient de propos séditieux. Ce matin, par contre, Gilbert doit se farcir la traduction et le résumé d'un texte éditorial du *Herald*. François a jugé vital d'en faire état en faveur du lectorat de *La Quotidienne,* et Gilbert comprend très bien la motivation de son patron. Sauf qu'il a l'impression de diffuser un miasme venimeux dont il imagine clairement l'effet sur ses concitoyens : une colère encore plus virulente !

Selon le convulsionnaire du *Herald*, l'administrateur provisoire a reçu des informations très crédibles sur des préparatifs d'invasion *sur un pied fort* étendu, tout le long des frontières des États de New York, de l'Ohio et du Michigan. De surcroît, des *hordes de brigands* du Vermont et du Maine s'y joindront. Gilbert sent sa nuque se couvrir de sueur froide. Si les forcenés proclament semblables choses depuis Toronto jusqu'à Québec, c'est sur la foi de ouï-dire d'un complot organisé au moyen d'une société secrète dont les membres ont juré d'occire les envahisseurs anglais.

Est-ce parce que Gilbert en fait partie qu'il est terriblement sensible à la moindre allusion ? Tout soudain, il a l'impression que tout le monde parle de l'organisation souterraine à laquelle il s'est joint. Même son patron, mine de rien, a reproduit un entrefilet du *Brockville Statesman*, en Haut-Canada : *Nous sommes informé par des lettres particulières de Watertown, Sterlingville et autres places, que des sociétés secrètes s'organisent rapidement, que des armes s'achètent et que des disciplines régulières s'exécutent.* Et ce, le lendemain de l'embrigadement de Gilbert et de Vincent par François !

Le nouvelliste revient à la traduction du *Herald*, qui répand son fiel contre *la domination des voleurs et des meurtriers*. La gazette fanatique beurre épais : *Les poltrons incapables qui dirigent les affaires dans Downing Street sont l'unique cause de nos troubles actuels, car s'ils eussent ordonné de pendre d'une manière sommaire tous les rebelles, au lieu de les engraisser tout l'hiver dans une prison confortable et ensuite les relâcher, nous serions aujourd'hui en paix.*

Gilbert est parcouru d'un tel ouragan de fureur qu'il dépose sa plume et se lève d'un bond pour faire des allées et venues. Plusieurs fois, le *Herald* et d'autres gazettes de sa trempe ont plaidé, avec une antipathie abjecte, pour un châtiment selon eux salutaire. Leur ardeur belliqueuse pourrait-elle être favorablement accueillie dans les officines du pouvoir ? Pourrait-elle, plus précisément, refléter le réel état d'esprit des adeptes de la terreur militaire, auxquels le pouvoir vient d'être remis sans condition ?

Étreint par le pressentiment d'une catastrophe imminente, Gilbert s'astreint à terminer son ouvrage. La porte d'entrée s'ouvre à la volée pour laisser paraître Vincent, trempe comme une soupe. Il mouille à siaux ! Le survenant s'ébroue. Il vient de passer quelques heures à régler des problèmes au sein du groupe des colporteurs. Gilbert requiert son attention et dit :

— *The Herald* en traduction. *Nous faisons des vœux pour que les soldats aussi bien que les volontaires voient, cette fois, la nécessité absolue d'épargner au gouvernement le trouble de garder des prisonniers. La nécessité de priver ces derniers, une fois pris, de l'avantage de recommencer la guerre. L'ennemi ne vous fera pas de quartier.* Ainsi, qu'il ne lui en soit pas fait *!!!* Trois points d'exclamation.

— Ça écœure, y a pas d'autres mots.

Gilbert interroge Vincent du regard. Ce dernier réagit en faisant une moue signifiant qu'il n'y a rien de neuf sous le soleil et qu'il faut encore attendre. De justesse, Gilbert se retient d'envoyer revoler le feuillet du *Herald*. Il en a pour des semaines à contenir son impatience. Autant s'exercer à partir d'astheure.

Le beau-frère de Vitaline fait son entrée dans la maison en coup de vent. Avant même de refermer la porte, il annonce à la cantonade :

— À matin, les soldats auxiliaires ont reçu l'ordre de se mettre en service actif. Une partie du Lacolle Loyal Volunteers a pris possession d'un moulin à carder dans le coin du fort de l'isle aux Noix. La nouvelle est parvenue dans le bourg tout juste avant que je sacre mon camp.

Norbert reste planté sur le seuil, échangeant des regards soucieux avec les hommes de la maison. Instantanément, l'inquiétude chez les Montplaisir monte de plusieurs crans. Comme les autres, Vitaline est contagionnée par l'appréhension d'une conspiration ordonnée depuis le faîte du pouvoir. Elle émet faiblement :

— Depuis une dizaine de jours, les *volunteers* s'organisaient fiévreusement.

— Pis là, enchaîne sa belle-mère sur le même ton, ce mouvement du Lacolle Volunteers… C'est quoi, leur affaire ? Sont où, les vessies qu'y prennent pour des lanternes ?

— Dans le c… comté de L'Acadie, répond Florentin.

— Pis surtout du côté américain, ajoute son père. Une grande armée parée à envahir le Bas-Canada.

Selon les convulsionnaires, des milliers d'hommes des comtés limitrophes aux États-Unis auraient abandonné leurs travaux et leurs domiciles pour obéir à la trompette du ralliement. Les troupes réglées sont sur un pied d'alerte, parées à se mettre en branle. Le fait est confirmé par les gazettes à la solde des autorités. Près de 600 *regulars* du 66e régiment sont sur le qui-vive à Sorel ; au moins 800 machines rouges du First Dragoon Guards et du 15e régiment le sont à Chambly. Que dire de ceux de LaPrairie, de Drummondville et de Saint-Jean ?

— Même des colonels de milice, s'enrage Norbert, s'improvisent les valets du diable !

L'assertion outrée reçoit un concert d'approbation. Plusieurs d'entre eux ont exigé de façon péremptoire que les hommes de leur bataillon viennent leur remettre les armes en leur possession, dans un geste de soumission rappelant l'époque honnie de la vassalité. Alors que depuis quasiment un an, la chasse au moindre fusil rouillé en possession de Canadiens bat son plein ! Du moins, c'est ainsi que s'est comporté le colonel Théophile Lemay, du village de Sainte-Marie-de-Monnoir.

Le faquin a perdu son siège de député de Rouville en 1834 après avoir voté contre les 92 Résolutions. Ensuite, il s'est fait le servile messager des autorités constituées. L'an passé, il a fait lire à voix haute, même en anglais, la proclamation Gosford interdisant les assemblées populaires. Il s'est illustré comme délateur pendant l'automne et, au début de novembre, il s'est garroché à Montréal en proclamant que son autorité de colonel de milice était bafouée et que la sédition faisait des ravages alarmants. Loin de s'amender en 1838, il rempire, comme prouvent ses exigences envers ses subalternes du comté. Il crève de trouille.

Le mitan de la soirée étant atteint, le capitaine Montplaisir déclare qu'il est temps de tuer les chandelles et de se mettre au lit. Demain, les choses s'éclairciront. Une nuit agitée s'ensuit. Vitaline ne dort que d'un œil. Elle entend Florentin et son frère, en bas, se lever à plusieurs reprises, comme s'ils guettaient. Comme s'il était contagionné par l'effervescence, Jules s'agite et geint. Hantée par le souvenir d'une terrifiante nuit d'hiver à surveiller l'état de sa fillette enfiévrée, Vitaline observe anxieusement son nourrisson. Puis, elle s'apaise, prenant conscience que Jules a seulement besoin d'une mère calme.

Au matin, Vitaline est en train de faire table nette après le déjeuner lorsque Norbert, qui se trouvait dehors, rentre subitement. Ses épaules sont couvertes de la neige légère qui tombe. Les sourcils froncés, il lance au capitaine Montplaisir, en train de bercer Jules :

— Z'étiez pas censé visiter le marchand Guérout à matin, son père ?

Lancée d'un ton anodin, la question suscite quand même un malaise dans le for intérieur de Vitaline et chez les autres membres de la maisonnée, comme le constate la jeune mère. C'est que les discussions ont été vives concernant l'appel du marchand, qui veut engager le capitaine et son fils pour un ultime transport avant la prise des glaces. Or, Louis Guérout est le moins recommandable de tous les marchands de la paroisse. Moins que messieurs Hubert et Cartier, ce qui n'est pas peu dire. Avec lassitude, le beau-père de Vitaline répond à son cadet :

— Oui, on avait rendez-vous lui pis moi tout à l'heure.

— Ben je viens de voir passer son attelage vers Saint-Ours. Y *ridait* pas à peu près.

— T'es sûr de ça ?

— Sûr et certain.

— P... p't-être qu'un autre c... c... conduisait, déclare Florentin.

— P't-être. N'empêche... Je file au bourg. Ça me dit rien qui vaille.

— Moi itou, lance Florentin en sautant sur ses pieds.

— Je vous accompagne, dit à son tour le capitaine Montplaisir. D'un coup que m'sieur Guérout est pas parti pis qui m'attend derrière son pupitre ?

— Ça va nous permettre de vider la question entre six yeux, déclare farouchement Norbert. D'ailleurs, je serais pas contre d'assister à votre entrevue.

Dame Eugénie, qui balayait mollement le plancher, pile net et, d'un ton effrayé, elle profère :

— Revenez vitement. Ça me viraille les sangs de vous attendre sans savoir ce qu'y advient de vous autres.

Vitaline délivre le capitaine de son petit-fils et, peu après, les trois hommes quittent les lieux pour se rendre à Saint-Denis. Une éprouvante attente commence pour les deux femmes. L'an passé, Vitaline se désâmait pour distraire sa belle-mère des affres de l'angoisse, mais astheure, elle en est incapable, et le temps s'écoule dans un silence de plomb. Revivre le despotisme militaire de l'an passé, les délations, les arrestations, les rapines et par-dessus tout, la barbarie des machines rouges et de l'armée auxiliaire de *volunteers* rivalisant de mauvaiseté ? Plutôt fuir à toutes jambes. Décamper sans l'ombre d'un regret pour un pays de liberté !

À ce stade de sa songerie, Vitaline se sent chavirée. Quitter à jamais sa patrie ? Ce serait déchirant. Ce serait laisser un trésor se faire piller par une faction sectaire, par les plus forcenés des *Britons*. Mais jusqu'au tréfonds de son être, elle refuse ce destin de victime impuissante. Elle refuse de faire partie d'un peuple à genoux, d'un peuple humilié de toutes parts par ceux qui, après avoir fait peser le joug sur la population, exigent de celle-ci qu'elle baise les doigts de ses innombrables bourreaux, *Britons* arrogants, traîtres chouayens, prêtres et prélats avides de pouvoir et de richesses... Vitaline ne se contient plus d'impatience. Comme elle jouira de leur faire un pied de nez !

Puis, la fougue de la jeune femme cède à l'usure des heures qui s'égrènent, tandis qu'une mince couche de neige blanchit le paysage. En contrepartie, ses rêveries au sujet de Vincent gagnent en consistance. Tout soudain, alors que la pâle luminosité du jour est en train de disparaître au profit d'une nuit précoce, le capitaine et ses deux fils font irruption. Prestement, ils mettent Vitaline et sa belle-mère au parfum d'événements qui prouvent qu'il y a péril en la demeure pour les patriotes de la rivière Chambly.

C'était bel et bien Louis Guérout qui conduisait l'attelage aperçu par Norbert. Depuis quelques jours, un funeste trio de Chouayens s'énerve et se rameute sans vergogne. Donc, Guérout s'est rendu chez ses compères Roch de Saint-Ours et Pierre-Dominique Debartzch, au village voisin. Le choix épineux concernant l'offre du marchand a donc été fixé par le fait même. Vitaline est soulagée de constater que le capitaine et ses fils en sont venus à un accord sur le chemin du retour, celui de ne pas s'engager à traiter avec le marchand controversé pour cette année. Si un redoux s'annonce, la rivière restera libre de glaces et il est possible que Guérout revienne à la charge.

Le fait anodin pâlit en comparaison de ce qui s'ensuit. Ce matin 2 novembre, un détachement de troupes en provenance de Montréal est allé renforcer la garnison de LaPrairie, ce qui porte à 300 le nombre de *regulars* chargés de protéger ce point crucial de la route entre Chambly et la cité marchande. En conséquence, les hommes du bourg, et même ceux des concessions qui ont afflué au village pendant la journée, ont décidé qu'il fallait procéder à une mobilisation préventive de la milice.

Envahie d'une peur qui la paralyse, Vitaline balbutie:

— Comme l'an passé…

Talonnée par l'effroi, elle crie:

— C'est ça qu'y veulent! Y veulent justifier la répression par la présence d'une armée de rebelles!

Florentin vient à elle pour la saisir par le poignet, qu'il serre à lui faire mal. C'est sa manière à lui de lui intimer le silence. Après un temps, le regard impérieux, il dit en bégayant à outrance que tout le monde est conscient des possibles retombées d'une organisation défensive et de la mise sur pied, par le fait même, de camps militaires villageois. Sauf qu'encore une fois, les autorités ne leur laissent pas le choix. Elles y acculent les hommes libres. Pas question de remettre, clefs en main, la contrée aux troupes!

Furieuse, Vitaline voudrait crier à son mari qu'il peut bien faire le beau parleur et le vaillant astheure, mais qu'il aurait dû y penser à deux fois, l'an passé, avant de prêcher la passivité et de lui rabattre le caquet avec un sermon vantant la servilité, ce fameux jour de la fin de novembre à l'auberge Mâsse. Alors, si les combattants avaient tenu bon, le pays n'en serait pas rendu là! Au prix d'un effort prodigieux, Vitaline se contient. Là-dessus, le jeune marin délivre son épouse de sa poigne, tout en tournant la tête de côté. Ayant déchiffré son expression, il accuse le coup.

Norbert succède à son frère aîné pour faire valoir que le formidable mouvement de résistance, en train de prendre forme à la grandeur du district, débouchera sur une campagne militaire digne de ce nom. Florentin ose lancer une œillade en direction de son épouse. Ardent, il souffle :

— Prie, Vitalette. Prie pour la délivrance de ton pays.

Touchée au cœur par sa douceur subite et par sa vulnérabilité, elle fait fi de son ressentiment pour gratifier son mari d'une embrassade emportée. Puis, elle le repousse aussi sec et profère farouchement :

— Plus jamais je dirai de patenôtres. Même à mon dernier souffle.

— Dis pas une affaire de même!

Après s'être exclamée, dame Eugénie se signe. La considérant froidement, la jeune mère réplique :

— Je dis ce que je veux. Je pense ce que je veux. On est en pays libre.

— Arrêtez la chicane, jette Norbert avec irritation. Pis servez-nous à manger, on a l'estomac dans les talons.

Quelques minutes après avoir mis le nez dehors, au matin du 3 novembre, Gilbert et Vincent plongent dans l'ahurissement. Les Montréalistes n'ont qu'un sujet de parlure en bouche. À en croire le commandement militaire, un soulèvement révolutionnaire se serait produit dans la partie sud du district. Les jeunes hommes prennent la mesure de l'anxiété et de la peur ambiantes tout en s'empressant vers le carré Dalhousie. Là, ils pilent net, incrédules. C'est la cohue, la cacophonie. Les sous-officiers galopent à gauche et à droite, les attelages débordant de matériel sortent en file des cantonnements.

Le duo fait un crochet par le port. Leurs concitoyens affluent au quai du traversier en partance pour LaPrairie. Des piquets de soldats ont été placés pour libérer l'accès au quai. Les *regulars* ne se privent pas de bousculer et d'invectiver quiconque s'approche. Hier, apprennent les deux spectateurs, une portion du 73ᵉ régiment a été convoyée de l'autre côté du fleuve ; astheure, tous les autres hommes de ce corps traversent sur le *Princess Victoria* dans le but d'être transportés par le chemin à lisses jusqu'à Saint-Jean. Plus d'un demi-millier de machines rouges occuperont ledit village !

N'y tenant plus, Vincent demande à voix haute :

— Mais pourquoi ? Sont où, les rapports faisant état de mutineries ?

Un de leurs voisins répond avec une âpre ironie :

— Personne a rien vu. Ça empêche pas toutte le monde d'être contagionné par l'appréhension comme par l'étincelle électrique.

— L'affaire d'Huntingdon ?

La veille, une rumeur absurde a couru aussi vite que l'éclair : ce village, situé non loin du Haut-Canada, était réputé pour avoir été brûlé par les patriotes. L'interlocuteur de Vincent hausse les épaules :

— Aucune idée. Pour le sûr, les furibonds croient dur comme fer que la ville va être attaquée à soir.

Médusé, Gilbert se force pourtant à ânonner :

— À soir ? Sont malades !

— Ça se peut. N'empêche qu'y le proclament à tout venant.

Vincent tire Gilbert par la manche. Le mieux est de s'empresser vers l'office de l'imprimeur Lemaître. Les jeunes hommes y trouvent l'équipe au complet, depuis les pressiers jusqu'à François lui-même, en conciliabule au milieu de la pièce. Deux très hauts gradés en poste au sud du Saint-Laurent sont accourus au quartier général de Montréal l'un après l'autre, hier et pendant la nuit qui vient de s'achever. Le premier est le colonel Cathcart, stationné à Chambly ; l'autre est le lieutenant-colonel Taylor, en poste à Saint-Jean.

Qu'ont rapporté les deux officiers britanniques ? Nul ne le sait encore, mais le branle-bas s'est élevé dès l'aube, dans les heures suivant l'arrivée en catastrophe du second officier. François espère avoir de crédibles ouï-dire avant l'heure de tombée pour l'impression de

La Quotidienne de ce jour d'hui. Fébrile, le propriétaire de l'entreprise de presse retourne son compositeur au travail muni d'une reprise anodine du *Fantasque*, papier-nouvelles de Québec. Gilbert et Vincent, eux, sont envoyés battre les pavés afin de glaner des renseignements au plus sacrant.

Au fil de leurs pérégrinations, une cuisante réalité saute au visage des jeunes *reporters*. La ville est placée en état de siège. Les *regulars* sont partout en vue et deux sentinelles gardent la Bank of Montreal, comme si l'établissement était menacé de brigandage. Le traversier transporte à toute vapeur des munitions et des pièces d'artillerie tirées de l'arsenal de l'isle Sainte-Hélène et qui seront ensuite réparties entre les garnisons de LaPrairie, de Saint-Jean et de l'isle aux Noix. L'armée se met en campagne, mais nul ne peut en expliquer les causes aux Montréalistes abasourdis !

30

Vitaline erre dans le bourg, son nourrisson installé dans un foulard noué autour de son torse et gardé bien au chaud sous sa bougrine. Elle se délecte des scènes qui se déroulent sous ses yeux, en ce mitan d'après-dînée du 3 novembre. Ici comme dans tout le district au sud du fleuve Saint-Laurent, de Verchères à Saint-Damase, de Longueuil à Belœil, des dizaines de milliers d'hommes affluent pour se rapporter à leur capitaine de milice. À Saint-Charles se trouveraient asteure plusieurs milliers de combattants exaspérés par les iniquités de Debartzch et de ses alliés.

En matière de mobilisation, le comté de L'Acadie surpasse celui de Richelieu. Là-bas, les patriotes sont en ébullition. Le mot d'ordre est de se regrouper dans les principaux villages pour établir des camps armés dans les règles de l'art, où provisions et munitions seront entassées. La nuit prochaine, les miliciens iront capturer ceux parmi les Loyaux qui pourraient soit constituer une menace pour eux, soit être des victimes potentielles de vengeances de la part de concitoyens enivrés de leur puissance.

Car dans ce comté névralgique de L'Acadie, les magistrats locaux et les officiers britanniques en garnison se sont brusquement et ouvertement transmués en provocateurs risque-tout, en fauteurs de trouble. Vitaline ne peut concevoir une telle impudence de leur part. Ou plutôt, elle envisag très bien le but recherché, ce qui provoque chaque fois en elle une résurgence d'effroi. Hier soir, 2 novembre, des escouades de fantassins et de cavaliers, *regulars* autant que *volunteers*, ont procédé à de brutales arrestations sans mandat, avec une brutalité conçue pour bouter le feu aux étoupes.

Au village de Saint-Athanase, en face de Saint-Jean, le notaire Antoine-Eusèbe Bardy et le Dr André Lacroix, deux Réformistes persécutés depuis l'an passé, ont été mis aux arrêts. Un second détachement s'est rendu jusqu'au lieu-dit de Pointe-à-la-Mule, où habite Lucien Gagnon, farouche tuque bleue bannie du Bas-Canada par une ordonnance d'amnistie dont l'annulation en Chambre haute, à Londres, donne des sueurs froides aux forcenés du comté. Gagnon brillait par son absence au moment de la descente de l'escouade, mais sept « insurgés » seraient actuellement en prison à Saint-Jean. L'un des fils de Gagnon de même que sa vieille mère ont été physiquement maltraités.

Rien de moins qu'un terrible outrage a été commis à la Pointe-à-la-Mule. Une copie conforme de l'arrestation, le 17 novembre 1837, du notaire Demaray et du Dr Davignon, un événement qui avait fait entrer les habitants en résistance. Un acte sciemment planifié pour que le peuple se rameute et se transmue, aux yeux des autorités constituées, en bandes de séditieux sans foi ni loi!

Vitaline contreboute son anxiété en s'exhortant intérieurement. Ce qui n'a pas été réussi l'an passé sera bientôt chose faite. Elle n'a qu'à fermer les yeux pour être propulsée à rebours jusqu'au 24 novembre 1837. Au lendemain d'une bataille autant inattendue que décisive, les patriotes débordaient d'une fierté mâtinée d'un orgueil légitime. Vitaline sent affluer l'énergie qui l'habitait alors. Elle vibrait à l'unisson de ses concitoyens, liée à chacun d'eux et à chacune d'elles par d'innombrables fibres! De surcroît, il y avait Vincent, dont la tendre présence embellissait son existence. Le comté de Richelieu était enfin devenu un pays libre!

Depuis son arrivée dans le bourg, une heure plus tôt, la jeune femme a croisé moult petits groupes de miliciens gonflés à bloc, tous mus par la même détermination. Inflexibles, les hommes sont parés à vaincre ou à périr. Ils disent qu'ils ont atteint le point de non-retour, que si les forcenés se préparent au combat depuis quelques semaines, c'est pour les anéantir, et que s'ils restaient passifs, ils seraient les pires mauviettes que la terre ait jamais portées!

Au détour d'une ruelle, Vitaline assiste à un énième épisode révélateur. Le marchand Joseph Thibaudeau, l'un des principaux associés de son propre père, le maître-potier Uldaire Dudevoir, tâche de ramener ses concitoyens à ce qu'il nomme « la raison ».

Monté sur ses ergots, un de ses auditeurs répond en le mirant dans le blanc des yeux :

— Tu dis qu'on va à la boucherie ? Que sans armes ni organisation militaire, notre cause est perdue ? T'as pas tort. Faudrait être fou pour pas voir que peut-être la moitié d'entre nous autres y resteront. Sauf qu'on finira par l'emporter. Y a trop longtemps qu'on nous vexe pis qu'on nous insulte.

— Toutte vient à point à qui sait attendre...

— Ça suffit sur un temps riche, d'avoir la morale élastique. C'est-y pas, vous autres ?

Le milicien d'une quarantaine d'années a interpelé ses compères, qui acquiescent en chœur et font valoir que les Canadiens sont de plus en plus méprisés, même si leurs requêtes, validées par les résultats des élections, sont envoyées en mère patrie depuis une quinzaine d'années. Soudain, l'un d'entre eux gueule :

— Ceux qui nous ont volés pis fusillés l'an passé, on les récompense en haut lieu. C'est juste à nous autres, habitants du Bas-Canada, qu'on a ôté le droit d'élire des représentants en Parlement. Juste à nous autres, parce qu'on est des descendants de Français !

Un autre proclame son assentiment :

— Tu parles drette. Y veulent la mort de la patrie canadienne. Dans notre beau pays, y a plus que la force qui fasse loi.

— Fait que chacun d'entre nous autres doit sacrifier sa vie pour la cause !

Le marchand Thibaudeau recule d'un pas. Vitaline lit la peur sur son visage, même si aucun parmi le groupe d'hommes qu'il tentait de raisonner n'a manifesté le moindre signe d'hostilité envers sa personne. Les miliciens se détournent. L'un d'entre eux lance derrière son épaule :

— Retourne chez toi, le Joseph. Cache-toi dans ta cave. Y t'arrivera rien si tu restes tranquille.

Un autre ajoute en riant :

— P't-être bien que t'aurais dû faire comme Guérout le grichou ?

L'expression suscite un éclat de rire collectif. Joseph Thibaudeau pivote et retourne à l'endroit d'où il était venu, courant quasiment. Égayée, Vitaline poursuit son chemin. Les habitants investissent les villages stratégiques entre la Pointe-Olivier et Saint-Ours. Plutôt que de courir le risque d'être placés en garde à vue, le marchand

Louis Guérout et son compère Firmin Perrin, de Saint-Antoine, sont allés s'abriter dans les baraquements de Sorel.

Le colonel Lemay, de Sainte-Marie, les a rejoints, de même que le renégat Debartzch. Celui-ci a même convaincu un persécuté de 1837, le Dr Jacques Dorion, d'aller s'abriter avec eux à Sorel. Le médecin a été emprisonné, en tant que député patriote du comté de Richelieu, pour avoir soutenu ses commettants dans leurs protestations contre le despotisme de l'Exécutif colonial. Il doit sa libération, après quatre mois, au shérif Saint-Ours, son cousin par alliance, ainsi qu'à Debartzch, qui a versé l'une des deux cautions lors de sa remise en liberté. Ces deux Chouayens se sont ménagé une poigne de fer sur le pauvre Dorion.

Vitaline s'enténèbre. Il est amusant de voir déguerpir les couillons, mais à vrai dire, lorsque de faux amis de la Couronne courent se placer sous bonne garde, l'Exécutif les exhibe en preuve de rébellion. Ce qui est de mauvais augure pour la suite des choses. Guérout, Debartzch et les autres jouent-ils un jeu macabre ? Profitent-ils de renseignements privilégiés ? Eux pourraient savoir de source certaine ce que les habitants subodorent : si les machines rouges sont sur le pied de guerre, c'est qu'elles vont frapper en masse, comme l'an passé dans les comtés du Nord.

En conséquence, tout doit être fait pour empêcher Colborne de charrier rapidement ses troupes, puis pour ménager aux résistants une voie d'accès protégée jusqu'aux États-Unis afin d'importer l'armement qui est sur le point de parvenir de l'autre côté de la frontière. C'est du moins ce que Vitaline a compris ce midi, alors que les hommes de la maisonnée engloutissaient leur repas. Ils ont fait allusion à un exilé se trouvant à Saint-Charles pour organiser la résistance. L'an passé, ledit exilé a figuré parmi les quelques hommes qui ont mis le camp sur pied. S'il avait été chargé du commandement suprême, une victoire patriote aurait été possible.

Vitaline a eu beau insister, son mari comme les deux autres ont refusé de nommer le quidam en question. Elle en est réduite à conjecturer. L'instituteur Marchessault ? L'imprimeur Boucher-Belleville ? Non point, car ce sont de jeunes Fils de la Liberté qui ont présidé à l'organisation du camp. Sauf qu'Alphonse Gauvin et Rodolphe DesRivières, exilés à la Bermude, n'ont pas encore posé le pied en terre d'Amérique. À moins que la barque à vapeur ait été dotée d'ailes de goéland ? Sérieusement, qui d'autre a figuré en prééminence à Saint-Charles ?

Frustrée de la réponse à son questionnement intérieur, Vitaline se contente d'observer les miliciens se rameutant en silence afin de marcher vers Saint-Charles. De loin, elle voit son frère Rémy se joindre à l'équipée, mais elle ne peut qu'échanger un geste du bras avec lui. Avec acuité, elle se souvient du moment, quasiment à la même date l'an passé, où il partait au sein d'une cohorte dans laquelle figurait également son bien-aimé Vincent, afin d'aller prêter main-forte aux résistants de Saint-Charles.

— Je prie pour que cette fois-ci, les chances de réussite soient de leur côté.

Vitaline se tourne à demi pour accueillir Estère qui, debout à ses côtés, a chuchoté la supplication avec une touchante ferveur. Au bord des larmes, elle ajoute :

— T'as vu leur armement ? Des piques à la pointe durcie au feu... des fourches... ça fait tant pitié...

Sans dire un mot, la jeune mère entoure de son bras les épaules d'Estère et la presse longuement contre son flanc. En Vitaline, une lancinante interrogation reste sans écho. Vincent se trouve-t-il toujours à Montréal ? Court-il le moindre danger ? L'exaltation de la faction sectaire met les tuques bleues de là-bas en péril.

Plantés debout en pleine rue, Gilbert et Vincent lisent à toute vapeur l'édition du jour du *Populaire*, et en particulier le commentaire éditorial de Leblanc de Marconnay. Les deux jeunes hommes ont ce faquin en détestation, mais ce qu'il écrit, omet ou insinue est devenu très instructif. L'éditeur dénonce les alarmes *que tous les partis extrêmes semblent se complaire à faire circuler.* Tout le monde sait, y compris le gouvernement, *que malgré les bruits qui circulent, la révolte n'existe que dans l'imagination d'un petit nombre de têtes et dans les âmes de quelques vils intrigants qui croient gagner quelque chose dans une commotion, ainsi que dans les espérances de quelques poignées de maraudeurs des frontières.*

Prestement, les jeunes nouvellistes mettent ce papier-nouvelles de côté pour se farcir *L'Ami du peuple* ou plutôt « L'Ami des forcenés du district », ainsi que le nomme Vincent pour badiner. Son rédacteur Alfred Rambau écrit : *Nous sommes loin de croire à tous les bruits que l'on fait circuler, à tous les contes que l'on répand, mais nous sommes assuré et nous le sommes parfaitement qu'il se trame quelque chose. Nous savons, à n'en pouvoir douter, qu'il se fait des assemblées secrètes ; ce qui s'y passe et la nature du serment qui s'y prête, nous l'ignorons…*

Gilbert relève la tête pour dire à Vincent :

— Voilà le cœur du propos des convulsionnaires depuis une couple de semaines. Une organisation souterraine en cours que nul ne peut infiltrer. J'imagine que ça leur donne un sacré pesant.

— Autre chose ?

— Le *Popu* devrait s'employer à calmer les esprits et à arrêter les progrès des mauvaises doctrines que sèment quelques rebelles, dans ce moment *où tout commence à être dans une agitation qui menace d'augmenter rapidement de jour en jour*. Tandis qu'au contraire, la gazette exaspère et aigrit le peuple en attaquant mal à propos l'administration Durham, qu'on ne peut juger sévèrement, vu la manière brusque dont sa course a été interrompue.

— Bougre de bagoulard. Si *L'Ami* juge le *Popu* de même, imagine où se positionnent les feuilles de François dans son échelle de valeurs !

— Dans la fange de la soue à cochons. Viens, faut se remettre en chasse.

L'après-dînée du 3 novembre tire à sa fin lorsque le *Morning Courier*, autre papier-nouvelles à la solde des autorités, publicise un rapport officiel du lieutenant-colonel Taylor, arrivé de Saint-Jean durant la nuit. Selon l'officier, l'information leur est parvenue de la tenue d'une réunion secrète chez Julien Gagnon, célèbre patriote du comté de L'Acadie. Plusieurs rebelles ayant échappé à la potence — ainsi qu'il est écrit en toutes lettres — avaient enrégimenté des réfugiés notoires afin d'attenter à la vie de loyaux sujets de Sa Majesté dans les environs de Pointe-à-la-Mule, dans la nuit du 2 novembre.

Pour se persuader de la réalité de l'accusation, Gilbert lit tout haut :

— *While on the act of plotting the destruction of the lives and property of loyal subjects*. Insensé. Juste un fou furieux ferait une affaire de même.

Le plus haut gradé au sud du Saint-Laurent, soit le colonel Cathcart, a donc ordonné à son subalterne Taylor de mettre sur pied des escouades afin de mettre la main au collet des séditieux. Puis, Cathcart s'est garroché à Montréal. Pendant la nuit, c'est du résultat de sa mission que Taylor est venu rendre compte à son supérieur Cathcart, ainsi qu'aux principaux personnages du commandement militaire de la province.

Prenant Gilbert par le bras avec une poigne de fer, Vincent le force à lui faire face. Les traits contractés par une vive détresse, il profère :

— On a été trahis. L'insurrection va être battue en brèche !

Gilbert le fait taire en le fusillant du regard. Vincent répond par un rictus, avant de détourner la tête. Enfin, après avoir inspiré une goulée d'air, il marmonne :

— Je m'encalme. Viens, on y va.

Ils courent rue Saint-Paul. L'office est quasiment désert, puisque les pressiers ont terminé leur travail et que les colporteurs sont partis mettre en vente le numéro d'aujourd'hui, samedi 3 novembre. Seuls sont présents James Phelan, le rédacteur du *Temps*, ainsi que François, qui est en train de mettre de l'ordre. Exhibant le *Morning Courier* en preuve, Vincent résume les faits à toute vitesse. Comme preuve du complot meurtrier de Pointe-à-la-Mule, ajoute Gilbert en brandissant la *Montreal Gazette* du jour, l'officier Taylor a exhibé au rédacteur dudit torchon un mousquet équipé d'une baïonnette, ainsi qu'un fourreau et une cartouchière contenant une vingtaine de cartouches à balle.

Ahuri, James s'exclame :

— Une arme qui a pu être ramassée n'importe où ! Tu parles d'une preuve !

Vincent lit à voix haute quelques sentences incisives de la *Montreal Gazette*. Le gouvernement étant équipé pour parer à la moindre urgence, il ne s'agit plus, astheure, que de juger prestement les rebelles dans une cour spéciale agissant sous la loi martiale, laquelle devrait être proclamée à l'instant. Ce qui fait rugir Gilbert :

— En fait de conjuration, on repassera !

Il précise que selon les deux gazettes salariées, les convulsionnaires ont procédé dans le plus grand secret. Pourtant, ils ont mis la main uniquement sur sept hommes, quasiment tous arraisonnés dans leur lit. Parmi eux figurent le notaire Bardy ainsi qu'André Lacroix, capturés à domicile pendant la nuit d'hier. James en tombe des nues :

— Jamais Bardy, pour un, aurait pris le risque de faire partie d'un tel complot !

— À moins d'être intimement persuadé de sa réussite, grommelle François.

Gilbert connaît le pénible passé du patriote en question. Capturé en décembre 1837 alors qu'il tentait de fuir aux États-Unis, Bardy est resté écroué jusqu'en juillet dernier et n'a pu sortir de prison qu'en versant une caution de 1000 livres pour garder la paix ; deux camarades ont dû promettre des sommes additionnelles de 500 livres chacun. Une chaîne plus solide que des barreaux de prison.

L'imprimeur s'éloigne brusquement de Gilbert et de ses compères pour faire quelques pas pressés dans la pièce. Puis il revient près d'eux pour un conciliabule. Il leur souffle, son haleine fleurant les pastilles à la menthe qu'il suce constamment :

— Un félon s'est ouvert la trappe. Ou deux, ou trois… Je le craignais. J'en avais le pesant…

Gilbert en conclut que James a aussi été intégré par François dans l'organisation secrète. Ce dernier poursuit :

— Nos chefs de l'autre côté de la frontière attendaient la prise des glaces. Le 15 ou 20 novembre à peu près. À l'évidence, les despotes de la colonie ont décidé de nous battre de vitesse. Comme l'an passé. Les moyens utilisés sont différents.

— L'armée d'occupation au lieu de l'Exécutif, glisse James.

— Mais le résultat est le même. Provoquer afin d'avoir un prétexte pour nous tomber dessus à bras raccourcis. L'an passé, la délivrance de Demaray et de Davignon sur le chemin Chambly est venue à point nommé ; astheure, comme on se méfie sur un temps riche, y doivent inventer un complot de toutes pièces. Y a rien à leur épreuve.

Avec difficulté, François avale sa salive. Gilbert constate qu'il est chamboulé jusqu'au tréfonds de son être, au point d'avoir les mains qui tremblent et les paupières qui clignotent. Le timbre éraillé, James ne peut retenir un flot de paroles :

— D'un coup que ceux de LaPrairie se mobilisent quand même ? Y suffirait de 48 heures. Peut-être même une journée. Prendre possession du village pis du traverseux. Si possible, se saisir du vapeur. Ou du moins, l'empêcher de servir. Bloquer le chemin à lisses. Si, à LaPrairie, y réussissent à se mobiliser pis à frapper un bon coup, l'élan pourrait être donné… D'autres localités se mettraient en action, pis on retarderait la venue des troupes jusqu'à l'arrivée de l'armement. Parce que les troupes sont le nerf de la guerre. On l'a vu l'an passé, dans les comtés du Nord. Colborne bougera pas sans ses milliers de machines rouges.

— Les *volunteers* non plus, jette Vincent. Y chialent pis y s'agitent, mais de là à risquer leur peau !

L'huis de l'office s'ouvre à la volée, ce qui pétrifie le quatuor. L'Irlandais Matthew Carroll met les pieds à l'intérieur, puis referme la porte après avoir jeté un œil derrière lui. Pendant ce temps, Gilbert informe les autres que le survenant est son ami. Vincent, qui le reconnaît de vue pour l'avoir croisé au collège, confirme à mi-voix que c'est vrai. Enfin, Matthew avance vers eux, ses traits marqués d'un puissant soulagement. Hors d'haleine, il dit à l'adresse de Gilbert :

— Ravi de te mettre le grappin dessus. Faut que je t'avertisse…

Il suspend sa phrase, jetant un regard méfiant aux compagnons du nouvelliste. Celui-ci se hâte de le rassurer :

— Tu peux parler. Je me porte garant d'eux.

Matthew franchit la courte distance qui le sépare des trois hommes groupés. D'un trait, les yeux fixés sur Gilbert, il débite à mi-voix :

— Contrairement à l'an passé, j'ai refusé de m'enrôler dans le bataillon de mon district comme *volunteer*. Sauf que j'ai plusieurs bonnes connaissances qui l'ont faitte. Z'ont ouï dire d'affaires épeurantes. Y en a un, en particulier, qui croit que des rafles vont betôt avoir lieu. Tout à l'heure, y est venu me le souffler dans le creux de l'oreille. Pis du côté de mon patron, mister Molson, ça brasse en masse. Savez qu'y commande le deuxième bataillon de la deuxième brigade de la Volunteer Militia…

Gilbert l'interrompt :

— On est au courant. En plus d'être un des ténors de la Constitutional Association pis d'avoir été du Conseil spécial sous le vieux brûlot jusqu'à l'arrivée de Durham. Un damné favori de l'Exécutif.

— Fait que je tenais à t'avertir de surveiller tes arrières. Pis même, je voulais t'offrir le même refuge que naguère. Tu sais de quoi je parle. Je pense que ce serait prudent pour cette nuitte.

Gilbert tombe des nues. Sans ménagement, il riposte :

— Cette nuitte ? Tu dérailles ! Pis je vois pas pourquoi moi, je serais en danger ! Je suis juste un gratte-papier, saint épais. Pis j'ai rien faitte l'an passé. Tu sais comme moi que les autorités courent après ceux de l'an passé.

Ce disant, Gilbert est frappé par une pensée. C'est de François et de James qu'il vient de parler ! Manifestement rebuté par la sèche repartie de son ami, Matthew recule d'un pas, puis d'un autre, disant encore :

— À ta guise. Je t'aurai averti.

Sur ce, il tourne les talons et s'empresse vers la sortie. Énervé, Gilbert lui lance :

— Merci quand même, l'ami !

Matthew claque l'huis derrière lui. Après un temps, François profère :

— C'est la goutte qui fait déborder mon vase, en sus du boucan depuis à matin.

— Z'êtes en danger, jette Gilbert. Toi itou, Jimmy.

Travaillant pour *La Minerve*, James avait été obligé de s'exiler aux États-Unis en décembre 1837, craignant un mandat d'arrestation qui n'a pas manqué de se matérialiser. Le rédacteur du *Temps* a le regard d'une bête traquée. François pose la main sur son épaule, qu'il serre avant de proférer :

— Je crois qu'y faut s'offrir un voyage d'agrément de l'autre côté du fleuve.

Les traits de James se décomposent. Sa lèvre inférieure se met à trembler. Avec une puissante détresse, il répond :

— M'exiler ? Passer des mois à me sentir comme un banni ? Non. Juste à l'idée de revivre cet enfer… Parce que c'est un enfer dont vous avez pas idée. Le pire, c'est pas la misère. Le pire, c'est le vague à l'âme. Un terrible, insupportable vague à l'âme !

James a quasiment crié. Le saisissant par les épaules, François le fusille du regard. Implacable, il articule posément :

— T'es pas obligé de t'exiler. Trouve une bonne cachette, pis restes-y. Chose certaine, je t'interdis de remettre les pieds icitte. Disparais. Moi, je m'en vais le plus loin possible. Moi, c'est la prison qui me fout la trouille. À l'idée d'y retourner, j'ai juste le goût de m'ouvrir la gorge.

La calme assertion saisit Gilbert aux tripes. François éloigne James d'une poussée :

— Allez, décanille. Reste le plus loin possible de moi pis du journalisme. En Bas-Canada, le vrai journalisme, c'est le métier le plus dangereux qui soit.

James veut parler, mais François le brouscaille :

— Ferme-la pis sacre ton camp, j'ai dit ! Je veux plus te voir la face !

Blême comme un drap, l'homme tourne les talons et se dirige vers son pupitre, situé au fond de la pièce. Tâchant de garder contenance, François se tourne vers ses deux jeunes employés. Il dit :

— On ferme, mais faut pas que ça paraisse. Faut que ce soit comme si on rouvrait après-demain. Les gars, si on vous questionne, dites que vous avez été forcés à prêter serment par des menaces. Que vous aviez les yeux bandés pis que vous pouvez pas identifier personne. Pis si nécessaire, une fois que vous aurez appris que je suis en sécurité de l'autre côté de la ligne, inculpez-moi. Compris ?

— Jamais on fera ça...

— Niaisez-moi pas. Z'avez compris ?

Gilbert et Vincent acquiescent à contrecœur. Une vingtaine de minutes plus tard, James s'est volatilisé dans la noirceur humide, tandis que François monte à l'étage supérieur où se trouve son logis, après avoir mis la clef sous la porte de l'office. Quand se reverront-ils ? Subitement, l'affliction pèse sur les épaules de Gilbert comme une chape de plomb. Pendant le jour, courant d'un bord à l'autre, il a réussi à tenir son sentiment de désolation en échec. Mais là, il se sent tomber dans un abîme d'hébétude, dans un gouffre d'accablement.

Vincent capte son regard comme s'il lui lançait une bouée et Gilbert constate que son ami, lui itou, se retient de partir à la dérive dans un océan de désespoir. Levant le nez, Vincent souffle :

— On gèle... Pourvu que ça dure. Pourvu que les glaces pognent...

Gilbert et lui s'empressent de se rendre à leur domicile. Après quelques pas, frappé par le souvenir de la brève visite de Matthew Carroll, Vincent demande des éclaircissements. Son compagnon s'exécute, décrivant sa nuit du 9 janvier à l'abri chez leur ancien régent de collège, Alanus O'Reilly, devenu vicaire des Irlandais catholiques. Gilbert conclut :

— À rebours, je crois pas qu'y avait de danger pour moi. Fait que pour la nuitte qui vient...

Tous deux doivent se taire et se ranger sur le côté, car des *volunteers* courent de tous bords tous côtés avec leurs fusils brandis dans les airs. Vincent grommelle entre ses dents :

— Saudits oiseaux de malheur !

L'huis de la maison du faubourg Québec est barré à double tour, et les contrevents sont hermétiquement fermés. Entendant la voix de son neveu, Ériole pousse un cri qui traverse les parois et qui témoigne avec éloquence de son angoisse. Une fois Gilbert à l'abri à l'intérieur, elle l'étouffe quasiment en le ceinturant de ses bras :

— T'es bien vif ? En un morceau ?

— Garanti. Pis vous ? S'cusez-moi de vous avoir laissée toute la journée sans nouvelles, mais on a été affairés sans bon sens.

— Les Hussars à cheval sont déployés dans les faubourgs pour surveiller les principales entrées de la ville. Je m'en revenais quand je les ai vus passer. J'ai eu une sacrée frousse.

Ériole repousse Gilbert pour ajouter :

— J'ai ouï dire de la construction de fortins. Un sur la côte à Baron du côté du faubourg Saint-Laurent, l'autre près de la prison neuve, pis le troisième... je m'en souviens plus.

Scié, Vincent s'exclame :

— Des blockhaus en pleine ville ? On aura tout vu. Les fous dansent la gigue !

— Z'avez l'estomac dans les talons, pour le sûr ?

Le ton criard à force d'être gouailleur, Ériole a tenté une diversion pour alléger l'atmosphère.

— J'ai doutance que vous avez quasiment rien avalé de la journée. C'est-y pas, les gars ? Ça adonne bien, je vous ai gardé un fond de saussepanne. L'affaire va p't-être goûter le brûlé, mais j'ai pour mon dire que vous avaleriez n'importe quoi, en hommes affamés que vous êtes. Assisez-vous. Je vous sers une assiettée.

Comme Vincent, Gilbert se jette sur la nourriture avec voracité. Entre deux bouchées, il s'enquiert :

— Pis Caroline ?

— Elle a filé direct au Cabaretier patriote. C'est samedi, ce jour d'hui, oublie pas.

Gilbert déclare forfait après avoir récuré le fond de sa seconde assiettée, qu'il fait descendre au moyen d'une bonne rasade de bière légère. Puis, avec l'aide de Vincent, il récapitule à voix haute les péripéties de la journée. La parenté avec les événements de l'an passé est hallucinante. Les autorités n'ont de cesse de provoquer les Réformistes pour qu'ils tombent dans un piège duquel ils ressortiront grimés en brigands et en traîtres. Ce que les clubistes de l'Exécutif n'ont qu'à moitié réussi en novembre 1837, ils espèrent le mener brillamment à bien dans les jours prochains, aiguillonnés comme ils le sont par la présence des milliers de machines rouges et par autant de *volunteers* armés jusqu'aux dents.

— Le moment décisif est survenu, souligne Ériole à mi-voix. Ou bien une armée révolutionnaire se garroche jusqu'icitte pour nous libérer, ou bien la terreur militaire s'installe pour des années.

Gilbert se retient à deux mains pour ne pas lui révéler l'existence de la société secrète et leur mobilisation prévue pour la nuit qui vient. Il aimerait tant la conforter ainsi! Tous trois sursautent: on tambourine à la porte, puis la voix de Caroline s'élève. Gilbert va ouvrir. La jeune femme entre comme un coup de vent, ses pommettes rougies par le froid miroitant comme deux fruits mûrs. Gilbert a l'impulsion de tendre la main pour l'attirer vers lui afin de lui offrir du réconfort… ou plutôt pour se ragaillardir, ce dont il a ardemment besoin.

Soudain, la survenante clame:

— Les patriotes de Sorel se sont soulevés!

Depuis la table, Ériole glapit en guise de réponse:

— Pas vrai? Déboutonne-toi.

— Dans les deux sens du terme!

L'amusante saillie de Vincent fait rigoler Gilbert, qui aide sa jeune amie à se départir de sa bougrine. Tout en s'activant, Caroline explique qu'elle a galopé jusqu'ici pour leur faire part d'une nouvelle provenant d'Étienne Lavictoire. Tout à l'heure, le vapeur *Canada* accostait au port. Sourcils froncés, Vincent intervient en demandant:

— Y était pas censé voguer jusqu'à Québec?

— Oui, mais après son étape réglementaire à Sorel, y a fait demi-tour pour rentrer à Montréal. Savez qui se trouvait à bord ? Déberge soi-même, pis une couple de ses chers amis. Z'étaient partis de chez eux pour aller brailler à Sorel que la rivière Chambly était en état d'insurrection. Astheure, y sont au quartier général. Y braillent que la révolte est déclarée. Que leur vie pis leurs biens sont en péril imminent. Un faquin nommé Lemay a même gueulé, en mettant le pied sur la berge, que la seigneurie de Monnoir était en proie à une redoutable effervescence républicaine. Ce sont ses mots.

Gilbert adresse une œillade émerveillée à Vincent. Tout ne serait donc pas perdu ? Peut-être que les patriotes en aval du village de Chambly sont en train d'assurer leur mainmise sur la contrée ? Que ceux de LaPrairie vont bel et bien agir pendant la nuit afin de couper Montréal de son principal canal d'invasion, soit le chemin à lisses jusqu'à Saint-Jean ? Gilbert voit son ami reprendre du cœur au ventre. Ses joues s'empourprent, ses yeux luisent d'animation. Comme lui, il rêve de l'indépendance de son pays. Il rêve d'un pays débarrassé de la clique de profiteurs qui se gorgent de sa sève. La vision est mirifique !

Tout en marchant vers la table, Caroline enchaîne :

— En rapport avec le sieur Lemay, ça m'a fait penser à un texte dans *La Quotidienne,* y a deux semaines.

Se rasseyant sur sa chaise, Gilbert lance, ébahi :

— Le commentaire éditorial ? Ta mémoire me surprendra toujours. Théophile Lemay était venu commérer au shérif de Saint-Ours au sujet d'espions lui ayant révélé que les patriotes méditaient un grand coup.

Soudain réjouie, Caroline se tourne vers Ériole :

— Vous pis moi, on avait ri un bon coup ! Souvenez-vous : le *savantissime* Saint-Ours a répondu à ce faquin de Lemay : «*Merci, colonel ! Merci, juge de paix ! Merci, commissaire des petites causes ! Merci, confrère chouayen ! Je vais tout de suite en avertir milord Durham qui daignera bien en récompense me donner son pied à baiser !*»

À ce souvenir, Ériole glousse. Égayé, Gilbert déclare que son patron avait oublié un titre obtenu par Lemay à la suite de la purge du printemps : maître de poste au village de Sainte-Marie-de-Monnoir. Sarcastique, Vincent rappelle à son tour que tout juste avant la bataille du 25 novembre 1837 à Saint-Charles, Lemay a passé quelques jours en captivité au camp avec son beau-frère Talon Lespérance, la « terreur » de La Présentation.

Perdant toute envie de se gausser, Vincent ajoute que peu après son entretien avec le shérif Saint-Ours à Montréal, Lemay descendait précipitamment à Québec, accompagné du Grand Connétable, du procureur général et du solliciteur général, pour une visite à lord Durham. Plusieurs raisons ont été invoquées pour justifier ce voyage. L'hypothèse la moins farfelue voulait qu'ils s'en allaient recevoir des instructions spéciales touchant un système d'arrestation calqué sur celui de l'an passé.

Très sombre, Gilbert conclut :

— Comme François l'écrivait : c'est ainsi que de nouvelles persécutions se préparent.

L'assertion, qui résonne dans la salle commune, est ponctuée d'un pesant silence. Gilbert sent son exaltation faire long feu. S'enténébrant à vue d'œil, Vincent donne voix à son scepticisme croissant. Une insurrection patriote ? Un coup fumant, plutôt. Grâce à Debartzch et compagnie, l'autorité militaire aura son passeport bardé de tampons d'autorisation pour justifier la répression.

Leur comportement est une copie conforme à celui de l'an passé, alors que leurs récits enfiévrés, émaillés de menteries, ont été l'élément déclencheur d'une désastreuse réaction en chaîne. Réaction qu'ils sont à même de se représenter dans toute son horreur, mais qu'ils escomptent quand même ! Même que Lemay peut bénéficier du soutien du seigneur de l'endroit, nul autre que Jean-Roch Rolland, juge de la Cour du banc de la reine des Trois-Rivières. L'homme s'est signalé par sa servilité rampante devant l'arbitraire. Dans la foulée des requêtes réitérées pour faire libérer Côme-Séraphin Cherrier, Louis-Michel Viger et Toussaint Peltier, il a contrebouté plusieurs de ses collègues moins corrompus, au printemps dernier, en affirmant que la loi de l'habeas corpus n'avait jamais été mise en vigueur en Canada.

Caroline interpelle Gilbert du regard.

— Z'allez faire quoi ? Le sort de votre gazette est scellé. Z'allez vous enfuir certain ? Sauf qu'y faut du monde pour débarrer les portes de la ville quand l'armée révolutionnaire surviendra.

Le silence succède à la tranquille assertion de Caroline. Avec un air de défi, elle poursuit :

— Les *volunteers* vont jeter leurs armes au sol à la moindre menace. Sont des couards de première classe quand la soldatesque leur fait défaut. Ou bien quand y sentent que les autorités constituées vont pas les absoudre de leurs actes.

Gilbert n'ose pas la contredire. Elle veut croire à l'approche de l'armée de libération. Après un temps, Vincent souffle :

— Pour l'instant, la ville est perdue. Ça donne rien de rester. Demain, je décampe dans la rivière Chambly. Pour revenir en force, j'espère bien.

Caroline se met à réfléchir, consultant Gilbert du regard pour confirmer le point de vue de Vincent. Pour sa part, Ériole déclare :

— Je pars moi itou. Je m'en sacre, de ma maison pis de mon ménage. Pis de l'atelier itou. De toute façon, les persécuteurs vont trouver moyen de me dépouiller pis de me laisser sans rien. Pas vrai, Caroline, qu'on embarque avec eux autres ?

— N'importe quand. Je suis parée à faire mon bagage asteure.

Se dressant debout, Gilbert jette avec irritation :

— Vous mettez la charrue pardevant les bœufs.

Vincent lui dit à mi-voix :

— Une virée en ville, ça te dirait ? Faut rester à l'affût, pour pas se faire jouer de vilains tours. Pis tu sais quoi ? Le traître Déberge est dans les parages. J'ai le goût d'aller guetter ses allées et venues.

Gilbert ouvre de grands yeux. Il a beau être lessivé, crotté, les pieds frettes et mouillés, l'idée est séduisante.

31

Il est quasiment 9 heures du soir, en ce 3 novembre 1838, mais la ville résonne de bruits et d'activités comme en plein jour. Un quart d'heure après avoir remis les pieds à l'extérieur, Gilbert et Vincent doivent se rendre à l'évidence : le récit des renégats arrivés dans le vapeur *Canada* a été largement publicisé. Bien des Montréalistes sont dehors. Certains, muets comme eux, ne font qu'écouter ceux et celles qui se pâment d'effroi à l'idée que les insurgés ont pris possession du bourg de Sorel.

Normalement, sir John y débarque ce soir même, de retour de Québec où il se trouvait pour être assermenté en tant qu'administrateur provisoire après le départ de Durham. Peut-être que le commandant en chef a été capturé par les révolutionnaires ? Peut-être qu'à l'heure actuelle, toutes les garnisons au sud du Saint-Laurent sont tombées aux mains des mutins ? Des risées d'épouvante se lèvent au sein des groupes plongés dans des palabres animées. Comme il fait doux et qu'il ne mouille pas, le chemin public devient une extension du domicile.

— Une fable macabre, crache Vincent. Les renégats, chassés de Sorel par une insurrection canadienne ? Mon œil ! Une machination pour susciter une terreur salutaire dans l'esprit du moindre loyal sujet. Pour excuser une sévère répression à leurs yeux.

Néanmoins, Gilbert ne peut s'empêcher de se bercer d'allégresse. Si Sorel et Colborne en personne se trouvent entre les mains des tuques bleues, la victoire est acquise ! Puis, il se morigène, perclus d'une douleur morale qui va jusqu'à alourdir ses mouvements. La déception est quasiment insoutenable. En réalité, il faudrait prendre

Chambly, Saint-Jean, LaPrairie… Selon toute vraisemblance, une répression prévisible se déploie afin de terminer l'ouvrage entrepris l'an passé. Montréal est aux mains des forcenés.

Mais l'arrivée d'une armée constituée d'Américains et de Canadiens exilés, le ralliement de milliers de patriotes, l'afflux d'armes? Si le district en entier devient une terre de liberté, le chef-lieu tombera! Ainsi, tout en prenant le pouls de la cité commerçante, Gilbert gigue entre morosité et allégresse. Des messagers, à cheval ou à pied, sillonnent les rues. Derrière les portes closes des appartements des officiers, bruits et éclats de voix se font entendre. Les croisées sont vivement illuminées. Une lueur sépulcrale, visible par-delà les murailles, s'élève des baraquements du square Dalhousie. Là itou, c'est le branle-bas de combat.

Les domiciles des principaux convulsionnaires de la cité doivent tous être brillamment éclairés, débordant d'activité et de brouhaha. Au Palais de justice, des gens pressés entrent et sortent. Le corps de garde déborde de factionnaires nerveux. L'activité est encore plus grande à la Maison du gouvernement, de biais sur la rue Notre-Dame. Faisant halte, Vincent dévoile son plan : se déguiser en Gaspard, afin d'aller féliciter le seigneur Debartzch d'être arrivé sain et sauf. Normalement, le Chouayen se trouve là, dans le château Ramezay, en train de conférer avec les principaux représentants de l'autorité.

— C'est fièrement risqué, réplique Gilbert. Pis ça servirait à quoi?

— Glaner des renseignements. Lui faire un pied de nez, même si y le sait pas. Me venger un brin de ses manigances.

— Le jeu en vaut pas la chandelle.

— Au contraire, si j'apprends de sa bouche que toute l'affaire est une farce. Juste désamorcer une saudite menterie, me semble que ça vaut la peine. Parce que la répression est farcie de telles menteries, pis j'en ai plein mon casque!

Pour détourner son ami d'un projet qu'il juge suicidaire, Gilbert fait remarquer :

— Faudrait pas que tu te retrouves face à ton besson. Faudrait s'assurer de ses allées et venues avant. D'un coup qu'y décide de visiter son ami Déberge…

— Bonne idée. Caroline pourra nous renseigner.

Vincent pivote sur ses talons et prend son élan en direction du faubourg Québec. Éberlué, Gilbert le suit du regard, puis se décide à se placer dans son sillage. Au moins, Vincent s'éloigne du danger! Une dizaine de minutes plus tard, tous deux font une entrée fracassante dans la maison. Affairée à organiser son départ, Ériole s'immobilise dans la salle commune, tandis que Caroline dévale l'escalier, tous ses sens en alerte. Hors d'haleine, Vincent demande de but en blanc à cette dernière :

— T'as vu Gaspard à la taverne tout à l'heure ?

Depuis que Gilbert a été sacré dehors une nouvelle fois, le mois dernier, Gaspard tente de rétablir la roulette et autres lucratifs jeux de hasard dans la pièce réservée à cette activité. Avec la complicité d'Étienne Lavictoire, Caroline résiste encore à l'assaut, mais elle commence à se lasser d'avoir à soutenir un siège. La jeune femme finit par répondre à Vincent :

— Oui. Le samedi soir, on est généralement au grand complet.
— Y s'y trouverait encore ?

Énervée, elle garroche :

— Comment tu veux que je sache ? Ordinairement, y passe la soirée dans la chambre de jeux. Quand y réchauffe la place, les affaires sont meilleures. En fin de soirée, y part honorer sa poule.

— Chez ton ancienne Madame? demande Gilbert à son tour.

— Non. Lui pis un autre poliçon, y ont pris le contrôle d'une maison déréglée. Fait qu'y peut baiser gratis. Les filles sont obligées de répondre à ses désirs. C'est quoi qu'y se passe ? Pourquoi vous me cuisinez de même ?

Vincent s'est rendu au poêle à bois pour réchauffer ses extrémités. Gilbert l'imite, tout en racontant brièvement aux dames ce qu'ils ont vu, tout en mentionnant le dessein de Vincent, qu'il qualifie d'insensé. Son ami se rebiffe :

— Imagine, si jamais on le fait passer en procès, cet écœurant de Déberge. J'aurais de quoi faire une déclaration fracassante !

Vincent se tourne vers Caroline :

— Tu pourrais entrer pour moi dans la taverne ? Juste pour m'assurer que la voie est libre chez Déberge.

Ériole intervient :

— C'est risqué pour une femme de se trouver dehors astheure. J'aime pas l'idée.

— Faites-vous-en pas pour moi, riposte Caroline. Au contraire, une femme est moins guettée qu'un homme. C'est juste que retourner dehors… fait frette en masse…

— Une nuit parfaite, fait Vincent pour la rassurer. La bise se cache au fond de la forêt. Des étoiles brillantes comme des pierres précieuses au soleil !

Caroline glousse de rire.

— Toi, tu sais comment convaincre une dame… J'arrive.

— Va avec eux autres, mon neveu. Pour ramener Caroline saine et sauve icitte.

Levant les yeux au ciel, Gilbert se résout néanmoins à obtempérer. C'est la folie furieuse ! Peu après, tous trois parviennent dans les alentours du Cabaretier patriote. Caroline entre, tandis que les deux amis battent la semelle non loin, placés dans l'ombre. Les minutes s'égrènent. D'autres encore. Gilbert est sur le point d'exprimer son impatience lorsque Caroline ressort enfin. Elle ne s'arrête pas sur La Gauchetière à leur hauteur, mais poursuit sur sa lancée et tourne dans la ruelle la plus proche. Sur ce, elle fait face aux jeunes hommes, qui lui ont emboîté le pas.

— Gaspard est là. À moitié saoul et très joyeux. Y a une gang de poliçons avec lui. Y se vantent d'avoir pris le serment d'allégeance, vous savez ?

— Le 30 octobre, répond Gilbert sobrement, on les a obligés à jurer fidélité à la reine Victoria. *L'Ami du peuple* en a parlé.

— Paraît que le surintendant Leclère avait une notion très large et très élastique de la subordination à la Couronne, ajoute Vincent. Au point où plusieurs poliçons ont démissionné sur-le-champ.

Caroline reprend :

— Mais là, ce qui m'inquiète fièrement, c'est qu'y font état d'arrestations imminentes. Y prétendent que des *warrants* seront même pas nécessaires.

Saisi, Gilbert échange un regard avec Vincent. Tout à l'heure, Matthew n'a-t-il pas fait allusion à une rafle ? Visiblement ébranlé, Vincent souffle :

— Faut s'assurer que François pis James partent bel et bien à la faveur de la nuit.

Gilbert fait signe qu'il s'en charge, ajoutant qu'il ira ensuite faire une visite éclair à Matthew afin de lui soutirer d'éventuels nouveaux renseignements. De son côté, Caroline se détermine à passer un bon moment à la taverne. Quant à Vincent, il jette :

— M'en vais espionner Déberge. À la revoyure.

Sur ce, il part à la course. Gilbert destine une mine interloquée à Caroline. Celle-ci répond par une moue désarmée, avant de chuchoter qu'ils se reverront tous trois à la maison, puis de rebrousser brusquement chemin vers la taverne. Gilbert se retrouve seul au monde dans la froidure de fin d'automne. Un long frisson lui parcourt l'épine dorsale. À son tour, il se met en route. À pas pressés, mais cherchant à être discret au plus haut point, il accomplit la mission qu'il s'est donnée.

Il réussit à parler à l'épouse de François, qui le rassure : le patron de l'entreprise de presse a déjà quitté Montréal. Gilbert repart. Il s'est éloigné de quelques pâtés de maisons lorsqu'un bruit saisissant le fait piler net, puis faire demi-tour. Un groupe d'hommes se tient en face de l'office, lançant des pierres et criant des invectives.

— *Rascals! Damn French Canadians! Traitors!*

Un carreau de fenêtre, puis deux, volent en éclats. Priant pour la sûreté de Mme Lemaître à l'étage, Gilbert s'éloigne subrepticement. Les quidams sont venus depuis le côté opposé. Autrement, il aurait couru un risque sérieux ! Il s'élance au trot vers la garçonnière de James Phelan, faubourg Saint-Antoine. Après avoir été introduit dans un minuscule hall d'entrée, Gilbert fait état de ce que Caroline a entendu à la taverne, puis de l'effervescence chez la gente officielle. Il conclut par une admonestation :

— Faut que tu partes, Jimmy. Astheure, pas demain. J'ai peur qu'on vienne te cueillir dans les heures qui viennent.

Blême, les traits creusés de fatigue, James destine à Gilbert un regard où se lit toute l'anxiété du monde. Puis brusquement, il remercie le survenant et le met à la porte. Sans savoir s'il a réussi à convaincre son collègue de l'imminence d'une rafle, Gilbert parcourt la cité en sens inverse jusque chez Matthew, dans Griffintown. Nulle lumière ne brille dans la modeste maisonnette et il n'ose pas tambouriner à la porte. Pendant quelques instants, Gilbert tergiverse, puis il se décide et repart au trot vers la chapelle des Récollets. Les chances sont faibles que Matthew soit en visite chez le vicaire O'Reilly, mais on ne sait jamais !

Le jeune homme pénètre dans la ruelle le long de la très modeste église, puis il cogne à la porte du presbytère. Il est sur le point de repartir bredouille lorsqu'une voix s'élève de l'intérieur. Peu après, il se retrouve à faire face à Alanus O'Reilly, le bougeoir à la main. Le vicaire le fusille du regard :

— À partir de maintenant, je veux plus jamais te voir la binette, c'est-y clair ?

Ahuri, Gilbert reste cloué sur place. En proie à une vive fureur, le jeune prêtre en remet :

— Une société secrète. Un serment avec des signes pour se reconnaître. Des signes comme se fourrer le doigt dans le nez ! Z'êtes les pires des sans-dessein. Comme si les autorités allaient laisser semblable organisation mûrir à point ! Pis à cause de vos niaiseries, la guerre va ressurgir. L'état-major envoie l'armée d'occupation, pis c'est toutte de votre faute, maudits Réformistes à la noix !

Glacial, Gilbert réplique :

— Vous semblez au courant de bien des affaires. Ça vous dérangerait de m'édifier ?

La repartie agit comme une douche froide. O'Reilly s'encalme subitement. Pivotant sur place, il crie en anglais :

— Matt, accourez !

Gilbert se raidit. Matthew se cachait de lui ? Le jeune Irlandais remonte l'étroit corridor, la mine excessivement défiante. Captant le regard de Gilbert, le sulpicien reprend la parole :

— J'étais en train de sermonner notre jeune ami au sujet de sa visite à votre office, tout à l'heure. Je lui ai fait comprendre que toute manifestation d'amitié entre vous deux était dorénavant à proscrire.

Sous le choc, Gilbert se tourne à moitié vers son camarade de collège pour l'interroger des yeux. Matthew se contente de rester roide et distant. Pire : comme s'il mirait un ennemi. Soudain éreinté, Gilbert tourne les talons et ressort dans la froide soirée de novembre. Derrière lui, la porte claque comme une gifle. Il lève les yeux vers la voûte sombre, cherchant les étoiles, puis il retourne à son domicile. Là, Ériole manque de le chicaner pour ne pas avoir obéi à son injonction de ramener Caroline, mais la relation des récentes péripéties de Gilbert la réduit au silence.

La jeune femme fait irruption peu de temps après. Fatiguée et maussade, elle déclare qu'elle n'a pas pu apprendre grand-chose de plus, mais que la menace d'arrestations lui semble très consistante. Là-dessus, tous trois se mettent en attente de Vincent. Malgré son angoisse, Gilbert ne peut résister à la fatigue. Assis à table, il pose la tête sur ses bras. Un branle-bas le réveille en sursaut. Vincent est revenu! Hagard, il mire le survenant, qui referme l'huis à double tour derrière lui.

À un auditoire à moitié endormi, Vincent narre prestement les faits saillants de son aventure. Le seigneur Debartzch ne se trouvait pas à la Maison du gouvernement, mais chez son beau-frère, le jeune seigneur de Saint-Ours, qui possède une maison dans la cité. Vincent a pu le voir sans problème. Il décrit l'homme âgé, considérablement vieilli depuis l'an passé, sa belle équarriture astheure voûtée. D'entrée de jeu, Vincent a fait état de la rumeur d'insurrection comme s'il s'agissait d'une bonne blague. Il reprend la scène:

— «Environ 400 hommes en armes se rameutant à Saint-Charles? Un nombre qui gonfle à mesure que les heures passent? Pour le sûr, m'sieur Déberge, vous pouvez pas les avoir vus de vos yeux, z'étiez à Saint-Ours. Vous jouez le jeu des autorités constituées, c'est grandiose!» J'ai faitte assemblant d'être admiratif. Y tricolait déjà, je pense qu'y venait d'ingurgiter une bonne quantité de remontant. Y a fini par me faire une mine pis une couple d'allusions. J'ai toutte compris. Y crevait de trouille, même si y tâchait de le cacher. Un rassemblement d'hommes déterminés dans sa seigneurie, peu importe le nombre, suffisait à le faire trembler comme une feuille.

Sur ce, Debartzch a évacué la question d'un geste impatient du bras. Dès lors, il s'est abandonné à l'envie de se détendre, de rire un bon coup et d'échanger des saillies grivoises. Vincent n'a pas eu besoin de se creuser la cervelle pour dénicher un prétexte pour partir: il a été chassé par l'arrivée d'autres visiteurs, d'éminents tories venant aux nouvelles. Sous les yeux de Gilbert et des dames, il esquisse une gigue, porté par un sentiment d'extase. Il se passe quelque chose de significatif de l'autre côté du fleuve, et Vincent a bien l'intention de s'y précipiter de plus tôt possible!

LE COUP DE CANON RÉSONNE FORTEMENT au-dessus de la cité marchande encore plongée dans la noirceur du petit matin, en ce dimanche 4 novembre. Réveillé, Gilbert donne voix à sa surprise. Les coups suivants éclaircissent le mystère : l'engin de l'isle Sainte-Hélène annonce l'arrivée dans la cité du commandant en chef et gouverneur provisoire. Gilbert dit à Vincent, qui écarquille ses yeux levés au plafond :

— Le bonhomme brûlot accoste. Les écœurants. T'aurais dû lui tordre le cou, à Déberge.

Vincent grommelle indistinctement, puis s'étire sur sa couche de fortune. Gilbert se tire du lit, surpris par le discret martèlement au-dessus de sa tête. Il mouille à siaux. Le redoux s'annonçait hier. Pourvu que l'automne ne soit pas aussi clément que l'an passé. Une calamité ! Gilbert jette un regard à son austère chambrette et aux quelques effets que Vincent laisse pêle-mêle dans un recoin, puis il descend l'escalier.

Hier soir, avant de se mettre au lit, Vincent a hâtivement paqueté son barda. Pour sa part, Gilbert se sent écartelé entre les choix qui se présentent à lui. Après les ablutions suivies du déjeuner, les deux jeunes hommes se vêtent pour affronter le temps détestable : une veste de laine sous une longue bougrine de cuir, une tuque et des mitaines également en cuir. Comme leurs moins perméables mocassins ne résisteront pas à la boue des chemins, ils doivent chausser une paire de bottes bien graissées.

Dans le but de les accompagner dans leur mission de reconnaissance, Caroline se bougrine pareillement. Gilbert grommelle :

— T'as vu l'état des chemins à cause des abats de pluie ? Même les troupes vont rester sagement cantonnées.

— Je vous quitte pas d'une semelle, c'est-y clair ?

Gilbert capitule et les trois jeunes gens affrontent l'extérieur. Place Dalhousie, un spectacle stupéfiant s'impose à leurs yeux. Des chemins boueux qui répugnent aux machines rouges et à leurs chariots de transport ? Pas ce matin, alors que plusieurs centaines de soldats, greyés pour une campagne d'hiver, émergent des baraquements et se dirigent, à pied, vers la cité. Par ailleurs, l'esplanade est sillonnée par une quantité confondante d'attelages, autant vides que pleins. Comme si tous les charretiers de la ville avaient été embrigadés pour le charroi de matériel militaire !

C'est bel et bien le cas. Même les habitants qui se trouvaient aux marchés avec leurs voitures ont été réquisitionnés pour la cause, et doivent se plier aux ordres. À leur corps défendant, tous convergent vers le quai du traversier en direction de LaPrairie, et le trio s'y rend. Pas moins de trois vapeurs, eux itou mis à contribution sur ordre des autorités, effectuent successivement la traversée. À peine arrivé de Québec, le capitaine du *Charlevoix* a dû s'y soumettre. Gilbert est estomaqué par l'apparente bassesse des équipages. Il faut qu'on les ait menacés du pire pour qu'ils se prêtent à ce terrible branle-bas !

Un camelot, hélé par Vincent, fait état de rapports officiels de soulèvements dans le sud-ouest du district, en particulier à Napierville, à Beauharnois et à Châteauguay. Plusieurs dizaines de Loyaux y seraient gardés à vue. Les entrailles de Gilbert se serrent au point qu'il a peur de manquer d'air. Vincent s'écrie :

— D'un coup… d'un coup que l'organisation est suffisamment avancée, par là-bas, pour remporter la mise ?

Le jeune camelot lui impose le silence en le fusillant du regard. Approchant son visage à quelques pouces de celui de Vincent, il souffle :

— Fermez-vous la trappe, *boss*. Les environs grouillent de machines rouges pis de forcenés salariés. Pis les traverseux circulent encore.

Ce qui signifie que les patriotes de LaPrairie n'ont pas coupé la communication avec Montréal en immobilisant les vapeurs de leur côté du Saint-Laurent. Donc, troupes et arsenal de guerre se déverseront pendant la journée entière jusqu'à Saint-Jean grâce au chemin à lisses, qui franchit la distance entre LaPrairie et Saint-Jean en une heure ou deux. Sans crier gare, Vincent gratifie le camelot d'une accolade, puis il le repousse au bout de ses bras en disant :

— Un gros merci. File, astheure, mon gars, pis surveille tes arrières.

— À la revoyure, *boss*. J'ai fièrement apprécié d'être à vot' service.

— Arrête ou bedon je vais me mettre à brailler. Décanille, je te dis.

Après une ultime moue affectueuse, l'adolescent fait demi-tour et disparaît dans la foule compacte. Vincent se tourne vers Gilbert et Caroline. La chaîne d'événements, selon lui, confirme la théorie d'une machination orchestrée par l'Exécutif de la colonie. Colborne avait soigneusement essaimé ses régiments, ses officiers de liaison, ses espions et ses agents provocateurs. Le 1er novembre, le rappel de la Volunteer Militia a sonné ; la troupe de Lacolle est allée prendre possession d'un bâtiment stratégiquement placé le long de la rivière Chambly.

Le jour d'après, une dizaine de favoris du régime ont afflué vers Sorel, se prétendant en danger. Au soir, une escouade de troupes réglées quittait la garnison de Saint-Jean afin de procéder à des arrestations, sous prétexte d'une déposition qui dévoilait une sanglante cabale révolutionnaire. L'entreprise a été violente à dessein, ce qui a suscité une flambée de frayeur. Partout où l'on pouvait craindre pour la sécurité d'hommes en vue, leurs concitoyens se regroupaient en masse, comme l'an passé, pour former des ralliements protecteurs. Aux yeux des autorités constituées, ces endroits deviendront autant de territoires insurgés remplis d'hommes vindicatifs envers les fidèles sujets de Sa Majesté. Pour assurer la protection de ceux-ci, il faudra donc attaquer, en toute impunité.

— Faut sacrer le camp sans plus attendre, jette Caroline.

Gilbert tourne les yeux vers elle. Blême et frémissante, elle ajoute :

— Se réfugier dans la rivière Chambly. Icitte, c'est comme se livrer pieds et poings liés à l'ennemi. Toi, Gilbert, comme principal employé de *La Quotidienne*...

Comme s'il abondait dans le sens de la jeune femme, Vincent saisit Gilbert par le bras et l'entraîne à rebrousser chemin vers la maison. La pluie battante justifie leur allure pressée. Soudain, Caroline profère d'une voix étranglée :

— Mirez là-bas, pardevant la porte... mais faites mine de rien...

Alerté, Gilbert plisse les yeux pour aiguiser sa vue. Une phalange d'hommes fait le pied de grue en face de chez eux. Plusieurs d'entre eux, grimpés sur la galerie, semblent en train de discutailler avec quelqu'un à l'intérieur. Gilbert est secoué par un accès de panique. D'une voix sans timbre, Caroline ajoute :

— Les poliçons. Ton besson, Vincent.

Gilbert a l'impression d'un coup de tonnerre. En effet, Gaspard palabre avec Ériole qui leur est invisible, mais qui semble lutter pied à pied pour ne pas laisser ces hommes pénétrer dans sa demeure. Vincent ordonne, le ton cassant :

— On dévire à la prochaine ruelle. À droite, vers la grève.

Comme le temps s'égrène lentement pendant les quelques foulées qu'il leur reste à franchir! Enfin, tous trois se retrouvent à l'abri des regards, derrière le mur d'un modeste hangar. Les traits de Vincent se décomposent. Harassé, il souffle :

— Sont venus mettre Gilbert aux arrêts. Moi itou, sans l'ombre d'un doute. Gaspard a ouï dire, pour hier au soir. Même pas besoin d'un mandat pour agir. Une vague déposition par après, ça suffit.

Ayant finalement repris contenance, Gilbert émet :

— Pis ma tante? Ces matamores vont la surveiller pis la harceler. Parce que nous autres, si je comprends bien, on peut pas retourner chez nous. Faut décamper pis la laisser là, toute fin seule.

Caroline tente de se faire rassurante :

— Dame Ériole est loin d'être une femmelette. Pis elle a des ressources dans les alentours. Les voisins l'accueilleront à bras ouverts si nécessaire.

— Je peux pas supporter l'idée de partir de même.

— Fais pas le cave, lance Vincent avec impatience. T'imagines si tu te retrouves en prison? Le mieux pour elle, c'est que tu sois en sécurité quelque part au loin.

Sur ce, il s'écarte d'eux pour aller vérifier que nul, parmi la phalange de policiers, ne s'aventure dans leur direction. Frappé par une idée, Gilbert lève les yeux vers Caroline. Il la supplie :

— Reste, je t'en prie. Reste avec elle. De toute façon, on peut pas t'emmener avec nous autres de même, sans bagage.

La jeune femme reste immobile, comme terrassée par la foudre. Enfin, elle réussit à émettre, la voix cassée :

— Je suis capable de voyager sans barda, je t'assure.

— Moi, je suis pas capable de partir en abandonnant ma tante. Fait que je te demande de rester. Pis de planifier votre fuite dès que possible.

Revenu à eux, Vincent glisse à regret :

— Ce sera impossible de nous rejoindre pour un bon boutte de temps. Si un poliçon se met à vos trousses…

Les yeux de Caroline se remplissent d'eau. Complètement défaite, elle souffle à Gilbert :

— Ce que t'exiges de moi, ça… ça me…

— Je croyais que t'avais de l'affection pour ma tante?

Galvanisée, elle réplique :

— Oui, sauf que j'ai de l'amour pour toi !

L'exclamation pétrifie Gilbert. Caroline recule d'un pas. S'essuyant les yeux d'un geste rageur, elle vocifère :

— Saudit faraud de Gaspard Cosseneuve. Épais dans le plus mince. Jolicœur de mes fesses !

Avant qu'elle ne détale, Vincent réussit à l'agripper par le poignet. Il dit hâtivement :

— Mille mercis, Caroline. Tu nous enlèves une épine du pied.

Elle lutte avec énergie pour se libérer et Vincent doit lâcher prise. Gilbert lance avant qu'elle ne tourne le coin :

— On se reverra betôt, je te promets !

Elle disparaît dans la rue Sainte-Marie et Gilbert a l'impression de perdre une partie de lui-même. Les yeux fixés sur l'endroit où elle se trouvait un instant plus tôt, il balbutie, hagard :

— J'en crois pas mes oreilles. Elle a dit… avoir de l'amour pour moi ?

Vincent lui envoie un coup de poing furieux sur l'épaule.

— T'es épais dans le plus mince ! Ça crève les yeux, bougre de bagoulard, pis tu fais l'innocent au cube !

Tout soudain, Gilbert meurt d'envie de se garrocher à la suite de Caroline pour la rattraper, mais Vincent le poussaille pour qu'il se mette en branle dans la direction opposée, c'est-à-dire vers le fleuve Saint-Laurent. En même temps, son ami se met à réfléchir à haute voix :

— Si le *horse-boat* de Longueuil a pas encore été mis au service des despotes, c'est notre meilleur choix. À défaut, on peut dévirer jusqu'à Longue-Pointe. Au pire jusqu'à Pointe-aux-Trembles.

L'extrémité de la ruelle étant atteinte, Gilbert est saisi aux épaules par Vincent. Tous deux s'immobilisent. Le quai de la traverse se trouve sous leurs yeux. L'endroit est étrangement calme, comme en dehors du temps présent, mais trois soldats y sont en faction, interrogeant quiconque met le pied sur le quai. Vincent jure entre ses dents. Puis, il émet un gloussement qui étonne prodigieusement Gilbert. Les traits ravivés par une joie sauvage, Vincent presse convulsivement le bras du nouvelliste.

— Sensationnel. Mon besson s'affaire ailleurs, on l'a vu. Je me fais passer pour lui. Je commence à être accoutumé. Toi pis moi, on est envoyés en mission d'espionnage. Tu m'as bien ouï?

Gilbert bat des paupières en signe d'assentiment. Vincent grommelle :

— Je vois que tu ruisselles d'intelligence. Ferme-toi la trappe pis laisse-moi causer, compris? Compris, bougre de bagoulard?

— Compris.

— On est fortunés en masse. Les machines rouges sont moins pires que les *volunteers*. Y nous en veulent pas personnellement. Fais l'idiot qui suit son chef comme son ombre. Ça te va comme un gant.

Vincent se propulse en avant et Gilbert se lance à sa suite, tâchant d'imiter le maintien empreint de fatuité de son compère. Tous deux descendent nonchalamment la faible pente qui mène au modeste quai amarré à la berge, sur lequel ils grimpent. Les soldats, placés en rangée, leur barrent la route. En anglais, Vincent lance plaisamment au seul gradé parmi eux, un sergent :

— Repos, les amis. Je me présente : Gaspard Cosseneuve, sergent de police du district. Service commandé en habits civils. Mon collègue pis moi, on se rend visiter la paroisse de l'autre bord, pour faire rapport ensuite.

Gilbert oppose une mine à la fois bonasse et complice aux regards qui le scrutent. Le sergent questionne au sujet d'un ordre de mission sur parchemin. Vincent réagit vivement, comme ulcéré :

— Premièrement, on risquerait notre vie en cas de fouille. Secondement, qui a le temps de faire des ordres écrits, astheure? Z'avez vu le cafouillis en ville? Mon supérieur a même pas le temps de signer les *warrants* d'arrestation.

Le visage ruisselant de pluie, le sergent abdique et donne l'ordre à ses compères de baisser la garde et de s'écarter du chemin. Vincent s'avance en opinant brièvement du bonnet pour les remercier, et Gilbert l'imite en tous points. Tous deux marchent jusqu'à l'extrémité du quai, inspirant à pleins poumons l'air du large, glacial, mais ravigotant. Il y a déjà une dizaine de passagers en attente, uniquement des femmes et des hommes très âgés, et qui mirent l'approche du *horse-boat* en se cantonnant dans un pesant silence.

Une vingtaine de minutes plus tard, les deux jeunes hommes voient la rive du faubourg Québec s'éloigner. Il a fallu d'âpres négociations entre le traverseux et la plupart des passagers pour redémarrer si vitement. Le navire voyage quasiment à vide, sans les charrettes et les attelages qu'il a accoutumance de charrier vers l'autre rive, mais ceux et celles qui embarquaient voulaient quitter la ville maudite au plus vite. Vincent a joué au sergent de police pour exiger du traverseux d'être convoyé à l'instant, et un homme a même payé le double du tarif pour exercer une pression supplémentaire.

Le *horse-boat* s'est éloigné du quai d'une centaine de verges lorsqu'une phalange de cavaliers surgit de la rue que Gilbert et Vincent ont empruntée pour se diriger vers la grève. Ce sont des *volunteers* trop bien gourmés dont l'un, indiquant le navire, se met à parlementer avec le sous-officier en faction. Vincent grommelle entre ses dents :

— Fallait s'y attendre. Vont réquisitionner tous les traverseux entre Lachine pis icitte.

— Y nous recherchent, tu crois ?

— Du menu fretin comme nous autres ? Jamais de la vie !

Mirant le panorama de la cité qu'il habite depuis six ans, de l'ensemble imposant des baraquements jusqu'à la haute silhouette de l'église paroissiale plus à l'ouest, Gilbert a l'impression d'être arraché à une patrie qu'il chérit plus que lui-même. Ce n'est pas Montréal en tant que tel qu'il regrette si intensément, mais deux êtres qui y demeurent comme en prison : Ériole d'abord, mais surtout Caroline. Évoquant la silhouette de celle qu'il a tant aimée, puis qu'il a cru bon repousser, Gilbert a envie de sauter à l'eau pour nager jusqu'à la berge. Tout soudain, il se retrouve énamouré d'elle comme au premier jour. Il abandonne sa dulcinée à une implacable oppression, il la laisse entre les griffes de faquins ne répugnant pas à la brutalité ni aux violences !

32

En train de bercer Jules pour l'endormir, Vitaline combat un éprouvant désarroi. En l'espace d'une journée, la situation s'est détricotée comme une vieille mitaine dont la laine est à récupérer. Les fiers miliciens de Saint-Denis se retrouvent, au soir du 4 novembre, quasiment livrés à eux-mêmes. Ni armes ni formidable armée n'ont pointé à l'horizon... Tout en avalant un banal souper, les trois hommes Montplaisir font le point; ils ont une discussion laborieuse, ponctuée d'émotivité larvée.

Florentin tente de ramener Norbert à la raison. Il était crucial de frapper avant que l'organisation adverse ne soit parvenue à maturité. Les soldats de la liberté ne manquent pas, mais ils sont cruellement dépourvus d'armement. Impossible pour eux de faire face aux forces réglées de la Couronne, et encore moins de les assiéger pour prendre possession des places fortes et des villes-clefs! Ceux de LaPrairie n'ont même pas réussi à repousser l'assaillant de l'autre côté du fleuve. Certes, on a fait état de feux boutés aux machines du *Princess Victoria*, mais qui ont été maîtrisés sans dommages. On a fait état de lisses déplacées sur la voie du *railroad*, mais qui ont pu être replacées en un tournemain!

— C'est p... pas sérieux, conclut Florentin. On dirait des ti-culs qui jouent à la guerre!

Norbert s'énerve :

— T'as pas d'allure de te gausser d'eux de même. T'aurais pas faitte mieux à leur place! T'imagines? Hier au matin, leur village avait déjà l'allure d'une place conquise par l'ennemi!

Le front creusé de rides profondes, le capitaine Montplaisir prend le crachoir à son tour. Il était déterminé à s'enrôler comme combattant afin de libérer sa patrie et ses concitoyens de la coterie de convulsionnaires qui sèment la haine et la terreur. Or, à l'heure actuelle, se soulever équivaut à galoper vers l'abattoir. À culbuter dans le piège tendu par les autorités, qui n'attendent que le signal pour tomber à bras raccourcis sur la plus infime poche de résistance, sur le plus mièvre rassemblement de patriotes.

À preuve : hier soir, une escouade militaire a investi le domicile de la famille Barsalou, à un endroit nommé les Quarante de Chambly, dans les parages de la montagne de Boucherville. Une autre escouade s'est aventurée dans un coin du comté de LaPrairie nommé La Tortue. Nul ne sait vraiment ce qui s'y est passé, mais un dénommé Aaron Walker, réputé pour sa cruauté, a perdu la vie dans l'échauffourée à main armée qui s'est ensuivie. Les arrestations brutales de patriotes à la Pointe-à-la-Mule et à Saint-Athanase, dans la nuit du 2 au 3 novembre, semblent avoir été expressément conçues pour mettre le feu aux étoupes, afin d'avoir un prétexte royal pour écraser ensuite les insurgés.

Pâle comme la mort, Norbert réplique :

— Retors de même, ça se peut pas. Ça se peut pas que toutte notre affaire soit une chimère !

Ses yeux se remplissent de larmes. Il se dresse, ce qui fait tomber sa chaise à la renverse. Tournant le dos aux siens, il se dirige vers une fenêtre. Hors de lui, il s'écrie encore :

— Y a pas un homme qui peut planifier une machination de même. Juste le diable !

Vitaline reçoit le cri de protestation comme un coup de poignard en plein ventre. Elle ferme les yeux pour appeler Vincent au secours. Son amoureux secret trouverait les mots pour répondre à Norbert. Il dirait, comme elle aimerait tant le faire elle-même : « J'y crois plus, au démon des enfers. Ou plutôt, je crois qu'on l'a incarné comme une parabole de ce qui se trouve dans le cœur humain. Le meilleur ou le pire en dedans de nous autres. Juste en dedans de nous autres. »

Apaisée par sa songerie d'une surprenante douceur, Vitaline dessille les paupières pour voir son beau-frère pivoter et leur faire face. Farouche, il profère :

— Faut attendre encore. Avoir confiance. D'icitte à demain, on verra arriver nos fusils pis nos balles. Faut leur laisser le temps.

Florentin contreboute par une question impérieuse. Si les munitions arrivent bel et bien pendant la nuit, le jeunet qui s'est constitué leur chef est-il apte à diriger l'assaut de la garnison de Sorel?

— Malhiot est pas si immature, proteste Norbert. Quasiment 30 ans. Un des plus hauts gradés parmi…

Florentin redresse le dos, lui faisant les gros yeux. Son frère se tait aussitôt, avec un rictus désolé. Abaissant le caleçon qu'elle ravaudait, dame Eugénie dit benoîtement:

— Arrêtez de nous prendre pour des sans-dessein, Vitalette pis moi. De tourner autour du potte, de fermer la trappe à l'autre…

Vitaline couvre sa belle-mère d'un regard étonné. Les hommes partageraient-ils un secret? Pourtant, rien ne lui a mis la puce à l'oreille. La jeune mère doit néanmoins convenir qu'elle se concentre sur son nourrisson au détriment du reste. Elle demande à Norbert:

— De qui tu parles?

L'interpelé nomme l'exilé dont Vitaline cherchait l'identité, hier, pendant son passage dans le bourg. Au moment des troubles de l'an passé, Édouard-Élisée Malhiot étudiait le droit à Montréal. Le 25 novembre 1837, il gardait les alentours du camp de Saint-Charles. Après la déroute, il est venu se réfugier à Saint-Denis pendant quelques jours avant de prendre le chemin de l'exil. Norbert décrit un homme naturellement costaud, mais usé par les épreuves. Maigre et pâle, enrobé d'une bougrine sale et élimée. Le narrateur conclut:

— Paraît qu'y faisait partie de l'équipée de Moore's Corner.

— Le 6 décembre?

— Oui. Un tempérament de fonceur.

— J'ai vu ça, confirme Florentin avec une moue sarcastique. Un b… brin écervelé.

— Quand même, ça nous en prend des hommes de même, qui font pas juste calculer jusqu'à la fin des temps les retombées de leurs actes. Faut retourner à Saint-Charles demain. Là-bas, ça grouillait en masse. Z'avez pas pu le voir, parce que vous êtes restés icitte toute la journée, mais Malhiot nous organisait comme un professionnel de la résistance.

Florentin interrompt son frère pour poser d'autres questions cruciales. Pendant l'hypothétique assaut de Sorel que ledit Malhiot contemple, d'autres chefs vont-ils mener des groupes pour investir Chambly, Saint-Jean et LaPrairie ? Norbert saisit la balle au bond pour affirmer que des camps patriotes se sont constitués dans plusieurs villages à proximité de la frontière, dont Napierville. Glorieux, il précise :

— Le commandant Nelson s'y trouve.
— Nelson ? Notre bon docteur ?
— Non, son frère Robert.
— T'es sûr de ça ?
— Sûr et certain.

Le capitaine échange un long regard avec Florentin. Vitaline comprend leur saisissement. De tous les Réformistes, Robert Nelson est celui qui a fait étalage de la plus éloquente fougue de révolutionnaire paré à risquer sa peau pour réaliser le rêve de sa vie. Certains le qualifient d'illuminé dangereux, prenant à témoin sa granguignolesque déclaration d'indépendance du 1er mars dernier. Le Dr Nelson a proclamé une république indépendante qui existait uniquement sur papier, de même que dans le cœur des patriotes, exilés ou non.

Subitement, Vitaline est inondée par une évidence qui la laisse pantoise. La déclaration d'indépendance, c'était en prévision d'une réelle invasion ! Les combattants doivent déclarer leur allégeance à la république du Bas-Canada, devenue le but à atteindre, et à l'étendard qui flotte en avant. La raison pour laquelle il faut impérativement se battre. Bouleversée, Vitaline retient des larmes qui coulent trop facilement par les temps qui courent. Comme elle aimerait déclarer son allégeance, elle itou !

Le capitaine s'éclaircit la gorge avant de dire :

— On va dormir sur nos deux oreilles. On verra plus clair demain matin. Pas de danger pour la nuitte : y a une chaîne de messagers dans toutes les directions, dont nous autres mêmes.

— Je cré que ça serait le temps de mettre les dames au courant ?

Le ton placide de dame Eugénie masque mal son branle-bas intérieur. Le regard fiché dans celui de son mari, elle insiste :

— Passeque moi, j'attends d'heure en heure la remontée des troupes depuis Sorel.

Norbert intervient pour rassurer sa mère. Si l'autorité militaire ne répugne pas à des attaques ciblées où la victoire est acquise d'avance, elle craint une vive résistance le long de la rivière Chambly. Comme dans les comtés du Nord en décembre 1837, sir John se mettra en campagne lorsqu'il sera assuré d'écraser quiconque se placera en travers de son chemin. Tâchant de calmer sa respiration désordonnée, dame Eugénie reprend, le timbre suraigu :

— Ton affaire, c'est supposé me tranquilliser? T'es en train de me dire que la soldatesque pis les convulsionnaires attendent juste d'être suffisamment nombreux pis armés comme des démons pour fondre sur nous autres, pis c'est censé me réconforter?

— En fait, je…

— Je suis tannée de me faire prendre pour une valise. T'as compris, sacré tordieu de baptême? Arrête de me prendre pour une bonasse qui va paqueter son barda, cadenasser sa maison pis débagager chez des étranges au premier signal, comme si j'avais pas d'épine dorsale!

— Suffit, ma femme!

Au risque de tomber de sa chaise, le capitaine s'est penché vers l'avant afin de capturer le regard de son épouse. D'un ton cassant, il ajoute :

— On fait notre possible pour vous protéger, Vitalette pis toi. Pis notre possible, ça inclut de garder pour nous autres des informations que les autorités se damneraient pour connaître. Allez, ma femme, au litte, pis ça presse!

A<small>LLONGÉE DANS LA CHAMBRETTE</small> nimbée par l'aube pâle du 5 novembre, Vitaline donne le sein à son fils. Elle n'a pas été sans remarquer que Jules se nourrissait moins bien et qu'il manifestait davantage d'inconfort lorsque sa mère se laisse gouverner par la nervosité. En conséquence, elle s'exerce à réprimer son tourment et à s'offrir des périodes où elle demeure flegmatique. À matin, l'exercice est particulièrement ardu.

Vitaline se figure qu'il faudra fermer la maison pour un temps indéterminé et se réfugier quelque part en retrait, loin du chemin que prendront les troupes venues depuis Sorel pour « pacifier » la contrée. Et ensuite, se mettre en attente, tout en implorant le ciel de protéger les hommes qui lui sont chers, et en particulier Vincent. Jules lâche le mamelon et se met à geindre. Sa mère inspire profondément pour se calmer, tout en caressant gentiment son nourrisson de la main; il s'apaise et se remet à boire.

Le répit est de courte durée, car Vitaline tressaute : des coups discrets retentissent à la porte. En bas, les deux frères quittent leur couche au ras du poêle pour sauter sur leurs pieds. Un bredas s'ensuit, puis Norbert gueule :

— Vitalette, c'est ton frère de Montréal !

— Gilbert ?

Ce dernier répond lui-même à l'exclamation de sa sœur :

— Oui, c'est moi, pis j'amène Vincent !

Vitaline sent son cœur doubler de volume. Ses poumons se dilatent et son sang accélère sa course. Elle clôt les paupières et laisse la formidable poussée de joie la parcourir des pieds à la tête. Florentin crie encore au travers du plancher :

— T'as ouï, Vitalette ?

Elle s'empresse de lancer une faible salutation, ajoutant qu'elle descend le plus tôt possible. En bas, les survenants sont accueillis avec empressement, on leur offre de se débarrasser de leurs bougrines détrempées par la pluie qui s'est remise à tomber. Vitaline se repaît du timbre de voix de Vincent. Puis, brin par brin, elle s'intéresse aux péripéties relatées par les deux arrivants qui, se relayant, expliquent les circonstances de leur fuite et décrivent l'inquiétant branle-bas de combat dans la cité marchande.

Enfin, Vitaline finit par se lever et par rajuster sommairement ses vêtements, tandis que Jules gazouille. Elle le prend dans ses bras et l'étreint passionnément, puis elle entreprend de descendre l'escalier avec précaution, à reculons. Une fois sur le plancher des vaches, elle se retourne et croise le regard éperdu de Vincent. Elle s'y attendait, mais le choc est rude et elle doit faire appel à toute sa maîtrise d'elle-même pour ne pas se précipiter vers lui.

Son émoi, elle l'offre à son frère qui vient à elle pour l'embrasser, et dont les traits creusés par la fatigue et le froid s'adoucissent à la vue de son neveu. Ébranlé jusqu'au tréfonds de lui-même, Gilbert admire le bébé âgé d'environ six semaines qui, sérieux comme un pape, se laisse contempler avec placidité, entremêlant sans vergogne son regard au sien. Le jeune homme murmure :

— De toute beauté ! Ça me fait un bien fou, Vitalette, tu peux pas savoir. Ça rachète les laideurs…

— Tu le prends ?

Se sentant terriblement maladroit, Gilbert ose néanmoins caler le nourrisson au creux de son bras gauche. Il passe le revers d'un doigt sur les joues et le front de l'enfant, se régalant de la douceur de sa peau et de l'effet que produit sa tendre caresse, soit l'esquisse d'un sourire béat. Gilbert n'a quasiment pas dormi depuis son départ de Montréal, la veille au matin. Il combat l'accablement qui menace de l'engloutir et de le muer en loque.

Caroline l'obsède. Tandis qu'il voyageait en attelage ou plus souvent à pied, il a repassé les faits saillants de sa relation avec elle, il a fait le point sur la force de son engagement, et il a dû s'avouer le pire des niaiseux que la Terre ait jamais portée. Comment en est-il venu à croire qu'elle n'aimerait jamais qu'une autre femme ? Qu'elle ne ressentait rien pour lui ? Et surtout, surtout, comment a-t-il pu la considérer comme uniquement digne d'être sa sœur ?

Vitaline s'est tournée vers son amoureux secret pour le gratifier d'un signe de bienvenue. D'une voix assurée, elle dit :

— Bien le bonjour, Vincent.

Il lève les yeux et ânonne une salutation identique, puis il incline la tête vers le breuvage chaud que dame Eugénie vient de poser devant lui. Encouragé à se dévêtir pour faire sécher sa vêture près du poêle que le capitaine Montplaisir est en train de bourrer, il est nu-pieds et en chemise. Vitaline le trouve à ce point affriolant qu'au risque de se trahir, elle est obligée de détourner les yeux et de s'écarter. Norbert interroge les survenants avec âpreté. Qu'ont-ils vu entre Longueuil et ici ?

— Des patriotes sur le qui-vive partout, répond Gilbert. En débarquant à Longueuil hier matin, on a été arraisonnés par des gardes qui nous ont demandé notre allégeance, pis qui ont failli nous mener chez un capitaine de milice. La méfiance aiguë envers les convulsionnaires est généralisée. Dans le village, on a constaté la présence d'un grand nombre d'hommes en âge de combattre.

Le service de diligence étant suspendu, les jeunes hommes ont parcouru la route à pied ou en quêtant des transports au hasard de la chance. Ils ont privilégié la voie du fleuve en passant par Boucherville et Varennes, où ils ont trouvé les patriotes, comme à Longueuil, en attente d'une invasion décisive depuis les États-Unis. À Contrecœur, les deux voyageurs ont bifurqué vers la rivière

Chambly et le village de Saint-Antoine. Soudain, Vincent prend la parole :

— C'est l'apathie en face. Le village avait l'air mort quand on l'a traversé tout à l'heure. C'est pas supposé être de même.

Le ton grinçant, Norbert explique :

— Le marchand Cartier s'est époumoné, hier toute la journée, pis c'était pas pour encourager la résistance. Son neveu George-Étienne s'est joint à lui.

Réprimant un sursaut, Gilbert lâche :

— Notre ami Tit-George avocasse la passivité ?

Norbert acquiesce par un rictus de regret. Les yeux écarquillés, Vincent profère avec lenteur :

— Ça m'étonne pas. Gilbert pis moi, on l'a bien connu au collège. Trop dévotieux pis rampant. Pendant un temps, y a cru que la balance du pouvoir allait pencher du côté des Réformistes, fait qu'y a cultivé les alliances de ce côté. Y beurrait épais. Y a même adhéré à la société de discussion Aide-toi et le ciel t'aidera, club politique dont le nom référait explicitement aux Trois Glorieuses de 1830. Y a péroré pis composé des chansons pour les banquets de la Saint-Jean-Baptiste. Astheure, y va toutte faire pour pas égrémiller son capital de sympathie auprès des puissants de ce monde. Y a la chienne. Je l'ai vu, l'an passé, lors du combat du 23 novembre.

Le capitaine Montplaisir prend la parole pour rappeler que Joseph Cartier, l'oncle qui assume la direction de l'entreprise commerciale, a toujours tenté de ménager la chèvre et le chou. Même chose pour le père de George-Étienne, Jacques, oisif seigneur du lieu. Dame Eugénie met son grain de sel :

— Trop riche pour être honnête. Impossible de devenir fortuné à ce point sans cultiver des alliances serviles avec des membres de la Clique du Château !

Vincent ose lancer une œillade à Vitaline, qui soutient le regard de son soupirant pendant quelques secondes. Elle est aux anges. Tous deux trouveront bien un moment de solitude pour s'étreindre un brin. Pour converser en toute intimité. Pour se redire la nature de leur sentiment l'un envers l'autre. Soudain impatient, Gilbert s'enquiert :

— Pis icitte, ça se passe comment? Le monde doit être gonflé à bloc? Une organisation solide pis un territoire sécurisé pour l'acheminement d'armes?

Son beau-frère lui rabat le caquet en faisant brièvement état de l'abattement collectif. Dans un sursaut de détermination, Norbert déclare :

— Y serait encore temps de battre les autorités de vitesse. Ce jour d'hui ou jamais. Je m'en va me rapporter à mon chef.

— C'est qui, ton chef?

La question impérieuse de dame Eugénie fige Norbert comme une statue. Pendant ce temps, Gilbert remet à Vitaline son nourrisson, qui répand une odeur caractéristique. Après un temps, Norbert hasarde une réponse :

— Je peux pas vous dire.

— Ton chef, ordinairement, c'est ton capitaine de milice. J'imagine que tu parles de lui?

Le capitaine Montplaisir se tourne vers son épouse :

— Correct, ma femme. J'abdique. Vitalette pis toi, z'avez le droit de savoir. Dis-leur, Norbert.

Ce dernier avoue qu'à la fin du mois d'octobre, il a prononcé secrètement le serment des patriotes devant un homme qu'il connaît depuis son enfance, lequel avait été enrôlé au cours des semaines précédentes. Norbert doit obéir au doigt et à l'œil à cet homme, son supérieur immédiat au sein de l'organisation secrète.

— Je me suis obligé de renverser le gouvernement, de rosser les soldats de la reine et d'espérer passer sous le gouvernement libre des Américains. Au premier signal, prendre place dans une armée au moment du soulèvement général. Si je connaissais des gens qui voulaient faire le même serment, je devais les faire venir chez mon chef.

Les yeux écarquillés, dame Eugénie souffle à son mari :

— Toi itou?

— Non. Florentin non plus. Norbert avait fini par nous convaincre, mais le temps a manqué.

Vitaline couve Gilbert et Vincent du regard. Eux autres, ont-ils prêté serment? Le premier détourne la tête, mais le second entremêle ses yeux aux siens. Vitaline se leurre-t-elle en croyant y lire une confirmation de son soupçon?

— On a déjà trop tardé, jette soudain son frère. On s'en va au bourg chez mon père.

Vitaline se hâte de s'interposer :

— Je te le déconseille. Lui pis Aubain vont toutte faire pour vous ranger dans le camp chouayen.

Gilbert accuse le coup. C'est Vincent qui demande :

— Le camp chouayen ? C'est si pire ?

— Y veulent éviter le moindre trouble. Le marchand Thibaudeau les mène par le bout du nez. Y est obsédé par son enrichissement personnel.

— Alors, on ira consulter quelques-unes de nos connaissances. Ensuite, on avisera.

Une quinzaine de minutes plus tard, Gilbert prend pied dans la froidure, entouré de Vincent, de Norbert et du mari de Vitaline. Tous quatre s'élancent à longues enjambées sur le chemin du Bord-de-l'eau. Norbert interroge les survenants :

— Pis vous autres, l'organisation secrète ?

Gilbert tourne les yeux vers Vincent, qui secoue imperceptiblement la tête. Il répond donc :

— Ça serait mieux d'éviter le sujet.

Norbert fait une grimace contrariée, mais n'insiste pas. Soudain, Vincent souffle :

— Z'avez vu ? Y a tout plein de maisons désertées !

C'est un fait : une maisonnée sur trois, au moins, est délaissée par ses habitants, qui craignent apparemment les violences que causeront inévitablement les troupes et la horde de *volunteers* de Sorel sur leur passage. C'est de fort mauvais augure. Y aurait-il quelque nouvelle que les Montplaisir ignoreraient ? Normalement, l'un ou l'autre de leurs voisins serait venu les prévenir.

Le panorama du bourg se précise. Gilbert n'y est pas venu depuis décembre de l'an passé, tout de suite après un saccage nommé en haut lieu « pacification ». Il avait plus ou moins rayé de sa mémoire les imposants bâtiments réduits en cendres qui apparaissent encore comme des blessures béantes dans le paysage. Il avait oublié les maisonnettes, les granges et les bâtisses diverses qui portent encore la trace des outrages.

Mais plus que tout, Gilbert s'alarme de la quiétude trompeuse qui règne dans les rues du village. Promeneurs affairés et femmes vaquant à leurs occupations, sur le pas de leur porte ou dans la cour, brillent par leur absence. D'insignifiants filets de boucane s'échappent de maintes cheminées. Échoppes et ateliers ont les volets clos… Alors que tous quatre frôlent le mur de l'auberge Mâsse, un quidam tourne le coin opposé et se dirige dans leur direction. Gilbert reconnaît Joseph Thibaudeau, l'associé de son père. Norbert grommelle avec irritation :

— Y rame fort, celui-là, pour nous écœurer…

Le marchand pile net à quelques pas d'eux, puis brandit un poing menaçant tandis qu'il éructe, à la fois cinglant et ironique :

— Retournez chez vous pis restez-y tranquilles. Y a plus rien à faire icitte. La révolution est passée à toute vapeur pis z'avez manqué le char ! Faut dire qu'y allait vite en masse !

— Un gros merci pour votre avis, m'sieur Thibaudeau, mais y a personne parmi nous autres qui vous l'a demandé. Fait qu'on poursuit notre chemin.

Fronçant les sourcils, le sbire scrute Gilbert, puis son visage s'éclaire et, avec un sourire carnassier, il laisse tomber :

— Tu serais pas le gars du maître-potier Dudevoir ? Allez, réponds-moi ! Gilbert de ton petit nom, c'est-y ça ?

D'une foulée, Joseph Thibaudeau réduit la distance qui les sépare. Soudain mielleux, il lui dit comme à lui seul :

— Écoute-moi bien, mon gars. Un homme a le droit de se tromper. Y est jamais trop tard pour se repentir. J'ai ton père en grande estime pis je te donne un conseil d'ami : disparais. Fais-toi oublier. Parce que ça va fesser fort dans les jours qui viennent.

Poussaillé par ses compères impatients, Gilbert se remet à marcher. Le marchand gueule dans leur dos :

— Oubliez pas : ça va fesser fort dans les jours qui viennent !

— Je serais p… p… porté à le croire, dit Florentin d'une voix blanche.

— Moi itou, répond Vincent, mais c'est pas une raison pour rester inerte astheure.

— Le pauvre veut surtout pas revivre le calvaire de l'an passé, enchaîne Norbert.

— Le calvaire ? demande Gilbert. J'ai pas su…

— Y a b… bien p… pire calvaire que le sien, grommelle le mari de Vitaline.

— Ça va de soi, réplique son frère. C'était pour me gausser de lui !

Norbert détaille les effets qui ont été volés au magasin et au domicile du marchand Thibaudeau pendant l'occupation des troupes, à la suite de l'invasion du 2 décembre 1837. Des centaines de gallons de rhum de la Jamaïque, de vin rouge d'Espagne et de vin blanc. Des dizaines de gallons de mélasse. Autant de poulets vivants. Cinquante livres de tabac en torquette. Plusieurs dindes et une jeune taure de neuf mois.

Un groupe d'une trentaine d'hommes et de quelques cavaliers fait irruption sur le chemin, débouchant d'une ruelle transversale. Quelques-uns sont armés de fusils de chasse, tandis que les autres ne portent que de grossiers bâtons. Norbert leur lance :

— Holà, les amis ! Ventrebleu, y se passe quoi ? Z'allez où ?

Une voix s'élève :

— Salut, mon frère !

Gilbert reconnaît Rémy, qui s'extirpe du groupe pour venir lui faire l'accolade, ainsi qu'à Vincent qui est devenu, depuis l'an passé, l'un de ses bons camarades. Pendant ce temps, l'un des cavaliers s'approche vitement d'eux pour leur lancer :

— On décampe. Vous venez avec nous autres ?

— Au village Papineau ?

— Non point. À Saint-Cyprien-de-Napierville, dans le haut de la rivière Chambly, vers la frontière. M'sieur Édouard est déjà rendu par là-bas. Y a un camp bien organisé qui sert de base. Le docteur Nelson mène toute l'affaire. Les armes s'en viennent.

Florentin le questionne âprement :

— P… pis les comb… combattants ? Ceux des États ?

— S'en viennent itou.

— Je peux pas partir de même, déclare Norbert avec désespoir. Faut que je me greye un brin.

— Tu nous rejoindras. Holà, vous autres, en route !

D'un grand signe du bras, le cavalier invite ses compagnons à se mettre en marche. Rémy souffle à Gilbert et à Vincent :

— On se revoit demain ?

— Espère-nous, grommelle son frère. Saint épais, on vient de marcher 15 milles en moins de deux jours. J'ai guère envie de m'y remettre!

— Trouvez-vous des transports. Y a moyen.

S'animant, Rémy fait état de nombreux patriotes parcourant les concessions pour dégoter des armes et des munitions, de même que pour faire prisonniers ceux qui risquent de les trahir. Des camps satellites à celui de Napierville ont été constitués à Châteauguay et à Beauharnois. À ce dernier endroit, les insurgés ont même eu l'audace de prendre possession d'un vapeur qui descendait le fleuve Saint-Laurent en provenance du Haut-Canada!

Gilbert ouvre de grands yeux. Impressionnant! En même temps, il ne peut se défaire d'un puissant malaise. S'il ne s'agissait que d'une saynète dans la vaste tragédie en train de se dérouler sur la scène de son pays? Une saynète en apparence spontanée, mais dans les faits, planifiée depuis les hautes sphères du pouvoir afin de s'offrir, sur un plateau d'argent, une raison majeure pour faire triompher la terreur? Après une salutation emportée, Rémy court rejoindre ses camarades qui marchent à la file indienne, à l'endroit le moins bouetteux du chemin ou de son bas-côté.

Florentin émet, les dents serrées :

— Sont fous. Grisés par une lubie.

— Une lubie? réplique Norbert. C'est toi qui déparles. On a jamais été si près de la victoire!

Florentin se tourne vers son cadet pour le foudroyer du regard. Il profère sans bégayer, au prix d'un effort prodigieux :

— Ça suffit de nous mener en bateau. Allume, saudit! On rentre à la maison au plus sacrant pis on aide les femmes à paqueter. On est drette sur le chemin des troupes réglées.

Hors de lui, Norbert gueule :

— Sacre-moi patience! J'suis assez grand pour décider toutte seul! Je m'en va me battre pis même sa mère pourra pas me mettre des bâtons dans les roues!

Furieux, il s'élance à rebours sur le chemin. Après un juron, Florentin se met à ses trousses. Les regardant s'éloigner, Gilbert marmonne :

— T'en penses quoi, Vincent?

— Que Norbert est justifié d'être enragé pis que son frère est justifié d'être désillusionné. C'est de même depuis des lustres. Y a pas de trajectoire claire et nette qui s'impose à nous. Juste une tortille avec plein de tournants pis de zones d'ombre. C'est ça, le drame. Le malheur.

— Comment faire autrement ?

— En étant solidaires. Y a juste ça. Si toutte nous autres, toutte ceux qui en ont contre la Clique du Château pis qui veulent l'équité, on s'était tenus deboutte autour de m'sieur Papineau, on aurait gagné. Mais tu sais comme moi combien y a eu de traîtres à leur patrie pis à leurs concitoyens. Pis ceux-là, pour se dédouaner, y font toutte pour que ce soient nous autres, les traîtres. On marche en terrain miné.

Après un temps, Gilbert prend son ami par le bras :

— Viens-t'en. On a une visite à faire. J'suis en train de me les geler.

Les jeunes hommes ont choisi de consulter en tout premier leur ami David Bourdages, celui qui a encouragé Gilbert à faire des études avancées, puis qui a accepté Vincent comme apprenti arpenteur. Les deux jeunes gens, qui connaissent bien son tempérament, ont une confiance inébranlable en lui. Non seulement il a pris part à la résistance du 23 novembre 1837 de façon consistante, mais en plus, il a publié dans un papier public l'une des plus fortes charges contre un Exécutif en train de réécrire l'histoire pour se donner le beau rôle.

Tout en marchant, Gilbert et son ami se remémorent le texte que David a signé, négligeant même d'utiliser un pseudonyme, ce qui est rarissime. Dans *Le Canadien* du 28 mars, il a démoli les menteries officialisées par le principal magistrat qui cautionnait la vengeance des troupes à Saint-Denis, le 2 décembre, en prétendant qu'il s'était démené pour empêcher le pillage et que les soldats de Sa Majesté n'y avaient point concouru !

33

À la porte de l'office de l'arpenteur, Gilbert est sur le point de cogner lorsqu'un éclat de voix lui parvient depuis l'intérieur. Le bras levé, il barguigne, mais Vincent n'a pas ce scrupule: il frappe comme s'il voulait quasiment défoncer. Les voix se taisent, un silence s'ensuit, et enfin, l'huis s'entrebâille sur la mine enténébrée de David. À la vue des survenants, il pâlit comme s'ils surgissaient d'outre-tombe. Puis, ses traits s'éclairent et il esquisse un sourire de bienvenue. Avec un soupçon de raillerie, il marmonne:

— Mes sacripants, z'arrivez comme des chiens dans un jeu de quilles!

Sur ce, il les tire l'un après l'autre par le bras pour les faire entrer. Il referme la porte derrière eux, puis il les gratifie d'une accolade emportée. Dans la pièce, une demi-douzaine d'hommes assiste au manège sans mot dire. Gilbert est frappé par l'atmosphère pesante des lieux, chargée d'animosité, comme s'il interrompait une discussion enfiévrée, pleine d'arguments contradictoires. Même s'il le trouve considérablement vieilli, il reconnaît le Dr Chamard, avachi sur une chaise, de même que deux capitaines de milice des concessions.

Faisant dos à ses compères, David lance des questions incisives aux survenants:

— D'où venez-vous? Z'avez faitte quoi depuis trois jours?

Vincent prend sur lui d'expliquer, en peu de mots, leur fuite de Montréal. Sa relation suscite un concert d'exclamations ébahies:

— Vous l'avez échappé belle!

— Un brin plusse pis le piège se refermait sur vous autres.

— Z'êtes au courant de ce qui se passe dans la cité depuis hier ?

Soudain obnubilé par la sécurité de Caroline et de sa tante, Gilbert sent ses entrailles se crisper d'appréhension. Dardant un regard de bête traquée sur David, il réplique avec un filet de voix :

— Pantoutte. Y se passe quoi à Montréal ?

Le bonhomme brûlot, fortifié par l'accord de quelques-uns de ses proches conseillers de l'Exécutif, a fait proclamer la loi martiale. David poursuit :

— Dès le matin, des arrestations en masse. Ardu de savoir qui précisément, mais pour les tout premiers, on parle de Viger-au-grand-nez, de Lafontaine pis de Mondelet.

— Pis le beau Viger, oublie-le pas !

Catastrophé, Vincent s'exclame :

— Pas lui ? Y venait tout juste de sortir de prison !

Le fait de le savoir écroué à nouveau, c'est un crève-cœur. Louis-Michel Viger, avocat et directeur de la Banque du Peuple, a multiplié les recours légaux pendant son emprisonnement arbitraire. À la suite de la prétendue amnistie Durham, il a refusé de verser la faramineuse caution de bonne conduite. Il exigeait un procès ! Le 24 août, date où l'ordonnance du Conseil spécial suspendant l'habeas corpus dans la colonie venait à échéance, il a renouvelé sa demande de libération conditionnelle. Sauf que l'ordonnance a été prolongée spécifiquement pour y faire obstacle, et Louis-Michel Viger s'est résigné à verser la caution.

David décrit un chef-lieu du district en état de siège : des canons braqués sur la place d'Armes et sur l'enfilade des principales artères, des visites domiciliaires et l'arrestation de tout *damn French Canadian* se trouvant sur la voie publique, la cloche d'alarme qui sonne pour obliger les habitants à tenir deux chandelles par maison afin d'éclairer les rues et de faciliter la marche des patrouilles nocturnes. Le prétexte ? Prévenir, selon les autorités, un massacre généralisé des *Britons* de la cité.

Gilbert devine la confusion et la terreur qui doivent régner. Il devine les sentiments de sa dulcinée et d'Ériole, ce qui le met à la torture ! Il lance :

— Faut que j'y retourne. Mes proches parentes…

David l'interrompt sans ménagement :

— T'étais nouvelliste, si je me souviens bien ? À *La Quotidienne* ? Son rédacteur se trouve derrière les barreaux.

Gilbert se sent blêmir. La voix cassée, Vincent demande :

— Lemaître ?

— Non, l'autre, celui qui a un nom irlandais.

— James Phelan ?

David acquiesce d'un hochement de tête. Atterré, Gilbert souffle :

— Jimmy dirigeait *Le Temps*. Correct. J'irai pas me jeter dans la gueule du loup. Pas astheure en tout cas.

Un des capitaines de milice saute sur ses pieds et se saisit de sa bougrine suspendue pour s'en vêtir. Le timbre éraillé, il articule à l'adresse de David :

— On a fait le tour de la question. Le Joseph doit avoir remis le message au curé. Fait que je vais donner ordre aux hommes de rentrer chez eux pis de se terrer en attendant que l'orage passe.

— Ça va fesser, enchaîne un autre. Faut instruire toutte le monde.

— Toutte le monde en a vu d'autres. Astheure, on a accoutumance d'endurer, c'est-y pas ?

Empreinte d'amertume, l'assertion donne à Gilbert le goût de hurler sa peine à la lune. L'un à la suite de l'autre, les hommes prennent leur départ. Vincent tâche de créer un contact visuel avec le Dr Chamard, qui l'évite consciencieusement. Il n'est plus que l'ombre de lui-même. Dès qu'ils se retrouvent seuls tous les trois, David souffle :

— On baisse les bras. Saint-Denis se soumet. Sans armes, pas question de résister. L'état-major fera pas la même erreur que l'an passé. Pis quand on a affaire à un militaire qui prend le moindre revers comme un affront personnel… qui refuse de reconnaître ses propres erreurs…

— Tu parles du vieux brûlot ? demande Gilbert.

— Lui-même. L'an passé, jamais y aurait cru que ses troupes rencontreraient de la résistance. Les convulsionnaires gueulaient à la révolution pis Colborne faisait mine d'y croire. En même temps, y divisait sa troupe en deux pis y l'envoyait sur les chemins comme pour une promenade d'agrément. C'est pour ça qu'on les a repoussés le 23 novembre. Juste parce que le colonel Gore a été pris les culottes à terre. Colborne s'est vengé dans les comtés du Nord le mois d'après. Pis astheure, y s'organise pour faire la même chose. Réunir des milliers de machines rouges à Saint-Jean, pis foncer ensuite. Se placer en travers de leur chemin ? Un suicide.

L'air furibond, Vincent ouvre la bouche pour répliquer, mais David lui coupe la parole d'un geste qui témoigne de son épuisement moral :

— Dis rien, je t'en supplie. Ma coupe est pleine. Tout à l'heure, on était 15 icitte, à s'engueuler comme du poisson pourri. On a beau vouloir, on peut pas, tu comprends ? Les promesses, ça suffit pas. Ça nous prend de l'armement pis une organisation solide contre la machine de guerre mise en branle.

Le pire, ce n'est pas la grande armée de machines rouges et de *volunteers*, mais la cohorte de délateurs, d'espions et de traîtres, à laquelle s'additionne une horde d'amis serviles de l'Exécutif. Gilbert ose s'enquérir :

— Pis Napierville ? Avant de venir te voir, on a vu une gang partir pour s'y rendre.

— Rien t'empêche d'aller te battre ailleurs. Sauf qu'y aura pas de résistance concertée à Saint-Denis. Le marchand Thibaudeau vient d'en avertir m'sieur le curé une fois pour toutes, en notre nom à tous.

Gilbert ouvre de grands yeux. C'est là qu'il se rendait au moment de la rencontre avec lui sur le chemin, tout à l'heure ? David enchaîne en posant une question brutale :

— Z'avez prêté le serment ?

Ses auditeurs se contentent de hocher la tête. Fébrile, l'arpenteur reprend :

— Moi itou. Même que j'étais un gradé. Je devrais pas vous conter ça, d'un coup que… Ce que je veux faire valoir, c'est que le haut commandement avait pas choisi le 3 novembre pour le déclenchement de l'invasion. Ça tombe sous le sens. Le haut commandement, de l'autre côté de la ligne, y savait à qui on aurait affaire. C'est guère ardu de compter le nombre de machines rouges pis de *volunteers*. De dessiner une carte avec les forces en présence pis leur vitesse de réaction. De comprendre ce que ça prend pour vaincre, c'est-à-dire une armée nombreuse, fort bien équipée. Ça s'en venait. Une couple de semaines de plus…

La voix de David s'étrangle. Il semble sur le bord des larmes. À sa place, Vincent conclut la démonstration :

— Le vieux brûlot saute sur le plus infime prétexte pour enclencher la guerre.

— Je dirais même que le vieux brûlot a organisé sciemment la mise en scène justifiant le début des hostilités.

— Les arrestations du 2 novembre, dit Gilbert avec une infinie lassitude.

Dans un but de protection mutuelle, plusieurs centaines de tuques bleues ont occupé le village de Saint-Charles, arraisonnant une demi-douzaine d'individus pouvant nuire à leur cause. Pendant ce temps, arrivaient des hommes depuis Contrecœur, Verchères, Varennes… Édouard-Élisée Malhiot, l'exilé qui parcourait la contrée afin de peaufiner l'organisation souterraine, a été pris par surprise. Sautant dans le vapeur lancé par les despotes, il a sonné la trompette du ralliement, promettant un appui indéfectible depuis les États-Unis. Une promesse qu'il n'a pu tenir.

— L'affaire de Châteauguay, poursuit farouchement David, z'avez ouï dire ?

Gilbert voudrait pouvoir se boucher les oreilles. Dans ce village, une expédition a été hâtivement organisée afin de se rendre chez les Sauvages de Caughnawaga pour négocier un emprunt d'armes à feu. Résultat : ces derniers ont capturé une soixantaine de patriotes de Châteauguay et des environs, puis ils les ont convoyés en canots jusqu'à Lachine afin de les remettre aux *volunteers* du lieu. Hier en fin de journée, les prisonniers ont été conduits à Montréal par le Lachine Cavalry.

Gilbert est anéanti par la nouvelle. Tant de patriotes encagés, comme l'an passé ? C'est d'une tristesse indicible ! S'adossant à une bibliothèque, David frotte ses yeux fatigués. Gilbert échange un regard harassé avec Vincent. Il a l'impression que le monde réel a éclaté en miettes. Sans desceller les paupières, David dit encore :

— Un chaos soigneusement planifié par le commandement militaire, dans l'espoir qu'on vire fous braques pis qu'on commette l'irréparable. Pis c'est en train de réussir. C'est comme ça, les gars, que j'analyse la situation. Si z'êtes capables de me contrebouter, gênez-vous pas !

Après un temps, Vincent demande encore, le ton insistant :

— Nelson pis Côté à Napierville? C'est eux autres qui ont proclamé la république, l'hiver dernier. Eux autres qui ont toutte manigancé de l'autre côté de la frontière. Me semble qu'on peut leur faire confiance.

— T'as peut-être raison. Peut-être que la grande armée s'en vient. Peut-être même qu'elle a déjà traversé la ligne. Je l'espère gros. Mais moi, je suis lessivé. J'ai trop pâti. Mes proches itou. Je vais attendre icitte que les Américains se pointent.

Brusquement, David quitte son appui pour venir à eux, afin de dire à Vincent, dans le blanc des yeux:

— Prends garde. Y a des rumeurs de chicanes parmi les exilés. Y en a une couple qui se méfient de Côté comme de la peste.

— Pourquoi donc?

— L'humeur irascible. La tendance à médire contre ceux qui partagent pas ses vues. L'attaque de couillonnerie contre m'sieur Papineau, ça vient de lui en bonne partie. Pis des fois, la souffrance — parce que Côté a indéniablement souffert — fait rempirer les choses. Fait que méfiez-vous, les gars. Restez alertes pis décampez au moindre doute. À terme, va y avoir une trâlée d'hommes en geôle pis j'aimerais guère vous y voir.

L'arpenteur inspire une goulée d'air, puis il propose aux deux jeunes hommes de l'accompagner chez lui pour le verre de l'amitié. Ce sera le temps, ajoute-t-il en tâchant d'alléger l'atmosphère, de se rappeler de plaisants souvenirs. Comme Vincent, Gilbert accepte, ne serait-ce que pour prendre le temps d'assimiler la situation telle que David vient de la dépeindre.

Vitaline a vu son beau-frère rentrer en coup de vent. Ses yeux lançant des éclairs, Norbert s'est écrié à la cantonade:

— Chacun se terre par icitte, mais ça barde du côté de Napierville pis de Beauharnois. Fait que je prépare mon barda pis je sacre mon camp!

Sur ce, il a joint l'acte à la parole, et même dame Eugénie n'a pas osé s'adresser à lui, de crainte de se faire rabrouer. Peu après, Florentin est survenu à son tour, manifestement démoralisé. Il lui a fallu un long moment avant de se décider à parler. Ce qu'il fait à présent, déclarant froidement que l'arsenal révolutionnaire brille par son absence et que l'organisation patriote va se faire balayer comme un fétu de paille sitôt que l'armée britannique se mettra en branle.

Norbert jette avec hargne :

— Ça veut pas dire que toutte est fini, loin de là. Je m'en vais à Napierville quand même.

L'ignorant, Florentin se perd en palabres avec ses parents pour décider de l'endroit où ils se réfugieront ce soir. À la même place que l'an passé ? Néanmoins, il serait peut-être préférable de se tenir au bourg en compagnie de leurs concitoyens. Il n'y a pas l'ombre d'un prétexte pour piller ou brûler les bâtiments, et le regroupement serait sans doute la meilleure parade à opposer aux exactions. Dame Eugénie contreboute son fils :

— Maintes familles ont fui les parages. Même les sœurs enseignantes ont fermé le couvent pour transporter les enfants au presbytère !

— Ces familles sont en train de revenir, déclare Vitaline. Laisser à l'envahisseur un village désert ? Pas une seconde fois. La première a déjà été de trop !

Elle propose la maison de son père. Le maître-potier et son épouse ne pourront pas refuser. Là-dessus, Gilbert et son compagnon d'armes reviennent du bourg. Moroses, ils partagent les faits saillants de leur échange de vues avec l'arpenteur. Encore une fois, Norbert déclare à la cantonade qu'il s'en contrefiche et qu'il tient à se rendre à Saint-Cyprien-de-Napierville, comté de L'Acadie.

— Tu m'attends ? s'enquiert Vincent. Je pars avec toi.

— Non, fais pas ça !

Vitaline a crié. Terrorisée par sa propre réaction, la jeune femme se mord les lèvres. Se forçant au calme, elle ajoute en se tournant vers Florentin :

— Pourrait y avoir du danger, c'est-y pas ? Toi, tu iras pas ?

Il secoue la tête, prenant la peine de préciser :

— Je suis pas g... garçon comme eux autres.

Ayant une famille à charge, Florentin préfère ne pas prendre de risque. Vitaline voudrait bien faire grise mine à son couard de mari, qui laisse son frère cadet marcher seul à la bataille. Souvent, elle est transpercée par des éclairs de ressentiment à son égard, elle est secouée par des flambées d'un mépris identique à celui qu'elle a ressenti quasiment douze mois auparavant, alors qu'il prêchait la soumission et la passivité. Cependant, elle ne peut s'empêcher d'admirer la force tranquille et la stabilité d'humeur de Florentin. D'accord, il n'agit pas en preux chevalier brandissant son épée. D'accord, il parle peu, et quand il le fait, c'est raisonnable jusqu'à en être affligeant. Mais c'est confortatif!

Nerveusement, Vitaline reprend la parole pour consulter son frère sur le bien-fondé d'aller quémander protection à leur père. Gilbert approuve sans réserve. Puis, tenaillé par l'épuisement, il demande si Vincent et lui peuvent faire la sieste quelque part; le capitaine Montplaisir désigne le lit bateau conjugal. Rapidement, les jeunes hommes y entrent. Vitaline, qui ne peut s'empêcher de les surveiller du coin de l'œil, voit Vincent s'endormir sur-le-champ.

Elle se démène pour les préparatifs du départ, laissant sa belle-mère prendre soin de Jules lorsque c'est nécessaire. Elle est soulagée d'agir enfin, même si c'est uniquement pour prendre la fuite. Au mitan de l'après-dînée, elle voit Vincent se réveiller, puis secouer Gilbert pour le tirer de l'endormitoire, et enfin, sauter dans ses bottes pour aller pisser. Tandis que son amoureux secret est dehors, Vitaline questionne son frère, assis sur la couche. S'en va-t-il, lui itou, à Napierville?

Gilbert reste inerte, la mirant distraitement, puis il finit par secouer la tête. Voyant la mine réprobatrice de Vitaline, il redresse le dos et la fusille du regard, jetant entre ses dents:

— Je t'interdis de me juger.

Vitaline accuse le coup, puis elle souffle:

— Alors, explique-moi.

— Je vois plus qu'un panorama désolant. Mon pays piétiné et mis à sac par une armée d'occupation, par l'un des pires régimes despotiques qui soient. La mainmise d'un empire assoiffé d'argent sur une colonie démunie. Si l'esclavage dont souffrent les nègres nous a été évité, c'est de justesse!

En conséquence, Gilbert n'a qu'une seule envie: courir jusqu'à Montréal pour assurer la protection de celles qu'il aime. Gilbert parle au pluriel, mais sa sœur n'entendra que le singulier.

— Pourquoi un voyage vers Saint-Cyprien-de-Napierville, autant risqué qu'éreintant, alors que j'ai aucune expérience en tant que soldat? Ce serait me jeter dans la gueule d'un autre carnassier.

Vincent, lui, a eu son baptême du feu l'an passé. Lui y croit encore, à l'indépendance…

Vitaline tourne le dos à son frère. Celui-ci n'est pas fier de lui, mais il n'a fait qu'exprimer le fond de sa pensée. Vincent fait son entrée. Croisant le regard de Vitaline, il s'adoucit au point où Gilbert se sent obligé de détourner les yeux, au risque de se sentir indiscret. Puis, intrigué, il revient à la scène, sauf que déjà Vincent s'est rendu jusqu'à Norbert pour s'entretenir avec lui. Sans bouger la tête, Gilbert dirige son attention vers Vitaline. Il est sous le choc : sa sœur couve Vincent d'une œillade énamourée. Elle y met fin si vite, cependant, que Gilbert se demande s'il n'a pas eu la berlue.

Tout soudain, Vitaline ne peut plus supporter la promiscuité. Elle est encabanée depuis des jours et des jours, et là, soudain, elle a impérativement besoin d'un bol d'air frais ! En conséquence, elle annonce qu'elle sort voir aux animaux. Vincent saute sur l'occasion pour proposer de lui donner un coup de main. Ainsi, sans même l'avoir planifié, Vitaline et Vincent se retrouvent ensemble à l'extérieur. Avide de la paix et de la liberté que devrait offrir l'immensité de son pays, Vitaline inspire longuement, sans parler, l'air vivifiant chargé d'odeurs automnales.

Elle lève la tête vers le ciel. Les lourds nuages laissent passer un rayon de soleil couchant qui réchauffe l'âme. Impossible de s'en réjouir, puisque les troupes de Sa Majesté se mettront en branle dès que les chemins redeviendront passables. La quiétude actuelle n'est qu'un leurre. Ne jamais oublier que la Terre va continuer de tourner, quoi qu'il arrive. Qu'elle-même, Vitaline, n'est qu'une fourmi parmi des millions d'autres. Le fait de réduire sa propre importance, de se perdre et de quasiment disparaître dans un tout dont elle n'est qu'une minuscule part lui fait un bien fou.

Mais en même temps, ne jamais oublier que la douleur qu'elle ressent ce jour d'hui s'additionne à celle qu'elle a ressentie hier, avant-hier, le printemps dernier et l'an passé. Que ladite douleur s'additionne itou à celle d'une grande partie de ses concitoyens. Vitaline se projette en pensée vers eux. Elle s'arrime aux femmes, aux hommes et aux enfants de son pays malmené. La communion de sentiments adoucit le sort de Vitaline. Elle légitime et ennoblit ses tourments, en quelque sorte, et lui donne envie de faire éclater la détresse du peuple canadien à la face du monde.

Vitaline et son amoureux passent la porte du bâtiment de ferme, s'immobilisent, s'enlacent et s'embrassent. Leur désir d'intimité ne pouvant être satisfait, ne serait-ce qu'à cause des épaisseurs de vêture qui les séparent, ils mettent fin à l'étreinte, se contentant de se tenir au plus près l'un de l'autre.

— C'est mieux pour toi que je parte, dit soudain Vincent. Tout à l'heure, t'as failli te trahir.

— Je te jure que je vais me tenir sur mes gardes astheure.

— De toute façon, faut que j'aille jusqu'au boutte. Norbert pis moi, on va commencer par se rendre à Saint-Charles. Là-bas, les principaux de la paroisse sont gonflés à bloc. Si ça grouille pas dans mon village natal, ça bougera nulle part.

Hagard, Vincent se redresse un brin pour lancer :

— Je crève de trouille à l'idée que notre action soit étouffée dans l'œuf.

— Moi itou, glisse hâtivement Vitaline. Je compatis avec toi. C'est une bonne chose que t'ailles à Napierville. Tant qu'y reste un brin d'espoir! Les hommes d'icitte sont des pleutres.

— Faut pas leur jeter la pierre. Faut juste aller là où souffle le vent de la révolution. Pas besoin de centaines de chefs. Juste une bonne dizaine, ça suffit en masse. D'un coup que les armes arrivent à Napierville? Bougre de bagoulard, ça me consolerait de l'an passé. À Saint-Charles, si on avait eu des fusils…

Vitaline soupire :

— Je sais. Je l'ai ouï en masse. Les machines rouges auraient mangé une raclée.

— Pis une sévère à part de ça! Si ça me ronge, moi, imagine ceux qui étaient sur place. Y en ont versé, des larmes amères! Des armes, une résistance victorieuse, pis nos affaires auraient changé radicalement d'allure. Le bonhomme brûlot aurait été obligé de négocier. Y nous aurait pas plongés en enfer de même. Y nous aurait pas livré une nouvelle guerre au nom de l'Empire britannique. Y aurait pas pillé pis brûlé nos maisons, pis torturé les nôtres.

Sa voix se brise. Vitaline le saisit par le bras, pose sa tête sur son épaule et conclut :

— Pis on aurait encore notre Parlement avec m'sieur Papineau à sa tête.

Pour ne pas se mettre à pleurer, Vitaline doit se taire. Elle aiguillonne son amoureux à risquer sa vie. Et puis, l'argumentation est bancale. Une victoire à Saint-Charles? Colborne avait beaucoup moins de troupes réglées qu'astheure, mais une formidable troupe auxiliaire, celle qui a ravagé quelques semaines plus tard les comtés du Nord. Il l'aurait envoyée dans la rivière Chambly... Mais le délai aurait-il été suffisant pour lever une armée révolutionnaire? Les patriotes des Deux-Montagnes auraient-ils pu en profiter pour s'emparer de Montréal? Ensuite, joindre les forces et descendre à Québec? Vitaline gagerait sa chemise que le plan aurait pu réussir. Et ça, l'état-major le savait pertinemment.

Vincent spécule à haute voix :

— Pas trop tard pour bien faire. Une armée d'Américains est sur le point d'ouvrir la voie aux cargaisons d'armes. Elle fera nécessairement son entrée par la route qui relie Rouse's Point, en territoire américain, à Lacolle...

Le visage caché au creux du cou de Vincent, Vitaline s'oblige à tout mettre de côté pour savourer le moment dans sa plénitude. Ainsi, elle emmagasine des forces fraîches. Une fois son aplomb revenu, la jeune femme convie le jeune homme à un ultime baiser langoureux, puis elle le repousse. La coupe de son amour et de son souci pour Vincent déborde. Elle doit se protéger. S'insensibiliser. Avec des gestes brusques, Vitaline se met au travail auprès des bêtes, secondée par Vincent qui tente d'entretenir une parlure banale, créant une bulle hors du temps dans laquelle Vitaline s'enferme avec gratitude.

Debout au bord du chemin, Gilbert mire le coucher de soleil obscurci de nuages, de l'autre côté de la rivière Chambly, digérant la scène qu'il vient de surprendre, celle de sa sœur dans les bras de Vincent. Les voyant sortir, quelques instants plus tôt, il a obéi à l'impulsion de les suivre à la trace. Il les a vus entrer dans le bâtiment de ferme, il s'est approché et les a guettés à travers un carreau sale et fêlé. Il est tombé des nues. Infidèle, la sage Vitaline? Qui plus est, avec le plus-que-parfait Vincent? Gilbert a pris la poudre d'escampette. Peu à peu, face au spectacle du coucher de soleil, il s'apaise. Il a plutôt honte d'avoir espionné... Avant de tirer une conclusion, il devra s'entretenir avec son ami. En attendant, il place l'épisode en veilleuse dans un recoin de sa cervelle.

Quelques heures plus tard, Gilbert accompagne les Montplaisir dans leur fuite. Restés sur place, Norbert et Vincent partiront peu avant l'aube pour se rendre à Saint-Charles, après avoir fermé la maison. Gilbert n'échange qu'un long regard avec son ami avant de lui tourner le dos. Il a le cœur fendu en deux. Tout soudain, il regrette amèrement sa couardise. En découdre avec l'ennemi, une fois dans sa vie ! Toute chevaleresque qu'elle paraisse, l'idée est à ce point absurde que Gilbert reprend du cœur au ventre. En découdre ? Se faire trucider, oui !

Car voilà la terrifiante réalité. Pour faire face avec vaillance à la dizaine de milliers de *volunteers* et de troupes réglées qui pullulent dans le district de Montréal, il faudrait un arrivage d'armements, des chefs expérimentés et des combattants habitués à se faire commander. Or, le commandement militaire est en train de placer ses pions pour les mouvoir ensuite, demain ou après-demain. Tout est perdu. Oui, à moins d'un spectaculaire revirement, tout est perdu.

Le mot d'ordre est généralisé : se rallier au village, non seulement pour offrir la meilleure protection possible aux femmes, aux enfants et aux vieillards, mais itou pour se donner la force du nombre. Les hommes guetteront de très près les envahisseurs, parés à faire valoir leurs droits au moindre écart. Gilbert, Vitaline et les Montplaisir quémandent refuge au maître-potier Dudevoir, ou plutôt à Perrine et à son mari Aubain, qui dirigent la maisonnée depuis qu'Uldaire a tout cédé contre la promesse d'être bichonnés, son épouse et lui, jusqu'à la fin de leurs jours.

Les divergences de vues sont mises de côté, chacun se serre les coudes et Perrine, délaissant son maintien de bourgeoise en devenir, s'affaire à mettre tout le monde à l'aise. Rémy, lui, prépare son barda pour un départ nocturne. Tout en paquetant, le jeune homme déblatère :

— Sont des milliers à Saint-Charles, paraît-il. Pour le sûr, bien peu ont des armes à feu, mais y a des cargaisons sur le point d'être distribuées. Y doivent déjà s'être mis en route vers Napierville. Tu viens avec moi, Gilbert ? On peut pas manquer ça.

Sans se lasser, Rémy tarabuste son frère aîné. Gilbert trépigne. Et s'il avait tout faux ? Si la révolution était bel et bien en marche ?

Il confie son sentiment pour Caroline à Rémy. Ahuri, celui-ci grommelle que ce n'est guère le temps pour les affaires de cœur. Au matin, il a disparu. Une étrange atmosphère s'installe, comme si la vaste demeure — car le jeune couple a fait ajouter une rallonge, en plus de rénover l'étage — était désormais un château fort, isolé dans une contrée déserte.

34

Pour les réfugiés au bourg de Saint-Denis, les heures deviennent des siècles, tandis que des abats de pluie froide reviennent balayer la contrée. Tout d'abord, un fol espoir fleurit lorsque se répand la nouvelle d'une victoire patriote. Le 6 novembre au matin, les *volunteers* de Lacolle ont été chassés du moulin qu'ils occupaient depuis plusieurs jours, près de la rivière Chambly, barrant la route à quiconque s'y aventurait. Lesdits *volunteers* se sont retranchés à Odelltown, deux lieues au sud-ouest, laissant le passage libre vers la frontière.

D'emblée, Gilbert pavoise. Le lien s'établit entre les insurgés du Bas-Canada et l'armée de libération ! Les nouvelles tourbillonnent en sorcière et il est ardu de trier le bon grain de l'ivraie, mais le jeune homme comprend qu'un camp patriote a été dressé en territoire britannique, à quelques encablures de la ligne du 45 et à une lieue d'Odelltown. Puis, la situation se complique. Le jour d'après, les combattants ont été obligés de retraiter dans l'État de New York. Un demi-millier de *volunteers* sont tombés à bras raccourcis sur eux.

L'attaque a été foudroyante, paraît-il, et chacun des deux camps aurait eu au moins une demi-douzaine de tués et plusieurs blessés. Les patriotes étaient commandés par un officier français recruté à New York. Ou était-ce un Polonais ? Chose certaine, ils ont combattu avec vaillance avant de déclarer forfait. La cargaison qu'ils étaient censés convoyer à Napierville — dont des centaines d'armes à feu américaines — est tombée entre les mains des *volunteers*. Au même moment, 200 cavaliers envoyés par Robert Nelson depuis

Napierville n'ont pu que constater le désastre et rebrousser chemin à bride abattue.

Vitaline et Gilbert se persuadent que rien de fâcheux n'a pu arriver à leur frère, à Norbert et à Vincent, puisque, selon toute vraisemblance, ils n'étaient pas encore parvenus à Napierville. Puis, l'actualité en provenance de ce champ de bataille pâlit en comparaison de ce qui survient à LaPrairie. Pendant toute la fatidique journée du 7 novembre, s'y sont regroupés plusieurs milliers de machines rouges appartenant à divers régiments de même que 500 *volunteers* et autant de Sauvages.

Le jour d'après, divisés en trois colonnes, ils se sont ébranlés par des chemins différents vers Saint-Jean, semant la désolation sur leur passage. Le moindre patriote devait prendre ses jambes à son cou, abandonnant ses biens à la horde de barbares. Six maisons à Saint-Constant, de même que l'église, ont été pillées et incendiées. Sur ce, les habitants de Saint-Denis sont informés du fait que les troupes cantonnées à Sorel se sont mises en route à leur tour, avec pour mission d'assurer la domination des forces de la Couronne le long de la rivière Chambly.

Tout est fini! Atterré, Gilbert s'isole pour laisser couler des larmes rageuses. Quel colossal, monstrueux, incommensurable gâchis! Tout cela parce qu'une caste de *Britons* forcenés s'arroge le droit exclusif de régner sur les destinées de la colonie et de ses habitants. Tout cela par peur des «cochons de Français»! Pendant des heures, Gilbert est torturé par l'envie dévorante d'aller se noyer dans la rivière. Il a le net sentiment d'être parvenu au paroxysme de ce qu'il peut endurer. Tout son être n'est plus que tristesse et accablement. La liesse s'est enfuie à jamais de la surface de la Terre.

Vitaline a l'impression de plonger tête baissée, jusqu'à s'immerger entièrement, dans un cauchemar plus tangible que le réel. Un cauchemar qui ressemble furieusement à celui de décembre de l'an passé! Cependant, les rapports sont encourageants. Les boutefeux brillent par leur absence. Le corps d'armée ne bivouaque même pas à Saint-Denis, se contentant de traverser une seule fois le village, où régnaient toutes les apparences de la normalité. Pataugeant dans la bouette des chemins de la contrée, les machines rouges n'avaient qu'une envie: retourner se cantonner au sec, dans les baraquements.

Mais le pillage et les destructions sauvages ? Tous se réjouissent : contrairement à 1837, le corps expéditionnaire ne traînait pas de horde de rapaces dans son sillage ; il était tout bonnement précédé d'une troupe de *volunteers* à cheval. Comment les officiers auraient-ils pu justifier les rapines et les violences ? Partout où ils passaient, des émissaires locaux venaient les assurer de l'entière collaboration des membres de leur communauté.

Goutte après goutte, le plaisir de vivre ressoud en Gilbert. D'abord, une mine de Jules l'égaie un brin. Puis, le rire d'un des fils de Perrine fait surgir en lui une onde de tendresse. Enfin, il laisse son affection pour ses proches, puis l'ampleur de son amour pour la lointaine Caroline, l'inonder comme une douche ravigotante. Ainsi bardé, il peut faire face à l'amère réalité. Rémy et Norbert surgissent quasiment en même temps. Ils le confirment : à partir du moment où les *volunteers* ont repris le moulin de Lacolle, le 7 novembre, le fiasco était inscrit dans le ciel.

Néanmoins, gonflés à bloc, tous deux ont pris part, au matin du 9 novembre, à une expédition pour reprendre le territoire perdu. Ils étaient à pied, armés d'un long bâton pointu en guise de lance, parmi environ 600 combattants. Ils décrivent une bataille de plusieurs heures entre l'armée patriote et un demi-millier de convulsionnaires retranchés dans un temple protestant dans le village d'Odelltown. Les patriotes les auraient délogés, n'eût été l'arrivée surprise d'une compagnie de 200 machines rouges, puis de phalanges de *volunteers* venus d'un peu partout dans les environs. N'eût été le manque criant de munitions, pour le sûr…

— Pis Vincent ?

En pensée, Vitaline remercie Gilbert d'avoir posé la question qui lui brûlait les lèvres. Pour toute réponse, Rémy affirme avoir aperçu le jeune homme à deux ou trois reprises dans la cohorte de tuques bleues qui refluaient en désordre vers Napierville. À ce dernier endroit, les combattants ont appris que 3000 machines rouges et 500 cavaliers, fortifiés par un parc d'artillerie d'une vingtaine de pièces et par la présence du bonhomme brûlot lui-même, campaient à une demi-lieue du village afin d'attaquer le lendemain, à la pique du jour. Plusieurs propriétés importantes du village voisin de L'Acadie, par où les machines rouges venaient de passer, étaient la proie des flammes, après avoir subi un pillage intensif.

Une débandade s'est ensuivie. Déjà que le camp s'était à moitié vidé à la suite de la bataille du 7 novembre à Odelltown! Le Dr Robert Nelson est retourné aux États-Unis. Rémy lance:

— Faut dire que la veille, y était passé proche d'être livré aux autorités militaires britanniques par un groupe de patriotes qui souhaitaient se munir d'un sauf-conduit pour l'avenir!

L'assertion fait sensation et les narrateurs sont obligés d'avouer qu'ils en savent très peu sur le sujet. Des Canadiens de Lacolle, menés par deux officiers de la milice sédentaire nommés Defaillette et Heffernan, cherchaient l'occasion de se mutiner depuis plusieurs jours. Les hommes en question étaient à la tête d'un piquet établi dans une maison de l'endroit, afin de garder la route entre Napierville et la frontière. Le 8 novembre en fin de journée, ils ont fait prisonniers Nelson et plusieurs de ses proches. Quelques heures plus tard, les captifs étaient libérés. On parle de trahisons, d'agents doubles...

Lessivés, les deux vaillants jeunes hommes s'encalment à vue d'œil, bâillant aux corneilles. L'auditoire se disloque. Dame Eugénie prend charge de son fils en train de tomber littéralement de fatigue, tandis que Perrine fait de même avec son frère cadet. Une nuit angoissante s'ensuit. L'armée anglaise, avec Colborne à sa tête, s'est lancée en campagne. Le pire peut survenir. Le lendemain, le mitan du jour n'est pas encore arrivé lorsqu'un voisin ouvre l'huis pour gueuler:

— Napierville brûle!

La nouvelle agit comme un assommoir. Nul n'ose plus parler, quasiment même respirer. Peu après succombe à son tour la riante localité de Beauharnois, là où le manoir seigneurial avait été investi, puis une barque à vapeur arraisonnée. D'épaisses colonnes de fumée enlaidissent le ciel. Sir John livre le pays à des milliers de soudards. Des rapports à faire glacer le sang s'accumulent. Deux villages réduits en cendres et quatre autres partiellement incendiés — Saint-Constant, Saint-Rémi, Châteauguay et Saint-Athanase. Des pillages sans frein, partout où passent les troupes. À Saint-Valentin, puis le long de la rivière Châteauguay... Des chasses à l'homme, des gens parfois abattus de sang-froid, à vue. Édifié par sa visite à Saint-Eustache, l'an passé, Gilbert peut aisément imaginer. Comme il n'y a pas de combats sur place, il y aura peu de cadavres éparpillés, mais pour le reste, les atrocités se ressemblent furieusement…

Pour la première fois depuis six jours, Vitaline met les pieds à l'extérieur de la maison paternelle. En ce lundi 12 novembre au matin, elle veut constater de ses propres yeux l'état de son village et de la paroisse environnante. L'équipée lui fait chaud au cœur. La plupart de ses concitoyens sont en train de reprendre le fil coutumier de leur vie. Les familles réfugiées au village s'en vont rouvrir leurs maisons. Les officines et les ateliers sont réoccupés. Les bonnes sœurs, regroupées avec leurs pupilles au presbytère, sont retournées au couvent. Le couard curé Demers, lui, est encore dans sa cachette de Saint-Hyacinthe. Qu'il y reste éternellement !

Il ne manque qu'une belle phalange d'éminents patriotes. Quelques-uns se sont résignés à l'exil de l'autre côté de la ligne du 45, au début du mois, persuadés des intentions malveillantes de la caste des convulsionnaires. Ils ont été bien avisés de se méfier. Depuis le 4 novembre se multiplient les arrestations sous forme de « mesures préventives », expression fourre-tout que Vitaline exècre. Qui pourrait prétendre, au su des centaines de patriotes saisis à domicile, puis expédiés en prison, que les autorités ne sont pas en train de peaufiner le chef-d'œuvre de répression entrepris l'an passé ?

Chose certaine, les représentants de l'Exécutif colonial ont chargé leur bras armé, c'est-à-dire le corps policier et les huissiers, d'écumer le district au grand complet. Faisant halte en bordure du chemin du Bord-de-l'eau, Vitaline jette un regard noir vers l'aval de la rivière. D'abord, les patriotes éminents de Sorel ont été ciblés. En même temps que le corps expéditionnaire se mettait en branle, les magistrats sectaires ont fait saisir leurs ennemis de toujours, ceux qui les ont combattus avec vigueur lors de l'élection de 1834 : Louis Chapdelaine, Charles Gouin et Alexis Péloquin.

Ensuite, Vitaline pose les yeux sur le clocher du village de Saint-Antoine, qu'elle distingue au travers des branches dénudées des arbres de l'îlot sis au mitan de la rivière. Dès que sont parvenus les rapports de « pacification » du district envoyés par l'état-major revenu à Sorel, la troupe d'amis du régime réfugiés à Montréal est revenue pour faire régner une loi arbitraire digne des tyrans des temps passés. Pour le plus grand malheur de leurs concitoyens, beaucoup parmi ces amis du régime ont un brevet de juge de paix. Y compris le marchand Firmin Perrin, qui voudrait bien faire disparaître tous ses rivaux de la surface de la Terre.

Tout en sollicitant des dépositions incriminantes, Perrin a jugé bon d'envoyer une couple d'hommes en prison sans même leur en donner la raison. Ceux-ci devraient bénéficier d'une prompte libération, mais dans l'état enfiévré des affaires publiques, il ne faut jurer de rien… Vitaline chasse ces songeries amères par un puissant soupir. Pour l'instant, elle a un besoin viscéral de se réjouir du peu de dommages subis le long de la rivière, entre Chambly et Sorel.

Pour la partie sud-ouest du district, c'est une histoire fièrement plus tragique. Vitaline se refuse encore à se dépeindre les familles jetées dehors avec à peine une bougrine sur le dos. Pour garnir sa grande armée, Colborne avait requis les services des Glengarry Highlanders basés en Haut-Canada. Partis de chez eux comme simples fantassins, ils y sont retournés en montant des destriers volés. Ce sont eux, miliciens d'élite tirés de la population civile, qui ont été les pires brutes. Tels des hommes aveuglés par le fanatisme et capables de considérer leurs semblables comme faisant partie d'une sous-classe dépourvue de la moindre sensibilité. Capables de traiter une innocente dame comme une paillasse à soldats.

Chaque fois qu'elle y songe, Vitaline se sent emportée par un rapide tumultueux qui la conduit dans une fosse obscure, dans un antre peuplé d'êtres qui n'ont d'humain que l'apparence et qui appliquent la coutume guerrière la plus barbare d'entre toutes: le viol. La plus cruelle des profanations. Des femmes se trouvant sur le chemin de la grande armée ont été vicieusement forcées. Combien? Impossible de préciser le nombre, d'autant que leur entourage tente de ne pas publiciser l'affaire afin de ne pas stigmatiser la victime. Plusieurs dizaines, pour le moins. Des adolescentes, des mères sur le point d'accoucher, des grands-mères… Les plus dévoyés des mercenaires ont jeté leur dévolu sur le premier jupon entraperçu.

Pour libérer sa cervelle de ces images d'horreur, Vitaline les remplace par celle de Vincent venant vers elle à longue foulées, bras tendus. Mirifique… En train de pivoter pour faire face à la place du Marché, Vitaline s'immobilise, éberluée. À quelques toises, l'objet de ses pensées se trouve benoîtement en train de discuter avec un quidam! Le souffle coupé par un afflux de joie pure, Vitaline couve des yeux le jeune homme resplendissant, fringant comme jamais, paré à s'offrir à elle dans toute sa magnificence.

Étrangement, Vincent est plutôt bien mis, rasé de près et bougriné quasiment comme un bourgeois. La jeune femme combat un éclair de jalousie. A-t-il été trop tendrement soigné par une dame l'ayant hébergé sur le chemin du retour ? Vincent croise le regard de Vitaline. Malgré son dépit, cette dernière ne peut s'empêcher de lui destiner une œillade de convoitise, agrémentée d'un sourire de bienvenue. Interdit par la rencontre inopinée, Vincent couve, de ses yeux écarquillés, celle qui la regarde ainsi. Puis, se ressaisissant, il fait savoir sans ménagement à son interlocuteur que des affaires urgentes l'appellent.

Lentement, Vincent fait quelques pas pour réduire la distance entre eux, et elle l'imite, jusqu'à pouvoir le toucher si elle tend le bras. Elle souffle :

— Je suis si contente ! J'ai pas arrêté de penser à toi. Norbert pis Rémy ont eu beau jurer que t'avais pas une grafignure, je doutais… j'avais peur…

L'expression alanguie, Vincent dit à son tour, avec un filet de voix :

— Me voilà pourtant. Et toi, par icitte ?

— On a été épargnés, comme tu vois. Je suis restée claquemurée. À matin, c'est la première fois que je sors. Ça me fait grand bien. Gilbert pis les autres avaient beau me rassurer, je craignais qu'y embellissent le portrait.

— Et Gilbert, justement ?

— Comme un lion en cage. Y a passé une journée à regretter de pas être parti avec vous autres, pis le reste à regretter de pas être à Montréal. Y est énamouré cul par-dessus tête, ça se voit comme le nez au milieu de la figure.

— Énamouré de qui ?

— De sa Caroline, pour le sûr. Y m'a conté comment vous avez pris la fuite. Comment vous avez échappé de justesse à ton poliçon de besson. Pis comment tu t'es faitte passer pour lui aux yeux des factionnaires sur le quai. Y se lamentait, mon frère, d'avoir laissé sa dulcinée pis notre tante entre les griffes des convulsionnaires.

Elle ponctue sa tirade d'une grimace, puis elle ajoute :

— Ça me chicote moi itou pour Ériole, mais je peux pas croire... Les autorités sont trop affairées ailleurs.

Vitaline inspire profondément pour tâcher d'endiguer son propre sentiment, qui se manifeste par un flot de paroles. Vincent l'écoute avec attention, mais son maintien roide la déstabilise. Elle ne peut s'attendre à ce qu'il manifeste son affection dans un lieu public, mais elle n'a pas senti le contact s'établir entre eux deux comme auparavant. Sur ce, elle prend conscience avec acuité de la chaleur qui croît dans ses seins gorgés de lait. Une chaleur doublée d'une étrange tension... Résistant à l'impulsion de les toucher pour vérifier leur état, elle adresse une moue piteuse à Vincent avant de dire :

— Va falloir que je rentre. Jules doit crier après moi. Je le sens icitte...

Et, dans le but de faire renaître leur complicité, elle esquisse un geste pour montrer sa poitrine. Vincent réagit à l'inverse de ce à quoi elle s'attendait. Ni sourire aguichant ni mine discrètement gourmande. Mais plutôt un air effaré, un ébahissement prestement chassé, cependant, par un afflux de concupiscence. Comme s'il s'éveillait soudain à la réalité du moment présent et de la femme vibrante de désir qui se trouve sous ses yeux. Comme si Vitaline avait dû livrer bataille pour le tirer d'une paralysie de tout son être.

La jeune femme s'enquiert :

— Je te trouve changé... T'as pâti à Napierville ?

Il ne peut retenir un rire bref qui ne lui ressemble pas.

— C'est juste que je suis obligé de me contenir, pis ça me purge. Tu me fais les yeux doux, pis je peux pas donner libre cours à ce que je ressens en dedans de moi.

Avec un sourire, elle répond :

— On est accoutumés, toi pis moi. Viens-t'en. Tu dois avoir hâte de saluer les autres.

Il obtempère, se plaçant à ses côtés. Incapable de se réfréner, elle dit encore, tout en marchant :

— Pis en chemin, faut que tu me contes. Tu m'as l'air d'un homme qui a souffert le contrecoup de la guerre. Pas le genre de guerre à laquelle t'as participé l'an passé... Tu te souviens comment t'étais, après avoir passé la journée dans la chapellerie ?

— Vaguement. Éclaire-moi.

— T'étais sonné, fatigué mort, mais t'étais fier. T'avais participé à un combat comme un homme maître de ses actes. T'avais combattu avec dignité. J'ai pas ressenti ça avec Norbert pis Rémy. Ce qu'y nous décrivent, c'est autre chose. Prendre son rang pis y rester coûte que coûte. Obéir à des ordres, même si on les trouve niaiseux. Même si on a l'impression d'être une bête menée à l'abattoir. T'as ressenti ça, toi itou?

Il ne répond pas, le regard perdu au loin. Navrée, Vitaline tente de nuancer ses propos :

— Je veux pas dire qu'y se plaignent du comportement de leurs supérieurs. Y avaient rien de concret à reprocher à celui qui dirigeait à Odelltown, le général Poirier. C'est juste que… se trouver dans une bataille rangée, ça oblige à… devenir comme un pion qui se laisse déplacer. Pis si le joueur d'échecs est un novice imbu de sa personne…

Encore une fois, Vincent réagit par un éclat de rire lancé vers le ciel. Il réplique :

— T'exagères un brin, ma belle. Les officiers apprécient que leurs hommes fassent preuve d'initiative.

— Pas chez les machines rouges. Me semble qu'un soldat est drillé pour obéir au doigt et à l'œil, point à la ligne. Peut-être que c'était différent dans l'armée patriote, mais Norbert pis Rémy ont guère eu le temps de l'éprouver. Y se sont contentés de figurer parmi les lanciers, en arrière. De se parer du mitraillage, pis des tirs de canon. C'était étrivant en masse : les *volunteers* se servaient du canon volé aux patriotes deux jours plus tôt, t'as su? Rémy pis Norbert étaient sur le point d'entrer en action quand les troupes réglées sont survenues comme un cheveu sur la soupe. Y en sont restés confusionnés. Y ont pas compris. Ce matin-là, y en avait pas de troupes, dans les parages!

— Sont arrivées en barque à vapeur. Un capitaine américain a mis son navire à la disposition des autorités militaires. Y a embarqué le corps expéditionnaire à Saint-Jean pour lui faire remonter la rivière jusqu'au plus proche du combat.

Tout d'abord, Vitaline s'en offusque. C'est de l'ingérence indue, une immixtion inacceptable! Puis, elle est frappée par le ton avec lequel Vincent a donné l'explication. Un ton neutre, dépourvu de la moindre intonation d'affliction ou d'indignation. Un ton dans lequel Vitaline croit même déceler une pointe de suffisance. Elle tombe en arrêt, drainée de son énergie après les efforts déployés pour tisser un lien avec Vincent. Ce dernier se tourne à moitié vers elle pour insérer la main sous son bras, qu'il entoure d'une poigne de fer. En même temps, il dit :

— Ardu de mimer un sentiment qui m'est étranger… J'ai pas arrêté de me creuser la cervelle pour trouver un moyen de t'amener dans un recoin écarté afin de poursuivre la supercherie. J'aurais pas eu à me forcer pour parler. Juste à te fourrer de ma queue. Mais là, fallait bien que ça finisse par paraître. Tu t'es trompée de soupirant. Tu m'as pris pour mon fendant de frérot. C'est dans mes bras à moi que tu t'es garrochée. C'est à Gaspard Cosseneuve, connétable salarié, que tu viens de donner tout plein de renseignements réjouissants.

Vitaline a le respir coupé au point de suffoquer. Elle est tombée à pieds joints dans un piège ! Sur le point de voir des étoiles, elle inspire une salutaire goulée d'air, au prix d'un effort prodigieux. Puis, elle est frappée par les obscénités proférées par le grichou qui la tient par le bras, ce qui fait gonfler en elle une telle rage que d'une seule torsion du corps, elle se libère de l'emprise de la main du jumeau de Vincent. Aussitôt, celui-ci lui lance, articulant très clairement :

— Prends garde. J'en sais suffisamment à ton sujet pour faire scandale.

Vitaline fige comme une statue, sa colère refluant à vue d'œil. Gaspard lui ordonne de le mener jusqu'à Gilbert. Tremblante au point de claquer des dents, elle s'exécute. Pendant les quelques minutes de marche qu'il leur reste, son tourmenteur pérore comme s'il s'adressait à une bonne connaissance. Il est venu se mettre au service de M. Perrin, juge de paix de Saint-Antoine, car l'huissier Rieutord ne suffit pas à la tâche. Gaspard bénit le ciel pour la bonne fortune qui vient de lui tomber dessus, car il escomptait en profiter pour recueillir des renseignements au sujet de Vincent et de Gilbert, tous deux de l'équipe de *La Quotidienne*.

Vitaline ouvre la barrière qui sépare le chemin public de la propriété. À travers les fenêtres doubles, elle entend déjà Jules casser les oreilles de la maisonnée. Elle part à courir, s'éloignant à toutes jambes de celui qui lui paraît le diable en personne. Elle n'aura point de cesse tant qu'elle ne se réfugiera pas dans une chambrette de l'étage pour nourrir son fils, afin d'y être à l'abri des regards.

En train de corder du bois sur le côté la maison en compagnie de Rémy, Gilbert a un sursaut d'allégresse en voyant Vincent tourner le coin, mené par son beau-frère Aubain. Mais observant la tenue du survenant tandis qu'il avance vers eux, Gilbert fige sur place. Trop beau, trop ordonné. Trop dandy, en un mot. Sous le sobre couvre-chef en fourrure, les traits se précisent et Gilbert sent une bise glaciale s'élever en son for intérieur. Il gagerait sa chemise qu'il s'agit de son ancien associé de la chambre de jeux.

Pour que Rémy ne commette pas d'impair, Gilbert lance à voix haute :

— Saint épais, Gaspard, on croirait que tu veux te faire passer pour ton besson !

L'interpelé réagit par un sourire que Gilbert connais par cœur. Un sourire qui ne vient pas du cœur... ou de l'âme... mais d'un tréfonds plus glauque de l'être. Gaspard dit :

— Je te félicite. Tu t'es pas laissé avoir, contrairement à ta sœur qui est tombée dans le panneau.

Gilbert pâlit, envahi par l'image de Vitaline, l'autre jour, chez les Montplaisir, dans les bras de Vincent. Il demande :

— Ma sœur ? J'en ai deux !

— Je parle de celle qui est grande et potelée. Je te jure qu'en me voyant, elle a failli se pâmer. C'était clair comme de l'eau de roche qu'elle a un tendre sentiment, pour ne pas dire une appétence charnelle...

— Ferme ta gueule !

Gilbert a vociféré l'injonction. Écarquillant légèrement les yeux, Gaspard se tait néanmoins. Gilbert se tourne vers Rémy, éberlué par la scène, et lui jette abruptement :

— Je te présente le besson de Vincent. Astheure, je te prie de nous laisser seuls. On a des comptes à régler, lui pis moi.

— Correct, mais je serai pas loin, réplique Rémy. T'as juste à crier, pis je viens à ton secours.

— J'en prends bonne note, merci. Grouille.

Après une œillade mauvaise lancée à Gaspard, Rémy s'éloigne à longues enjambées. Lorsqu'il a tourné le coin, Gilbert fait face à Gaspard :

— Tu me veux quoi ?

— Pogne pas les nerfs. Je suis un homme civilisé, pis toi itou, me semble.

— T'as un *warrant* avec mon nom dessus ?

— Un mandat d'arrêt ? On dirait que t'aimerais ça, juste pour gonfler ton importance. C'est pas après du menu fretin qu'on court.

— Alors décampe. J'ai pas une seconde à perdre avec toi.

Gilbert voit le rouge monter aux joues et au front de son vis-à-vis. Toute bonasserie envolée, celui-ci gronde, le fusillant du regard :

— Continue à faire le fendant, pis je t'amène pardevant m'sieur Perrin. Pas besoin d'un *warrant* pis de me justifier pour te faire écrouer. Ton travail de nouvelliste *séditieux* suffit amplement. T'as envie d'une couple de mois derrière les barreaux ? Continue à m'ostiner, pis ça va être ta fête.

Sachant que Gaspard n'exagère en rien, Gilbert se domine et reste coi. Le connétable inspire une goulée d'air, puis toujours aussi ombrageux, il reprend :

— Ta sœur m'a appris que Vincent s'est faitte passer pour moi quand vous avez fui de Montréal. Tu confirmes ?

— Faux, réplique Gilbert sans sourciller. Tu connais les femmes. Portées à embellir ou à noircir la situation au besoin. Le *horse-boat* était à quai. On est montés dessus, pis y est parti.

— Trop facile. On déjoue pas des *watchmen* si aisément.

— Détrompe-toi. Les sentinelles avaient pas d'ordres précis. Juste d'être sur leurs gardes. Pis eux autres, y ont pas d'avantages personnels à nous tyranniser. Pis tu sais quoi ? Un des deux troupiers était parti pisser.

Gilbert suspend sa respiration. Son coup de bluff va-t-il le sortir du pétrin ? Gaspard est expert à ce jeu.

— Pis l'affaire que vous m'avez filé de justesse entre les doigts ?

Gaspard abandonne la partie ! Cette fois-ci, Gilbert ne risque rien à être honnête. Il confirme, puis contre-interroge vitement son vis-à-vis :

— Tu venais faire quoi ? Nous arrêter ?

— Peut-être que oui. Peut-être que non. On avait carte blanche. C'était le branle-bas de combat. Fallait frapper fort, au risque de se faire égorger.

Donc, en vérité, Gaspard ignorait que son jumeau s'était fait passer pour lui, la veille au soir, afin de tirer les vers du nez de Debartzch. Gilbert déclare sobrement :

— J'espère que t'as pas touché à un seul des cheveux de ma tante pis de Caroline. Parce que sinon, tu vas le regretter jusqu'à la fin de tes jours.

Soudain, le visage de Gaspard se distord sous un accès de rage. D'un élan, il franchit l'espace qui les sépare, puis il saisit Gilbert au collet et le fait reculer jusqu'au mur de la maison. Le nouvelliste se laisse volontairement malmener. Bâtis solides et dotés d'une équarriture imposante, les jumeaux Cosseneuve peuvent déployer une réelle puissance. Pesant fortement sur Gilbert de tout son corps, Gaspard éructe :

— Je suis écœuré de tes menaces. Vas-tu te fermer la gueule ? Boucane de Sauvage, vas-tu fermer ta maudite gueule ?

Après une ultime pression qui résonne douloureusement dans les côtes dorsales de Gilbert, Gaspard délivre sa victime et recule pour entreprendre un long processus : bourrer sa pipe, l'allumer et en tirer quelques bouffées. Tout désireux qu'il soit d'en finir au plus sacrant, Gilbert contemple les goélands qui planent dans le ciel bleu. Il écoute un forgeron marteler l'enclume, des chevaux hennir, un chien geindre. Enfin, Gaspard reprend la parole :

— Y commence à faire frette, planté de même, fait qu'on va procéder. Je voulais te faire assavoir que je suis dans le boutte. C'est faitte. Je voulais confronter mon frérot. C'est pas encore faitte, mais je compte sur toi pour m'avertir de son retour. Idéalement pour que tu me l'amènes en personne. Je loge au village en face.

Après un hoquet de dérision, Gilbert répond :

— Pour que tu lui passes les menottes ou que tu le tabasses ? Compte pas sur moi.

— T'as pas le choix. C'est ça ou bedon tu vas pâtir en masse.

— Alors dis-moi pourquoi tu le harcèles de même ? Pourquoi tu l'haïs de même ?

Incapable de se contenir, Gilbert s'écrie encore :

— J'arrive pas à comprendre, pis ça fait une saudite escousse que ça me chicote. Tu peux pas lui sacrer patience ? Le laisser vivre en paix ? D'où ce qu'elle vient, la crotte que t'as sur le cœur contre lui ? Parce que votre sempiternelle chicane me donne envie de dégueuler.

Moi, c'est de ça que je suis écœuré ! Fait que donne-le-moi, l'argument qui va me convaincre de te livrer Vincent. Peut-être que Vincent est un méchant malade pis que personne me l'a jamais dit !

— Oui, mon besson est un méchant malade.

Désarçonné par la prompte réponse de Gaspard, qu'il n'espérait pas vraiment, Gilbert reste immobile comme une statue. Son vis-à-vis poursuit, les mots jaillissant de sa bouche :

— Ça paraît pas d'un premier abord, faut vivre en longue intimité avec lui, mais c'est de même. Ma mère a vite compris le nœud de l'affaire. Vincent est possédé par... en fait, toutte ce qu'un homme peut contenir comme mauvaiseté s'est concentré en lui... alors que moi, d'un autre côté, j'ai reçu l'inverse. La bonté. L'amabilité. Ma mère l'a vu quasiment tout de suite.

L'assertion trouve écho dans la mémoire de Gilbert. Est-ce Vincent qui lui a confié quelque chose de similaire ? Sa mère ayant cru voir le démon en lui, tandis que Gaspard, béni des dieux, devenait la prunelle de ses yeux et le centre de son univers. Gilbert ne l'avait cru qu'à moitié. Un tel ostracisme uniquement à cause d'une lubie de mère impressionnable ? Mais astheure, écoutant Gaspard proférer ce qu'il considère manifestement comme une vérité, Gilbert aperçoit le fondement de l'affaire. Loin de s'estomper, l'accès de folie de Mme Cosseneuve a pris consistance. Son mari, trop mou ou trop idiot, n'a pas osé la remettre à sa place. Ou bien son égarement était incontrôlable.

Chose certaine, Vincent a été mis à l'écart avant d'être rescapé par un couple de vieux domestiques, qui l'ont aimé et choyé. Gilbert demande avec précaution :

— Ça se peut, une affaire de même ?

— J'en ai eu la preuve. J'ai vu Vincent agir pis j'ai bien vu toutte le mal en lui.

— Y faisait des mauvais coups ?

— Pas besoin. Juste de la manière qu'y se comportait. Ses expressions, ses mimiques. Sa manière de parler, de nous regarder...

Mirant Gaspard, Gilbert a une étrange impression. Comme si une brume très légère avait couvert ses traits. Une brume invisible faisant croire à un éloignement subit, à une plongée en lui-même. Gaspard a pris pied dans un monde qu'il est le seul à fouler, celui de sa propre réalité, inaccessible aux autres. Gilbert y est accoutumé :

sa propre mère a fait bien pire. Bibianne souffrait d'insanité et, comme Mme Cosseneuve, la démence s'est déclarée lorsqu'elle a mis des bessons au monde. Les deux femmes ont eu des destins très différents l'un de l'autre, et leur famille itou, mais à la base, il y a une parenté insolite.

Harassé, Gilbert laisse tomber :

— C'est clair comme de l'eau de roche. Astheure, t'as sûrement mieux à faire.

Instantanément, Gaspard retrouve un maintien rigide de connétable trop sûr de lui. Le ton cassant, il avertit le nouvelliste :

— Je compte sur toi. Pis je t'aurai à l'œil, fait qu'essaye pas de me passer un sapin.

La menace fait sortir Gilbert de ses gonds.

— Ah oui, tu m'auras à l'œil ? Crains pas que désormais, t'es dans la ligne de mire de toutte le village — non, de la paroisse au grand complet. Crains pas que toutte le monde te guette. Tu pourras pas péter sans que ça se sache. Fait que tu sais qu'est-ce qu'y va t'arriver si tu fais le matamore ? Peut-être que t'en as pas conscience, mais les gens ont la mèche courte. Z'ont été obligés d'endurer, mais je te jure que les braises rougeoient. Y a rien comme une répression pour transmuer l'homme servile en fier patriote. Y a rien comme la liste de tous les bâtiments incendiés, les biens volés, les femmes malmenées par les soudards du Glengarry… T'as ouï dire des violences ? Violer des femmes sous les yeux de leur mari. Violer des femmes sur le point d'accoucher ou s'étant tout juste délivrées. Violer des fillettes. Des fillettes, Gaspard, sous les yeux de leurs parents !

Très pâle soudain, l'interpelé ouvre la bouche pour parler, mais il choisit plutôt de tourner les talons et de détaler comme s'il avait le diable aux trousses. Gilbert reste seul, fulminant, envahi par un mélange de rage et de tristesse. Il n'a pas eu à noircir le portrait. Appelés à la rescousse par le vieux brûlot, qui se voyait déjà détrôné et dégradé par les révolutionnaires, les miliciens du régiment de Glengarry, en Haut-Canada, ont fait bien pire, en matière de brutalités, que ceux qui ont dévasté les comtés du Nord en 1837. Ils ont traité la population civile, et particulièrement les dames, comme des prises de guerre !

La fureur lui brûlant les veines, Gilbert se met à corder les bûches fendues comme s'il voulait les égrémiller. Rémy survient et son frère adresse un sourire attendri à celui qui avait un compagnon jumeau dans le ventre de leur mère, un compagnon qui n'avait rien d'humain, paraît-il, mais tout du monstre. Gilbert espère que son cadet ne saura jamais ce que Vitaline lui a confié : le père de Rémy est un jeune vicaire qui, à force de cajoleries mâtinées de goujateries dévotieuses, a rendu Bibianne infidèle. Celle-ci, déjà fragile, ne s'est jamais remise de la vue du besson de Rémy. Le choc l'a précipitée dans un abîme de folie.

Rémy insiste pour se faire raconter la conversation avec Gaspard. S'exécutant, Gilbert se soulage du pic de sa colère. Après quelques instants de réflexion, son cadet propose de se mettre en quête de Vincent qui, logiquement, devrait être sur le point de survenir. S'il réussit à mettre le grappin sur lui, Rémy le persuadera de ne pas paraître au village avant que son terrible jumeau n'ait repris le chemin de la cité.

Mais en tout premier, il importe de sonner discrètement l'alarme dans le village pour que Gaspard soit bel et bien étroitement surveillé. Rémy repart au trot pour accomplir ladite mission. Moins férocement, Gilbert se remet à empiler le bois, rassemblant son courage pour l'entretien qu'il doit avoir avec Vitaline. A-t-elle fait allusion à Napierville devant Gaspard ? Si oui, Vincent risque une accusation de haute trahison. Et puis, Gilbert en profitera pour en avoir le cœur net sur la relation entre sa sœur et son meilleur ami.

Depuis le lit où elle est allongée, Vitaline entend Gilbert faire craquer les marches flambant neuves de l'escalier qui mène à l'étage. Elle pousse un soupir, chassant les ultimes relents de honte et de mortification qui l'encombraient encore. Les bessons se ressemblent comme deux gouttes d'eau et, dans les circonstances, elle ne peut guère s'en vouloir de les avoir confondus. Le pire, c'est sa cuisante déception. Vincent brille encore par son absence.

Gilbert lance un appel à voix basse. Tout en se redressant en position assise, Vitaline lui répond d'entrer ; rassasié, Jules dort à poings fermés. La jeune mère regarde son frère, plutôt gêné, pénétrer dans la pièce. Elle lui fait signe d'approcher la chaise étroite qui languit dans un coin. Installé face à elle, il marmonne :

— S'cuse-moi de te déranger. Fallait juste que je vide une question avec toi. T'as dit quoi, à Gaspard ?

— Que t'étais resté par icitte depuis ton départ de Montréal.

Elle barguigne, puis ajoute :

— Pis que t'étais énamouré de Caroline.

— Pas sérieux ?

— Oui. Mes apologies. Pis les détails de votre fuite, à toi pis Vincent.

— Napierville ?

— Oui. Pis j'ai partagé un brin de ce que Norbert avait conté. Ça s'est terminé là. Ça porte à conséquence ?

Gilbert répond qu'un connétable salarié a d'amples pouvoirs discrétionnaires, par les temps qui courent ; par ailleurs, Gaspard semblait déterminé, le 4 novembre, à faire coffrer son besson. Vitaline a l'impression de recevoir une claque en pleine face pour la tirer de l'endormitoire. Un vent de panique la parcourt de la tête aux pieds, et elle se sent blêmir. Vient-elle de fournir au grichou la preuve qui lui manquait pour mettre son besson à l'ombre pendant rien de moins qu'une éternité ?

Gilbert relance abruptement sa sœur :

— Je vous ai entraperçus l'autre soir dans la grange, Vincent pis toi. Éclaire ma lanterne.

Frappée de stupéfaction, Vitaline plaque sa main sur sa bouche. Son monde éclate en morceaux ! Puis elle s'encalme, comme si la mer redevenait d'huile. Tout ce qui compte, c'est d'assurer à Vincent la meilleure protection possible. Or, Gaspard risque de se servir de la double vie de Vitaline comme d'une arme. Le seul moyen d'y faire échec, c'est de briser le secret. Voilà pourquoi la jeune femme se lance dans une relation remontant à l'origine de son sentiment pour Vincent, pour ensuite défiler les principales étapes de leur relation passionnelle.

Vitaline dit encore, la gorge enrouée :

— Je mets Florentin au courant le plus vitement possible. Si tu pouvais avertir Vincent pour qu'y se caparaçonne avant de tomber nez à nez avec lui. Ça me fait pas un pli sur la différence que ça soit connu dans la paroisse au grand complet. J'ai commis aucun crime. Juste un trop-plein d'amour.

Tard ce soir-là, Vitaline réussit à mettre le grappin sur Florentin, affairé à rouvrir la maison du chemin du Bord-de-l'eau en vue de leur retour, pour le convier à la promenade. Tout de go, elle le supplie de l'écouter en rongeant son frein. Vitaline est parée à répondre à autant de questions qu'il lui plaira, mais auparavant, elle doit impérativement dévider le fil de son récit jusqu'au bout. Tandis qu'elle s'éxécute, elle bénit pour une rare fois les difficultés d'élocution de Florentin. Les accès d'émotions transparaissent sur son visage et secouent son corps tout entier, mais ils lui coupent la parole.

— De bien des manières, conclut Vitaline sur un ton insistant, je t'affectionne encore. Je te respecte, tu peux pas le nier. Sauf que... y a eu de la misère entre nous deux pis... avec Vincent, ça s'est faitte quasiment malgré moi. Je te jure que j'ai pas vu venir...

Elle s'interrompt, car Florentin s'est écarté d'elle pour disparaître dans la nuit, la laissant plantée debout, apeurée comme si elle se retrouvait toute fin seule au plus creux de la forêt. Elle envisage très nettement ce qui l'attend au cours des prochaines semaines. Son mari qui lui bat frette comme glace, la considérant comme une traîtresse. Sa belle-mère itou, car Vitaline ne pourra faire autrement que de s'offrir un aparté avec elle. Peu après, le capitaine Montplaisir sera mis au parfum et la maisonnée au grand complet se liguera pour l'accabler de ressentiment. Qui sait si elle ne sera pas répudiée? Sauf qu'il y a Jules, auquel Florentin tient comme à la prunelle de ses yeux. D'ailleurs, si Vitaline n'était pas encombrée de la responsabilité de son fils, elle se greyerait d'un baluchon et partirait à l'aventure. Fuir le chaos! Mais Vincent?

35

Marchant à longues enjambées vers l'auberge d'où partira la diligence, Gilbert porte attention aux alentours. Il a tendance à négliger le risque de tomber sur l'un ou l'autre des célèbres délateurs de Saint-Antoine, un village où la famille Cartier et leurs accointances serviles font la pluie et le beau temps. Plutôt que de passer drette devant le magasin de l'ennemi juré des Réformistes, le marchand Firmin Perrin, Gilbert change de bord de rue pour se fondre parmi les passants, résistant stoïquement à l'envie de jeter un coup d'œil à l'intérieur pour vérifier si Gaspard s'y trouve.

Ce dernier n'a pas importuné Gilbert depuis sa visite, quatre jours auparavant, mais le nouvelliste se fait du souci. Et si son ancien associé l'empêchait de partir? Pire, s'il en profitait pour lui mettre la main au collet? Gaspard n'est nulle part en vue, mais sait-on jamais, peut-être l'épie-t-il en ce moment, paré à s'interposer... En réalité, se dit Gilbert pour se rassurer, il dort encore. Avec quelques autres poliçons, il traverse régulièrement la rivière pour se balader à Saint-Denis, et surtout pour s'attabler à l'une ou l'autre des auberges jusqu'à l'heure de la fermeture.

Manifestement, ils ont pour mission de flairer une possible délation. En même temps, Gaspard guette la venue de son jumeau! Heureusement, Rémy a pu compter sur un réseau étendu d'informateurs de confiance. À peine Vincent avait-il mis le pied dans la paroisse, hier, que Rémy partait à sa rencontre pour l'obliger à se terrer quelque part. Sachant que son meilleur ami se trouve entre d'excellentes mains, dont celles de David Bourdages, Gilbert s'est décidé à prendre la poudre d'escampette.

La navigation sur le Saint-Laurent risque d'être bientôt interrompue à cause des glaces. Le jeune homme doit impérativement refaire, en sens inverse, le parcours effectué une douzaine de jours plus tôt. Chose certaine, Caroline et Ériole étaient plus en sécurité dans la cité commerçante, parmi la population civile, que dans une région infestée de troupiers.

Gilbert quitte son village natal comme s'il s'échappait d'une sorcière de tourmente. Tout un chacun rumine un sentiment de courroux inégalé. Même les plus bonasses ont compris que les autorités de la colonie sèment la zizanie par tous les moyens possibles, pavant la voie à de terribles flambées de violence. Astheure, la population du district au grand complet se soulèverait comme un seul homme. Sauf que les organisateurs de l'insurrection ont dû, tels des corsaires poursuivis par l'armada britannique, affaler les voiles et mouiller l'ancre à l'écart. Fourbus et ruinés, ils se planquent.

Tout le long du voyage en diligence, Gilbert tâche de somnoler malgré l'inconfort de l'habitacle. Au village de Longueuil, il tue l'attente en mettant le grappin sur le *Transcript* de la veille, 15 novembre. Chaque sentence du papier-nouvelles lui fend le cœur en deux. Au moins 150 hommes convoyés à Montréal depuis 48 heures, liés « fortement » les uns aux autres. Les vapeurs depuis LaPrairie charrient également des trophées de guerre ramenés par leurs nouveaux propriétaires : chevaux, charrettes, calèches et autres biens faciles à mouvoir. Colborne, lui itou, est rentré dans ses quartiers. Six jours d'une glorieuse campagne, du 8 au 13 novembre.

Gilbert n'a aucune difficulté à mettre le pied dans une cité où il est quasiment impossible, à moins de mobiliser des centaines de factionnaires, de contrôler les entrées. Il s'empresse vers son foyer, les entrailles serrées par l'appréhension. Il envisage tous les cas de figure : la maison mise à sac ou prise comme butin de guerre et occupée par une famille d'enfiévrés... Peut-être même incendiée, quoique la ville semble épargnée par de tels ravages... Caroline, disparue à jamais...

Faisant halte face à son chez-lui, Gilbert est quasiment déstabilisé de voir que l'endroit est exactement comme auparavant. La porte est verrouillée et les volets sont clos, mais de la lumière filtre à travers les interstices. Le cœur battant, le jeune homme ôte une mitaine et frappe. Rien ne bouge pendant un temps qui lui paraît infini. Enfin, une voix s'élève depuis l'intérieur.

— Qui va là?

Gilbert en reste éberlué : c'est une voix de jeune mâle arrogant! Ulcéré, il gueule son prénom, exigeant qu'on lui ouvre sur-le-champ. Bien entendu, il poireaute encore un bon moment dans l'air froid et la noirceur quasi totale. Enfin, une autre voix lui parvient, celle de sa tante. Inondé par le soulagement, Gilbert lui répond avec diligence. Il entend des bruits de loquet qu'on débarre, puis l'huis s'entrebâille et la lumière d'un fanal l'aveugle. Gilbert se sent saisi par les bras et tiré dans la maison. La porte se referme derrière lui, puis les deux quidams qui l'agrippaient le délivrent.

Ériole l'enlace. Tous deux s'étreignent longuement, échangeant quelques phrases hachurées sur leur état de santé. Sa tante s'écarte enfin, essuyant ses yeux du revers de la main. Du regard, Gilbert embrasse la salle commune ; quelques femmes, deux enfants et un vieillard sont épars dans la pièce. Il repère Caroline, assise à table. Le dos droit et les traits rigides, elle le boit des yeux. Gilbert se décoiffe de sa tuque tout en tendant l'autre bras pour prier celle qu'il aime de venir à lui.

Très lentement, Caroline obtempère. Gilbert se régale de sa silhouette, même engoncée dans plusieurs jupes superposées, un épais mantelet et un châle enveloppant. Elle glisse une main dans la sienne. Gilbert l'attire pour une puissante accolade. Contre lui, elle s'alanguit et souffle comme une plainte :

— Je t'espérais...

Il ne répond rien. Il a trop peur du son de sa propre voix. Il se contente de presser la jeune femme et de la humer. Puis, Caroline s'extirpe des bras du survenant et recule de plusieurs pas. Gilbert prend conscience du scrupuleux silence qui règne dans la pièce. Même les petiots le mirent, bouche bée. Il s'éclaircit la gorge pour lancer à la cantonade :

— Bien le bonsoir, toutte le monde.

C'est comme si Gilbert avait donné un signal : les gens recommencent à grouiller, les jeunes viennent le mirer de près et Ériole entreprend les présentations dès que son neveu s'est débougriné et débotté. Ce dernier apprend que Caroline et elle hébergent une famille de LaPrairie qui s'est trouvée prise au piège lorsque les autorités ont mis la cité en état de siège. Il y a le grand-père, sa plus jeune fille, encore célibataire, ainsi qu'un fils et une autre fille avec époux et enfants.

Caroline met un gobelet de bière sous le nez de Gilbert, qui s'en saisit, le sourire fendu jusqu'aux oreilles. Sur ce, Ériole l'assaille de questions. D'où vient-il, qu'a-t-il fait? Nul besoin de cacher la vérité : Gilbert répond qu'au moment de son arrivée à Saint-Denis, les hommes influents avaient déjà abandonné toute velléité de se joindre à une révolution fort mal engagée. Après avoir rassuré les deux femmes au sujet de Vincent et de leur parentèle du bourg, Gilbert se concentre à vider l'écuelle qu'une dame lui offre. Ensuite, il en redemande.

Pendant ce temps, Caroline tournaille autour de lui, son contentement manifestement mâtiné d'inquiétude. Selon elle, Gilbert n'aurait pas dû revenir sitôt! Depuis le 12 novembre, les navires dégorgent des contingents de prisonniers. Tout à l'heure, des cavaliers en provenance de l'extrémité ouest de l'isle amenaient environ 80 captifs de Beauharnois, tandis que des fanatiques de Châteauguay livraient un autre contingent d'une vingtaine d'hommes soupçonnés de haute trahison.

Gilbert accuse le coup. Les prisons doivent déjà déborder! La dame qui le nourrit apporte des nuances aux assertions de Caroline :

— Dans la cité même, nul se fait plus arrêter.

Quasiment hors d'elle, Caroline la contreboute :

— N'importe qui peut se faire poursuivre par les autorités, y compris pour le port d'une culotte en étoffe du pays!

Avec un rire de dérision, Gilbert saisit Caroline par la main afin qu'elle s'encalme, puis il dit suavement :

— Mon unique tourmenteur est à Saint-Denis. Je l'ai semé.

— Tu parles du grichou de Gaspard? Tu l'as vu, ce jolicœur de mes fesses?

Gilbert résume leur confrontation. S'enténébrant, il s'enquiert :

— Y s'est rendu coupable de mauvaiseté envers vous?

La jeune femme secoue la tête.

— Lui pis sa gang de poliçons, y ont forcé l'entrée, pis y ont fouillé la maison de fond en comble. Quelques menaces du genre « si tu nous caches quelque chose, tu vas avoir affaire à moi », pis ensuite z'ont déguerpi. Je l'ai pas revu.

Gilbert est attendri par le stoïcisme qu'elle manifeste. À moins d'avoir le cœur sec, les femmes s'efforcent de ne pas en rajouter, par des récits ou des plaintes, aux souffrances de leurs proches. Elles font accroire qu'elles ont la couenne dure. Au contraire, les femmes ont une sensibilité dont Gilbert ne pourra jamais, sans doute, prendre la pleine mesure.

Les philosophes ergotent sur ce fait. Si les femmes sont promptes à extérioriser leurs sentiments, c'est qu'elles ont les nerfs fragiles et le tempérament enfantin. Comme si elles étaient, d'une certaine manière, des êtres humains encore imparfaits lorsqu'on les compare au summum de la Création : l'homme. Pour sa part, Gilbert a tendance à croire que si les femmes sont moins imperturbables, c'est peut-être à cause, tout bonnement, de l'intensité de leur perception.

Chose certaine, les patriotes en jupon ont eu amplement le temps de faire preuve de vaillantise sur la scène politique. Leur force d'âme, sollicitée à l'envi depuis l'hiver passé, s'est étirée à son extrême limite. Remplacer les miches de pain de froment par des galettes de sarrasin en faisant croire qu'elles sont aussi savoureuses, ce n'est guère compliqué. Comme rapiéceter des vêtements à l'infini, se regrouper pour survivre, faire des économies de bouts de chandelle, se serrer la ceinture. Mais se faire martyriser ? Tout perdre, y compris son logis, parce que l'époux ou le père est considéré comme un ennemi par le régime en place ? Voilà qui ôterait à quiconque le goût de vivre.

Pour le sûr, ni Caroline ni Ériole n'ont vécu des situations aussi extrêmes, mais elles paraissent marquées par les épreuves de leurs consœurs, même lointaines. Gilbert lui-même a parfois l'impression d'intérioriser, comme s'il les avait vécus personnellement, les soucis et les misères de ceux qui sont pourchassés par les autorités, qui sont en exil, qui ont pris les armes ou qui se dirigent vers la prison, les fers aux mains. À transporter tant de destins croisés, son for intérieur devient encombré. Son pas, pesant. Au risque de s'immobiliser, il devra se délester.

Soutenant le regard de Caroline, Gilbert rassemble son courage afin d'articuler à mi-voix :

— Je suis désolé de vous avoir abandonnées toutes les deux.

— Fallait que tu sauves ta peau. Tu sais quoi ? Un des compagnons imprimeurs... celui qui a un nom anglais...

— Willing?

— Oui. Quelques heures après ton départ, on l'écrouait. Y a rejoint Phelan, le rédacteur du *Temps*.

Gilbert se promet de rendre visite aux emprisonnés dès que possible, c'est-à-dire lorsque les autorités carcérales adouciront les mesures de sécurité. Il demande encore :

— Lemaître ?

Il aurait réussi à se réfugier aux États-Unis, confirme Caroline, qui avoue faire régulièrement un crochet pour aller rue Saint-Paul, mirer l'imprimerie de *La Quotidienne*. Les lieux sont déserts, fleurant l'abandon. Gilbert reprend :

— Fallait peut-être que je sacre mon camp, mais je t'ai renvoyée secquement auprès de ma tante.

— On pouvait pas la laisser seule.

— Quand même, j'y suis pas allé avec le dos de la cuillère. Je pourrais même dire que j'ai usé de chantage pour te forcer à y retourner. Je suis pas fier de moi.

Un des réfugiés est incapable de réfréner davantage son impatience : il s'interpose pour quérir de Gilbert les nouvelles les plus récentes en provenance de la rive sud du fleuve. Avec une moue de regret, le survenant répond :

— J'ai pas grand-chose de neuf à vous apprendre. J'ai même pas transité par LaPrairie. Pour le sûr, y a plus de risques à courir...

Son interlocuteur l'interrompt sans ménagement.

— Je crains pas les patriotes le moins du monde, mais plutôt les forcenés transis de peur. Y cognent avant que de recevoir une chiquenaude ! Je m'attends à retrouver ma maison et mes bâtiments pillés de fond en comble. À entendre des récits de sévices et de brutalités.

Abruptement, l'homme s'éloigne, portant tout le poids du monde sur ses épaules. Quelques notes de musique parviennent aux oreilles de Gilbert. Un réfugié a tiré un ruine-babines de sa poche. Une femme se met aux cuillères. Le grand-père tape des pieds. Les enfants transforment la salle commune en parquet de danse. Quoi de mieux qu'une veillée festive pour mettre ses soucis de côté ?

Gilbert se lève et, désignant du menton sa propre chambre, à l'étage, il demande à Caroline la permission de passer un moment en privé avec elle. Elle balbutie, haussant la voix pour surmonter le brouhaha :

— J'y dors avec ta tante. Ça faisait qu'on se sentait plus proches de toi.

Chamboulé, Gilbert ne peut résister au désir de prendre la jeune femme par le cou pour la serrer une nouvelle fois contre lui. Il réussit à articuler :

— Toi pis moi, on peut l'occuper un moment ?

Caroline le repousse, indiquant qu'elle s'en va en informer Ériole. Quelques instants plus tard, Gilbert transporte un bougeoir allumé dans ladite pièce du haut. Caroline referme la porte derrière eux. Planté face à elle, Gilbert s'enquiert :

— Avant que je parte... t'as dit que t'avais de l'amour pour moi.
— Oui.

Elle a répondu avec aplomb, le timbre clair. Il demande encore :
— C'est vrai de vrai ?
— Oui.

Là encore, une force de conviction palpable. Puis, le silence devient d'or. Tous deux franchissent en même temps la distance qui les sépare. Ravigoté par un ineffable bonheur, Gilbert étreint Caroline. Il voudrait lui expliquer pourquoi il l'a fuie si longtemps. Pourquoi, pour couronner le tout, il a dû l'abandonner, 12 jours plus tôt. Elle voudrait sans doute faire état de son propre cheminement, de ses tergiversations et de ses maladresses. Une autre fois. Pour l'instant, rien n'a d'importance, sinon la bouleversante et irrésistible appétence charnelle qui flambe en eux.

Une fois nue, Caroline se repaît de la chaleur et de la douceur de la peau de son amoureux comme une femelle esseulée des débuts de la Création qui toucherait autrui, un mâle, pour la toute première fois et s'en émerveillerait. Leur corps à corps est d'un rythme changeant, mais toujours empreint d'une soif inextinguible de toucher l'autre de toutes les manières possibles, le plus possible. Elle lutine son homme avec une ardeur empreinte de gravité et, lorsqu'elle grimpe au septième ciel, d'âpres sanglots la secouent, comme si jouissance et chagrin se voisinaient au tréfonds d'elle-même.

Gilbert atteint le pic de son plaisir à son tour, fusionné à sa dulcinée comme s'il ne faisait qu'un avec elle. Puis, ils s'encalment progressivement, allongés l'un contre l'autre. Gilbert ressent un apaisement inouï. Il dit benoîtement :

— Demain, on commence les préparatifs de mariage.

Il la sent se raidir contre lui. Il insiste :

— Si je pouvais vivre avec toi sans te marier, j'accepterais volontiers. Mais je… je voudrais donner mon nom à notre enfant… celui que tu porteras peut-être un jour…

Étranglé par l'émotion, il doit se reprendre pour ajouter :

— Je te promets respect et protection.

Elle a détourné la tête, et il la voit inspirer profondément pour se donner du courage. Soudain, il est perclus d'angoisse. Il connaît sa peur, nourrie du spectacle de la relation houleuse et violente entre ses parents, nourrie du piège dans lequel se retrouve sa mère, sans possibilité de rémission. Enfin, elle revient à lui, et ses traits détendus le réconfortent.

— Je t'aime long comme d'icitte à demain.

La tendre déclaration est-elle un acquiescement ? Avec une moue coquine, elle ajoute :

— Je trouve que ta demande en mariage fait dur en masse.

Gilbert soupire, se détache de Caroline et s'agenouille par terre, à côté du lit. Flambant nu, sans fard et sans masque, il se sent à la fois vulnérable et fort, à la fois ridicule et grandiose. Il dépose un baiser sur les doigts de celle qu'il aime, puis il s'enquiert, avec une réelle ferveur :

— Voulez-vous, mamoiselle, m'accorder votre confiance pour toujours ?

Soudain, les traits de Caroline sont altérés par une vive tendresse. Le mirant avec intensité, elle répond, la gorge enrouée :

— Ton « toujours » sonne si vrai ! Tu te tiens depuis quasiment toujours à mes côtés. Tu m'as jamais lâchée. T'aurais pu le faire des centaines de fois !

Tirant sur le bras du jeune homme pour le forcer à se recoucher à ses côtés, Caroline ajoute en gloussant :

— T'es le seul. L'unique mâle de la Terre que j'accepterais de marier. Y en a pas un autre, pis pourtant, je les ai tous rencontrés !

Gilbert réagit par une mine offusquée. Le plus étrivant, c'est qu'elle dit quasiment la vérité ! En tant qu'ébraillée, elle a fréquenté tous les genres, connus et moins connus. Elle lui baise les lèvres, il l'embrasse à son tour, plus goulûment, et il a l'impression que leur union, déjà, est scellée pour l'éternité. Elle chuchote :

— J'ai soupiré après toi en masse. Pis après le pays de liberté où t'étais. Pendant un bon trois jours, on pouvait croire d'après ce qui se disait que l'armée de libération, elle était en marche.

Caroline réprime un sanglot. Comme elle gigue d'un extrême à l'autre ! Chamboulé, Gilbert la presse encore plus étroitement contre lui. Elle poursuit, malgré l'émoi qui freine son débit :

— Des accroires. Je suis tombée de haut. Je suis jamais tombée de si haut. J'ai vécu une trâlée de choses ardues dans ma vie. Le pire, c'est quand je me suis rendu compte qu'une ébraillée pouvait pas contrôler le jeu. Une ébraillée pouvait pas être maîtresse de son destin. C'était avant que j'entre chez les Filles repenties. J'en ai ramé un coup pis je tournais en rond comme dans un bol d'eau. Sauf que j'avais pas atteint le fond de ma détresse. J'en ai eu la révélation l'autre jour.

Elle s'agite et Gilbert doit la libérer de l'étau de ses bras. Elle a un urgent besoin de s'épancher. Mue par un accès de rage vengeresse, elle s'assoit sur le lit. Le mirant droit dans les yeux, elle profère :

— Le matin que t'es parti...

— Le 4 novembre.

— Oui, le dimanche quand t'as fui, les forcenés sont devenus fous raides. Y jouissaient de voir leurs prédictions... ou plutôt leurs manigances... se matérialiser ! Une horrifique rumeur a été propagée : les Canadiens fomentaient le massacre de tous les *Britons* de la ville pour la nuit suivante.

Gilbert serre fortement la main de Caroline. Elle poursuit :

— D'un bord, on disait que la poste avait été saisie à Pointe-aux-Trembles. Pis de l'autre, que la région de l'autre côté du fleuve s'était soulevée, que les habitants étaient en armes pis que plusieurs Loyaux avaient été assassinés. À Beauharnois, on avait capturé un vapeur pis on avait fait moult prisonniers, dont le jeune seigneur Ellice pis sa dame...

— Attends. Par icitte, on savait déjà ce qui s'était produit à Beauharnois le matin même ?

— Des gens en service au manoir seigneurial s'étaient enfuis. Y avaient fait des dépositions.

Gilbert fulmine, se retenant tout juste de vociférer :

— Tant d'événements connus des autorités quasiment avant qu'y se soient produits ! J'espère qu'un jour, quelqu'un creusera le sujet !

— Y a des familles entières de la faction sectaire qui ont fui la ville. D'autres qui sont arrivées depuis LaPrairie quand les vapeurs s'en revenaient après avoir débarqué les troupes là-bas. Pis là, les hommes capturés chez les Sauvages, ceux de Châteauguay qui voulaient obtenir des armes, ont fait leur entrée.

Gilbert sent l'effroi qui fait encore trembler sa dulcinée. Caroline bégaye :

— Les Sauvages les ont transportés en canot jusqu'à Lachine, pis les furibonds de l'endroit les ont faitte marcher jusqu'icitte. J'ai jamais vu…

Elle s'interrompt, fermant les yeux. Gilbert l'encourage :

— Depuis l'an passé, on a vu une trâlée de prisonniers se faire amener en prison. Mais là, c'était pire ?

— Les forcenés… jamais je les ai vus autant méchants. Y donnaient voix à une haine irrépressible pour nous autres. Le goût de torturer…

— La peur, ça fait perdre le nord.

— Y aurait fallu qu'on se garroche à la rescousse des prisonniers. Qu'on fasse obstruction aux violences, juste par notre présence, comme avant. Sauf que la ville était en pagaille. J'aurais voulu rameuter les dames pour qu'on remplace les hommes comme vigie auprès des prisonniers, mais nous autres itou, les dames, on viraillait comme des girouettes affolées.

Égayé, Gilbert réplique :

— On vous en demande pas tant. Déjà, venir voter pour nous autres, c'est un exploit…

Une fois les captifs de Châteauguay derrière les barreaux, poursuit Caroline, les autorités ont transformé la cité en forteresse assiégée. En quelques heures, les *volunteers* ont été mobilisés et armés ; ils se sont mis à investir les domiciles suspects, prétendument à la recherche d'armes, mais en vérité, c'était pour faire des arrestations. Les diverses voies d'entrée, munies de portes barricadées depuis l'an passé, étaient fermées à double tour et guettées par des piquets. La surveillance s'étendait sur chaque artère de la ville ; même chose pour les banques et leurs réserves d'espèces sonnantes et trébuchantes.

Les artilleurs se sont mis à l'œuvre, installant des canons parés à servir. Caroline décrit le son horripilant des roues des lourds chariots portant l'attirail de guerre, de même que celui des fers des chevaux fouettés par leurs cavaliers, arpentant la ville en tous sens. La police a fait sonner la cloche pour avertir les habitants que deux fenêtres de chaque domicile donnant sur rue devaient s'orner de chandelles allumées pendant la nuit, afin d'éclairer le chemin aux patrouilles nocturnes.

Caroline et Ériole se sont relayées pour veiller. Qui aurait pu dormir, alors que des voix, des appels, des hennissements et des cavalcades résonnaient partout? À l'aube du 5 novembre, comme Caroline l'a su ensuite, un détachement du 24ᵉ régiment s'est embarqué dans le vapeur afin d'aller «reconquérir» Châteauguay. Plus tard dans la journée, l'horizon s'est lugubrement orné de lueurs d'incendies et de panaches de fumée. Les machines rouges semaient la terreur et la destruction, conformément aux ordres reçus du haut commandement militaire.

Avec un air de défi, Caroline ajoute:

— Tu sais, mon bataillon de jupons? Je l'ai finalement constitué pis mis en service le jour d'après. Un monsieur irlandais venait d'être débarqué... McDonell, l'avocat qui a mis ses talents au service de la cause patriote.

— Celui qui a payé cher pour avoir endossé Thomas Storrow Brown?

Caroline le confirme d'un hochement de tête. Mʳ Brown, l'un de ceux qui avaient organisé le camp de Saint-Charles, en 1837, avait été arbitrairement arrêté quelques semaines auparavant, dans la foulée de l'échauffourée manigancée par le Doric Club contre les Fils de la Liberté. Pour rencontrer les conditions de libération, John McDonell s'est porté garant de lui, au prix de 50 livres. Pour le sûr, Brown a rompu l'intenable promesse qu'il avait faite de garder la paix...

Enténébrée, Caroline poursuit son récit:

— On ramenait McDonell de Nicolette. Les gazettes le qualifiaient de chef de l'organisation secrète en ville. Paraît qu'on a trouvé sur lui une liste des principaux citoyens de Montréal qui lui étaient opposés en politique. Y étaient marqués pour être exécutés aussitôt que les rebelles auraient pris possession du pays.

Gilbert s'insurge et lance :

— Une menterie grosse comme le bras !

— Les autorités se sont rétractées par après. On a commencé par dire qu'en fait, c'était la valeur des propriétés des hommes inscrits qui était listée. Les proscrits devaient payer la somme indiquée, comme une rançon. Sinon, y risquaient la mort. Les Juifs sur la liste, eux, devaient être exterminés sans condition.

— Du délire. Ça donne le goût de dégobiller.

— En tout cas, les fous furieux se sont déchaînés sur McDonell à son arrivée. Y portait des fers comme un bandit des grands chemins. Y a reçu des coups de pied pis de bâton. On lui a tiré des roches. On l'a dépouillé de son casque de poil pis de sa bougrine. Je m'en allais m'interposer avec mes soldats quand un officier de l'armée anglaise l'a soustrait à la foule en le faisant entrer dans la cour des casernes. Paraît qu'y fait pitié à voir, astheure, McDonell. On l'a écroué quand même. Faut qu'un homme soit à l'article de la mort pour que le médecin de la prison le décharge.

Attendri par le courage de Caroline, Gilbert dit amoureusement :

— Je me place sous ta protection.

Avec une grimace comique, elle réplique :

— J'ai donné congé à mon bataillon. La fièvre des convulsionnaires s'est rabattue. Une crise spasmodique, ça peut pas durer éternellement...

— Saint épais, tu causes fièrement bien.

Elle sourit un brin, mais reste agrippée au fil de sa pensée :

— Les dames de l'an passé ont recommencé à visiter les prisons, pis ce qu'elles racontent, ça donne la chair de poule.

Les Montréalistes se désolent de l'afflux continuel de prétendus rebelles, ajoute-t-elle qui sont ensuite paquetés dans les différents bâtiments servant de prisons, comme de la morue salée dans un baril. Ils sont 400 ou 500, nul ne sait combien, entassés sans matelas, sans chauffage...

— Toi itou, tu gèles. Viens.

Dominée par le flot impétueux de ses paroles, elle résiste à Gilbert :

— Y a trois jours, ça a été comme un cauchemar. D'abord, une centaine de pauvres hères, ramenés de Napierville par le *Princess Victoria*. Ensuite, les Dragons de Lachine qui surgissent du côté des Tanneries, avec une bonne vingtaine d'autres. Pis après la relevée, le *Britannia* en débarque encore une trentaine qu'on disait capturés alentour de Beauharnois. On savait plus où donner de la tête. Rajoute à ça que chaque voyage de barque à vapeur nous met sous le nez son lot de rapines, comme si la partie sud du Saint-Laurent au grand complet était un territoire reconquis par la force des armes. Un territoire ennemi dans lequel on peut se servir à l'envi!

Sans ménagement, Gilbert oblige sa dulcinée à se rallonger tout contre lui, bien à l'abri de ses bras. Subitement, elle le supplie :

— Aime-moi encore. C'est comme si tu me donnais du beau... Comme si tu lavais l'humanité de ses péchés... Comme si hors de la chambre, c'était un jardin plein de fruits, un paradis céleste...

Il boit à sa bouche, taraudé par l'envie de rester soudé à elle jusqu'à la fin des temps, de l'honorer de son amour et de sa force virile, ce qui le soulage du regret qui le ronge. Peut-être que c'est à cause des couilles molles comme lui, Gilbert, que la libération n'a pas eu lieu... Peut-être qu'il aurait suffi d'un élan collectif tout-puissant, dépourvu de tergiversations frileuses, pour opposer une invincible barricade humaine à la réoccupation du district de Montréal par l'armée conquérante...

36

Vitaline n'en croit pas ses yeux. Son frère Rémy se tient sur le pas de la porte, que vient d'ouvrir le capitaine Montplaisir. À côté de lui, un Vincent dépenaillé et amaigri, les yeux cernés et la barbe longue. Vitaline est transportée par l'allégresse. Puis, un instant plus tard, elle est possédée par l'envie de se flageller. Comment a-t-elle pu le confondre avec son jumeau ? Elle a commis une gigantesque bourde. De ses yeux s'échappent quelques-unes des larmes qui s'accumulent, toujours parées à couler.

— S'cusez pour l'intrusion, déclare vitement Rémy, mais Vincent tenait à se présenter à vous. Peut-on quérir l'hospitalité pour une petite escousse ?

Vitaline n'ose pas mirer Florentin qui, assis en tailleur dans un recoin de la pièce, était en train de rapiéceter des mocassins de cuir. Norbert accueille Vincent comme un frère d'armes digne d'une mâle embrassade, qu'elle mire avec une cuisante jalousie. Dès que Norbert s'écarte, Vincent s'adresse à Vitaline :

— Je suis venu te demander pardon pour mon frère. Y t'a abusée pis y s'est servi de toi, pis ça, c'est inexcusable.

— Parce que toi, garroche Florentin, t'as pas abusé d'elle ?

Tranquillement, Vincent se tourne vers lui. Avec calme, il réplique :

— En aucune manière, j'ai abusé d'elle. C'est-y pas, Vitaline ?

Elle n'a pas le temps de répondre, car Norbert lance avec courroux à son frère aîné :

— Y a bien plus horrifique abus, ventrebleu! Je te trouve pas mal fendant, en rapport avec ce qui s'est passé à Beauharnois pis à Napierville.

Florentin s'empourpre. Dame Eugénie dit benoîtement:

— Paschat, ferme la porte. Pas besoin de chauffer le dehors. Pis offre un siège à nos visiteurs. On va causer comme des gens civilisés. Viens t'assire, Flo. Toi itou, Vitalette.

Encombrée par Jules, endormi, qu'elle tient drapé contre son flanc, Vitaline obtempère néanmoins. Elle capture le regard de Vincent dès qu'il a pris place à table, et elle lui dit avec ferveur:

— Moi itou, je t'offre mes apologies. À cause de moi, tu risques la prison.

Il réagit par un haussement d'épaules.

— Fais-toi pas de mauvais sang pour ça. Y en a plein d'autres qui m'ont vu là-bas. Pour le sûr, mon nom doit garnir une couple de dépositions.

— Pareil pour moi, enchaîne Norbert. Sauf qu'on est du menu fretin pis y prendront pas la peine de nous achaler. Le seul qu'y faut craindre par icitte, c'est ce faquin de Perrin à Saint-Antoine. Ça adonne qu'y nous connaît même pas. Y s'acharne sur ceux de l'an passé qui pourraient lui réclamer des comptes.

Rémy pondère:

— Gaspard le poliçon se fourre le nez partout. Y questionne pis y menace. Faudrait quand même pas que Vincent tombe dans ses filets!

Florentin est le dernier à poser l'arrière-train sur une chaise. Si elle se fie à son comportement de mâle humilié des derniers jours, son épouse s'attend à un virulent ressentiment pour Vincent. Elle est devenue invisible aux yeux de son mari. La plupart du temps, il fait comme si elle avait été rayée de son existence. Or, le virulent ressentiment brille par son absence. Loin d'avoir de la difficulté à tenir ce sentiment en échec face à son rival, Florentin semble plutôt bonasse. Vincent se penche au-dessus de la table, son regard rivé au sien, pour lui dire:

— Je suis venu te prier d'être indulgent envers ta femme. Sa coupe de chagrin doit être pleine, par les temps qui courent. Ce serait cruel d'en rajouter.

Émue jusqu'au tréfonds de son être, Vitaline ne peut retenir les larmes qui mouillent ses yeux. Florentin s'emporte :

— T'as p… p… pas de leçon à me d… d…

— Je suis amoureux de Vitaline. Je me soucie d'elle. Je viens pas te donner une leçon, je veux juste m'assurer qu'elle pâtit pas trop à cause de moi. Vitaline mérite ton respect pis ta protection. Elle en a sacrément besoin. Est-ce que je peux compter sur toi, Florentin, pour prendre soin d'elle comme d'une femme de valeur ? Une femme d'une insigne valeur ?

Dame Eugénie requiert l'attention de Vincent en posant la main sur son bras. La voix enrouée par l'émotion, elle émet avec lenteur :

— Moi, je vais prendre soin d'elle. Pis Paschat itou. La noblesse de votre sentiment… rachète le mal qu'elle a causé à notre gars.

— Je veux causer du mal à personne, profère Vitaline. Surtout pas à Florentin, pour qui j'ai une réelle estime.

Sa belle-mère reprend à la cantonade :

— Les curés voudraient nous faire entrer dans le crâne que l'inconstance est un péché mortel. Pis d'un autre côté, y absolvent des affaires sacrément pires. Y acceptent que des hommes coupables de parjures, de fausses déclarations ou de vols éhontés fassent leurs Pâques.

— Pis même coupables d'attentats purs et simples, ajoute le capitaine Montplaisir. Je connais une couple de Chouayens pis de forcenés qui ont tiré des coups de fusil avec intention de meurtre.

Vissant son regard à celui de Florentin, dame Eugénie dit encore :

— Pis à leur mort, on va leur permettre les honneurs funèbres. Je suis guère induquée, mais y a des sapins qu'on peut pas me passer. Le favoritisme des calotins en est un saudit gros. Fait que moi pis Paschat, on place Vitalette sous notre protection.

La principale intéressée est à la fois bouleversée et désarçonnée. Jusqu'à tout à l'heure, elle se sentait comme une traîtresse dans une prison de silence ! Norbert lui adresse l'ombre d'un sourire, ce qui permet à Vitaline de nuancer son jugement. À vrai dire, son beau-frère était l'indulgence même, lui faisant savoir par ses mines qu'il ne trouvait guère répréhensible d'être volage. Vitaline sait que Norbert a appâté quelques femmes mariées. Par ailleurs, il a déjà prétendu, en sa présence, qu'un quidam ne sachant pas combler sa tendre moitié ne pouvait s'en prendre qu'à lui-même.

Après une expression de reconnaissance à l'adresse de dame Eugénie, Vincent redresse le dos et se tourne vers Florentin pour qu'il se prononce enfin. Vitaline se roidit à outrance. C'est la plus inconfortable situation pour son mari. Être la cible de l'attention générale, être obligé de parler malgré les émotions qui s'entrechoquent! Chose certaine, Florentin démontre, par son attitude, qu'il est descendu un brin de ses ergots. Il prend une inspiration, puis, fermant les paupières à demi, il laisse lentement sortir l'air de ses poumons, comme s'il cherchait à relâcher chacune des fibres de son corps. Enfin, il dit posément:

— Je me sens floué. Escroqué. Fait que je suis fâché noir.

Le seul fait qu'il le déclare d'une semblable manière prouve que la noirceur n'est pas si totale. Ingénu, Vincent abonde dans son sens:

— Je te comprends. Je me sentirais pareil.

Se drapant dans sa dignité, Vitaline intervient en disant:

— Je vous prierais de pas me considérer comme un bien meuble. J'ai pas été volée pis emportée au loin. Je suis encore là, en personne.

— Ton cœur est ailleurs.

Florentin a parlé avec un filet de voix. Ébranlée, Vitaline s'accroche à son regard éperdu pour répondre:

— J'aurais voulu être toute à toi. J'ai essayé gros. Mais tu sais comment... comment on se déchire parfois. Comment tu te cantonnes à distance de moi. Pour que je te donne mon cœur, Florentin, faut que tu me donnes le tien toi itou. Faut que je sente que tu t'abandonnes avec confiance.

Son mari réagit par une grimace de souffrance. Il se met debout dans un raclement diablement énervant de pattes de chaise. Il bégaye à l'adresse de Vincent qu'il n'a pas de crainte à avoir, que Vitaline est en sécurité parmi eux et qu'il n'a pas l'intention de la punir pour son incartade. Sur ce, il se rend à la porte, se bougrine en toute hâte et sort se changer les idées dans la froidure de ce début de soirée.

Dès que la porte se referme, l'atmosphère s'allège notablement. Norbert quitte la table pour se dégourdir les jambes, Rémy fait craquer ses jointures et Vincent reprend contenance. Vitaline prend note de la lassitude que son amant laisse transparaître; il a les traits tirés et le teint pâle. Après un temps, elle se tourne vers sa belle-mère :

— Je pourrais lui parler seule à seul ? Sous vos yeux, dans un racoin de la maison...

Promptement, le capitaine répond à la place de son épouse :

— T'as pas de permission à demander. On te donne créance.

— Tardez pas trop, avertit Rémy. On a déjà traîné en masse icitte.

S'étant mise debout, Vitaline offre sa main à Vincent. Surpris par ce geste tendre, il reste immobile. Puis, avec une expression de reconnaissance, il glisse ses doigts dans ceux de Vitaline. Tous deux marchent gauchement jusqu'à une fenêtre, où ils se font face. La jeune femme s'enquiert :

— Tu voudrais un siège ? T'as l'air crevé...

Vincent refuse l'offre, admettant du même souffle qu'il traîne une chape de fatigue. Il trouvait rarement un lit au chaud pour passer la nuit. Quant aux journées, elles se déroulaient à l'air libre, dans le froid qui draine toute l'énergie. Vitaline lui demande :

— T'étais à Odelltown ? T'as pâti ?

— Non. J'ai tiré une couple de salves parce que j'ai récupéré le fusil d'un blessé, mais je sais pas si mes coups ont porté. Ça commençait à être confusionnant. On savait pas où donner de la tête. Non, c'est pas ça qui me pèse.

— C'est quoi ?

Vincent réagit par un tel regard de détresse que Vitaline résiste difficilement à l'impulsion de lui offrir l'abri de ses bras. Il balbutie :

— J'ai vu des scènes... je peux pas te conter.

— Oui, tu peux.

— C'est trop immonde.

— Tu fais allusion aux... aux...

Vitaline rassemble son courage pour conclure sa phrase dans un chuchotement :

— Aux femmes forcées par la soldatesque ?

— Non. Je veux dire, ça me répugne, mais j'ai pas vu ça de mes yeux vu. Tandis que la terreur des familles chassées de leur logis... J'en ai croisé tant que j'ai perdu le compte. Des vieilles même pas bougrinées. Encore pire, des jeunes mères qui peinaient à prendre soin de leur marmaille. J'en ai secouru plusieurs. J'essayais de leur trouver un gîte. Mais souvent, on leur claquait la porte au nez. La mise en garde était archi-connue : donner asile à des rebelles, c'est comme soutenir la sédition. Alors, gare à vous !

Vincent prend une pause. Son débit s'est régularisé pendant qu'il parlait, et ses joues ont retrouvé un semblant de couleur. Il reprend :

— À quelques reprises, je suis tombé sur des enfants qui erraient seuls dans les bois. Sur un gars de 12 ou 13 ans itou. Leur mine épouvantée… J'avais jamais rien vu de tel. Même de moi, y se méfiaient comme de la peste. Y a juste une fillette de sept ou huit ans que j'ai réussi à amadouer pis à mettre à l'abri dans une famille. Les autres se sont évanouis dans la nature. Je pense constamment à eux, Vitaline. J'ai la chienne pour eux.

Vincent a une expression de bête traquée. Chamboulée, Vitaline lance :

— On les aura secourus, pour le sûr !

— Je l'escompte. Mais dans l'état généralisé de… de sauve-qui-peut, j'ai des craintes.

Son ton se durcit :

— Y a pas une femme — pis encore moins un enfant — qui a été maganée par nous autres, les insurgés. Même pas un homme, même pas le plus forcené des convulsionnaires de la colonie. Pas un seul cheveu des emprisonnés par précaution a été touché. Même le dénommé Walker, celui qui a perdu la vie à La Tortue, je suis intimement convaincu que c'est une balle provenant de son propre camp qui l'a envoyé au trépas.

— Les autorités invoquent la loi du talion, profère Vitaline. Œil pour œil, dent pour dent. Totalement inapproprié dans le cas présent. Ce qu'on subit, c'est une cruauté démesurée. Monstrueuse.

Rémy interjette :

— Faut se grouiller, Vincent. On part dans un instant.

Le jeune homme prend la main de Vitaline, la serre convulsivement, puis la relâche. Il murmure avec douceur :

— Ça fait du bien de te parler. De te voir. Mais là, je suis forcé de te délaisser pour un bon boutte.

L'huis de l'entrée s'ouvre bruyamment. Après un sursaut, Vitaline se tourne à demi pour voir Florentin, debout dans le cadre de porte, flanqué de plusieurs quidams. Le groupe pénètre dans la salle commune et la lumière des lampes éclaire le jumeau de Vincent et trois autres hommes, tous greyés du long et laid bâton de connétable. Vitaline pousse un cri d'effroi. Norbert gueule à son frère aîné, la voix rendue méconnaissable par une prodigieuse fureur :

— T'as pas faitte ça, Flo ? T'es allé vendre Vincent ?

Vitaline reçoit l'assertion comme un coup de poing dans le ventre qui lui coupe le souffle. Son mari, blême et les yeux écarquillés, réagit comme si on l'avait éperonné :

— J'ai p... p... pas vendu personne !

— La ferme. Écarte-toi de mon chemin.

L'ordre insolent provient de Gaspard, qui l'amplifie par le geste de tasser Florentin sans ménagement. Jules, collé contre sa mère, ouvre tout grand les yeux et pousse un cri qui résonne lugubrement dans le pesant silence. La voix de Vincent s'élève :

— Arrête-toi, Rémy. C'est inutile.

L'interpelé s'immobilise et Vitaline prend conscience de l'activité frénétique de son cadet, qui cherchait un moyen de s'enfuir de la maison. Or, la seconde porte donnant vers l'extérieur, basse et étroite, est difficilement accessible. Quant aux fenêtres doubles, il faudrait les fracasser. Vitaline reporte son attention sur les intrus, et surtout sur Gaspard. C'est la première fois qu'elle voit les jumeaux ensemble. Oui, ils sont identiques, mais leurs tempéraments opposés et leurs vies à l'avenant caractérisent subtilement leurs traits.

Puis, Vitaline s'affole. Le quatuor mettra Vincent aux arrêts ! Son sang ne fait qu'un tour et elle franchit la distance qui la sépare de Gaspard. Se plantant devant lui, elle articule :

— Je peux faire quoi pour vous, m'sieur le poliçon ?

Gaspard réagit par un sourire méprisant. Son expression s'enténèbre, car le capitaine Montplaisir, puis Norbert, sont venus prendre place aux côtés de Vitaline, l'encadrant étroitement. Gaspard profère :

— On vient saisir Vincent pour soupçon de haute trahison.

— Je veux voir le mandat d'amener.

— Pas besoin. On a carte blanche. Tassez-vous.

Vincent s'interpose. À Vitaline et aux deux autres, il dit :

— Laissez faire. Peut-être que tous ensemble, on pourrait les rosser, mais ensuite, vous en subiriez les conséquences. Je veux pas ça.

Il se tourne vers les connétables.

— Je suis à vous, messieurs. Je me bougrine et on décampe.

Vitaline ne se possède plus, comme si son amoureux partait pour le bagne, pour une lointaine colonie pénale, pour d'interminables années de réclusion et de travaux forcés. Elle lance un regard provocant à Florentin, planté debout à l'écart, puis elle se dirige vers Vincent afin de le gratifier, sans se presser, d'un baiser à pleine bouche et à perdre haleine. Enfin, elle s'arrache à lui et se garroche vers l'escalier qui monte à l'étage comme si elle avait le diable aux trousses.

Tout en allaitant son nourrisson, Vitaline laisse libre cours à ses larmes. Elle se sent au plus profond d'un gouffre de misère. Elle entend les poliçons repartir avec leur proie. Aussitôt, Norbert et Rémy entreprennent l'interrogatoire de Florentin. Ce dernier peine à répondre, paniquant au point où sa mère, quasi hystérique, s'interpose. Vitaline ferme les yeux et les oreilles pour se concentrer sur Vincent. Uniquement par amour pour elle, il a pris le risque de venir chez les Montplaisir. Vitaline voudrait ne jamais avoir croisé sa route, ne jamais avoir laissé éclore le sentiment qui les unit. Elle voudrait que Vincent soit à l'autre bout du monde, libre comme l'air, dénué de la moindre parcelle d'attachement pour elle.

Jusqu'alors, le monde extérieur était un enfer dont Vitaline et les Montplaisir se caparaçonnaient en s'offrant affection et protection mutuelle, et en se ménageant une oasis n'incluant qu'eux-mêmes. Mais l'oasis s'est volatilisée sous l'impact d'une terrible suspicion : c'est par Florentin que les poliçons ont eu vent de la présence de Vincent. Certes, pour trotter jusqu'au village, dégoter les connétables et en revenir, il aurait fallu une bonne escousse. Néanmoins, Norbert n'en démord pas. Peut-être que son frère aîné n'a pas eu à franchir ladite distance… Peut-être qu'il a chargé un cavalier d'un message verbal…

Possédé par l'urgence de se disculper, de convaincre ses proches qu'il n'aurait jamais été jusqu'à vendre un rival, Florentin doit nécessairement être généreux en explications et en justifications. Il veut tant clamer son innocence ! Sa défense est crédible. Le hasard a voulu qu'il soit dehors en train de s'aérer. De surcroît, il ignorait que Vincent s'en venait. Il n'a donc rien pu planifier et les circonstances militent en sa faveur ! Vitaline tâche d'accorder créance à son mari. Entretenir un tel soupçon, ce serait invivable. Tout de même, elle cultive un germe de défiance à son égard.

Il faut quelques jours à la jeune femme pour prendre conscience de la subite aisance de langage de son époux. Si celui-ci barguigne encore, s'il a du chemin à faire avant d'acquérir une parfaite fluidité lorsqu'il s'exprime, il ne bloque plus. Un tumulte émotif ne lui coupe plus la parole. La transformation est saisissante pour ses proches. Désarçonné par l'attitude ferme et articulée de son frère, Norbert refuse quand même de lâcher prise. Son mal d'être palpable, Vitaline ne peut l'expliquer que par les événements perturbants des dernières semaines.

Un matin, son beau-frère prend la poudre d'escampette, affirmant qu'il va tenter de se trouver du travail et qu'il reviendra au printemps. L'atmosphère était à ce point devenue irrespirable que même sa mère n'en pâtit guère. Deux jours plus tard, même dame Eugénie bénit le ciel que son fils cadet soit au loin, car une nouvelle énervante est parvenue jusqu'à Saint-Denis : les troupes de Sa Majesté en garnison de ce côté-ci du fleuve du Saint-Laurent se jettent sur les chemins. Le bonhomme brûlot a donné l'ordre de désarmer jusqu'au plus insignifiant des habitants, en plus de débusquer d'éventuels dépôts d'armements. Au faîte du pouvoir, on aimerait bien valider la thèse de l'introduction à grande échelle d'armes et de munitions.

Au fil des jours et quasiment des heures, d'horrifiques rapports parviennent aux oreilles des Montplaisir. Les troupes ont carte blanche pour loger et se nourrir chez l'habitant. Elles en profitent pour piller les gens sans vergogne aucune, comme si tout leur revenait de droit. L'évidence s'impose : l'heure du châtiment a sonné le long de la rivière Chambly. La contrée a été épargnée par la soldatesque deux semaines plus tôt ? Une anomalie à réparer !

Vitaline s'effondre. Elle n'en peut plus. Elle voudrait s'étendre au sol pour s'y endormir à jamais. Contagionnée par l'abattement de sa bru, dame Eugénie se met à pleurer et à geindre sans pouvoir s'arrêter. Incapable de supporter un tel spectacle, le capitaine Montplaisir s'enfuit du logis pour aller cuver son propre tourment à l'air libre.

— Sa mère pis Vitalette, z'allez paqueter votre barda. Je vous reconduis au bourg. Faut que les dames se regroupent. Mais avant, on va tâcher de dissimuler nos biens.

Saisie, Vitaline lève les yeux, qu'elle tenait cachés dans ses bras croisés sur la table. Elle n'a jamais entendu Florentin parler si distinctement. Elle s'étonne du timbre mélodieux de sa voix… Il est debout au milieu de la pièce, tenant adossé contre lui son fils qui babille et qui bouge les jambes à l'intérieur de l'enveloppe de tissu qui le protège du froid. D'un calme souverain et d'une allure magistrale, Florentin dit encore :

— On a une couple d'heures en amont de nous. Peut-être même jusqu'à demain. Les machines rouges se trouveraient présentement à Contrecœur. Notre paroisse est leur prochaine halte.

À son tour, dame Eugénie pose un regard éberlué sur son fils, tout en se tamponnant les paupières. En deux enjambées, Florentin franchit l'espace qui les sépare pour lui confier Jules. Il articule :

— Je compte sur vous, sa mère. Je compte sur votre bon sens. Son père pis moi, on va passer la nuitte icitte, mais je compte sur vous pour protéger Vitalette pis le petiot.

Sans attendre de réponse, il se redresse pour capter le regard de son épouse. Il commande, doucement et impérieusement :

— Viens avec moi. J'ai besoin de ton aide.

L'interpelée fait appel à toute sa résolution pour se mettre debout. Elle tremble comme une feuille ; Florentin marche jusqu'à elle pour lui offrir son bras. Après un temps, il dit de manière à ce que sa mère entende :

— Pour l'instant, je suis ton mari pis t'es ma femme. Pour le reste, on verra plus tard. Astheure, on se met au travail.

Levant les yeux vers lui, Vitaline souffle :

— T'es guéri. T'as cessé de bégayer. C'est beau, comment tu parles.

Il s'empourpre, tandis que Vitaline nuance ses propos en son for intérieur. Peut-être que c'est passager. Peut-être que tout bonnement, devant l'urgence de la situation, Florentin s'est totalement oublié lui-même avant de parler. D'ailleurs, en donnant ses ordres, il recommence à hésiter. Mais aux oreilles de Vitaline, il y a un monde entre le Florentin qu'elle entend et celui qu'elle ne connaît que trop bien. Peut-être a-t-il enfin fait face, dans le secret de son âme, à des peurs anciennes et à des réflexes trop bien ancrés… Le son de la voix de son époux lui insuffle de l'énergie, lui donne des ailes.

37

Pendant quelques jours, Gilbert jouit tout son saoul des faveurs de Caroline, se vautrant dans l'ineffable bonheur de l'idolâtrer corps et âme. Puis, insensiblement, la réalité le rattrape. Un beau matin, Ériole émet benoîtement :

— T'as parlé, mon neveu, de mariage ?

— Je vais solliciter le curé dès demain. Pis je vais demander une dispense de bans.

— Tu l'auras. Que j'en voye un t'ostiner ! Y va avoir affaire à moi !

Gilbert saute du coq à l'âne pour causer finances sérieusement avec sa tante. L'atelier de matelas se languit, mais Ériole rechigne à mettre la clef sous la porte, ce qui priverait ses ouvrières de leur maigre salaire. Gilbert, lui, n'a aucune source de revenus ; seule Caroline, en tant qu'associée de la chambre de jeux de la rue La Gauchetière, reçoit une paye régulière. La jeune femme gère le commerce, car Gaspard a été fort affairé, en ces temps de répression, par ses activités de connétable salarié. Huissiers et poliçons se pavanent, même en dehors du service actif.

Étienne Lavictoire a dû cesser temporairement ses activités, mais la réouverture de son établissement est imminente et les perspectives sont bonnes. Tandis qu'une certaine frange de la population s'appauvrit, une autre s'enrichit. Deux milliers de *volunteers* armés grouillent dans la cité ; ils ont une bonne paye à dépenser. Caroline exulte quand ils viennent gaspiller leur salaire au Cabaretier patriote. Elle est quasiment parée à répondre au souhait de Gaspard, celui d'installer les plus lucratifs jeux de hasard !

De but en blanc, Caroline lance à Gilbert :

— Tenancier de maison déréglée, ça te tenterait ?

Gilbert reste stupéfié. Quant à Ériole, elle réplique d'un ton glacial :

— De quoi tu parles, ma fille ?

Caroline s'empourpre. Elle balbutie :

— Je… Je… S'cusez-moi.

Elle veut se lever, mais Gilbert la retient en posant la main sur son bras. Tâchant de ne pas laisser paraître sa réprobation, il l'encourage à expliciter sa pensée. Caroline marmonne :

— Des fois, j'oublie que… que pour vous autres, c'est pas naturel.

— On comprend. Conte-nous.

Avec réticence, Caroline déclare qu'elle jongle avec l'idée d'acquérir une maison déréglée, puis elle s'empresse de spécifier que la chose reste dans le domaine d'une improbable conjecture. N'empêche… Souvent, elle rage contre les Madames, et surtout contre les proxénètes qui font la vie dure aux ébraillées. Elle aimerait offrir à ses anciennes collègues de meilleures conditions de travail. Un toit décent au-dessus de leurs têtes, la sécurité d'emploi et la possibilité de gérer leurs avoirs sans qu'elles soient obligées de s'en remettre à d'avides maquereaux qui finissent par les rouler ou par les jeter après usage, lorsque leur valeur marchande diminue.

Confuse, Caroline précise à Gilbert :

— Tu ferais un excellent tenancier. Voilà pourquoi j'ai dit ça. D'ailleurs, ça me fait penser… J'aimerais mieux qu'on signe un contrat en séparation de biens. Je voudrais pas t'entraîner dans des magouilles contre ton gré.

Ahuri, Gilbert ânonne :

— En séparation de biens ? Pardevant notaire ?

— Me semble que ça serait mieux pour toi. Je m'occupe de mes affaires, pis toi, des tiennes.

— Ralentis ton cheval. Tu vas trop vite.

Rebutée par le ton agacé de son futur mari, Caroline le toise avant de répondre :

— Non, je vais pas trop vite. Je mets les choses au clair, un point c'est toutte. Je veux pas me mettre en communauté de biens. Je veux pas perdre la propriété du fruit de mon travail. Pis je veux t'embêter le moins possible. Fait que garder nos avoirs distincts, c'est la meilleure solution. J'ai déjà consulté un notaire. Le contrat est en voie de préparation.

Caroline se lève et se bougrine pour une sortie à l'extérieur, sans doute pour se rendre aux latrines, dans la cour. Séparation de biens ? Tenancier de maison déréglée ? Et puis quoi encore ? Gilbert jette un œil sur sa tante, qui a le sourire fendu jusqu'aux oreilles. Dès que Caroline a disparu, Ériole s'égaie et lance :

— Je l'adore. Elle est indomptable ! Pis en plus, elle a le gros boutte du bâton avec toi. J'escompte que t'es paré, mon neveu, à piler sur ton orgueil de mâle !

Gilbert lui destine une charmante grimace. Les plis sur son orgueil de mâle ne sont rien, en comparaison de ceux sur son orgueil de Réformiste. Il a perdu son ancrage et sa légitimité. Il se sent apatride. Exilé sur sa terre natale. Traité en paria, en ennemi. Le Bas-Canada tout entier gémit sous une chape de coercition qui comprend la loi martiale, une flopée d'ordonnances du Conseil spécial sanctionnant l'arbitraire et l'injuste, ainsi qu'un gouverneur provisoire greyé de pouvoirs extraordinaires.

Comme l'an passé, la ville de Québec est mise sens dessus dessous par une douzaine de poursuites de juges de paix faisant écrouer quiconque le mérite, à leurs yeux. Activement recherché, le député Morin se terre. Heureusement, de la capitale de la province provient un acte de bravoure dont les Réformistes ont un cuisant besoin. Deux juges de la Cour du banc de la reine, Elzéar Bédard et Philippe Panet, ont accordé l'habeas corpus, c'est-à-dire le droit de quitter la geôle en versant une caution de comparution, à un homme écroué pour soupçon de haute trahison.

Or, le Conseil spécial venait tout juste, par une ordonnance datée du 8 novembre, de confirmer la suspension de ladite loi dans la colonie. Un méli-mélo s'est ensuivi, car les autorités ont refusé de se soumettre à la décision de M. Bédard et de M. Panet. Ils seront suspendus de leurs fonctions de juges par le dictateur Colborne. Qui d'autre, ensuite, se lancera dans l'arène comme défenseur des libertés anglaises ?

Au même moment, les réfugiés de LaPrairie annoncent à Ériole leur intention de retourner dans leur patelin afin de protéger leurs biens — du moins, ce qu'il en reste — de l'armée auxiliaire, environ

6000 troupions qui ravagent les campagnes du district. Au soir, la maison a retrouvé son calme coutumier. Ses occupants s'efforcent d'éviter les tortures morales inutiles et de ne pas songer à la parentèle de la rivière Chambly.

À la réouverture de la taverne d'Étienne Lavictoire, Caroline reprend ses fonctions de gérante du billard et de la chambre de jeux. Privé de sa présence, Gilbert tâche d'accorder son horaire à celui de sa mie, mais il ne réussit pas toujours à rester réveillé jusqu'à ce qu'elle arrive, c'est-à-dire très tard dans la nuit. Il se sent floué de quelques montées au septième ciel ! Pour tromper l'attente, il retrouve, vaille que vaille, sa vêture de nouvelliste avide d'actualité.

Gilbert s'attendait à ce que les autorités aient muselé la presse réformiste, mais il est surpris par la chute du *Populaire*, qui cautionnait pourtant la répression. Son financier Debartzch l'aura-t-il laissé tomber ? Il paraît que l'éditeur Leblanc de Marconnay a passé 24 heures en prison. Gilbert peine d'autant plus à le croire que Marconnay a depuis pris la direction de la rédaction du seul papier-nouvelles de langue française à Montréal : *L'Ami du peuple, de l'ordre et des lois*, torchon férocement antipatriote qui bénéficie de la protection de l'un des plus serviles représentants de l'Exécutif, le chef de police Pierre-Édouard Leclère.

Pendant ce temps, le rédacteur du *Montreal Herald* est exaspéré parce que les préparatifs de la cour martiale traînent en longueur et qu'aucun châtiment n'a été infligé aux rebelles. Par sa bouche, les semeurs de zizanie, seuls véritables insurgés de la province, profèrent leurs sempiternelles menaces de soulèvement ! Pour sa part, Gilbert est écartelé entre le désir de voir les assises débuter, afin d'en terminer au plus vite et de permettre aux innombrables innocents de retourner chez eux, et la peur d'une justice expéditive. La peur de la pendaison ou pire, du châtiment réservé aux traîtres : éviscération et décapitation. Gilbert est encore dérangé par l'image de Jean-Olivier Chénier allongé sur le comptoir de l'auberge à Saint-Eustache, dépouillé de son cœur. Le jeune nouvelliste est paré à risquer sa vie pour éviter à ses compatriotes le spectacle de têtes fichées sur des pieux, pourrissant à la vue de tous, pour éviter une telle honte aux trépassés. Il n'a pas combattu pour la révolution, mais il se rachètera en ferraillant pour l'honneur de ses semblables !

Un soir, le futur marié ne peut résister à une souveraine impulsion. À peine a-t-il pénétré dans la taverne qu'il pile net. D'emblée, son regard s'est posé sur une phalange d'hommes placés à proximité du bar, aisément reconnaissables à leur uniforme bleu foncé. Sept connétables en train de rigoler et de boire un coup. Parmi eux, Gaspard, revenu de Saint-Antoine. Caroline, qui a vu son amant surgir, quitte l'arrière du comptoir pour venir à lui. Elle agit de manière que les poliçons la suivent du regard, et Gilbert comprend pourquoi lorsqu'elle s'accole à lui pour le gratifier d'un baiser langoureux à pleine bouche.

Elle rabat le caquet à Gaspard, qui l'avait traitée de tribade, en même temps qu'elle proclame le lien qui l'unit à Gilbert! Celui-ci flatte la hanche de la jeune femme, se permettant même une brève caresse sur son croupion. Puis, détachant ses lèvres de celles de sa promise, il chuchote :

— Un problème?

— Non. Sont tranquilles.

— Je m'en vais le saluer.

Gilbert serre Caroline contre son flanc et l'entraîne vers le groupe. Gaspard leur tourne le dos, faisant mine de rien. Gilbert lance sans aménité :

— Hé, Gaspard! T'avais plus rien à te mettre sous la dent, dans la rivière Chambly?

L'interpelé se tourne vers lui avec une langueur étudiée. Après avoir posé un regard spéculatif sur le couple qui lui fait face, Gaspard réplique, le débit légèrement pâteux :

— Fallait bien que j'en laisse aux machines rouges. Tu sais qu'y sont en train d'écumer la contrée?

Gilbert tâche de rester impavide, ce qui est d'autant plus ardu que Caroline trémule d'inquiétude contre lui. Des centaines de soldats de Montréal ont traversé le fleuve pour se joindre à d'autres détachements tirés des garnisons de la région. Près de 1500 *regulars*, au plus fiable décompte, sèment la terreur et la désolation entre Varennes et Chambly, en passant par Saint-Ours, Saint-Denis, Saint-Charles et Saint-Hyacinthe. La voix éteinte, Gilbert répond :

— Je sais. Ça crève le cœur.

— J'espère que ta compassion s'étend jusqu'au triste sort des prisonniers d'État.

— Laisse faire. Je voulais que tu saches…
— Non, c'est moi qui commence!

Gaspard l'a coupé en rigolant, comme si Gilbert et lui jouaient au jeu de celui qui parlerait en premier. Après avoir ingurgité une rasade de bière, Gaspard s'essuie les lèvres et reprend, avec une gaieté forcée:

— Moi itou, j'ai une nouvelle d'importance à te communiquer. Je gage que t'es pas au courant. T'as vu la liste des prisonniers imprimée par *L'Ami du peuple*, samedi dernier?

Gilbert se sent blêmir. Caroline réagit comme si une guêpe l'avait piquée:

— Tu parles qu'on l'a vue! C'est abominable! Y en a combien, d'après toi? Un demi-millier? Encore plus?

— J'ai pas compté. J'aime mieux consacrer mon précieux temps à quelque chose de plus rentable. Comme venir icitte contempler mes succès. C'est pas mal beau, Gilbert, c'est-y pas?

Gaspard désigne théâtralement l'entrée de la chambre de jeux et du billard adjacents, qui ont été réaménagés avec opulence.

— Pour en revenir aux prisonniers… J'ai pas compté leur nombre, mais j'ai cherché un nom dans la liste. Je l'ai trouvé. Un brin amoché question orthographe, mais quand même… Je suis content. J'ai enfin réalisé mon rêve le plus cher. Mon père va être obligé de rayer mon fendant de besson de la liste de ses héritiers. J'aurais trouvé de valeur qu'y lui verse une part que la Couronne va réquisitionner.

Alarmée, Caroline demande à Gilbert:

— De quoi y cause?

Combattant un accès de rage mâtiné d'affliction, Gilbert écarte Caroline de lui, puis il fait un pas vers Gaspard en vociférant:

— Je t'ai bien ouï? T'as envoyé ton jumeau derrière les barreaux?

L'intimé répond par un sourire carnassier. Gilbert sort de ses gonds. Le poing tendu, il se précipite sur Gaspard pour lui asséner en plein ventre le coup le plus violent qu'il ait jamais donné, au point d'endurer une vive douleur aux jointures. Gaspard crie puis recule, plié en deux. Sur ce, Gilbert est obligé de parer à l'assaut des autres poliçons qui se jettent sur lui. On le frappe à l'épaule, puis à la joue, tandis que s'élève une cacophonie de raclements de pattes de chaises et de beuglements.

Un instant plus tard, Gilbert est libéré de ses assaillants par un groupe d'hommes dans lequel figure l'ancien fier-à-bras Étienne Lavictoire. Tout soudain, un calme surnaturel règne dans la place. Les poliçons peureusement regroupés mirent avec défiance la cohorte qui s'est formée pour assurer la protection de Gilbert. Celui-ci voit Étienne lui faire face et tempêter à son adresse, la mine furibonde :

— Recommence pas une affaire de même, espèce de sans-dessein, t'as compris ? Je veux pas de chicane dans ma cabane !

Hors d'haleine, Gilbert réplique :

— T'as juste à pas accepter de cochons dans ton salon.

— Y a un des cochons qui s'adonne à être mon associé en affaires. Fait que t'es mieux d'y donner le respect qu'y mérite. Compris ? La prochaine fois, on te laissera entre les mains de m'sieurs les connétables.

Gilbert fait un éloquent rictus, ce qui lui fait ressentir un élancement dans la tête. Étienne pivote de nouveau. Froidement, il déclare à Gaspard et à ses collègues :

— Vous autres, par contre, jetez pas d'huile sur le feu. Toutte nous autres, on a des relations qui endurent le martyre, par les temps qui courent. Fait que gardez-vous une petite gêne, compris ? Sinon, ça va barder.

Étienne fusille Gaspard du regard avant d'ajouter en insistant lourdement :

— Ça va barder pis la clientèle ira voir ailleurs. C'est-y clair ?

— Comme de l'eau de roche. Pis là, z'allez vous écarter de Gilbert. On l'emmène au corps de garde.

Caroline pousse un cri de détresse :

— Fais pas ça, Gaspard. Je veux pas !

— J'ai pas le choix. Gilbert a troublé l'ordre public. Encore pis, y s'est attaqué à un représentant de l'autorité.

L'assertion est accueillie par un concert de grognements et de rires méprisants. Un représentant de l'autorité qui cumule les provocations, oui ! Étienne garroche une contre-proposition : il garantit que demain, à la première heure, il mènera lui-même Gilbert pour sa comparution devant le juge de paix du choix de Gaspard. Ce dernier s'écrie :

— T'es malade ? Pour qu'y sacre son camp au diable vauvert ?

— Laisse tomber, Gaspard.

Gilbert ouvre de grands yeux. Celui qui vient de se jeter dans la mêlée n'est nul autre que Louis Malo, connétable d'expérience. Même s'il le connaît plutôt bien, Gilbert ne l'avait pas identifié parmi le groupe, car Malo n'est plus mince et svelte comme avant, mais grassouillet à force d'être trop bien nourri. Celui-ci insiste :

— Ça donne quoi de mettre ce pauvre gars dans le réduit du corps de garde pour une couple d'heures ? Parce que c'est ça qui va arriver, tu le sais comme moi. Y a pas un juge de paix qui va l'envoyer au cachot pour une banale rixe. Même si la rixe te paraît un crime de lèse-majesté.

La saillie suscite quelques rires. Ignorant la mine courroucée de Gaspard, Louis Malo lance encore :

— En prison, y a même plus de place pour un rat. Fait que laisse tomber. Tu risques de te faire engueuler par le juge de paix pis le geôlier. Pis par le surintendant itou. Y a déjà trop de poursuites bassement cupides. Tu te souviens comment Leclère, y nous a chauffé les oreilles ? Faudrait pas que les autorités impériales se mettent à décortiquer les dossiers des hommes écroués. Ça serait pas à notre avantage.

L'argument fait mouche. Gaspard hausse les épaules, puis se désintéresse de la scène en portant son attention sur son gobelet à moitié vide sur le comptoir. Les autres connétables l'imitent. Louis Malo dirige un regard entendu vers Étienne Lavictoire avant de pivoter à son tour. Gilbert plonge dans d'intenses spéculations. Connétable salarié ayant endossé le rôle d'agent provocateur pour le compte des autorités, Malo reste néanmoins un homme ambigu. Gilbert subodore une volonté de se fondre parmi les méchants afin d'être bien placé ensuite pour protéger discrètement les victimes. Ce qui serait héroïque.

Caroline étreint Gilbert pour le consoler, puis Lavictoire s'interpose entre eux. Il ouvre la bouche, mais la jeune femme lui coupe le sifflet en disant hâtivement :

— Lui pis moi, on se marie betôt. Fait qu'y va se pointer souvent pour m'aider.

Étienne reste ahuri :

— Se marier pour vrai ?

— Oui, pour vrai.

Les traits d'Étienne se décomposent en raison de l'émotion qu'il ressent. Sans crier gare, il attire les deux jeunes gens dans ses bras pour une accolade. Lorsqu'il les repousse, il a les yeux humides. Il marmonne :

— Quand je vous ai vus vous bécoter, tantôt... j'escomptais qu'enfin, z'aviez fini de jouer à la cachette l'un par rapport à l'autre...

— J'ai même été jaloux de toi, glisse Gilbert avec une moue d'autodérision. Parce que Caroline pis toi, z'étiez de grands amis.

— Ce qu'on peut être niaiseux, des fois, c'est-y pas ?

Gilbert réagit en donnant une bourrade amicale à Étienne.

— Étrive-moi pas. Pour en revenir à nos moutons...

Il détaille la principale raison de son accès de colère envers Gaspard. Étienne fait une grimace et déclare :

— Houlà... Y joue dur, le grichou. N'empêche, faut que tu t'aguerrisses. Ou bien tu sors ta future épouse d'icitte pis je vous revois plus jamais la binette. Ça m'attristerait, remarque bien. Ou bien t'apprends à composer avec le diable. À être plus ratoureux que lui.

— Pour l'instant, ça va être la seconde option. À condition que tu sois mon professeur.

Étienne rigole et lâche :

— Correct. Ça commence à soir. Tu vas y montrer, à Gaspard, comment tu te fous de lui comme de ta première pipe. Tu le laisses divaguer comme un détraqué.

— Pis les gestes déplacés ?

— Y en posera pas. Ici dedans, y est pas le plus fort.

Étienne conclut ses recommandations par un clin d'œil avant de retourner vaquer à ses occupations. Gilbert saisit la main de Caroline. Après un temps, il souffle :

— Vincent en prison... Ça me donne le tournis.

— Moi, je songe à ta sœur. Après ce que tu m'as conté... l'affaire qu'elle a confondu Vincent avec son besson... je voudrais pas être dans ses souliers, à Vitaline.

— Je lui écrirai dès que j'aurai faitte le point sur la situation de Vincent.

Gilbert presse une dernière fois les doigts de sa dulcinée, puis il la laisse aller. Il se poste près d'une fenêtre pour tâter ses contusions — sensibles, mais superficielles — et pour apprivoiser sa situation. Comme si de rien n'était, il doit côtoyer un traître et un menteur, un voleur et un délateur. Celui qui l'a fait tabasser par des malfrats, qui l'a privé de sa part des fruits de l'exploitation du billard et, pour couronner le tout, qui a fait emprisonner son jumeau afin qu'il soit condamné pour haute trahison et, par le fait même, dépouillé du droit de posséder le moindre bien. Gilbert inspire une goulée d'air saturé de boucane de pipes. Le défi est gigantissime!

PROTÉGER LA SANTÉ DE SON PETIT JULES jusqu'au printemps, voilà ce qui est devenu l'obsession de Vitaline. La nouvelle des premières manifestations d'un mal sournois leur est parvenue. En comparaison de la terrifiante approche des fièvres malignes, tout le reste a perdu de son importance: les rapines et les déprédations commises par la brutale soldatesque, la possible trahison de Florentin et même l'anxiété de la jeune femme en ce qui concerne le sort de Vincent.

Aux yeux des membres de sa famille, Jules est bien davantage qu'un adorable nourrisson. Il est le symbole vivant du triomphe éventuel du peuple canadien sur l'adversité. Celui qui, avec tous les autres de sa génération, les vengera de la terreur militaire et des mépris de justice, ne serait-ce qu'en perpétuant la survivance française dans la *Province of Quebec*. Celui qui assurera la prédominance numérique des Canadiens amarrés aux droits fondamentaux qui font le bonheur des nations, celui qui luttera contre les injustices et l'iniquité, celui qui valorisera la protection démocratique des libertés d'opinion et d'association...

Habituellement, Vitaline n'est pas une personne impressionnable. Les péripéties du court séjour des machines rouges dans le bourg, du 25 au 26 novembre, ne l'ont pas effrayée autant que la plupart des femmes qui encombraient la vaste maison de sa sœur Perrine et de son beau-frère Aubain. Pourtant, les soldats ivres d'alcool et de butin ont causé un terrifiant raffut. Manifestement, on leur avait confié la mission de mettre les habitants sur la paille. Moult ateliers ont été saccagés. Les deux plus monumentaux fours à cuisson, dont celui d'Aubain pouvant atteindre la température indispensable à la vitrification de la terre en grès, ont été démolis.

Néanmoins, ni l'incendie qui a ravagé, cette nuit-là, une maison vétuste du village et qui a failli se propager aux habitations voisines, ni même l'intrusion des soudards dans la maison et les fouilles systématiques accompagnées de saccages, n'ont ébranlé Vitaline autant que la perspective d'un rude hiver propice à la propagation des miasmes. Déjà, la santé générale des habitants s'est détériorée à cause d'une première année de pénurie, à la suite des destructions et des brigandages de la toute fin de l'année 1837. Il a fallu se priver pour assurer à d'autres le strict nécessaire. Hormis quelques familles de profiteurs, tout le monde s'est serré la ceinture.

Les animaux avaient été soigneusement engraissés, les potagers, scrupuleusement amendés, et les grains, engrangés jusqu'au tout dernier, afin de permettre à chacun de profiter de l'hiver qui s'annonce pour reprendre du gras et des couleurs. En vain. Encore pis : tout cela offert sur un plateau d'argent aux troupes réglées. Il n'y aura pas de viande fraîche sur les étals des bouchers. Il faudra passer un temps fou à trier la vaisselle ou la vitre brisées en morceaux que les soldats se sont vicieusement amusés à mêler aux faibles quantités de blé, d'avoine et de pois qui n'ont pas été emportées. Comme l'an passé, du vinaigre et des huiles ont été répandus sur les planchers. Du soufre et de l'alun, amalgamés aux farines.

Ces actes d'une mauvaiseté planifiée auront un effet délétère qui terrorise Vitaline. Le miasme se fortifiera dans les paroisses de La Présentation, de Saint-Jude et de Saint-Damase, les plus pauvres de l'arrière-pays. Ensuite, après avoir fauché le plus de vies possible, il serpentera jusqu'à Saint-Denis, entraînant dans son sillage ces fièvres terribles accompagnées de diarrhées continuelles. Peu importe le nom, choléra ou typhus, que lui donnent les savants docteurs, les aïeules et les vieillards connaissent très bien ces maladies récurrentes des temps de disette.

Hantée par le trépas de sa première-née, Vitaline doit combattre un sentiment d'épouvante. Elle est dorénavant tendue vers un seul but auquel elle se consacre corps et âme : prendre soin de son petiot. Instinctivement, Florentin et ses parents les maintiennent dans une bulle de protection. La maison, toute petite et dénudée qu'elle soit, devient le havre de la mère et de son nourrisson ; la propriété, exiguë et à l'écart du bourg, devient son unique terrain de jeu et d'exercice. Vitaline se coupe du reste du monde. Même Vincent se désincarne, se désagrège.

38

Les yeux grands ouverts, Gilbert fixe le plafond, caressé par un rayon de lune. Caroline repose contre son flanc, dans la noirceur. Tous deux sont pleinement éveillés. Ils ont fait l'amour pendant une éternité. Pour se saouler, s'endormir comme des brutes... Peine perdue. Comment ne pas vibrer à la pensée de Joseph-Narcisse Cardinal et de son apprenti notaire Joseph Duquette? Leur exécution par pendaison est prévue pour demain matin, le 21 décembre 1838. Ils sont en train de vivre leur dernière nuit dans le monde des vivants, à moins que le gouverneur reçoive à l'ultime seconde le pardon de Sa Majesté la reine Victoria.

À mi-voix, Gilbert cause avec celle qui est devenue son épouse au cours d'une très discrète et privée cérémonie nuptiale. Caroline s'acharne à chercher du sens à ce qui n'en possède aucun. Ou plutôt, à ce qui prouve la volonté enragée des autorités en place de punir pour donner l'exemple, quitte à infliger le supplice à des innocents. Les procureurs en cour martiale, des avocats amis du régime, ont d'abord fait un procès aux hommes qui, au matin du 4 novembre, se sont rendus depuis Châteauguay jusque chez les Sauvages du Sault-Saint-Louis. Parmi la soixantaine d'hommes qui se trouvent en prison, ils en ont sélectionné 12.

Le 28 novembre, les assises ont débuté devant le jury composé d'officiers britanniques. Chaque fois qu'il songe à la parodie de justice, Gilbert enrage et se met à vitupérer, comme astheure:

— Je croyais pas ça possible. Je croyais pas que le système britannique, censément le plus avancé au monde, permettait une dérive de la sorte. Je veux dire, j'en ai vu, des distorsions de justice:

des jurys paquetés, des juges complaisants pis des procédures manipulées. Sauf que la cour martiale dépasse les bornes! Des voies d'évitement se présentaient pourtant. Envoyer les prévenus se faire juger ailleurs. N'importe où, à Gaspé, à Toronto, même de l'autre bord de l'océan!

— Parle moins fort. Faut pas réveiller ta tante.
— M'étonnerait qu'elle roupille.
— Paraît qu'elle ferait honte au plus niaiseux des juristes de Grande-Bretagne.
— Ma tante?
— La cour martiale, sans-dessein! Y a de quoi rendre un prévenu fou braque.

Caroline fait allusion au manque de logique procédurale, à l'impossibilité de se défendre adéquatement et, pour tout dire, au jugement préconçu. Gilbert en rajoute: le Conseil spécial n'a pas reçu du Parlement impérial le droit de modifier les lois existantes dans la province, dont celle qui permet à un prévenu d'être jugé en cour criminelle. Encore pis, les Conseillers spéciaux n'ont pas le droit de mettre ce tribunal sur pied, car leurs commissions de législateurs exceptionnels sont d'une parfaite nullité, constitutionnellement parlant.

Enfin, une cour martiale ne peut que juger des offenses perpétrées contre le système militaire; les soldats ou les officiers qui commettent des crimes contre l'ordre civil sont censés être renvoyés aux tribunaux civils. En vérité, le commandant en chef des forces britanniques en Amérique voulait un jury d'officiers à sa botte. Ce qui prime par-dessus tout, c'est de procéder à toute vapeur. Satisfaire les buveurs de sang. Gilbert perçoit l'intense frisson qui agite sa tendre moitié, nue contre lui. Elle proteste:

— Parle pas de même. Comme si tu faisais allusion à… à des bêtes monstrueuses.

Gilbert n'en pense pas moins. Qui d'autre que des fanatiques sans âme pourraient les plonger, ses concitoyens et lui, dans un tel abîme? Qui d'autre pourrait conduire à trépas, pour haute trahison, deux hommes qui n'ont violenté personne, lors d'un épisode où pas un seul coup de feu n'a été tiré? Le *Herald* a publié les procédés du procès en cour martiale. Le 3 novembre, Châteauguay était en effervescence, comme bien d'autres endroits. Depuis deux jours, les *volunteers* du district étaient sur un pied de guerre, et la veille, ils avaient procédé à des arrestations arbitraires à Saint-Jean et à Pointe-à-la-Mule.

Ce soir-là, des notables ont sincèrement cru que l'heure du soulèvement avait sonné. Ils ont mis à l'ombre des forcenés de l'endroit. Parmi ceux-ci, le pire d'entre tous, le marchand John McDonald. Puis, les habitants de Châteauguay ont monté une expédition à Caughnawaga, à quelques heures de marche, afin d'emprunter les armes à feu que la Couronne distribue si généreusement aux tribus sauvages pour s'en faire des alliés. Trop confiants et piètrement armés, les habitants ont été faits prisonniers.

Parmi les prévenus, dix ont été condamnés à mort par le jury pour haute trahison. Du même souffle, ces dignes *Britons* ont recommandé le pardon pour six d'entre eux. Quelle étrange manière de procéder! Des quatre autres, il y a uniquement le notaire Cardinal et son ancien clerc de notaire qui subissent la peine capitale. Certes, tous deux ont joué un rôle de premier plan dans l'affaire, mais pas davantage que certains de leurs concitoyens qui ont réussi à s'enfuir, et pas plus que Jean-Marie Thibert, et surtout, François-Maurice Lepailleur.

Caroline bégaye:

— Comment y est capable de faire ça, le bonhomme brûlot? Faut avoir l'âme noircie comme le diable pour envoyer un homme sur l'échafaud de même, d'un claquement de doigts. Sur quoi y base sa décision d'envoyer à la potence un tel et un tel? Les Sauvages eux-mêmes ont envoyé une requête pour supplier qu'on les épargne.

— Sont singularisés par les autorités qui les considèrent comme des hommes dangereux. Non pas à cause de leurs actes du mois passé, mais de *l'an passé*. Tu verras comment les gazettes à la solde des autorités s'appuieront sur cet argument en guise de justification. Y étaient coupables l'an passé, mais on leur a pardonné, donc astheure, faut venger la loi bafouée. Une loi au service des fanatiques, pour le sûr.

— Tu parlais itou de leur fierté...

— Oui. Leur dignité. C'est une présomption, remarque bien. J'ai pas de preuves concluantes de ce que j'avance. Mais je soupçonne que Cardinal pis Duquette se sont pas abaissés face à leurs tyrans. Qu'y ont pas tenté de barguigner leur vie. Je soupçonne que pour son choix final, le vieux brûlot penche vers les plus indomptables de tous les prévenus. Y a des prisonniers qui... qui sauvent leur vie en l'achetant. Je gagerais ma chemise que Lepailleur est à jeter dans ce panier. Pis faut jamais oublier que...

Gilbert prend son respir pour s'insuffler du courage, avant de poursuivre :

— Cardinal était député en Chambre d'Assemblée. Pour le comté de LaPrairie, en remplacement du traître Austin Cuvillier. Les autorités ont pas beaucoup d'élus à se mettre sous la dent. Des élus pris « les armes à la main », même si leurs armes étaient à l'intérieur de leurs bougrines, amarrées serré par une ceinture fléchée. Ou si l'arme était juste un vieux sabre rouillé. Une pique. Une fourche. Le système de terreur, ça vaut en tout premier pour les tuques bleues du district, celles qui chialaient le plus fort contre les injustices pis les abus. Celles qui étaient incorruptibles.

La gorge enrouée, Gilbert doit se taire. C'est ainsi qu'il se dépeint Joseph-Narcisse Cardinal, qui montera demain sur l'échafaud : le noble représentant d'une race en voie d'extinction, celle des « hommes du peuple », élus dévoués à défendre les intérêts fondamentaux de leurs compatriotes, à parler au nom de celles et de ceux qui enduraient les mauvais effets du préjudice et de l'esprit sectaire.

— C'était écrit dans le ciel, souffle Caroline. Une cour martiale pour juger des civils, ça signifie des pendaisons. Ça s'est passé de même dans la province voisine. Combien d'exécutions, déjà ?

Fait-elle exprès pour oublier ce dont ils ont parlé à plusieurs reprises ? Ou peut-être se refuse-t-elle instinctivement à souiller sa mémoire... En poussant un soupir résigné, Gilbert répond :

— Lount et Matthews en avril. Morreau en juillet. Les sentences étaient dues à des cours ordinaires, remarque bien. Après l'échauffourée de Prescott, à Windmill Point... Tu t'en souviens ? Ça s'est passé en même temps que le rassemblement de réfugiés de Napierville à la montagne de Boucherville. La prise de possession des propriétés du seigneur de Montarville.

— Oui. Vers le 10 novembre. Les autorités l'ont monté en épingle.

— Au même moment, ça se battait en Haut-Canada. Des groupes qui traversaient la frontière pour harasser les troupes. Après ça, le gouverneur Arthur a faitte pareil à icitte : une cour martiale. Sur les 131 prisonniers, y avait 39 mineurs. Y ont été graciés. Les 92 autres ont été condamnés à mort. Expéditif en masse. Entre le 8 et le 12 courant, trois pendaisons. Une autre prévue pour le 19, hier. Donc pour l'instant, sept en tout.

— Y en aura d'autres ?

— Assurément.

Sous la courtepointe fourrée de laine qui les garde au chaud, Caroline étreint Gilbert plus étroitement, serrant son torse de son bras, puis sa cuisse, de sa jambe passée par-dessus la sienne. Gilbert réussit à reprendre :

— Le bonhomme brûlot voulait impérativement des pendaisons. Des jurys ordinaires, même paquetés de convulsionnaires, se seraient pas rendus jusque-là. Pour condamner, ça leur aurait pris deux témoins directs, comme le prévoit la loi. Parce qu'un homme déclaré coupable de haute trahison mérite automatiquement la peine de mort.

Soudain harassé, Gilbert se frotte les yeux de sa main libre. Caroline dit encore :

— Des fois, je regarde le chemin parcouru... je contemple ce qui est derrière nous, les troubles politiques depuis une couple d'années... pis ça me laisse bouche bée. Si les fanatiques avaient su, est-ce qu'y auraient agi de même ? Ça se peut pas que des faquins en haïssent d'autres de même, juste parce qu'y convoitent leur place au soleil. Juste parce qu'y veulent pas prendre le temps de s'installer pis de prospérer, mais qu'y veulent toutte sur-le-champ...

Un court instant, Gilbert réfléchit à ce que vient de dire sa mie. Enfin, il répond avec amertume :

— Ça s'appelle l'aveuglement du conquérant. Un chauvinisme aberrant. Faut surtout pas qu'y nous affectionnent le moindrement, parce que là, ça serait ardu de nous persécuter. Fait qu'y nous détestent. Le fait qu'on soit des descendants de Français pis des papistes, ça leur facilite la tâche.

Gilbert s'octroie une pause, puis il dit encore :

— J'ignore ce qu'auraient faitte les fanatiques. Je te renvoie la question. Si les vire-capot avaient su, est-ce qu'y auraient agi de même ?

Caroline accuse le coup, mue par un tressaillement de tout son corps. Elle souffle :

— T'as raison sur un temps riche.

— C'est à eux qu'on devrait passer la corde au cou. Ceux qui se sont laissé acheter par Gosford. Déjà qu'avant, y avait eu des traîtrises pis des atermoiements, mais l'année 1836 a été le couronnement du chef-d'œuvre. M'sieur Papineau avait compris que Gosford était un être retors, mais les tuques rouges de Québec pis d'autres couards, eux autres, ont fait sécession.

Sur ce, Gilbert se remue, avouant à sa jeune épouse qu'il doit impérativement aller pisser. Avant, Caroline exige d'être bercée quelques instants. L'enfermant dans l'étau de ses bras, Gilbert obéit à sa femme en la secouant vigoureusement, pour jouer. Aussitôt, elle proteste :

— Arrête de grouiller de même ! Tu vas me donner mal au cœur.

Il s'immobilise et la délivre. Elle pose la main sur sa poitrine, qu'elle effleure un brin, avant de chuchoter :

— Faut que je te dise… j'en ai causé avec ta tante tout à l'heure pis… y semblerait que je suis grosse de notre enfant.

Gilbert devient tout chose. Déjà, cinq semaines après leurs retrouvailles ? Il reprend son épouse dans ses bras. Il souffle :

— Merci. Je t'aime.

La respiration de Caroline s'altère. Après un temps, elle répond, le timbre éraillé :

— Moi itou, si tu savais… J'y croyais pas. Je pouvais pas croire que t'allais me… me redonner mes lettres de noblesse. Que t'aurais le courage… l'abnégation… d'épouser une ancienne ébraillée.

— Y a pas d'abnégation là-dedans pantoutte. Sors-toi ça de la tête.

Caroline soupire, puis elle dit encore :

— Le sentiment que je t'inspire, ça me dépasse.

— Pourtant, y a pas de miracle. Juste… une illumination.

Elle roucoule de rire. Gilbert la gratifie d'un baiser avide, puis il la repousse et se tire enfin du lit. Il se vêt sommairement. Sans bruit, il sort de la chambre et descend l'escalier pour non seulement aller se soulager dans le pot de chambre placé dans la cuisine d'été, mais aussi pour bourrer le poêle. Lorsqu'il revient dans la chambre,

Caroline s'est endormie. Pendant un long moment, à la lueur du bougeoir qu'il traîne avec lui, il la contemple, pelotonnée sous la courtepointe. Dire qu'elle va lui faire cadeau d'un petiot!

La perspective insuffle à Gilbert un regain de courage. Une jeune vie pour compenser la perte qui s'annonce. Une jeune vie sur laquelle repose l'avenir du pays! Le sursaut d'optimisme est chassé par une scène, surgie derrière ses yeux. Gilbert n'a pas assisté à ladite scène, mais sa notoriété est telle qu'il n'a aucune difficulté à l'imaginer. À la mi-novembre, une horrible découverte a été faite dans un boisé près du village de Lacolle. Une femme se trouvait au pied d'un arbre, morte de froid. Dans ses bras, le nouveau-né dont elle s'était tout juste délivrée. À ses côtés, deux enfantelets, également sans vie.

Sur le point d'accoucher, la dame avait été chassée de sa maison avec sa progéniture. Le travail d'expulsion l'aura empêchée de quémander du secours. Plusieurs fois, Gilbert s'est mis dans la peau du mari apprenant la tragédie. De quoi devenir fou raide! Subitement, il comprend que son bonheur de futur père sera enténébré pour longtemps, car il ne pourra s'empêcher de jumeler le sort de Caroline à celui de la dame dont il ignore le nom. Les convulsionnaires le privent même de la joie d'être père!

Avec d'infinies précautions, le jeune homme se recouche, mais l'endormitoire le fuit. La macabre scène de la dame et de ses petiots, blêmes et raidis par le froid, cède la place à une autre, aussi peu réjouissante, celle de la potence où quatre hommes peuvent être simultanément pendus haut et court. Même son emplacement a été choisi avec un raffinement de cruauté: en surplomb de la muraille d'enceinte de la prison neuve, au-dessus de l'entrée principale, de manière que les 600 prisonniers, depuis les fenêtres de la façade donnant sur le fleuve, aient une vue imprenable sur l'abominable appareillage.

Parmi les prisonniers se trouve Vincent. Grâce à sa tante, qui connaît l'une des dames charitables qui soignent les détenus, Gilbert a pu savoir où il se trouvait, puis avoir de ses nouvelles. Il ne désespère pas d'échanger des lettres avec lui. Dès que le pire sera passé. Gilbert ne craint pas pour la vie de son ami. Quand même, difficile de ne pas être hanté par l'incertitude. Le pouvoir tyrannique est un monstre qui frappe à l'aveugle.

L'aube du 21 décembre 1838 éclaire le ciel, ce qui fait réaliser à Gilbert qu'il a dormi quelques heures. Aussitôt, sa pensée se remet à courir. Les autorités ont-elles fait exprès de choisir la date du solstice d'hiver ? Chose certaine, elles ont privilégié un vendredi, jour de marché, et qui plus est, du dernier marché avant la Noël, le plus achalandé de l'année. Gilbert est écartelé entre des désirs contradictoires : ne pas cautionner par sa présence un système à ce point barbare, mais soutenir les condamnés lors de leur passage de vie à trépas. Si toutefois les exécutions ont lieu, ce qu'il se refuse encore à croire de tout son être.

Sauf qu'il appréhende une scène dont il ne peut supporter l'idée. Les habitants de la contrée environnante qui débarquent du *horse-boat* à quelques pas de là, avec leur cargaison de produits destinés à la vente. On les freine, on les retient, on les poussaille juste au moment où la trappe s'ouvre béante, à 9 heures du matin. La terreur est soigneusement orchestrée. À défaut de déplacer le gibet dans les campagnes, tout est mis en place pour que les habitants soient présents en grand nombre, à leur corps défendant.

Gilbert se décide subitement, même s'il a terriblement peur de ce qui va se dérouler. Mille fois plus que de saisir un fusil et d'aller sur le champ de bataille. Il se tiendra dans les parages, ne serait-ce que pour empêcher la moindre manifestation d'hostilité dans la foule. Il est paré à tout pour que les condamnés soient traités avec l'immense respect qu'ils méritent ! Gilbert se lève, prenant soin de ne pas éveiller Caroline. Au rez-de-chaussée, incapable de manger, il passe un long moment à regarder les bûches crépiter dans la cavité du poêle.

Enfin, il se bougrine et sort dans la froidure neigeuse comme s'il s'immergeait dans un lac d'eau glacée. Déjà, son âme est frigorifiée. À pas lents, il se joint aux groupes épars qui convergent vers la prison neuve, dans le bas du faubourg, composés de fanatiques qui veulent s'assurer que les rebelles seront bel et bien pendus. Gilbert se tient à l'écart. Il n'approchera pas suffisamment de la potence pour voir les détails de la scène. De son point de vue, les deux suppliciés seront des silhouettes quasi indistinctes.

Un double cordon de centaines de soldats protège la devanture de la prison et son mur d'enceinte, et empêche également la foule d'approcher de la potence. Le régiment des Hussars est sur un pied d'alerte, paré à quitter la garnison en cas de « désordres ». Gilbert s'immobilise, levant les yeux vers les rangées de fenêtres. Ce matin, oblige-t-on les prisonniers à regarder dehors ? Retentissant derrière le jeune homme, des sacres et des exclamations le font pivoter sur ses talons.

La rue qui longe la grève est encombrée de badauds faisant exprès de ralentir la course des habitants de Longueuil et des environs qui, à pied, à cheval ou sur le siège de leur attelage, viennent de quitter le *horse-boat*. Or, ces hommes et ces femmes ne veulent qu'une chose : fuir le lieu maudit. Secondé par d'autres quidams, Gilbert s'attelle à la mission qu'il s'est donnée, celle d'aider ses concitoyens à s'éloigner tranquillement.

Après un bon moment, un silence subit tombe sur la foule qui, jusque-là, ne se privait pas de lancer des quolibets. Lentement, Gilbert se retourne. Deux silhouettes, l'une en bougrine brune et l'autre en capot d'étoffe du pays, avancent à pas décidés sur la plateforme. Les hommes ont les mains liées derrière le dos. Un prêtre les accompagne. Des propos indistincts volettent au-dessus de la foule : la lecture à voix haute du mandat d'exécution.

Le bourreau glisse le bonnet sur les têtes avant de serrer les cordes autour des cous. Gilbert détourne les yeux. Tout s'est arrêté aux alentours. Dans la foule à proximité, plusieurs prient, les paupières closes. D'autres s'étreignent, se réconfortant mutuellement. Le bruit de la trappe qui s'ouvre. Gilbert adresse une supplication au ciel. Mon Dieu, accueillez-les comme des sacrifiés ! Soudain, un râle ponctué d'un cri s'élève. Frappé de stupeur, Gilbert ramène son regard sur le lieu du supplice. Une forme est pendue, inerte, celle de Cardinal. Mais Duquette se débat et se tortille tout en gémissant de douleur !

Gilbert a l'impression d'être frappé par la foudre. Puis, la seconde d'après, il vibre de fureur contre le bourreau. Enfin, il participe au mouvement instinctif de la foule : se ruer en avant pour porter secours au supplicié. Des vociférations s'élèvent en langue anglaise. Une pendaison cochonnée ne doit jamais être tentée une seconde fois ! La Providence a parlé ! Ce n'est pas censé être une torture ! Les machines rouges s'interposent et la marée humaine reflue, puis s'encalme. Joseph Duquette reste pendu, à moitié étouffé et en proie à des convulsions, tandis que le bourreau et les officiels sur place discutent de la marche à suivre.

Écœuré au point d'avoir envie de dégobiller, Gilbert s'éloigne par le chemin public qui longe la grève, le pas hésitant. Autour de lui, bien d'autres s'enfuient. Des femmes sanglotent, des hommes pleurent en silence et même quelques enfants, spectateurs involontaires, quémandent des explications d'un ton strident à faire gricher des dents. Par-derrière, une main se pose sur l'épaule du nouvelliste. Pendant un terrifiant moment, Gilbert est persuadé qu'il s'agit d'un connétable venu l'arrêter, mais c'est sur le visage blême d'André Jobin qu'il pose les yeux.

Tous deux s'enlacent, respirant fortement, sans parler. Pour Gilbert, le monde réel se réduit à cette étreinte réconfortante, à la chaleur humaine qui se dégage d'André ; cette promiscuité agit comme un baume qui soulage sa détresse. Enfin, le jeune homme repousse son ami. Il tamponne ses yeux humides avec sa mitaine, puis il souffle :

— T'as le don de venir à mon secours au moment crucial. Pendant la Rue du Sang… pis astheure. Je suis surprise de te voir icitte.

Le timbre éraillé, André répond :

— Fallait que je vienne. Que je sorte de ma cachette. Je connaissais Narcisse un brin…

Il parle de Cardinal, son collègue député en Chambre d'Assemblée. Il grimace, tandis qu'une larme coule sur sa joue. Chamboulé, Gilbert gratifie son vis-à-vis d'une seconde accolade. Tremblant, son ami bégaye :

— Un homme scrupuleusement honnête. Foncièrement paisible. Père de cinq jeunes enfants. Betôt six, parce que son Eugénie est enceinte.

Gilbert a l'impression qu'André est sur le point de perdre l'équilibre, alors il le soutient avec vigueur. Le moment de faiblesse passe autant vite qu'il était venu. André reprend contenance, presse le cou de Gilbert de sa main, puis se redresse. Il vide ses poumons comme s'ils contenaient toute la mauvaiseté du monde, puis ses narines palpitent, tandis qu'il refait le plein d'air froid et vivifiant. Posant sur Gilbert un regard d'une dureté à faire frissonner, il profère :

— Je refusais de… de me mettre les yeux en face des trous, mais là… Nous autres, Canadiens parlant français, on est bel et bien des esclaves. Des conquis au service d'une nation conquérante. Parce que les hommes libres, eux autres, ont le droit de s'indigner. C'est-y pas, Gilbert? Tandis que nous autres, on commet un crime de lèse-majesté.

Gilbert se contente de répondre par une mine qu'il espère réconfortante, mais il n'en pense pas moins. En existe-t-il quelque part sur la planète, des hommes vraiment libres? André se détourne à moitié pour embrasser le panorama des yeux. Soudain, il fige. Gilbert suit la direction de son regard. Dans la ruelle transversale, un homme est à croupion, tête baissée, adossé au mur d'une maison. André marmotte entre ses dents :

— Foi de gueusaille, mais dirait-on pas le compère Boucher-Belleville?

Il se rend prestement à lui.

— Jean-Philippe? C'est moi, André Jobin. Tu te sens mal?

Tout d'abord, l'interpelé ne réagit pas. Gilbert réalise qu'il braille à grands sanglots convulsifs. André pose la main sur son épaule et il relève la tête pour plonger ses yeux dans ceux de l'homme qui lui fait face. S'étant amarré aux pas de son ami, Gilbert reconnaît l'éditeur et journaliste, son visage mince et allongé tout empourpré, strié de larmes. André murmure des phrases réconfortantes à son adresse. Gilbert détourne le regard, laissant une plaisante scène lui revenir en mémoire.

Il se revoit, poussant la porte de *L'Écho du pays*, la défunte gazette patriote dont l'imprimerie était à Saint-Charles. Il revoit la pièce illuminée par le soleil, le pupitre couvert de paperasse, plusieurs tables et des étagères croulantes de livres. Il se revoit tirant un bouquin au hasard : *Histoire abrégée de l'Ancien Testament*. Sa grimace avait fait éclater de rire Boucher-Belleville, surgi à l'instant de la pièce arrière, les yeux pétillants de joie sous ses fines arcades sourcilières. Plaisamment, l'éditeur s'était exclamé :

— Ma panoplie vous intéresse? Je vous conseille les *Conversations sur l'agriculture*, d'Amury Girod. Pour le sûr, ses conseils sont adaptés à notre climat.

La parlure s'était engagée au sujet d'un autre bouquin que Gilbert avait saisi, flattant la reliure comme s'il s'agissait de la peau d'un être aimé. Pendant un bon moment, Boucher-Belleville et lui s'étaient amusés à déchiffrer les formules bizarres du *Manuel du Fabriquant de Produits Chymiques.* Puis, l'homme âgé d'une trentaine d'années avait été rappelé à l'ordre par l'un de ses typographes, qui sollicitait ses lumières.

Gilbert cligne des yeux pour chasser la réminiscence d'un naguère qui lui paraît fièrement reculé. Capturé en décembre de l'an passé tandis qu'il fuyait vers les États-Unis, Boucher-Belleville a passé sept mois en prison, tandis qu'André y a séjourné environ deux mois. Tous deux connaissent bon nombre de ceux qui se trouvent actuellement derrière les barreaux. Ni l'un ni l'autre n'ont été inquiétés lors de la rafle du mois dernier parce que les autorités les tiennent virtuellement encagés pour encore quatre ans et demi, au moyen de la promesse de garder la paix qu'ils ont dû signer lors de la pseudo-amnistie Durham. Ils ont dû dégoter deux hommes se portant garants d'eux-mêmes et promettant de défrayer une amende en cas de bris de promesse.

— Dis-moi pas que… que t'étais… que t'as assisté…

André ne peut en dire davantage. En train de reprendre le contrôle de lui-même, Jean-Philippe réagit par une esquisse de sourire. Il balbutie :

— De très loin. Ça a été plus fort que moi.

Pendant le silence qui s'ensuit, lui et André échangent une œillade entendue. Tous deux se comprennent parfaitement. L'homme éploré tente de se remettre debout ; André lui tend une main qu'il accepte avec reconnaissance. Peu solide sur ses jambes, il se réadosse au mur, soudain blême ; ses minces lèvres sont pâles. Gilbert le trouve encore plus svelte et plus petit que dans son souvenir. Jean-Philippe extirpe de sa poche un large mouchoir avec lequel il tamponne ses interminables favoris.

André fait signe à Gilbert d'approcher plus près, puis il effectue de brèves présentations. Pour lui laisser le temps de reprendre son souffle, le journaliste lui rappelle les rares fois où ils se sont rencontrés, non seulement dans l'office de *L'Écho du pays*, mais également chez le seigneur Debartzch, en des temps où les Canadiens étaient unis sous l'étendard réformiste. Le jeune homme enchaîne en parlant de son travail de nouvelliste à *La Quotidienne*, où Boucher-Belleville est passé à quelques reprises, ne cachant pas son bonheur de se retrouver dans une imprimerie. Il se régalait de l'odeur de l'encre comme du plus capiteux des parfums.

L'information semble galvaniser Jean-Philippe, qui reprend subitement des couleurs. Il fait un pas pour quitter son appui, puis il jette :

— Je me souviens de votre nom. Lemaître tarissait pas d'éloges à votre égard.

Gilbert s'empourpre un brin.

— Pour vrai ? Ça me fait chaud au cœur. Parce qu'en personne, le patron était avaricieux de compliments.

— Savez-vous si y contemple de redémarrer son papier-nouvelles ?

Gilbert s'étonne de la question incongrue. Finalement, il répond :

— Lemaître est aux États, pis y reviendra pas de sitôt. Viger-au-grand-nez... je veux dire, m'sieur Denis-Benjamin... y croupit en prison, notamment parce qu'y a loué des bâtiments à des gazettes réformistes. Parce que sa propriété de la rue Saint-Paul abritait *La Quotidienne*.

— Un second séjour en geôle rachèverait Lemaître, grommelle André. Les pièces d'homme comme lui, ça haït la captivité. Je veux dire, y a personne qui aime ça, mais pour certains, c'est quasiment pas endurable.

— Y en a une trâlée, ajoute Gilbert, qui jouiraient de le voir monter...

Il ravale le reste : voir Lemaître monter sur l'échafaud. Après un temps, André conclut :

— Raison vitale pour rester de l'autre bord de la ligne.

Boucher-Belleville fait quelques pas pour se réchauffer, puis il revient à ses deux compagnons :

— Je lance une gazette. L'opportunité est trop belle. Un papier défendant les intérêts du peuple, même modérément, serait assurément populaire. Je suis en train de m'associer avec l'imprimeur Cinq-Mars. Le papier-nouvelles s'appellera *L'Aurore des Canadas*, car une ère de liberté et de prospérité commencera immanquablement dans les colonies britanniques en Amérique.

À la fois chamboulé et enflammé par la perspective, Gilbert s'écrie :

— Vous me faites un gros velours, m'sieur Belleville ! Si vous cherchez du monde pour combler votre équipe, je suis votre homme. Je me suis pratiqué en masse à traduire et à résumer des extraits des gazettes en langue anglaise. J'écris vite pis bien. Pas juste la calligraphie, mais le style itou. Je sais que vous niaisez pas avec la pureté de la langue.

— Jusqu'à en être fatigant, confirme-t-il avec un rictus d'autodérision.

— Avec une bonne grammaire, je suis quasiment imbattable. J'ai même été typographe au début de *La Quotidienne*. D'un coup que vous auriez un besoin.

— Ça m'étonnerait. Mais du côté de la rédaction, par contre… Ton offre tombe pas dans l'oreille d'un sourd. Qu'est-ce que tu fais à l'heure actuelle ?

— Pas grand-chose depuis mon retour de Saint-Denis.

Éclatant d'un rire ravigotant, son vis-à-vis lui donne une tape sur l'épaule.

— Fais pas le piteux de même ! Ça m'arrange que tu sois désœuvré. Viens me voir demain. On va s'offrir une longue jasette. Promis ?

— Promis !

Après avoir donné son adresse au nouvelliste, Jean-Philippe lui tend la main pour une franche poignée. Il fait l'accolade à André, puis il s'éloigne, la démarche un brin pesante. Dès qu'il a tourné le coin, Gilbert danse la gigue. Il prend André dans ses bras pour un trépignement en duo aussi bref que grotesque. Enfin, un brin étourdi, il s'encalme. Il est content d'avoir réussi à faire rigoler André, mais l'heure n'est pas aux facéties. Après une hésitation, il propose à son ami de venir se réchauffer à la maison, ajoutant qu'Ériole doit déjà être partie pour l'atelier de matelas.

André refuse, prétextant quelques rendez-vous en ville, puis un retour en toute hâte à Sainte-Geneviève. Le regardant s'éloigner, Gilbert regrette la brièveté de leur rencontre. Comme il aimerait s'offrir une longue jasette avec lui ! Entre autres parce que la belle-famille d'André habite Beauharnois. Sûrement que ce dernier a tout plein de détails à raconter concernant la terrible répression par là-bas. Enfin, ce n'est que partie remise.

Gilbert s'élance vers son domicile, désireux de partager la nouvelle inespérée avec les femmes de sa vie, mais son épouse dort encore. Elle aime se lever tard… Débordant d'énergie, Gilbert commence par tourner en rond dans la salle commune. Puis, il se précipite vers l'armoire où se trouvent ses archives de son passage à *La Quotidienne*. Avec délectation, il se replonge dans son passé récent grâce à ses abondantes notes de travail et au spicilège d'articles soigneusement collés qu'il s'est constitué.

39

Boucher-Belleville promet à Gilbert un poste bien rémunéré d'adjoint à la rédaction. De concert avec l'imprimeur Cinq-Mars, l'éditeur souhaite offrir au peuple canadien une somptueuse étrenne pour célébrer le passage à l'an 1839. Aux yeux de l'épouse et de la tante de Gilbert, le cadeau est rien de moins qu'empoisonné. Quasiment tout peut être qualifié d'indélicatesse et mériter une sanction ! Comme pour leur donner raison, l'éditeur et l'imprimeur du *Canadien* sont arrêtés sous le coutumier « soupçon de haute trahison », puis mis en prison à Québec. Alors que ledit papier-nouvelles, allié de la Clique du Château sous le règne de Gosford, a vertement censuré une résistance prétendument débridée à l'autorité légitime en 1837 !

Gilbert saute sur l'occasion pour prouver aux femmes de sa vie que jamais Jean-Philippe ne se permettra le dixième de ce qu'Étienne Parent s'est autorisé en matière de liberté de langage. Celui-ci a pris résolument position en faveur des juges Elzéar Bédard, Philippe Panet et Vallières de Saint-Réal… Irritée, Ériole interrompt son neveu :

— On est au courant. Un bras de fer avec l'Exécutif afin de permettre à des prisonniers politiques de profiter de l'habeas corpus.

Caroline récite comme une litanie :

— Non seulement tous trois ont été démis de leurs fonctions, mais en plus, le Conseil spécial a voté une ordonnance en forme d'une menterie éhontée : ladite loi aurait jamais été « en force » dans la province.

— Ce que vous ignorez sans doute, dit Gilbert sans se démonter, c'est que l'éditeur du *Canadien* s'est permis une cinglante raillerie. *Nous ne désespérons pas de voir bientôt une ordonnance pour déclarer que le soleil n'a pas paru en Canada depuis un demi-siècle, si une telle déclaration peut servir au Conseil spécial et aux siens.*

Ériole ne peut retenir un gloussement, Caroline l'imite et Gilbert, épanoui, se félicite d'avoir réussi à les amadouer. Retrouvant son sérieux, sa tante laisser tomber :

— Y devait être aveuglé par son amertume de Chouayen. Y a pas reçu la récompense promise par Gosford si y trahissait ses concitoyens réformistes.

Gilbert abonde en son sens :

— Les Chouayens sont traités comme de la bouette par les adeptes du sectarisme qui tiennent les rênes du pouvoir. C'est pour ça que m'sieur Parent condamne si vertement la copie conforme du si mal aimé Conseil législatif du Parlement du Bas-Canada.

— Tu parles du Conseil spécial ? Une coterie de favoris dont les membres emploient l'essentiel de leur temps à caparaçonner leurs amis contre d'éventuelles et justes vengeances !

Le mépris de Caroline est palpable. Lesdits amis sont coupables de mauvaisetés sans nombre. Plusieurs ont même les mains tachées de sang ! Gilbert reprend la parole. Au su de la poursuite contre lui, Étienne Parent a joué le tout pour le tout, signant l'un des textes les plus percutants de sa carrière. La composition du Conseil spécial n'est qu'une œuvre de parti. Bien loin de cicatriser les plaies du pays par le baume d'une législation sage, conciliatoire et morale, la législature d'exception les a envenimées, insultant et encourageant la délation, assurant l'impunité aux auteurs des emprisonnements les plus injustes comme ceux qui ont été inspirés par la haine ou l'intérêt personnel.

Ravi de voir l'éditeur du *Canadien* racheter un brin sa pleutrerie de naguère, Gilbert fait lecture à voix haute de sa démonstration, aussi exceptionnelle qu'irréfutable. Parent est le premier à oser écrire noir sur blanc ce qui crève les yeux. Certes, les journalistes réformistes ont fréquemment dénoncé les excès et les outrages commis par une minorité toute puissante. Lemaître s'est permis, dans *La Quotidienne,* des allusions claires aux responsables de l'escalade des tensions. Mais jamais encore le fil des événements en Bas-Canada n'a été dévidé de façon si limpide, ramené à sa plus simple et plus évidente expression.

Si la situation s'est envenimée jusqu'à la prise d'armes, écrit Étienne Parent, la faute en incombe à un groupement d'hommes motivés par des *intérêts et sentiments sectionnaires*, farouchement opposés *aux conséquences du gouvernement représentatif.* Ladite faction, appuyée contre vents et marées par la mère patrie, s'est mise en collision perpétuelle avec les intérêts et les sentiments de la masse du peuple. En conséquence, les élus se sont décidés à employer un moyen extrême, le refus des subsides, ce qui a entraîné *l'appropriation de nos deniers par le Parlement impérial* au moyen des fameuses Résolutions Russell.

S'est ensuivie une agitation politique très vive, prétexte idéal à l'Exécutif pour de nombreuses destitutions dans la milice et la magistrature, puis des arrestations. Résultat : une section du peuple est entrée en résistance contre l'autorité civile, ce qui a causé les calamités de la répression militaire. L'Exécutif de la colonie aurait dû s'amender. Loin de là, il a préféré commettre *l'impardonnable faute de retirer tous les privilèges constitutionnels à un peuple qui se plaignait de n'en avoir pas assez.*

Après un silence méditatif, Caroline rouspète. Qui ne voudrait pas se dissocier d'un Exécutif peuplé de cœurs de pierre ? Encore une fois, le sieur Parent viraille peut-être du côté du vent qui vente. Elle ajoute :

— Le coup de gueule va pas encore assez loin. Quand est-ce qu'on va donner des noms ? Pointer du doigt ? Je suis fatiguée d'entendre dire que « l'Exécutif a fait ceci », « les autorités constituées ont agi comme ça »… Ce sont des faquins qui agissent. J'aime pas le flou dans l'emploi des mots. Au tribunal, c'est des individus qu'on cite à comparaître pour qu'y rendent compte de leurs actes. De pas les nommer, c'est comme si on leur permettait d'aller se cacher au plus creux de la forêt.

De l'autre côté de la table, Gilbert se penche vers son épouse pour poser un baiser sur sa joue. Se redressant, il répond :

— T'as raison sur toute la ligne. Malheureusement, ce serait comme provoquer un faquin en duel, mais que le faquin appellerait un bataillon au grand complet à sa rescousse.

Gilbert replie le feuillet, soulagé d'avoir réussi à convaincre sa femme et sa tante, vaille que vaille, que l'éditeur de *L'Aurore des Canada* évitera consciencieusement les sujets sensibles propices à l'impitoyable censure. Au cours des jours suivants, les événements lui donnent raison de vouloir persister dans son métier. Les despotes de la capitale ne peuvent que se réjouir d'une demi-victoire, car *Le Canadien* poursuit sa publication, porté à bouts de bras par quelques hommes accourus prendre la relève de l'éditeur et de l'imprimeur pendant leur séjour derrière les barreaux.

Semaine après semaine, Vitaline voit ses beaux-parents et son mari se priver afin que son nourrisson et elle ne manquent de rien. Puisque les protestations seraient inutiles, la jeune mère ne regimbe pas. À leur place, elle aurait fait pareil. Pour que Jules traverse son premier hiver en pleine santé, il est impératif que Vitaline soit bien nourrie. À maintes reprises, dame Eugénie proclame ce qu'elle croit dur comme fer : les fièvres malignes fauchent davantage les enfantelets sevrés de lait maternel. Un bébé allaité a les meilleures chances possibles.

Donnant entière créance à sa belle-mère, Vitaline passe donc son temps à engranger des forces afin de les dispenser ensuite à son fils. Après le brasse-camarade de la fin de l'automne, elle a grandement besoin d'une période d'accalmie parsemée de moments de sommeil réparateur. D'ailleurs, les autres imitent son exemple, se couchant très tôt pour d'interminables nuits réparatrices. Vitaline est persuadée que les habitants de tout le district font de même, d'autant plus qu'il s'agit de l'unique moyen de supporter la disette et d'épargner le bois qui, s'il vient à manquer, se vendra à un prix exorbitant.

Les semaines passent. Lorsque Gilbert envoie une missive pour indiquer qu'il va veiller, même de loin, sur Vincent, la jeune femme se caparaçonne contre un coup de semonce. La protection se révèle superflue ; Florentin fait des efforts méritoires pour ne pas paraître jaloux du prisonnier. La réaction de colère et de rejet à laquelle Vitaline s'attend de la part de son mari ne vient pas. Qui plus est, il ne se risque pas à émettre le moindre mot de reproche à l'adresse de sa légitime.

Certes, les rapports entre eux deux sont réduits à leur plus simple expression. Le jeune marin passe ses nuits au rez-de-chaussée, laissant les combles à l'usage exclusif de Vitaline et de son nourrisson. La jeune mère se dit que lorsque les choses reprendront un semblant de normalité, elle devra convenir avec Florentin d'une séparation à l'amiable. Vitaline retournera chez son père… enfin, chez sa sœur, si du moins on lui fait une place. Sinon, où irait-elle ?

Quand même, Florentin est étrangement de bonne humeur. Rien ne semble l'abattre, pas même la sinistre actualité. Les procédures en cour martiale lui offrent plutôt l'occasion d'exercer sa toute nouvelle aisance de langage. Loin de fuir les échanges de vues, il en profite pour tâcher d'être confortatif, ce qui est une nouveauté déstabilisante ! Vitaline s'accroche à la conviction que les juges-avocats — ainsi ont été qualifiés les deux hommes chargés, en cour martiale, de la poursuite au nom de la Couronne — ne peuvent décemment s'acharner sur un insignifiant jeunet comme Vincent.

Avec une dignité exemplaire, Florentin abonde en son sens :

— Pour le foutre en geôle, pas besoin de preuve, mais p… pour justifier un procès, c'est une autre paire de manches. Y a des milliers de dépositions, au point de c… c… crouler sous le poids. Pis là-bas, à Napierville, personne le connaissait. Pis y a pas faitte grand-chose. Les avocats chargés de la poursuite, je vois pas comment y pourraient l'accabler.

De surcroît, les pauvres hères qui sont pendus ne le sont pas pour rébellion avérée, mais pour incessante activité de Réformiste énergiques. Du moins, le cas est patent pour Joseph-Narcisse Cardinal et Joseph Duquette. Chaque fois qu'elle ouït ce dernier nom, dame Eugénie pousse les hauts cris. Un martyr, un supplicié sous la main du bourreau, lequel a dû enrouler une seconde corde autour de son cou, couper la première corde, mal nouée, et enfin faire retomber Duquette dans le vide ! Après des spasmes qui ont paru durer une éternité, il a trépassé.

Le récit du châtiment du 21 décembre a été amplement rapporté sur la rivière Chambly par les habitants revenus avec le maigre fruit de leurs ventes dans les marchés de la cité. Une colère virulente mâtinée de chagrin s'est répandue dans la contrée ! Puis, la seconde pendaison est survenue, le 18 janvier 1839. Cinq malheureux ont payé de leur vie, après avoir subi un simulacre de procès en cour martiale. Le notaire Pierre-Théophile Decoigne, condamné pour haute trahison à cause de sa participation au camp armé de

Napierville, et les quatre autres — les frères Ambroise et Charles Sanguinet, le capitaine de milice Joseph Robert et le jeune François Hamelin — pour avoir tué un fidèle et loyal sujet nommé Aaron Walker, le 3 novembre de l'an passé.

Des condamnations à mort autant désolantes qu'inexplicables. Hamelin n'avait que 18 ans. Robert, 58 ans, avait 28 frères et sœurs vivants, et plusieurs d'entre eux sont venus implorer les autorités carcérales. Vitaline trémule en raison d'un mélange d'effroi et de courroux lorsqu'elle pense à ces assassinats sacrilèges. L'Exécutif de la province donne enfin aux convulsionnaires ce qu'ils souhaitaient ardemment, c'est-à-dire un châtiment à la hauteur de leurs folles craintes d'être, un jour ou l'autre, punis pour excès de fanatisme. La même chose se déroule en Haut-Canada. Deux cours martiales, à Kingston et à London, avaient à la mi-janvier envoyé 13 hommes à trépas pour leur participation aux échauffourées de Prescott et de Windsor.

C'est également l'opinion de Rémy. Une opinion indécrottable, comme il le proclame à tout vent! Mais si Vitaline reçoit la visite du cadet de la famille par une journée ensoleillée de la fin de janvier, ce n'est pas pour déblatérer sur le sort de Vincent. Rémy vient transmettre à sa sœur un fait qui concerne leur mère Bibianne. Devant les Montplaisir réunis, il se lance dans une démonstration qui commence par une question:

— Z'êtes certainement au courant du cas de la pauvre dame qui a été retrouvée morte congelée dans les environs de Lacolle, à la fin de novembre, avec ses petiots?

— Je te prierais de pas te déboutonner à ce sujet, réplique dame Eugénie. J'en ai eu le pesant pendant une saudite escousse, pis je voudrais pas que ça recommence.

— C'est juste un prélude à ce qui va suivre. Comme la découverte s'est publicisée à la grandeur du district…

— De la province, je dirais, lance le capitaine Montplaisir.
Vitaline renchérit:

— De la terre entière, je l'escompte bien. C'était horrifique.

— Ce que je m'escrime à faire valoir, reprend Rémy en soupirant, c'est que la tragédie s'est acquis une notoriété quasi instantanée. Un fait divers a refait surface dans son sillage. La découverte d'un cas similaire pendant l'année de la peur bleue.

L'assertion sensationnelle est accueillie par un silence à couper au couteau. Tous les regards convergent vers Vitaline, en train d'encaisser le choc. Rémy dévide le fil de son récit. La référence à une grosse dame retrouvée sans vie dans un boisé de Rougemont après s'être délivrée d'une fillette, à l'automne 1832, est parvenue aux oreilles de Fontaine Montplaisir. Dame Eugénie s'exclame :

— Tu veux dire *notre* Fontaine ?

— Oui, votre fils aîné qui vit là-bas.

Évidemment, celui-ci avait ouï dire de la disparition inexpliquée de la belle-mère de son frère Florentin. Alerté, Fontaine a entrepris une enquête dont s'est saisi par la suite un notaire de l'endroit. Après un interrogatoire des principaux témoins et un examen du registre des sépultures, le doute n'est quasiment plus permis. Il s'agit de Bibianne Dudevoir née Royer, décédée en 1832. Elle avait été aperçue dans les parages, vivant une existence de sauvageonne, mais elle fuyait la compagnie comme la peste, et les quelques personnes ayant tenté de l'approcher y avaient renoncé. Nul ne la savait même enceinte.

Vitaline détourne les yeux pour s'abandonner à son besoin d'introspection. Elle fait resurgir l'image de sa mère à la belle époque, accorte et rieuse, telle qu'elle était avant de sombrer dans une démence définitive. La gorge outrageusement serrée, Vitaline lui envoie un adieu. Elle avait fait son deuil de l'auteure de ses jours depuis belle lurette, depuis qu'elle leur était perdue à tout jamais, même en étant physiquement présente, mais il manquait encore l'ultime détachement. Plaise à Dieu que sa mère n'ait pas trop souffert entre sa fuite et son trépas. Levant la tête, Vitaline regarde son souhait s'envoler vers le ciel.

— Le beau de l'affaire…

Vitaline revient à Rémy. Les traits illuminés par un étrange bonheur, son frère raconte que les navrantes histoires de Bibianne et de la dame de Lacolle, six ans plus tard, divergent sur un point : le nouveau-né de la première a été retrouvé vivant, car Bibianne avait commencé à l'allaiter, tout en se vidant de son sang. Galvanisée, Vitaline se tend comme un arc :

— Vivant ? Toi pis moi, on a… ?

— Une petite sœur.

Rémy éclate de rire. Manifestement, la bonne nouvelle lui fait un bien infini. Vitaline n'a pas souvent jasé de l'épineuse situation avec celui qui était en quelque sorte, de façon ténue, la cause du malheur, mais elle a senti que son malaise était palpable. Porté par son enchantement, Rémy laisse les phrases débouler :

— Son père pis moi, on est allés la voir en personne. Elle a été adoptée par une famille du coin. La dame avait perdu son petit gars à cause du miasme. Elle avait encore du lait, alors elle a pu la nourrir. Cléophie est comme leur fille.

— Cléophie ? C'est comme ça qu'elle s'appelle ?

— Oui. Le nourrisson trépassé se prénommait Cléophas. Elle est jolie comme un cœur, la Cléophie. On a dit aux parents qui on était. On leur a demandé de ses nouvelles de temps à autre. Pis moi, je leur ai fait savoir que je serais toujours là en cas de besoin...

La voix de Rémy se brise. Vaincu par son émotion, il se lève précipitamment et marche jusqu'à une fenêtre pour reprendre contenance, leur faisant dos. Vitaline doit porter attention à Jules, que son père tenait sur lui, mais qui réclame astheure sa mère à grands cris. Elle reçoit le petit corps chaud comme un cadeau précieux. Elle le pose tout contre elle, sa tête à la hauteur de la sienne, et la petite bouche gourmande de son fils se pose sur sa joue, en aspire la rondeur, et enfin la mordille avec des vagissements de plaisir.

Le lendemain, deux lettres aboutissent chez les Montplaisir. Une manne ! La première, qui provient de Gilbert, déleste Florentin d'un fameux poids, car elle l'innocente. Vincent a confirmé à Gilbert, par écrit, que Gaspard avait vitement flairé la présence de son besson et que c'est de sa seule initiative qu'il s'est mis à ses trousses. La seconde missive est signée de Norbert, qui a élu domicile au Nouveau-Brunswick pour une escousse.

Florentin s'empresse de dicter à Vitaline une missive justificative à l'adresse de son cadet, puis d'aller porter lui-même la lettre au maître de poste. Ravi d'avoir regagné la confiance de ses proches, il s'abandonne à une poussée d'exultation. Tout en vaquant à ses occupations coutumières, il sifflote et chantonne même parfois ! Dès lors, Vitaline doit se rendre à l'évidence : son mari s'évertue à tisser de nouveaux liens d'amitié avec elle, à gagner son respect et sa confiance.

Ce n'est pas une mince affaire, mais la jeune femme doit admettre qu'il y met du cœur. Plutôt que de le terrasser, ses épreuves personnelles — l'infidélité de Vitaline couplée au soupçon de trahison à l'égard de Vincent — l'ont galvanisé jusqu'au tréfonds de son être. Florentin est en train de se départir, brin par brin, de ses sursauts de fierté mal placée, de son irritante propension à se sentir malmené dès qu'il se croit contredit ou dépassé dans son analyse de la situation. Tout soudain, il se révèle humble et respectueux, capable de s'observer avec lucidité, puis de se remettre en question. Il se redéfinit, se remodèle.

Sceptique, Vitaline suit les étapes de la transformation de son mari tout en gardant une certaine réserve. Florentin ne s'en formalise pas. Il se contente de saisir le moindre prétexte pour entrer en relation avec sa femme. Il va même jusqu'à s'épancher. Il a encaissé le choc, dit-il, telle une irréfragable leçon. Si sa tendre moitié a quitté sa compagnie pour dévirer jusqu'à celle d'un autre, fièrement plus plaisante, c'est qu'il n'a pas été l'aimable compagnon de vie qu'il avait promis d'être avant leur union. Il s'est juré de se réformer.

Profitant du moment d'intimité, Florentin s'enquiert subitement :

— Ça me démange de savoir… Mon petit gars, est-ce que… est-ce que c'est vraiment mon petit gars ?

Vitaline n'a aucune hésitation à le lui confirmer. Certes, il existe une mince probabilité que Vincent en soit le père, mais elle est à ce point ténue… Florentin se hâte d'ajouter :

— Pas que ça aurait changé quoi que ce soit entre Jules pis moi. Je le c… considère comme mon fils, point à la ligne.

— Sauf que t'as le droit de savoir. Je comprends. Pis j'ai entièrement confiance en toi par rapport à Jules.

Les traits de son mari, qui la mirait, s'altèrent en raison d'une vive émotion. La voix sans timbre, il dit sourdement :

— T'as même pas besoin d'en parler. Ça se voit comme le nez au milieu de la figure, quand tu reluis de confiance. C'est beau.

VITALINE A AISÉMENT PERSUADÉ son mari de les abonner à *L'Aurore des Canadas*, qui a commencé à paraître le 15 janvier. Peu après, tout le voisinage a été au courant, et la tradition, c'est-à-dire venir écouter Vitaline lire la gazette, a repris. Débordante de fierté, la jeune mère parle souvent à son auditoire de son frère nouvelliste, et parfois même, elle leur lit des extraits de ses lettres au sujet de son travail à la rédaction.

Mais en règle générale, l'humeur collective est enténébrée. Les uns après les autres, les procès en cour martiale s'enchaînent. Celui de 11 captifs pris à Beauharnois. Celui d'un jeune militaire français nommé Charles Hindenlang et qui aurait commandé un ou des combats dans la région de Lacolle, entre le 7 et le 9 novembre 1838. Celui d'un groupe indistinct comprenant deux hommes acquittés en septembre 1838 pour le meurtre de Joseph-Armand dit Chartrand: le jeune et frêle Amable Daunais, de même que l'instituteur François Nicolas, dénoncé pour sa participation au camp de Napierville.

Février s'égrène. Les avocats des prévenus, M. Drummond et M. Hart, font application en Cour du banc de la reine pour un *writ de prohibition* contre la cour martiale. Le juge en chef et son collègue Samuel Gale rejettent la motion, soutenant la légalité des mesures de l'Exécutif et du Conseil spécial au sujet de la constitution de la cour martiale. Vitaline lève les yeux. Chacun et chacune, parmi son auditoire, soupèse l'assertion comme un aveu de l'horrifique collusion au faîte du pouvoir. Une femme âgée prend la parole:

— C'est le Conseil spécial itou, me semble, qui a émis une ordonnance pour repousser le terme de la cour criminelle?

— Vous parlez drette. Les accusés qui devaient subir leurs procès pour crimes et offenses attendront jusqu'au 27 d'août.

— De ce nombre est le pauvre Jalbert.

Tous s'insurgent contre le fait que le vénérable capitaine de milice soit littéralement devenu un otage du gouvernement militaire. Dix-huit mois après sa capture comme principal accusé pour le meurtre du lieutenant George Weir, le 23 novembre 1837, on refuse de lui faire un procès parce qu'on sait pertinemment que la preuve contre lui n'est pas convaincante. Si les autorités du district ont préféré ne pas instituer la statutaire cour criminelle, c'est principalement pour ajourner une cause qui leur donne de l'urticaire!

C'est entourée d'une bonne cinquantaine de personnes que Vitaline lit le compte rendu de *L'Aurore des Canadas* du 19 février portant sur la troisième pendaison. Le 15 février à 9 heures du matin, ils *s'avancèrent tous d'un pas ferme sur la plate-forme, d'où leurs âmes devaient s'envoler pour un monde meilleur.* Le premier des cinq hommes à se faire mettre la corde au cou a été Charles Hindenlang, *beau jeune homme de 29 ans.* Vitaline poursuit :

— *Hindenlang parut avec la même grâce, la même assurance qu'il aurait pu montrer dans un salon. Il s'avança au-devant de l'échafaud et adressa au peuple un discours que les journaux de cette ville n'ont pas voulu ou n'ont pu reproduire, sans doute à cause de l'effet qu'il pourrait produire sur le public. Nous nous abstiendrons aussi de le publier. Nous répéterons seulement ce que dit le* Transcript : « *en mourant, il était encore persuadé que la cause dans laquelle il était engagé était une bonne cause, qu'il niait au gouvernement anglais le droit de le mettre à mort et qu'il termina en s'écriant d'une voix forte " Vive la liberté !"*

— Savez pourquoi y a été sacrifié ?

L'attention se porte sur le voisin meunier, qui ajoute :

— Y aurait pu livrer un récit édifiant de la duplicité des autorités.

L'assentiment est généralisé. Le surintendant de police Leclère s'est servi de lui comme d'une marionnette, lui faisant endosser un témoignage sciemment arrangé et de prétendues lettres personnelles. Sur l'échafaud, Hindenlang a pris soin de rétablir sa réputation, affirmant à haute voix qu'il avait épousé la cause sacrée de la liberté canadienne. Comme ce moment a dû être émouvant !

Chevalier de Lorimier s'est ensuite avancé, les mains liées derrière le dos, suivi par Amable Daunais, Pierre-Rémi Narbonne et enfin le notoirement gigantesque François Nicolas. Tous sont restés en silence, hormis Nicolas. Vitaline lit encore :

— *Il fit un discours assez long où il déplorait les erreurs de sa vie, reconnaissant dans la mort qu'il allait souffrir la justice de Dieu qu'il avait souvent et grièvement offensé, recommandait aux parents de veiller sur leurs enfants, à ceux-ci d'écouter les avis de leurs parents et de suivre les préceptes de la religion. Toutes les personnes présentes que nous avons eu occasion de voir se sont accordées à dire qu'il n'avait fait aucune allusion au meurtre de Chartrand dont il a été accusé, ni à la politique, qu'il ne parla que de ses fautes en général. Vers neuf heures et trois quarts, ils se placèrent sur la trappe fatale et le bourreau fit les derniers préparatifs, après lesquels le Provost Martial, sergent de l'armée qui remplit à peu près les fonctions du Shérif, donna le signal qui devait mettre le terme à leurs souffrances et à leurs vies.*

Vitaline reprend son souffle. Dans un silence à couper au couteau, elle continue :

— *La mort fut à peu près instantanée chez Hindenlang et Nicolas ; Lorimier et Daunais parurent souffrir peu de temps ; mais les souffrances de Narbonne furent longues et horribles.*

— Comme le pauvre Duquette lors de la première exécution ?

— Oui. M'sieur Narbonne avait un bras coupé, donc sa main restante avait été grossièrement amarrée. *Dans les convulsions de l'agonie, il détacha sa main et parvint à déplacer la corde de sa vraie position. Il parvint même deux fois à atteindre une balustrade voisine et à s'y placer les pieds et deux fois il en fut repoussé. Nous espérons que si la justice n'était pas encore satisfaite et qu'il dût y avoir de nouvelles exécutions, on s'y prendrait enfin de manière à éviter aux suppliciés de semblables tortures.*

Vitaline replie le feuillet de *L'Aurore des Canadas*. À défaut de compatir, même les pires forcenés de Montréal commencent à juger de telles scènes disgracieuses. À haute voix, un jeune homme se met à jongler avec les chiffres. En Bas-Canada, 12 hommes — un Français et 11 Canadiens parlant français — sacrifiés sur l'échafaud. En Haut-Canada, 20 hommes envoyés à trépas par les cours martiales de Windsor et de London. Un très lourd tribut, compte tenu de l'accablante responsabilité des Exécutifs coloniaux dans l'exacerbation des tensions. Vitaline demeure sur ses gardes, car un ouï-dire chargé d'espérance ponctue chacune des pendaisons, mais cette fois-ci, la mère patrie elle-même mettrait un terme à l'administration de la peine capitale.

40

Gilbert ralentit à quelques encablures de son domicile pour humer l'air chargé de senteurs capiteuses en raison du dégel. Il doit s'avouer perturbé par l'humeur changeante, un brin coquine, de la nature. Loin d'en ressentir du bonheur, il trouve fièrement indécent d'être environné d'un printemps hâtif, alors que ses concitoyens et lui se trouvent encore au plus creux des ténèbres d'un régime oppressif. Comme si la beauté des jours était une insulte à la souffrance de son peuple.

Brusquement, Gilbert s'immobilise. Un quidam fait le pied de grue devant son domicile. Vincent, enfin libéré ? Gilbert sent son cœur bondir dans sa poitrine. Il crie le prénom de son ami. Plutôt que de pirouetter avec fougue, Vincent pivote posément, tel un homme âgé. Ou tel un homme qui a compris que les gestes emportés augmentent le risque de se cogner partout. Le visage pâle de Vincent s'illumine à la vue de Gilbert. Tous deux se précipitent dans les bras l'un de l'autre pour se donner une accolade.

Gilbert agrippe son ami par les épaules pour le repousser afin de le scruter. Car s'il a pu correspondre avec lui, les visites lui étaient interdites. Trois mois d'emprisonnement ont émacié les traits du jeune homme. Sans doute son corps au grand complet itou, même si Gilbert ne peut sentir grand-chose à cause de l'épaisseur de la bougrine. Navré, il souffle :

— C'était pas suffisant, ce qu'on te faisait envoyer ?

Vincent fait une mine éberluée.

— Pas suffisant ? C'était un don du ciel, au contraire ! Sans toi, je serais l'ombre de moi-même. Je t'en serai éternellement reconnaissant.

— Oublie ça. C'était la moindre des choses.

Les yeux de Vincent se remplissent d'eau.

— Pis les pantoufles tricotées, le foulard, le linge de corps, la chemise, ça me réchauffait pas juste la carcasse. L'âme itou.

Chamboulé, Gilbert le gratifie d'une seconde embrassade emportée. Vincent profère :

— J'ai quasiment toutte donné à ceux qui restent après moi. Vous m'excuserez.

— Arrête de délirer pis viens te chauffer au ras du poêle.

Gilbert précède son ami dans la salle commune de la maison encore déserte. Il anticipe le pire en le regardant se débougriner du coin de l'œil, mais Vincent révèle une corporence qui ne s'est pas outrageusement détériorée, hormis l'amaigrissement musculaire. Rien qui ne pourra se réparer avec le temps. Le libéré erre dans la pièce, flattant et admirant des objets pourtant anodins. Au travers de son regard émerveillé, Gilbert se remet à apprécier les articles usuels qui garnissent la pièce. Rares sont ceux qui ne reluisent pas, même fugacement, d'une réelle beauté.

Soudain, Vincent semble émerger d'un songe enchanté. Figeant sur place, il déclare péremptoirement :

— J'étais en train d'oublier... J'ai pas d'allure de me promener de même. Faut que je me décontamine avant. Y avait toutes sortes de bibittes fatigantes en prison. Fait que là, je m'en vais dans la cuisine d'été. Suis-moi.

Gilbert obtempère. L'endroit en question, fermé pour la saison froide, est réchauffé par le généreux soleil de mars. Vincent dit encore :

— Je vais foutre mon linge dehors. Tu pourras supporter que je me mette flambant nu pardevant toi ?

— La question se pose même pas.

— Pis après, je vais me laver de la tête aux pieds. Mais avant, faut que tu m'examines les cheveux. Je voudrais pas être responsable d'une infestation de poux chez vous.

— Ça te démange ?

— Non. On passait un temps infini à s'épouiller. Mais on sait jamais. Si t'as un moindre doute, tu me rases, correct ?

Vincent vient de se départir de son ultime pièce de vêtement, un caleçon au fond usé jusqu'à la corde. Gilbert ne peut s'empêcher de parcourir des yeux le corps de son ami. Certes, ce dernier a perdu une partie de sa prestance de jeune mâle, les interstices entre ses côtes se sont creusés, mais à ses yeux, il a encore fière allure avec son torse nettement évasé depuis les hanches jusqu'aux épaules rondies, dotées d'une superbe équarriture. Plus jeune, Gilbert était jaloux des jumeaux Cosseneuve, qui exhibaient la forme masculine idéale à ses yeux, mais depuis, il s'est réconcilié avec son corps longiligne.

Ouvrant la porte donnant sur l'extérieur, l'ancien détenu lance le paquet de vêtements, puis il revient au centre de la pièce. Si tous deux se sont déjà dévêtus en présence l'un de l'autre, ils prenaient soin de s'éviter du regard, et pour la première fois, Gilbert aperçoit l'appareillage mâle de Vincent. Il ne peut retenir un éclair d'envie. Son ami est gratifié d'un membre viril d'un calibre notablement plus gros que le sien. Gilbert est épaté à l'idée de l'aspect qu'il doit avoir lorsqu'il est bandé. Par contre, en longueur, Vincent est incapable de le battre.

Puis, se reprochant des pensées si bassement futiles, Gilbert se concentre sur sa tâche. Il commande à Vincent de s'approcher d'une fenêtre au travers de laquelle pénètre la lumière du soleil couchant, puis il scrute sa chevelure. Vincent ronronne quasiment de bonheur comme un chat, près du poêle. Planté debout, les yeux fermés, il avoue qu'il se laisserait attiédir et tripoter jusqu'à la fin des temps.

C'est affairé à cette tâche que Gilbert entend sa tante rentrer ; en conséquence, il délaisse Vincent un court moment pour la mettre au courant et lui demander de faire chauffer de l'eau. Sachant à quel point les prisonniers ont eu froid depuis l'orée de l'hiver, Gilbert s'enquiert, une fois revenu :

— Combien de temps avant que t'obtiennes un litte ?

— Sept semaines. Quarante-huit jours exactement. Pis encore, on était deux, ensemble, à dormir tête-bêche.

— Sept semaines à dormir sur un plancher de bois ?

— Oui m'sieur. Collés les uns contre les autres. Une chance que j'avais ta couverture pis la tuque que Caroline m'avait tricotée. À ce point épaisse qu'elle faisait un oreiller acceptable.

— Ma tante pis Caroline ont pas arrêté de comploter. Elles voulaient soudoyer le geôlier pour qu'y ferme les yeux bien dur. Ensuite, enrégimenter Étienne pis ses amis fiers-à-bras pour se saisir de Gaspard pis le mettre à ta place en prison.

Vincent rit de bon cœur. Un brin périlleux comme représailles ! Puis, il questionne à son tour :

— Pis, ça fait quoi d'être un homme marié ? S'cuse-moi de sauter du coq à l'âne...

— Dans mon cas, l'impression d'être arrivé à bon port.

Vincent accueille la confidence par un silence pensif. Gilbert le rompt enfin :

— Je crois pas t'avoir annoncé que je vais être père...

Son ami tressaille et se tourne à demi vers lui pour s'exclamer :

— Pour de vrai ? Mes congratulations !

— Merci. Reste tranquille, j'ai pas fini, pis je commence à être tanné.

— C'est une saudite belle histoire, votre affaire. Quand je pense au chemin que vous avez parcouru, à la manière dont vous vous écartiez l'un de l'autre sans jamais vous perdre de vue.

— Je suis positivement enchanté qu'elle pis moi, profère Gilbert, on ait fini de vagabonder.

— Je me répète, mais t'es un modèle pour moi. Tu l'as pas lâchée, ta Caroline, malgré toutte ce que t'aurais pu trouver en sa défaveur.

Gilbert grommelle indistinctement. Il a bien failli. De nouveau, le silence s'installe. Ayant l'intuition que son ami se butte intérieurement à une porte fermée, Gilbert choisit de l'entrebâiller.

— Toi itou, tu parais avoir vécu quelque chose de spécial avec Vitaline...

— Oui. Je te conterai, même si ça me gêne parce que c'est ta sœur. À moins qu'elle se soit déjà épanchée ?

— Elle m'a rien dit pantoutte. Pas eu le temps, je suis revenu vitement par icitte, comme tu sais.

— T'as des nouvelles récentes ?

Gilbert le rassure : Vitaline se porte bien, de même que son petiot. De surcroît, loin de lui en garder rancune, Florentin s'est durablement radouci. Avec une grimace, Vincent réplique :

— Je peux pas dire que ça me fait plaisir. J'aime mieux un mari invivable qu'un mari trop gentil. Je veux qu'elle se languisse de moi.

Puis, il s'écrie :

— Je me rétracte. Je veux que Vitaline ait la vie la plus douce possible. C'est pas pour rien que j'ai pilé sur mon orgueil pour aller défendre sa cause, juste avant de me faire pogner.

Gilbert saute sur l'occasion :

— Justement, je voulais confirmer... Dans une de tes lettres, t'innocentais bel et bien Florentin, c'est-y pas ? L'affaire qu'y t'aurait vendu ? Comme tu pouvais pas risquer la censure, tu t'exprimais à mots couverts...

— J'ai faitte parler Gaspard. C'est facile, y veut juste se vanter. Le mari de Vitaline est blanc comme neige.

— Tu causes de ton frérot avec un détachement ahurissant.

— J'ai eu le temps de ventiler.

— À chaque libération de groupe, j'espérais. Celle d'une centaine de détenus, le 21 janvier, en particulier. Mais non. Gaspard savait comment forcer la main des avocats de la poursuite.

— Comme y est intime avec le sieur Déberge qui contrôle le shérif, son beau-frère de Saint-Ours... Sauf que là, les autorités carcérales boutent toutte le monde dehors, hormis ceux qui ont été trouvés coupables en cour martiale ou ceux qui passeront en procès.

Après un temps, Vincent reprend :

— J'étais pas si marri que ça d'être derrière les barreaux. Y aurait fallu que je me trouve une cachette de toute façon. J'aurais guère pu mettre le nez dehors de l'hiver. Bon, j'avoue que c'était contraignant en masse, mais pour parler drette, j'étais pas en train de manger mes bas. J'ai découvert chez mes compagnons un réel courage. En dedans, pas le choix que de se mettre au jour. Pis j'ai vu de la dignité en masse. Une patience angélique. De la cohésion pis de l'indéfectible camaraderie, à part une couple d'hostie de moutons noirs.

L'expression fait sursauter Gilbert :

— Hostie ? Le pain bénit fait quoi dans cette galère ?

— Un sacre en vogue dans la prison.

— Du genre de « ciboire » ? Je me souviens de la première fois que j'ai entendu Rodolphe dire « j'ai hâte en ciboire ». Juste avant les premières arrestations, le 16 novembre 1837.

— Accoutume-toi, parce que les sacres du genre, y sont là pour rester. Hostie.

Gilbert réfléchit un instant, puis il jette :

— Pour le sûr, saint épais, ça fait dépassé. Ancien en masse. Faudrait que je m'actualise. Je me creuse la cervelle... Sainte chasuble ? Saint tabernacle ?

— Ça manque de mordant.

— Saint sacrement. Comme la Fête-Dieu.

— Acceptable, sauf qu'y faut surtout pas que tu prononces avec la bouche en cul de poule d'un calotin. Faut que tu canadianises ta parlure. Que tu la popularises.

— Du genre : saint sacrément ?

Vincent rigole. Gilbert l'imite, réconforté par cet agréable moment de détente, puis il lance :

— Ça griche aux entournures. Sacrément, c'est encore trop respectueux. Faut désacraliser.

S'illuminant, Vincent frappe dans ses mains, avant de s'exclamer :

— Sacrament ! C'est mieux, tu trouves pas ?

— Ça ira pour l'instant. Tu me corrigeras si je retombe dans mon ancien patois, saint sacrament !

Sur ce, Gilbert donne une tape amicale à Vincent pour lui signifier que l'examen visuel est terminé. Il claironne :

— Je vous donne un passeport pour l'avenir, m'sieur ! Astheure, c'est l'heure du bain. La brunante va survenir, pis je voudrais pas que t'attrapes la crève.

Une heure plus tard, un Vincent récuré et vêtu de vieux habits appartenant à Gilbert fait son apparition dans la salle commune, ce qui suscite un fou rire. Le pantalon traîne au sol et les manches de la chemise couvrent ses mains jusqu'à l'extrémité de ses doigts ! Avec une gaieté bruyante, Ériole et Caroline se disputent l'honneur de l'embrasser, puis elles le conduisent cérémonieusement jusqu'à la table. Les joues de Vincent s'empourprent, ses yeux brillent et il promène un regard énamouré sur les créatures qui, tout soudain, enjolivent son existence.

La maîtresse de maison sert à leur invité la plus plantureuse assiettée que Gilbert ait jamais vue. Vincent se met à déguster lentement le ragoût, savourant chaque cuillérée. Pendant ce temps, une plaisante parlure s'engage. Les deux dames racontent des bribes de leur existence. Caroline se plaint de son mal de mer de femme engrossée, surtout le matin. Gilbert la taquine sur le vif appétit qu'elle a, en contrepartie, en fin de journée. Tout en récurant son couvert, Vincent prétend qu'elle mange plus que lui, ce dont elle se défend avec énergie.

Gilbert raconte au survenant l'évolution de sa relation avec son jumeau : son assaut à la fin de novembre de l'an passé, suivi de la menace de Gaspard de l'écrouer, puis l'intervention d'Étienne Lavictoire et du connétable Malo. Depuis, il s'astreint à côtoyer un grichou qu'il honnit de tout son cœur, un casse-pied qui fourre son nez partout comme s'il craignait constamment d'être floué. Il s'y astreint d'autant plus que Caroline va bientôt cesser de travailler.

La principale intéressée réplique :

— C'est toi qui le dis. Tant que ça paraît pas trop…

— Une femme enceinte est pas à sa place dans une taverne. Trop de brasse-camarade.

— J'en ai vu d'autres. Ça me fait pas peur.

Ériole déclare péremptoirement :

— Quand mon neveu pis moi, on pourra plus supporter de te savoir là-bas, faudra abdiquer.

À l'adresse de Vincent, Gilbert reprend :

— Va falloir que je prenne ma place sur le plancher du billard. Comme avant, aux beaux jours de mon association avec ton grichou de frère. Juste le temps de faire un coup d'argent si possible, avant de lui faire signer une renonciation d'association. Ton frère m'écœure, mais le milieu m'écœure encore davantage. Boire pis jouer, pis jouer pis boire. Flamber sa paye. Voir les épouses ou les enfants retontir pour tâcher de soutirer des piécettes. Ça use.

— Je me tue à dire à Gilbert qu'y devrait laisser tomber, glisse Ériole. Je suis à la veille de m'accrocher à son capot pour l'empêcher de dévirer vers la taverne.

— Ça s'en vient, ma tante. Trop de vacheries que je suis obligé d'endurer au sujet des sans-dessein de Canadiens qui déclarent la guerre sans même avoir une arme à feu sous la main. Les *pea soups*.

Gilbert se tourne vers Vincent :

— Tu l'as entendue, celle-là ?

— *Pea soups?* Tu veux dire, *pease soup*, comme les saudits *pease puddings* dont les *Britons* se régalent?

Caroline se fend d'une éloquente grimace.

— Beurk! Leur purée de pois cassés, ça me lève le cœur.

— *Pea* ou *pease*, reprend Gilbert, c'est du pareil au même. Ça veut dire « mangeux de soupe aux pois ». Le comble de la faiblesse pis de l'incapacité. Encore plus insultant que *damned French Canadians*.

Avec un sourire mutin, Caroline déclare :

— On investira notre argent dans une maison déréglée. Je deviendrai une Madame.

Gilbert lève les yeux au ciel, tandis qu'Ériole pousse un soupir exaspéré et se lève pour débarrasser la table. Quant à Vincent, il éclate de rire.

— *Madame* Dudevoir? J'achète. J'achète cent pour cent!

Son accès de gaieté devient irrépressible. Enfin, après un bon moment d'hilarité, il s'essuie les yeux :

— Ouf! Ça faisait une escousse. On a joué aux charades pis aux farces, en prison, mais la nouveauté a fini par s'émousser.

Il saute sur ses pieds pour venir gratifier Caroline, par-derrière, d'un baiser sonore sur chacune de ses joues.

— Madame Dudevoir, je vous vénère! Pis je vous défendrai bec et ongles jusqu'à mon dernier souffle. À ceux qui vous accuseront d'indécence pis de vénalité, je dirai : c'est une miette dans la balance, comparé à ce que j'ai vu dans mon beau pays du Canada. Qu'on fasse un procès à touttes pis à chacun des profiteurs pis des corrompus, avant de jeter la pierre!

Sur ce, les jeunes gens se joignent à Ériole pour mettre la cuisine en ordre. Vincent bâille à s'en décrocher la mâchoire. Ses paupières s'alourdissent à vue d'œil, son teint blêmit. Ériole déclare :

— Gilbert, amène ton ami au petit coin. Caroline pis moi, on va préparer le litte.

L'interpelé conduit Vincent, qui se laisse mener comme un somnambule, à la pissotière en plein air. De retour dans la maison, Gilbert se rend tout droit à l'escalier, qu'il grimpe en lançant à Vincent, par-dessus son épaule :

— T'as mon ancienne chambre à toi seul. Caroline pis moi, on occupe la pièce du bas.

Sans dire un seul mot, son ami s'allonge tout habillé sur la couche, et la seconde d'après, il dort. Gilbert échange une œillade interloquée avec les deux femmes qui venaient tout juste de se redresser, leur tâche accomplie, puis il rabat la couverte de laine et la courtepointe sur le gisant. Il murmure à l'adresse de ses compagnes :

— Je crois qu'on peut lui offrir une longue cure de santé, c'est-y pas ?

— Tant qu'y faudra, souffle Ériole.

En soupirant, elle glisse sa main sous l'avant-bras de Gilbert, puis elle s'y accote la tête. Tout en contemplant Vincent, elle ajoute, manifestement émue :

— Je tâchais de... d'agir comme à l'ordinaire, mais... je le regardais, pis je voyais juste... les quatre murs d'une cellule alentour de lui... quatre murs qui l'enserraient pis qui le comprimaient. Le ciel qu'on voit juste grâce à une lucarne sous le plafond...

Caroline vient de l'autre côté de Gilbert pour s'insinuer sous son bras, qui repose alors sur ses épaules, et se lover contre son flanc, tandis qu'Ériole poursuit :

— Je repassais dans ma tête ce que les dames charitables décrivent. Les prisonniers quasiment empilés les uns sur les autres. Le manque absolu de confort. L'eau jaunie qui sort des tuyaux. Les latrines qui débordent. La senteur. Les malades qui dépérissent, pis le grichou de docteur qui fait frime de croire que c'est un truc pour sortir plus vite. Pis les vexations de la part du geôlier ou du shérif. Jour après jour, les persécutions inutiles et méchantes, juste pour briser les âmes bien trempées.

Ériole tremble comme une feuille, au point où Gilbert la sermonne :

— Arrêtez ça, ma tante. C'est souffrant de tourner le fer dans la plaie.

Caroline prend la parole à son tour :

— Moi, je jonglais aux... aux peines capitales. Aux prisonniers obligés de mirer aux fenêtres.

— On peut pas forcer quiconque à garder les yeux ouverts. Pis la troisième fois, tous ont refusé en bloc.

— Quand même. Je regardais Vincent, pis je me demandais : comment y a faitte pour traverser ce calvaire ? Pour pas se laisser submerger par le chagrin ou par l'épouvante ? La manière dont le commandement militaire a semé la terreur parmi les prisonniers, ça me reste en travers de la gorge.

Instantanément, Gilbert sent resurgir l'intense sentiment de désolation qui a saisi les habitants de Montréal aux tripes, à l'orée de chaque pendaison. Rester insensible à la terrible épreuve qu'allaient subir des hommes intègres et probes ? À l'incroyable injustice commise ? Au désespoir de proches parents et d'amis chers ? À la crainte d'éventuels châtiments supplémentaires, autant iniques que les précédents ? Impossible. De quoi perdre la foi dans le genre humain. Perdre le goût de vivre, à moins de… Gilbert serre Caroline contre son flanc tout en penchant la tête vers celle de sa tante, toujours accotée contre son autre bras. À moins de se gorger d'amour.

AU DÉBUT, VINCENT NE FAIT QUE boire et manger, digérer et dormir. Au moment où Gilbert se convainc que son meilleur ami va végéter jusqu'à la fin des temps, celui-ci commence à allonger ses périodes d'éveil. À se dégourdir en balayant la salle commune ou en accompagnant une des dames au Marché neuf. À reprendre durablement des couleurs aux joues et un soupçon de gras sur la carcasse. À se taper tous les exemplaires de *L'Aurore des Canadas*.

Vincent passe un temps infini à décortiquer les numéros les plus récents du papier-nouvelles, ce qui suscite des discussions à perdre haleine entre les deux jeunes hommes. L'évolution de la querelle entre le gouvernement central des États-Unis et celui de la Grande-Bretagne au sujet du tracé de la frontière entre le Bas-Canada, le Nouveau-Brunswick et le Maine. Le procès actuel en cour martiale, celui contre plusieurs notables de Terrebonne.

Le convalescent se passionne pour le rapport au sujet du personnage de haut rang, complice de l'attentat contre la barque à vapeur *Le Patriote canadien*, qui a été coulée alors qu'elle avait pris ses quartiers d'hiver à Sorel. Le soupçon est de notoriété publique grâce à l'arraisonnement d'un quidam qui prétend avoir été payé pour nuire aux propriétaires du navire, en majeure partie canadiens. Les circonstances sont accablantes, telle la glace sciée suffisamment largement pour que les ailes qui couvrent les roues à aubes ne l'empêchent pas de sombrer.

Afin de mieux analyser l'instructif commentaire de l'éditeur Boucher-Belleville au sujet du retour du peuple juif en Palestine, Vincent le lit à voix haute :

— *Grand nombre d'individus de ce peuple étonnant profitent de la facilité plus grande que jamais qu'ils ont de se rendre dans leur ancienne patrie pour faire le pèlerinage de la Palestine et même pour s'y fixer. Depuis un certain nombre d'années, ils s'y rendent de toutes parts et on n'en compte pas moins aujourd'hui de 40 000 à Jérusalem et aux environs, nombre qui augmente journellement. Dans ces temps-ci que les Juifs sont riches et que l'argent fait tout, les malheureux enfants d'Abraham réussiront peut-être enfin à rétablir le Royaume d'Israël, objet constant de leurs vœux depuis deux millénaires.*

Le jeune homme relève la tête et déclare à l'adresse de Gilbert :

— Pénétrant. C'est un érudit, ton Jean-Philippe. J'aurais apprécié, par contre, qu'y fasse pas juste mentionner que le *Metropolis* de Washington publie une communication signée par deux exilés. J'aurais voulu qu'y la reproduise en entier.

— Celle qui totalise la valeur des propriétés détruites l'an passé ?

— Oui, 349 154 piastres pour les paroisses de Beauharnois, de Saint-Timothée, de Sainte-Martine et des Cascades.

Gilbert défend son patron, qui doit se surveiller constamment pour ne pas être en butte à la susceptibilité revancharde des potentats de Montréal ou de l'Exécutif de la colonie. Un rien peut être considéré comme foutrement insolent, parce qu'un rien contredit le mensonge officiel, celui qui prime plus que tout. Alors, s'il avait fallu que *L'Aurore des Canadas* reproduise le tableau « d'atrocités » que le *Metropolis* a publié noir sur blanc...

Avec une grimace, Vincent reprend :

— Tandis que le rapport du faquin Durham sur la situation politique des deux Canadas, y reçoit une formidable publicité dans les gazettes pis au sein de la gent officielle. Tu sais pourquoi ?

— Y donne un sceau d'authenticité à une menterie grosse comme la maison. Y transmue une médisance en vérité.

— Durham lui-même peut pas être l'auteur du texte, vu le peu de temps qu'y a passé dans la colonie.

— La rumeur désigne Adam Thom, ci-devant rédacteur du *Herald*. Le seul parmi ses collaborateurs qui connaisse un tant soit peu la situation en terre d'Amérique. Y a fait voile en compagnie de milord vers la Grande-Bretagne.

Le fameux rapport prétend qu'il est impératif d'angliciser la colonie dans ses moindres recoins, afin de noyer la supposée haine invétérée de la race canadienne-française contre tout ce qui est britannique. En preuve des dispositions hostiles des Canadiens contre les *Britons*: les efforts de la défunte Chambre d'Assemblée et des habitants de la colonie pour obtenir un partage égal dans les faveurs, les octrois et les charges publiques. En revanche, le rapport ne contient pas un traître mot de la haine de la faction sectaire contre les enfants du sol, comme si celle-là était justifiable. Du Mr Thom tout craché.

Des coups vigoureux résonnent à la porte d'entrée. Gilbert échange un regard inquiet avec Vincent avant de se lever pour se rendre à l'huis. En même temps, il fait le point. En ce matin du samedi 16 mars, il languissait un brin à domicile parce que la parution la plus récente de *L'Aurore des Canadas* a été mise en vente hier, et que l'éditeur Boucher-Belleville a coutume d'allouer un répit à son adjoint après chacune d'entre elles, pour compenser le surcroît d'usage précédant l'impression.

— Ouvrez, m'sieur Gilbert, c'est moi, Romuald !

Un colporteur ! L'interpelé court ouvrir la porte. L'adolescent, hors d'haleine, jette un ultime coup d'œil par-dessus son épaule, puis il se garroche à l'intérieur, refermant tout de suite derrière lui. Après un temps, il dit :

— Les poliçons ! Sont venus se saisir de m'sieur Cinq-Mars pis des presses !

Gilbert encaisse durement le coup d'assommoir. Il en perd le souffle ! C'est Vincent, venu à ses côtés, qui questionne âprement le jeunet. François Cinq-Mars, propriétaire et imprimeur, a été prestement mis aux arrêts pour menées séditieuses. Jean-Philippe, lui, était absent au moment de la descente. À l'heure actuelle, l'office est saccagé, tandis que les poliçons prennent possession du matériel d'imprimerie et des presses, qui seront ensuite mis sous clef dans une chambre forte de la Maison d'audience.

Gilbert combat une envie de brailler à chaudes larmes. Les autorités ne visent rien d'autre que le démantèlement de l'entreprise de presse. Tout le reste n'est que poudre aux yeux. Vincent le saisit par les épaules pour le mirer intensément, tout en disant :

— Je m'en vais aux nouvelles avec Romuald. Tu connais une bonne cachette ?

Désespéré, Gilbert se creuse la cervelle. Constatant le désarroi de son ami, Vincent change son fusil d'épaule :

— Réflexion faite, je crois pas qu'on te coure après. Sans tes patrons, t'es un bon à rien. En tout cas, barre à double tour derrière nous. Je reviens au plus sacrant, pis on avisera.

Gilbert se met en attente, se bardant contre l'anxiété qui le consume. Il doit pourtant assumer son rôle de soutien de famille. Offrir à sa tante la possibilité de quitter son atelier de matelas et de jouir d'un repos mérité. Leur offrir à tous trois — à tous quatre sous peu — un brin d'aisance. Depuis un an, leurs sous sont comptés jusqu'au dernier ! Vincent est bientôt de retour. Il confirme les faits saillants de la relation du colporteur. Un officier de police, le détestable Comeau, s'est mis aux trousses de Jean-Philippe. Gilbert se ronge les sangs :

— Mon patron avait des affaires à régler, saint épais ! Je te gage qu'y se promène dans la cité sans savoir de quoi y en retourne !

— Y a pas juste les forces de l'ordre qui le cherchent. Une couple de colporteurs itou. Faut avoir foi en eux. Pour ta part, tu veux faire quoi ?

Après une hésitation, Gilbert répond :

— J'ai faitte le tour de la question, pis je préfère rester icitte. Je suis coupable de rien.

— Tu veux que je t'édifie sur la prison, pour te persuader de partir ?

Se laissant tomber dans la berçante au ras du poêle, Gilbert réagit par un rire grinçant. Tout en se débougrinant, Vincent lance :

— Je suis pas marri que tu restes. Tu vas pouvoir m'aider à savourer ma vengeance. Je t'ai dit que mes parents avaient quitté Saint-Charles pour de bon ? Qu'y habitaient désormais le faubourg Saint-Antoine ? La mobilisation au village, au début de novembre dernier, a donné le coup de grâce à ma chère mère.

Dame Cosseneuve a eu la peur de sa vie, poursuit son fils. Pendant quelques jours qui lui ont paru des semaines, elle a cru sa dernière heure arrivée. Le comble du ridicule, car même les meilleurs amis du régime n'ont pas eu peur pour leur vie ou pour leur intégrité physique. Sauf que l'impressionnable Mélanie figure parmi la cohorte d'âmes faibles auxquelles les convulsionnaires adorent faire peur. Quand Vincent est arrivé au village avec Norbert, le 6 novembre au matin, la maison familiale était déserte. C'est là qu'il s'est caché, seul, après le repli du camp de Napierville.

— J'ai beaucoup réfléchi en prison. J'ai vu des affaires que... qui m'avaient échappé jusqu'icitte. Par exemple, à quel point mon paternel se défie de Gaspard.

— Se défie?

— Mon père le craint. Je pense qu'y craint sa légitime itou. C'est pour ça qu'y se laisse manipuler de même. Y m'a régulièrement visité.

— Ton père?

— Oui. Y s'est assuré que je manquais de rien. Avec lui pis vous autres, j'étais mieux loti que bien d'autres. C'est l'enfer entre mes parents. Ma mère défend son Gaspard chéri bec et ongles. Une harpie. Mon père m'a décrit une couple de scènes. Y s'en vient incapable de la supporter.

— Tu lui as dit pourquoi t'étais écroué?

— Je suis allé l'avertir de ma libération. En même temps, je me suis déboutonné. Pauvre lui, y avait assiégé son ami Déberge pour qu'y me fasse sortir de prison, sans savoir qu'y jouait un double jeu! Que par-derrière, Gaspard faisait pression sur le saudit Déberge pour qu'on me garde écroué! La chute a été dure. Y a vu des étoiles, mon paternel.

Son père est un homme impressionnable, poursuit Vincent, à l'épine dorsale plutôt flexible. Il s'est laissé mener par le bout du nez par son épouse et par Gaspard, devenus maîtres dans l'art du chantage émotif, au moyen de crises réitérées de colère ou de larmes, et d'interminables bouderies. Incapable d'argumenter parce que la dialectique défiait toute logique, et détestant viscéralement la chicane de surcroît, le marchand s'est laissé manipuler comme une marionnette. Sa réaction outragée sera-t-elle durable? Quoi qu'il en soit, il importe d'en profiter au plus haut degré.

— Gaspard aura pas ce qu'y voulait, ajoute Vincent, c'est-à-dire garder l'héritage au complet pour lui. C'était pas juste retors, c'était insensé. D'une certaine manière, je me sens déjà vengé. Sauf que j'ai envie de pousser mon avantage. Je propose de te remplacer à la taverne. Je vais l'écœurer en masse, mon damné frérot, par ma seule présence. J'ai passé ma vie à débarrasser le plancher. Astheure, je prends toute la place !

Vincent ponctue son assertion d'un clin d'œil complice. Estomaqué, Gilbert réagit enfin :

— Toi, devenir le gérant de la maison de jeu à ma place ?

— Juste pour faire frime. J'ai pas l'intention pantoutte de m'encroûter. Juste pour déposséder Gaspard. Me régaler de sa déchéance. Mon père forcera Gaspard à m'accepter comme associé en menaçant de le réduire à la faillite. Gaspard est endetté par-devers lui. J'ai hâte de voir la face de mon frérot quand y va comprendre l'arrangement.

— Tu peux pas vouloir travailler avec lui…

— Pas une miette, pour le sûr. Tu verras. Je serai son associé juste le temps d'une chanson.

— Tu l'as revu ?

— Pas encore. J'attends d'être complètement remis.

Après un instant, Vincent apporte une nuance, le timbre éraillé :

— Je sais pas si je serai vraiment remis un jour. Physiquement, je m'en viens bien, mais… perdre sa liberté… la perdre sans raison valable… ça te bousille un homme. Ça viraille à l'envers. Comme si j'avais perdu mes repères de vue.

Tous deux conversent encore un brin, ce qui soulage Gilbert du pic de son angoisse. Brutalement, il se retrouve dans la même situation que l'an passé, avec Lemaître et sa *Quotidienne* : privé d'un emploi auquel il consacrait ses forces vives, mais surtout perclus d'angoisse sur le sort d'agréables compagnons de travail. Il fulmine contre les despotes et leur terreur. Certes, le nombre de prisonniers d'État s'amenuise et leur sort s'est notablement amélioré. On leur a enfin conféré les droits que possèdent habituellement les détenus, ceux de recevoir des visites à heures régulières, de correspondre avec leurs proches et de faire des marches dans la cour. Mais il s'agit quand même de l'incarcération d'innocents !

41

C'est Vincent qui, au soir de la descente à *L'Aurore des Canadas*, rapporte une nouvelle consternante : le poliçon Comeau a réussi à mettre le grappin sur Boucher-Belleville qui, à l'heure actuelle, doit avoir rejoint le propriétaire et imprimeur en prison. Les entrailles nouées, Gilbert est incapable de manger. Il troquerait volontiers sa liberté avec la leur, surtout dans le cas de Jean-Philippe, qui a déjà amplement payé de sa personne et qui charrie encore un ébranlement viscéral en raison de sa demi-année de captivité.

Dès lors, Vincent s'active pour finaliser son plan d'attaque afin de déposséder son besson. Gilbert affirme à son ami que c'est avec une joie féroce qu'il tranchera l'ultime lien qui reste entre Gaspard et lui, afin de sacrer son camp des parages jusqu'à la fin des temps. Chaque fois qu'il se rend au faubourg Saint-Laurent, il a envie de tourner les talons et de s'enfuir en courant le plus loin possible. Pourquoi persister à se fourrer dans une fosse d'ennuis ? Caroline, elle itou, ne désire rien d'autre que de cesser tout contact avec Gaspard.

Deux jours plus tard, en après-dînée du 18 mars, Vincent se déclare paré à agir le soir même. Soudain, un lointain coup de fusil le réduit au silence. Aussitôt, Gilbert et lui portent leur attention sur l'extérieur, nimbé de grisaille. Un autre coup ; puis, une vocifération ponctuée d'un rire. Gilbert grommelle :

— La procession de la Saint-Patrick est en cours. Tu crois que c'est lié ?

— Sans conteste. On l'aura garnie de *volunteers*, comme de coutume. Tu sais comment les Irlandais aiment la boisson !

Les salves s'enchaînent. Gilbert déplore :

— Z'ont beau utiliser des cartouches sans balles, c'est dangereux pareil. Peuvent oublier la baguette dans le canon. Peuvent effrayer le monde. Sans compter les chevaux qui peuvent s'emballer.

Songeur, Vincent reprend :

— C'est singulier, comment la répression leur a faitte changer leur fusil d'épaule. Tu te souviens à quel point, avant, y figuraient à nos côtés ? Du moins, ceux qui étaient pas des *Orangemen*. Astheure, y se sont rangés dans le camp adverse.

— Le camp des vainqueurs, marmotte Gilbert. Y a un détail que je t'ai pas conté encore…

À grands traits, il brosse les faits saillants de sa rencontre la plus récente avec Matthew Carroll et le vicaire O'Reilly, le 3 novembre de l'an passé. Au terme du récit, Vincent commente avec regret :

— À ce que j'en comprends, la rupture est consommée. Une rupture qui s'est montrée au grand jour au moment de l'échauffourée des Fils de la Liberté avec le Doric Club.

Gilbert fronce les sourcils :

— T'es sûr et certain de ça ?

— Si les forcenés ont pu gagner contre nous autres, c'est grâce à l'enrôlement d'Irlandais, t'es d'accord avec moi ?

— En gros. J'en avais vu, mais je croyais que c'étaient des individus isolés.

Vincent secoue la tête, puis il presse son point :

— Au tournant de novembre 1837, les Irlandais ont déserté notre cause en masse. À cause de qui ?

— Les Messieurs sulpiciens. Sont allés les exhorter à agir de même. Y les ont achetés en leur promettant la construction d'une église à la place de la chapelle des Récollets. Pis tout plein d'autres tractations infâmes.

Un autre son caractéristique lui coupe la parole : la cloche d'alarme à incendie. Ahuri, Gilbert s'exclame :

— Ça parle au diable. Me dis pas que l'amorce d'un sacré fêtard irlandais a bouté le feu ?

Vincent et lui galopent jusqu'à la rue des Commissaires, où ils mirent une maison d'où s'élèvent, par le toit effondré, d'impressionnantes langues de flammes. Les pompiers bénévoles, des *volunteers* qui figuraient dans la procession de la fête patronale irlandaise et même des connétables, concentrent leurs efforts sur la protection des propriétés voisines. Nul ne le dit à haute voix, mais beaucoup des spectateurs le chuchotent : c'est bel et bien un niaiseux, tirant en l'air, qui a allumé la conflagration. Quelle engeance! Pourvu que les autorités de la ville tiennent enquête et punissent le coupable.

— La saudite loi sur la police, faut bien qu'elle serve à quelque chose!

Gilbert ricane. Si le surintendant fait procéder à des arrestations, ce sera pour épater la galerie! Ce que l'Exécutif de la colonie est en train de mettre sur pied, c'est un système d'espionnage sous le couvert d'un service de police. Colborne s'est adjoint un second secrétaire pour gérer ce département, puis il a placé Augustus Gugy, éminent forcené, comme magistrat salarié responsable du district de Montréal. Celui-ci présidera ce qui sera en réalité un tribunal de police correctionnelle. Impossible de se leurrer sur les véritables fonctions de ce corps auxiliaire d'armée. L'arrestation de ses patrons, avant-hier, en témoigne éloquemment!

Sur ce, Vincent donne rendez-vous à Gilbert pour le soir même à la taverne, puis il décampe. Le cœur serré, son ami le regarde zigzaguer dans la foule, et c'est de peine et de misère qu'il tue le temps en attendant l'heure fixée, tout juste après un souper hâtif. À peine entré dans la taverne, Gilbert jauge la clientèle, heureusement clairsemée, puis il se dirige vers le bar et les trois hommes qui s'y tiennent. Puissamment bâti, Jean-Juste Cosseneuve s'est voûté comme un homme traqué. Il a perdu beaucoup de poids, après avoir été prospère du ventre pendant moult années. Sa maigre chevelure noire s'est clairsemée. Son visage long et fin, aux traits acérés, s'est creusé de rides.

Vincent est très pâle, campé sur ses jambes comme s'il anticipait un assaut, mais apparemment, il est en possession de ses moyens. L'air mauvais, Gaspard apostrophe Gilbert :

— Te v'là, mon fendant de traître?

Se faire accuser ainsi par celui qui a viré son capot de bord pour s'acoquiner avec des Chouayens ayant conduit leur pays dans l'abîme? Gilbert sent un calme prodigieux l'envahir. Posément, il extirpe les parchemins de la poche intérieure de sa bougrine, puis il dit :

— Voici l'acte notarié en deux copies qui termine notre association. Nous sommes quittes de toutes sommes d'argent qui seraient dues à l'autre. L'entreprise et ses biens meubles vous appartiennent en intégralité, à toi pis à Vincent. Les dettes itou. Paré à signer ?

Reportant son regard sur son jumeau, Gaspard profère :

— Je suis piégé pis j'haïs ça.

— Arrête d'ânonner, jette son père. T'as pas le choix. C'est ça ou bedon tu perds ta part au profit de Vincent.

Gaspard réagit par une mine affligée. Il déclare, tout triste :

— Z'avez changé, papa. On dirait que z'êtes après perdre la boule.

Le marchand se précipite sur Gaspard pour le saisir par le collet. Les traits déformés par la rage, il éructe :

— C'est toi qui as viré fou braque. Envoyer ton frère en prison par les temps qui courent, c'était l'exposer au danger.

Gaspard fait une mine éberluée :

— Moi, l'envoyer en prison ? Je me tue à vous le répéter : j'avais pas le choix d'obéir aux ordres.

— De qui ? demande âprement Gilbert. Les ordres de qui ?

Les yeux écarquillés, Gaspard reste coi, faisant mine de ne pas avoir entendu. Son silence est diablement éloquent. Il ment gros comme le bras. Sa responsabilité est irrévocablement établie. Relâchant sa prise sur son fils, le marchand Cosseneuve recule d'un pas tout en ajoutant secquement :

— Y a fort à craindre pour les innocents encore en attente de procès. J'assume que ça t'était venu à l'esprit ? Tu salivais à l'idée de voir Vincent aux travaux forcés dans une colonie pénale située aux antipodes ?

Gilbert en frémit. Certes, les pendaisons du 15 février ont bel et bien été les dernières en liste, sauf que l'autre possibilité, le transport des condamnés pour haute trahison dans un bagne à l'autre bout du monde, paraît quasiment aussi terrible que la mort sur l'échafaud. Gaspard est devenu de marbre. Faiblement, il émet à l'adresse de son père :

— Je vous reconnais pas. Jamais vous avez élevé le ton de même. Vous devriez pas. Maman va vous le faire payer.

Subitement, Gaspard tourne la tête pour considérer Gilbert. Une des commissures des lèvres du poliçon se relève pour esquisser un inquiétant sourire. Doucereux, il dit :

— Marier une ébraillée. Offrir à ton rejeton une mère de petite vertu. Fallait que ton choix soit rétréci au possible, mon Gilbert.

Ce dernier fait un effort surhumain pour ne pas réagir. Il jette plutôt :

— J'ai ma claque. Je veux une signature, pis je décampe.

Vincent tend la main et Gilbert lui remet les documents. Acculé au pied du mur par son père qui le fusille du regard, Gaspard consent à parcourir le texte à toute vitesse, puis à apposer son paraphe, la mine frondeuse, sifflotant entre ses dents. Quelques instants plus tard, Gilbert fourre sa copie du document dans sa poche, puis il part sans demander son reste.

GILBERT SE TIRE DE L'ENDORMITOIRE comme s'il s'extirpait d'un abîme d'inconscience encore plus profond que de coutume. Il reste immobile, tâchant d'apaiser sa respiration qui, inexplicablement, s'est emballée un brin. Tendant l'oreille, il reprend contact avec la réalité. Il fait encore très noir. Caroline roupille à ses côtés. Plus tôt dans la nuit, il s'est pâmé d'extase amoureuse entre ses bras. Son enchantement à l'idée d'avoir éjecté Gaspard de son existence sans trop de heurts le transportait. Combien d'heures se sont écoulées depuis? Il ne saurait le dire. A-t-il rêvé? Il ne se souvient de rien.

Le bruit fait tressauter Gilbert sur place. De brusques coups retentissent à la porte d'entrée! En même temps, une voix gueule :

— Ouvrez, au nom de la loi!

Réveillée en sursaut, Caroline balbutie :

— Quoi? On frappe?

Tâtonnant dans le noir, Gilbert agrippe son bras qu'il serre à outrance.

— Monte en haut. Va rejoindre ma tante, pis restez toutes les deux en haut, compris? Vincent pis moi, on s'en occupe.

— Y a du danger! Prends garde!

Caroline lutte contre la panique. Gilbert enserre puissamment sa femme dans ses bras, prenant cependant soin d'éviter de presser sa bedaine rondie, puis il saute sur ses pieds et entreprend de se vêtir à la hâte. Heureusement pour lui, le quartier de lune projette une lueur suffisante pour qu'il se meuve sans risquer de heurter des objets. Une seconde fois, des coups ébranlent l'huis. De l'étage, Vincent gueule :

— Gilbert ?
— Accours !

À son tour, Ériole s'écrie depuis sa chambre :

— C'est quoi, l'affaire ? Sont qui, ces fendants ?

Tout en se couvrant d'un mantelet et d'un châle, Caroline lance à son adresse une phrase qui se veut rassurante. Gilbert émerge dans la salle commune. À ceux qui font le pied de grue à l'extérieur, il crie :

— Ce sera pas long, on s'en vient !
— Grouillez-vous. On est sur le bord de défoncer !

Gaspard ? Consterné, Gilbert pile net en plein milieu de la pièce. Mû par un désir de vengeance, le grichou a dû faire accroire à ses camarades qu'une fouille à domicile était indispensable. Il se venge de son humiliation de tout à l'heure ! Vincent atterrit sur le plancher après avoir dévalé l'escalier. D'une voix blanche, il s'enquiert :

— Tu l'as reconnu ?
— Oui. Allume pendant que je vais à la porte.

Gilbert se campe devant l'huis barré à double tour.

— Qui va là ?
— Police. Une perquisition. Ouvrez !
— J'ai pas compris ! Parlez plus fort !

D'un ton exaspéré, Gaspard s'exécute. Confiant d'avoir atteint son but, c'est-à-dire alerter les plus proches voisins, Gilbert laisse passer un temps avant de répliquer :

— Z'êtes mieux d'avoir un *warrant* en bonne et due forme pour troubler notre repos de même !

Un éclat de rire lui répond, auquel se joignent quelques-uns des compères de Gaspard. Celui-ci lance encore :

— M'en vas te le montrer, mon *warrant*. Envoye, débarre !

Vincent dit à mi-voix :

— Ouvre. Pas le choix.

Gilbert s'assure que la pièce est convenablement éclairée par plusieurs bougies. Enfin, il défait les barrures, soulève le loquet et recule immédiatement de plusieurs pas. Il a bien fait : la coutume des connétables ou des *volunteers*, enfin de tous ceux qui portent une arme, est de sacrer une volée dans une porte d'entrée pour qu'elle s'ouvre d'un coup sec et qu'elle soit béante. Tout soudain, apparaît une demi-douzaine de connétables. En plein centre se trouve Gaspard, manifestement imbibé d'alcool au même titre que ses camarades.

La troupe désordonnée se précipite à l'intérieur. Gilbert a l'impression qu'il s'agit d'une invasion, d'une prise de possession par des hommes sans foi ni loi, et il combat l'effroi qui lui serre la gorge dans un étau. Une voix s'élève :

— Hé, frérot! Tu fais quoi icitte dedans?

L'attention générale se porte sur Vincent. Les connétables s'ébahissent de la ressemblance, allant même jusqu'à tâter le jeune homme pour s'assurer de sa matérialité. Tout en tricolant sur place, Gaspard se gausse allègrement de son jumeau. Gilbert s'alarme de l'état de l'intrus. Dépourvu d'inhibitions, jusqu'où ira-t-il? Avec un calme olympien, Vincent déclare :

— Gaspard, je te cause! Tu fais quoi icitte dedans? Pis le *warrant*?

L'interpelé franchit la distance qui le sépare de son besson pour se mettre nez à nez avec lui :

— Pas besoin d'un *warrant* pour payer une visite de courtoisie à de bons amis.

— Me semble que t'aurais pu attendre jusqu'au matin. Me semble qu'y avait rien qui urge.

— Oui, ça urgeait. Ça me travaillait en dedans. Ça me grugeait.

Gaspard pirouette sur place, puis il lance à ses compères :

— Les gars, lâchez-vous lousse!

Les connétables, dont la plupart sont de langue française, hormis un Irlandais, s'éparpillent dans la pièce pour fureter. Ils commencent à ouvrir des portes d'armoires, à soulever les couvercles des coffres. Gaspard les contemple en se frottant les mains. Gilbert prend note de l'immobilisme d'un autre connétable, un rondouillard de taille moyenne. Un gradé, le seul du groupe. Gilbert lui destine une œillade glaciale, mais à sa grande surprise, le sergent lui renvoie une mine plutôt maline, quasi complice.

Puis, Gilbert tressaille, car les connétables ont mis la main sur sa documentation de nouvelliste. Il s'exclame :

— Touchez pas à ça! Ce sont des papiers personnels!

Instantanément, il regrette sa réaction. Il n'aurait pas pu trouver meilleur moyen de stimuler l'intérêt des poliçons, et surtout celui de Gaspard. Ce dernier s'empresse d'aller y jeter un œil. Satisfait, il ordonne :

— Bourrez le poêle, les gars.

Horrifié, Gilbert s'élance vers eux dans le but de reprendre possession de son bien. Un connétable s'interpose, le bâton levé dans les airs. Vincent crie :

— Bouge pas !

— *Freeze !*

L'injonction du sergent agit sur Gilbert comme si un lien s'était subitement enroulé autour de lui pour l'immobiliser sur place. Hagard, il mire le connétable qui le menace, puis son collègue qui se dirige vers le poêle avec les dossiers cartonnés, et il se tourne enfin à demi vers Vincent, lui destinant une mine suppliante. Une telle perte serait irréparable. Tout ce qui sert à étayer l'histoire récente de son pays et de la répression qui les accable doit être précieusement conservé ! Vincent répond par un rictus désolé : le jeu n'en vaut pas la chandelle.

Catastrophé, Gilbert regarde le connétable ouvrir la porte du poêle et se mettre, méthodiquement, à y fourrer de la paperasse. Pendant ce temps, ses compères poursuivent leur investigation, retournant les piles de linge de table à l'envers, faisant tomber toutes sortes de choses par terre. Lorsque l'un d'entre eux se dirige vers l'escalier, Gilbert sent un frisson d'angoisse lui descendre le long de l'épine dorsale, mais par un ordre impérieux, le rondouillard sergent empêche son subalterne de monter.

Sur ce, le gradé se tourne vers Gaspard et lui lance :

— On a fini ? J'ai hâte d'aller pieuter.

Gaspard répond par un rire emporté.

— Fini ? Non point ! Y manque le plus important.

Ce disant, il fusille Vincent du regard. Gilbert est inondé par l'évidence. Le grichou escompte se saisir de Vincent, le conduire dans un endroit éloigné et le faire tabasser par quelques brutaux poliçons, préalablement soudoyés ! Galvanisé, Gilbert se précipite vers l'intrus, tout en martelant :

— Fais pas le niaiseux. Tu touches à un seul cheveu de ton frère, pis tu vas me trouver en travers de ton chemin. Je te lâcherai pas. Je vais te poursuivre en justice, pis j'y laisserai ma chemise si y faut. Un jour, l'impunité sera levée pis faudra rendre compte de vos actes. Ce jour approche en maudit. Tu sais que le Parlement impérial s'apprête à législater sur notre sort ? Tu sais que même les forcenés en robes de soie, y trouvent que les convulsionnaires du Bas-Canada poussent un brin trop leur avantage ?

— T'as raison. C'est toi qu'on embarque. Je gage que tu t'ennuies ferme de tes compères de *L'Aurore des Canadas* ? Ça m'étonne gros qu'on se soit pas saisi de toi itou. Faut y remédier sur-le-champ.

— Débarrassez le plancher !

Ériole ? Ahuri, Gilbert pivote à demi. Sa tante se trouve à quelques pas de lui. Furibonde, elle articule à l'adresse de Gaspard :

— Je vous ordonne, m'sieur le poliçon, de décaniller. Vous avez fait intrusion chez moi en pleine nuitte. Sans raison. Sans même avoir reçu un ordre officiel à cet effet. Décanillez !

Gaspard la toise avec condescendance. Par contre, le sergent saute dans la brèche ouverte pour lancer aux connétables :

— On sacre notre camp, les gars. C'est pas icitte qu'on trouvera des armes à feu ou quoi que ce soit du genre.

Trop heureuse d'obéir, la petite troupe se rassemble près de la porte, restée entrouverte depuis le début. L'air mauvais, Gaspard jette en pointant un doigt vengeur sur Gilbert :

— Pas question de partir sans ce fendant. Savez que c'est un fauteur de trouble ? Qu'y travaillait à la rédaction de *L'Aurore des Canadas* ? On l'amène au corps de garde. Y mérite rien de mieux qu'un long séjour à l'ombre.

Le sergent rétorque avec humeur :

— Laisse-nous tranquilles, mon gars. Je trouve qu'y a déjà assez de gâchis de même sans en rajouter une couche.

Désarçonné, Gaspard écarquille les yeux et Gilbert le voit combattre un accès de panique. Soudain, Gaspard se tourne vers son jumeau pour le pointer du doigt et pour asséner, sur un ton hystérique :

— Mon frérot, d'abord ! J'en ai pas fini avec lui. Y mérite une leçon dont y va se souvenir jusqu'à la fin de ses jours !

Près de la porte, les poliçons se mettent à rouspéter. Ils commandent à Gaspard de se la fermer, qu'ils ont leur sacré voyage des rétorsions et des règlements de compte, qu'ils ne veulent plus être des pantins censés obéir au doigt et à l'œil à des forcenés. Soudain, une vive commotion se produit parmi eux : l'huis s'est ouvert tout grand, ce qui en a bousculé certains, et une demi-douzaine d'hommes font leur entrée. Gilbert en est à ce point soulagé qu'il flageole. Les voisins se rameutent enfin pour venir à leur secours !

Un ancien capitaine de milice s'enquiert, mirant le sergent droit dans les yeux :

— Faites rapport, l'ami ?

L'interpelé éclaircit vitement la situation. Impérieux, le capitaine reprend :

— Si vous désirez mettre quiconque aux arrêts, venez me voir avec le mandat à cet effet. Venez me voir aux heures normales de procédure. Y a pas le feu pis aucune menace sérieuse à la sécurité de l'État, que je sache.

Le sergent se hâte d'approuver les dires de son interlocuteur. Il ajoute :

— On dégage, les gars. Pis on emmène Gaspard de gré ou de force.

Ce dernier se voit entouré par ses compères, puis conduit dehors malgré ses protestations. L'huis se referme et l'homme qui se trouve le plus près installe les barrures. Dans la salle commune, la tension s'évapore d'un seul coup. Gilbert se tourne vers les survenants afin de les remercier chaleureusement. Caroline fait irruption, se collant au flanc de son mari. Quelques hommes offrent de s'installer commodément dans la salle commune pour le restant de la nuit.

Une quinzaine de minutes plus tard, un calme souverain est retombé dans la maison. Dans son lit, Gilbert chuchote à Caroline, blottie entre ses bras :

— Encore une fois, le destin m'épargne la prison.

— T'arrêtes pas de passer proche. C'est ahurissant. J'escompte que ça se reproduira point !

— Vincent va risquer sa vie à chaque coin de rue. Va falloir qu'y prenne la poudre d'escampette. De toute façon, y pensait s'en aller dans la rivière Chambly. Y a besoin d'élargir ses horizons.

— Pis y s'ennuie de Vitaline ?

— Sans doute. Ces deux-là…

— Ce que je comprends pas, c'est que… Vincent savait qu'y risquait une rétorsion.

Gilbert pousse la réflexion un cran plus loin. Pourquoi Gaspard ne s'est-il pas résolu d'entrée de jeu à faire appel à des boulés salariés ? À pénétrer de force, à saccager et à capturer Vincent avant que les voisins ne viennent à la rescousse ? Il a dû rencontrer quelques difficultés d'exécution. Après un soupir, Gilbert conseille à sa mie de dormir. Il tâche de se rassurer sur l'état de sa documentation. Tout n'a pas brûlé, mais il craint que le plus précieux ait disparu : ses notes d'enquête en tant que journaliste à *La Quotidienne*, l'an passé.

À l'aube, Gilbert se réveille au son que font leurs gardiens en train de se lever pour retourner chez eux. Dès que la porte d'entrée est refermée, il s'empresse d'aller constater l'ampleur des dégâts dans ses dossiers. Il accuse le coup : il a perdu ses manuscrits, dont il n'existait qu'une seule copie. La perte l'accable. Comme le chemin qui mène hors de la terreur militaire est semé d'embûches !

— Malgré les apparences, vous risquiez rien la nuit passée.

Vincent a parlé très bas. Avec un sursaut, Gilbert pivote pour constater que son ami vient de descendre l'escalier à pas de loup. Il a le teint pâle et les traits tirés. Il approche de Gilbert afin de poursuivre :

— Le sergent, t'as vu ? Y était chargé d'empêcher des violences ou du saccage. Je crois même qu'y avait mis ses subalternes au parfum. Mon père pis moi, on est partis de la taverne un brin après toi. D'autres se sont chargés de surveiller Gaspard.

— D'autres ?

L'aubergiste Étienne Lavictoire et le connétable Louis Malo, explique posément Vincent. Comme lui, ils étaient convaincus de la vengeance de Gaspard. Ce dernier est devenu un indésirable au même titre que les traîtres qui sont responsables d'une grande part de la tragédie ayant débuté à l'automne 1837.

— Sont nombreux asteure, ceux qui veulent se désencombrer des fanatiques qui mettent notre nation pis sa population en péril.

— C'est pour ça que Gaspard a pas pu embaucher de fiers-à-bras cette nuitte ?

— En plein dans le mille. Étienne s'est assuré de lui mettre des bâtons dans les roues. Mettons que si Gaspard avait eu toutte son temps, y aurait pu finir par en trouver...

— Tu risquais la bastonnade.

Vincent hausse les épaules. Gilbert s'enquiert encore :

— Pis les voisins ?

— Ça, c'était pas planifié, mais escompté. On aurait pu se passer d'eux, remarque bien. Grâce à Malo. Je te jure qu'Étienne pis lui, y se sont activés, hier au soir.

— Ton connétable qui a bourré le poêle, grommelle Gilbert, y a joué trop bien son rôle.

Vincent réagit par une grimace désolée.

— S'cuse-moi. J'ai pas pu toutte contrôler. Pis je voulais pas courir le risque de te prévenir à l'avance.

— Tu t'es endetté envers eux.

— Étienne pis Louis ? Au contraire, j'ai eu le net sentiment que c'est eux qui soldaient un compte.

Gilbert comprend instantanément ce que son ami veut dire, et il combat un chambranlement de tout son être. Vincent lui fait part de la suite des choses qu'il escomptait. Révulsé à l'idée d'avoir son besson comme associé, Gaspard a offert à son père de lui transférer l'entière propriété de la chambre de jeux afin d'annuler les dettes en souffrance. Le marchand Cosseneuve en est donc devenu propriétaire dans le but de revendre pour une bouchée de pain à Étienne Lavictoire, comme convenu. En un tournemain, Gaspard a été privé de son commerce et de sa principale source de puissance, l'argent.

Par contre, en tant que poliçon, il constitue encore une menace tangible pour leur sécurité. En conséquence, Vincent tentera tout à l'heure une ultime manœuvre. Il se fera passer pour son jumeau aux yeux du surintendant de police afin d'exiger une mutation à la frontière. À la suite de l'adoption de l'ordonnance créant un corps de police, différentes localités entre la frontière américaine et le fleuve Saint-Laurent sont tranquillement garnies de corps de police placés sous l'autorité de magistrats auxquels ont été conférés les pouvoirs d'un juge.

Vincent a bon espoir de décider Malo à le seconder. Car dès que Vincent ressortira du bureau du surintendant Leclère, son approbation en poche, Malo doit faire capturer Gaspard. Il sera transporté de force à l'endroit désigné. Un de ses collègues surveillera ensuite ses allées et venues, tout en lui recommandant de se résigner à son sort. Bien pire aurait pu survenir ! Médusé, Gilbert souffle :

— Un brin périlleux, me semble. Faudrait pas grand-chose pour que ça dérape.

— En même temps, c'est plutôt simple.

— Louis Malo… c'est un bon diable, dans le fond ?

— On peut voir ça de même. Avec Étienne Lavictoire pis lui de mon bord, quasiment toutte est possible.

La mine de Vincent s'altère, comme s'il était envahi par une poussée de chagrin. Tournant la tête pour laisser son regard errer au loin, il articule :

— Je suis à boutte. Ça fait des semaines que je prépare mon coup… des mois que je rumine un châtiment… pis là, au lieu de me sentir allégé pis content, j'ai l'impression de creuser ma tombe.

— Parle pas de même.

— L'impression de plonger dans un bain de bouette. Je pense que je suis pas doué pour la vengeance. J'ai retourné l'affaire en tous sens. Pardonner pis oublier si possible ? Les calotins prêchent de même, pis ça me donne de l'urticaire. Par contre, je voulais pas infliger de sévices physiques à Gaspard. Ni m'attaquer à des personnes chères à ses yeux. Quoique, hormis nos parents, j'en connais pas une seule. Pis là, je suis écœuré de penser à ça. D'être obsédé par ça. Je veux juste en finir.

— C'est imminent. Garde courage. En regard de ce que t'as subi, t'es plutôt magnanime. Pis Gaspard te laisse pas le choix, c'est-y pas ? C'est lui qui creuse sa tombe.

Réconforté, Vincent redresse son dos, qu'il gardait courbé. Il profère :

— Astheure, y constitue une menace permanente pour vous autres, pour moi pis pour une couple d'autres.

Gilbert lui destine un ultime sourire :

— On se revoit une fois que Gaspard sera en route pour son trou perdu ?

Vincent acquiesce, levant en l'air une main dont deux doigts sont croisés en signe de chance.

42

Le pas léger, Vitaline chemine allègrement vers son domicile. Souvent avec Jules, mais parfois sans lui comme astheure, elle part à l'aventure dans un monde chargé de merveilleux, celui d'une nature qui, en ce mois de mai, s'épanouit à vue d'œil. Quelques semaines auparavant, elle a recommencé ses promenades afin de récolter des végétaux. Elle est possédée par l'envie de composer non plus de modestes collages, mais des fresques. En se vautrant dans son imaginaire, en combinant couleurs et textures, elle finira bien par chasser les papillons noirs de son âme.

En vue de son domicile qu'elle aborde côté champ, Vitaline ralentit. Une silhouette d'homme est perchée, assise, sur un travers brinquebalant d'une clôture. La jeune femme sent les battements de son cœur s'accélérer. Grâce à Gilbert, elle a su que Vincent était sorti sain et sauf de prison et qu'il escomptait lui rendre visite dès que possible. Se pourrait-il que…? Vitaline croit reconnaître son amoureux, mais elle n'ose se réjouir. Son pas ralentit même; elle craint d'être amèrement déçue.

Le quidam saute sur ses pieds et lui fait un large signe du bras. Vitaline ne peut plus douter de l'identité du survenant. Portée par un ineffable bonheur, elle se met à courir sur le sentier, sa besace battant contre ses hanches. Quelques instants plus tard, Vitaline se jette dans les bras de Vincent. Il chambranle sous le choc, puis il rit, et enfin, il la presse contre lui avec emportement, la soulevant quasiment dans les airs. L'instant d'après, il la dépose et l'éloigne vivement de lui. Devenu gravissime, il dit vitement :

— On nous regarde. Faut se pondérer.

Tout en laissant glisser sa besace au sol, Vitaline le scrute avec avidité. Elle le trouve somptueusement beau avec sa longue chevelure attachée en queue de cheval, ses traits un peu amaigris, mais toujours autant harmonieux à ses yeux, ainsi que sa corporence, qui a le don de la toucher au plus creux. Elle balbutie :

— Tu te portes bien ?

— Le mieux que je peux dans les circonstances. Pis toi ?

— Pareil. J'ai recommencé à inventionner des images.

Un cri d'enfant leur parvient. Aussitôt, Vitaline sent ses seins fourmiller. Esquissant un sourire, elle dit :

— Mon gars a soif.

Vincent se saisit de la besace. Se tenant à quelques pas l'un de l'autre, tous deux reviennent à la maison. Vincent reprend la parole :

— Ton beau-père m'a glissé un mot, pour le cabotage.

Vitaline répond par une moue navrée. À l'orée du printemps, une tuile leur est tombée sur la tête. Sous l'impulsion de Louis Guérout, les principaux marchands ont décidé d'être outrageusement sélectifs dans le choix des transporteurs de marchandises. En d'autres mots, uniquement ceux qui peuvent prouver leur antipathie envers le mouvement patriote sont encouragés. Florentin et son père se retrouvent donc désœuvrés. Neuf jours plus tôt, le premier s'est jeté sur la route en quête d'une solution de rechange. De Chambly jusqu'à Saint-Ours, il est censé cogner à la porte de tous ceux qu'il connaît de près ou de loin.

À l'ombre de l'appentis, le capitaine Montplaisir tâche de contenir Jules qui, assis sur ses genoux, se tend de tout le corps vers sa mère, qu'il voit venir. Âgé de quasiment huit mois, le petiot a beaucoup gagné en indépendance, mais le lait maternel reste quand même sa principale source alimentaire. Vitaline se saisit de son fils pour l'emporter jusqu'à son endroit de prédilection pour le nourrir, soit le banc sous l'arbre majestueux, à l'avant. Là où, de l'autre côté du chemin public, la rivière reluit de tous ses feux.

Dame Eugénie itou brille par son absence. Normande étant à la veille de se délivrer de son premier-né, sa mère est allée la seconder. Néanmoins, se sachant surveillé par le beau-père de sa dulcinée, Vincent se laisse tomber, assis, au pied de l'arbre. Vitaline entrebâille son corsage. Elle assoit Jules face à elle et, bien calé contre son bras, ce dernier s'abandonne à la tétée. La jeune femme se repaît du regard caressant de Vincent. Elle se sent toute chose, amollie de l'intérieur. Elle ne pourra pas le laisser repartir sans jouir de lui tout son saoul. Mais comment?

Comme s'il suivait le fil de sa pensée, Vincent dit posément:

— Je me suis entretenu avec le capitaine. J'ai tâché d'être candide. J'ai réussi à lui arracher la permission de passer une couple d'heures seul à seule avec toi.

Vitaline destine un regard altier à son amoureux:

— C'était pas nécessaire. Je suis assez grande pour gérer mes affaires moi-même.

— Quand même, j'avais pas envie de le voir rameuter des voisins pis se lancer à notre poursuite.

— Comment t'as faitte? Parce que si t'as faitte la promesse de rester chaste, je t'avertis de suite que je pourrai pas la respecter.

— J'ai pas eu besoin d'aller jusque-là.

— Alors comment?

— Je te conterai. Pour l'instant, faut arrêter de parler, parce que ton fils est très curieux de moi.

Vitaline fait une mine entendue: une fois qu'il a apaisé le pic de sa faim, Jules se met généralement à virailler comme une girouette! Le silence s'installe. Le bruit d'un attelage sur le chemin, puis celui des pales du moulin à vent dans leur rotation, et ensuite un appel lointain viennent installer une douce musique dans laquelle Vitaline se laisse couler comme dans une source fraîche. Vincent est là, si attentif qu'elle a l'impression qu'il la frôle de partout. Comme elle l'aime!

Vitaline doit faire fi des cris de protestation de Jules, qui voudrait garder sa mère pour lui, alors qu'elle s'apprête à repartir. Elle est gagnée par l'impatience et la rancune. Elle s'est dévouée pour son fils, il devrait la laisser tranquille, surtout ce jour d'hui! La contrariété est prestement oubliée. Stimulée par les questions de Vincent, Vitaline défile les faits saillants de sa vie récente. La relation du voyage à Rougemont en compagnie des Dudevoir, de même que l'émouvante rencontre avec la petite Cléophie, dure jusqu'à ce que le jeune couple s'introduise dans l'anfractuosité des rochers.

Vincent s'octroie le temps de scruter l'endroit, qui semble autant déserté que l'an passé, puis il se tourne vers Vitaline. Le dévorant du regard, elle reste immobile. Elle était tenaillée par l'envie de se lover contre lui, mais tout soudain, elle tremble comme si une bourrasque la secouait. Vincent obstrue son champ de vision, la prend dans ses bras et la serre à l'étouffer. Caressant son dos, il murmure :

— Là… calme-toi. C'est fini.

Respirant profondément pour réprimer la formidable bouffée d'émotion qui l'anime, Vitaline agrippe le jeune homme comme si sa vie en dépendait. Elle bégaye :

— Je voulais pas… je croyais pas…

— Laisse faire. J'ai compris. Parle pas.

Elle obéit avec gratitude, et brin par brin, son chambardement intérieur s'atténue. Vincent dépose un baiser dans son cou. Vitaline se redresse et tourne la tête afin d'aller boire à sa bouche. Dès lors, ils sont avides l'un de l'autre, mais également excessivement sensibles aux variations d'humeurs de l'autre ; leur accord est absolu jusqu'au vol vers le septième ciel. Ravie par l'unicité et la formidable singularité de Vincent, Vitaline a pourtant l'impression de ne former qu'une seule entité avec lui. La sensation est exquise, car elle guérit d'anciennes blessures causées par l'égoïsme, la mauvaiseté et la dureté.

Pendant un instant d'éternité, tous deux s'apaisent en silence, accotés sur la roche qui leur a servi d'appui pour leurs ébats en position debout. Vitaline a les yeux fixés sur l'azur qui se devine au travers de la voûte des arbres. C'est un mirifique panorama. Après avoir posé un baiser sur sa tempe, Vincent dit :

— J'ai pas haï ça, le goût de ton lait.

Elle pouffe de rire, ce qui le fait rigoler itou, puis elle fait remarquer :

— C'est tant riche que ça lève le cœur.

— Moi, je l'ai savouré comme un élixir de vie. Même aphrodisiaque un brin.

Ramenée à la réalité de son fils, Vitaline demande :

— Tu lui as dit quoi, à mon beau-père, pour qu'y nous laisse en paix ?

Vincent reste silencieux, au point que Vitaline lève les yeux pour s'assurer qu'il a bien ouï. Il en profite pour la gratifier d'un langoureux baiser. Enfin, tout en se replaçant dans une position plus confortable, il se lance dans le récit tant attendu. Il s'est guéri de la prison par un séjour chez la tante de Gilbert. Le 16 mars, les patrons de *L'Aurore des Canada* étaient jetés en geôle. Vitaline intervient :

— Z'ont été relâchés après deux semaines de détention, me semble ?

— Oui, sauf que les presses et tout le matériel demeurent sous saisie. Gilbert compte les jours avant de réintégrer son poste. Mais ce que je veux te conter, c'est la suite. Le châtiment infligé à mon besson.

Il s'exécute au moyen d'une ahurissante relation. Essoufflé, il conclut :

— Tu seras pas marrie, je présume, de savoir Gaspard très loin d'icitte.

— Z'avez été trop fins. Moi, je lui aurais coupé l'appareillage mâle.

— Je voudrais pas infliger une horreur pareille, même à mon pire ennemi.

— Me semble qu'un agrès de même, faut le mettre hors d'état de nuire.

— Tout fin seul, Gaspard peut rien pantoutte. Mon objectif, c'était de le sortir du milieu où y avait prospéré. De le réduire à sa petite personne. Je pense pas que Gaspard l'apprécie, sa petite personne. Y a besoin de s'enfler pis de se barder pour se regarder entre quat'z'yeux. Si jamais y revient par icitte, tu lui feras face comme la femme courageuse que t'es, pis tu lui cracheras au visage. J'escompte un décrassage des affaires publiques. Un ménage du printemps ponctué de vigoureux coups de balai !

Bouleversée, Vitaline se niche encore plus étroitement contre le flanc de Vincent. Après un temps, elle souffle :

— Où tu vas t'installer ? Chez tes parents ? Beurrée de sirop, ça serait un autre pied de nez à ton besson !

Vincent lui répond qu'aux plus récentes nouvelles, l'auteur de ses jours avait l'intention de vendre la propriété familiale, à Saint-Charles. Son alliance avec Debartzch le déclassait, à juste titre, aux yeux de ses concitoyens, et ses activités de marchand en gros se sont réduites comme une peau de chagrin.

— Y regrette, ton père, d'avoir suivi le renégat ?

— Oui, sauf que son aveuglement, y peut juste se le reprocher à lui-même. À lui-même, pis aux avances de fonds consenties à

Déberge. Mon père était terrorisé à l'idée qu'y perde sa place prépondérante non seulement dans le district, mais auprès de l'Exécutif de la province itou. Si Déberge chutait, mon père pis une couple d'autres suivaient. C'est ça, le nœud de l'affaire.

— Déberge s'est noyé pareil. Pis y a entraîné son pays au fond. La rumeur, t'en penses quoi?

— L'affaire qu'y serait redevenu patriote? Faudrait être débile pour faire confiance à Déberge.

— C'est tellement toutte croche. Tandis que quand m'sieur Papineau était là pour nous autres, c'était limpide. On savait que ce qu'y disait, c'était ce qu'y pensait du fond du cœur. Sauf qu'y est passé dans les vieux pays, pis Dieu sait quand y va revenir.

— Y est en mission diplomatique. La sympathie française a gonflé à vue d'œil. Pis y est censé réfuter par écrit le rapport de milord Durham.

— Y devrait pas prendre cette peine. Un ramassis d'insanités. À peine décrypté, y a été relégué aux oubliettes.

Au sujet de l'apparent vagabondage du président de la Chambre d'Assemblée, Vincent fait état de son hypothèse et Vitaline est suspendue à ses lèvres. Lorsque le gouverneur Colborne a frappé son grand coup, au début du mois de novembre de l'an passé, il y a eu un branle-bas de combat parmi les exilés aux États-Unis. Ulcéré par les événements sanglants dans son pays, Papineau était paré à mener une armée afin de libérer les deux Canadas, quels que soient les risques pour ses concitoyens.

Hélas! Encore une fois, quelque chose a dérapé. En 1837, c'était la division du camp des réfugiés canadiens en deux camps: l'un avait foi en Papineau, et l'autre, mené par Robert Nelson et Cyrille Côté, s'en dissociait. Espionnés par les autorités, trahis de partout, Nelson et Côté ont ouvert la porte à une sauvage répression.

— Tandis qu'au tournant de cette année, la faute de l'inaction échoirait à nul autre qu'au Dr Wolfred Nelson. Tu sais qu'y revenait tout juste de la Bermude avec les sept autres, après avoir été libérés par le désaveu de l'ordonnance Durham. Je peux rien affirmer avec certitude. Mes soupçons sont alimentés par des bribes d'information qui ont traversé la ligne du 45. Loin de concourir au plan proposé… loin de prendre place aux côtés de Papineau pour mettre ses talents de stratège militaire au service de la cause… le bon docteur s'en serait dissocié. Y aurait prêché la soumission et l'attentisme.

Avec un puissant soupir, Vincent ponctue sa relation. Voyant le héros de Saint-Denis camper obstinément sur ses positions, anticipant le groupe des réfugiés en train de s'entredéchirer de nouveau, le président de la défunte Chambre d'Assemblée du Bas-Canada s'est brusquement décidé pour un voyage à Paris.

— Sauf que l'argent est rare comme de la merde de pape. Y se passe la même affaire qu'aux États. Bien des belles paroles, mais quasiment pas une cenne. Y a des intérêts suprêmes en jeu. Des intérêts en forme de relations commerciales avec la Grande-Bretagne.

Vitaline prend note du détachement apparent de Vincent. Elle le connaissait plus fougueux, vibrant d'indignation. Elle serait la dernière à lui reprocher son indifférence, car elle ressent sensiblement la même usure, causée par les tempêtes d'émotions qui font rage, en son for intérieur, dès que le sujet des défaites et des pertes vient sur le tapis. Elle s'en protège grâce à un vague à l'âme moins glorieux, mais qui la met à l'abri des intempéries. De surcroît, elle a un besoin viscéral d'aller de l'avant sans ruminer un douloureux passé. Elle revient sur le sujet de l'avenir de Vincent :

— Tu vas te fixer où ? Paraît que Gilbert va retrouver son poste de nouvelliste, c'est vrai ?

— Oui, d'ici une couple de semaines, espérons.

— Sûrement que l'éditeur t'emploierait à profit ?

— Ça se pourrait, mais j'ai d'autres projets.

Accolée à Vincent, Vitaline sent une montée de tension rigidifier le corps de son amoureux, une roideur nouvelle qui déclenche en elle une réaction de frayeur. Posément, elle se libère de l'étau des bras, puis elle rajuste sa mise avant de faire quelques pas dans l'espace fort étroit de leur cachette. Enfin, elle pivote vers le jeune homme, en train de glisser sa chemise à l'intérieur de son pantalon. Tâchant de contrôler le ton de sa voix, elle pose une question tranchante :

— Quels projets ?

L'une après l'autre, Vincent réajuste ses bretelles bien en place sur son torse. Il lisse sa chevelure, dont quelques brins retombaient sur ses yeux. Enfin, il destine à Vitaline une mine empreinte de tendresse. Se liquéfiant intérieurement, la jeune femme demeure quand même sur ses gardes, car l'expression de Vincent s'altère sous l'afflux de sentiments nettement moins positifs. Du désarroi, quasiment de l'angoisse. Il prend enfin la parole :

— Faut que tu saches, ma coqueluche, dans quel état d'esprit…

Dans un sursaut, Vitaline l'interrompt :

— Ma quoi ? La coqueluche, c'est pas une maladie ?

Pris d'un fou rire, le jeune homme s'explique :

— C'est une bonne femme itou. Une affaire de l'ancien temps. Ça m'est venu tout seul. Mon ami le jardinier, celui chez qui j'allais pendant mon enfance, y prénommait son épouse de même. Y disait à tout propos : faut que je consulte ma coqueluche. Ma coqueluche m'a mitonné un bon plat. Si tu préfères être ma princesse, pas de problème. Faut que tu saches, ma princesse, dans quel état d'esprit je suis actuellement. Ça va comme ça ?

— Arrête de me niaiser.

Avec sérieux, il reprend :

— J'ai prêté serment, l'automne passé.

— L'affaire de la société secrète ?

— Oui. Par après, j'ai trouvé que ce moment-là avait été l'un des plus beaux de ma vie. J'ai trouvé que tous les espoirs étaient permis. La promesse de s'entraider, de se vouer respect et assistance inconditionnelle, me paraissait augurer des miracles pour l'avenir. Comme si, en même temps que l'indépendance, on allait faire du Bas-Canada un pays plein de gens soudés les uns aux autres. Plein de gens qui se serreraient les coudes, qui neutraliseraient les adeptes du sectarisme pis de l'intolérance par leur esprit de corps.

Le timbre éraillé, Vincent doit prendre une pause, et Vitaline résiste stoïquement à l'impulsion de franchir le pas qui les sépare pour lui offrir du réconfort. Il enchaîne :

— La suite des choses a réduit mon rêve à néant. La suite des choses a même foulé mon rêve aux pieds pour le couvrir de bouette. Les forcenés tiennent le haut du pavé, pis y l'occuperont longtemps encore. Les bons sentiments, la camaraderie pis l'altruisme, toutte ça, c'est du pipi de chat à leurs yeux. Ce qui compte, c'est leur prééminence personnelle. Pis ladite prééminence, y sont parés à la faire valoir de toutes les manières possibles.

Le jeune homme fait un pas de côté. Il pose une main sur la paroi rocheuse, qu'il effleure un moment, avant de poursuivre :

— J'ai jonglé à bien des affaires en prison. Y s'est passé un étrange phénomène. C'était au début de mon incarcération. J'étais lessivé, pis en plus, fallait que je m'accoutume à être tassé sur les autres. À voir le ciel à travers les barreaux. À me cogner sur les murs après trois pas. À me taire, même si les représentants de l'autorité disaient des grossièretés. Fait que je suis comme... rentré en dedans de moi. Un réflexe de survie, j'imagine. J'ai perdu la réalité de vue. Je me suis couché, pis j'ai pas bougé de là pendant trois jours. Les autres me croyaient malade.

Vincent affirme avoir fait un voyage dans sa tête. Il a remonté le cours du destin de sa nation. Une fois le bilan des dernières années effectué, il est allé encore plus loin dans le passé, jusqu'à son tout premier souvenir de garçonnet. Fugacement, il a eu l'impression de filer jusqu'à l'aube de l'humanité. Puis, insensiblement, il a repris connaissance. Vincent croit être, d'une certaine manière, revenu au monde, né une seconde fois par le fait qu'il s'est réveillé déterminé à mettre en application les choix de vie qui, dorénavant, seraient les siens. À défaut, une mort lente le guettait.

— Je veux me dépouiller de toutte, profère-t-il sobrement. Me désencombrer pour pas donner prise à ce qui a fait notre malheur.

— L'avarice ?

— Oui, pis la peur qui vient avec. Une fois que tu possèdes quelque chose, t'as peur de le perdre. Pis si t'as volé ce que tu possèdes, ta peur grandit. Pis si tu possèdes plein d'affaires escroquées au bien public, t'es perclus d'effroi. Fait que tu te démènes pour conserver ton bien pis tu fais des ravages autour de toi. Voilà de quoi la Clique du Château est coupable. Voilà pourquoi elle nous fait la guerre depuis une si longue escousse.

Vincent pose sur Vitaline un regard farouche.

— J'aurai jamais de propriétés. Juste une cabane que je peux quitter sans regret si quelqu'un veut me la voler. J'aurai jamais de position dans la société. Juste des gagne-pain grappillés au petit bonheur la chance. Fait que je serai pas un homme intéressant pour une dame.

Vitaline ne peut retenir un sourire :

— Ça, c'est toi qui le dis.

— Une autre affaire, c'est que je veux pas rester dans les parages de mon frère. Même à une centaine de milles d'icitte, y est quand même dans les parages. Pis un jour, y va retontir. Je veux mettre toute la distance possible entre lui pis moi.

Toute la distance possible? Vitaline se sent blêmir. Venant à elle, Vincent la reprend dans ses bras. Son souffle caresse son oreille et ses cheveux lorsqu'il dit:

— Pis une autre affaire encore. T'es mariée, ma coqueluche. Ça m'apparaît une torture.

Vitaline se défait de son étreinte. Faisant un pas de reculons, elle dit:

— Donc?

— Donc, je compte m'en aller très loin d'icitte, une fois que j'aurai réglé une couple d'affaires.

Épouvantée, Vitaline s'écrie:

— Très loin d'icitte? On se verra plus?

— De toute façon, comment on pourrait se voir autrement que de loin? Ce jour d'hui, c'est un miracle qui se reproduira pas deux fois.

Vitaline se dresse de tout son corps. Galvanisée, elle riposte avec colère:

— Tu penses que Florentin peut m'empêcher de voir qui je veux? Tu penses qu'y contrôle mes allées et venues?

D'un geste vif, Vincent lui saisit le poignet, qu'il serre à outrance. Impérieux, il assène à sa mie:

— Je pense que la situation est invivable. Si j'étais ton mari, jamais j'accepterais que tu en lutines un autre quasiment sous mes yeux. Comme y t'estime encore… parce qu'y t'estime, ça crève les yeux… y pourra pas l'endurer. Je veux pas que tu vives en enfer, Vitaline. Je veux le paradis pour toi. Le paradis astheure, pas à la fin de tes jours.

La gorge serrée par l'émotion, Vitaline proteste:

— Le paradis avec toi.

Vincent la délivre de sa poigne, puis il la contreboute en secouant la tête:

— Je vais partir sur les chemins. Marcher jusqu'à ce que je trouve un racoin qui me convienne. M'installer pour un boutte.

Puis repartir si j'en ai envie ou si on me chasse. Y a pas une femme qui pourra endurer ça.

En Vitaline, un afflux d'énergie est en train de chasser tout relent de crainte et de désespoir. Gonflée à bloc, elle lâche :

— Pas une femme peut endurer ça ? Qu'est-ce que t'en sais ? Je pars avec toi. Si tu savais l'envie que j'ai eue… pis que j'ai encore… de sacrer mon camp d'icitte. J'ai l'impression d'habiter un cimetière. J'ai l'impression que mon pays est enterré dans un cimetière. Mon pays est couvert de brume pis de boucane. Je suis parée à m'en aller ailleurs. J'ai envie d'aventure. J'en ai tellement envie, Vincent, si tu savais !

L'interpelé s'avance pour poser délicatement ses lèvres sur celles de Vitaline. Avec sa bouche, il en trace les contours avant d'embrasser enfin celle qu'il aime. Puis, il souffle :

— Y a pas un enfant qui pourrait endurer l'existence que j'entrevois pour moi.

Vitaline reste égarouillée. Jules ! Pendant un instant, elle l'avait mis de côté. Elle agissait comme si elle était sans amarre ! Vincent ajoute sur le même ton :

— C'est de même que j'ai convaincu ton beau-père de nous laisser seul à seule. En partageant avec lui mes intentions pour l'avenir. En disant que c'était un adieu.

Vitaline sent ses jambes se dérober sous elle. Vincent l'agrippe de justesse et la plaque contre lui pour l'empêcher de tomber. Vitaline s'accroche à son amoureux. Elle souffre, son cœur est fendu en deux. Vincent murmure :

— Tu seras toujours ma princesse. Toujours, tu m'entends ? Mais le va-nu-pieds que je suis…

Sa voix s'étrangle. Il inspire profondément, puis il reprend :

— Après ce que j'ai vécu… même l'amour que j'ai pour toi… suffit pas à donner du sens à mon existence. J'ai essayé autant comme autant… j'ai envisagé de me dégoter un moyen de subsistance alentour, mais ça me donne envie de me laisser couler par un trou dans la glace. Faut que je quitte la rivière Chambly. Je suis obsédé par… les ruines. Les hommes qui désespèrent. Les femmes qui pleurent. Les enfants qui ont peur de leur ombre. Pis le pire : la morgue de nos tortionnaires. J'ai juste envie de leur démolir le portrait. C'est pas endurable. Ça me gruge l'intérieur.

Vitaline étreint Vincent de toutes ses forces, ce qui leur tire, à tous deux, un gémissement. Puis, ayant repris un brin contenance, elle s'arrache à lui. Le regardant droit dans les yeux, elle réussit à articuler :

— Je comprends. Je t'assure que je comprends ton dégoût. Notre pays est maudit. Je veux partir avec toi. Tu m'entends ?

— Oui, mais…

— J'ai l'intention de partir avec toi. Pour l'instant, tu vas habiter chez tes parents ?

Il acquiesce d'un battement de cils. Vitaline ajoute, le ton insistant :

— Fais-moi savoir quand tu pars pour de bon. Je tâcherai de te rejoindre. À la revoyure, Vincent. À la revoyure, tu m'as ouïe ?

Il fait signe qu'il a compris. Vitaline tourne les talons et d'un seul élan, elle franchit l'étroit goulot qui la ramène dans la forêt. Obnubilée par son idée fixe, elle ne voit rien du paysage. Partir avec Vincent. Régler sa situation Dieu sait comment, puis partir avec l'homme qu'elle aime. La perspective est enchanteresse !

Pour Vitaline, plusieurs jours s'écoulent la tête dans les nuages, malgré les durs travaux au potager et les soins aux animaux. Puis, une après-dînée de pluie diluvienne, Florentin rentre à la maison. Il est amer, car son périple a été infructueux. Non seulement les emplois inoccupés sont rares, mais une méfiance généralisée empoisonne les rapports sociaux. Le capitaine Montplaisir s'emploie à remonter le moral de son fils. Ils ont une sacrée chance, celle d'avoir sagement repoussé la décision de se procurer un navire plus moderne, il y a deux ans, et donc de ne pas être obérés de dettes.

De surcroît, la parcelle de terre qu'ils occupent a été concédée par le seigneur du lieu au grand-père du capitaine Montplaisir, à la toute fin de l'époque de la Nouvelle-France. Leur droit de propriété est donc incontestable, à condition que la modeste rente soit payée une fois par année. Qui plus est, les Montplaisir ont toujours payé rubis sur l'ongle, hormis lors d'années plus difficiles ; les retards ont été prestement rattrapés. À la rigueur, si le paiement est ardu cette année, le seigneur patientera volontiers.

En train d'endormir Jules dans la berçante, Florentin déclare :

— M'sieur Fleury Deschambault s'en vient moins accommodant. Savez comment y a souffert des troubles…

— Paraît que sa santé se dégrade, glisse Vitaline. Estère me l'a confié l'autre jour. Pourtant, le pauvre a même pas 40 ans.

Le capitaine Montplaisir revient au principal sujet de parlure. Les denrées qu'ils produisent eux-mêmes devraient suffire à leur subsistance. L'an prochain, la situation aura peut-être changé du tout au tout. Il conclut :

— J'ai pour mon dire que tu seras pas marri pantoutte, Florentin, de prendre une pause.

Alertée par l'étranglement dans la voix de son beau-père, Vitaline lève les yeux sur lui. Manifestement chamboulé, le vieux marin ajoute à l'adresse de son fils, qui le mire avec un mélange d'étonnement et de circonspection :

— Je suis pas fou. Je t'ai forcé à prendre le large malgré toi. J'ai pas voulu te laisser un pouce de bride parce que... parce que me semblait que c'était la chose à faire. Que c'était le meilleur métier à te transmettre pis que tu m'en serais reconnaissant un jour. Me semblait que t'allais t'accoutumer pis finir par aimer ça. Tu t'es accoutumé certain. Mais aimer ça ? Je pense que je m'illusionnais. C'est-y pas, Flo ?

Après un temps, ce dernier répond :

— Faites-vous-en pas de même, son père. C'est pas g... grave, si j'ai pas le pied marin comme vous. Je suis pas un ingrat.

— Quand même. Profite du répit pis aie pas peur de me faire savoir que t'es content de rester sur la terre ferme. J'en prendrai pas ombrage. Je t'ai déjà amplement rabroué.

Il ponctue sa tirade par un sourire ému qu'il destine à Florentin, puis il se détourne en marmonnant :

— Pis là, je m'en va fumer une pipe dehors. Y a une trouée dans le ciel.

Aussitôt dit, aussitôt fait. Vitaline se rend au poêle pour attiser le feu, indispensable par ce temps humide et frisquet.

— Son père m'a dit, pour la visite d'y a une couple de jours.

Elle se crispe de tout son être, mais prend le temps d'ajouter une bûche avant de se redresser et de faire face à son mari. Elle répond posément :

— Vincent est venu.

— Pour te dire adieu ?

— Oui. Y a trop souffert pour...

La gorge trop serrée, Vitaline doit s'interrompre. Elle se détourne pour masquer le chagrin qui doit lui déformer les traits. Obstiné, Florentin dit encore :

— Y aurait dû te dire adieu icitte. Z'aviez pas d'affaire à vous en aller. J'escompte qu'y remettra jamais les pieds ici dedans.

Vitaline souffle :

— Y est venu me dire adieu.

— J'ai compris, pas besoin d'ânonner de même. Saquerdié, Vitalette, t'es partie pendant une couple d'heures ! Paraît que Jules s'est époumoné en masse ! Pis tu voudrais que je reste bonasse ?

— Je voudrais que…

— P't-être que tu l'as laissé te lutiner, pis tu voudrais que je fasse comme si de rien n'était ? Je le répéterai pas deux fois, Vitalette. Si jamais ce fendant remet les pieds ici dedans, y va recevoir un coup de pied au cul. C'était la moindre des choses de pas fesser sur un prisonnier d'État, mais de là à me faire narguer par un rival !

Vitaline ne ressent plus qu'une colère si intense qu'elle en sort de ses gonds. Ulcérée, elle se campe devant son mari pour répliquer :

— Tu devrais me tenir en laisse, tant qu'à y être ? En sus de me mitrailler avec tes paroles, tu devrais m'enfermer à clef dans une armoire ?

— Exagère pas, ça va se revirer contre toi.

— Pour de vrai ? Comment tu vas faire si je décide, moi, d'aller visiter celui que j'aime par-dessus tout ?

Accusant le coup, Florentin lève vers son épouse une mine égarée. Elle presse son point, trop aise de se déboutonner enfin :

— Oui, je l'aime par-dessus tout. J'y peux rien, c'est plus fort que moi. Son adieu, j'ai de la misère à l'accepter. Je peux pas envisager de vivre sans lui. C'est comme si je m'enterrais vivante. Fait que je te supplie, Florentin, de pas pousser ton avantage. De pas jouer au mari qui a un droit sur sa femme. T'as aucun droit de propriété sur moi. Quand on s'est unis l'un à l'autre, c'était par consentement mutuel. Pis si je décide de demeurer à tes côtés, c'est de mon libre arbitre. L'affaire que j'y serais obligée d'une quelconque manière, c'est pas digne de nous autres, Canadiens. C'est pas digne de toi, Florentin. Je t'en supplie, épargne-moi les menaces, parce qu'autrement, tu vas me perdre à jamais. Je serai plus rien qu'une coquille vide.

Hors d'haleine et chamboulée jusqu'au tréfonds de son être, Vitaline se garroche vers la patère pour saisir sa bougrine de printemps. Elle enfile ses mocassins les plus imperméables et, sans un regard en arrière, elle se jette dehors, avide d'espace et d'air frais. Les larmes se mettent à couler sur ses joues. Elle n'en a cure, se laissant porter jusqu'au chemin qu'elle traverse pour descendre l'écore, là où la barque à voile est en cale sèche.

Encore gonflée par la fonte des neiges, la rivière Chambly coule, impériale, sous le regard embrouillé de Vitaline. Celle-ci s'accroupit pour puiser de l'eau et en asperger ses joues et son front, puis pour boire quelques gorgées. Ce que Florentin, en tant que citoyen anglais, escomptait vivement en matière de liberté, il n'y a aucune raison pour qu'il en prive Vitaline. Surtout dans le domaine matrimonial, là où toute femme met son autonomie en péril. En Bas-Canada, les despotes ont triomphé? Uniquement par une haïssable, une insoutenable terreur dont tout le monde veut s'affranchir au plus sacrant. Si Florentin a la moindre velléité d'instaurer une semblable coercition dans son ménage, il va voir de quel bois Vitaline se chauffe!

43

Assis près du poêle ouvert, dont le feu crépite dans la nuit, Gilbert a l'impression d'être remonté des années en arrière. À cette époque, le jeunet qu'il était passait la belle saison quasiment sans mettre le pied dans la maison. L'appentis, un bâtiment qui sert de rangement pendant l'hiver, puis de lieu de vie dès le doux temps revenu, devenait leur point d'ancrage, là où les repas se cuisinaient et où les veillées se déroulaient. Même que fréquemment, Gilbert a dormi soit au pied du feu, soit dans un recoin de l'appentis, s'il mouillait.

Astheure que la maison paternelle a été agrandie et qu'elle compte une cuisine d'été, les femmes ont davantage tendance à s'y cantonner. Pour elles, tout est plus simple ainsi. Néanmoins, l'usage d'apporter son assiettée dehors et d'y veiller jusqu'à ce que l'endormitoire alourdisse les paupières s'est maintenu. Depuis qu'il est arrivé avec Caroline et Ériole pour un court séjour à Saint-Denis, Gilbert profite amplement d'une liberté d'action qu'il barguigne encore à s'octroyer à Montréal, forteresse des convulsionnaires.

Le jeune homme tenait d'autant plus à présenter son épouse à sa famille, que leur enfant verra le jour dans environ deux mois, à la fin d'août. Il était grandement temps. Si quelqu'un du clan Dudevoir connaît l'ancien métier de Caroline, Gilbert a confiance que le secret sera bien gardé. De toute façon, les ravages causés par la répression ont remis les yeux en face des trous. Certains scandales en sont de vrais, tandis que d'autres, qualifiés comme tels par ceux qui s'affichent comme bien-pensants mais qui ont l'âme noircie, ne sont que des broutilles. En sus, des affaires strictement privées.

En compagnie de Gilbert, Caroline s'est astreinte à une visite à ses parents. Le moment a été éprouvant. M. Maréchepleau, poivrot notoire à la main leste, est un être imbuvable. Son épouse avait toutes les apparences d'un fantôme. Caroline a assuré Gilbert que sa mère se ranimait la plupart du temps dès qu'elle se trouvait loin de son époux. Le lieu de rendez-vous était la modeste maisonnette de la jeune sœur de Caroline, mariée à un cordonnier et qui hébergeait également la cadette de la famille afin de la soustraire au tempérament violent de leur père. Là, Mme Maréchepleau et ses filles prennent du bon temps!

Gilbert bâille à s'en décrocher la mâchoire. Hier, le bourg au grand complet — hormis quelques tristes sires qui se sont singularisés ces dernières années par un servilisme abject — a célébré la Saint-Jean-Baptiste par un immense feu de joie, des chants et des danses. L'ambiance a été plombée par un climat de mélancolie, mais Gilbert s'est régalé du brasier purificateur qui redonnait ses lettres de noblesse à ce que les boutefeux à la solde du vieux brûlot ont flétri. Les flammes ne sont pas qu'infernales. Elles sont également bienfaisantes, comme les artisans potiers et autres forgerons de Saint-Denis le savent pertinemment.

En conséquence des excès de la veille, Caroline s'est déjà retirée dans leur chambrette, de même que Domitille et Perrine, qui a entraîné ses enfants dans son sillage. Ériole, pour sa part, est en visite quelque part. Autour du feu en plein air, il ne reste que Gilbert et son père, face à lui, de l'autre côté du brasier. Le jeune homme a été choqué par l'aspect de celui qui a été un maître-potier d'envergure. Amaigri et recroquevillé sur lui-même, Uldaire a pris de l'âge. Non seulement il ne tourne plus de pourcelines, mais les difficultés des temps présents le laissent effaré, quasi sans voix.

Le cœur étreint par un souvenir, Gilbert dit soudain à mi-voix, comme s'il se parlait à lui-même :

— Vous vous rappelez, son père? Non, sans doute pas, mais moi, je garde un épisode très frais à ma mémoire. M'sieur Thibaudeau, le marchand, était venu vous faire savoir qu'y fallait garder la fale basse pardevant les iniquités. Fallait endurer, au risque d'en pâtir. Je me souviens plus si Thibaudeau vous avait menacé, mais je me souviens de ce que vous m'aviez confié par après. Z'aviez une dette envers lui, fait que z'aviez les mains liées. Pis moi, je m'étais juré de vous protéger. Maudit que j'étais naïf. J'étais pas armé pour. J'avais sous-estimé l'ennemi en masse. Si j'avais su…

— T'aurais faitte quoi ?

C'est Aubain, le mari de Perrine, qui a lancé la question, le ton provocateur. S'asseyant sur une bûche qui sert de siège, il ajoute avec un brin de hargne :

— Y avait rien d'autre à faire que de prendre son trou.

Heurté de plein fouet, Gilbert choisit de vider enfin la question une fois pour toutes.

— Écoute-moi bien, le beau-frère. Y a une affaire qui m'empoisonne l'existence. Tu passes ton temps à me fermer la trappe. Sauf que moi itou, j'ai droit à mon opinion. T'as pas d'affaire à vouloir cautionner tes vues en me tombant dessus.

— Je te tombe pas dessus !

— Oui, dès que l'occasion se présente. Prendre son trou ! Un ennemi trop puissant ! Pis par après, tu beurres épais. Le curé prêche la soumission depuis des lustres, que tu fais valoir, pis nous autres, on dédaignait de lui accorder créance. L'autorité est nécessairement conférée par Dieu Lui-même, que tu rajoutes avec grandiloquence, fait qu'on a été des fieffés sans-dessein à vouloir faire obstacle à la Providence !

— C'est la vérité pure.

— C'est ta vérité. Ce que tu veux croire de toutes tes forces. Moi, je pense autrement. Si tu peux pas endurer les remises en question, dis-moi-le entre quat'z'yeux, pis ça voudra dire que je suis pas le bienvenu icitte.

— Qui a dit que t'étais pas le bienvenu ?

Lassé des répliques butées d'Aubain, Gilbert prend un moment pour retrouver son calme. Il ajoute, moins acrimonieux cependant :

— T'es à la veille de proclamer que m'sieur Papineau est bel et bien peureux pis veule, pis faudrait que j'acquiesce benoîtement, comme un niaiseux fini ?

— Moi, je suis content de votre visite à tous les trois.

Uldaire s'est exprimé d'un ton bonasse. Déconcerté, Gilbert lève les yeux et aperçoit les prunelles de son père, illuminées par la lueur des flammes. L'auteur de ses jours dit encore :

— Tu t'es greyé d'une belle et bonne femme, mon gars, pis ça me fait un gros velours.

Aubain ne peut retenir un ricanement feutré. Gilbert n'a pas le temps de s'insurger, car son père se redresse à demi pour lancer, impérieux, à l'adresse de son gendre et associé :

— De quoi tu ris de même ? J'aimerais ça m'amuser moi itou. Me semble qu'on manque d'occasions, par les temps qui courent.

Silencieux, Aubain fixe obstinément le sol. L'ancien maître-potier se rassoit tout en disant d'une voix forte, qui résonne :

— Caroline est une belle et bonne femme. Prends-en de la graine. J'ai mon voyage d'entendre ta Perrine médire.

Aubain réagit comme si une guêpe l'avait piqué :

— Pis votre Domitille, elle fait quoi ?

— Pareil, pis je peux plus l'endurer. À partir d'astheure, je veux du respect pur et simple pour celle que Gilbert a choisie, c'est-y clair ?

Éberlué, ce dernier est en train d'assister à un échange qui lui met les yeux en face des trous. Les dames de la maison parlent dans le dos de Caroline ? Sans doute plusieurs autres commères du village itou ? Le jeune homme lève son visage vers le ciel tout en débloquant son respir, et son malaise s'amenuise d'un seul coup. Quelle niaiserie que ces médisances d'arrière-cour ! La seule vengeance, basse et mièvre, qui reste aux peuples asservis.

— À part de ça, j'ai-tu compris que t'allais avoir une position enviable ?

Gilbert reporte son regard sur son père, qui le mire avec bienveillance. L'interpelé ne peut retenir un rire de dérision.

— Z'êtes aimable de voir la chose de même. Rédacteur adjoint d'un papier-nouvelles que les autorités surveillent de près pour mieux le coincer pis le réduire au silence !

— Le danger est après s'écarter. C'est-y pas, que vous, les jeunes, vous voyez l'horizon s'éclaircir ? Vous vous tenez plus drette que moi, pis votre vue est encore perçante, fait que je vous le demande ingénument : est-ce que je me fais des accroires ou bien nos affaires publiques peuvent juste se renmieuter ?

Aubain se hâte d'abonder en son sens :

— Elles vont se renmieuter. Faut juste que les adeptes du radicalisme, y mettent de l'eau dans leur vin.

Gilbert se fend d'une grimace. Son beau-frère saisit la moindre occasion pour se muer en donneur de leçons ! Il réplique :

— Nous autres, Réformistes, on cultive l'intransigeance d'esprit ? Pis les adeptes du sectarisme, y font quoi, d'abord ? Dis-moi, Aubain ?

— Y font encore pire. Pas besoin de me tirer les vers du nez de même, Gilbert, je suis pas si bouché. Sauf que ladite réaction, nos chefs réformistes de 1837 l'avaient prévue, c'est-y pas ?

— À cause des exemples du passé ?

— Oui, comme la coercition en Irlande.

Chamboulé, Gilbert prend un moment pour rassembler ses idées. Il répond en toute honnêteté :

— Je pense que la réaction ahurissante de notre gouvernement colonial… que la collusion entre l'Exécutif pis le militaire afin de mettre en place un régime despotique aux rouages parfaitement huilés… je pense qu'au contraire, elle est sans précédent dans le monde civilisé. Du moins, dans l'histoire de l'Empire britannique. Si la Clique du Château a dû agir comme tu sais pour nous réduire à l'impuissance, pour empêcher la majorité des élus de respecter le mandat qu'on lui avait confié en 1834, c'est parce qu'on était articulés politiquement. Parce qu'on était descendants de Français, pis à la peau blanche, ce qui les empêchait de nous réduire trop facilement à l'esclavage. Ton four à cuisson, Aubain, c'est pour ça qu'y est rasé au sol. C'est pour ça que d'autres potiers se sont faitte détruire leur production, leurs tours pis leur matériel. Juste pour ça.

L'interpelé reste coi. Qui peut nier une telle évidence ? Gilbert ajoute :

— Du moins, c'est mon sentiment. Les historiens se prononceront dans le futur…

Miné par un sérieux doute, il s'interrompt, puis poursuit :

— Y se prononceront, mais j'ai pour mon dire qu'y déformeront la réalité pas rien qu'un brin. Parce que si le bonhomme brûlot va nécessairement être rappelé, une bonne gang de ses assistants demeurera en sol canadien. Pis ce sont des hommes puissants. Des hommes qui voudront pas voir leur réputation entachée publiquement.

— Peut-être que t'as raison de craindre pour l'avenir de ce côté, reprend Uldaire. T'es mieux placé que moi pour le savoir. Mais d'un autre côté… l'union, moi, ça me semble pas une si mauvaise chose. T'en penses quoi, mon gars ?

Gilbert lui destine une mine appréciative. Trop hébété pour causer, son vieux père ? Va falloir qu'il révise son jugement... Sur ce, il répond :

— Visiblement, j'en pense la même chose que vous. Le plus urgent, c'est de ravoir notre Parlement, même si ça signifie de fondre les provinces l'une dans l'autre. Parce que je vois pas qui d'autre, à part nos élus, pourrait plaider la cause des hommes traqués par les autorités. Qui d'autre réussira à leur redonner leur dignité ?

Quand même, s'empresse de nuancer Gilbert, les défauts du projet tel qu'il est actuellement esquissé crèvent les yeux. On parle de faire absorber par le Bas-Canada, dont les finances publiques sont saines, l'énorme dette du Haut-Canada, dont les dirigeants ont dépensé sans compter pour des réalisations grandioses en forme de canaux et autres voies artificielles servant aux intérêts commerciaux. On parle également de redéfinir les comtés électoraux de manière à retirer aux Canadiens parlant français leur prééminence démographique.

Par contre, l'union des deux provinces devrait mettre en échec les furibonds fanatiques, ce qui serait une éclatante victoire. En Haut-Canada, les tories ont réussi, en 1836, à accaparer la majorité des sièges de représentants élus. En Bas-Canada, il leur a fallu anéantir la législature même. Or, la fusion des deux provinces en un territoire doté d'un seul Parlement raffermirait les forces progressistes. Ce qui aurait été une catastrophe en 1822, alors que le projet d'union était sérieusement considéré dans la mère patrie, sera sans doute la planche de salut du peuple canadien en 1840.

— De surcroît, l'union ramènera à l'avant-plan une donnée que les ultra-tories veulent faire oublier depuis deux décennies. Être Réformiste, c'est appartenir à une communauté de pensée et d'idées qui se rit des différences culturelles. Ce serait un gros velours de voir se dissoudre dans l'atmosphère la rengaine éculée. Celle qui veut que les patriotes du Bas-Canada soient uniquement mus par des motifs de haine envers ceux qui ont fait leur conquête, trois quarts de siècle plus tôt.

En adressant un clin d'œil à l'auteur de ses jours, le jeune homme conclut qu'il n'y a que le haut clergé catholique pour s'y opposer. Celui-là, il va toujours à l'envers de ses ouailles ! Tout en rigolant, Uldaire saute dans la brèche ouverte. S'afficher contre le patriotisme et les dénonciations de corruption, puis astheure, s'afficher contre l'union, ça lance un message très clair : l'épiscopat et, par ricochet, curés et prêtres, n'ont en vue que la défense de leurs intérêts mesquins, leurs intérêts de religieux prosélytes. Tout le reste, ils s'en balancent !

Aubain saute sur ses pieds et se rend jusqu'au tas de bûches. Il en saisit une et la dépose dans les flammes. Ses gestes sont brusques et impatients. Lorsqu'il se met à tisonner, son beau-père reprend la parole :

— Ce dont tu causais tout à l'heure, Gilbert… Que je t'ai dit que j'avais une dette envers m'sieur Thibaudeau pis que j'avais les mains liées… Je m'en souviens comme si c'était hier. Ta face piteuse quand j'ai dit ça, je l'ai imprimée dans la caboche. T'étais jeunet, tu t'en allais sur tes… 14 ans ?

— Mes 13 ans. C'était la fin de l'été 1827.

— Pour vrai ? T'étais grandet, tu faisais plus vieux que ton âge. Thibaudeau blâmait les beaux parleurs, comme y les qualifiait. Y disait que les Réformistes voulaient jeter le trouble dans le pays. Y a fait assemblant de s'amender quand les forcenés ont montré leur vraie nature, mais depuis que l'armée occupe le pays, y s'acoquine avec ceux qui veulent tirer leur épingle du jeu. Ceux qui s'élèvent sans regarder ceux qu'y piétinent.

— À votre place, le beau-père, je tournerais ma langue en masse dans ma bouche avant de parler.

Piqué au vif, Uldaire monte sur ses ergots :

— Je te donne pas le droit d'être fendant de même !

Gilbert déclare, en fusillant son beau-frère du regard :

— Je pensais pas, Aubain, te voir autant mesquin. Profiter que son père s'est donné à toi pour le rabaisser.

— Je le rabaissais pas une miette !

L'exclamation rageuse résonne dans la nuit. Le caquet soudain rabattu, Aubain enchaîne :

— Ma volonté, c'était pas de vous rabaisser, m'sieur Uldaire. Mes apologies. Je veux juste que vous preniez garde. Les murs ont des oreilles, pis j'en connais une couple qui aiment amplifier ce qu'y croient avoir ouï. Je voudrais pas que mes affaires en pâtissent.

Gilbert reprend la parole, glacial :

— Je sais pas comment t'as faitte, Aubain, pour être encore dans les faveurs des marchands qui contrôlent le commerce par icitte. Ou plutôt, j'ai peur de savoir trop bien comment t'as faitte.

— Juge-moi tant que tu veux, ça me regarde.

— Pendant ce temps-là, le mari de Vitalette se retrouve Gros-Jean comme devant.

Toute morgue envolée, Aubain souffle :

— J'y peux rien. Pis je te jure que ça m'écœure. Toutte ce dont y est coupable, le mari de Vitalette, c'est de pas avoir suffisamment courbé l'échine. De pas s'être fermé la gueule pour laisser les favoris décider de son sort. C'est raide comme châtiment, mais faut juste qu'y garde patience. On fait toutte notre possible pour défendre sa cause à lui pis aux autres.

Un pesant silence s'ensuit. Gilbert songe à quel point les rapports sociaux sont emberlificotés. Aubain se remet à parler :

— Je suis fatigué d'argumenter. Chaque fois, j'ai les nerfs en boule. Me semble qu'y est temps d'aller de l'avant. Les saudits *volunteers* ont été démobilisés…

— Sauf sur la frontière.

— Oui, mais c'est une fraction de l'armée auxiliaire qui nous a tant fait suer. Y reste encore les magistrats salariés pis les corps de police, mais tant qu'on s'en méfie comme de la peste, c'est endurable. Même que beaucoup parmi eux sont plutôt avenants.

Gilbert est envahi par l'image de Gaspard en habit bleu de connétable. Depuis le départ forcé du besson, il n'a plus entendu parler de lui. Le changement est quasiment trop radical. Régulièrement, Gilbert doit se pincer pour s'assurer qu'il ne rêve pas. Tressaillant, il revient à Aubain, lequel est en train de dire :

— L'horrifique cour martiale est démantibulée. Ceux qu'elle a passés en procès pis qu'elle a déclarés coupables sont encore en prison. Une centaine, me semble. Mais les autres ont été remis en liberté. C'est-y pas, Gilbert ?

— Oui, à condition de payer une forte caution de bonne conduite. Y en a quelques-uns qui refusent, dont Viger-au-grand-nez.

— J'escompte un retour à la normale au plus sacrant. Même si le vieux brûlot envoie les prisonniers d'État dans une colonie pénale.

— Y fera acte de clémence, se hâte d'interjeter Uldaire. Je peux pas concevoir d'être autant sévère envers des innocents. Je peux pas concevoir que le gouvernement impérial laisse faire ça.

— Moi non plus. Au pire, le successeur du vieux brûlot ravaudera la situation. Si y sont déjà rendus là-bas, y les rappellera.

Aubain insiste : lorsque Colborne fera voile vers la mère patrie, une ère nouvelle se lèvera en Bas-Canada, dont il faudra profiter pleinement. Sur ce, se tournant vers Gilbert, les sourcils froncés et les lèvres pincées, il profère :

— Avec mon curé itou, je suis fatigué d'argumenter.

Gilbert reste coi, se bardant mentalement pour se parer de l'imminente offensive. Buté, Aubain reprend la parole :

— Longtemps, je me suis ostiné avec lui. Pas de vive voix, mais en mon âme et conscience. J'ai appris à ravaler, pis astheure, je respecte sa science. Qui je suis, moi pauvre mortel, pour remettre en question un savoir qui lui vient directement du Très Haut ? J'ai pris mon trou, Gilbert, pis je le trouve plutôt confortable, mon trou. Moi, je suis bon pour tourner des pourcelines qui ont fière allure.

— Tu parles drette, déclare Uldaire avec générosité.

— Tourner des pourcelines pis me développer comme marchand. Les affaires intemporelles, ça me concerne pas. Je donne entière créance à celui qui gouverne nos âmes. Je dis pas que je vais lui obéir en entier. Je veux dire, la sainteté, c'est pas ma tasse de thé. Mais tant que j'ai la conscience tranquille, ça me convient. M'sieur le curé peut pérorer tant qu'y veut, je vais faire frime de l'écouter. Pis tu sais quoi, Gilbert ? Perrine, ça l'apaise.

Déstabilisé par l'allusion à sa sœur aînée, l'interpelé porte soigneusement attention à Aubain qui poursuit, le timbre enroué :

— Je me suis fourbu à force de la réconforter. Ça me faisait souffrir de la voir de même, tremblante d'effroi. Parce qu'elle se domine en public, ma Perrine, mais quand on se retrouve nous deux... Nos pauvres femmes ont vécu un calvaire. Pis là, je sens que les enseignements de m'sieur le curé sont confortatifs. Faut s'abandonner à la Providence, qu'y dit. Se conformer aux préceptes religieux, pour ensuite monter au paradis pour l'éternité. Perrine, ça lui fait grand bien. À moi itou par ricochet.

Interdit, Gilbert jongle avec une réalité qu'il n'a pas encore entrevue, puisque sa Caroline n'a pas la fibre dévotieuse. Éreintées par deux années de terreur militaire, les dames se réfugient dans la fausse sécurité offerte par un dogme religieux omnipotent. Incapables de supporter plus avant leurs légitimes frayeurs, les hommes de leur entourage ne les découragent pas dans cette voie. Même qu'ils iraient jusqu'à sacrifier leur propre liberté morale, jusqu'à se distordre la conscience, pour mieux endurer, eux autres itou, les souffrances infligées par le despotisme.

Gilbert se lève et sort du cercle de lumière. De nouveau, il lève la tête vers les étoiles, toujours si pâles lors du solstice d'été et de la trop courte nuit de la Saint-Jean-Baptiste. Reprendre son poste de nouvelliste à *L'Aurore des Canadas* sera son ancre de salut, son phare dans la noirceur. Autrement, il y aurait de quoi désespérer de l'avenir. Les hommes de son pays font le choix de cesser d'exercer leur libre arbitre parce qu'ils ont un ardent besoin de concorde. De tout son cœur, Gilbert espère que l'élan ne sera que temporaire. Que lorsque les rouages démocratiques se seront remis à cliqueter, les hommes retrouveront leur liberté intrinsèque. Les femmes itou.

Gilbert dévire vers la maison. Demain, il ira rendre visite à Vincent à Saint-Charles, puis dès que possible, il retournera à Montréal. La vie est trop morne à Saint-Denis. Comme si le temps s'était arrêté dans le village, avec l'accord de l'immense majorité de ses habitants. Même David Bourdages s'est assagi jusqu'à en devenir fade. Gilbert sait bien qu'il s'agit d'un réflexe de défense et que la situation se renmieutera, mais l'indolence collective est dangereusement contagieuse.

CAROLINE DESTINE À SON MARI une œillade que celui-ci déchiffre parfaitement : leur visite dans la belle-famille de Vitaline s'est déjà trop étirée et les sujets de parlures sont ardus à dénicher. Gilbert tergiverse encore. Il a un message à remettre à sa sœur de la part de Vincent, sauf que l'occasion de le faire sans attirer l'attention ne s'est pas encore présentée. À l'évidence, Florentin se méfie de son beau-frère.

Chez les Montplaisir, l'atmosphère est pesante, malgré les facéties de Jules. Sa mère tente de donner le change, mais à l'évidence, elle est minée par un puissant trouble intérieur. Avare de paroles et de gestes, elle se tient le plus loin possible de Florentin. Celui-ci, de son côté, a subi une surprenante transformation. Au début, Gilbert n'en a pas cru ses oreilles. Où était passé l'affligeant bégaiement ? Il s'est astreint à le complimenter, car il aurait été cruel, à ses yeux, de ne pas souligner un tel progrès.

Si Caroline craignait de voir mourir l'échange de vues une fois le sujet de l'infortune des deux marins épuisé, ses prévisions sont déjouées lorsque dame Eugénie fait allusion à une sombre rumeur. Florentin en profite pour questionner leurs visiteurs :

— C'est-y vrai ? J'ai de la misère à y accorder foi. Une fabrique de pourcelines à Saint-Jean ?

Gilbert est obligé d'avouer que la nouvelle semble crédible. Deux Américains auraient fait l'acquisition d'un terrain dans ledit village, à proximité de la gare du chemin à lisses. L'un d'entre eux provient d'une célèbre famille de potiers en grès du Vermont, les Farrar, qui a les capitaux nécessaires pour mettre sur pied une fabrique au rythme accéléré de production. Les promoteurs auraient l'intention de faire venir la terre — introuvable en Bas-Canada — depuis là-bas par bateau.

— Aubain doit être dans tous ses états, souffle Vitaline.

— Je pense qu'y a faitte son deuil du grès, répond Caroline. Faire reconstruire son four, c'est au-delà de ses capacités. Pis faire venir la terre des États… Déjà que c'était une entreprise complexe…

— C'est terrible, souffle dame Eugénie. On dirait une machination soigneusement huilée. En novembre dernier, le vieux brûlot envoie ses corps d'armée nous ruiner. D'abord, y volent toutte ce qui semble avoir la moindre valeur, pis ensuite, y prennent soin de détruire nos moyens de subsistance. Si y ont pas touché à notre barque à voile, ça doit être tout bonnement parce qu'y en ont pas eu le temps !

— D'autres ont pris soin d'achever leur ouvrage, marmonne le capitaine Montplaisir. Même pas besoin de faire une voie d'eau dans la coque.

— Pis là, des étrangers arrivent pour s'élever sur les ruines. À nous autres, y reste juste la terre à cultiver. Le cheptel à reconstituer, quand on aura les moyens.

— Pis après, souligne Gilbert, je gage qu'on viendra nous reprocher de pas être entreprenants.

Posément, Caroline projette sa bedaine vers l'avant afin de se remettre debout. Elle offre un sourire à la cantonade, puis elle dit :

— Y est temps qu'on vous fausse compagnie. On retourne à Montréal demain pis notre barda est pas encore paqueté. Vitaline, je pourrais avoir un aparté avec toi ? Une affaire de femmes.

— Pour le sûr. Je te reconduis un petit boutte.

— Joins-toi à nous, Gilbert. J'aimerais ça que t'en prennes de la graine.

Le futur père réagit par une mine effarée, ce qui fait pouffer Florentin de rire. Quelques minutes plus tard, lorsqu'il accorde ses pas à ceux des deux femmes, Gilbert a compris le but recherché par sa tendre moitié. D'ailleurs, Caroline déclare de but en blanc à leur compagne :

— C'était une ruse. Gilbert veut te causer de Vincent.

Vitaline sent un calme souverain l'envahir. Une embellie qui lui fait un bien fou, après son tumulte intérieur du dernier mois. Posément, elle répond :

— Enfin. Je commençais à désespérer. Y se porte bien ?

— Oui. Y te fait dire que c'est le premier d'aoûtte qu'y va partir.

La voix mal assurée, Gilbert se tait. Il est encore sous le choc de l'annonce de Vincent. Il croyait qu'il allait le voir revenir à Montréal, une fois la poussière retombée ! Mais non, son meilleur ami part en exil.

— Un gros merci, souffle Vitaline. J'en prends note.

Caroline se tourne vers son époux :

— Laisse-toi distancer. Je veux causer seule à seule avec Vitaline.

Caroline glisse son bras sous celui de sa compagne. Lorsque l'espace s'est suffisamment creusé entre elles et Gilbert, la future mère s'enquiert :

— Ton mari te fait la vie dure ?

Vitaline secoue la tête.

— On est juste... très refroidis l'un par rapport à l'autre. Enfin, je le suis par rapport à lui. J'imagine que si je lui tendais la main...

— Ce serait préférable.

— Oui.

Après un temps, Caroline demande encore :

— Tu veux partir avec Vincent ?

Vitaline reste coite. Répondre par l'affirmative, ce serait comme se dénuder en présence d'un ennemi potentiel. Sa belle-sœur murmure :

— Prends garde à toi. Pis je veux que tu saches que je suis là si t'as besoin d'aide.

Vitaline pile net, puis elle se tourne vers la jeune femme pour la gratifier d'une embrassade. Elle souffle à son oreille :

— Un gros merci. Je suis fièrement contente de t'avoir pour amie. L'an passé, en ville, tu m'as tombé dans l'œil.

Caroline pouffe de rire, tout en lui rendant son étreinte. Enfin, les deux femmes se séparent, et après un ultime échange visuel, Vitaline rebrousse chemin. Croisant son frère, elle lui tend la main, il la serre convulsivement, puis Vitaline s'éloigne. Gilbert la mire un instant de dos avant de rejoindre Caroline. Le couple marche en silence pendant un moment, puis Gilbert sollicite l'opinion de sa tendre moitié :

— Elle compte le rejoindre, tu crois ?

— Ça craint.

— On peut faire quelque chose ?

— Pour l'en empêcher ? Jamais de la vie. Ta sœur est libre de ses actes.

— Elle abandonnerait son fils ?

— Peut-être qu'elle compte l'emmener.

— Florentin acceptera jamais ça. L'amour paternel lui sort par les pores de la peau.

Caroline réagit par une mine désolée. Son époux plonge dans une éprouvante songerie. Tout d'abord, il doit faire le deuil de Vincent. De surcroît, un drame familial est à la veille de se dérouler, au terme duquel Gilbert perdra sans doute également de vue sa sœur et son neveu. Quelle engeance !

VITALINE A L'IMPRESSION QU'EN ELLE, un ressort à boudin bandé à l'extrême amorce sans se presser son retour à la normale. Pour se mettre en branle, elle n'a eu qu'à s'abandonner au mouvement autant viscéral que souverain. À l'insu de sa belle-famille, elle a accumulé un léger barda à l'endroit même où, dans la forêt, elle avait aimé Vincent avec tant d'emportement. Ce jour d'hui, 31 juillet, elle profite du moment où Jules vient de s'endormir, en début d'après-dînée, pour annoncer qu'elle part faire une longue promenade, comme elle le fait à intervalles réguliers.

La jeune mère n'a pas ressenti de déchirement en se séparant de son fils. À peine un pincement vite oublié. L'évidence s'était imposée et Vitaline n'avait pas eu la moindre velléité de la combattre. Florentin se résignera sans doute à l'absence de son épouse légitime, mais jamais il ne se privera de son garçon. Pour avoir le bonheur de vivre aux côtés de Vincent, Vitaline devait faire ce sacrifice. Loin d'en pâtir, elle a ressenti un sentiment d'émancipation d'une rare intensité. Elle se délestait d'un tel poids! D'avance, elle se grisait de sa totale liberté.

Mue par une détermination originant du tréfonds de son être, Vitaline arpente le sentier qui lui permet d'entrer dans le village de Saint-Denis par l'arrière, du côté des terres. La journée est maussade, ponctuée de crachins, mais elle n'en a cure. En premier lieu, elle se met en quête de son frère Rémy. Elle sait exactement où le trouver : sur un chantier de reconstruction d'une maison incendiée. Heureusement, le jeune charpentier a les deux pieds sur terre, et c'est un jeu d'enfant pour Vitaline de le tirer à l'écart et de lui remettre une missive soigneusement cachetée, en le priant d'aller la porter à Florentin dès sa journée de travail achevée.

Mirant la maigre besace de Vitaline, Rémy fronce les sourcils :

— Tu t'en vas où de même?

— Explorer un nouvel endroit pour des plantes.

— Pis tu me charges d'une lettre pour ton mari? C'est quoi l'affaire?

— T'inquiète pas, tu vas comprendre à soir.

Vitaline conclut par un clin d'œil qu'elle souhaite complice, un brin grivois. Elle prend son frère dans ses bras pour une lui faire une vive embrassade, puis elle dit, souriante :

— À très betôt, Rémy. Continue d'être gentil comme t'es, pis tu vas te trouver une légitime à lutiner, je te le garantis.

Tout en glissant la missive à l'intérieur de sa chemise, son frère répond par une mine ahurie. Après un léger signe de la main, Vitaline tourne les talons. Au même moment, le contremaître appelle son charpentier d'une voix sonore. La jeune femme s'éloigne, le pas léger comme si elle survolait la surface du monde. À la sortie du bourg, elle quête une place dans un attelage. Une heure plus tard, après avoir été déposée en plein cœur du village de Saint-Charles, elle franchit à pied la courte distance jusqu'au domaine du marchand Cosseneuve.

En vue de la maison, elle fait une pause sous un orme géant qui borde la route. Vincent sera-t-il tout fin seul ? Et surtout, comment réagira-t-il en la voyant surgir ? Bien entendu, il doit s'y attendre, et sans doute l'espérer, mais d'un coup qu'au contraire, sa passion pour Vitaline se serait transformée en dédain ? C'est l'unique crainte de la jeune femme, le seul élément qui, si près du but, la fait barguigner. Enfin, désireuse de mettre au plus vite un terme à son doute lancinant, Vitaline s'assure que le chemin public est désert, puis elle met vitement les pieds sur la propriété.

Un an et demi plus tôt, elle est venue ici en compagnie d'Estère et de Vincent, alors qu'elle venait de rencontrer ce dernier à l'improviste, lors de la visite des deux amies sur les lieux du drame. Le panorama est radicalement différent astheure, en plein été. Même que l'endroit lui donne l'impression d'être abandonné. Les fleurs des plates-bandes sont étouffées par des plantes nuisibles. Une planche de l'escalier extérieur est vermoulue. La galerie couverte qui ceinture l'avant est vidée de ses berçantes, de ses tables d'appoint et de tout ce que l'endroit contient d'ordinaire.

La porte d'entrée, grande ouverte, invite à franchir le seuil. Là, Vitaline fait halte pour s'accoutumer à la semi-noirceur. Elle a le cœur qui bat la chamade. À sa visite en février 1838, elle n'était pas venue ci-haut, car Vincent les avait accueillies, Estère et elle, dans la cuisine du rez-de-chaussée construit à ras de terre. Les pièces qui se révèlent à sa vue sont dénudées. Même les rideaux aux fenêtres ont disparu. Vitaline tend l'oreille. Le silence lui semble total. Enfin, rassemblant son courage, elle appelle :

— Y a quelqu'un ?

Un raclement à l'étage, puis la voix de Vincent qui gueule en guise de réponse :

— Oui, j'arrive !

Les pas du jeune homme font craquer les planches, puis il dévale l'escalier en colimaçon en provenance des combles. Vincent apparaît au tournant, le visage illuminé de joie. Vitaline ressent un tel élan de liesse qu'elle en chancelle ! Deux bras l'emprisonnent comme dans un étau. Extatique, Vincent murmure :

— T'es venue ?

— Oui. Je t'aime trop.
— Toute fin seule ?
— Oui. C'était le mieux.
— Ma princesse. Ma mirifique princesse !

44

Ouvrant les yeux, Vitaline s'étonne du décor inusité, puis elle se souvient de la chambrette dans laquelle Vincent l'a menée. Après leurs ébats empreints d'ardeur, elle aurait dormi ? Elle tourne la tête et sourit à la vue de son amoureux qui, couché sur le côté, la mire tendrement. Égayé, il dit :

— Ton endormitoire était mignon. Comme si t'avais glissé dans de la ouate.

— Ça fait longtemps ?

— Non. Une couple de minutes.

— Tu vis seul icitte ?

Vincent le confirme. Une fois débagagée, cet hiver, sa mère a refusé de remettre les pieds en ces lieux. Son père est revenu pour conclure la vente de la propriété, mais il a laissé son fils gérer l'essentiel du travail lié au transport des biens meubles et les autres tâches inhérentes à une transaction de cette ampleur. Avec une grimace, le jeune homme conclut :

— J'ai pas chômé. Pis là, je meurs d'envie de sacrer mon camp.

— Où c'est qu'on s'en va ?

— On verra bien. Le monde est à nos pieds, ma princesse. Je suis paré à m'ajuster à tes désirs.

— Loin de la civilisation. Où c'est qu'on a pas de comptes à rendre à personne.

— Ce serait alléchant, mais tu sais quoi ? Je commence à croire que les paradis du genre s'en viennent rares comme de la merde de pape. Y a des élans migratoires partout. La frontière recule sans cesse. Au détriment des tribus primitives qui occupent ces territoires, faut l'avouer. Pis un autre défi, c'est de franchir la ligne du 45. Un passeport conféré par le gouverneur est requis pour le faire ouvertement…

Vitaline clôt la bouche de son amant d'un baiser, se collant à lui de tout son long. La crue d'un désir mutuel emporte une nouvelle fois le couple dans une danse lascive. Plus tard, les jeunes gens se résolvent à se tirer de l'étroite couche de Vincent. Ils conviennent d'un plan : se sustenter, puis quitter la maison pour aller dormir ailleurs. Logiquement, Florentin devrait survenir à la nuit tombée. Sans doute ne sera-t-il pas seul. Quant à voyager de nuit, c'est périlleux. L'essentiel, c'est que Florentin soit persuadé que Vitaline et son soupirant ont pris la poudre d'escampette.

À la brunante, Vincent fait descendre Vitaline sur la grève. La jeune femme promène son regard sur le village de Saint-Marc et sur la silhouette du manoir seigneurial en démence. Doucement, elle demande :

— C'est-y vrai que m'sieur Déberge va l'acheter si les autorités empêchent le fils aîné du seigneur Drolet d'en hériter ?

— Paraît que oui.

— La mort prématurée du seigneur aurait affecté Déberge ?

— Possible. Les deux cultivaient des liens d'amitié.

— Je peux pas croire qu'y viendrait habiter juste en face. Toutte est de sa faute.

— Je crois que Déberge veut faire comme bien d'autres. Acheter les propriétés saisies aux rebelles en tâchant de payer le plus bas prix possible, pis ensuite les revendre à leurs proches. Ou à défaut, les garder comme locataires.

Ulcérée, Vitaline riposte :

— Ça me fait suer de voir des renégats perclus de remords astheure. Trop facile.

— En même temps, c'est la moindre des choses.

— Pis à ceux qu'y ont même plus de chez-eux parce qu'y a été descendu en flammes, y va donner quoi, le Déberge ? Y devrait rendre visite à une couple de personnes de Saint-Denis. La veuve Saint-Germain, par exemple. Elle a perdu sa chapellerie, sa maison, pis son fils, mort à la bataille. Elle vit de charité publique.

La voix de Vitaline se brise lorsqu'elle conclut :

— Elle est mal amanchée, tu peux pas savoir.

Vincent glisse un bras sur l'épaule de sa blonde, qu'il caresse. Après un temps, il se force à la gaieté :

— Parlant de renégat... je t'ai dit où on s'en va ?

Vitaline secoue la tête. Vincent désigne un endroit à leur gauche. Fronçant les sourcils, la jeune femme remarque :

— C'est pas chez m'sieur Déberge, justement ?

— En plein dans le mille. C'est à l'abandon.

Apeurée, Vitaline s'insurge :

— Je refuse d'entrer dans la maison.

— Crains pas. Je peux t'assurer que l'endroit est pas hanté par des spectres, mais j'avoue qu'y est lugubre. Pour parler drette, je me suis ménagé un recoin secret. Suis-moi.

Tenant Vitaline par la main, Vincent progresse lentement le long de la grève, puis dans un sentier. Ils ont à franchir un ravin dans lequel serpente un ruisseau, là où les troupes britanniques auraient essuyé les tirs de sentinelles patriotes, puis ils remontent l'écore du domaine du seigneur Debartzch. La noirceur est tombée et Vitaline se tient au plus près de Vincent, qui passe son temps à la prévenir de possibles obstacles. Soudain, le jeune homme tend l'oreille, puis il se retourne tout d'un bloc, et son amoureuse l'imite.

Chez les Cosseneuve, des lumières de torches et de fanaux sont visibles. Des éclats de voix se font entendre. Florentin est survenu avec quelques amis. Vitaline enlace Vincent, qui pose un baiser sur sa tempe. Pendant quelques instants, tous deux observent la sarabande des feux follets et des lucioles, puis ils se détournent et se remettent silencieusement en marche. Peu de temps après, Vitaline voit la masse sombre d'un bâtiment faire écran au ciel. Vincent murmure :

— Y a des marches à monter, prends garde.

Vitaline sent un plancher de bois sous ses pieds. Levant les yeux, elle voit un plafond. Mais les murs sont remplacés par une balustrade. Vincent décrit ce que ses concitoyens ont qualifié de comble de l'excentricité, soit un élégant édicule que le seigneur Debartzch a fait construire sur le point le plus élevé de son terrain, en surplomb de la rivière Chambly. Le kiosque, de forme octogonale, offre une vue étendue sur les alentours. Charmée, Vitaline balaie du regard la ligne de l'horizon encore ornée d'une faible lueur feutrée, puis les points lumineux isolés qui signalent des fermes, et enfin la concentration dans le village de Saint-Marc.

— Je me suis ménagé un campement tout confort icitte, dit Vincent. Juste pour m'évader de chez nous. Des fois, j'en pouvais plus.

— Y a jamais personne qui vient?

— Jamais. Toutte le monde a assouvi sa curiosité l'an passé. Astheure, l'endroit est quasiment maudit. Les gens ont juste hâte que le ménage soit faitte pis qu'un nouveau propriétaire vienne s'installer. En même temps, ça risque d'être un *Briton* trop bien gourmé. Je te jure que l'ambivalence, c'est notre lot par les temps qui courent.

— Pas notre lot à nous deux. Nous deux, on agit avec décision.

Vincent rit benoîtement, ce qui remplit Vitaline de bonheur. Tout soudain, elle volette dans un paradis céleste en compagnie des anges. Elle laisse choir sa besace par terre, elle oblige Vincent à faire de même avec son bagage et elle enserre son amoureux dans ses bras pour plaquer un baiser goulu sur sa bouche. Il y répond comme si sa concupiscence était irrépressible. Avec un gémissement, Vitaline souffle:

— Encore. Je te veux encore.

— À votre disposition, princesse.

Ils se dévorent de la bouche avec voracité, se pétrissent de leurs mains gloutonnes, se pressent l'un contre l'autre comme s'ils se liquéfiaient tout entiers pour devenir un métal en fusion dont l'unique propriété serait de s'amalgamer l'un à l'autre, de se fondre l'un dans l'autre. Ils se dévêtent mutuellement. Flambant nue, offerte aux caresses de Vincent comme à celles de la brise humide, Vitaline perd ses repères. Elle a l'impression de remonter jusqu'à l'aube des temps. Le monde réel, son Bas-Canada martyrisé, s'évapore en boucane. Aux alentours, il n'y a qu'une immensité sauvage. Il n'y a plus de canons ni d'armes à feu, plus de barques à vapeur ni de locomoteurs sur chemins à lisses, mais uniquement une nature primitive dans laquelle elle se perd en compagnie de Vincent, dans laquelle elle se retrouve sans histoire et sans mémoire de souffrances. Pure et candide comme au premier jour de sa vie.

Dans un tel état d'esprit, elle ose ce à quoi elle n'avait même jamais songé. S'offrir pour une danse lente à deux, debout, afin de sentir toutes les parois de l'enveloppe corporelle de celui qu'elle aime. Le laisser boire à ses seins pendant une éternité, tout en lui triturant les fesses. Mordre dans sa chair fraîche. Forcer son amant à s'étendre sur l'épaisseur de couvertures pour passer la langue sur son membre bandé. Sucer. S'y empaler ensuite et s'extasier du fait que le relief de Vincent comble parfaitement, étroitement, somptueusement, son creux à elle. Se séparer brusquement de lui afin de faire durer le plaisir. Aller l'embrasser pour que l'enchevêtrement de leurs langues réponde à celui, tout juste délaissé, de leurs sexes.

Obéir à la commande de Vincent de s'allonger sur le dos à son tour. Le laisser l'explorer de ses mains, partout. Enfin, s'asseoir sur lui, face à lui, torse contre torse. S'imbriquer à lui de toutes les manières possibles. S'entrelacer. Le convier à s'enchâsser en elle. Le chevaucher comme une monture fabuleuse, lors d'une équipée céleste dans le canot ensorcelé de la chasse-galerie. Se pâmer dans un jaillissement d'amour. Et ensuite, pleurer délicatement, bien à l'abri des bras de Vincent. Brailler pour retrouver la faculté de respirer à pleins poumons.

Une piqûre de maringouin sur la joue tire Vitaline de l'endormitoire. Les paupières encore closes, elle se tortille dans la couverture, puis elle roule sur elle-même pour cacher son visage contre le sol. L'insecte repart à voler. Encore confuse, Vitaline hume l'odeur de laine, puis des images et des sensations lui reviennent en mémoire. La manière dont, hier soir, elle a succombé quasi instantanément à sa fatigue. L'aide de Vincent pour se rhabiller sommairement, puis pour s'installer confortablement sur la couche. Plus tard dans la nuit, un pipi juste en bas de l'escalier, puis le retour aux côtés de son amant dont la respiration, lente et profonde, indiquait qu'il s'abîmait dans un sommeil réparateur.

La jeune femme ouvre les yeux. Une aube encore pâle nimbe le panorama d'une lumière surnaturelle. Le couvert nuageux est en train de se fragmenter. La journée promet… Vitaline se tourne de l'autre côté, là où se trouve Vincent. Elle a un choc : il brille par son absence ! Une risée de panique la secoue. Puis, se dominant, elle extirpe sa main et touche l'endroit où il a dormi. Encore tiède. Vraisemblablement, il est allé vider sa vessie. D'ailleurs, Vitaline elle-même doit urgemment descendre de son perchoir et trouver un recoin pour s'isoler un moment.

Lorsqu'elle revient, Vincent arrive depuis l'autre côté, portant un panier qui semble plutôt lourd. Tous deux font arrêt sur la première marche pour se câliner en guise de salut matinal, puis ils retournent s'asseoir sur les couvertures. Le jeune homme dit :

— Je viens de m'assurer qu'y avait personne chez moi. Que ton mari pis les autres étaient repartis. Pis je nous ramène de quoi se remplir la panse.

— Peut-être que Florentin, y a chargé les voisins de nous épier.

— Sans doute. Mais sont fièrement loin, je sais pas si t'as remarqué ?

Elle réagit par une moue goguenarde.

— Ça crève les yeux que ton paternel, y pouvait s'offrir le luxe d'un domaine à lui tout seul.

Affairé à vider le contenu du panier, Vincent réplique tranquillement :

— Je suis pas sûr que ce soit un avantage. L'isolement par rapport aux autres, je veux dire. Faut quand même se soucier d'être en bon entendement avec les voisins. Les chicanes de clôtures pis de bêtes qui les sautent pour manger notre foin, ça existait par icitte itou. Pis surtout, se soustraire au regard d'autrui, ça autorise… des comportements déviants.

— Déviants ?

— Oui. Je l'ai senti quand j'étais jeunet. J'aurais aimé ça que Gaspard, y puisse pas me martyriser à l'insu des autres.

Chamboulée par l'expression, Vitaline reste coite. Constatant l'effet qu'il a causé, son amoureux s'empresse d'enchaîner :

— Je me suis pas laissé bardasser longtemps, crains pas.

— T'étais aussi costaud que lui, quand même.

— Gaspard me martyrisait principalement en paroles. En me rabaissant constamment auprès de nos parents. En me laissant toujours à l'écart de toutte. Parce qu'y était populaire, mon frère, pis qu'y avait une cour de camarades autour de lui. Astheure, j'en voudrais pas un seul, de ses camarades. Juste des suiveux, des admirateurs sans couilles. Mais à l'époque, j'en bavais d'envie. Une chance que j'ai eu mon ami le jardinier. Pis sa légitime. Des gens en or.

Tout en partageant avec Vitaline des bleuets cueillis la veille, un fromage frais et du pain légèrement rassis, Vincent raconte des bribes de sa relation avec le couple âgé, dont la sagesse acquise par une longue expérience de vie et par un sens commun soigneusement cultivé lui a servi de modèle. Grâce à eux, il a pu grandement relativiser ce qu'il avait vécu. Fortifié par leur jugement sur Gaspard, qu'ils considéraient comme de la graine de brute, Vincent a pu faire la part des choses. Se distancier de son besson et le critiquer. À l'orée de l'adolescence, il s'est mis à échanger avec eux, qui sont devenus ses confidents. Il en a retiré un bien fou.

Vincent termine son repas en silence. Vitaline finit par comprendre que ce n'est pas sa songerie en rapport à son passé qui le préoccupe, mais leur avenir immédiat, c'est-à-dire leur départ. L'appétit tout soudain coupé, Vitaline détourne le regard vers le soleil qui se lève au travers des arbrisseaux, lesquels forment un paravent. Après un temps, elle profère, la gorge serrée :

— J'aurais dû y penser. Je suis désargentée. Va quand même falloir manger.

— J'ai ce qu'y faut pour nous deux. J'ai soutiré le plus possible de blé à mon père. Je te jure que je l'ai pas lâché. Pis j'ai gagné l'an passé.

— On va dormir où ?

— À côté du canot, comme des voyageurs.

Vincent fait un geste pour pointer la grève.

— Y est en bas, bien caché, avec notre barda. Tu peux me faire confiance.

— Pis si on vient à manquer ?

— D'argent ? C'est la belle saison. La nature est généreuse. Au besoin, je peux me faire ouvrier agricole ou n'importe quoi du genre. Toi itou. Si y faut, on s'arrête quelque part, pis on travaille. T'es parée ? J'aimerais mieux qu'on profite de la journée pour mettre une bonne distance derrière nous.

— On emballe les couvertures ?

— Pas nécessaire. On laisse toutte icitte, ça vaut rien.

Sur ce, le jeune homme se met debout, annonçant qu'il retourne à la maison pour quérir des victuailles laissées au frais. Vitaline le regarde s'éloigner. Elle a l'impression qu'une main invisible lui serre les entrailles dans un étau. Rien d'anormal, se dit-elle pour s'encourager. Le moment le plus difficile, celui où elle donnera les premiers coups de pagaie, arrive à grands pas. Vitaline se lève et rajuste longuement ses vêtements, prenant soin d'enfouir sa chevelure soigneusement coiffée sous un bonnet très léger, puis sous son chapeau de paille à larges bords dont elle noue les rubans sous son menton.

Vincent n'est pas encore revenu. Vitaline évoque mentalement le parcours du voyage, qui se fera à contre-courant pour commencer. Atteindront-ils la Pointe-Olivier avant la tombée du jour? Ensuite, il s'agira d'éviter les rapides de Chambly, puis de rembarquer en direction de l'amont de la rivière. Le canal partiellement construit devrait leur éviter quelques portages jusqu'à Saint-Jean. Mais au fait, iront-ils jusque-là? Peut-être bifurqueront-ils vers un affluent menant au fleuve. La rivière L'Acadie? Le ruisseau des Noyers? Peut-être même la Châteauguay…

Vitaline trépigne. Vincent se fait désirer, ce qui l'horripile! Peut-être qu'un accident est survenu et qu'elle se retrouve Gros-Jean comme devant… Un sifflement léger lui parvient, ce qui l'apaise. Il arrive. Elle a tort de s'emporter ainsi. Elle se fait du mal! Le jeune homme apparaît, chargé de deux besaces bombées qui lui battent les flancs. Il esquisse un sourire à l'adresse de Vitaline, puis sans un mot, il ouvre la voie vers la grève, suivant un sentier si peu balisé que la jeune femme aurait été bien en peine de le dégoter par elle-même.

Il leur faut une bonne heure pour mettre le canot à l'eau et pour y charger les bagages. Vitaline est admirative du savoir-faire de son amoureux. Le canot lui semble en parfait état, et leur barda, non seulement bien équilibré, mais commodément fixé advenant un chavirage. Enfin, Vincent se redresse, le visage luisant de sueur. En un tournemain, il se dévêt et se précipite dans la rivière pour se rafraîchir. Amusée, Vitaline le regarde s'ébattre un moment, puis ressortir aussi secquement. La vue de son corps nu la trouble. Sera-t-elle jamais rassasiée de lui?

Après s'être ébroué, le jeune homme se rhabille. Enfin, Vitaline et lui grimpent, pieds nus, dans l'embarcation. S'installant comme barreur, Vincent envoie des ordres clairs d'une voix feutrée et le canot s'éloigne de la rive. Pénétrée par l'atmosphère surnaturelle, Vitaline s'abandonne à la magie du moment. Grâce à l'absence de vent et au temps clément, la remontée de la rivière se fait beaucoup plus aisément qu'elle n'aurait pu l'imaginer. Pour garder le rythme, Vincent chantonne déjà, et elle imagine l'écho ténu que doivent capter les habitants, dans leurs maisons juchées sur la rive.

S'éloigner de Jules, à jamais. Tout soudain, Vitaline a le cœur fendu en deux par un éclair de souffrance. Désarçonnée, elle perd le rythme, au point où Vincent doit compenser. Silencieuse, elle recommence à pagayer, obnubilée par le visage rieur de son fils. Jules l'oubliera vitement. Bercé par l'affection de son père, il se consolera. Du moins, c'est ce que Vitaline s'acharne à croire. Mais elle, comment va-t-elle se passer de lui? Comment va-t-elle endurer de ne pas le voir prospérer et grandir? Car elle part pour ne jamais revenir. Ou du moins, pour revenir après une longue escousse, quand Florentin aura ramanché sa vie.

Vitaline s'en va à l'autre bout du monde. Comme sa propre mère. Avant de s'enfuir pour vrai, Bibianne avait trouvé refuge dans un recoin inaccessible de son être. Elle était partie au loin, très loin. Vitaline impose la même épreuve à son fils. À son petit Julot qu'elle ne voudrait faire souffrir pour rien au monde. En même temps, elle s'inflige une réelle torture, une torture inimaginable qui la frappe de plein fouet. Jamais elle n'aurait dû le laisser! Avec lui, elle aurait été capable de tout. Vincent l'aurait aimé comme son fils, elle en est intimement persuadée.

Mais là, à mesure que les encablures s'additionnent entre lui et sa mère... Vitaline sort sa pagaie de l'eau, elle la dépose sur les montants du canot, puis elle se recroqueville; c'est la seule position qui lui permet d'endurer la sensation intense de perte qui prend une place démesurée partout dans son for intérieur. Vincent lance une question à laquelle elle est incapable de répondre. Quelques instants plus tard, le canot racle le fond. Un brin soulagée d'avoir touché terre, Vitaline se redresse à moitié.

Le canot tangue sous l'impulsion de Vincent qui débarque et qui se dirige vers l'avant tout en s'agrippant à l'embarcation. Voyant sa mine inquiète, Vitaline ne peut faire autrement que de laisser couler les larmes qui s'amoncelaient derrière ses yeux. Tous deux échangent un long regard. Vincent l'encourage, le timbre enroué:

— Dis-moi ce qui se passe.
— Jules.
— Ton fils? Je croyais que... que t'étais résignée...

Vitaline tâche de mettre un frein au flot de chagrin qui lui coupe la parole. Elle renifle un bon coup, puis elle répond:

— J'étais fermement décidée. Je te jure que je tenais plus en place. Laisser Jules à son père, c'était le meilleur moyen de ravoir ma liberté. L'unique moyen. Pis exposer un enfant aux périls d'un tel voyage ? Valait mieux pas. Fait que je suis partie le cœur léger. J'avais tant hâte de te revoir. Mais là, tout d'un coup…

Vitaline se remet à brailler, déchirée par d'âpres sanglots. Vincent s'empare de la pagaie qu'elle tenait toujours, puis la dépose dans le canot. Il invite Vitaline à sortir de l'embarcation, qu'il tire ensuite sur la grève. Enfin, il attire la jeune femme dans ses bras. Tous deux s'étreignent sans parler. Les roches sous la plante de ses pieds sont, pour Vitaline, un remède contre le désespoir. Son éprouvant désarroi diminue à vue d'œil. Elle réalise qu'elle sera incapable de retourner dans le canot. Pour elle, le voyage prend fin à l'instant même.

L'évidence la terrorise. Elle doit choisir entre son fils et son amoureux. Elle croyait s'en tirer sans trop de heurts, se laisser porter par son attachement souverain à Vincent, mais c'était sans compter sur un tyran prénommé Jules. Un garçonnet qu'elle a tendrement couvé. Auquel elle est reliée par un faisceau de fibres invisibles. De toute la force de ses petits poumons, Jules rappelle sa mère à lui. Comment pourrait-elle ignorer sa voix ? Comment pourrait-elle faire le sacrifice de la compagnie de son fils chéri, après avoir tant gémi de la disparition de sa première-née ?

Vitaline pose sa joue contre celle de Vincent. Après un temps, celui-ci s'écarte un brin pour y poser ses lèvres avec une douceur infinie. Et boire les larmes de Vitaline, qui s'imprègne du moment pour l'engranger en elle, tel un souvenir éternellement paré à jaillir. Enfin, elle s'arrache à Vincent et recule d'un pas. Résolument, elle s'essuie le visage du revers de la manche, puis elle balbutie :

— C'est icitte… qu'on se dit au revoir.

Vincent accuse le coup ; ses traits se décomposent. Serrant les dents, Vitaline se barde contre l'attendrissement. Elle dit encore :

— S'cuse-moi. J'aurais pas dû. Astheure, décanille.

Il réagit par une mine hébétée. Vitaline crie, hors d'elle-même :

— Sacre ton camp ! Je t'en supplie, sacre ton camp !

— Partir de même ? Alors que…

— Tu vois pas comment ça me déchire ? Va-t'en faire ta vie ailleurs, loin de moi. Offre-toi toutte ce que tu mérites. Tu mérites d'être heureux pour toujours.

Vitaline fait deux pas vers l'arrière. Elle trébuche et manque de tomber, puis elle se ressaisit et fait demi-tour sur elle-même pour soustraire Vincent à sa vue. Elle jette par-dessus son épaule, comme une furie :

— Sacre ton camp, je t'en supplie ! Décanille !

— Mais arrête de m'engueuler de même !

Se dominant tout juste, Vitaline réussit à proférer moins secquement :

— Je me dois à Jules. Je peux pas faire autrement.

Elle pivote pour faire de nouveau face à Vincent, dont les traits sont marqués par une affliction mâtinée d'un brin d'irritation. Elle répète, son regard rivé au sien :

— Je me dois à mon fils. Fait que va-t'en. Hier, on s'est dit au revoir de la plus belle manière possible. Va-t'en, Vincent.

Elle inspire profondément pour quérir le courage de lui dire les mots doux qui la hantent :

— Mon chéri. Va-t'en, mon chéri. Pour que j'arrête d'avoir tant mal.

Accablée, elle lui tourne le dos, priant le ciel qu'il obtempère enfin. Elle l'entend balbutier un ultime adieu, puis repousser le canot à l'eau. Grimper dedans. Donner avec la poignée de sa pagaie l'impulsion décisive pour s'éloigner de la rive. Se mettre à pagayer furieusement. Lorsque le son a suffisamment décru, Vitaline fait volte-face pour mirer la silhouette de Vincent. Il se retourne, ils se regardent un court moment, puis le jeune homme se replace en position et, lentement, s'éloigne jusqu'à devenir un minuscule point sur l'horizon.

Vitaline sent ses jambes céder. Elle s'agenouille sur les roches, insensible à l'inconfort de sa position, et s'abandonne à un raz-de-marée de tristesse. Après un temps, une main se pose sur son épaule. Une voix féminine perce la tempête de chagrin :

— Ma pauvre… Faut pas vous désâmer de même.

La dame aux épaules courbées est d'un âge certain. Soulagée d'être prise en charge, Vitaline se relève et se met à sa traîne jusqu'à une maisonnette, de l'autre côté du chemin public. Là, elle réussit à faire part de son désir de faire venir son mari, dont elle donne le nom et l'adresse. Enfin, elle quémande une couche, peu importe laquelle, où elle se pelotonne en chien de fusil pour, en pensée, former un couple avec Vincent afin de revivre leurs récents moments de bonheur.

Assis à califourchon sur sa mère, Jules s'appesantit en sombrant dans le sommeil. Depuis le retour de Vitaline en après-dînée, il ne l'a pas quittée d'une semelle. Ce soir, la jeune femme s'est installée dans la berçante placée à l'extérieur, non loin de la porte d'entrée, et elle a fait grimper son garçonnet sur elle pour vivre un moment de sérénité qu'elle souhaiterait éternel. Elle ne regrette pas d'être rentrée au bercail. Elle a pris la décision qui s'imposait. Mais en dedans, la blessure est béante. Alors, pour ne pas raviver sa souffrance, elle économise ses gestes, respirant à peine.

En cette belle soirée du début d'août, le capitaine et son épouse sont partis faire une promenade sur le chemin. Vitaline voit Florentin revenir de son ultime tournée d'inspection avant la tombée de la nuit. Mirant son approche, elle prend conscience d'une subtile modification de son équarrissure. Ayant délaissé la barque à voile pour les travaux agricoles, son mari s'adapte physiquement. Il n'a plus besoin d'être souple et léger. Au contraire, il doit faire fructifier sa puissance et son endurance, et par conséquent, il se muscle et se galbe. Le changement lui sied.

À l'approche de Vitaline, Florentin adopte son expression coutumière : une mine circonspecte, un brin interrogative. Comme s'il se demandait quel genre d'animal son épouse peut bien être. Vitaline a été impressionnée par sa mine lorsque, chez la dame qui l'avait recueillie, il a posé les yeux sur elle : ni réprobation ni courroux, mais un réel souci pour son bien-être. Elle en a ressenti un souverain réconfort. Elle se sentait brisée en morceaux ; la sollicitude de Florentin lui a permis de recoudre suffisamment de fibres en elle-même pour se mettre en branle et reprendre un semblant de vie normale.

Florentin approche une bûche et prend place à quelques pas de son épouse. Pendant un moment, tous deux s'absorbent dans la contemplation de l'horizon rougi par le soleil couchant. Enfin, Vitaline se résout à donner à son mari l'explication qu'elle lui doit. Si elle a justifié les raisons de son départ dans la missive remise à

Rémy, elle n'a pas encore élucidé le mystère de son changement de cap. D'une voix sans timbre, elle raconte à Florentin qu'elle avait cru préférable de laisser Jules en sécurité avec lui, mais qu'elle n'a pu supporter l'idée de s'en séparer.

Après un temps, Florentin relève, la voix chargée d'émotion :

— Tu l'aimes donc tant, ton Vincent ?

Instantanément, les larmes s'amoncellent dans les yeux de Vitaline, qui n'a pas d'autre choix que de les laisser couler. Elle répond :

— Oui. Je serais allée au boutte du monde avec lui.

— Très risqué comme voyage. À sa place, j'aurais jamais accepté de t'y exp… exposer. Z'aviez de quoi bien vivre ? Z'étiez p… parés à affronter les orages, le frette, les loups pis les ours ? Une affaire de même, Vitaline, c'est une fichue épreuve, pis j'ai pour mon dire que t'es pas armée pour la réussir.

Elle ne réagit pas. À quoi bon gaspiller sa salive pour un sujet déjà clos ? Après un temps, Florentin dit encore, d'une toute petite voix :

— Pis là… j'assume que… de vivre avec nous autres… de vivre avec moi pour parler drette… ça doit te rebuter…

— Non point. Toi pis tes proches, z'êtes du bon monde.

Vitaline prend une pause, puis elle ramasse ses forces afin de poursuivre :

— Faut que tu comprennes… Si j'aime Vincent, c'est pas en relation avec toi. Ce que je veux dire, c'est que… d'un côté, y a ce que je ressens pour lui, et de l'autre, ce que je ressens pour toi. C'est pas nécessairement en opposition. C'est pas nécessairement parce que j'ai des difficultés avec toi que je me suis reprise avec lui.

— Je te crois pas. T'es sérieuse ?

— C'est sûr que… si je m'étais pas détournée de toi à cause de nos différends, sans doute que j'aurais été insensible à Vincent. Mais au-delà, y a lui pis moi comme on était. Pis avant, y a eu toi pis moi, Florentin, comme on était. Je te répète : c'est pas nécessairement en opposition. J'aime Vincent d'une manière, pis je t'aime d'une autre.

— La manière que tu m'aimes, ça me suffit pas.

Vitaline reste coite. Florentin doit comprendre par lui-même. Il doit se convaincre du fait que l'affection n'est pas une chose acquise, à un moment donné, pour toujours. Pour être aimé, Florentin doit se rendre aimable. Afin de susciter un attachement durable, il doit appâter sa femme. Rien de compliqué : se tenir debout, franc et authentique, à ses côtés. La mirer dans le blanc des yeux. Ne jamais la préjuger, mais chercher plutôt à percer les secrets de son être. La remettre en question lorsque c'est nécessaire, mais avec respect et compassion. Tel un homme libre et courageux, l'aimer en vénérant son indépendance.

Après un temps, Vitaline balbutie :

— Je t'apprécie gros. Surtout depuis… les changements de l'hiver passé. T'es plus doux. Tu pognes moins les nerfs. C'est pas un sacrifice pour moi de demeurer avec toi, au contraire.

— Alors, tu vas me prouver ton attachement.

Une exigence dans l'inflexion de sa voix alerte Vitaline. Mirant son expression, elle capte instantanément la nature de son désir et elle choisit sur-le-champ de s'y soumettre. La naissance de Jules, en septembre précédent, a signifié pour Florentin une période de chasteté forcée. À peine avait-il recommencé à observer son épouse d'un œil lubrique qu'est arrivée la terrible méprise de Vitaline et la révélation publique de son sentiment pour Vincent. Dès lors, son mari s'est cantonné à distance. Huit mois d'une continence exemplaire.

Florentin se lève et vient à Vitaline pour prendre Jules dans ses bras, comme un paquet. D'un bref mouvement de la tête, il fait signe à son épouse de le suivre à l'intérieur de la maison. L'un à la suite de l'autre, tous deux grimpent l'escalier qui aboutit sous les combles. Florentin dépose Jules sur la petite couche qui jouxte leur lit. Attendri, il murmure :

— La nuittte passée, y s'est réveillé une vingtaine de fois. Une fois que je suis rentré, j'ai eu beau le garder près de moi, ça lui suffisait pas. Tu lui manquais.

Se redressant, Florentin plonge son regard dans celui de Vitaline pour dire encore :

— Moi itou, j'ai pas fermé l'œil. Je me rongeais d'inquiétude.

Un peu maladroitement, il prend Vitaline sans ses bras. Après un temps, il murmure :

— On va reprendre nos sens. On a vécu une période de folie, on a été bardassés pis malmenés, fait qu'on a perdu de vue la ligne d'horizon... mais là, le temps s'encalme. Y recommence à faire beau, tu vois ? Le vieux brûlot va aller rendre des comptes en Angleterre. Le nouveau gouverneur va proclamer l'amnistie pis les hommes pourchassés vont revenir. Tu vois comme moi ? Notre pays va retrouver sa place sous le soleil.

Chamboulée au point d'en trémuler sur place, Vitaline s'accroche au torse de Florentin. Elle souffle à son oreille :

— T'es prévenant avec moi. Merci. Si y fallait que tu m'accables... j'y survivrais pas.

Bien peu suffirait à lui faire perdre le goût de vivre. Après un temps, Florentin dit encore, avec un filet de voix :

— Des fois, j'ai l'impression d'avoir marié une sauvageonne. Ça paraissait pas sur le coup, mais à force de frayer avec toi... C'est pas de tout repos. Je soupire après ma tranquillité. Pis je soupire après une accalmie en dedans de toi pour que t'arrêtes de souffrir de même. Je suis pas une brute, je vois bien comment tu pâtis parfois... J'aimerais ça que tu vives en paix.

Il l'embrasse sur la tempe, puis dans le cou. Vitaline se laisse conduire où son mari veut aller, jusqu'à s'allonger complaisamment sur la couche, dans la semi-pénombre, et le laisser la reprendre en sa possession. Elle reste inerte, marionnette désarticulée se soumettant sans déplaisir à un impérieux besoin qu'elle ne comprend que trop bien. Florentin réaffirme ses droits, livrant un duel à son rival. Heureusement, il y met du doigté, et Vitaline se détend malgré la frénésie de l'assaut. L'existence à ses côtés ne sera pas un enfer. Mais l'absence de Vincent ?

45

Gilbert émerge de son domicile comme s'il transitait entre deux univers, entre la Voie lactée et une galaxie plus lointaine. Il est papa d'une minuscule fillette âgée de deux jours et prénommée Hermine. En conséquence, son monde vient de se métamorphoser. En chaque être humain qu'il croise, il voit l'enfantelet de jadis, un être vagissant et fragile... Il faut à Gilbert un bon moment pour retomber dans le monde réel, celui d'un faubourg débordant d'activités, en plein cœur de la principale cité commerciale de la colonie.

Chasser les images qui encombrent sa cervelle et reprendre contact avec l'actualité exige du jeune nouvelliste un effort encore plus considérable. Son patron de *L'Aurore des Canadas* prend certes le temps de le féliciter de l'heureuse naissance, mais la parlure saute sur le sujet de l'heure, c'est-à-dire le procès en cour criminelle du vénérable François Jalbert, accusé du meurtre de l'officier britannique George Weir. Ce dernier, capturé pendant la nuit du 22 au 23 novembre 1837, alors qu'il transportait des messages pour le compte des autorités, a cherché à s'enfuir peu avant l'arrivée des troupes britanniques en marche depuis Sorel. Ses gardes ont perdu la tête et l'irréparable a été commis.

La preuve s'est conclue le 6 septembre, il y a cinq jours. Gilbert assumait que les procédures auraient pris fin à l'issue de ses trois journées de congé, obtenues en raison de la venue au monde d'Hermine. Or, le jury ne peut en arriver à un verdict unanime, et ses membres, soumis à la réclusion, délibèrent encore. La situation ne change pas : les trois quarts des jurés veulent innocenter Jalbert, tandis que le restant — deux ou trois fanatiques parmi les quatre *Britons* que contient le jury — tient mordicus à un verdict de culpabilité.

Le hic, comme l'apprend Gilbert de la bouche de Jean-Philippe Boucher-Belleville, c'est que la session judiciaire arrive à son terme ce jour d'hui même, le mardi 10 septembre. Si le jury ne peut s'entendre, il sera clairé et le capitaine Jalbert devra rester en prison jusqu'à ce qu'on lui fasse un second procès, à la prochaine session. Avec un sursaut, Gilbert réplique :

— Un second procès ? Ça arrivera jamais. Les autorités se damneront pour l'éviter. On va le laisser pourrir en geôle jusqu'à ce qu'y soit amnistié par un gouverneur moins inhumain que les autres. Ou jusqu'à sa mort. Déjà quasiment deux ans écroué pour rien !

— D'autant plus que la preuve est faible à faire peur.

Gilbert réplique à Jean-Philippe qu'il en allait de même l'an passé pour Chartrand. Son patron apporte les nuances qui s'imposent : l'an passé, la terrible répression de novembre 1838 n'avait pas encore eu lieu et il était plus facile, pour les Britanniques de la colonie, de se laisser impressionner par la rhétorique des convulsionnaires à l'endroit des Canadiens rebelles. Les choses ont changé. Les forcenés ne peuvent plus compter sur la complaisance de leurs alliés naturels, méfiants à juste titre.

Sur ce, Gilbert s'installe à son étroit pupitre. Au début, la concentration lui fait totalement défaut. Son esprit vogue vers Caroline et Hermine, telles qu'il les a contemplées avant de partir ce matin, endormies ensemble dans le lit conjugal. Le jeune homme déborde à ce point d'amour que son cœur bat douloureusement. À ses yeux, Caroline a été d'un immense courage. L'accoucheuse, les voisines et Ériole ont qualifié la délivrance d'aisée, mais Gilbert a été estomaqué par les exigences de l'expulsion. Son épouse a dû y consacrer l'entièreté de ses forces corporelles et mentales !

L'attention de Gilbert est soudain attirée par l'animation dans l'office de *L'Aurore des Canadas*. Mirant les allées et venues de Boucher-Belleville entre la pièce de l'avant et l'imprimerie de l'arrière, apercevant l'imprimeur ou un compagnon typographe, Gilbert s'amuse du fait qu'il a encore de la difficulté à dissocier, en pensée, l'équipe de la gazette de celle de la défunte *Quotidienne*. Souvent, il fusionne en pensée les deux François, Lemaître et Cinq-Mars, bien qu'ils soient très différents physiquement. Jean-Philippe, par contre, se singularise. Érudit, un brin obsédé par la pureté du français, il parle pointu.

Gilbert prend le temps de parcourir la parution de ce matin, qui ne contient pas grand-chose d'important. Jean-Philippe a été obligé de reporter le compte rendu du procès Jalbert au prochain numéro, vu l'absence de verdict, et il a rempli l'espace avec des banalités. Gilbert s'amuse fort du texte éditorial. *Il y a 20 ou 30 ans, nos mamans ou nos bonnes nous racontaient le soir, au coin du feu, des histoires plus ou moins épouvantables de revenants, de sorciers, de loups-garous, de chasse-galerie (que dans le bon vieux temps on appelait grand veneur), de canots qui voguaient dans les airs, montés par de robustes voyageurs qui venaient des pays hauts passer la veillée avec leurs belles à LaPrairie ou à Sorel.*

L'éditeur ajoute que ces croyances n'ont plus cours, car *nous touchons au siècle de lumière; la preuve, c'est que l'on va éclairer la ville de Montréal par le gaz.* Certains pays, comme le Portugal, ne sont pas autant avancés. Là-bas, on croit encore au *lobishomen*, qui a le malheur d'être le frère cadet de six autres mâles nés à la chaîne d'une même femme. Affirmant que le *lobishomen* vaut moins que l'antique loup-garou, dont nul ne sait plus que faire, Jean-Philippe propose de le leur céder, en même temps que, *over bargain*, la mouche à blé, la vapeur, les *railroads* et *autres bagatelles*.

Plus loin, Gilbert sursaute : dans la rubrique des décès se trouve l'oncle de Jean-Philippe, curé de LaPrairie, âgé de 77 ans. Tout soudain, le jeune père se souvient de l'expectative dans laquelle se trouvait son patron. Dès que ce dernier s'approche, Gilbert lui transmet ses condoléances. Jean-Philippe les accueille par un haussement d'épaules, car il n'avait que très peu d'affection pour ce parent qui était finalement devenu son adversaire en politique. Sur ce, l'éditeur jette sous le nez de Gilbert le feuillet d'un papier-nouvelles. Grinçant, il profère :

— Le *Morning Courier* d'hier. Traduis le commentaire sur le procès. On demande à cor et à cri le sang d'un homme dont le sort est encore entre les mains de la justice. Moi, je respecte les conventions, mais quasiment tout le monde les bafoue allègrement !

— M'étonne pas. Les gazettes à la solde des autorités ont carte blanche pour médire. Même avant la fin des procédures au tribunal. Y s'est passé pareil pour Chartrand. Pis pour les procès en cour martiale. Fallait crucifier les accusés du meurtre d'un *Briton* forcené nommé Aaron Walker. On le réclamait depuis six mois!

Enfin, le jeune nouvelliste se met au travail. Jean-Philippe n'a pas tort: la lecture du *Morning Courier* le révolte. L'éditeur reprend la sempiternelle rengaine: l'histoire des nations civilisées ne peut offrir de meurtre qui rivalise en barbarie. Il serait trop provocant *de voir échapper le fanatique meurtrier, encore souillé du sang de Weir.* Le fabuleux Ghoul, qui se repaît de la moelle des cadavres, peut se comparer à Jalbert, *dont le nom sera synonyme de tailleur de chair humaine.*

L'assassinat par Jalbert est prouvé en cour, mais il est impossible *d'obtenir d'un jury canadien la conviction d'un délinquant canadien; et cependant, il existe des gens qui croient que les législateurs canadiens maintiendront l'union britannique! Il est inutile de raisonner avec un tel peuple; c'est une perte de temps.* Les meurtriers sont des Canadiens, race naïve et ancienne au point d'imiter Caïn, l'un des membres de la famille primitive. Si ce procès se passait aux États-Unis, le juge Lynch serait le bourreau de Jalbert. Si celui-ci est acquitté, il y aura *du danger pour sa carcasse*!

Gilbert se redresse. Les calomnies contre le peuple canadien sont destinées au lectorat de la mère patrie, comme toujours. Mais l'affirmation d'un assassinat hors de tout doute? De surcroît commis par Jalbert, alors qu'un autre — Joseph Pratte, exilé de l'autre côté de la ligne du 45 — a été nommé par l'un des principaux témoins de la Couronne comme celui qui a donné une douzaine de coups mortels à Weir? C'est tellement gros, que seuls des idiots finis peuvent gober sans discuter. Plusieurs juristes se trouvaient dans la salle d'audience, de même qu'un public très nombreux. L'opinion est généralisée: le prévenu aurait dû être acquitté avant même que les témoins venus à sa défense n'aient ouvert la bouche.

La preuve de la Couronne reposait sur les témoignages de trois hommes et d'une femme. Tout d'abord, John Mason, ci-devant ingénieur à la distillerie Nelson. Gilbert se souvient de lui, en décembre 1837, en train de piller ses concitoyens de Saint-Denis. Mason a prétendu que Jalbert lui avait avoué son crime; or, trois autres témoins de la Couronne l'ont contredit sur des points essentiels. Le second témoin, le vénérable sieur Cadieux, a cru voir Jalbert à cheval en train de frapper Weir de son sabre. Lui itou a été contredit, y compris par le troisième témoin vedette, l'aubergiste François Mignault. Non seulement Jalbert n'a pas donné de coup, mais il ne s'est pas approché à moins de 10 pieds de la victime.

Quant à Elmire Plante, 16 ans, il a été établi qu'elle était enivrée de boisson, ce matin-là. D'ailleurs, son témoignage a été si bourré de contradictions palpables que le procureur général a dû la menacer de la foutre en geôle pour, comme l'écrivent les papiers à la solde des autorités, qu'elle « dise la vérité ». Un autre témoin important, Jean-Baptiste Guertin, n'a pas parlé à la satisfaction de la Couronne, ce qui a poussé Mr Ogden à le faire incarcérer pour parjure. Ce qui fait écrire aux nouvellistes trop loyaux que les Canadiens mentent à tour de bras pour protéger les leurs.

Capitaine de milice, Réformiste de surcroît, Jalbert constitue pour les convulsionnaires une rare proie qu'ils refusent de lâcher. Avant même que le cadavre de Weir n'ait été localisé, ils proclamaient ce que le *Morning Courier* ânonnait hier encore. Seul et sans défense, les mains liées, le jeune lieutenant a été tué « pouce par pouce ». Il a été contusionné, coupé et tailladé jusqu'à ce que les spectateurs autour de lui, dégoûtés, plaident qu'on mette fin à ses souffrances.

Le *Courier* va jusqu'à écrire qu'un massacre de ce genre s'excuse uniquement si un groupe s'oppose à un autre de force égale, si une incoercible excitation règne ou si l'heure des batailles et du tumulte est venue — *under the excitement of the moment or of the hour of tumult and conflict*. Écœuré, Gilbert reste la plume en l'air. En clair, les machines rouges et les *volunteers*, eux, sont blanchis d'avance de l'accusation d'avoir massacré des civils à Saint-Charles et à Saint-Eustache. D'avoir tué des enfants et violé des fillettes.

Gilbert est dévoré par une envie, celle de coucher sur papier l'un des plus horrifiants récits concernant les violences de novembre passé, afin d'en édifier la province au grand complet. Des *volunteers* avaient forcé une maison où se réfugiaient huit femmes. Les deux hommes s'y trouvant également ont été gardés en respect à la pointe des baïonnettes. Les assaillants ont voulu violer trois mamoiselles, mais leur mère a supplié à genoux d'épargner leur honneur, s'offrant comme victime, ce qui a permis à ses filles de prendre la poudre d'escampette.

L'instant d'après, des *volunteers* se sont vengés de leur disparition en jetant leur dévolu sur une fille de 12 ans, que l'on croyait à l'abri d'un tel traitement. Ils ont tenté les uns après les autres, à plusieurs reprises, de jouir de la fillette, blessée au point qu'elle baignait dans son sang. Ne pouvant assouvir leurs désirs, les monstres ont retroussé sa jupe par-dessus sa tête et l'ont promenée dans la salle commune, tandis que leurs comparses s'escrimaient sur les deux mères de famille, à demi mortes de peur et de douleurs.

Désarçonné par l'intensité de son chambardement intérieur, Gilbert revient à la réalité. Ceux qui ont perpétré ces sévices ne seront jamais inquiétés. Encore pis : le récit des mauvais traitements va s'enfoncer, brin par brin, dans le silence de l'oubli, d'autant que nul ne souhaite stigmatiser davantage les victimes. En revanche, les convulsionnaires brandissent à bout de bras trois malheureux décès bardés de circonstances atténuantes. Ils ressassent jusqu'à plus soif le récit d'une pseudo-rébellion, grossissant sans vergogne le nombre d'actes de violence qui l'ont parsemée, ainsi que leur intensité. Accaparant au passage tout le capital de terreur, afin de museler le peuple qu'ils martyrisent.

En fin d'après-dînée, Jean-Philippe transmet à Gilbert une surprenante nouvelle. La Cour du banc de la reine, en la personne des juges et du procureur général Ogden, a donné aux membres du jury jusqu'à la toute dernière extrémité pour s'entendre concernant le capitaine Jalbert. Une demi-heure avant minuit, la cour se rassemblera pour ouïr le verdict ! Ahuri, Gilbert lève les mains en l'air :

— En pleine nuitte ? Sont tombés sur la tête !

— On dirait bien. Plus le temps passe, plus la cause de ceux qui veulent un verdict de culpabilité est désespérée. Souviens-toi, ils étaient trois jurés à le vouloir. À l'instant présent, ils sont deux. En fait, les autorités pronostiquaient trop bien le résultat. Leur seul espoir, c'est de faire avorter les procédures.

Avec une mine enténébrée, l'éditeur ajoute :

— À l'heure où on se parle, les convulsionnaires sont avertis de se tenir sur un pied d'alerte.

Gilbert ouvre de grands yeux, avant de souffler :

— Les ultra-tories du Doric Club ?

— Ceux-là mêmes. Ceux qui nous empoisonnent l'existence depuis des années. Qui s'arrogent le droit de diviser le peuple, de hurler, pis de faire régner la terreur militaire pour mieux soumettre les habitants. Tu sais quoi, Gilbert? Il n'y a pas un faquin de l'autre bord de l'océan qui a peur de nous autres, Canadiens patriotes.

Gilbert opine vivement du bonnet. Le seul groupe d'hommes qui fout la trouille à la mère patrie, c'est la faction sectaire. Les fanatiques au pouvoir. Sa nation sera-t-elle aux prises avec eux jusqu'à la fin des temps? Jean-Philippe conclut:

— Fait que je te conseille, l'ami, de ne pas tarder à te réfugier chez toi.

Gilbert balaie la pièce du regard. Son patron ajoute:

— On s'apprête à barricader les lieux.

— Z'allez vous placer en sûreté?

— Sans conteste. Tu as vu comme je me tiens loin des procédures. Ce n'est pas ce soir que je vais déroger à mes habitudes. On se revoit demain matin, le jeunet.

Quinze minutes plus tard, Gilbert se dirige vers son domicile, obsédé par la sûreté de sa famille. Chez lui, il s'apaise un brin à la vue de son épouse, toujours cantonnée au lit, et de leur fillette en train de téter consciencieusement. Lorsque Ériole surgit peu après, le jeune homme mène à terme les préparatifs, soit prévoir le nécessaire pour la nuit entière, fermer les volets et barrer les portes à double tour. Enfin, harassé, il s'affale sur une chaise. Non seulement il est en manque de sommeil, mais en plus, le branle-bas émotif des dernières journées le rend particulièrement vulnérable!

— J'haïs ça, grommelle Ériole. Y fait encore clair dehors, mais nous autres, on se retrouve quasiment dans la noirceur. Tu penses pas que t'exagères un brin, mon neveu? Quand on tend l'oreille, c'est la tranquillité coutumière!

— Z'avez-vu les commerçants pis les artisans qui fermaient boutique?

— C'est vrai. S'cuse-moi.

Gilbert se remet debout. Ériole l'intercepte au passage:

— Dis-en le moins possible. Une jeune mère, c'est impressionnable.

— Si j'en juge par l'état de jeune père, je vous crois sur parole, ma tante. Je reviens tantôt.

À peine Gilbert a-t-il mis le pied dans leur chambre que Caroline l'interroge, la mine inquiète. Avant de lui répondre, il s'installe commodément à ses côtés sur la couche, le dos soutenu par des oreillers, et il délivre son épouse du poids d'Hermine endormie. Plaçant la nouveau-née sur lui, il la contemple un bref moment, envahi par le bonheur, puis il explique succinctement la cause du branle-bas. Il est honnête quand il affirme n'être guère inquiet. Il y aura du grabuge nocturne, puis le calme reviendra. Ce genre d'échauffourée commence à être coutumier. Comme la cité en sera encombrée pendant encore des années, autant en prendre son parti!

Caroline profite de la présence de son époux pour passer quelques minutes hors du lit. Se levant avec précaution, elle se rend à la fenêtre, grande ouverte sur la cour arrière, pour inspirer des goulées d'air frais. Puis, elle décide de troquer sa chemise de nuit contre une autre plus confortable. Gilbert observe la forme de son corps. Sa bedaine encore ronde ressemble à une outre à moitié vidée. Par contre, ses seins ont pris davantage de volume. Le jeune père en admire le galbe et l'aspect nacré. Avant de succomber à la lourdeur de ses paupières, il s'épate du faisceau de veines qui transparaît.

CONTRAIREMENT À TOUTE ATTENTE, le mitan de la nuit est à peine troublé de vociférations lointaines. Au matin, Gilbert ne tarde pas à en comprendre la raison. C'est dans l'enceinte même du Palais de justice que les forcenés se sont déchaînés! En compagnie de son patron et de l'imprimeur de *L'Aurore des Canadas*, le jeune nouvelliste reconstitue la chaîne des événements le plus précisément possible. Tout d'abord, les autorités de la ville ont déployé un arsenal étendu de protection. Jean-Philippe en tombe des nues. Il s'écrie, perdant sa parlure de puriste de la langue française:

— Y était temps qu'y se décident à intervenir, christole!

Hier soir, la scène était d'autant plus surnaturelle que les autorités locales avaient choisi précisément ce moment-là pour inaugurer l'éclairage public au gaz, en remplacement de l'huile, ce qui nimbait les rues principales d'une lueur vive comme en plein jour. Deux compagnies de soldats, leurs armes posées en faisceaux, occupaient la rue Notre-Dame en face de la Maison d'audience. Le 24ᵉ régiment se tenait en armes dans la cour voisine d'un bâtiment converti en caserne. Les stations de police étaient amplement garnies de poliçons ; des patrouilles parcouraient sans relâche les rues avoisinant le Palais de justice.

Enfin, les connétables spéciaux ont été requis pour garder la salle d'audience, le jury et même le prisonnier Jalbert. Ahuri, Gilbert souffle :

— C'est dire comme l'heure était grave !

Pendant ce temps, des sifflets de ralliement avaient résonné en divers points de la ville, surtout du côté ouest de la *Main*. À partir de 10 heures du soir, des groupes d'hommes, la mine sinistre, ont fait le pied de grue près de la Maison d'audience. D'autres, en petit nombre, se sont rendus sous la fenêtre de la pièce où se trouvait le jury pour crier des injures. Tout ce monde s'est engouffré dans la salle d'audience dès qu'elle a été illuminée, vers 11 heures. Voyant la cohue, les représentants de l'ordre ont dû dégager la voie depuis les grilles extérieures.

Sur ce, deux juges — Mr Pyke brillait par son absence — ont fait leur entrée, suivis par le prévenu et ses avocats, puis par le procureur général Ogden. La ville entière sait déjà que ce dernier était ivre au point d'ignorer quasiment où il se trouvait. Le jury a annoncé qu'il ne pouvait s'accorder sur un verdict. L'avocat William Walker s'est levé pour demander la libération de François Jalbert ; sa requête a été immédiatement rejetée par les juges, et surtout par Ogden, qui avait repris un brin de contenance.

Des murmures et des sifflets de réprobation se faisaient entendre, mais là, tout soudain, des hurlements ont éclaté. Les membres du jury, le prévenu et même ses avocats se faisaient traiter de traîtres. Seul le juge Rolland a tenté de ramener la foule à la raison en observant que Sa Majesté la reine étant représentée sur le siège, le public devait se conduire en conséquence. À minuit, il a annoncé que le jury était clairé, puis il a immédiatement quitté les lieux, son compère juge Samuel Gale le suivant comme un mouton.

À peine tous deux étaient-ils sortis de la pièce qu'un groupe d'hommes, cannes brandies, se précipitait vers les jurés en hurlant : « Meurtriers ! Parjureurs ! » Les deux hommes ayant tenu mordicus à condamner Jalbert ont été séparés de leurs comparses, lesquels ont dû se parer contre les projectiles, y compris des encriers de plomb, qui se sont mis à pleuvoir sur eux. Lorsqu'ils ont finalement pu s'enfuir de la pièce, protégés par les connétables, cinq d'entre eux avaient des blessures graves.

Si les deux avocats de Jalbert ne s'étaient pas enfuis à la suite des juges, en particulier William Walker, contre qui la foule protestait, leur vie aurait été en danger. De son côté, le vénérable prisonnier courait des risques sérieux. Il a échappé au pire en se couchant par terre dans sa loge, encerclée par des représentants de l'ordre. Le geôlier et son adjoint, pistolet à la main, ont menacé d'une mort immédiate quiconque osait violenter le prévenu. Les mutins n'ont pas insisté, car ils comptaient sur leurs amis du dehors pour parachever l'ouvrage.

Ces derniers ont été déjoués. L'attelage ramenant Jalbert en prison aurait été cerné, n'eût été la charge de militaires à cheval distribuant des coups de plats de sabre. Voyant leur proie s'éloigner, mais incapables de l'atteindre, les forcenés ont fait le détour par la rue Saint-Paul. Leur galop, cependant, n'a pu rivaliser avec celui des destriers, et le prisonnier s'est retrouvé sain et sauf derrière les grilles de la prison neuve. Dès lors, les furibonds n'ont eu d'autre dessein que de porter en triomphe les deux jurés ayant fait avorter les procédures, puis de les convier à un banquet tardif. À 2 heures du matin, les rues de la cité avaient retrouvé leur tranquillité coutumière.

Après la conclusion de son récit, l'imprimeur Cinq-Mars part vaquer à ses occupations. Gilbert et son patron s'octroient un moment de réflexion. Les murs des Palais de justice de la *Province of Quebec* ont entendu de multiples outrages depuis des décennies, mais celui-ci dépasse les bornes. Jean-Philippe profère, sa voix s'élevant au fil des phrases :

— Le sanctuaire des lois est un temple élevé à la divine Justice. L'innocent comme le coupable doivent y trouver sûreté et protection. Des sujets britanniques qui avilissent l'institution du jury aliènent leur liberté nationale à jamais !

— Ce qui me frappe, déclare Gilbert à son tour, c'est que les furibonds connaissaient l'identité des deux jurés qui avaient défendu leur cause. Le secret des délibérations a été allègrement bafoué.

— Ce ne sera guère la première fois, tu le sais aussi bien que moi. Les autorités adaptent le système judiciaire à leurs intentions tyranniques.

— C'est la première fois, par contre, que les poliçons pis les habits rouges désertent le camp des furibonds.

— Parce que des furibonds qui profanent une Maison d'audience, ce sont des révolutionnaires. Des fous dangereux qui ne respectent même pas les enceintes législatives. Nos pouvoirs publics ne pouvaient pas laisser faire ça sans qu'il y ait du danger pour l'avenir.

Gilbert réagit par un rictus expressif. L'éditeur le gratifie d'un sourire machiavélique, avant de sauter du coq à l'âne et de lancer :

— Dis-moi, ta charmante épouse se porte toujours comme… un charme ?

— Oui, merci. P't-être que vous devriez aller vous reposer, patron ? Me semble que vous radotez, pis c'est pas votre style.

Jean-Philippe éclate de rire. Après une pirouette sur lui-même, il redevient sérieux comme un pape et déclare à son adjoint :

— Je te prends au mot. Je te charge d'écrire un paragraphe sur l'affaire de cette nuit.

Effaré, Gilbert ânonne :

— Un seul ?

— Amplement suffisant. Les autres gazettes vont nous devancer. On rectifiera si nécessaire. Pendant ce temps, je m'occupe du texte sur le shérif Saint-Ours. T'as ouï dire ? Y vient de rendre l'âme.

La voix de Jean-Philippe s'est soudainement enrouée. Gilbert ose demander :

— De trépasser ? C'est une farce ?

— Pas le moins du monde. Il se trouvait dans sa maison de la rue Notre-Dame, hier. C'est de là que son trépas a été publicisé. Une foudroyante maladie, paraît-il, de quelques jours. Le typhus, à ce qu'on dit.

Gilbert hausse les sourcils. Après un temps, il dit doucement :

— Le shérif était dans la force de l'âge. Fin de la trentaine. Ce genre de maladie est rarissime hors des périodes de contagion.

Jean-Philippe répond par un regard entendu. Saint-Ours aurait-il mis fin à ses jours ? Ce serait dans le domaine du possible. D'une servilité rampante, il a dû s'astreindre à un chapelet de cruautés envers les prisonniers d'État. Le poids du passé devenait-il trop lourd à porter ? Gilbert voudrait bien lire dans les pensées de l'éditeur de *L'Aurore des Canadas*, lui qui a personnellement souffert en raison du défunt pendant sept mois.

— Pour moi, s'agit plutôt d'une apoplexie à la suite du retrait de la loi martiale !

Un compagnon typographe, passant près d'eux, a jeté ce commentaire acerbe. Jean-Philippe est secoué d'un rire libérateur, puis il emboîte le pas au plaisantin qui se dirige vers l'arrière-salle. Gilbert, lui, ne la trouve pas drôle du tout. Certes, deux semaines auparavant, le vieux brûlot a eu l'élémentaire décence d'émettre une proclamation pour mettre fin à l'état d'urgence dans la colonie. Sauf que la situation reste quasiment inchangée. Il est encore impossible d'avoir droit à l'habeas corpus. De surcroît, les pouvoirs arbitraires du Conseil spécial ont été accentués par une loi récente du Parlement de Londres. Le gouvernement de la colonie demeure militaire et despotique, tout entier dirigé par une clique. Que ladite Clique soit du Château, à Québec, ou de la résidence privée de Colborne, à Montréal, c'est du pareil au même.

Tout en préparant son nécessaire à écriture, Gilbert jongle avec l'information recueillie tantôt, puis il se met à la rédaction de l'entrefilet qui paraîtra après-demain. *Comme nous nous y attendions, le jury n'a pas rendu de verdict dans le procès de F. Jalbert. À 11 heures et demie, mardi dernier au soir, la cour s'est assemblée au Palais de justice. Le jury est entré et a déclaré qu'il ne pouvait s'accorder. La cour lui a donné jusqu'à minuit moins deux minutes pour délibérer, après quoi le jury ne se trouvant pas encore d'accord, il fut déchargé par la seule opération de la loi. Un soulèvement a eu lieu parmi la population bretonne. Cinq des jurés canadiens ont été frappés ; et ce n'est qu'avec peine qu'on a pu échapper le prisonnier à la fureur tant l'excitation était grande ! Des troupes avaient été mises sur pied pour tenir les turbulents en respect, mais ne purent que difficilement y réussir.*

Plutôt satisfait de lui-même, Gilbert se redresse. C'est un art de résumer en si peu de mots un événement de poids ! Un art qu'il cultivera d'autant plus longtemps que les convulsionnaires ne se dissoudront pas dans l'atmosphère comme par magie. Le Parlement impérial ne pourra faire autrement que de réinstaller un gouvernement représentatif dans sa principale colonie d'Amérique, tout injuste qu'il soit. Néanmoins, la menace fanatique perdurera. Ce matin, Gilbert est frappé de plein fouet par une éprouvante réalité, celle de son pays souillé pendant les prochaines décennies par une faction sectaire enivrée de sa puissance. De quoi avoir envie d'enfouir la tête dans le sable !

46

Vitaline a entrepris un voyage ardu vers la guérison. Elle n'a pas eu le choix : il lui fallait retrouver un plaisir tangible d'exister. Autrement, il aurait mieux valu qu'elle en finisse. Jour après jour, le manque s'est fait moins aigu. Semaine après semaine, le brouillard s'est déchiré et les saveurs de l'existence lui ont procuré un suave contentement. L'union avec Vincent aurait constitué le bonheur suprême, mais à défaut, tout n'était pas perdu, loin de là. Vitaline est dotée d'un bon mari et d'un enfant pétant de santé. Rien d'essentiel ne lui manque. Que demander de plus ?

Vitaline s'est mise à savourer les joies simples avec intensité. Un regain d'énergie créatrice a contribué à la cicatrisation. Tout d'abord, elle a fait un tri sévère de ses œuvres, autant de ses collages que de ses dessins au fusain. Certains de ces derniers l'effarouchaient. Que de violence ils contenaient, que d'aspects sombres et tourmentés, tandis qu'elle vibrait à l'unisson de ses concitoyens et de son pays !

Ceux que Vitaline voulait conserver, elle les a rangés à l'abri des regards ; ils serviront de témoignages pour la postérité. Sur ce, elle a repris ses collages, intégrant Jules dans le processus. Depuis, le garçonnet de un an l'aide pour la récolte de plantes alentour de la maison, car Vitaline est incapable de retourner dans le boisé où Vincent venait la rejoindre. Bien entendu, son fils atteint prestement la limite de sa patience, mais tous deux s'amusent ensemble. Vitaline laisse Jules ordonner des compositions, qu'elle colle ensuite. Les résultats, surprenants d'audace, lui plaisent.

Un matin, elle se trouve avec Jules au bord de la rivière. La nuit a été collante d'humidité et ils ont besoin de batifoler dans l'eau fraîche de la Chambly. Vitaline ressent également la nécessité de jongler. Elle a compris qu'elle était enceinte, ce qui a provoqué un tel chambardement en son for intérieur qu'elle a failli perdre pied. Elle a été engrossée par Vincent durant l'un de leurs trois accouplements du 31 juillet. Sans doute pendant l'ultime, d'une félicité incomparable. Du moins, Vitaline aime à le croire. Chose certaine, Vincent s'est arrangé pour lui tenir compagnie encore longtemps.

Vitaline esquisse un sourire vers l'horizon, tandis que sa gorge se desserre. Vraiment, elle est fortunée. Florentin voudra croire qu'il est le père. Ce qui est dans le domaine du possible, vu la manière dont il a réaffirmé ses droits de mari. À quelques reprises depuis, il est revenu à la charge. La dernière fois, Vitaline a senti une corde se remettre à vibrer en elle. C'était encore ténu, mais elle a bon espoir de voir refleurir sa concupiscence pour Florentin. Quitte à faire appel en pensée, comme avant, à Vincent.

La jeune mère sourit largement devant le spectacle de son fils, flambant nu et maculé de bouette. Assis les jambes écartées, il tripote et gratouille le sol. De la glaise… Appâtée, Vitaline retrousse sa jupe et son jupon encore plus haut, retenant les pans à la ceinture, puis elle s'agenouille à proximité. Bientôt, elle tient dans le creux de sa main une motte de glaise souillée de débris. Elle la hume, la goutte, puis se met à la malaxer. Il y a longtemps qu'elle n'a pas manipulé de terre crue. À vrai dire, elle s'ennuie de l'univers dans lequel elle a baigné dans sa jeunesse.

Les pouces de Vitaline creusent la motte pour en faire un bol minuscule. Elle le dépose entre les jambes de Jules, puis elle met une petite roche à l'intérieur. Le petiot proclame sa joie, puis il saisit délicatement la roche et l'extirpe du bol. Après un sourire victorieux à l'adresse de sa mère, il recommence le processus. Voyant à quel point il malmène le contenant malgré toutes ses précautions, Vitaline lui en fabrique d'autres, variant les formes et les grandeurs. L'activité fait germer une idée. Plutôt que de creuser sur le tour à potier, pourquoi ne pas boudiner ? Elle fabrique donc de gros vers de terre, qu'elle enroule ensuite pour former un contenant de la forme désirée.

Un appel lancé par une femme attire l'attention de Vitaline, qui lève les yeux pour voir son amie Estère descendre le talus. À chacune de leurs rencontres, Vitaline est frappée par un fait qu'elle a mis du temps à identifier précisément. Encore célibataire, Estère cumule le même nombre d'années qu'elle-même, qui vient de fêter ses 27 ans. Aux yeux de Vitaline, Estère semble s'engoncer dans une sorte de roideur encore subtile, comme si, à défaut de frayer intimement avec un mâle, elle s'engourdissait, se sclérosait…

Vitaline se dresse sur ses jambes. Estère rit à gorge déployée du spectacle qu'offrent Jules et sa mère, ce qui chasse aussitôt de la cervelle de Vitaline la sinistre et ridicule vision qu'elle avait à propos de sa meilleure amie, un instant plus tôt. De but en blanc, la survenante annonce à son amie qu'elle vient de prendre une décision, en accord avec ses parents.

— Les fabriques américaines cherchent des ouvrières du côté du Vermont. La paye est bonne. C'est mon frère qui m'en a faitte part. Lui s'en revenait d'une fabrique de potiers du même coin. Quatre mois d'ouvrage pour un montant qu'y aurait jamais réussi à accumuler icitte pendant une année entière, tu te rends compte ? Fait que je m'en vais profiter de la manne à mon tour.

Désolée, Vitaline réussit à émettre :

— Tu vas fabriquer quoi ?

— Des draps de coton, sans doute.

— Tu t'y feras ? C'est un métier pénible, comparé à celui d'institutrice.

Estère réagit par un rire acerbe.

— Tu crois ça ? Je pense que t'as des idées toutes faites. Y a plein de désagréments. Pis de toute façon, la question se pose même pas. Le métier est devenu une chasse gardée masculine, hormis si j'accepte d'aller dans un coin perdu de la province. Tant qu'à m'expatrier…

Vitaline ne peut se retenir :

— Ça me rend triste.

Estère lui saute au cou, la gratifiant d'une embrassade emportée. Elle souffle :

— Je reviendrai vitement, promis. C'est juste en attendant.

Délivrant Vitaline, son amie proclame, se forçant à la gaieté :

— J'aurai appris un métier utile. Quand les habitants pourront déployer leurs ailes grâce aux immenses ressources du Canada...

Estère s'interrompt, en proie à une émotion subite au souvenir de l'élan industriel prometteur de 1837, fauché net par la répression. Jules pousse un cri et Estère se précipite vers lui pour répondre à son besoin. Les mirant distraitement, Vitaline contemple un avenir moins riant que celui qu'évoque son amie. Déployer ses ailes sous la terreur ? Peut-être que le despotisme militaire relâchera son emprise, mais les habitants devront composer encore longtemps avec l'autoritarisme des sectaires, avec un gouvernement occupé par une faction de corrompus qui s'octroient des privilèges éhontés, uniquement par accointance avec les *Britons* au pouvoir dans la province ou en mère patrie.

Et puis, Estère sera peut-être appâtée par sa terre d'asile au point d'avoir envie d'y prendre racine. Vitaline est terrassée par une évidence. Estère est encore jeune et plaisante à souhait. Un Américain la convoitera, ou bien un Bas-Canadien parti travailler là-bas, comme elle. Comment pourrait-elle avoir le goût de retourner à son destin immobile, celui qui est le sien depuis au moins deux ans, alors que dans les États limitrophes, elle pourra justement déployer ses ailes ? Comment revenir endurer la coercition et la soumission imposées par les convulsionnaires, une fois qu'on a goûté aux bienfaits d'une terre de liberté ?

L'ENVIE DE POURSUIVRE L'EXPÉRIMENTATION entreprise sur la grève obsède Vitaline au point qu'elle commence à prélever de la glaise pour la charrier à proximité de la maison, puis l'expurger de ses plus gros débris. Elle doit agir avec précaution. En ce début de grossesse, elle est sensible au mal de mer causé par les mouvements brusques. Puis, une calamiteuse nouvelle freine son élan. Le 26 septembre, 58 hommes sont partis en barque à vapeur pour Québec. Peu après, 84 hommes du Haut-Canada les rejoignaient. Transbordés dans un océanique sans même accoster, les 142 exilés se dirigent vers une colonie pénale de la Grande-Bretagne. Laquelle précisément ? Même eux l'ignorent.

Le bonhomme brûlot a cru bon de signer la fin de son règne par un ultime acte d'une horrifique iniquité envers des innocents. Pourtant, tout le monde escomptait des mesures de grâce. Tout le monde, jusque dans la plus humble des chaumières, nourrissait l'espoir d'une amnistie! Le despote Colborne, fortifié par les plus perfides de ses conseillers, en a décidé autrement. Des hommes injustement poursuivis sont infiniment moins dangereux pour leurs tourmenteurs s'ils sont expédiés loin des rivages de la province.

À l'idée de ce traitement inhumain, Vitaline a des frissons d'effroi. Sa pensée est obnubilée par un triste poème, celui que la défunte *Quotidienne* a publié, l'an passé, dans la foulée du départ des huit vers la Bermude. Dans l'état actuel de désolation, la déchirante mélodie la hante... *Adieu! Chers compagnons des jours de notre enfance, nous vous quittons en vous serrant la main, le cœur navré plein de reconnaissance. Vous allez où? Dans une île lointaine. Pour bien du temps? Nous ne le savons pas. Qu'y ferez-vous? Nous subirons la peine d'être en pays où vivent les forçats...*

Parvenue à ce point, Vitaline saute immanquablement à l'ultime couplet, appel au roi des rois pour adoucir leur misère. *Ils étaient purs, veille sur leur destin. Prends pitié d'eux, ils sont toujours nos frères. Adieu! Qu'ils reviennent demain...*

— Vitalette!

Montant leur vieux cheval de trait, Florentin revient du bourg. Il brandit un papier dans ses mains. Passant près de l'endroit où elle se trouve, il lui tend le feuillet, qui se révèle être un papier-nouvelles. Il garroche:

— Paraît qu'y a une rectification au sujet des exilés.

Vitaline exhibe ses mains maculées de glaise:

— Laisse-moi un moment pour me débarbouiller.

Finalement, tandis que Florentin prend soin de faire boire sa monture, puis de la conduire dans son enclos, la jeune femme s'absorbe dans la lecture de la plus récente parution de *L'Aurore des Canadas*, celle du 4 octobre. Lorsque son mari revient, elle dit:

— J'ai trouvé, écoute: *Le Morning Courier dit qu'il est informé par le capitaine Comeau de la police de Montréal que les journaux de Québec ont fait erreur à l'égard des prisonniers politiques, que ces derniers n'ont pas été costumés en forçats et que leurs cheveux n'ont pas été rasés.*

Vitaline relève la tête pour échanger un regard avec Florentin, dont les traits s'altèrent sous l'effet d'un vif soulagement. Une gazette de la capitale s'était fait un malin plaisir d'écrire que les pauvres hommes avaient eu, à bord, la chevelure rasée comme des criminels, puis qu'on les avait dépouillés de leurs vêtements pour les obliger à revêtir l'uniforme honteux. Quasiment aussitôt, cependant, Florentin fronce les sourcils pour émettre une objection :

— Le saudit Comeau serait au courant des détails ?

— Semblerait. Le *Courier* dit qu'il aurait été *impolitique d'augmenter les sympathies pour ces gens infortunés au moyen d'histoires non fondées en faits. On ajoute qu'on a même accordé aux prisonniers de posséder leur bagage dans la partie du vaisseau qui leur est assignée, et qu'on ne leur a retenu que leurs rasoirs, à cause d'un arrangement pris pour les faire raser par des personnes préposées pour cela, et afin de maintenir toute propreté.*

Désarçonnée par une telle prévenance, Vitaline prend une pause, puis elle conclut :

— Le *Courier* termine ainsi : *Nous sommes contents d'apprendre qu'il n'a été fait aucune sévérité. Leur sort est assez triste, sans une sévérité inouïe et sans dégradations.*

Ulcéré, Florentin s'exclame :

— Saudits forcenés de mon cul ! Astheure qu'un gouverneur libéral est pressenti pour la colonie, y mettent de l'eau dans leur vin ! Y auraient voulu voir le pauvre vieux capitaine Jalbert pendu au bout d'une corde par la populace, tandis que là, y se plaignent de « dégradations » ! Sont ratoureux comme c'est pas permis.

Il reprend son souffle, puis il s'enquiert :

— Le *Mercury*, y a voulu médire en publicisant l'information sur le rasage pis sur l'uniforme ?

— À croire que oui.

— L'avenir le dira, mais ça me délivre d'un fichu poids.

Vitaline fait état d'une autre raison pour cultiver l'espoir : les 58 condamnés à l'exil accosteront en mère patrie, étape obligée de leur voyage. Là, ils seront secourus par les Réformistes anglais. Ils exigeront un nouveau procès, comme l'an passé pour d'autres condamnés du Haut-Canada. Au plus tard l'an prochain, en 1840, ils fouleront à nouveau le sol de leur patrie. Par ailleurs, une trentaine de prisonniers politiques condamnés pour haute trahison par la cour martiale ont été libérés sous condition, c'est-à-dire d'avoir une bonne conduite pendant les sept prochaines années.

Quant à ceux qui demeurent en prison à Montréal parce qu'ils refusent de payer l'exorbitante caution, de même que ceux qui sont détenus à Québec, à Trois-Rivières et à Sherbrooke, le nouveau gouverneur les libérera certainement dès qu'il arrivera. À moins qu'ils ne soient déjà relaxés par les autorités locales, dans la crainte de la réprobation du représentant de Sa Majesté! La probité reprend tranquillement ses droits. Trop lentement au goût de tous, mais il faut compter sur les Canadiens patriotes qui ont réussi à éviter la tourmente pour, dès l'orée du règne de la future union législative, exercer de la pression.

Après un soupir, Florentin esquisse un sourire à l'adresse de son épouse.

— À force de t'ouïr défendre ce point de vue, je vais finir par y croire.

Il se gausse. Tous les habitants, et lui en premier, s'accrochent à ladite opinion comme si leur vie en dépendait. C'est l'unique moyen pour ne pas crouler sous le poids du monument d'injustice qui atteint un sommet avec la déportation de 58 concitoyens. L'unique moyen de ne pas désespérer, c'est d'avoir une foi indomptable en l'avenir. Parfois, c'est fièrement ardu. Souvent, Vitaline se débat avec une envie féroce, exacerbée par le goût de rejoindre Vincent, de prendre la poudre d'escampette vers une terre de liberté!

Pour s'en distraire, il n'y a rien comme le fait de s'absorber dans la réalisation d'une œuvre, ce à quoi retourne Vitaline sur-le-champ. Jules se trouvant à la barque à voile avec son grand-père, sa mère escompte profiter à plein de ses instants de liberté. Tout soudain, elle lance par-dessus son épaule:

— Flo, tu sais à quoi j'ai pensé?

— Non, pis j'ai pas hâte de le savoir...

Vitaline fait face à son mari, lui destinant une moue faussement réprobatrice. En réalité, elle se repaît des saillies de Florentin, car il y met une complicité rafraîchissante. Il apprend l'art de l'affectueuse dérision! Ce qu'il ne semblait jamais avoir intégré à cause de son bégaiement et du tourbillon d'émotions qui y étaient amarrées. Vitaline réplique enfin:

— Mes idées sont toujours géniales, tu sauras.

— Saquerdié! Tu m'en diras tant!

Vitaline s'explique. Impossible de prévoir l'avenir en ce qui concerne le métier de Florentin et de son père. Les marchands peuvent changer leur fusil d'épaule l'an prochain, mais ils peuvent également persister dans leur animadversion. Le jeune marin interrompt son épouse :

— Faut que je te mette au courant pour pas que tu gaspilles ta salive. J'ai décidé de pas retourner sur l'eau.

La jeune femme ouvre de grands yeux. Un brin gêné, Florentin poursuit :

— Y était grandement temps, tu me diras, pis t'aurais raison. J'aurais dû avoir le courage avant. Toujours est-il que j'ai mis son père pardevant le fait accompli. Ça l'a fait réfléchir. Lui itou, y repartira pas. On va rénover la barque à voile, pis on va la vendre avant la prochaine saison.

— Pour faire quoi à la place ?

— Rien en ce qui concerne son père, je l'escompte. Moi, un métier qui touche à la terre, de près ou de loin. On verra. Je suis pas trop inquiet. Tant qu'on a notre domaine, on peut subsister.

— À condition que m'sieur Fleury soit pas trop gourmand.

Florentin réagit en faisant une grimace d'impuissance, avant de répliquer :

— Pour le sûr, on est fortunés à Saint-Denis. On se fait pas lessiver. Tandis qu'ailleurs…

Certains seigneurs de la région sont impitoyables concernant le versement des cens et rentes, en plus de hausser le coût des charges seigneuriales quand ça leur chante. D'autres, à commencer par le détestable Debartzch, sont devenus d'incroyables grippe-sou. En comparaison, les seigneurs de Saint-Denis, soit dame Gilles et ses fils, sont d'une affabilité exemplaire. Florentin conclut :

— Ça fait pas grand-chose à léguer à notre descendance, mais comme tu dis si bien, faut se laisser porter par les perspectives d'avenir.

— Justement…

Désignant la terre crue à ses pieds, Vitaline reprend le fil de sa démonstration. La communauté de Saint-Denis a vécu de très beaux jours grâce à l'industrie potière, mais la répression a précipité une déchéance qui s'entrevoyait déjà. L'importation de vaisselle utilitaire produite dans les fabriques d'Angleterre, couplée à celle des fabriques américaines, signifie une concurrence déloyale pour les artisans du village. Sans parler de l'annonce de la mise sur pied d'une fabrique industrielle à Saint-Jean. Bref, le marché pour la vaisselle conventionnelle produite à Saint-Denis va rapetisser comme une peau de chagrin.

Par contre, un autre marché, visant à répondre à des besoins différents, est susceptible de prendre de l'expansion : celui de pièces artistiques façonnées à la main. Plus la colonie sera inondée de vaisselle en série produite à grande échelle, plus les personnes fortunées voudront des œuvres à nulle autre pareilles. Les gens riches adorent faire étalage de leur prospérité en possédant des choses chères, et de préférence, uniques. Vitaline conclut :

— Ça me donne le goût d'essayer. Je suis capable de sculpter des objets.

— Plutôt jolis, pour le sûr.

— Et puis de la vaisselle, selon une technique que j'expérimente depuis une couple de semaines.

Vitaline joint le geste à la parole :

— Tu sais, en roulant la glaise en boudins, pis en enroulant les boudins sur eux-mêmes. Ensuite, je lisse et je polis le tout. Ça permet une forme non circulaire. Du croche intéressant. Mais pour avoir suffisamment de terre propre, me faut une fosse.

— Une fosse ?

— Oui, un grand bac pour filtrer pis laisser vieillir la terre. Pis y me le faut astheure, pour profiter des derniers rayons de soleil avant l'hiver.

Elle poursuit : normalement, une fois débarrassée de ses plus gros débris, la glaise est placée dans un tonneau ventru, puis, au moyen d'un essieu muni de pales, elle est malaxée avec du sable, qui en augmente la plasticité. Liquéfiée et tamisée, la terre s'écoule au bas du moulin. À défaut, il est possible d'utiliser une fosse. La grand-mère de Vitaline lui a souvent raconté comment les pionniers de la poterie faisaient, au début...

Florentin assimile l'idée de sa femme à une lubie, mais Vitaline ne s'en laisse pas imposer. Elle sélectionne un emplacement bien au soleil, puis elle se met à prélever la couche de terreau de surface. Florentin et son père sont bien obligés d'accourir pour lui prêter main-forte à temps perdu. Quelques jours plus tard, un carré aux murs d'une hauteur de deux pieds est installé, au vif plaisir de Jules qui s'amuse à y grimper.

Pendant ce temps, Vitaline a fait appel à son beau-frère Aubain pour la première livraison de glaise. Tout d'abord, elle a dû faire fi de son étonnement. N'était-il pas fort tard dans la saison pour entreprendre le processus de vieillissement? Ensuite, elle a encaissé ses quolibets. Vitaline... se transmuer en potière? Fièrement niaiseux. Elle n'avait rien, ni officine ni appareillage, pas même un tour! Elle s'est astreinte à démontrer sa technique, ce qui a réduit Aubain au silence. La pièce prestement montée avait fière allure et ne jurait guère à côté de pièces tournées dont le jeune artisan pouvait s'enorgueillir.

Enfin arrive le modeste charroi de terre achetée par l'entremise d'Aubain chez l'un de ceux qui, dans les environs, extraient la glaise des entrailles du sol. Les blocs semi-solides sont déposés à l'écart et Vitaline entreprend, grâce à des contenants de bois étanchéifiés, le processus de liquéfaction, seul moyen pour ensuite purifier la glaise en la filtrant au moyen d'un tamis très fin. Enfin, Vitaline saupoudre le fond de la fosse de cendre de bois tamisée afin de diminuer l'adhérence de la boue glaiseuse qu'elle y épand ensuite.

Quelques jours plus tard, la terre s'est déposée au fond. L'eau de surface est soutirée. Dès lors, il s'agit de surveiller le processus de séchage, rapide en été, mais plus modéré à l'arrivée de l'automne. Vitaline a fait construire par son beau-père un toit à deux versants avec lequel elle peut abrier la fosse en cas de pluie. Le capitaine et son épouse s'amusent fort du fait que le plus ardu du procédé consiste à empêcher Jules d'aller se vautrer dans la glaise en train de mûrir! Pour régler le problème, son grand-père construit un bac miniature au garçonnet, lequel devient son terrain de jeu favori.

Vitaline tire non seulement un plaisir certain de ces exigeants préparatifs, mais également un net apaisement à la douleur de vivre sans Vincent. Par contre, Florentin se rembrunit à vue d'œil. Il ronchonne en constatant l'énergie qu'y consacre sa douce moitié, elle qui commence une troisième grossesse. Il s'énerve que son temps ne soit pas consacré à des travaux plus utiles. Bref, il a tendance à reprendre son air bête de naguère et Vitaline n'a aucune tolérance à cet égard.

Le départ du vieux brûlot leur offre une distraction bienvenue. Le 18 octobre, sir John Colborne et sa suite entreprennent leur voyage vers la mère patrie, jour même où le gouverneur nouvelet, sir Poulett Thomson, accoste à Québec. Instantanément, la nation du Bas-Canada, délivrée de la présence d'un tyran, reprend son respir. Des patriotes qui se cachaient depuis quasiment un an, tel le député Augustin-Norbert Morin, paraissent au grand jour. La liberté de parler et d'écrire revient en force. Les papiers-nouvelles indépendants se délient la langue!

Du côté de *L'Aurore des Canadas*, la transformation est frappante et Vitaline en régale ses proches lors d'une veillée de lecture dans la salle commune. D'entrée de jeu, la rédaction affirme ne pas vouloir dépeindre le hideux tableau des horreurs passées. Ledit tableau pourrait rouvrir des plaies qu'il faut cicatriser, en plus d'entraver la marche conciliante de Poulett Thomson. Néanmoins, la gazette ne se prive pas de faire le procès de son prédécesseur, manipulé par des conseillers pervers *qui ont amené la seconde insurrection* et qui préparent déjà la suivante.

Pour le sûr, Colborne bénéficiera en Grande-Bretagne d'une indemnité personnelle, à l'instar de celle *qui a déjà mis à couvert le comte de Durham dans un cas à peu près semblable*. Sinon, il devra rendre compte des 12 exécutions capitales de l'hiver dernier, qui sont des assassinats purs et simples. Trémulante d'émoi, Vitaline lit, d'un timbre sonore:

— *Aux yeux du pays et de la loi, sir John est coupable de l'emprisonnement illégal de centaines d'individus; coupable des meurtres, des viols, des pillages, des incendies qui ont désolé nos campagnes. Le nom de « vieux brûlot » ou de « bonhomme brûlot » sous lequel le désignent nos habitants, restera attaché à sa mémoire. On lui reprochera, à juste titre, d'avoir livré une partie des citoyens aux fureurs de l'autre, d'avoir permis à une faction de se livrer sans crainte comme sans remords aux excès les plus inouïs, et de ne pas avoir fait poursuivre juridiquement, nous dirons plus, de ne pas avoir même fait emprisonner, chez l'autre parti, les auteurs des crimes les plus odieux.*

Vitaline lève les yeux. Ouïr de telles assertions fait un bien fou, comme si une minime réparation — certes, toute minuscule encore — leur était offerte sur un plateau d'argent. Même Jules, en train de gruger une carotte sur le giron de sa grand-mère, mire la lectrice avec de grands yeux impressionnés. Celle-ci enchaîne avec un extrait du *Canadien* de Québec:

— *Si les villages brûlés peuvent sortir de leurs cendres, les habitations pillées connaître de nouveau l'abondance, l'échafaud politique se déteindre du sang dont il a été inondé, le banc judiciaire se relever des coups donnés à son indépendance ; si le sentiment des souffrances de mères, d'épouses, de pères et d'enfants peut s'adoucir par le temps et s'éteindre par la mort ; il restera encore ce monument d'ineptie et de dévergondage connu sous le nom d'Ordonnances du Conseil spécial. Sans contredit, sir John Colborne a gagné l'immortalité parmi nous.*

Vitaline replie le feuillet. Après un temps, le capitaine Montplaisir réfléchit à voix haute :

— On verra si son remplaçant agit en homme d'État. En homme aux convictions libérales. Mais si on tire leçon du passé…

Il laisse sa phrase en suspens, et c'est son épouse qui achève :

— Ça craint. Une fois rendue icitte, la plus belle réputation se ternit comme du cuivre jamais fourbi. Le survenant joint la ligue des coupables.

— La confrérie des corrompus, renchérit Vitaline. Celle qui a tissé la toile d'araignée qui recouvre le pays, pis qui pogne les mous pis les faibles dans ses fils.

Dame Eugénie se met péniblement debout. Elle a perdu beaucoup de corporence depuis l'an passé, constate Vitaline, mais la transformation semble l'alourdir plutôt que l'alléger. Pour parler drette, sa belle-mère peine sous le poids de l'existence. D'une voix morne, elle ordonne à son mari de se mettre en branle. Demain matin à l'aube, le vieux couple part pour un court séjour chez le fils aîné, à Rougemont. La terreur militaire a donné un choc salutaire au placide Fontaine, qui s'est rapproché de ses parents.

Le surlendemain, par un beau matin de l'été des Sauvages, Vitaline s'absorbe dans l'ultime étape de séchage de la glaise. Déjà, l'aspirante potière a tracé avec une fourche des lignes droites sur la surface, afin de délimiter des blocs ; astheure, il s'agit de retourner ceux-ci, car le fond reste fièrement plus tendre que la surface. Vitaline tergiversait, car c'est d'après l'aspect de la couche de surface en train de blanchir qu'il lui faut déterminer le meilleur moment pour ce faire. Une surface trop pâle, et donc trop dure, est irrémédiablement perdue.

Enfin décidée, Vitaline se vêt de son froc le plus maculé, elle insère l'extrémité de son jupon et de sa jupe sous la bande de taille et elle rentre dans la fosse, prenant soin de marcher sur les lignes de délimitation, afin de détacher les blocs du sol. Même si l'eau s'est en bonne partie évaporée, la tâche est plus exigeante qu'elle ne l'imaginait. Tout excité, Jules court alentour, puis il se met à trépigner. Il veut absolument entrer dans le bac pour aider sa mère ! Vitaline persiste à le lui interdire, mais elle le met à contribution en sollicitant son aide pour inverser les blocs de la rangée du pourtour.

Soudain, alors qu'elle se redressait un peu trop vivement, un éblouissement la saisit au point qu'elle doit s'accroupir en se tenant des deux mains à la paroi de la fosse. La tête bourdonnante et le cœur au bord des lèvres, Vitaline doit s'astreindre à un bon moment de repos avant de réussir à se relever, puis de risquer un commandement à l'adresse de Jules, qui s'enhardit à mettre les doigts où il ne devrait pas. Enfin, la jeune femme sort de la fosse à terre. Elle est acculée à l'obligation de solliciter l'aide de Florentin.

Bien entendu, ce dernier se fait tirer l'oreille. Il avait entrepris un travail de réparation au toit du caveau à légume, qu'il rechigne à délaisser. Puisant à deux mains dans son mince trésor de patience, Vitaline fait valoir l'urgence de la situation. Attendre davantage, c'est risquer de tout perdre ! À la réaction de son mari, elle voit qu'il n'en a cure, mais qu'il condescend à lui rendre ce service uniquement par égard pour l'enfant qu'elle porte. La surface de la fosse étant modeste, il ne faut qu'une petite heure à Florentin pour virer les blocs à l'envers, tandis que Vitaline, dans son sillage, les replace avec soin, tout en tempérant l'ardeur de Jules.

Sur ce, la mine enténébrée, Florentin repart sans dire un mot. La gorge subitement serrée, Vitaline le suit du regard. Elle ne peut endurer sa morgue de mâle. Elle tente de démarrer une entreprise qui, peut-être, sera leur bouée de sauvetage. Elle a besoin de toute l'aide possible. Mais si Florentin la traite comme une irresponsable, s'il se fait prier à la moindre étape, si son dédain provoque en Vitaline une marée de culpabilité parce qu'elle gaspille des forces qu'elle devrait consacrer à quelque chose de valable, elle n'a pas la moindre chance de réussir.

De surcroît, Vitaline craint fort d'avoir trop attendu pour retourner les blocs de terre, ce qui risque de lui faire perdre sa précieuse matière première. Pendant le reste de la journée, elle se cantonne dans son rôle de mère d'un garçonnet remuant, ce qui draine son énergie. Maintes fois, elle manque de s'emporter contre Jules pour des riens. Elle est possédée par le goût d'abandonner, taraudée par l'envie incoercible d'aller rejoindre Vincent, même de l'autre côté du globe.

47

Ce soir-là, Vitaline se sent incapable de survivre à la privation de Vincent. Plutôt mourir que de rester ici en tant qu'épouse de Florentin et bru des Montplaisir, dans un bourg qui porte encore les stigmates de la guerre, dans une contrée dévastée par les rapines et la mauvaiseté des hommes ! Elle promène une vive détresse qui rend sa voix râpeuse, tandis qu'elle chantonne une berceuse pour Jules. Dès que son fils dort, elle sort dans la tiédeur quasi estivale de l'air.

La noirceur, baignée d'une discrète lumière lunaire, est tombée depuis un bon moment déjà. Aspirée par les profondeurs du panorama nocturne, Vitaline s'éloigne de la maison. Elle se sent égarée dans l'immensité d'un monde hostile, insignifiante fourmi qu'un gigantissime talon risque d'écraser si elle ne court pas se mettre à l'abri. Elle se sent irrémédiablement à la dérive... Fuir. Rien d'autre ne pourra la délivrer du mal de vivre.

— Vitalette, t'es où ?

Son mari l'appelle avec un souci tangible, qui perce la gangue de désarroi dans laquelle Vitaline est emprisonnée. Elle s'immobilise comme si les mots, fendant l'air, s'étaient noués autour d'elle, en un lien solide.

— Saquerdié ! Vitalette, où c'est que tu te caches ? J'y vois goutte !

Instinctivement, l'interpelée lance faiblement :

— Par icitte...

Elle est surprise par sa propre réponse, surgie du tréfonds de son être. Pourtant, elle n'avait qu'à fusionner avec l'infini. Elle n'avait qu'à laisser ses pas la guider le long du sentier qui mène, dans la forêt, jusqu'à l'anfractuosité des rochers, là où Vincent l'attend. Elle se reprend : non, Vincent est ailleurs, mais Vitaline aurait le net sentiment de se glisser entre les parois comme entre ses bras, contre son corps chaud. Là, elle attendrait qu'on cesse de la chercher. Et puis, elle partirait à l'aventure. Elle partirait parce qu'astheure, alentour d'elle, tout n'est que désolation.

Vitaline sursaute, car Florentin vient de poser la main dans son dos, ce qui la brûle quasiment. Gentiment, il dit :

— Misère, t'étais perdue dans tes pensées pour vrai ! À quoi tu jongles, plantée de même ?

Elle esquisse un geste vers le croissant de lune, encore bas sur l'horizon. Florentin commente :

— C'est vrai que la soirée est plaisante à souhait. Pis, ta terre ?

Désarçonnée, Vitaline prend un moment avant de contrebouter :

— *Ma* terre ?

— Celle que tu m'as faitte tripoter à matin. Sors de tes songes, saquerdié ! Elle s'en vient bonne, ta terre ? Suffisamment appointée ?

La gorge de Vitaline se serre à outrance. Elle avale une fois, puis deux, avant de souffler :

— Je l'ai cochonnée.

— Ah bon ? C'est quoi qui te fait dire ça ?

Incapable de s'avancer davantage, Vitaline secoue la tête. Son mari réplique :

— On en reparlera demain. Pour moi, tu te fais des accroires. Viens, on rentre.

Encore une fois, elle secoue la tête, tandis que Florentin pivote sur ses talons et s'éloigne de quelques enjambées. Il pile net lorsqu'il constate que son épouse n'obéit pas. Après un temps, celle-ci l'entend dire :

— Si tu veux rester dehors, viens au moins t'assire près du feu.

Dominée par l'appel du sanctuaire niché au fond de la forêt, Vitaline ne réagit pas. Avec impatience, Florentin s'enquiert :

— C'est quoi qui se passe ? T'as l'air toute chose, ma femme…

— Je peux pas… je peux pas continuer à vivre de même.

L'instant d'après, Vitaline perçoit la présence de son mari à ses côtés. L'émoi le fait bégayer :

— A... Arrête. P... p... parle pas de même. La mer s'encalme, tu sens pas ? La joie de vivre, on recommence à y toucher. Juste du boutte du doigt, mais quand même !

— Je m'ennuie de Vincent.

Ce disant, Vitaline se met à pleurer, sans sanglots ; des larmes silencieuses tracent un sillon de chaleur sur ses joues.

— Je l'aime. Faut que tu saches que je l'aimerai tout le temps, pis pour toujours.

Un silence s'ensuit, uniquement troué par la pesante respiration de Florentin. Son épouse reprend :

— Je dis pas ça pour te faire du tort pis te torturer. Je dis ça parce que si tu l'ignores, tu sais rien de moi. Entre Vincent pis moi, y s'est installé une amitié pour commencer. Une amitié qui m'a donné l'impression d'être durable. Empreinte de respect. Ça s'est transmué ensuite. Tout seul, naturellement. Là, faut que je défasse ce qui s'est tricoté avec le temps, pis c'est fièrement ardu. La pièce était tissée serré.

Après un temps, Florentin concède :

— T'es pas femme à te garrocher sur le premier venu. Je t'avais déçue.

Vitaline ne s'attendait pas à cette repartie. Étonnée, elle tourne la tête pour mirer l'expression de son mari, tout juste révélée par le rayon de lune. Les yeux agrandis, il est visiblement chamboulé. Elle souffle :

— T'avais pas l'air heureux avec moi.

Elle sent la main de son mari se glisser entre son torse et son bras, qu'il enserre légèrement ensuite. Comme s'il se retenait à elle. Après un temps, il émet, le timbre enroué :

— Je suis pas démonstratif, mais je suis pas insensible. Pis je te vois aller depuis une bonne escousse. J'ai compris une affaire. T'as le don de te donner, tout entière pis au grand complet, aux gens pis aux activités que t'aimes. C'est de même : t'as le don de te donner. Pis moi, au départ, j'ai eu de la misère avec ça.

Vitaline reste perplexe.

— Je me donne ? Tu veux dire quoi au juste ?

— La manière que t'es. Pas de cachette. Tu finasses pas. Pis surtout... si tu m'as marié, c'est pour qu'on vive ensemble. Comme des égaux.

— Pis on peut toutte se dire, même si on n'est pas d'accord avec l'autre.

— Oui. C'est ça que t'exiges : qu'on se mire drette entre quat'z'yeux, pis qu'on se dise toutte, même les affaires qui font mal.

Vitaline essuie les larmes qui séchaient sur la peau de son visage. Le pic de son chagrin s'est atténué. Elle précise :

— D'être au plus près l'un de l'autre, je vois pas à quoi ça servirait autrement. Je me fie entièrement à toi, fait que ça augmente ma liberté… ma liberté d'être ce que je suis pis de dire ce que je dois dire, parce que tu me sers de garde-fou. Pas de rabat-joie.

Les doigts de Florentin serrent convulsivement l'avant-bras de Vitaline, qui apprécie d'être ainsi reliée à lui, tandis que de bouleversantes pensées s'entrechoquent dans sa cervelle. Son mari balbutie :

— La différence entre nous deux, elle se trouve là. T'as aucune crainte de te dévoiler. Moi, oui. J'ai peur que tu me juges. J'ai peur d'avoir l'air sans-dessein. J'ai peur de perdre ton estime.

Vitaline est envahie par une étrange sensation. La peur, n'est-ce pas le vilain sentiment qui a progressivement perverti les relations entre les Canadiens français et les *Britons* furibonds ? La peur d'un ennemi séculaire en premier lieu, puis la peur d'une majorité numérique couplée à celle d'un régime démocratique, puis la peur d'être dénoncé pour des rapines dans le Trésor public ou dans la propriété privée, puis la peur d'une juste rétaliation, puis la peur de souffrir, de tout perdre et d'être rejeté à l'océan, sinon privé de sa vie même… La peur qui écrase empathie, affection et partage sur son passage.

— Pis chaque fois que j'ai peur, je t'éloigne brin par brin de moi.

D'une certaine manière, songe Vitaline, l'histoire du couple qu'elle forme avec Florentin se conjugue à celle de leur pays, divisé en deux camps plus ou moins tranchés. D'un côté, l'élan populaire réformiste, le camp du franc-parler. Le sien comme celui de Vincent, qui acceptait ou refusait de tout son être. Il était entier, bien campé sur des positions qu'il condescendait cependant à remettre en jeu dès qu'il se sentait en confiance. Il aimait de la sorte. En se rendant entièrement accessible. En s'investissant.

De l'autre côté, le camp des sourds d'oreille et des malembouchés. Celui de Florentin. Par miracle, ce dernier s'est repris à temps. Les épreuves collectives l'ont dépouillé de sa carapace de fatuité, jusqu'à libérer sa parole. Redevenu humble, il s'ouvre enfin le cœur. Fortifiée par cette pensée, Vitaline dit :

— À matin, tu m'as fait sentir que c'était insignifiant, ce que je te demandais. Je suis tannée en maudit. L'affaire de produire des pourcelines pis des figurines pour le commerce, c'est du sérieux. Vas-tu finir par arrêter de me niaiser ? Si t'es persuadé que ça sert à rien pantoutte, dis-moi-le astheure, pis je vais passer à autre chose de plus… de plus… valable à tes yeux, beurrée de sirop !

— Ça peut devenir valable. On laisse la chance au coursier.

— Pour de vrai ? D'abord, le coursier, faut l'encourager. Pas lui mettre des bâtons dans les roues ! Y crois-tu, Florentin, à mon affaire ? Y crois-tu le moindrement ?

— Je m'efforce. J'ai doutance, mais je m'efforce.

— Faut que tu m'en donnes davantage. J'ai déjà trop à me battre. Toi, Florentin, faut que tu me supportes. Si tu t'opposes pas, faut que tu sois toutte là, tu comprends ? Faut pas que tu juges. Que tu tergiverses. Que tu dises oui juste parce que t'es pas capable de dire non.

— Compris. Calme-toi.

Tremblante sur ses jambes, Vitaline s'accote au flanc de son mari. Les yeux rivés sur le croissant de lune, elle dit :

— Me semble que c'est *smart* de tenter ma chance avec le commerce. Sauf qu'y me faut de l'aide. Je t'ai déjà conté, Florentin, comment je me suis faitte regarder de travers quand j'ai donné un coup de main à mon père ?

En quelques phrases, Vitaline rappelle l'épisode à son mari. Elle tournait des pièces en secret, la nuit, sur le tour. À la suite de la disparition de la mère de Vitaline, le maître-potier est parti sur une brosse de plusieurs jours. Vitaline l'a remplacé, car le carnet de commandes débordait. Elle a provoqué une vague de curiosité mâtinée de réprobation, car elle bousculait les coutumes. Le seul qui n'en est jamais revenu, cependant, c'est son père. Celui-là même qu'elle avait voulu sauver, sans la moindre arrière-pensée. Son père, qui est devenu frette comme glace à son égard.

— Frette comme glace ? Me semble que t'exagères un brin. Y est pas si pire...

— Y vieillit, fait qu'y s'attendrit. Mais je t'assure que j'ai pâti. Je peux pas endurer l'idée d'une récidive avec toi. Je suis capable de m'amuser avec la glaise, les plantes, le fusain ou n'importe quoi d'autre. Si je monte un commerce, c'est pour toutte nous autres. Pour gagner de l'argent pis avoir de quoi payer l'instruction de nos enfants. Ou l'achat d'une terre. Tu diras que je m'illusionne, que mon affaire décollera jamais parce que les gens en voudront pas...

— Ça se pourrait, mais qui risque rien obtient rien.

Vitaline se redresse, ce qui oblige Florentin à laisser tomber la main qui tenait son bras. La jeune femme éperonne son mari :

— Ça veut dire que tu signes un pacte d'alliance avec moi ? Dis-le. Arrête de tourner autour du potte, beurrée de sirop !

Après un soupir, Florentin laisse tomber :

— Je promets de t'aider sans rechigner.

— Je veux pas rester juste pour Jules. Je veux que ce soit pour toi itou.

Vitaline n'a pu retenir ce qui est quasiment une supplication. Avec une dureté subite, Florentin réplique :

— Ça marchera pas si je demeure rien qu'un pis-aller.

Vitaline inspire profondément, puis elle souffle :

— Si je t'ai marié, c'est que tu me plaisais. Je te l'ai prouvé, me semble.

Un silence chargé s'ensuit. Vitaline reprend la parole :

— J'ai eu foutrement le goût de partir, Florentin. Si t'étais pas arrivé tout à l'heure, je serais partie. J'aurais faitte comme ma mère, mettre en péril le petiot que je porte. J'aurais faitte ce que j'ai refusé de faire le matin que j'étais censée m'en aller avec Vincent : abandonner Jules. J'étais rendue là. Mais t'es arrivé pis tu m'as retenue. Si t'avais discutaillé pis que tu m'avais bardassée, j'aurais sacré mon camp. Mais là, de la manière que t'as parlé pis agi... t'es venu me chercher.

Vitaline ferme les yeux, puis elle reprend, la voix rauque d'émotion :

— Pis j'ai envie de rester. Je suis fatiguée de courir après une chimère. Fait que là, pardevant toi, je dis adieu pour vrai à Vincent. Le voyage pis la vie avec lui, ça restait une chimère.

— Toi pis lui, z'avez pas eu le temps de vous chicaner.

Vitaline dessille les paupières à temps pour voir Florentin ponctuer sa repartie de l'ombre d'un sourire. Il redevient gravissime pour déclarer :

— T'as succombé à la risée de folie. Elle était foudroyante, j'avoue. Pis elle a semé la bisbille, y compris entre nous deux. Je dis pas que je recommencerais pareil...

Sa voix s'altère. Il tâtonne pour saisir la main de son épouse, qu'il serre à la broyer, puis il reprend péniblement :

— Si c'était à ramancher, je ferais autrement. J'ai trahi, Vitaline. Y a deux ans, au lieu de voler à la rescousse des hommes pourchassés par les autorités, je me suis fermé la trappe pis j'ai pris mon trou.

— Z'êtes une saudite grosse gang à l'avoir faitte, rétorque farouchement Vitaline. À commencer par ceux qui auraient dû donner l'exemple de l'entraide pis de l'esprit de corps. Ceux qui s'étaient servi de notre confiance à toutte nous autres pour gagner en influence. C'est eux autres qui ont semé les graines de discorde. Les saudits Chouayens. Après ça, c'était ardu de se tenir deboutte.

— Quand même... si on avait agi comme un seul homme... si le Canada s'était ébranlé sur tous les points... mes compatriotes... mes frères... seraient pas plongés dans une telle infortune.

— La révolte était prématurée. Y manquait les préparatifs indispensables.

Comme si Florentin n'entendait pas les arguments raisonnés de Vitaline, il balbutie encore :

— Si... si on avait continué la résistance après le massacre de Saint-Charles...

Il est à ce point chamboulé qu'il doit s'interrompre. Vitaline franchit la distance qui la sépare de son mari pour l'entourer de son bras libre et l'étreindre avec toute la vigueur dont elle est capable. Même s'il tente de se barder contre le flot d'affliction, Florentin pleure. Vitaline se sent chavirer. La lutte que son mari mène contre son irrépressible chagrin est d'autant plus touchante qu'elle est perdue d'avance. Profitant de la moindre pause ponctuant les sanglots de son mari, elle fait valoir stoïquement :

— Tu parles drette. Si on avait continué la résistance en 1837, ce serait différent astheure. Mais souviens-toi de la manière dont ça s'est déroulé. L'attentat du 6 novembre contre les Fils de la Liberté.

Les rumeurs de mandats d'arrestation pour haute trahison. Juste des rumeurs, Florentin, soigneusement entretenues pour installer un climat de terreur. Pour faire fuir les hommes proscrits. Y se jouait un jeu… un jeu sinistre qui donne la chair de poule. Y aurait fallu des hommes d'influence pour y faire échec, mais en virant leur tuque de bord, y s'étaient déclarés complices.

Florentin s'est apaisé progressivement. Vitaline ajoute :

— Pis y a plein d'affaires qui nous dépassent. Sans doute des traîtres pis des vendus qu'on prend encore pour des héros. Mais surtout, une horrifique collusion entre l'Exécutif à Québec et la faction enfiévrée du district de Montréal. Entre le pouvoir civil et le commandement militaire.

— Pis le bureau de police.

— Itou. Entre le gouverneur et son ministre à Londres. Pis entre ledit ministre et ses collègues de la mère patrie. Tu vois comment la partie était inégale ?

Florentin gratifie Vitaline d'une embrassade emportée. Il murmure :

— Tu me fais du bien. Je me repose sur toi.

Dire que naguère, il la trouvait fendante à force d'être capable d'articuler sa pensée ou de décortiquer les méandres des affaires publiques. Une sérénité souveraine s'installe dans toutes les fibres de son être. Enfin, Vitaline touche terre. Posément, elle déclare :

— Y est grandement temps qu'on se marie pour vrai, toi pis moi.

Impérieuse, elle entraîne Florentin à marcher. Elle ignore ce qu'elle cherche jusqu'à ce que ses yeux tombent sur la forme carrée de la fosse à glaise. Elle pile net tandis que l'évidence l'inonde. Un magnifique vaisseau nuptial. Elle se tourne vers Florentin pour ordonner :

— Débougrine-toi.

— Tu veux dire… ?

— Flambant nu.

— Tu trouves pas qu'y fait frisquet ?

— Je suis là pour te réchauffer.

Sur ce, elle entreprend de retirer ses vêtements. Soumis, Florentin l'imite. Résolument, Vitaline met pied dans le bac. Elle se contrefiche de piétiner ses précieux blocs ! Florentin s'écrie :

— Hé, tu démolis notre travail !

— J'avais pas compris, mais c'est pour ça qu'on a travaillé. Pour nous faire un litte.

— Ma femme, tu pousses trop ton avantage.

— Mon mari, je vais réenligner la surface demain, je promets. Astheure, un pétrissage corporel, ça fera pas de tort à la glaise. Même que ça pourrait la rendre meilleure, tu crois pas?

Florentin ne peut retenir un gloussement. Exaltée, Vitaline lâche un éclat de rire vers le ciel, puis elle ordonne :

— Couche-toi là, sur le dos.

— Misère. Je t'annonce drette là que c'est la seule fois de ma vie que je fais une affaire de même, tu m'as ouï?

— Correct. Astheure, accouche, qu'on baptise.

Florentin prend place, tout en ronchonnant à cause de la fraîcheur saisissante de la glaise humide. Vitaline s'allonge à ses côtés. Son corps au grand complet est couvert de chair de poule, mais elle n'en a cure. Extatique, elle saisit la main de son époux dans la sienne, entremêlant leurs doigts, puis elle pousse un immense soupir de bien-être. La voûte scintillante d'étoiles, lardée par la brume de la Voie lactée, lui apparaît comme un dôme placé uniquement pour les protéger, elle et les siens. Florentin rouspète :

— C'est toutte? On reste figés là?

— Chut. Écoute…

Immobile, Vitaline se laisse couler dans un silence nocturne troué de sons ténus, elle se laisse aspirer par la tiédeur délicate et vibrante de l'été des Sauvages, et son cœur palpite. Son cœur s'encalme et se régénère en s'abreuvant de douceur. Vitaline murmure à l'adresse de Florentin :

— Tu sens comme moi? Ça fait un bien fou. Comme si ma petite personne disparaissait. Mes tourments comptent pour rien dans la marche du monde. Je suis rien. Insignifiante, comparé à…

Un cri d'enfant l'interrompt. Jules s'est réveillé! Aussitôt, Florentin l'appelle d'une voix sonore. Il veut se lever, mais Vitaline le retient de la main :

— Continue de crier après lui. Y va venir à nous. Y connaît les environs comme sa poche.

Quelques instants plus tard, le petiot surgit enfin. Il ne doit pas distinguer grand-chose de son père assis et de sa mère couchée, nus, dans la fosse à terre. Florentin le prend dans ses bras et murmure des paroles rassurantes à son oreille. Jules exhale un soupir de contentement. Égayé, Florentin chuchote à Vitaline :

— Y dormait deboutte, le pauvre. Y roupille quasiment déjà.

— Met-le entre nous.

Florentin se rallonge tout en installant le garçonnet tout contre eux, à plat ventre. Il marmotte :

— Je suis pas contre l'idée d'avoir une bouillotte.

— Moi itou. On est bien, tous les trois. Même tous les quatre.

Le silence se réinstalle. Vitaline se laisse flotter. Elle vogue jusqu'au moulin voisin, avec ses pales immobiles, puis jusqu'au bourg de Saint-Denis, dont les cicatrices sont invisibles dans la nuit. Elle visite tout un chacun de ses concitoyens pour leur sourire. Vitaline se hisse jusqu'aux étoiles. Subitement, elle comprend que Dieu itou est une chimère. Une vue de l'esprit. Elle n'a plus besoin de Lui. Désormais, pour se consoler, elle n'aura qu'à retrouver la sensation qui l'habite présentement, celle de n'être qu'une semence dans un gigantissime jardin. S'inventionner une divinité omnipotente ne sert qu'à se persuader de son importance. Vitaline préfère sa petitesse, dispensatrice d'un baume souverain.

La jeune femme élève la voix :

— Florentin Montplaisir, fils du capitaine pis de dame Eugénie, je te choisis pour mari.

Tout d'abord, seul le silence lui répond. Comme si son compagnon s'était volatilisé. Finalement, celui-ci articule :

— Moi itou.

Se ressaisissant, il reprend :

— Vitaline Dudevoir, fille du maître-potier pis de dame Bibianne, je te choisis pour femme, telle que je te connais présentement.

Vitaline sourit. La formule est jolie. Néanmoins, elle ajoute :

— Tels qu'on se connaît présentement, pis tels qu'on sera à l'avenir. En autant qu'on soit honnêtes pis indulgents l'un envers l'autre.

Florentin ânonne, comme si Vitaline était un curé en train de bénir une alliance matrimoniale. Puis, la voix changée, il chuchote :

— Si Jules était pas venu, je te lutinerais. Avec toi de même à côté, dans cet endroit-citte… je commence à m'allumer.

Son épouse a le sourire fendu jusqu'aux oreilles. Ce sera pour une autre fois. Elle inspire une goulée d'air parfumé de senteurs automnales, puis elle se met à chanter :

— *Au jardin de mon père, les lilas sont fleuris…*
— Ma vlimeuse…
— Fais le serin pour moi. S'y te plaît.

Il s'exécute, répétant ladite phrase. Vitaline boit à son timbre de voix. Il fausse un brin, mais tous les espoirs sont permis. Elle enchaîne :

— *Tous les oiseaux du monde viennent y faire leurs nids.*

Elle se tait. Théâtral, Florentin ronchonne :

— T'es déterminée, saquerdié, à me faire boire le calice jusqu'à la lie ?

— S'y te plaît. J'aime ta voix.

Il martèle :

— *Auprès de ma blonde, qu'y fait bon, fait bon, fait bon. Auprès de ma blonde, qu'y fait bon dormir.*

— Mieux que ça. Ça fait des lustres que c'est plus une marche militaire.

Florentin se reprend avec douceur et un brin de sentimentalité. Sans même reprendre son souffle, il poursuit :

— *Dites-nous donc la belle, où donc est votre ami ?*
— *Il est dans la Hollande, les Hollandais l'ont pris…*

Bouleversée, Vitaline ne peut continuer. Malgré la présence de Jules endormi, Florentin se tourne vers elle pour l'englober du mieux qu'il le peut dans ses bras, et même dans ses jambes. Vitaline se blottit vaille que vaille. Après un temps, Florentin souffle à son oreille, avec tendresse :

— *Auprès de ma blonde, qu'y fait bon, fait bon, fait bon. Auprès de ma blonde, qu'y fait bon dormir…* Reste là. Bouge plus. J'en peux plus de te voir pâtir. Je vais m'occuper de toi pis de nos enfants. Le Vincent, je te garantis que tu vas l'oublier, parce que tu vas y gagner au change.

Vitaline enfouit son visage dans le cou de Florentin et s'agrippe à lui, qui bredouille encore :

— Reste là, bouge plus. J'en peux plus de voir nos femmes endurer nos folies. Je veux que t'arrêtes de pâtir. Je t'aime d'amour, Vitaline, pis je vais te le prouver pour le restant de ma vie.

48

Alerté par un bredas, Gilbert relève les yeux du texte qu'il lisait pour voir l'éditeur de *L'Aurore des Canadas* piler net devant son pupitre. Jean-Philippe lève dans les airs une main tenant un parchemin. L'autre main, il la pose sur sa poitrine d'un geste théâtral, et se met à seriner :

— *Par le vin et l'amour fêtons la bonne année. Ainsi s'amusaient nos aïeux ; buvons, aimons toujours comme eux !*

Gilbert ne s'oblige pas à arborer une mine plaisante. Son patron chante comme un pied ! S'affichant tout content de lui, le chantre en herbe abaisse le texte pour dire comme une confidence :

— C'est sur un air populaire intitulé *Bonjour, le maître et la maîtresse*.

— Ça me dit vaguement de quoi. Me semble que depuis un quart de siècle au moins, les éditeurs du pays le choisissent pour composer l'étrenne du Nouvel An à leurs abonnés.

Gilbert ponctue sa saillie d'un franc sourire. Jean-Philippe réagit par une grimace appuyée, avant de jeter le parchemin sur la surface de travail :

— Mon sacripant ! Vas-y, toi, chante, si t'es meilleur que moi !

C'est une scène récurrente entre eux deux. Sachant parfaitement qu'il n'a pas l'oreille musicale, l'éditeur casse les oreilles de son employé, qui rouspète. Le premier agrippe une chaise et s'y installe à califourchon. Obligeamment, le second abandonne son ouvrage pour se mettre debout. Il prend la pose exagérément cambrée des chantres qu'il a vus si souvent, à l'église de Saint-Denis, pendant sa jeunesse, et il se met à déchiffrer la chanson d'une voix de stentor :

— En ce jour qu'un charmant usage consacre au plaisir, au repos, c'est être fou que d'être sage. Pour un jour, oublions nos maux. Si ceux qu'une manie enrage s'imposent d'étranges fardeaux, pour nous, chantons toujours, chantons la guignolée.

S'ensuit le refrain précédemment chanté par Jean-Philippe. Gilbert fait une moue appréciative, avant de laisser tomber :

— Pas si pire. Ça dénote un esprit un brin dégrossi !

Le texte des deux couplets suivants annonce en lettres majuscules que *L'Aurore*, quoique jeune encore, sait tout de l'avenir, car elle cultive l'art de l'astrologie. *Au ciel suivez-moi pas à pas*, commande l'éditeur, *car cette étoile à cette autre unie, ce sont celles des Canadas. Cela veut dire, ô ma patrie ! Que le Haut doit subir au Bas.* Gilbert s'arrête net. Il relit la dernière phrase, puis il lève les yeux :

— La province voisine doit « subir » plutôt que « s'unir » au Bas-Canada ? Boiteux…

Jean-Philippe lève les yeux au ciel.

— La tournure est expressément conçue pour éviter la répétition, espèce d'ahurissant !

Gilbert n'insiste pas. En matière de composition française, son patron n'est rien de moins qu'une sommité. Il a choisi un moyen astucieux d'introduire le sujet explosif de l'Union législative des deux provinces. Charles Edward Poulett Thomson vient de prendre les rênes des colonies anglaises d'Amérique. À l'évidence, il a été chargé d'une mission très précise : mettre l'Union en vigueur au plus sacrant. À peine débarqué, il a hâtivement ouvert la cinquième session du Conseil spécial, législature temporaire formée au début de l'année 1838, en mettant ce sujet sur la table. La reine Victoria, n'est-ce pas, avait endossé la décision favorable du Parlement impérial concernant ladite Union.

En deux jours de novembre, des résolutions et une Adresse extatiques étaient agréées par 13 des 15 conseillers spéciaux présents, en grande majorité des Montréalistes sectaires, la crème des fanatiques de la cité. Car les membres de la Constitutional Association se sont approprié les sièges du Conseil spécial depuis sa création. La victoire de McGill, de Molson, de Moffatt et de ceux de leur espèce est consommée : la Chambre d'Assemblée du Bas-Canada disparaît formellement.

Le « petit poulet », ainsi qu'est surnommé le gouverneur, est actuellement en train de négocier l'Union avec les parlementaires du Haut-Canada. Déjà, le futur régime politique contient moult iniquités flagrantes, telle une nette diminution des sièges de députés en Bas-Canada, ainsi que l'absorption par le Canada-Uni de l'énorme dette publique du Haut-Canada, qui avait pourtant obtenu, pour alléger ses difficultés financières, une garantie de prêt de la mère patrie. Ce qui n'empêche pas les tories de la province supérieure d'exiger des sacrifices supplémentaires, comme l'usage exclusif de la langue anglaise en Parlement et le choix de Toronto comme capitale.

Encore une fois, un gouverneur omnipotent et présomptueux dirige leurs destinées. Il n'a pas caché son adhésion à la doctrine chérie de son prédécesseur, Durham, soit l'impérieuse nécessité de faire adopter les institutions britanniques aux Canadiens parlant français. Selon Poulett Thomson, c'est l'unique moyen d'abattre les préjugés de race et d'extirper les habitants — qu'il n'estime guère, visiblement — d'une regrettable stagnation de coutumes et d'habitudes.

Gilbert reprend l'étrenne chantée. Sur la plaine liquide vogue *un lourd bâtiment. Et sur ce ponton homicide, beaucoup d'exilés gémissant. Qu'un vent favorable les guide et les ramène promptement...* Certes, Jean-Philippe a reçu des lettres rassurantes de quelques-uns des 142 exilés. Ils ont confirmé qu'ils ont conservé intacte leur chevelure, ainsi que leurs habits civils. Les couchettes sont confortables et raisonnablement propres. Après les rigueurs de 10 mois de prison, l'océanique *Buffalo* leur semble être un palais flottant.

Par contre, l'espoir d'un preste retour s'amenuise comme une peau de chagrin. Accrochant le regard placide de Jean-Philippe, Gilbert souffle :

— Ça me reste en travers de la gorge. L'affaire du navire qui évitera de faire halte en Grande-Bretagne, contrairement à l'usage.

— Le gouvernement impérial craignait de nouveaux procès qui renverseraient les sentences de la cour martiale. L'aveu de culpabilité est à glacer le sang.

Jean-Philippe converse trop normalement, le débit soigneusement contenu. Gilbert a dû s'accoutumer à ce qui lui paraissait un détachement inhumain. Au fil des mois, il a compris que la désinvolture de son patron, loin d'être une carapace à l'épreuve des coups, était susceptible de craqueler au moindre assaut. Gilbert a vu des brèches se former au moment où il s'y attendait le moins, il a vu la fragilité derrière l'armure. Dorénavant, il prend soin de respecter la barrière de fausse indifférence que Jean-Philippe, Réformiste qui a été fait prisonnier d'État, est obligé de dresser autour de lui.

Donc, le *Buffalo* fait voile sans discontinuer vers la colonie pénale de la Nouvelle Galles méridionale, dont la capitale se nomme Sydney. C'est grâce au capitaine du navire que les exilés ont été informés que leur voyage se terminerait aux antipodes. Les autorités du Bas-Canada ne leur avaient pas fait savoir où ils aboutiraient. Quelle mauvaiseté patente! À l'évidence, la Clique du Château a choisi la destination la plus éloignée possible afin que la voix des innocents qu'elle a condamnés ne puisse se porter jusqu'en mère patrie, ni même jusqu'à leur foyer.

À l'évidence également, Poulett Thomson s'est agenouillé devant les despotes de la colonie. Tout d'abord, il n'a pas réprouvé l'arrestation d'Augustin-Norbert Morin, paru au grand jour dès le départ de Colborne. Si Morin n'est pas resté écroué, c'est uniquement parce que l'accusation de haute trahison, qui datait de novembre 1838, n'était soutenue par aucune dénonciation! Qui plus est, Poulett Thomson a maintenu l'interdiction de faire agir les rouages de l'habeas corpus, tout en appliquant la cruelle loi qui entraîne la confiscation des biens des condamnés pour haute trahison au profit d'un Exécutif corrompu jusqu'à la moelle.

De surcroît, Poulett Thomson laisse languir en geôle une trentaine de prisonniers politiques incapables de rassembler la faramineuse caution exigée pour leur libération. D'autres sont censés avoir droit à un procès, mais les autorités tardent outrageusement à agir. Comptant une dizaine de noms, la liste inclut François Jalbert, trois patriotes arrêtés le printemps dernier — Célestin Beausoleil et les frères Bonaventure et Hilarion Viger — ainsi que des individus isolés subissant la vengeance de forcenés, dont un notaire de Varennes nommé Louis Robitaille, le malheureux John McDonell, arrêté au début de novembre 1838 à Nicolet, de même que Denis-Benjamin Viger, déterminé à avoir un procès, comme s'il souhaitait expier ainsi sa mollesse passée.

Secouant la tête, Gilbert se tire du faisceau parfois inextricable de ses éprouvantes songeries, puis il raffermit sa voix en chantant les calembours du couplet suivant de l'étrenne du Nouvel An. Le poète s'est surpassé : *une chaîne qui de son Col borne l'anneau… bouille une chaudière pleine pour y plonger le vieux Brûlot…* Les ultimes strophes font allusion aux larmes amères versées à cause des frères qu'on ne reverra plus et aux nuages dans les cieux qui dérobent les autres présages à la vue. Gilbert dépose le texte. Il déclare sobrement :

— Belle chute. Des orages, y en aura encore.

Le sillage d'une tempête comme celle qui a ravagé le Bas-Canada est encombré de soubresauts. Gilbert reprend :

— Tiens, ça me fait penser : quand est-ce qu'on commence, patron, à publier des récits véridiques ? J'ai fièrement apprécié le vôtre à l'automne.

Gilbert fait allusion à un texte-fleuve intitulé « Événements politiques de 1837 », et publié par Ludger Duvernay dans son *Patriote canadien*, le papier-nouvelles qu'il dirige à Burlington depuis le mitan de l'été. Quelques recoupements élémentaires ont suffi à Gilbert pour comprendre que Jean-Philippe en était l'auteur. Sincèrement ébloui, le jeune nouvelliste a commencé par encenser la superbe prose de l'écrivain, récitant à brûle-pourpoint le magistral paragraphe d'entrée :

— *Soixante-dix-sept ans de domination anglaise au Canada avaient été 77 ans d'oppression. La peur seule avait quelquefois arraché quelques concessions aux tyrans avec d'amples promesses d'un meilleur gouvernement pour l'avenir. Ces promesses furent si belles en 1775 et en 1812 que le peuple trop crédule de ce pays n'hésita pas à prendre les armes pour repousser les cohortes qui lui apportaient la liberté, des droits égaux et des institutions électives.*

Puis, Gilbert a talonné son patron afin qu'il confirme la validité de ses allégations percutantes. Pour le sûr, Jean-Philippe n'a pas renié celle qui veut que l'assemblée de la Confédération des Six Comtés, le 23 octobre 1837, avait suscité un tel enthousiasme *que si alors on eut des armes à feu pour donner aux 8000 à 10 000 hommes et qu'on eût vraiment voulu la révolution, on eût pu marcher immédiatement sur Montréal, prendre cette ville et mettre le siège devant Québec, avant que l'administration eût pu se reconnaître.*

Après plusieurs échanges de vues, Gilbert en a été convaincu : le texte de Jean-Philippe était le plus élaboré, le plus impartial et le plus convaincant des récits sur les patriotes du Bas-Canada jusqu'à l'été 1838. Dorénavant, il est d'une extrême importance de poser d'autres pierres à l'édifice. Fébrile, Gilbert insiste :

— La presse réformiste se néglige. Tandis qu'un obscur capitaine Marryat publie en Angleterre *A Diary in America*. Y dit que ce sont les patriotes qui ont mis le feu à l'église de Saint-Eustache pis que les troupes réglées l'ont éteint !

— Deux flagrantes menteries coup sur coup, pis tout le monde le sait.

— Pas les gens d'outre frontière. L'an passé, patron, vous étiez en prison avec les prisonniers de Saint-Eustache. Vous auriez amplement matière à écrire. Le vieux brûlot a décampé. On respire mieux. Logiquement…

Son interlocuteur sursaute comme si une guêpe l'avait piqué. Il riposte avec irritation :

— Depuis quand la logique règne en maître ici ? Sir John est parti, mais sa gigantissime armée reste. Ses espions et ses censeurs aussi.

À quelques reprises, Gilbert a eu cette même discussion avec l'éditeur, qui fait valoir, avec raison, que les militaires ont l'épiderme ultra-sensible concernant leur réputation. Donc, il s'interdit de remettre en question la chronique officielle par peur des représailles. Gilbert voit bien que le despotisme tient encore le haut du pavé. Si ses adeptes n'ont pas à charger les mousquets et à bouter le feu, c'est tout bonnement parce qu'ils n'ont nul opposant contre lequel sévir. N'empêche…

— Arrête de te faire des accroires, Gilbert. L'armée britannique et ses officiers sont intouchables. La soldatesque aussi, comme tu sais. On ne s'attaque pas impunément au plus consistant des tabous du monde civilisé. D'autres sont mieux placés que nous autres pour ébrécher le monument de tromperie. Sont à l'abri des contrecoups.

Jean-Philippe fait allusion non seulement au *Patriote canadien*, mais également à un papier-nouvelles nommé *The North American*, qui tâche de documenter l'histoire. Gilbert ose quand même ajouter :

— C'est pas suffisant. Pis vous savez comme moi, patron, comment ces gazettes circulent peu en territoire canadien. On les censure en haut lieu. Y a plein de choses qu'on aurait dû reprendre dans nos pages.

Il se saisit d'un dossier, son plus précieux, et l'ouvre afin d'exhiber une liste. Il ânonne :

— *Le Patriote canadien*, mercredi 11 septembre, réagit à la vente sur ordre du gouvernement des propriétés de Leclair, Bouc, Rochon, Saint-Louis, Gravel et Roussin, tous prisonniers d'État passibles de la peine de mort. Le comble de l'injustice et de l'inhumanité. J'ai transcrit les principaux faits. Je cite : *Les soldats anglais qui furent envoyés par le tyran Colborne pour dévaster, piller et violer les habitants de Sainte-Marie-de-Monnoir se livrèrent envers les femmes et les filles aux brutalités, aux atrocités les plus infâmes. Une fille de feu Louis Rainville fut violée par eux…*

— Laisse faire les personnalités.

Surpris par la sèche repartie, Gilbert lève de grands yeux sur Jean-Philippe, dont les traits se sont contractés. Gilbert rétorque :

— C'est pas une personnalité pour médire.

— Quand même. Ces pauvres femmes pis leur famille…

Gilbert explose :

— Sacrament ! Comment on peut faire valoir la vérité si on s'énerve le poil des jambes à cause de la réputation des victimes ? Ce qui est arrivé, c'est pas pantoutte de la faute de…

Il se penche sur son feuillet :

— Des épouses de Louis Gingras, de Charles Lemay pis des nommés Malo et Dulude !

— Elles ne sont pas fautives, mais elles sont bien assez éprouvées de même. Aucun besoin de répandre leur identité en Canada.

Estomaqué, Gilbert s'adosse à sa chaise pour considérer son patron, qui parle à contrecœur, du bout des lèvres. Manifestement, le sujet l'indispose au plus haut point. Est-ce tout bonnement parce que sa propre souffrance surgit immanquablement au rappel de celle d'autrui, comme Gilbert l'a constaté auparavant ? Non, il y a pire encore. Les campagnes où les troupes ont séjourné ont été les théâtres d'outrages et d'horreurs. Comme beaucoup, Jean-Philippe se sent coupable à un fort degré, car une insurrection conduit immanquablement à d'effroyables malheurs si elle est improvisée.

Or, si on peut reprocher une seule chose à ceux qui ont résisté en 1837, c'est bien la naïveté. L'inexpérience.

Plus calmement, Gilbert reprend sa liste manuscrite :

— *Le Patriote canadien*, mercredi 23 octobre, aborde un sujet intéressant : *Il existe à Londres une coterie de marchands, liés d'intérêts commerciaux avec les tories du Canada. Dans presque toutes les occurrences, celle-ci a dirigé la politique de ceux-là, et par contrecoup les affaires coloniales.* Une affaire liée à la nomination du gouverneur Poulett Thomson. J'ai pour mon dire qu'y faudrait enfin aborder le sujet autrement qu'en aparté, comme y se fait depuis toujours. Juste reprendre Duvernay, ça suffirait, écoutez : *Le ministère colonial ne s'est que trop souvent laissé conduire, jusqu'à présent, par les idées de cette faction de tories. Il est temps qu'on mette fin à une indigne cabale qui s'est maintenue en Angleterre au détriment des intérêts coloniaux, et qui a été cause que d'importantes mesures au sujet du Canada ont été étouffées à leur naissance.*

— L'imprimeur pis moi, répond Jean-Philippe froidement, on doit répondre à des impératifs qui te dépassent. Quand même, je fais mon gros possible pour dévoiler la vérité. Je te rappelle que j'ai donné toute la publicité possible à la traîtrise du Dr Brien.

— Pis à sa fameuse déposition du 18 novembre 1838, ajoute Gilbert. Z'avez même cité votre ami Duvernay : *Ce document vivra comme un témoignage de lâcheté unique chez ceux qui prirent part à nos troubles civils.* Pis comme la pièce maîtresse du casse-tête de l'insurrection provoquée de l'an passé.

L'énigme se dévoile pas à pas. En 1837, ce sont les autorités civiles, sous la houlette de Gosford et de quelques-uns de ses conseillers, qui ont cumulé les provocations. Le but : susciter une telle réaction de fierté qu'il devenait affaire d'État de la réprimer. L'année d'après, le commandement militaire a pris l'initiative des bravades par une mobilisation générale des *volunteers* et une tentative de se saisir des personnes de Julien Gagnon et de ses prétendus alliés, le 2 novembre au soir, dans le comté de L'Acadie. Sur ce, des agents provocateurs ont attisé l'effervescence jusqu'à son point d'ébullition.

Henri Brien, jeune médecin natif de la paroisse de Saint-Martin, pourrait fort bien figurer parmi ceux-ci. Membre fondateur des Fils de la liberté, il a dû s'exiler aux États-Unis. À son retour en Canada, il s'est installé dans les alentours de Beauharnois pour prêcher l'adhésion à l'organisation secrète. Dans la nuit du 3 au 4 novembre, il a fait partie de la phalange d'hommes qui ont voulu capturer les principaux Loyaux, dont le seigneur Ellice, afin de les réduire à l'impuissance. C'est Brien qui a reconduit les captifs à Châteauguay pour les placer sous l'autorité d'un officier de milice de l'endroit.

À son retour à Beauharnois, il a pris la décision de déserter le camp patriote. A-t-il été dévoyé pendant le trajet ? Sa trahison était-elle planifiée de longue haleine ? Il s'est rendu aux autorités sur la route, même si la chronique officielle veut qu'il ait été capturé. Une douzaine de jours plus tard, à Montréal, Brien signait une interminable déposition. Jean-Philippe déclare sombrement :

— Si on veut être gentil avec lui, on peut présumer que sa déposition a été arrangée et amplifiée. Comme celle de l'infortuné Hindenlang. Chose certaine, Brien l'a bel et bien authentifiée de sa signature.

— Chose certaine itou, ce qui s'est ensuivi indique un arrangement soigneusement planifié.

Avec 10 autres hommes pris à Beauharnois et accusés de haute trahison, le jeune médecin a subi son procès. Chevalier de Lorimier était son compagnon de cellule. Condamné à mort, Brien a échappé à la potence. Loin d'être déporté en septembre dernier vers une colonie pénitentiaire, il a figuré parmi la cohorte d'une trentaine de prisonniers d'État libérés sous caution. Il n'a pas été confiné en Canada avec interdiction d'en sortir, mais banni à plus de 200 lieues des frontières. Un mois plus tard, les gazettes à la solde des autorités publiaient la traduction anglaise de sa déposition dans le but d'accabler les nombreux patriotes nommés par le traître et de donner un sceau de véracité à des faits tronqués et à des allégués fallacieux.

Comme preuve de sa bonne foi, Jean-Philippe enchaîne avec les lettres de Chevalier de Lorimier transmises par le frère du défunt au *North American*. Gilbert réprime une vive montée d'émotion. Parmi ces quelques missives se trouvait celle que le condamné à mort avait écrite à sa jeune épouse, la nuit précédant son exécution. Elle a été trouvée sur lui, après... Par contre, le patron de Gilbert a préféré ne pas reproduire la pétition adressée à sir John Colborne de la part de Mme Lorimier, le suppliant d'accorder quelques jours de sursis à son mari avant l'exécution de la peine ; Jean-Philippe craignait que le document suscite une seconde tempête d'indignation. Car peu après la pendaison, le surintendant de police avait osé convoquer la veuve éplorée pour pour lui reprocher de malheureuses paroles de désespoir.

— Bref, le tribunal blanchit l'éditeur de *L'Aurore des Canadas*.

Jean-Philippe ponctue ses dires d'un mince sourire, suivi d'un clin d'œil complice, avant de se remettre sur ses pieds. Gilbert lui tend le parchemin sur lequel est griffonné le texte de l'étrenne. Après une hésitation, il lance, en soutenant le regard de son interlocuteur :

— Patron, je tiens à vous faire assavoir… moi, j'ai pas une miette de ressentiment envers vous pis ceux qui exigeaient des réformes. Pour le sûr, j'ai pas vécu les pires drames personnels, mais… j'ai quand même pâti une longue escousse… j'ai souffert de surcroît par procuration… pis les seules personnes que j'ai envie de mettre au pilori, ce sont nos tortionnaires. Pas vous autres, pas une miette. Faut que vous vous sortiez ça de la tête.

Gilbert tend vers Jean-Philippe un bras que celui-ci empoigne fortement, les traits altérés. Son vis-à-vis souffle :

— Ardu en masse. Je voudrais bien t'y voir… Ça tourne dans ma tête. Dans mon âme.

— Les vrais coupables, ce sont ceux qui ont manqué de foi envers vous autres, les Réformistes. Vos anciens amis les vire-capot. Ceux qui ont rompu l'alliance des forces libérales en 1836.

L'éditeur retire lentement son bras, tandis que Gilbert étaye son idée :

— Prenez votre collègue du *Canadien*. On sent m'sieur Parent sincère quand y s'acharne sur le vieux brûlot pis sa clique de tories furibonds. Du moins, je veux bien croire en sa candeur. Sauf qu'y persiste à écrire que la terreur a démarré quand le bonhomme brûlot a pris la place de Gosford. Y persiste à protéger celui avec lequel y s'était acoquiné. Jamais y va dire que Gosford, avant de prendre la poudre d'escampette, avait pavé la voie pis mis la table à son successeur. Le v'là, le nœud de l'affaire. Les vire-capot ont collaboré au régime de terreur, même si y tentent à tout prix de le gommer.

Jean-Philippe pose une main sur son cœur en guise de remerciement, puis il pivote sur ses talons et s'en retourne d'où il était venu.

Chamboulé, Gilbert le regarde disparaître. Ce tabou dans la chronique des horreurs passées est encore plus épais, plus inflexible, que celui qui concerne la réputation de l'armée anglaise. Les officiers et leurs conscrits finiront par quitter la province. Peut-être même que la mère patrie se décidera bientôt à réduire les effectifs en Amérique.

Par contre, les vire-capot, Canadiens de langue française, sont chez eux pour de bon. Ils n'auront de cesse de tirer le voile sur leur couardise, celle qui constitue le fondement des autres. L'éditeur du *Canadien*, le premier d'entre eux, s'y emploie déjà. Quel sort l'opinion publique réservera-t-elle à lui et à ses associés, les députés et les autres éminents qui ont refusé de coiffer la tuque bleue, en 1836 ? Encore pire, qui ont sciemment fait trébucher les Réformistes dans l'espoir de gagner les faveurs du gouvernement exécutif d'alors et de s'y assurer une place lucrative ?

Les plus coupables — Debartzch, Cuvillier, Bleury, Rocheblave, Neilson et une pléthore de potentats locaux — sont déjà jugés et mis au ban de la société, même s'ils plaident avoir agi en conscience. Mais les autres, ceux qui se sont agités en coulisse ? Ils voudront imposer un bâillon. Eux autres seront les plus implacables ennemis de la rigueur historique.

Après un pincement au cœur, Gilbert reprend son travail. Au terme d'un moment de réflexion, il s'installe pour écrire. *Il paraît que le gouvernement whig-libéral veut se fortifier, sinon dans le cœur des Canadiens, du moins sur les plaines d'Abraham.* La dernière Gazette officielle *de Québec contient deux ordres en conseil de Son Excellence le général sir J. D. Jackson, commandant en chef des armées de Sa Majesté dans l'Amérique septentrionale et administrateur provisoire du gouvernement civil du Bas-Canada. Lesdits ordres se réfèrent à deux ordres antérieurs, l'un de sir John Colborne du 2 septembre dernier, et l'autre de sir Jackson lui-même du 9 décembre, qui ordonnent des travaux étendus de « défense militaire » sur ces plaines célèbres et qui délimitent les terrains affectés.*

Se fendant d'une grimace, Gilbert relève sa plume. À haute voix, il vitupère :

— Dire qu'on aurait pu avoir m'sieur Papineau en tant que président. Mais non, faut qu'on endure notre sort de province conquise. De province gouvernée aussi mal que possible, pourvu qu'elle reste lâchement soumise. Faut qu'on endure le joug d'une clique de fous furieux pis d'un sempiternel roitelet arrogant, le saudit gouverneur!

La preuve est concluante: de la mère patrie, il ne faut attendre qu'un mépris de justice dissimulé sous un épais vernis de fatuité. Du gouvernement local actuel, il ne faut attendre que des mesures répressives dictées par la peur de justes représailles. Lesdites mesures alimenteront ladite peur à l'infini. Pendant des années, il faudra composer avec des furibonds stupides et cruels au pouvoir. Avec un processus électoral pourri jusqu'à la moelle par la partialité et la corruption. Avec les médisances éhontées.

Comme chaque fois qu'il rumine ainsi, Gilbert se tourne ensuite vers des pensées réconfortantes. Louis-Joseph Papineau est toujours bien vif, de même qu'un bon groupe des députés réformistes ou autres hommes de l'élite que les forcenés ont voulu réduire au silence. Un revirement de situation est imminent, même si son peuple doit encore colmater les plaies par où un sang vivifiant s'écoule et se répand. Même bancal, le Parlement siégera. La voix du progrès et de la justice résonnera de nouveau, et lui, Gilbert, nouvelliste à *L'Aurore des Canadas*, s'en fera l'annonciateur, le héraut.

49

Hermine ouvre de grands yeux et fait une moue comique, tandis que son père, la tenant haut dans les airs, la boit du regard. Déjà trois mois d'existence, la petiote! Il est ahuri par la célérité du temps qui passe. Ce jour d'hui 1er janvier 1840, la journée est chômée. Gilbert tâche de savourer chaque seconde d'un congé qui défile trop vitement, comme de coutume. Profitant de sa liberté de mouvement, Caroline est sortie faire une rapide promenade. Quant à Ériole, elle est chez une voisine malade afin de lui rendre un banal service.

Une sensation d'humidité force Gilbert à installer Hermine sur la table de la cuisine pour la démailloter et changer ses langes. Il la laisse gigoter à son aise. Chaque fois, il s'émeut de sa joliesse et de sa gracilité. Enfin, Gilbert revêt sa première-née, puis il l'installe entre son bras gauche et son torse. Contente, elle grouille et exerce benoîtement sa voix. Caroline fait son entrée au moment même où Hermine lâche le petit doigt de son père, qu'elle tétait goulûment, pour se fendre d'un cri sonore. La petiote est dotée d'un sixième sens pour détecter l'approche de sa nourrice de mère.

Gilbert doit s'évertuer à distraire sa fille pendant encore de longues minutes, le temps que Caroline s'installe commodément dans la berçante au ras du poêle. Gilbert contemple sa douce moitié avec tendresse. Depuis qu'ils se sont ancrés l'un à l'autre, la vie va de soi. Les revers font moins mal. Tous deux ont reçu la bonne fortune en cadeau... Enfin, Hermine s'abreuve et le calme retombe. Caroline pousse un soupir d'aise, puis elle se cale dans son siège, tout en lançant une œillade repentante à son mari.

— S'cuse-moi. J'ai un peu tardé. T'as vu comme la température est parfaite ? J'aurais pu me dégourdir les jambes pendant des heures !

— Fais-moi pas ce coup-là, sacrament !

Caroline tique, car elle n'est pas encore habituée au juron, mais de guerre lasse, elle préfère éviter le sujet. Elle dit plutôt :

— Y a une lettre pour toi.

— Pour de vrai ? Une plaisante étrenne, je l'escompte ?

— J'ai pas constaté. Je l'ai su par dame Louprette, qui l'a su de m'sieur Guermier, à qui le maître de poste l'avait donnée, parce que ton correspondant avait payé le port. C'est dans la poche intérieure de ma bougrine.

Excité comme un gamin, Gilbert caracole jusqu'à l'endroit désigné, où il pêche la missive cachetée de cire. Fébrile, il découvre plusieurs feuillets dont le dernier, plus épais, tient lieu d'enveloppe. La signature lui procure un vif plaisir. Pour la première fois depuis son départ, cinq mois plus tôt, Vincent lui écrit. Gilbert en informe Caroline, puis il se tire une chaise près de la fenêtre, à la lumière du jour, et se met à déchiffrer l'écriture serrée de son ami. Par bonheur, Vincent s'est abstenu de réécrire dans l'autre sens sur un feuillet déjà rempli, comme il faut parfois se résoudre à faire par absolue nécessité.

Avec détachement, le jeune homme raconte pourtant un éprouvant périple. Tout d'abord, il s'est rendu non loin de la frontière entre le Bas-Canada et la province supérieure afin d'atteindre les États-Unis. C'est à sa troisième tentative en autant d'endroits différents qu'un garde a négligé de lui demander son passeport. Pendant quelques semaines, Vincent a foulé le sol de la république voisine. Les régions qu'il parcourait grouillaient de réfugiés des Canadas, qui avaient désespérément besoin de travailler.

Sur ce, Vincent a tissé des liens avec des compatriotes chassés par la terreur militaire et qui se dirigeaient vers l'ouest, en terre de colonisation. Avec eux, il a longé la frontière du Haut-Canada, puis il a remonté un brin vers le nord, dans un territoire de traite au confluent de deux rivières, la Rouge et l'Assiniboine. Ainsi, il a abouti dans la colonie de la Rivière-Rouge, à l'ouest du Haut-Canada. La communauté naissante bénéficie d'une Assemblée législative apte à voter des lois et à mettre des tribunaux sur pied, d'une mission catholique avec école pour garçons, et même d'une école de filles gérée par deux Canadiennes françaises.

Par lettre interposée, Vincent pérore justement comme un instituteur. Revendiqué comme propriété ancestrale par plusieurs tribus de Sauvages, le territoire est sous la coupe de la Compagnie de la Baie d'Hudson. Des postes de traite y ont été établis depuis le séjour du sieur La Vérendrye, à la fin du régime de la Nouvelle-France. La colonisation avec établissements permanents a démarré au début de ce siècle-ci grâce à des Métis, fruits d'unions entre voyageurs blancs et femmes amérindiennes, et grâce à des colons en provenance du Bas-Canada.

Un ancien gouverneur de la Baie d'Hudson a même cru bon d'encourager l'immigration britannique. Sous plusieurs aspects, la terre d'asile de Vincent est un Bas-Canada en miniature, ségrégation sociale comprise! D'autant plus qu'un célèbre faquin vient tout juste de s'y établir, à l'invitation expresse des autorités locales... Gilbert pousse une exclamation de surprise, puis il abaisse le feuillet pour prendre Caroline à témoin:

— Ça me revient! On en a causé: le gouverneur de la Baie d'Hudson, mister Simpson, a offert une *job* à un de ses chers amis qui, ce printemps, débarquait de la mère patrie Gros-Jean comme devant.

— Le saudit Adam Thom?

— Lui-même. Y a écrit en secret le rapport de milord Durham, mais on a pas cru bon de le remercier par un titre de baronet ou de duc. Même qu'on l'a mis à la porte des isles britanniques. Le triste sire a débarqué en Amérique en avril. On l'a vu icitte au banquet de la fête patronale des Écossais. Heureusement pour lui, y avait rendu de fiers services à une couple d'hommes puissants avant que Durham lui mette le grappin dessus. Dont mister Simpson. Fait que tu sais quoi? Vincent pis mister Thom habitent astheure le même patelin!

— Tu me niaises?

— Pas une miette. Au début de la saison, lui pis son épouse partaient avec le gouverneur Simpson pour les territoires de traite. Mr Simpson est revenu à l'automne sans lui, mais j'ai pas su ce qui advenait de Thom. Eh bien, Vincent affirme qu'on l'a gratifié d'un poste de juge sous la gouverne du Council of Assinibois. Salarié de la Baie d'Hudson sous le titre ronflant de *Recorder of Rupert's Land*. On lui demande de rationaliser l'administration de la justice à Rivière-Rouge. T'imagines ? Encore une fois, un foutu *Briton* bardé de préjugés pour faire office de juge omnipotent dans une communauté française !

Gilbert fulmine. Non seulement la communauté de la Rivière-Rouge est française aux quatre cinquièmes, mais sa population doit augmenter à vue d'œil à cause de l'afflux de patriotes des deux Canadas se cherchant une terre d'asile. Placer le ci-devant éditeur du *Montreal Herald* dans une position prééminente, c'est allumer une bombe à retardement ! Font-ils exprès, ces damnés *Britons*, pour mettre le feu aux poudres dans l'Amérique tout entière ? Gilbert commence à le croire dur comme fer. Comment la décennie 1840 pourrait-elle se renmieuter comparativement à la précédente, si les autorités persistent à traiter les Canadiens parlant français comme des ignares, des sans-dessein, et surtout, des esclaves dénués de la moindre fierté ?

Gilbert inspire profondément pour se calmer. Il esquisse un sourire à l'adresse de son épouse, qui le mire avec inquiétude, puis il se plonge à nouveau dans la lettre de son ami. Vincent conclut sur une note rafraîchissante de légèreté. Il va se tenir le plus loin possible de Mr Thom et des sbires de son genre, *Britons* inféodés à la Compagnie de la Baie d'Hudson. Au moment où il écrivait ces lignes, il était en quête d'un gîte et d'un couvert pour la saison froide qui approchait à grands pas, ce qu'il escomptait dégoter sans trop de mal. Se fera-t-il concéder un lopin ? Préférera-t-il une existence plus libre, mais précaire, d'engagé ? S'en ira-t-il ailleurs ? Il fixera son choix au printemps.

À la toute fin de la missive, Vincent aborde les circonstances de son départ de Saint-Charles. Gilbert est soulagé d'obtenir des détails. Il a ouï dire du branle-bas chez les Montplaisir… Donc, Vincent lui confie que Vitaline serait venue avec lui, n'eût été son fils. En quelques phrases, il décrit une scène qu'il banalise volontairement, mais que Gilbert devine déchirante. Vincent avoue qu'il lui a fallu une bonne semaine pour retrouver son aplomb et mettre le cap vers les confins du monde civilisé.

— Gilbert, j'ai oublié de te dire…

L'interpelé lève les yeux vers son épouse, en train de faire digérer Hermine contre son épaule. Intrigué par son expression contrite, le jeune homme s'enquiert :

— Quoi donc ?

— En fait, j'ai pas oublié, c'est juste que j'osais pas m'ouvrir la trappe. Avant-hier, j'ai croisé le besson de Vincent.

— Icitte, en pleine rue ?

— Oui. J'étais embobinée, fait que je crois pas qu'y m'a reconnue. Y était avec d'autres faquins qui ont dit son prénom, c'est pour ça que je l'ai pas confondu avec Vincent.

Gilbert réagit par un haussement d'épaules :

— Ça me fait pas un pli sur la différence. Gaspard pourrait se réinstaller à demeure que je m'en ficherais. J'ai décidé que j'avais plus rien à faire avec lui. Même dans le fin fond de mon âme.

— Tant mieux, parce que c'est précisément l'affaire. Gaspard le poliçon est revenu pour de bon.

Caroline s'est empressée d'aller tirer les vers du nez d'Étienne Lavictoire. Gilbert interrompt sa douce moitié en posant une question :

— Sa taverne est bel et bien fermée ?

— Oui. Ou plutôt, c'est un autre qui l'exploite. Étienne se contente de ses maisons déréglées pis d'une couple de chambres de jeu clandestines.

— De toute façon, y aurait perdu son permis d'aubergiste d'un jour à l'autre. Les magistrats convulsionnaires comblent uniquement leurs petits amis en bienfaits.

— Fait qu'Étienne m'a confirmé que Gaspard était réintégré comme connétable de la cité. Neuf mois de mise au rancart, c'était une réussite honorable selon lui.

— Étienne s'avachit, grommelle Gilbert. Je l'ai connu moins accommodant.

Il ponctue son assertion d'un puissant soupir. Les habitués du monde interlope ont eu un sursaut d'indignation en 1839, au point de faire trembler quelques Chouayens forcenés, mais Gilbert a noté un relâchement dans leurs mœurs. Ou plutôt, un retour à ces mœurs dissolues dont ils font leur pain et leur beurre. Or, ivrognerie et vigilance ne vont pas de pair. Il fallait s'y attendre. Gilbert prend la peine de répéter :

— J'aurais préféré être débarrassé de Gaspard pour le restant de mes jours, mais je suis sérieux quand je te dis que ça me fait rien pantoutte.

Caroline répond par un vif sourire, avant de conclure :

— Je peux pas croire qu'y fixera encore sur toi. Pis je fais confiance à Étienne. Mettre les trouble-fête à sa botte grâce à des douceurs, y connaît ça. Gaspard est aisément monnayable.

Pour mieux s'abandonner au rictus suspicieux qu'il ne peut retenir, Gilbert tourne la tête vers le monde extérieur qu'il discerne au travers des carreaux. Lui ne fait plus guère confiance à Étienne. Par les temps qui courent, ce dernier a surtout envie de garnir son grenier de blé, grâce à l'industrie d'ébraillées accortes. Les dernières fois que Gilbert l'a vu, il l'a trouvé plutôt inintéressant. Tout soudain obsédé par les jeunes beautés qu'il dégotait pour ses commerces, ne parlant que de moyens pour faire de l'argent prestement. Bref, fier-à-bras vénal dans toute la splendeur du terme.

Gilbert y voit une leçon reçue comme une gifle. Les faux traîtres réhabilités, tandis que les vrais seraient pourchassés ? Le despotisme, rejeté à la mer ? Mais comment ces prodiges pourraient-ils se produire, si l'ingrédient principal de la calamité demeure à profusion ? Cet ingrédient, source de cruauté et d'insensibilité chez les barbares des temps modernes, c'est l'argent. Le seul et unique démon dont l'humanité doit se méfier comme de la peste, car il transforme les hommes faibles et peureux en tyrans jouissant de leur omnipotence sur autrui.

Aux êtres humains qui doivent s'enivrer pour vivre, l'argent permet de se procurer toutes les substances hallucinogènes possibles et imaginables. De surcroît, il a l'effet délétère de faire croître le fanatisme, puisque ce défaut est l'apanage d'hommes déficients dont le for intérieur, semble-t-il, n'est qu'une outre vide exigeant d'être remplie à outrance. Pour parler drette, l'esprit sectaire est un stupéfiant euphorisant de la meilleure espèce. La plus délectable des drogues, celle qui empêche de penser, celle des certitudes et de l'indiscutable.

Une fois dessaoulées, les brutes se mettent à avoir peur de leurs victimes. Un cycle infernal est en branle… À ce stade de sa songerie, Gilbert combat un vertige devant le fossé insondable qui s'ouvre à ses pieds. Il entrevoit l'ennemi. Non point l'argent sale que l'industrie de la finance n'a de cesse de répandre, non point l'intransigeance doctrinaire, mais les hommes qui s'en gavent et qui en font les aliments de leur surpuissance. Ces hommes sont débiles et carencés, mais pourquoi ? Comment ? Gilbert donnerait quasiment sa vie pour le savoir.

Le jeune homme s'encalme. Voilà, il y consacrera sa vie. Il sait qu'il devra sans cesse remettre son jugement et ses conclusions en question. Il sait également que les pires obstacles à sa quête se trouveront chez ceux qui détestent la vérité, puisqu'elle les dépouille de leur pouvoir. Néanmoins, Gilbert accepte d'avance les périls du trajet, car autrement, il gaspillerait son existence. Il juge impératif de bonifier l'avenir en tirant une salutaire leçon du passé. Gilbert conclut un pacte solennel avec lui-même, celui de cultiver la sobriété afin d'être en mesure de dompter le chaos.

LA PORTE D'ENTRÉE CLAQUE et Vitaline pousse un discret soupir de soulagement. Finalement, les hommes ont consenti à partir pour les échanges de vœux traditionnels du Nouvel An. Entraînant Jules à leur suite, ils feront quelques visites de courtoisie à des dames du voisinage, tandis que Vitaline et sa belle-mère recevront les hommages de leurs connaissances mâles des environs. Or, le capitaine Montplaisir et son fils répugnaient à laisser les femmes seules en compagnie d'hommes, même familiers. Et que dire des francs baisers qui s'échangeaient sans arrière-pensées ? Impossible astheure.

Ils ne l'ont pas avoué de but en blanc, mais leurs tergiversations étaient diablement éloquentes. La manière dont leurs concitoyennes ont été violentées au cours des années passées, telles des proies de guerre, a laissé des marques indélébiles en eux. Florentin et son père ont peur pour celles qu'ils aiment. Certes, en soi, le risque de sévices sexuels est plus élevé pour la gent féminine que pour les hommes, quoique les jeunets parmi ces derniers doivent se garder des milieux trop mâles tels les collèges, les corps d'armée et tout rassemblement du genre.

Par contre, une femme violentée avait des recours en justice et son agresseur, s'il n'était pas puni par les tribunaux, était du moins pointé du doigt et mis au ban par les proches de la victime. Même les époux trop arrogants n'étaient pas à l'abri d'un charivari. Ce qui fait penser à Vitaline que ces manifestations d'indignation populaire, ces verdicts de culpabilité scandés en groupe et en public, ont brutalement disparu des mœurs à la fin de 1837.

Depuis, une armée a fait la conquête du pays, un pays en paix, et les sadiques en son sein ont jugé bon de soumettre des centaines d'habitantes à leur joug. Par après, les violeurs et les brutes ont été félicités par les autorités pour leur courage. Vitaline a l'impression que l'ancien ordre social a été rageusement piétiné. Qu'un bonheur simple leur a été ravi. Avant, il était facile d'avoir confiance. Astheure, il est impératif de se méfier.

Vitaline pivote pour considérer dame Eugénie, campée devant la table chargée de victuailles. À vrai dire, la table est maigrement garnie. Deux bouteilles de cidre et une assiette de croquignoles. Les provisions manquent pour offrir davantage à la visite. Vitaline ne peut se retenir de dire :

— J'ai hâte à demain. Je trouve que la journée est mal partie.

— Moi itou. Le Nouvel An, c'est faitte pour s'amuser sans arrière-pensées. Sauf qu'on arrête pas de se torturer pis de se fendre les cheveux en quatre. J'aimerais mieux mettre la clef sous la porte pis aller me cacher dans l'étable.

Vitaline s'égaye :

— Ou à l'église ? Paraît que ça devient à la mode, aller y décliner ses patenôtres en chapelet.

— Trop frette. J'aime mieux la chaleur des bêtes.

L'échange a rendu dame Eugénie inconfortable, et elle s'éloigne. Vitaline, elle, reste campée sur ses positions, ne réagissant même pas au coup discret que donne son bébé dans sa matrice. Elle n'aime pas la senteur de sainteté que les membres du clergé se sont mis à répandre, comme pour cacher celles de la poudre à cartouches, de l'intransigeance raciale, de la peur et de la haine… Car la haine odore. La haine pue. Néanmoins, il faut endurer, disent les curés. Il faut faire assemblant de rien. S'abandonner à la Providence, une attitude que Dieu récompensera en paradis.

Même que les calotins font accroire que la souffrance est quasiment bienvenue en ce bas monde, puisqu'elle garantit un surcroît de béatitude éternelle. Vitaline se secoue pour chasser ce terrifiant discours religieux, qui s'apparente à ce que l'évêque de Montréal désirait fortement, au moment de ses iniques mandements des années passées. Un catholicisme moralisateur à outrance, qui étend la piété, c'est-à-dire l'obéissance aux préceptes et aux dogmes, à tous les domaines de la vie en société. Un catholicisme qui interdit l'exercice du jugement et de la raison. Qui censure la liberté de penser et d'agir. Qui distord la conscience. Du fanatisme pur et dur.

Pour combattre son frémissement, Vitaline se rend jusqu'à la tablette où sont alignées ses premières créations en terre cuite. Tendant le bras, elle saisit sa pièce préférée, l'une des plus récentes. La forme subtilement inégale du vase à fleurs qu'elle se met à tripoter l'enchante. De surcroît, elle a inventé une glaçure somptueuse grâce à un ajout de cendre de bois dans la mixture. Vitaline a senti l'émoi de son beau-frère Aubain lorsqu'il a posé les yeux dessus. Il a tenté de cacher son admiration, mais Vitaline est maîtresse dans l'art de déchiffrer même la plus subtile mimique masculine.

Le vase à fleurs est vendu, de même qu'une autre pièce qui orne déjà le salon du vieux marchand Louis-Édouard Hubert, revenu s'installer à Saint-Denis après un exil au village d'en face. Vitaline a vu juste. Sous peu, les maîtres-potiers ne pourront rivaliser avec les pourcelines moulées, plutôt que tournées, et produites en quantité industrielle. La manufacture de Saint-Jean sera bientôt fonctionnelle et sa production de pièces en grès s'ajoutera à celle de dizaines d'ateliers des États américains limitrophes. En conséquence, ce qui est unique et imparfait, ce qui est tangiblement de main humaine, acquiert une valeur surprenante.

Vitaline a gagné sa belle-famille à sa cause, et son mari est le plus enthousiaste des trois. Avec eux pour la soutenir dans son entreprise, la jeune femme se sent capable de gravir des montagnes. Avec l'aimable Florentin à ses côtés, elle a envie d'entrer de plain-pied dans la nouvelle décennie pour voir leurs enfants grandir en force et en beauté, pour offrir des douceurs à ses beaux-parents et pour se laisser porter par l'élan qui la transporte vers un monde inventé, vers un univers de modelés, de reliefs, de courbes et de coloris.

Parfois, des songeries enténébrées envahissent Vitaline. L'avenir qui se dessine sous ses yeux, le chemin qui semble tracé pour elle et ses proches, est-ce autre chose qu'un repli, qu'un enfermement volontaire, qu'un humiliant pis-aller ? N'aurait-il pas mieux valu résister collectivement à la terreur, quitte à tout perdre, quitte à y sacrifier sa liberté et sa vie même ? Sans doute que durant sa vie entière, Vitaline sera hantée par ces questions. Néanmoins, elle se repose sur la vigueur de sa nation, sur la grandeur d'âme de ses concitoyens, pour la venger de la défaite tragique et pour offrir à sa descendance un pays où l'équité et la probité régneront avec majesté.

Liste des personnages historiques

Hormis les personnages fictifs dont la liste apparaît au début du livre, beaucoup de personnages du roman ont réellement existé. Leur vie colle de près à leur biographie connue et à ce que mes recherches ont permis de découvrir. Voici les principaux :

Joseph Armand dit Chartrand, *Volunteer* de Saint-Jean

Étienne Benêche dit Lavictoire, aubergiste ; ses frères Barnabé et Éloi

Édouard Besse, apprenti-potier de Saint-Denis

Jean-Philippe Boucher-Belleville, imprimeur et propriétaire de *L'Aurore des Canadas*

David Bourdages, arpenteur à Saint-Denis

Joseph-Narcisse Cardinal, notaire de Châteauguay, pendu au Pied-du-Courant

Matthew Carroll, ancien du Collège de Montréal

Jean-Olivier Chénier, patriote de Saint-Eustache

John Colborne, commandant en chef des forces armées du Canada, gouverneur provisoire (1838-1839)

Cyrille-Hector-Octave Côté, député de L'Acadie, exilé aux États-Unis

Austin Cuvillier, marchand et magistrat de Montréal

Patrick Cuvillier, commis-marchand

Pierre-Dominique Debartzch, seigneur de Saint-Charles et conseiller législatif

Rodolphe DesRivières, commis à la Banque du Peuple

Joseph Duquette, notaire de Châteauguay, pendu au Pied-du-Courant

Lord Durham, gouverneur du Bas-Canada (1838)

Henri-Alphonse Gauvin, clerc en médecine

Amury Girod, patriote de Varennes

Lord Gosford, gouverneur du Bas-Canada (1835-1837)

Léon Gosselin, avocat et nouvelliste

Louis Guérout, marchand de Saint-Denis

François Jalbert, capitaine de milice, accusé pour le meurtre du lieutenant George Weir

Valentin Jautard, journaliste emprisonné

André Jobin, notaire et député de l'isle de Montréal

Hyacinthe Leblanc de Marconnay, rédacteur du *Populaire*

Pierre-Édouard Leclère, capitaine du Rifle Corps, surintendant de police et patron de *L'Ami du peuple, de l'ordre et des lois*

François Lemaître, imprimeur et propriétaire de *La Quotidienne*

François-Marie-Thomas Chevalier de Lorimier, pendu au Pied-du-Courant

Édouard-Élisée Malhiot, exilé aux États-Unis

Louis Malo, connétable salarié

George Moffatt, marchand de Montréal

Paul Mondor, apprenti-potier de Saint-Denis

Robert Nelson, médecin et député de Montréal-Ouest, exilé aux États-Unis

Wolfred Nelson, médecin et homme d'affaires de Saint-Denis, exilé aux Bermudes

Louis-Joseph Papineau, président de la Chambre d'Assemblée du Bas-Canada, exilé aux États-Unis

James Phelan, rédacteur du journal *Le Temps*

William Robertson, médecin et magistrat de Montréal

Clément-Charles Sabrevois de Bleury, député de Richelieu, capitaine du Rifle Corps

Roch de Saint-Ours, seigneur et shérif du district de Montréal

Denis-Benjamin Viger, homme d'affaires de Montréal et conseiller législatif

Chronologie abrégée

1837

24 octobre : début de l'organisation de la Volunteer Militia, armée auxiliaire formée de civils payés par la caisse militaire.

2 décembre : une brigade militaire procède au pillage et à l'incendie partiel du village de Saint-Denis et de ses environs.

4 décembre : affrontement à Toronto entre les patriotes et les forces gouvernementales.

5 décembre : proclamation de la loi martiale dans le district de Montréal.

6 décembre : échauffourée entre patriotes et *volunteers* à Moore's Corner.

14 décembre : bataille à Saint-Eustache, suivie de pillages et de l'incendie d'une partie du village.

15 décembre : pillages et incendie du village de Saint-Benoît.

29 décembre : attaque du vapeur *Caroline*, en territoire américain, par des *volunteers* du Haut-Canada.

1838

10 février : vote d'une loi en Parlement impérial pour suspendre, jusqu'au 1er novembre 1840, l'Acte constitutionnel de 1791. Le pouvoir législatif est remis entre les mains du gouverneur et d'un Conseil spécial garni d'hommes nommés par le gouverneur.

27 février : installation de John Colborne comme gouverneur provisoire, en remplacement d'Archibald Gosford.

28 février au 1er mars : incursion en territoire canadien de Robert Nelson et de quelques centaines d'exilés. Proclamation et déclaration d'indépendance.

1er mars : proclamation pour la continuation de la loi martiale « pour la répression et la punition de tous les crimes et délits de haute trahison ou de menées séditieuses ».

23 mars : sir George Arthur arrive en Haut-Canada pour remplacer sir Francis Bond Head comme lieutenant-gouverneur.

12 avril : en Haut-Canada, exécution de Samuel Lount et Peter Matthews.

18 avril : première journée des travaux du Conseil spécial du Bas-Canada. Censé uniquement prolonger des lois sur le point d'échoir ou remettre en force des lois déjà échues, l'aréopage vote pourtant, coup sur coup, plusieurs nouvelles ordonnances qui ont force de loi : la suspension de la loi d'habeas corpus dans la province jusqu'au 24 août 1838 pour les crimes de haute trahison et de sédition ; la mise à couvert des personnes qui, depuis le 1er octobre 1837, « ont participé à l'appréhension, l'emprisonnement ou la détention des personnes suspectées de haute trahison ou de menées séditieuses, ou à la suppression d'assemblées illégales, et pour d'autres fins y mentionnées » ; l'obligation pour les exilés, sous peine de la confiscation de leurs biens, de revenir dans la province pour subir un procès pour un crime déjà défini, pour lequel il ne faut attendre « ni grâce ni miséricorde ».

27 avril : levée de la loi martiale.

1er mai : licenciement de la Volunteer Militia.

27 mai : arrivée du comte de Durham, gouverneur général de l'Amérique britannique et président d'une Commission royale d'enquête.

29 mai : en Haut-Canada, assaut sur le vapeur *Robert Peel* par des corsaires américains.

20 juin: en Haut-Canada, raid patriote dans la région de Short Hills, dans le district de Niagara.

28 juin: couronnement de la reine Victoria. Ordonnance d'amnistie partielle mise en force par le gouverneur Durham: la vaste majorité des prisonniers (153) sont libérés moyennant le paiement de cautions variant entre 200 et 5000 £. Huit détenus (Wolfred Nelson, Robert Bouchette, Bonaventure Viger, Siméon Marchesseault, Henri-Alphonse Gauvin, Tousaint Goddu, Rodolphe Desrivières et Luc-Hyacinthe Masson) sont déportés à la Bermude après avoir reconnu leur culpabilité; huit autres restent emprisonnés en attendant leurs procès pour les meurtres de George Weir et de Joseph-Armand dit Chartrand. Un dernier groupe de 16 exilés ne peuvent rentrer au Canada sans être «tenus et censés être coupables de haute trahison», et donc «comme tels punis de mort», à moins d'une décision contraire des autorités.

30 juillet: pendaison de James Morreau, un Américain, à Niagara.

10 septembre: François Nicolas, Amable Daunais et les frères Pinsonnault subissent un procès pour le meurtre présumé de Joseph-Armand dit Chartrand en Cour du banc de la reine du district de Montréal. Verdict à l'issue du procès: acquittement.

9 octobre: Lord Durham offre sa démission comme gouverneur et président de la commission d'enquête, à la suite du désaveu de son ordonnance d'amnistie de juin par le Parlement impérial. Durham officialise sa décision par trois proclamations, dont l'une fait savoir que les proscrits ont toute liberté de rentrer au pays.

23 octobre: John Colborne, investi par Durham de l'autorité temporaire de gouverneur, s'installe à Montréal pour l'hiver.

26 octobre: l'état-major de l'armée britannique, avec Colborne en tête, commence les préparatifs pour conscrire de nouveau la Volunteer Militia.

28 octobre: le lieutenant-gouverneur du Haut-Canada met sur pied quatre bataillons de milice.

1er novembre: la Volunteer Militia se met sur le qui-vive dans plusieurs localités bordant la frontière avec les États-Unis. Plusieurs compagnies du Lacolle Loyal Volunteers, sous le commandement du capitaine Fisher, prennent possession d'un moulin bordant la rivière Lacolle.

2 novembre : à la suite d'une trahison relative à l'organisation d'une société secrète, une escouade de militaires à cheval fait une descente dans une auberge, puis au domicile de Julien Gagnon. Celui-ci est absent, mais ses fils Jules et Médard sont arrêtés. Dans les heures qui suivent, le voisin Moïse Pinsonnault et le beau-frère Étienne Régnier sont arrêtés, puis François Ranger et Jacques Bouchard (L'Acadie), André Lacroix (Saint-Athanase), et un autre.

3 novembre : à la suite de la huitaine d'arrestations à la Pointe-à-la-Mule et alentour, des camps patriotes se forment. Depuis LaPrairie, une escouade militaire fait une descente à La Tortue, ce qui entraîne la mort d'Aaron Walker.

4 novembre : imposition de la loi martiale. À Beauharnois, des patriotes attaquent le manoir seigneurial pour y voler des armes et font plusieurs prisonniers ; le vapeur *Henry Brougham* est saisi. À Châteauguay, des patriotes font une expédition vers la mission amérindienne du Sault-Saint-Louis afin d'y trouver des armes ; un fort contingent de patriotes est capturé et transféré en prison à Montréal. À Montréal, début des arrestations de masse par les représentants de l'autorité. Un peu partout, des rafles ont lieu jusqu'au 8 novembre. Cyrille Côté et Robert Nelson quittent les États-Unis pour Napierville, camp qui devient le quartier-général de l'armée révolutionnaire. La déclaration d'indépendance y est lue.

5 novembre : incendie du village de La Tortue (paroisse Saint-Pierre) par le 24e régiment, en chemin vers Châteauguay. Dès lors, jour après jour, des propriétés appartenant à des patriotes sont arbitrairement pillées et brûlées. À Montréal, l'autorité saisit les presses de *La Quotidienne* et de *L'Express*.

6 novembre : un détachement d'insurgés du camp de Napierville prend possession du moulin de Lacolle. Le Lacolle Loyal Volunteers se replie à Odelltown. Les insurgés établissent un camp sur la frontière afin d'établir une ligne de communication entre ce lieu et Napierville.

7 novembre: le camp sur la frontière est attaqué par le Lacolle Loyal Volunteers, qui disperse les patriotes et prend les munitions. Ayant constitué une armée considérable de soldats *regulars* et *volunteers* à LaPrairie, Colborne la divise en trois colonnes qui se mettent en route vers Napierville par des chemins différents; le village de Saint-Constant est incendié au passage.

8 novembre: une escouade patriote quitte Napierville pour investir le village de Lacolle et tâcher de rétablir une ligne de communication fiable avec le territoire américain. À la suite d'une trahison, Robert Nelson est fait prisonnier, puis délivré. Incendie du village de L'Acadie.

9 novembre: seconde bataille d'Odelltown; défaite patriote. Les ultimes camps, ceux de Napierville et de la ferme Baker, sont désertés.

10 novembre: l'armée britannique, renforcée par les *volunteers* du Glengarry Highlanders venu du Haut-Canada, investit les villages de Napierville, de Châteauguay et de Beauharnois, qui sont dévastés et incendiés en partie ou en totalité. Un groupe de patriotes se réfugie à la montagne de Boucherville pendant quelques jours, puis se débande.

11 au 16 novembre: des centaines d'arrestations sont effectuées en «territoire insurgé». Bataille à Prescott, en Haut-Canada.

16 novembre: les huit patriotes envoyés à la Bermude par Durham débarquent à New York.

20 novembre: au moins 600 prisonniers sont entassés dans les prisons de Montréal.

27 novembre: proclamation pour mettre sur pied la cour martiale, dont le jury est formé d'officiers britanniques. Seuls verdicts possibles: innocence ou culpabilité. Dans ce dernier cas, la sentence est automatique: mort par pendaison. Seul le gouverneur a la possibilité de commuer le verdict en une peine moins lourde.

28 novembre: la cour martiale commence ses travaux à Montréal, avec le procès de 12 prévenus de Châteauguay. Entre cette date et le 10 mai 1839, 14 procès ont lieu, concernant 106 prisonniers. Parmi

ceux-ci, 99 sont reconnus coupables de trahison ; neuf parmi ces derniers sont également reconnus coupables de meurtre.

21 décembre : pendaisons de Joseph-Narcisse Cardinal et Joseph Duquette.

1839

7 au 14 janvier : pendaisons de Hiram Lynn, Daniel Bedford et Albert Clark, Haut-Canada.

18 janvier : pendaisons de Pierre-Théophile Decoigne, François Hamelin, Jacques Robert, Ambroise Sanguinet et Charles Sanguinet. John Colborne est nommé gouverneur en chef et prête serment devant le Conseil exécutif.

4 au 6 février : pendaison de Cornelius Cunningham, Joshua Doan et Amos Perley, Haut-Canada.

8 février : départ de Louis-Joseph Papineau pour la France.

15 février : pendaison de Amable Daunais, Charles Hindenlang, Chevalier de Lorimier, Pierre-Rémi Narbonne et François Nicolas.

23 avril : licenciement de la Volunteer Militia.

25 août : fin de la loi martiale dans la province. La loi d'habeas corpus reste suspendue.

9 septembre : le Grand Jury de la Cour du banc de la reine du district de Montréal considère valides les accusations de haute trahison contre 18 hommes, tous absents de la province.

10 septembre : au terme du procès de François Jalbert pour le meurtre du lieutenant George Weir, le jury ne peut s'entendre sur un verdict. Le prévenu demeurera en prison jusqu'à l'hiver 1841, pour plus de trois années de détention.

26 septembre : 58 prisonniers politiques du Bas-Canada et 84 prisonniers politiques du Haut-Canada, condamnés à la déportation, s'embarquent pour la colonie pénitentiaire d'Australie. Vingt-sept autres patriotes quittent la prison de Montréal après avoir versé une forte caution monétaire, et à condition de ne pas sortir de la province.

18 octobre: Colborne est remplacé à son poste de gouverneur par sir Poulett Thomson.

5 et 15 décembre: la *Gazette officielle* annonce la vente par décret des propriétés de plusieurs dizaines d'hommes exécutés ou déportés.

1841

10 février: proclamation qui met en vigueur l'Union constitutionnelle du Bas-Canada et du Haut-Canada.

La fresque romanesque patriote d'Anne-Marie Sicotte se décline en deux cycles qui comportent deux tomes chacun. Le premier cycle, soit *Le pays insoumis*, comprend *Les chevaliers de la croix* et *Rue du Sang*. Le second cycle, soit *Les tuques bleues*, comprend *Le charivari de la liberté* et *Le règne de la canaille*. Les deux cycles peuvent se lire indépendamment l'un de l'autre, même si le second constitue la suite du premier, avec la même galerie de personnages et un récit qui poursuit son cours.

Des renseignements sur la documentation historique ayant servi à la rédaction de la fresque romanesque, ainsi que sur l'auteure et son œuvre, sont disponibles sur le site www.amsicotte.com.

La fresque romanesque patriote d'Anne-Marie Sicotte se décline en deux cycles qui comportent deux tomes chacun. Le premier cycle, soit *Le pays insoumis*, comprend *Les chevaliers de la croix* et *Rue du Sang*. Le second cycle, soit *Les tuques bleues*, comprend *Le charivari de la liberté* et *Le règne de la canaille*. Les deux cycles peuvent se lire indépendamment l'un de l'autre, même si le second constitue la suite du premier, avec la même galerie de personnages et un récit qui poursuit son cours.

Des renseignements sur la documentation historique ayant servi à la rédaction de la fresque romanesque, ainsi que sur l'auteure et son œuvre, sont disponibles sur le site www.amsicotte.com.